W0415921

Dieser schelmenhafte Abenteuerroman über den gigantischen Aufstieg eines Ganovenclans der Extraklasse führt uns vom zaristischen Rußland übers viktorianische England und den hohen Norden Kanadas bis an die Wallstreet unserer Zeit. In jenem legendären Winter 1851, als das Thermometer unter vierzig Grad minus sank, tauchte aus der nordkanadischen Eiswüste ein geheimnisvoller, von einem Raben begleiteter Mann in der trostlosen Stadt Magog auf. Seine Augen glühten, sein Bart war wie ein Nest voller Schlangen und unter den Seehundfellen, in die er gehüllt war, wurde ein Priesterkragen sichtbar: Ephraim Gursky. Er behauptete, einziger Überlebender der tragisch gescheiterten John-Franklin-Expedition zu sein und gründete eine millenarische Sekte, der vorwiegend Eskimos anhingen und deren Ritus erstaunliche Ähnlichkeit mit dem jüdischen zeigte... Mit dem rätselhaften Auftritt dieser ins Mythische überhöhten Figur beginnt Richlers grandiose Familiensaga der schnapsbrennenden Gursky-Dynastie. Erst mit dem Lieblingsenkel Ephraims, Solomon, sollte allerdings wieder ein dem Großvater ebenbürtiger Gursky die Szene betreten. Mit Hilfe einer monströsen Poker-Partie legt er als Siebzehnjähriger den Grundstein für das Familienunternehmen, das unter dem Finanzgenie Bernard, dem skrupellosen Bruder Solomons, während der Prohibition durch Alkoholschmuggel und Korruption zu einem Milliardenimperium anwächst. Solomons Schicksal jedoch verliert sich im dunkeln. Warum läßt sich über ihn – Kriegsheld und homme à femmes, Glücksspieler und Glückskind – kaum Genaues erfahren? Wie konnte er nachweislich seine Finger im Spiel haben bei zahllosen Ereignissen von historischer Tragweite – von Maos Langem Marsch über Watergate bis zur Geiselbefreiung in Entebbe –, die zum Teil erst viele Jahre nach seinem mysteriösen Tod stattfanden? Richlers Roman läßt viele Lesarten zu. Das kunstvolle Geflecht aus funkelnder Fiktion und aberwitziger Realität erschließt eine ganze Welt: Alte Chroniken und Eskimomärchen, Witze und Anekdoten, umwerfend komische Milieuschilderungen und hoffnungslos romantische Liebesgeschichten.

*Mordecai Richler*, geboren 1931 als Sohn russischer Einwanderer in Montreal, gilt als einer der bedeutendsten zeitgenössischen Schriftsteller seines Landes. Geprägt von nordamerikanischer Realität und europäischer (jüdischer) Tradition ist er für Kanada, was Philip Roth und Saul Bellow für die USA sind. Richler verbrachte viele Jahre in Europa und lebt heute wieder in Montreal.
Im *Fischer Taschenbuch Verlag*: ›Sohn eines kleineren Helden‹ (Bd. 11785).

Mordecai Richler

# *SOLOMON GURSKY WAR HIER*

*Roman*

Aus dem Englischen
von Hartmut Zahn und
Carina von Enzenberg

Fischer Taschenbuch Verlag

Veröffentlicht im Fischer Taschenbuch Verlag GmbH,
Frankfurt am Main, November 1994

Lizenzausgabe mit freundlicher Genehmigung
des Carl Hanser Verlags, München, Wien
Die Originalausgabe erschien 1990 unter
dem Titel ›Solomon Gursky was here‹
bei Alfred A. Knopf, New York
© Mordecai Richler 1989
Für die deutschsprachige Ausgabe:
© Carl Hanser Verlag, München, Wien 1992
Druck und Bindung: Clausen & Bosse, Leck
Printed in Germany
ISBN 3-596-11788-7

*Gedruckt auf chlor- und säurefreiem Papier*

*Für Florence*

Gerald Murphy hat sich geirrt: Zweimal, vielleicht sogar dreimal zu leben ist die beste Rache.

*Solomon Gursky im Gespräch*
*mit Tim Callaghan*

Cyril bemerkte einmal, der einzige Grund fürs Schreiben bestehe darin, ein Meisterwerk zu schaffen. Aber wenn es einem nicht vergönnt sei, ein großes Kunstwerk hervorzubringen, gebe es eine andere Möglichkeit – selbst eines zu werden.

*Sir Hyman Kaplansky, zitiert*
*nach den Tagebüchern von*
*Lady Dorothy Ogilvie-Hunt*

## Stammbaum der Familie Gursky

Gideon (1773–1828) ∞ Sophie Katansky (1780–1827)

Ephraim (1817–1910) ∞ Sarah Luchinsky (1820–1880)

Aaron (1841–1931) ∞ Fanny (1850–1932)

Libby Mintzberg (* 1903) ∞ Bernard (1898–1973)

Morrie (* 1901) ∞ Ida (* 1913)

Lionel (* 1929) Nathan (* 1931) Anita (* 1933)

Barney (* 1930) Charna (1935–1963)

Solomon (1899–1934) ∞ Clara (1912–1949)

Nialie (* 1936) ∞ Henry (1929–1974) Lucy (* 1932)

Isaac (* 1961)

Gideon zeugte Ephraim
Ephraim zeugte Aaron
Aaron zeugte Bernard, Solomon & Morrie
Bernard zeugte Lionel, Anita & Nathan
Solomon zeugte Henry & Lucy
Morrie zeugte Barney & Charna
Henry zeugte Isaac

# EINS

1 Eines Morgens, während der Rekordkälte im Jahr 1851, kreiste unheilvoll ein großer schwarzer Vogel, wie man dort – nahe der Grenze zu Vermont – noch nie einen gesehen hatte, über den Sägemühlen der trostlosen Stadt Magog und stieß immer wieder in die Tiefe hinab. Luther Hollis holte den Vogel mit seiner Springfield runter. Gleich darauf sahen die Männer ein Gespann von zwölf kläffenden Hunden aus Wind und Schneegestöber auf dem zugefrorenen Memphremagog-See auftauchen. Die Hunde zogen einen langen, schwerbeladenen Schlitten, auf dem hinten Ephraim Gursky stand, ein kleiner, grimmiger Mann mit Kapuze, der die Peitsche knallen ließ. In Ufernähe hielt er an, stapfte hin und her und suchte den Himmel ab, wobei tief aus seiner Kehle ein Ruf drang, der nichts Menschliches hatte: ein trauriges Keckern, verzagt und zugleich voller Hoffnung.

Obwohl vor lauter Kälte die Bäume barsten, fanden sich am Ufer ein paar Gaffer ein. Sie waren allerdings nicht gekommen, um Ephraim zu begrüßen, sondern um zu überprüfen, ob er womöglich ein Gespenst sei. Wie sich herausstellte, war Ephraim in Seehundfelle gekleidet, und bei genauerem Hinsehen zeigte sich, daß er zudem einen Priesterkragen trug. Am Rand des obersten Fells baumelten vier Fransen, die jeweils aus zwölf seidigen Strängen bestanden. Seine Wimpern und die Härchen in seinen Nasenlöchern waren mit Rauhreif überzogen. Eine Backe hatte sich im beißend kalten Wind schwärzlich verfärbt. Im verfilzten pechschwarzen Bart hingen Eiszapfen. »Wie ein Nest voll Schlangen«, sollte einer der Männer später, zu spät, sagen, als er sich an jenen Tag erinnerte. Ephraims Blick jedoch war glühend und durchdringend. »Hört mal«, sagte er, »was ist mit meinem Raben passiert?«

»Hollis hat ihn abgeschossen.«

Ebenezer Watson trat gegen die Kufen des langen Schlittens.

»He, woraus sind diese verdammichten Dinger?« Sie sahen ungewöhnlich aus.

»Aus Saibling.«

»Aus was?«

»Fischbein.«

Ephraim bückte sich, um die Hunde auszuschirren.

»Woher kommen Sie?«

»Von Norden, guter Freund.«

»Wo im Norden?«

»Weit oben.«

Auf dem See herrschten vierzig Grad minus, und es stürmte. Die Männer, deren Backen in der Kälte purpurrot angelaufen waren, schlugen die klammen Füße aneinander und kehrten dem Wind den Rücken zu. Nach einer Weile zogen sie sich in die Wärme von Crosby's Hotel zurück, zu dem ein erstklassiger Mietstall gehörte. Auf einem Schild am Fenster stand:

WM. CROSBY'S HOTEL
Dankbar für den Zuspruch, den dieses
ALTEINGEFÜHRTE HOTEL
bislang erfahren hat, ist der Unterzeichnete entschlossen,
dieses Etablissement auch künftig in einer Weise zu führen,
welche die Billigung des Publikums erfährt,
und daher bittet er die werte Kundschaft
weiterhin um regen Besuch.
ERFRISCHUNGEN ZU JEDER TAGES- UND NACHTZEIT
Wm. Crosby
Inhaber

Ebenezer Watson hielt eine Petroleumlampe ans Fenster und taute an einer Stelle das Eis weg, um Ausschau halten zu können.

»Was hat er mit *seinem* Raben gemeint?«

Ephraim warf den an ihm hochspringenden Hunden Brokken von Bärenfleisch vor, bis sie Ruhe gaben, dann machte er sich auf dem zugefrorenen See daran, mit einem Brett eine kreisförmige Fläche vom Schnee zu befreien, und gab sich erst zufrieden, als diese spiegelglatt war. Dann nahm er allerlei

Dinge vom Schlitten und stapelte sie auf dem Eis: Tierhäute. Töpfe und Pfannen. Einen Primus-Kocher. Eine *koodlik* genannte Schale aus Speckstein. Eine Harpune. Bücher.

»Hast du das gesehen?«

»Was?«

»Der Spinner hat sich Bücher zum Lesen mitgebracht.«

Sie beobachteten, wie er aus der Verschnürung des Schlittens eine Angelrute herauszog und etwas, was wie ein breites, zweischneidiges Schwert aussah. Er schnallte sich Schneeschuhe an, kletterte die Uferböschung hinauf, und oben angekommen, hüpfte er auf und ab und stach immer wieder mit der Rute in den Schnee, so wie ihre Frauen mit einem Halm vom Reisigbesen den Kuchen im Ofen prüften. Als Ephraim endlich Schnee gefunden hatte, der seinen Anforderungen entsprach, fing er an, mit dem Schwert große Blöcke herauszuschneiden und sie zu dem freigeräumten Kreis zu schleppen. Er baute einen Iglu mit einem niedrigen, nach Süden ausgerichteten Eingangstunnel, türmte die Schneeblöcke aufeinander und achtete dabei besonders auf die Fugen. Dann stach er noch mehr Blöcke für einen Windschutz. Schließlich, bevor er kriechend im Iglu verschwand, rammte er ein Holzschild in Schnee und Eis.

KIRCHE DER MILLENARIER
Gründer:
Bruder Ephraim

Die Männer waren früh am nächsten Morgen wieder zur Stelle, felsenfest davon überzeugt, Ephraim tot vorzufinden. Statt dessen sahen sie ihn vor einem Loch im Eis hocken: Er angelte einen Flußbarsch, befestigte den Haken wieder an der Leine, angelte noch einen Barsch, und so immer weiter. Ein paar Barsche warf er seinen Hunden vor, die anderen legte er auf dem Eis übereinander, und von Zeit zu Zeit häutete er geschickt einen Fisch, filetierte ihn und verschlang ihn roh. Er harpunierte auch zwei Süßwasserlachse und einen Stör. Aber das war es nicht, was die Männer beunruhigte. Kein Zweifel, Ephraim hatte bereits im Wald das Gehege entdeckt, wo das Rotwild überwinterte, die Falle mit dem sieben Fuß hohen

Schneewall, den sie eigenhändig aufgeschichtet hatten. An einer ins Eis getriebenen Fichtenstange hing ein Bock. Anscheinend war er eben erst aufgebrochen worden. Die Hunde zerfetzten gerade mit blutverschmierten Schnauzen die noch dampfende Lunge und die anderen Innereien, die Ephraim ihnen vorgeworfen hatte.

»Hättst ihm nicht sagen sollen, daß ich seinen Vogel runtergeholt hab«, sagte Luther Hollis.

»Hast wohl Angst?«

»'n Teufel hab ich, Mann! Schätze, der ist nur auf der Durchreise.«

»Frag ihn doch.«

»Frag du ihn doch.«

Das trübe Wetter hielt an, und die Sonne, ein milchiger Fleck im grauen Einerlei des Himmels, ließ sich nur flüchtig blicken. Die Männer zählten nicht mehr mit, wie viele Bäume barsten, Rohre platzten, Flaschen zersprangen. Das Thermometer sank auf minus fünfzig Grad. Am nächsten Morgen sahen die Männer wieder nach Ephraim, und er war noch immer da, und am Morgen darauf war er auch noch da. Am vierten Morgen machte etwas anderes den Männern zu schaffen: Man hatte Luther Hollis gefunden, an einem Dachbalken seiner Sägemühle hängend. Allem Anschein nach hatte er selbst Hand an sich gelegt. Er war nicht beraubt worden, hatte jedoch auch keinen Abschiedsbrief hinterlassen. Eine vertrackte Angelegenheit. Während die Männer sich noch miteinander berieten, kam Crosbys Sohn angelaufen

»Ich hab mit ihm geredet«, sagte er.

»Putz dir erst mal die Nase.«

Trotzdem, sie waren beeindruckt.

»Er hat zu mir gesagt, er ist ein Itzig. Was ist das?«

Niemand wußte es.

»Er hat gesagt, ich soll reinkommen, und ... äh ... da drin ist es wirklich gemütlich. Ich hab sogar ein paar von den Sachen gesehen, die er dabeihat.«

»Zum Beispiel?«

»Zum Beispiel ein Buch von Shakespeare und Besteck aus Sterlingsilber mit irgendeinem Wappen drauf und eine Decke aus dem Fell von weißen Wölfen und eine Zeichnung in einem Eichenholzrahmen von einem Dreimaster, der *Erebus* heißt.«

Reverend Columbus Green konnte Griechisch. »Erebus«, erläuterte er, »das ist der Ort der Finsternis zwischen Oberwelt und Hades.«

Die Kälte ließ nach, der Wind legte noch mehr zu, und es schneite so heftig, daß man, wenn man sich gegen den Sturm stemmte und die Augen zusammenkniff, nicht weiter als zwei Fuß sehen konnte. Über Nacht begruben Schneewehen Straßen und Eisenbahngleise unter sich. Der Blizzard blies drei Tage lang, und danach ging die Sonne so langsam an einem unbarmherzig blauen Himmel auf, daß es schien, als wäre sie festgenagelt. Am Freitag stellten die Männer, die sich in Crosby's Hotel aufs Warten verlegt hatten, fest, daß sie nur noch durch ein Fenster im zweiten Stock ins Freie gelangen konnten.

Ephraim war noch immer da. Doch jetzt gab es auf dem See drei weitere Iglus, viel mehr kläffende Hunde und überall, wie Ebenezer Watson berichtete, dunkelhäutige, schlitzäugige kleine Männer und Frauen, die Schlitten abluden. Ebenezer und ein paar andere hielten in Crosby's Hotel am Fenster Wache. Als der erste Stern am Abendhimmel funkelte, sahen sie, wie die kleinen, dunkelhäutigen Männer auf fellbespannte Trommeln schlugen und ihre Frauen vor sich her zum Eingangstunnel von Ephraims Iglu marschieren ließen. Ephraim erschien mit einem schwarzseidenen Zylinder auf dem Kopf und einem weißen Fransenschal mit senkrechten schwarzen Streifen. Die kleinen Männer traten einer nach dem anderen vor, gaben ihren Frauen einen Schubs und priesen lebhaft ihre Vorzüge. Ungeachtet der Kälte hob eine junge Frau ihre Parka aus Seehundsfell hoch und wackelte mit den nackten Brüsten.

»Der Blitz soll mich treffen!«

»Egal, was es mit diesen Millenariern auf sich hat – jedenfalls haben sie mehr Spaß als wir, verdammte Scheiße.«

Ephraim zeigte auf eine Frau, nickte einer zweiten zu, und schon krochen sie in sein Iglu. Die Männer, die noch immer die Trommel schlugen, trieben die anderen Frauen mit Knüffen und Fußtritten zurück zu ihren Iglus. Eine Stunde später waren sie wieder zur Stelle, und eine nach der anderen krabbelte in Ephraims Iglu. Da ging es hoch her, es wurde gejauchzt, gesungen, geklatscht und, so hörte es sich an, auch getanzt. Reverend Columbus Green, nach dem man eilig geschickt hatte, packte sich warm ein und begab sich, eine Bibel an die Brust gedrückt, zum Lauschen ans Ufer, jedoch nicht zu nahe und auch nicht zu lange. Danach erstattete er den in Crosby's Hotel wartenden Männern Bericht.

»Ich glaube, sie singen da drinnen in der Sprache des Herrn.«

»Klingt mir nicht wie Englisch.«

»Es ist Hebräisch.«

»So ein Quatsch«, sagte Ebenezer Watson beleidigt.

Als die anderen nachhakten, räumte Reverend Columbus Green ein, er sei sich nicht ganz sicher. Der Wind habe die Stimmen verzerrt, und es sei lange her, seit er im Priesterseminar Hebräisch studiert habe.

»Worum geht's in dieser Millenarier-Kirche?« erkundigte sich Ebenezer.

»Tut mir leid, von der habe ich noch nie gehört.«

»Um Zahlen.«

Am nächsten Abend waren die kleinen braunen Männer und Frauen verschwunden, doch vor dem Aufbruch hatten sie auf dem Eis ein ziemlich großes Zelt aus Segeltuch aufgeschlagen. Da war noch etwas: an Leinen, die zwischen Stangen aus Fichtenholz gespannt waren, hingen zum Lüften weiße Gewänder, an die dreißig Stück, und jedesmal, wenn eins im Wind schlug, knallte es wie ein Peitschenhieb. Die Männer tranken in Crosby's Hotel ein paar Runden, dann gingen sie geschlossen zu den Iglus auf dem zugefrorenen See hinunter.

»Was sollen die Bettlaken da?«

»Das sind keine Bettlaken, guter Freund, das sind Himmelfahrtsgewänder. Die zieht man an, wenn man in den Himmel fährt. Wer von euch lesen kann, soll die Hand heben.«

Sechs von ihnen hoben die Hand, aber Dunlap gab nur an.

»Wartet hier.«

Ephraim wurde vom Eingangstunnel verschluckt, tauchte jedoch gleich wieder auf und verteilte Handzettel: *Beweise aus der Heiligen Schrift für Christi Wiederkehr in den Östlichen Townships im Jahre 1851.*

»Für einen reichen Hurensohn«, verkündete er mit funkelnden Augen, »ist es schwerer, in den Himmel zu kommen, als durch ein Nadelöhr zu pinkeln. Tröstet euch nicht mit dem Gedanken, meine lieben Freunde, die Hölle sei nur ein Hirngespinst. Es gibt sie wirklich, und sie wartet nur auf Sünder wie euch. Wenn ihr jemals ein Ferkel am Spieß gesehen und gehört habt, wie das Fleisch brutzelt und zischt, daß das Fett nur so spritzt – nun, dann wißt ihr, wie heiß es in den kältesten Ecken der Hölle ist. Unsere erste Zusammenkunft findet morgen abend um sieben im Zelt statt. Bringt euer Weibervolk und eure Kinder mit. Ich bin gekommen, euch zu erretten.«

## 2

Es war im Jahr neunzehnhundertdreiundachtzig. Herbst – die Zeit der dummen Rebhühner, die an herumliegenden vergorenen Holzäpfeln picken, bis sie einen Schwips haben. Einer dieser Vögel weckte Moses Berger. Er prallte gegen das Schlafzimmerfenster und trudelte ins Gras. Als hätte Moses den Hilferuf eines anderen in Not geratenen Schnapsbruders vernommen, sprang er in seine Hosen und rannte nach draußen. Vor ein paar Monaten war er zweiundfünfzig geworden, wurde jedoch noch nicht von einer dicken Wampe behindert. Nicht, daß er sich durch Sport in Form hielt – nein, er aß einfach wenig. Er sah nicht einmal auf interessante Weise gut aus, wie er früher einmal gehofft hatte. Er war ein eher zurückhaltender Mann mittlerer Größe, hatte schütteres braunes Haar, das schon ergraute, große, leicht vorstehende braune Augen über dunkelroten Tränensäcken, eine Knollennase und dicke Lippen. Doch selbst jetzt übte das, was er betrübt als seine körperliche Häßlichkeit hinnahm, auf manche Frauen anscheinend noch immer eine seltsam zwingende Wirkung aus. Sie fanden ihn zwar nicht gerade attraktiv, aber er war ein Fall, um den man sich einfach kümmern mußte.

Das Rebhuhn hatte sich nicht den Hals gebrochen. Es war

lediglich groggy. Mit den Flügeln schlagend, flatterte es davon, streifte fast einen Holzstoß und schwor sich zweifellos, für alle Zeiten auf vergorene Holzäpfel zu verzichten.

Schöne Aussichten!

Moses, der selbst alles andere als einen klaren Kopf hatte, verzog sich wieder in sein in den Wäldern hoch über dem Memphremagog-See gelegenes Blockhaus, wärmte den restlichen Kaffee der vergangenen Nacht auf und veredelte ihn mit einem Schuß Greysac, einer Cognacmarke, die seit kurzem ebenfalls den Gurskys gehörte.

Die Gurskys.

Ephraim zeugte Aaron.

Aaron zeugte Bernard, Solomon und Morrie, die dann ihrerseits Kinder zeugten.

Morgendliche Rituale. Wieder einmal gestand sich Moses ein, daß die manische Fixierung auf die Gurskys sein dahinschwindendes Leben bereits vor Jahren um einige Möglichkeiten gebracht hatte. Trotzdem konnte es vor Bedeutungslosigkeit bewahrt werden, falls es ihm gelang, in den Pausen zwischen seinen Räuschen, die nicht von vergorenen Holzäpfeln stammten, die Biographie Solomon Gurskys zu vollenden. Gut, aber selbst wenn das Unwahrscheinliche wahr würde und er diese endlose Geschichte beendete, könnte sie nie veröffentlicht werden, es sei denn, er wäre bereit, sich in einer Zwangsjacke davonkarren und für geistesgestört erklären zu lassen.

Während Moses sich die Lesebrille aufsetzte und den Blick über die mit Reißzwecken an der Wand befestigten verblichenen Pläne und Karten gleiten ließ, mußte er zugeben, daß er sich, wäre er ein objektiver Beobachter, einer solchen Beurteilung als erster anschließen würde. Die einzige Wohnzimmerwand, an der keine vom Boden bis zur Decke reichenden Bücherregale standen, wurde von einer riesigen Karte beherrscht, die Kanada im zehnten Jahrtausend vor Christus darstellte, als das Land noch größtenteils unter laurentischen und kordillerischen Eisschichten begraben war. Daneben hing eine kleinere amtliche Landkarte der Nordwestterritorien, auf der mit roter Tinte Ephraim Gurskys Reiseroute eingezeichnet war. Moses' Bücher über die Arktis, die meisten mit zahlreichen Anmerkungen versehen, lagen überall in Stapeln herum: Franklin, M'Clure, Richardson, Back, Mackenzie, M'Clintock und all die anderen, doch sie bereiteten ihm im Augenblick kein Kopfzerbrechen.

Im Augenblick war Moses fest entschlossen, seine Lachsfliege, eine Silver Doctor, wiederzufinden, die er irgendwo verlegt hatte. Eigentlich sollte er nicht den ganzen Vormittag mit der Suche danach vergeuden. Er würde sie erst wieder im nächsten Sommer brauchen. Trotzdem machte er sich über seinen Arbeitstisch her, weil er vermutete, daß die Fliege vielleicht zwischen all den Papieren lag. Sein Arbeitstisch, eine eichene Tür auf zwei eisernen Aktenschränken, war mit Seiten aus Solomon Gurskys Tagebüchern, von seinem Bruder Bernard aufgenommenen Tonbändern, Zeitungsausschnitten, Karteikarten und Notizen übersät. Moses tauchte in das Durcheinander ein und angelte sich sein »Erweitertes Newgate-Jahrbuch: WISSENSWERTE LEBENSBESCHREIBUNGEN BERÜCHTIGTER ÜBELTÄTER, VERURTEILT WEGEN VERLETZUNG ENGLISCHEN RECHTS« heraus. Er schlug es auf und tat so, als wisse er nicht, daß er ab Seite 87 einen Bericht über die Jugendjahre von Solomon Gurskys Großvater finden würde:

EPHRAIM GURSKY
*Mehrmals verurteilt*
*– Haftstrafen in Coldbath Fields und Newgate –*
*am 19. Oktober 1835 nach Vandiemensland deportiert.*

Moses, der den Rest des Jahrbucheintrags hätte auswendig hersagen können, goß sich noch einen mit einem kleinen Spritzer Cognac angereicherten Kaffee ein.

Greysac-Cognac. Gursky-Cognac.

Er schlenderte ins Schlafzimmer und prostete dem Porträt seines Vaters zu, das an einer Wand hing. L. B. Berger im Profil, über die Mysterien des Kosmos nachsinnend und dessen Gewicht ertragend. Moses wandte sich ab, aber am Küchentisch trat L. B. erneut vor sein geistiges Auge. »Ich habe dir etwas mitzuteilen«, sagte er. »An mir liegt es nicht, daß du ein Trinker bist. Ich hätte etwas Besseres verdient.«

Hätte sein Vater ihn damals, als er erst elf Jahre alt gewesen war, nicht zu diesem Gursky-Geburtstag mitgenommen, wäre Moses nie in den Bann von Solomon Gursky geraten. Der legendäre Solomon – Ansporn und Fluch. Statt dessen hätte Moses vielleicht ein eigenes Leben genießen können. Eine Frau. Kinder. Eine ehrenhafte berufliche Laufbahn. Nein, er hätte in jedem Fall mit dem Saufen angefangen.

Während der ersten seiner zahlreichen Klausuren in einer Suchtklinik in New Hampshire war Moses törichterweise auf schnüfflerische Fragen eingegangen.

»Über Ihren Vater reden Sie voll Wut, ja sogar mit –«

»Verachtung?«

»Aber wenn Sie dann Geschichten aus Ihrer Kindheit erzählen, klingt es so, daß man neidisch werden könnte. Wie fühlten Sie sich damals?«

»Umhegt.«

»Gestern erwähnten Sie, es hätte oft Streit gegeben.«

»O ja, über die Stichhaltigkeit von Nachum Schneidermans ›Erwiderung an den Großinquisitor‹. Oder den Hitler-Stalin-Pakt. Oder über die Frage, die Malraux auf dem Kommunistischen Schriftstellerkongreß stellte, nämlich: ›Und was ist mit dem Mann, der von einer Straßenbahn überfahren wird?‹«

»Und was ist mit ihm?«

»›In einem perfekten sozialistischen Transportwesen‹, lautet die Antwort, ›gibt es keine Unfälle.‹«

Ach, das war in der Zeit gewesen, bevor Bernard Gursky Moses' Vater – L. B. Berger, den bekannten Dichter und Verfasser von Kurzgeschichten aus Montreal – mit ausgestrecktem Arm und gebieterischer Hand zu sich zitiert hatte. Die Bergers waren noch nicht in das Outremont-Viertel mit seinen von Bäumen gesäumten Straßen aufgestiegen, sondern wurzelten noch in einer Wohnung in der Jeanne Mance Street. Es gab nur kaltes Wasser, der Fußboden erbebte Tag und Nacht unter den Schritten exaltierter, geschwätziger russischer Juden, die dort unangemeldet ein und aus gingen. Jüdische Poeten, Essayisten, Bühnenautoren, Journalisten, Schauspieler und Schauspielerinnen. Jede Menge Künstler, an die Gestade eines kalten Landes gespült, das ihnen ebenso gleichgültig war, wie es sie aufnahm. Das galt natürlich nicht für L. B., denn er hegte größere Ambitionen, und seine Gedichte waren bereits in Montreal und Toronto in kleinen englischsprachigen Zeitschriften, ja sogar einmal in *Poetry Chicago* veröffentlicht worden. L. B. war die Sonne, um die alle anderen mit bisweilen schwindelerregendem Tempo kreisten. Tagsüber verhielten sie sich wie Schlafwandler, erwiesen Kanada widerwillig, was sie Kanada schuldeten, verdienten sich ihren Lebensunterhalt als kleine zionistische Funktionäre, Buchhalter in der Textilindustrie, Versicherungsvertreter der Prudential, Synagogengehilfen, Angestellte der Beneficial Loan Society oder, wie L. B., als Gemeindeschullehrer, der sich von ehrgeizigen Eltern herumschubsen lassen mußte. Abends jedoch erwachten diese Leute und gaben sich ihrem wahren Seelenleben hin. Mit den Ellbogen sicherten sie sich einen Platz am Tisch des großen L. B. in Horn's Cafeteria in der Pine Avenue oder, häufiger, in der Kaltwasserwohnung in der Jeanne Mance Street, am Eßzimmertisch mit der gehäkelten Tischdecke. Dort konsumierten sie literweise Kaffee oder Tee mit Zitrone, dazu ganze Tablettladungen süßer Zimtbrötchen, Honigkuchen oder *kichelech*, alles von L. B.s Frau zubereitet.

Von seiner eigenen Mutter abgesehen waren die Frauen über die Maßen mondän, jedenfalls in Moses' Erinnerung. Sie trugen große Hüte mit wippenden Pfauenfedern, wehende Capes (geflickt, aber wen störte das) und benutzten Zigarettenspitzen aus Elfenbein. Zipora Schneiderman, Shayndel Kronitz und vor allem Gitel Kugelmass, Moses' erste unerwiderte Liebe. Die sinnliche Gitel, die für gewöhnlich eine Boa aus Straußenfedern oder einen Fuchs trug, der sich in den eigenen Schwanz biß – der einen fehlten büschelweise die Federn, dem anderen das Fell. Dazu Chiffon, Seide. Die berühmte Rojte Gitel, die die Putzmacherinnen gegen Fancy Finery geführt hatte. Parfümiert und gepudert, dunkle Lidschatten und scharlachrote Lippen, alte, schwere Ringe an den Fingern. Dann und wann trank sie aus einem Preßglas ein Schlückchen klebrigen Aprikosenlikör, um sich im Winter ihre *kischkes* zu wärmen. Moses las ihr jeden Wunsch von den Augen ab – leerte ihren Aschenbecher, brachte ihr Kaffee – und wurde dafür von Zeit zu Zeit mit einer parfümgeschwängerten Umarmung oder einem Zwicken in die Backe belohnt.

Von seiner eigenen Mutter abgesehen schütteten die Frauen, für die Ungleichheit ein Fremdwort war, Öl in die Flammen jedes von den Männern entfachten Streitgesprächs, diskutierten mit ihnen bis tief in die Nacht über Schauprozesse, die in einer fernen Stadt inszeniert worden waren, in der es genauso kalt war wie in ihrer eigenen, und zankten sich über die Verdienste von Ossip Mandelstam, Dalí, Malraux, Eisenstein, Soutine, Mendele Mocher Sforim, Joyce, Trotzki, Buñuel, Chagall und von Abraham Reisen, der geschrieben hatte:

Ihr künftigen Geschlechter,
Ihr Brüder von dereinst,
Maßt euch nicht an,
Unserer Lieder zu spotten,
Lieder über Schwache,
Lieder von Erschöpften
Einer armen Generation,
Im Niedergang der Welt.

Shloime Bishinsky, der sich erst spät dem Zirkel angeschlossen hatte, war ein interessanter Fall. Diesen schmächtigen, schwächlichen Pelzgerber – scheinbar der sanfteste aller Menschen – plagte eine chronische Erkältung, Fluch seines Gewerbes. Bei der Teilung Polens saß er in Bialystok, in der russischen Zone fest. Seine politisch besser informierten Tanten waren mit ihren Kindern in die andere Zone geflüchtet. Egal, was man sich über die Deutschen erzählte – sie wußten, daß die Deutschen zivilisierte Menschen waren. Shloimes Familie jedoch verpaßte den letzten Zug, und so endete ihre Flucht nicht in Auschwitz. Statt dessen wurden sie nach Sibirien verfrachtet, wo sie nach zweiwöchiger Reise eintrafen. Von dort entwischte Shloime ins Reich der Mitte und schlug sich nach Harbin im japanischen Marionettenstaat Mandschukuo durch, wo Weißrussinnen vornehmer Abstammung in Nachtclubs als Stripteasetänzerinnen auftraten. Irgendwann schaffte er es bis nach Japan und fuhr als Heizer auf einem Schiff von Yokohama nach Vancouver.

»Wie war es in Sibirien?« fragte Moses ihn eines Tages.

»Wie soll es schon gewesen sein«, antwortete Shloime achselzuckend. »Wie in Kanada.«

Für diese Menschen war Kanada kein Land, sondern eine Zwischenstation. Sie befanden sich noch immer diesseits des Jordan, im Lande Moab, und ihre politischen Vierteljahresschriften bezogen sie ebenso wie die jiddischen Zeitungen, die sie verschlangen, aus New York.

Freitag abends lasen sich die Männer mit dröhnender Stimme gegenseitig ihre Gedichte und Geschichten vor, wobei sie die Runde zu bei- wie abfälligen Rufen provozierten. Zankereien folgten. Männer, die sonst gojische Bankkassierer demütig mit »Sir« anredeten und vor dem Gesundheitsinspektor den Kopf neigten – diese Männer ereiferten sich nun wegen eines holperigen Reims, eines schluderigen Gedankens, einer Phrase, die weh tat wie ein Splitter unter dem Fingernagel, und schlugen mit den Fäusten auf den Tisch, daß die Teetassen klirrten. Damen flohen gekränkt und unter Tränen auf die Toilette. Jedes Gedicht, jede Geschichte und jeder Essay zog am nächsten Morgen persönlich abgelieferte Briefe nach sich, die ihrerseits Anlaß zu prall mit Antwortschreiben gefüllten Kuverts gaben.

Im Prinzip bekannte sich der Zirkel zur Brüderlichkeit zwischen den Rassen, einem ausschweifenden Lebenswandel, freier Liebe, der Abschaffung des Privateigentums, des gesamten religiösen Hokuspokus und so weiter, doch in der Praxis fürchtete oder verachtete man die Gojim, rührte kaum etwas anderes an als Aprikosenlikör, träumte von einem eigenen Reihenhaus, zahlte Kronitz wöchentlich fünfzig Cents für eine Versicherungspolice der Prudential und war sowohl ein verläßlicher Ehepartner als auch ein liebevoller Elternteil. Dennoch erfuhr der hingerissene Moses, indem er hinter der Schlafzimmertür die Ohren spitzte, von dem einen oder anderen Techtelmechtel. Da war beispielsweise die Affäre, die als der Kronitz-Kugelmass-Skandal bekannt wurde. Eines Morgens stieß Myer Kugelmass, der in der Handtasche seiner Frau nach einer Straßenbahnfahrkarte kramte, zufällig auf ein brandheißes, von Simcha Kronitz verfaßtes *billet doux*, das mit unverkennbar obszönen französischen Ausdrücken gepfeffert war und berühmte Liebespaare von Abélard und Héloïse bis zu Emma Goldman und Alexander Berkman beschwor. Nachdem ihre unstatthafte *affaire de cœur* aufgeflogen war, packte Gitel Kugelmass triumphierend ihre Balalaika samt eigenen Kompositionen ein, schnappte sich den zutiefst verstörten Simcha Kronitz und entwich mit ihm nach Ste.-Agathe in eine Pension. Myer Kugelmass, von seiner Frau verlassen und seinem besten Freund verraten, weinte sich an L. B.s Eßzimmertisch aus. »Wer wird jetzt, wo Simcha mich entehrt hat, noch mit mir Schach spielen?«

Ein Bote wurde nach Ste.-Agathe losgeschickt, mit einem schneidend scharfen Brief von L. B. an die Rojte Gitel, in dem er Milton, Lenin, Rilke und natürlich auch sich selbst zitierte. Bald danach war das Ehepaar wieder vereint, wenn auch nur um der Kinder willen.

Die Kinder, die Kinder.

Die Kinder waren das Wichtigste. Freitag abends nahm man sie mit zu L. B., wo sie in der Einfahrt Fangen spielen, sich in der Küche vollstopfen und schließlich notfalls zu viert in ein Bett kriechen durften. Sie wurden umarmt und geküßt und gedrückt und gezwickt, und als Gegenleistung brauchte sich jedes, begleitet von erstaunten Ausrufen, lediglich auf dem Spezialgebiet hervorzutun, auf dem es dereinst die ganze Welt verblüffen würde. Der pummelige Misha Bloomgarten, der später ins Geschäft mit Schaufensterscheiben einsteigen sollte, mußte auf der Geige nur eine simple Übung herunterfiedeln, schon fielen Namen wie Isaac Stern oder Yehudi Menuhin. Die kichernde Rifka Schneiderman, die in Kaplans Firma Knit-to-Fit einheiratete, brauchte nur aufzustehen und mit schriller Stimme »Die Textilgewerkschaft ist eine Tunichtgutgewerkschaft« zu singen, damit im Eßzimmer tosender Applaus losbrach. Sammy Birenbaum, das künftige TV-Orakel, mußte lediglich Saccos Rede vor Gericht deklamieren, damit man sich daran erinnerte, daß Leslie Howard, dieser Engländer par excellence, in Wahrheit ein netter jüdischer Junge war, noch dazu aus Ungarn. Aber es war Moses (der Apfel fällt schließlich nicht weit vom Stamm), der allseits als Wunderknabe galt. In

Gegenwart seines Vaters, der mit vor Freude gerötetem Gesicht dasaß, und seiner eigens aus der Küche herbeigeholten Mutter kam er der Bitte nach, eine dem Sozialismus verpflichtete Kritik des *Grafen von Monte Cristo*, der *Schatzinsel* oder wie immer das Buch hieß, das er gerade gelesen hatte, zum besten zu geben, oder er rezitierte ein selbstverfaßtes Gedicht und wies pflichtschuldigst darauf hin, wie tief er in der Schuld von Tristan Tzara stehe.

Füller ohne Tinte: leer.
Leckes Schiff versinkt im Meer.

Moses hing an seinem Vater, unablässig suchte er nach neuen Mitteln und Wegen, um sich seine Liebe zu verdienen. Ihm war aufgefallen, daß L. B. morgens oft noch ein bißchen herumtrödelte, bevor er sich auf den Weg zu der verhaßten Gemeindeschule machte. Er hauchte die Gläser seines Zwickers an, putzte sie mit dem Taschentuch, während er am Fenster stand und wartete, bis der Postbote vorbeikam. Wenn keine Post für ihn dabei war, brummte L. B. etwas vor sich hin, begrüßte im stillen diese Ungerechtigkeit und zog eilig den Mantel an.

»Vielleicht morgen«, sagte seine Frau dann.

»Vielleicht, vielleicht.« Er warf einen Blick in seine Lunchtüte. »Weißt du, Bessie, ich kann hartgekochte Eier allmählich nicht mehr sehen. Thunfisch, Sardinen – das Zeug kommt mir schon zu den Ohren raus.«

An einem der darauffolgenden Tage sagte sie, als der Postbote wieder einmal an ihrer Wohnung vorbeigegangen war: »Das ist ein gutes Zeichen. Sie befassen sich anscheinend sehr, sehr gründlich damit.«

An einem Zehn-Grad-unter-Null-Morgen verließ Moses in der Hoffnung, die bange Warterei seines Vaters um zehn Minuten verkürzen zu können, früh das Haus, um den Briefträger an der Ecke abzupassen.

»Keine Post für meinen Vater, Sir?«

Ein großer brauner Umschlag. Aufgeregt rannte Moses nach Hause und winkte seinem Vater, der am Fenster stand und Ausschau hielt, mit dem Umschlag zu. »Post für dich!« rief er. »Post für dich!«

L. B., dessen Augen vor Wut aus den Höhlen traten, schnappte ihm den Umschlag weg, warf einen kurzen Blick darauf, riß ihn kurz und klein und ließ die Schnipsel auf den Boden fallen. »Daß du dich nie wieder in meine Angelegenheiten einmischst, du kleiner Idiot!« schnauzte er und verließ fluchtartig die Wohnung.

»Was habe ich denn falsch gemacht, Ma?«

Doch sie kroch schon auf allen vieren herum und klaubte die Papierfetzen zusammen. L. B. machte von allem Durchschläge, das wußte sie, aber *Gotenju*, dies hier waren Originale.

Abends ging L. B. zu Moses, nahm den Zwicker ab, rieb sich die Nase (ein schlechtes Vorzeichen) und sagte: »Ich weiß nicht, was heute morgen in mich gefahren ist.« Er beugte sich vor und erlaubte Moses, ihn auf die Backe zu küssen. Dann schlug er das Abendessen aus, zog sich in sein Schlafzimmer zurück und ließ die Rollos herunter.

Moses, baff vor Staunen, wandte sich ratsuchend an die Mutter. »Der Umschlag war in seiner eigenen Handschrift an ihn adressiert. Ich kapiere das nicht.«

»Psst, Moishe, L. B. versucht zu schlafen.«

Es begann immer mit einem kleinen unangenehmen Zucken im Nacken, aber innerhalb einer Stunde schwoll es zu einem hektischen Pulsieren an, und jede einzelne, prall mit Blut gefüllte Ader in L. B.s Kopf fing an zu pochen. Ein mit zerstoßenem Eis gefülltes Handtuch auf der Stirn, lag er im verdunkelten Zimmer, starrte an die Decke und stöhnte. *Eines Tages wird das Blut in meinem Kopf wie eine Springflut aufwallen, nach einem Ausgang suchen und mir den Schädel sprengen. Ich werde in Strömen meines eigenen Blutes baden.* Doch am dritten Tag schlurfte L. B. jedesmal mit Blähungen und einer Verstopfung zur Toilette und blieb darauf eine Stunde lang hocken, manchmal auch länger. Danach torkelte er zurück ins Bett, fiel in tiefen Schlaf, erwachte am nächsten Morgen genesen, ja sogar quietschfidel, und verlangte nach seinem Lieblingsfrühstück: Rührei mit geräuchertem Lachs, dazu Bratkartoffeln mit Zwiebeln und mit Rahmkäse bestrichene Hefebrötchen.

Moses liebte es, L. B. bei all seinen Erledigungen zu begleiten. Nachdem der Zirkel genügend Geld gesammelt hatte, ging er mit zu Schneiderman's Spartacus Press in der St. Paul Street und wohnte der Drucklegung von L. B.s erstem Gedichtband *Der brennende Busch* bei. Er sortierte die Seiten, die sich vom Zylinder einer Flachdruckpresse abpellten, welche sonst – sehr zu Nahum Schneidermans Kummer – nur gesellschaftlich Unbedeutendes wie Briefköpfe, Visitenkarten, Einladungen zu Hochzeiten und Handzettel mit Werbung ausspuckte. Lauter kommerzielle *chaseraj*. Schneiderman spendierte Moses ein Gurd's Gingerale und eine May West und sagte: »Wenn er den Nobelpreis kriegt, kann ich wenigstens sagen, daß ich ihn schon kannte, als er ...«

Mrs. Schneiderman erschien mit einer Thermoskanne voll Kaffee und selbstgebackenem, mit einer Leinenserviette abgedeckten Apfelstrudel. »Wäre dies Paris oder London oder auch nur Warschau in der guten alten Zeit, würde dein Vater mit Ehren überhäuft, statt sich für euren Lebensunterhalt abrackern zu müssen.«

Das Geld fiel L. B. nicht in den Schoß, noch nicht, aber er rakkerte sich ja auch nicht mehr ab. L. B.s Frau hatte kategorisch erkärt, der Lehrerjob zerstöre seine Seele, hatte ihn gezwungen zu kündigen und war selbst wieder arbeiten gegangen. Bei Teen Togs saß sie Tag für Tag über einer Nähmaschine gebeugt. L. B., endlich frei, schlief gewöhnlich bis weit in den Vormittag hinein, streifte nachmittags durch die Straßen und genehmigte sich in Horn's Cafeteria meist einen Kaffee und ein süßes Stückchen. Wenn er mit aufgeschlagenem Notizbuch und gezücktem Parker 51 dasaß, kam niemand an seinen Tisch. Zu Hause schrieb er dann bis spät in die Nacht.

»Psst, Moishe, L. B. arbeitet.«

Gedichte, Kurzgeschichten und feurige Leitartikel für den *Canadian Jewish Herald* über die beunruhigende Lage der Juden in Europa. Manchmal wurde L. B. eingeladen, abends in den modernen Synagogen von Outremont aus seinem Werk zu lesen. Dann stapfte Moses hinter ihm her durch den Schnee und schleppte einen Schulranzen voll signierter Exemplare des *Brennenden Buschs*. Während sein Vater auf das Podium stieg, bezog Moses hinten im Saal Stellung und applaudierte wie verrückt, hin und her gerissen zwischen Wut und Sorge, weil wieder nur achtzehn oder dreiundzwanzig Liebhaber der Dichtkunst erschienen waren, obwohl man Klappstühle für eine Hundertschaft aufgestellt hatte. An den meisten Abenden konnte Moses von Glück reden, wenn er vier oder fünf Exemplare des *Brennenden Buschs* an den Mann brachte, aber einmal schaffte er es, zwölf loszuschlagen, zu drei Dollar das Stück. Egal, wieviel er verkaufte, stets gelang es ihm, die Zahl um drei aufzustocken, weil ihm seine Mutter neun Dollar zusteckte, bevor sie zur Synagoge aufbrachen. Manchmal machte L. B. auf dem Heimweg verbittert Witze. »Vielleicht sollten wir deinen Schulranzen das nächstemal mit Krawatten oder irgendwelchem neuartigen Krimskrams vollstopfen.« Meist jedoch war er niedergeschlagen und verfluchte die Philister: »Dies ist ein rauhes Land, eine leere Weite, und dein armer Vater ist eine Seele im Exil. *Auctor ignotus* – das bin ich.«

Der Durchbruch kam für L. B. im Jahr 1941. Ryerson Press in Toronto veröffentlichte im Rahmen der Reihe *Ethnic Poets of Canada* eine eigene Ausgabe des *Brennenden Buschs*, mit einem Vorwort von Professor Oliver Carson unter der Überschrift: »Montreals sprachgewaltiger Israelit«. Ein Rabbi namens Melvin Steinmetz, B. A. schrieb für die *Alumni News* der Universität von Alberta eine fabelhafte Rezension, die Bessie unverzüglich in eins ihrer Sammelalben einklebte.

Kurz darauf erlangte L. B. Ruhm, allerdings war es nicht die Art Ruhm, nach der er sich sehnte. Aufgrund seiner leidenschaftlichen Artikel im *Canadian Jewish Herald* über die beunruhigende Lage der europäischen Juden wurde er zu Lesungen eingeladen, nicht nur in Montreal, sondern auch in Toronto und Winnipeg. Er war zweifellos ein mitreißender Redner. Der schwelende Ärger und die Glut unter der Asche seiner Enttäuschungen, angefacht von der so lange gehegten Gewißheit, Opfer eines Unrechts zu sein, brachten ihm die erträumte Anerkennung, solange er gegen die Feinde der Juden zu Felde zog. L. B., der inzwischen um die Taille recht füllig geworden war und das ergrauende Haar noch länger hatte wachsen lassen, wütete mit in die Westentaschen geschobenen Daumen, auf den Absätzen wippend und rot im Gesicht derart gegen die Gojim, daß die Zuhörer anerkennend johlten. Jetzt waren es nicht mehr achtzehn oder dreiundzwanzig, sondern die Leute erschienen zu Hunderten, schnappten sich gegenseitig die Klappstühle weg, hockten auf dem Boden und standen dichtgedrängt hinten im Saal. L. B. bündelte ihre Empörung, kanalisierte sie und lieferte ihr ein Ventil. Verständlicherweise begann er, ein bißchen anzugeben. Er legte sich einen breitkrempigen Filzhut, ein Cape und einen Foulard zu. Auf Reisen weigerte er sich fortan, im Gästezimmer eines Rabbi auf einer verpinkelten Matratze zu nächtigen, sondern beanspruchte für sich ein Zimmer im besten Hotel am Platze. In Montreal, wo er immer häufiger von wohlhabenden Leuten zum Abendessen geladen wurde, beteuerte er Bessie gegenüber ein aufs andere Mal, daß es ihr keinen Spaß machen würde, mit Materialisten wie den Bernsteins zu dinieren, wo man jeden Gang mit einem anderen Besteck aß. Er würde das schon allein durchstehen.

L. B. schrieb weiter. Auf die Veröffentlichung des *Brennenden Buschs* bei Ryerson folgten Gedichte, Kurzgeschichten und literarische Abhandlungen im *Canadian Forum*, in der *Northern Review*, in *Fiddlehead* und anderen kleinen Zeitschriften. Ryerson brachte unter dem Titel *Psalmen der Tundra* einen zweiten Gedichtband von ihm, gefolgt von *Geschichten aus der Diaspora*, einer Auswahl von Erzählungen. Er wurde für die in Montreal erscheinende *Gazette* interviewt. Herman Yalofsky schlug ihm vor, sich von ihm porträtieren zu lassen – L. B. im Profil, über die Mysterien des Kosmos nachsinnend und dessen Gewicht ertragend, die gefurchte Stirn auf die Fingerspitzen einer spindeldürren Hand gestützt, den Parker 51 in der anderen.

L. B. scherte nun in abgelegenere Gefilde aus, machte Abstecher in die Welt der nichtjüdischen Boheme, anfänglich auf Zehenspitzen, bald jedoch *con brio*, nachdem man ihn zu seinem Erstaunen als eine Art exotischen, nach Knoblauch riechenden Freibeuter, als lebenden Beweis für den ethnischen Reichtum, aus dem der Flickenteppich der kanadischen Kultur gewirkt wurde, willkommen geheißen hatte. Bald fühlte er sich auf diesen Soireen wohl, nahm Komplimente von jungen Damen entgegen, die, obwohl in der Schweiz erzogen, russische Bauernkittel trugen, Bier aus der Flasche tranken und unflätig daherredeten. Er wurde ein geistreicher Plauderer und stellte fest, daß er sich aufs Flirten verstand, besonders mit einer gewissen Marion Peterson (was für eine schlanke Taille, was für hübsche feste Brüste!), die süßer Rosenduft umwehte, nur ein diskreter gojischer Hauch, keine dichten Schwaden wie bei Gitel Kugelmass. Marion bildhauerte. »Ihr Kopf«, sagte sie, nahm ihn in beide Hände und fuhr mit ihren kühlen Fingern durch sein Haar.

»Was stimmt damit nicht?« fragte er beunruhigt.

»Sie haben einen alttestamentarischen Kopf.«

Als er später durch den Schnee heimwärts trottete, verspürte er noch diesen Kitzel auf der Kopfhaut. Bessie hatte wie immer das Licht in der Diele für ihn angelassen. Sie saß in einem abgetragenen Morgenmantel am Küchentisch und entkörnte mit einem Messer Maiskolben. Am nächsten Abend lehnte er die gefüllten *derma* ab, eine seiner Lieblingsspeisen, die sie für ihn bereitet hatte.

»Hattest du heute morgen keinen Stuhlgang?« erkundigte sie sich.

»Doch, aber sie machen dick.«

L. B. wurde Stammgast bei Abendgesellschaften in den Wohnungen engagierter Professoren der McGill University, die ebenfalls Gedichte schrieben, auf den *New Statesman* schworen und viel Kraft und Zeit opferten, um Kanada durch den Sozialismus zu retten. Sie entpuppten sich als bizarrer Haufen, diese intellektuellen Gojim. Sie waren nicht mit Dostojewski, Tolstoi, dem *Sohar*, Balzac, Puschkin, Gontscharow, dem Baal Schem-Tow gefüttert worden. Sie schätzten George Bernard Shaw, die Webbs und H. G. Wells und vor allem anderen die Bloomsbury-Clique, in den aus Ziegelsteinen und Brettern gebastelten Bücherregalen leuchteten rot die Buchrücken der *Left Book Club Editions* des Gollancz-Verlages, und an den Wänden dessen, was sie den Lokus nannten, hingen Cartoons aus dem *New Yorker*. Zynische, ausgebuffte Leute, dachte L. B., Schriftsteller, die den Luxus eines Privatvermögens genossen und die besten Bordeaux-Jahrgänge kannten. Wenn er jedoch seinen Jüngern, die sich Freitag abends nach wie vor um den Eßzimmertisch mit der gehäkelten Decke scharten, die Kunde von den Gojim brachte, erzählte er von einer Welt der Wunder. L. B. verschmähte nun kleingehackte Leber auf Roggenbrot mit Zitronentee und mampfte statt dessen Camembert und schlürfte Tío Pepe.

Dann erscholl der Ruf vom Berge Sinai: L. B. wurde zu einer Audienz in Mr. Bernards luxuriöses, hoch über Montreal in den Berghang hineingebautes Domizil geladen. Als er danach mit schwindelndem Kopf von jenen Höhen herniederstieg, brachte er eine Zusage mit, die ihm unerhörten Wohlstand verhieß: Für eine jährliche Vergütung von zehntausend Dollar sollte er dem legendären Schnapsbaron künftig alle Reden schreiben und ihm in kulturellen Angelegenheiten als Berater dienen.

»Und das hier«, hatte Mr. Bernard zu ihm gesagt, nachdem er ihn in einen langgestreckten Raum mit leeren, vom Fußboden bis zur Decke reichenden Bücherregalen aus Eiche geführt hatte, »das hier soll meine Bibliothek werden. Statten Sie sie mit bester Ware aus. Ich will Erstausgaben und feinstes Saffianleder. Sie haben einen Blankoscheck, L. B.«

Da ließ sich Libby vernehmen: »Aber nichts aus zweiter Hand.«

»Wie bitte, Mrs. Gursky?«

»Bazillen – die hätten mir gerade noch gefehlt. Wir haben drei Kinder. Der Herr beschütze sie.«

Kaum hatte sich L. B. auf den Handel eingelassen, wurde ihm klar, daß ihm ein heikler Eiertanz bevorstand. Für seine Jünger war der polterige, schlaue Alkoholschmuggler und Schwarzhändler von einst, der sich zum Ehrenmann gemausert hatte und unzählige Millionen schwer war, noch immer ein *Grober*, ein Rowdy, der allen aus feinerem Holz geschnitzten Juden zur Schande gereichte. Betrübt darüber, daß L. B. sich von ihm hatte einfangen lassen, brachten sie es dennoch nicht über sich, ihrem verehrten Mentor von Angesicht zu Angesicht Vorhaltungen zu machen. Allein Schneiderman schlug mit der Faust auf den Tisch und rief: »Fragt ihn, warum er seinen Bruder verraten hat.«

»Wen?«

»Solomon.«

Moses, der gerade die Tassen abräumte, hörte zum erstenmal den Namen, der für ihn Ansporn und Fluch zugleich werden sollte.

Solomon. Solomon Gursky.

»Von der Geschichte gibt es viele Versionen«, verwahrte sich L. B.

»Seinen eigenen Bruder hat er verraten, sage ich euch.«

»Hat nicht auch Jakob seinen Bruder Esau reingelegt, und ist er nicht trotzdem einer unserer Stammväter geblieben?«

»Du würdest den Jesuiten alle Ehre machen, L. B.«

»Künstler haben immer nach der Pfeife ihrer Brötchengeber tanzen müssen. Denkt an Mozart, Rousseau. Mahler, dieser Bastard, ist sogar konvertiert. Ich habe mich doch lediglich bereit erklärt, für Mr. Bernard Reden über die beunruhigende Lage unserer Glaubensbrüder in Europa zu verfassen. Wenn ich sie selbst halte, sind sie nur Schall und Rauch, aber bei Mr. Bernard werden gewisse Leute die Ohren spitzen. Türen werden sich auftun, und sei es nur einen Spaltbreit. Hierzulande hat das große Geld das Sagen.«

»Bei dir vielleicht«, sagte Schneiderman, »aber bei mir nicht.«

»Nun, *chaverim*, will sonst noch jemand seinen Senf dazugeben?«

Niemand.

»Mir bricht es das Herz, daß meine liebe Bessie jeden Morgen zu Teen Togs arbeiten gehen muß. Und ich habe einen Sohn zu erziehen. Darf ich nach all den Jahren, in denen ich meiner Muse gedient habe, nicht dafür sorgen, daß bei uns der Tisch ein bißchen reichlicher gedeckt wird?«

Untereinander uneins und wohlwissend, wieviel auf dem Spiel stand, schienen die Mitglieder des Zirkels gesonnen, zu vergeben und Nachsicht zu üben. L. B. spürte das. Doch da ergriff der sonst so schweigsame Shloime Bishinsky zum Erstaunen aller das Wort. »Daß Mr. Bernard reicher ist, als sich einer von uns in seinen kühnsten Träumen ausmalen kann, und daß er mächtig ist, kann nicht bestritten werden. Die Schnapsschieberei war eine schlaue Sache – mit Sünde hatte das nicht viel zu tun –, und viele, die ihn deswegen verurteilen, sind nur neidisch. Jay Gould, J. P. Morgan oder Rockefeller waren schlimmere Banditen. Verzeiht mir, ich will eigentlich nur sagen, daß sich solche Bonzen in Amerika meinetwegen ruhig eine Prachtvilla, einen Rolls-Royce, Chinchilla-Mäntel, Jachten und hübsche Puppen aus irgendeinem Tingeltangel leisten sollen. Aber einen Dichter sollten sie sich niemals kaufen können. Das hat etwas mit – ja, womit? –, mit menschlicher Würde zu tun. Mit dem Andenken der Toten. Mit der Heiligkeit des Wortes. Ich kann es schwer erklären. Jedenfalls bist du nicht der Mensch, L. B., für den ich dich gehalten habe. Verzeih mir, Bessie, aber ich kann nicht mehr kommen. Lebt wohl.«

Nur ein kümmerlicher Rest der Stammgäste erschien am darauffolgenden Freitagabend zur Dichterlesung, und einen Monat später kam niemand mehr.

»Wenn diese Traumtänzer hier nicht mehr aufkreuzen wollen, um sich runde Backen anzufuttern und mir ihren Dreck vorzulesen, soll es mir recht sein. Für meine Arbeit brauche ich sowieso Einsamkeit.«

Das kleine unangenehme Zucken im Nacken setzte ein, das Übelkeitsgefühl überkam L. B., und mit rasendem Puls verkroch er sich für drei Tage im Bett.

»Psst, Moishe, L. B. geht es nicht gut.«

Als L. B. sich wieder hinauswagte unter die Gojim, war er auf Mißbilligung ganz anderer Art gefaßt (diese Leute halten zusammen, Klassenkampf hin oder her), doch er stellte verblüfft fest, daß er ihnen imponiert hatte. Eine junge Frau – eine Morgan – meinte, ihre Tante habe mal was mit Solomon Gursky gehabt. »Er hat ihr einen Tisch aus Kirschholz gebaut. Sie hat ihn immer noch.«

Manchmal stand L. B. hinten in der Eingangshalle von Mr. Bernards Haus, hörte ihm zu und sah zu, wie er Beifall einheimste für L. B.s dichterische Redegewandtheit. Wir sind wie Edgar Bergen und Charlie McCarthy, dachte er dann. Es schmerzte, aber er wurde dafür entschädigt: Die Bergers konnten ihre Kaltwasserwohnung in der Jeanne Mance Street aufgeben und bezogen ein Einfamilienhaus mit Garten und

Ziersträuchern in einer von Bäumen gesäumten Straße des Outremont-Viertels. Die Bürgschaft für die Hypotheken übernahm Mr. Bernard. L. B. bekam ein richtiges Arbeitszimmer mit einem Schreibtisch aus Eiche, einem Ledersessel, einem Samowar und einer Staffelei für das von Herman Yalofsky gemalte Porträt: L. B. im Profil, über die Mysterien des Kosmos nachsinnend und dessen Gewicht ertragend.

3 Eines Nachmittags im Jahr 1942 sagte L. B. zu Moses, Bernard Gursky habe sie in seine Prachtvilla eingeladen. Moses wurde erst zum Friseur geschickt, dann in einen neuen Anzug und neue Schuhe gesteckt. L. B. erklärte: »Es ist eine Geburtstagsparty für Lionel, den ältesten Sohn. Er wird zwölf. Mr. Bernard meinte, du seist herzlich eingeladen. Du sollst mit den jüngeren Geschwistern spielen. Sie heißen Anita und Nathan. Wiederhole ihre Namen.«

»Anita und Nathan.«

»Wenn du Mrs. Gursky vorgestellt wirst, bedankst du dich für die Einladung zu der Party. Sie hat einen Horror vor Bazillen. Vor Kinderlähmung, Typhus, Scharlach. Wenn du auf die Toilette mußt, komm zu mir, dann zeige ich dir, wo eine für Gäste ist.«

»Soll das heißen«, fragte Moses mit heißen Wangen, »daß nicht einmal du auf ihre Toilette darfst?«

»Du und deine Empfindlichkeit. Wo du sie bloß her hast.«

Die drei Gursky-Brüder hatten sich in Hanglage über Montreal nebeneinander große Villen aus Feldstein bauen lassen. Mr. Bernard hatte drei Kinder. Mr. Morrie hatte zwei, Barney und Charna. Und nach Solomons Tod wohnte die Witwe mit den beiden Kindern, Henry und Lucy, weiterhin in der Villa ihres Mannes. Alle Gursky-Kinder lebten geborgen hinter den hohen Steinmauern des Anwesens und wurden über die Maßen verwöhnt. Kaum hatte Moses das schmiedeeiserne Tor passiert, sah er sich, von seinem Vater auf nichts vorbereitet, unerhörtem Prunk gegenüber.

Da gab es ein riesiges Schwimmbecken. Ein mehrstöckiges, geheiztes Haus, von einem Architekten entworfen und einem Innenarchitekten eingerichtet. Eine Miniatureisenbahn. Einen Hockeyplatz mit dick gepolstertem Bretterzaun. Einen Süßwarenladen wie an einer Straßenecke mit einem richtigen Getränkeausschank, geführt von einem Schwarzen, der über alles lachte. Da gab es auch ein Karussell mit Musik (das allerdings extra für die Geburtstagsparty gemietet worden war) und einen Fahrradweg entlang den Grundstücksgrenzen. Die Eisenbahn, der Süßwarenladen, der Hockeyplatz, der Fahrradweg – all dies war kurz nach der Entführung des Lindbergh-Babys angelegt worden. Seit derselben Zeit trugen die Chauffeure, die die verantwortungsvolle Aufgabe hatten, all die kleinen Gurskys, Henry und Lucy ausgenommen, zu ihren Privatschulen zu fahren, Waffen.

Rund zwanzig Kinder, die meisten genauso starr vor Staunen wie Moses, waren zu Lionels Geburtstagsfeier eingeladen und standen Schlange, um ihm zu gratulieren.

»Und wie heißt du?«

»Moses Berger.«

»Ach ja, dein Vater arbeitet für uns.«

Die Party wurde von Clowns in Schwung gebracht, die auf dem Gelände in einem kleinen Zirkusauto herumkurvten. Das Vehikel hatte ab und zu krachende Fehlzündungen, und die übergroße Hupe gab den ersten Takt von Beethovens Fünfter Symphonie von sich (der, in Morsezeichen übertragen, damals das V von *Victory* signalisierte). Außerdem schlenderten Taschenspieler, Ziehharmonikaspieler und fesche, wie die *voyageurs* von einst gekleidete frankokanadische Fiedler herum. Ein Schnulzensänger, der sonst im Tic-Toc auftrat, schaute kurz vorbei, um *Over the Rainbow* zu singen. Vier Liliputaner mittleren Alters, die wie Sechsjährige angezogen waren, sangen *The Lollipop Kids*. Ein Zauberer war eigens aus New York eingeflogen worden. Ein Indianer aus dem Caughnawaga-Reservat vollführte, entsprechend kostümiert, einen Kriegstanz, überreichte Lionel anschließend den Kopfschmuck seines Stammes und erklärte ihn zum Häuptling. Aber Mrs. Gursky nahm ihrem Sohn den Kopfschmuck sofort wieder weg und schärfte ihm ein, sich vor dem Schlafengehen die Haare zu waschen. Und dann war da noch die Geburtstagstorte, groß wie ein Lastwagenreifen und mit einem Marzipanüberzug, der raffinierterweise wie das Titelblatt des *Time*-Magazins gestaltet war: Lionel Gursky, der Junge des Jahres.

Moses ließ sich von den Pfeilen unter dem Wort GÄSTETOILETTE ins Kellergeschoß leiten und kam gerade rechtzeitig, um mit Barney Gursky zusammenzustoßen, als dieser sichtlich erhitzt das Örtchen verließ.

Danach schlenderte Moses am Pool vorbei zum anderen Ende des Grundstücks und traf dort auf zwei Kinder, die auf einer Schaukel saßen. Der Junge mußte ungefähr so alt sein wie er selbst, das daumenlutschende Mädchen vielleicht zwei Jahre jünger. Die Kleine zog den Daumen mit einem Plopp! aus dem Mund und sagte: »Warum gehst du nicht dahin zurück, wo du hergekommen bist – zu der Party?«

Der Junge stellte sich selbst als Henry und das Mädchen als seine Schwester Lucy vor.

»Ich bin Moses Berger.«

Lucy zuckte mit den Schultern, als wollte sie sagen: Na und? Dann trollte sie sich zurück zu ihrer Feldsteinvilla.

»In welche Schule gehst du?« fragte Moses.

»In k-k-keine«, antwortete Henry. »Ich darf nicht.«

»Aber alle müssen zur Schule gehen.«

»Ich hab 'ne P-p-privatlehrerin, die kommt zu uns. Miss Bradshaw. Sie k-k-kommt aus England.«

Moses wollte sich nicht lumpen lassen. »Mein Vater ist L. B. Berger – du weißt schon, der Dichter. Was macht dein Vater?«

»Mein V-v-vater ist tot. Willst du mein Zimmer sehen?«

»Klar.«

Gerade als Henry von der Schaukel sprang, ging eine Glastür auf und eine Dame mit grauen Strähnen im wirren schwarzen Haar schlurfte ins Freie. Sie war barfüßig, trug nichts weiter als ein hellblaues Nachthemd und wurde auf der einen Seite von einer stämmigen Frau in einem weißen, gestärkten Kittel und auf der anderen Seite von einem jungen Mann in einem weißen Jackett gestützt.

»Wer ist das?« fragte Moses.

»M-m-meine Mutter. Es geht ihr nicht gut.«

Dann nahm Henry die Hand des verblüfften Moses, umschloß sie fest und zog ihn hinter sich her ins Haus.

Das Wohnzimmer – es war das größte, das Moses jemals gesehen hatte – war mit von oben angestrahlten Gemälden vollgehängt, viele davon in schweren Goldrahmen. Moses identifizierte eines als einen Matisse, ein anderes als einen Braque. Er kannte sich einigermaßen aus, weil Miss Levy, seine Lehrerin in der Volksschule, das Mitteilungsblatt des Buchclubs als zusätzliches Lehrmittel benutzte und auf der Titelseite damals immer Werke berühmter Künstler abgebildet waren. Doch dann fiel ihm ein scharfumrissenes helles Rechteck auf der Tapete ins Auge. Offensichtlich hatte dort einmal ein großes Bild gehangen. Das Kabel für die Beleuchtung baumelte noch an der Wand.

Monate später erzählte ihm Lucy, an der Stelle habe sich früher das Porträt einer schönen jungen Frau befunden. Bei genauem Hinsehen habe man feststellen können, daß ein Auge blau und das andere braun gewesen war. Entweder sei der Maler, als er an dem Bild gearbeitet hatte, betrunken oder ganz einfach verrückt gewesen. Lucy hatte dazu eine eigene Theorie: »Ich glaube, die Lady wollte ihm für das Bild nichts bezahlen. Also rächte er sich und malte die Augen in zwei verschiedenen Farben.« Wie auch immer, das Bild sei kurz nach dem Tod ihres Vaters gestohlen worden. Alle hatten über die Dummköpfe gelacht, die unter anderem einen Matisse, einen Braque und einen Léger zurückgelassen hatten und mit nichts weiter als dem wertlosen Gemälde eines einheimischen Malers abgehauen waren.

Gigantische Teddybären okkupierten alle Ecken und Winkel von Henrys riesigem Zimmer. Das Bett war ungemacht, und Moses erkannte die Umrisse eines Gummituchs unter dem Bettlaken. Dann entdeckte er die alten, auf dem Fußboden in Reih und Glied aufgestellten Zinnsoldaten. Britische Grenadiere auf der einen Seite, französische Dragoner auf der anderen.

»Wie alt bist du?« fragte Moses.

»D-d-dreizehn.«

»Und du spielst immer noch mit Zinnsoldaten?«
»Du mußt ja nicht mitmachen, wenn du keine Lust hast.«
Aber Moses hatte Lust. Die beiden Jungen setzten sich auf den Fußboden, Moses hinter die französischen Dragoner.
»Die haben verloren«, sagte Henry und bot ihm die Grenadiere an.
»Wieso?«
»W-w-waterloo.«
Während die Schlacht ihren Lauf nahm, wurden unglaublich detailgetreue Geschütze ins Spiel gebracht, und die Sache fing an, Moses richtig Spaß zu machen. Doch dann sprang er unvermittelt auf. »Jesses, ich glaube, ich muß jetzt zurück. Sonst macht sich mein Vater Sorgen.«
»Du bist jetzt mein Gefangener«, sagte Henry, rannte zur Zimmertür und blockierte sie mit ausgebreiteten Armen.
»Ach, hör auf. Sei nicht so ein Blödmann.«
Henry kämpfte gegen die Tränen an und ließ die Arme sinken. »K-k-kommst du bald wieder und spielst mit mir?«
»Biet ihm doch Geld an«, sagte Lucy, die plötzlich auf der Schwelle stand. Sie lächelte. Ihre geballte Faust verdeckte den Mund, und ihre Backen waren ganz hohl, so heftig lutschte sie an ihrem Daumen.
»Ja, ich komme wieder.«
Moses rannte zurück, gerade rechtzeitig, um mitten in die Schlußzeremonie der Geburtstagsfeier hineinzuplatzen. Alle Kinder hatten sich nahe dem Tor, vor dem ihre freudestrahlenden Eltern darauf warteten, mit ihnen nach Hause fahren zu können, im Kreis aufgestellt. Ein Junge, der pummelige, rothaarige Harvey Schwartz – er trug einen Blouson mit Rüschen und eine magentarote Samthose –, trat vor und überreichte Mrs. Gursky einen Strauß roter Rosen. »Der ist für unsere liebe Gastgeberin«, sagte er und küßte die sich zu ihm hinunterbeugende Hausherrin auf die Wange, »weil sie so nett war, uns an diesem Tag, den wir für alle Zeiten in Erinnerung behalten werden, in ihr Haus einzuladen.«
»Du bist ein Engel«, sagte Mrs. Gursky und wischte sich die Backe mit einem Kleenex ab.
»Wir wünschen dem Geburtstagskind weiterhin gute Ge

sundheit und viel Erfolg bei all seinen künftigen Unternehmungen«, fuhr Harvey fort. »Und jetzt drei Hochrufe auf Lionel Gursky!«

Während alle außer Barney Gursky in lautstarke Hochrufe ausbrachen, machte sich Harvey Schwartz' Mutter an Mrs. Gursky heran. »Harvey ist Primus in der Talmud-Tora. Er hat bereits eine Klasse übersprungen. Ich hoffe, er darf bald wiederkommen.«

Moses erspähte L. B., der auf und ab ging und sichtlich wütend war. »Wo zum Teufel bist du gewesen?« fragte er, während Mr. Bernard lächelnd auf sie zusteuerte.

»Dahinten. Bei Henry und Lucy.«

Der entgeisterte L. B. warf Mr. Bernard einen flehenden Blick zu. »Tut mir leid«, sagte er.

»Macht nichts. Wie hätte er es wissen können?«

»Was ist mit ihrer Mutter?«

»Oh, verflucht«, sagte L. B.

Aber Mr. Bernard lachte glucksend. Er legte einen Wurstfinger an die Stirn und drehte ihn wie einen Schraubenzieher. »Bei der sind sämtliche Schrauben locker«, sagte er.

Eine aufgeregte Mrs. Gursky, die Harvey Schwartz vor sich her schob, stieß zu ihnen. »Sag es ihm«, herrschte sie ihn an.

»Tut mir leid, Mr. Bernard, aber jemand hat in der Gästetoilette gemeine Sachen über Lionel an die Wand geschmiert.«

»Was sagst du da?«

Als sie ohne Eile talwärts gingen, erzählte Moses seinem Vater, daß Henry ihn eingeladen hatte, wieder zum Spielen zu kommen.

»Kommt überhaupt nicht in Frage. Er ist Solomons Sohn.«

»Na und?«

»Das ist alles sehr kompliziert. Familiengeschichte. Alte Streitereien. Wir wollen uns da nicht reinziehen lassen.«

»Wieso nicht?«

»Wenn du älter bist, erkläre ich es dir.«

»Wieviel älter?«

»Gib jetzt bitte Ruhe. Mir reicht es für heute.«

Schweigend gingen sie die sich in Serpentinen an den steilen Hang schmiegende Straße entlang.

»Solomon war ein *balwan*«, sagte L. B. »Ein schrecklicher Mensch. Er ist einmal bei einer meiner Lesungen aufgekreuzt, und bei der anschließenden Diskussion hat er sich als erster gemeldet. ›Kann mir der Dichter sagen‹, fragte er, ›ob er ein Reimlexikon verwendet oder nicht?‹ Ich hätte ihm eine in die Schnauze hauen sollen.«

»Klar«, sagte Moses, aber als er sich die Szene vorzustellen versuchte, mußte er kichern. Er nahm die Hand seines Vaters. »Laß uns in Horn's Cafeteria einen Kaffee trinken.«

»Heute kann ich nicht. Du mußt von hier ab allein weitergehen.«

»Wo willst du hin?«

L. B. seufzte genervt. »Wenn du es unbedingt wissen willst: Ich müßte schon längst bei einer Bildhauer-Sitzung sein.«

»He, das ist ja toll. Wie heißt er?«

L. B. errötete. »Fragen, Fragen, Fragen. Hörst du denn nie auf? Jemand, den ich auf einer Party kennengelernt habe. Zufrieden?«

4 Als 1950 zur Feier von Mr. Bernards zwanzigstem Hochzeitstag ein Gedicht von L. B. in *Jewish Outlook* erschien, war Moses empört. Mittlerweile selbst engagierter Sozialist, fiel er über seinen Vater her: Er habe seine alten, ihm treu ergebenen Kameraden verraten und sei ein Fürsprecher der Gurskys, einer von Mr. Bernards Schoßhunden geworden.

»Beruhige dich. Und rede bitte nicht so laut«, wehrte sich L. B. »Zufälligerweise hat Mr. Bernard für unsere Flüchtlinge und den Staat Israel mehr getan als irgendeiner dieser *nebechinker.*«

Aber Moses ließ das nicht gelten, sondern beschuldigte seinen Vater, ein *niwse* geworden zu sein, jemand, der an des Königs Tafel gespeist habe. Sie stritten sich, und Moses erklärte, L. B. sei eingebildet und hochmütig, weil er Durchschriften von seiner gesamten Korrespondenz aufhob. L. B. erwiderte: »Dann nimm gefälligst zur Kenntnis, daß die in der Spartacus Press gedruckte Folio-Ausgabe des *Brennenden Buschs* jetzt mit zehn Dollar das Exemplar gehandelt wird, falls man das Glück hat, überhaupt eins zu ergattern. Das Buch wird als ›hochrangiges jüdisch-kanadisches Schrifttum‹ eingestuft. Für Sammler ein echter Leckerbissen.«

Schäumend vor Wut verließ Moses das Haus in der von Bäumen gesäumten Straße im Outremont-Viertel und wandte sich trostsuchend an Sam Birenbaum. Er rief ihn aus einer Bar im Zentrum der Stadt an. »Laß uns irgendwo was trinken«, sagte er.

»Hmm...«

»Na los, komm schon. Molly freut sich bestimmt, dich mal für eine Weile aus der Wohnung zu haben.«

Sam, der einst als Junge die Mitglieder von L. B.s Zirkel entzückt hatte, indem er Saccos vor Gericht gehaltene Rede deklamierte, hatte als erstes der Kinder die in ihn gesetzten Erwartungen enttäuscht. Dies entbehrte insofern nicht der Ironie, als ausgerechnet er, sobald er zu einem jungen Burschen herangewachsen war, dem Zirkel in mancherlei Hinsicht unentbehrlich wurde. O Gott, stöhnte manche Ehefrau, nachdem sie mal wieder die Telephonnummer von Birenbaum's Best Fruit gewählt hatte, schicken Sie uns schnell Ihren Sam. Bei uns sind alle Lichter aus. Oder: Das Klo ist verstopft. Oder: Der Wasserhahn in der Küche macht die ganze Nacht tropf-tropf-tropf. Oder: Die Heizkörper wollen nicht warm werden. Oder: Das Auto meiner Schwägerin springt nicht an.

Also machte sich Sam schleunigst auf den Weg, um durchgebrannte Sicherungen auszuwechseln, die Unaussprechlichkeiten anderer Leute aus einem Klo zu pumpen, einen Dichtungsring zu ersetzen, Heizkörper zu entlüften, destilliertes Wasser in eine ausgetrocknete Autobatterie zu füllen. Obwohl man sich dafür dankbar zeigte, machmal sogar übertrieben dankbar, spürte er jedesmal, daß die Leute ihn nicht ernst nahmen, eben weil er sich so gut auf derart plebejische Verrichtungen verstand.

Es war L. B. nicht recht, daß Sam und Moses auf der High-School unzertrennliche Freunde wurden, und er hänselte Sam jedesmal, wenn er zu Besuch war. »Ist das etwa ein Buch, was du da in der Hand hältst, Sam, oder lassen mich meine Augen im Stich?«

»Es ist ein Magazin. *Black Mask*.«

»Schund.«

Später studierten Sam und Moses an der McGill University. Der drei Jahre ältere Sam war Herausgeber des *McGill Daily*, aber im letzten Jahr brach er das Studium ab und nahm einen Job bei der *Gazette* an, weil seine Freundin Molly schwanger war. Sie wollte, daß er sein Studium abschloß, damit er später neben einer Lehrtätigkeit ernsthaft das Schreiben in Angriff nehmen könnte, und erklärte sich deshalb zu einer Abtreibung bereit. Sam wollte davon nichts wissen. Seit Molly in der High-School seine Freundin geworden war, hatte er in der ständigen Angst gelebt, sie könnte jemanden finden, der intelligenter und nicht so pummelig war wie er. Jetzt mußte sie ihn heiraten. Moses erinnerte sich an den Tag, als Sam ihm freudestrahlend die Nachricht überbracht hatte. »Molly Sirkin wird meine Frau. Stell dir vor.«

Sie gingen zur Feier des Tages mittags ins Chicken Coop.

»Schau nicht hin«, sagte Sam. »Da kommt Harvey Schwartz, der alle reichen Leute sympathisch findet.«

Harvey kam zu ihnen an den Tisch, um sie mit seiner Verlobten, Miss Rebecca Rosen, bekanntzumachen, die sich ein Sträußchen Gardenien angesteckt hatte. »Wir kommen gerade von Mr. Bernard«, sagte Harvey und fügte beiläufig hinzu, er werde nach dem Studium bei McTavish Distillers anfangen. »Ich betrachte das als eine große persönliche Herausforderung.«

»Ich möchte dir eine sehr intime Frage stellen«, sagte Moses. »Wenn du Mr. Bernard in seiner Prachtvilla besuchst und pinkeln mußt – auf welche Toilette schickt man dich dann?«

»Laß uns gehen, Schatz«, sagte Rebecca. »Die sind mir zu albern.«

Und jetzt war Sam noch nicht einmal dreiundzwanzig und schon Vater eines zweijährigen Sohnes, der anfällig war für

Ohrenschmerzen, Masern, Wundsein, Kidnapper, Sittenstrolche, plötzlichen Kindstod und wer weiß was für Dinge, die selbst Sam nur dunkel erahnte.

Die beiden Freunde trafen sich im Café André. Moses berichtete Sam von seinem Streit mit L. B. und zog über die Gurskys her, die neuen jüdischen Fürsten in Amerika. »Vom Rambam zu Schnapsschmugglern – wir haben es weit gebracht. Meinst du nicht auch?«

»Ich dachte, du kommst mit den Gurskys gut aus.«

»Nur mit Henry.«

Sie zogen weiter ins Rockhead's Paradisc, von wo aus Sam sofort zu Hause anrief. »Sieh mich nicht so an. Sie soll immer genau wissen, wo ich bin, nur für den Fall...«

»Für welchen Fall?«

»Laß gut sein. Hör mal, ich muß dir was erzählen, aber es muß unter uns bleiben. Ich habe ein paar Sachen von mir an die *New York Times* geschickt, und sie haben mich zu einem Vorstellungsgespräch eingeladen, aber auch wenn sie mir einen Job anbieten, werde ich ihn nicht annehmen.«

»Wieso nicht?«

»Molly will nächstes Jahr wieder arbeiten gehen. Ihre Mutter könnte sich tagsüber um Philip kümmern, und ich könnte bei der *Gazette* aufhören und es ernsthaft mit dem Schreiben versuchen.«

Stunden später fuhr Sam, der im Auto seines Vaters gekommen war, Moses nach Hause, und irgendwie schaffte er es, keinen Unfall zu bauen. Moses hatte erhebliche Probleme mit dem Hausschlüssel. Er ließ sich auf die Knie sinken, um sich besser darauf konzentrieren zu können, den Schlüssel in das dafür vorgesehene Loch zu stecken, und dabei kicherte er albern. »Psst«, ermahnte er sich selber. »L. B. schläft.«

»... und träumt von unermeßlichem Ruhm.«

»Vom Pulitzerpreis.«

»Vom Nobelpreis.«

»Von Denkmälern ihm zu Ehren.«

»Mein Gott, allein schon seine Beethovenmähne.«

»Hör auf.«

Sie setzten sich auf die Stufen vor der Haustür, und Moses

fing wieder von den Gurskys an. »Ich hab gehört, daß Solomon, der in den dreißiger Jahren gestorben ist, der schlimmste Halunke war.«

»Molly ist bestimmt noch auf und wartet auf mich.«

»Kannst du mir bei der *Gazette* Zugang zum Material über Solomon Gursky verschaffen?«

»Wieso interessierst du dich so dafür?«

»Erinnerst du dich noch an Shloime Bishinsky?«

»Klar. Was hat er damit zu tun?«

Keine Antwort.

»Du willst L. B. eins reinwürgen, stimmt's, Kamerad?«

»Kannst du dafür sorgen, daß ich an das Material über Solomon Gursky rankomme oder nicht?«

»Klar kann ich das.«

Aber das Material war gestohlen worden. Die große braune Hülle im Archiv war leer, und als Moses die alten Nummern der Zeitung herauskramte, in denen über den Prozeß berichtet worden war, stellte er fest, daß jemand die einschlägigen Artikel mit einer Rasierklinge herausgeschnitten hatte.

Für Moses waren die Weichen gestellt.

## 5

An einem Spätnachmittag im Jahr 1908 stürzte Solomon Gursky in Fort McEwen, Alberta, nach der Schule ins Freie, mitten hinein ins dichte Schneetreiben, und erblickte seinen Großvater Ephraim, der hinten auf seinem langen Schlitten stand und auf ihn wartete. Solomon war erst neun Jahre alt, der Großvater hingegen, von den Indianern »Knochenflikker« genannt, bereits einundneunzig; ihm blieb nicht mehr viel Zeit. Er hauste mit einer jungen Frau namens Lena draußen im Reservat in einer Baracke aus Teerpappe. Ein Gespann von zehn kläffenden Hunden war an den Schlitten geschirrt. Ephraims Augen glühten, und er stank nach Rum. Eine Backe war aufgeschürft, die Unterlippe geschwollen.

»Was ist passiert?« fragte Solomon.

»Keine Sorge, ich bin nur auf dem Eis ausgerutscht und hingefallen.«

Ephraim deckte seinen Enkel mit Büffelfellen zu, legte die Flinte in Griffweite, ließ die Peitsche knallen und trieb die Hunde an.

»Was ist mit Bernie und Morrie?« fragte Solomon.

»Die kommen nicht mit.«

George Two Axe ging ungeduldig in der Abenddämmerung auf der Laderampe hinter seinem Gemischtwarenladen auf und ab. Eilig lud er große Mengen Pemmikan, Zucker, Speck und Rum auf den Schlitten.

»Fahr gleich los«, drängte er.

Aber Ephraim ließ sich nicht drängen. »George, ich möchte, daß du jemanden zu meinem Sohn schickst und ausrichten läßt, daß der Junge heute bei den Davidsons übernachtet.«

»Du kannst das Kind auf keinen Fall mitnehmen.«

»Reg dich nicht auf, George.«

»Wenn dir da draußen was passiert, hat er keine Chance.«

»Ich werde dir aus Montana schreiben.«

»Ich will gar nicht wissen, wohin du willst.«

»Ich verlasse mich auf dich«, sagte Ephraim. Mit drohend blitzenden Augen warf er George Two Axe ein Bündel Geldscheine zu. »Zimmere ihm einen anständigen Sarg aus Fichtenholz und gib den Rest seiner Familie.«

»Du bist verrückt im Kopf, Alter.«

Statt an den Eisenbahngleisen rechts abzubiegen, machte Ephraim einen Schwenker nach links und folgte der Schlittenspur, die zwischen den Schienen hinaus in die Prärie führte.

»Ich dachte, wir fahren nach Montana.«

»Nein, wir fahren nach Norden.«

»Wohin?«

»Weit weg.«

»Bist du wieder mal betrunken, *sejde*?«

Ephraim lachte und sang ihm eins seiner Seemannslieder vor:

»Wenn wir in London dann am Kai festmachen,
wird sich das Nuttenvolk ins Fäustchen lachen.
Die Heuer von drei Jahren, volle Taschen?
Kommt her, hier gibt es was zu naschen!
Willkommen daheim, willkommen daheim!«

Sie fuhren die ganze Nacht durch. Solomon hatte sich in die Decken aus Büffelfell gekuschelt. Ephraim weckte seinen Enkel erst, nachdem er einen Iglu gebaut und darin eine wärmende Steinlampe angezündet hatte. Er forderte Solomon auf, ihm dabei zu helfen, ein paar Dinge vom Schlitten abzuladen. »Aber paß auf, daß du nicht hinfällst«, ermahnte er ihn.

Erstaunlicherweise gehörten zu den Dingen, die ausgeladen werden mußten, eine Anzahl Bücher, darunter eine lateinische Grammatik. »Gleich nach dem Frühstück fangen wir mit ein paar Verben an«, sagte Ephraim.

»Miss Kindrachuk hat gesagt, Latein ist eine tote Sprache.«

»Deine verdammte Schule taugt nichts.«

»Ich muß nicht bei dir bleiben. Ich geh nach Hause.«

Ephraim warf ihm ein Paar Schneeschuhe und den Kompaß zu. »Dann wirst du dies hier gut gebrauchen können, mein Lieber. Und egal, wie müde du bist, leg dich nicht hin, sonst erfrierst du.«

Wütend wanderte Solomon durch eine Wüste aus wirbelndem Schnee. Nach einer Stunde war er zurück. Mit klappernden Zähnen sagte er versuchsweise: »Gestern waren die Mounties bei uns in der Schule.«

»Trink eine Tasse Fischbrühe. Ich brate Speck.«

»Sie haben André Clear Sky abgeholt. Im Reservat hat es eine Mordsschlägerei gegeben.«

Ephraim knüpfte einen Segeltuchsack auf und holte neue Kleidungsstücke für Solomon heraus. »Das hier«, sagte er und zeigte auf eine Parka, »ist eine *attigik*. Und dies« – er hielt eine weite, knielange Hose hoch – »heißt *qarliiq*.« Beide Kleidungsstücke, erläuterte er, seien aus Karibufell und würden mit der Hautseite nach innen getragen. Er hatte auch zwei Paar Socken – von denen das eine mit der Fellseite nach innen und das andere mit der Fellseite nach außen darüber angezogen werden müsse – und Stiefel aus Karibuleder.

»Wohin fahren wir?« fragte Solomon.

»Zum Eismeer.«

George Two Axe hatte recht gehabt: Der Großvater war wirklich verrückt.

»Iß jetzt deinen Speck. Danach legen wir uns ein Weilchen aufs Ohr.«

»Wie lange bleiben wir weg?«

»Wenn du so eine Memme bist und unbedingt nach Hause willst, dann nimm die Hunde und hau ab, bevor ich aufwache.«

Ephraim lehnte die Flinte an den erhöhten Schlafplatz, und gleich darauf war er eingenickt. Sein Mund stand weit offen, und der Iglu hallte von seinem Schnarchen wider. Solomon spielte kurz mit dem Gedanken, ihn mit dem Gewehrkolben k.o. zu schlagen und abzuhauen, aber er bezweifelte, ob er mit den Hunden zu Rande kommen würde, und außerdem wollte er nicht wieder hinaus in die Kälte. Morgen war auch noch ein Tag.

»Was, du bist noch da?« fragte Ephraim, als er aufwachte. Er schien nicht sehr erfreut.

»Na und?«

»Hast dir wohl Sorgen gemacht, wie ich ohne die Hunde zurechtkomme.«

»Ich bin noch nie am Eismeer gewesen.«

Ephraims Gesicht hellte sich auf. Er lächelte sogar. Wenig später fuhren sie wieder durch die Nacht und konjugierten lateinische Verben. Ephraim machte sich über Solomon lustig. »Jetzt habe ich dich am Hals, und ich weiß nicht einmal, ob ich genügend Proviant für uns beide mitgenommen habe.«

Am zweiten Abend ihrer Reise sagte Ephraim zu Solomon: »Warum mache ich es mir nicht für eine Weile unter den Büffelfellen bequem und du lenkst zur Abwechslung das Gespann?«

»Und wenn ich vom richtigen Kurs abkomme?«

»Siehst du da hinten tief am Himmel den Diamanten funkeln? Auf den mußt du zuhalten.«

Nach einer Woche fuhren sie nicht mehr nachts. Ephraim machte sich auch nicht mehr die Mühe, den Iglu zu zerstören und alle Spuren zu beseitigen, wenn sie ihr Lager abbrachen. Er zeigte Solomon, wie man die Hunde anschirrte. Die faulsten kamen an die kürzesten Zugriemen, wo sie am leichtesten mit der Peitsche zu erreichen waren. Bevor er das Hundefutter mit dem Beil zerkleinerte, kippte Ephraim immer den Schlitten um und zurrte die Riemen so fest wie möglich, damit die geifernden, aufgeregten Hunde nicht durchgingen. Er warf ihnen das Fleisch vor und lachte, wenn sich die stärksten, die sich sowieso schon gegenseitig die Ohren ramponiert hatten, um die dicksten Brocken balgten. »Von jetzt an«, sagte Ephraim zu Solomon, »ist das deine Aufgabe.«

Ephraim hatte längst gemerkt, daß der Junge gern das Gespann lenkte, aber er beobachtete ihn weiterhin genau und ärgerte sich über seine flegelhafte Art und darüber, daß er sich bei allen anderen Arbeiten genauso abweisend und mürrisch verhielt wie beim Lateinunterricht. Er fragte sich, ob er sich in dem Jungen getäuscht hatte, so wie er sich im Lauf der Jahre in vielen anderen Menschen getäuscht hatte. Doch dann entdeckte er, daß Solomon ihre Reiseroute heimlich in ein Schulheft eingezeichnet hatte, fein säuberlich und mit allen Orientierungshilfen. Mit noch größerer Genugtuung stellte er fest, daß Solomon sich bei jeder Rast, wenn der Großvater zu schlafen schien, mit dem Beil aus dem Iglu schlich und einen Baum mit einer tiefen Kerbe kennzeichnete.

Ihren ersten richtigen Krach hatten sie kurz nach einer Lateinstunde.

»Du gehst an den Proviant, während ich schlafe«, sagte Solomon. »Ich merke es beim Aufladen am Gewicht.«

»Quatsch.«

»Ich finde, wir sollten die Eßsachen gleich hier in zwei Hälften teilen, und wenn dir der Proviant ausgeht, bevor wir ankommen, dann –«

»Du kannst ja noch nicht einmal mit der Flinte umgehen. In deinem Alter habe ich schon Vergil gelesen. Geh die Hunde anschirren.«

»Damit du an mir rummeckern und behaupten kannst, ich mache alles falsch?«

»Na los, mach schon!«

»Mach es doch selber!«

»Ich leg mich wieder schlafen.«

Drei Tage lang trödelten sie im Lager herum und redeten nicht miteinander, bis Solomon schließlich die Hunde anschirrte. Ephraim ging nachsehen. Solomon hatte gute Arbeit geleistet. Schon wollte er den Jungen loben, damit das Eis zwischen ihnen ein bißchen taute, doch alte Gewohnheiten wird niemand so leicht los. Er unterdrückte die Anwandlung und sagte lediglich: »Zur Abwechslung hast du mal keinen Pfusch gemacht.«

Sie mußten noch drei anstrengende Tagesreisen hinter sich bringen, bis sie mit ihrem Schlitten das Ufer des Großen Sklavensees erreichten.

Neunzehnhundertacht.

In einem anderen Teil der Welt war Tzu-Hsi, die Kaiserinwitwe von China, gestorben; Ephraims alter Freund Geronimo siechte dahin und sollte auch bald sein Leben aushauchen; Einstein trat mit der Quantentheorie über das Licht in Erscheinung, und in Detroit rollte das erste Modell T vom Fließband. Aber am Ufer des eiszeitlichen Sees hockten Ephraim – er war nicht so sehr zusammengeschrumpft, als vielmehr reduziert auf das eigentlich Wesentliche – und sein auserwählter Enkel im flackernden Schein des Nordlichts am Lagerfeuer und wärmten sich. Auf Ephraims Schulter hockte ein Rabe. »Einer der Götter der Crees kann sich mit allen Vögeln und sonstigen Tieren in ihrer eigenen Sprache unterhalten, aber ich kann mich nur dem Vogel verständlich machen, der nicht zu Noah zurückgekommen ist.«

Ephraim stand auf, pinkelte und warf den Hunden ein bißchen Fisch vor. »Hörst du das Heulen da oben in den Hügeln?«

»Ist das ein Wolf?«

»Die Chipewyans, die aus purem Spaß alles umbringen, sogar Vogeljunge im Nest, tun dem Wolf nie etwas zuleide, weil sie glauben, daß er nicht wie die anderen Tiere ist. Aber ich bin kein Chipewyan. Komm mit«, sagte er und hielt Solomon die Hand hin.

Doch Solomon drehte sich weg und schlug sie aus. Er hätte sie gern genommen, aber das ging nicht.

»Ich zeig dir jetzt was«, sagte Ephraim.

Er zog ein langes Messer aus der Verschnürung des Schlittens und steckte es senkrecht in den Schnee. Dann schmolz er Honig über dem Feuer und bestrich damit die Klinge. Der Honig gefror augenblicklich. »Der Wolf kommt irgendwann runter ins Tal, leckt an dem Honig und schneidet sich dabei die Zunge in Stücke. Dumm und gierig, wie er ist, wird er so lange sein eigenes Blut von dem Messer lecken, bis er verblutet ist. Kapiert?«

»Klar.«

»Nichts hast du kapiert. Ich versuche, dich vor Bernard zu warnen«, sagte Ephraim und funkelte ihn wütend an. »Wenn die Zeit gekommen ist, vergiß nicht, dein Messer mit Honig zu bestreichen.« Vor sich hin brummelnd, machte er sich daran, Schnee für Teewasser zu schmelzen. »Hier gibt's Gold. Wir sitzen genau drauf.« Dann erging er sich in Erinnerungen an seine in Kohlebergwerken verbrachte Kindheit, und zwar in einer Weise, als hätte Solomon damals in der Grube an seiner Seite geschuftet – wie er selbst an einen Schlitten gekettet, den man auf allen vieren kriechend und argwöhnisch nach huschenden Ratten Ausschau haltend hinter sich her zur Abraumhalde schleifen mußte. Er gedachte auch der Mädchen, die über Tage gearbeitet hatten. Eine hatte Sally geheißen und war aus der Grafschaft Clare gewesen. Und er verfluchte alte Feinde, von denen Solomon noch nie gehört hatte, und war sichtlich enttäuscht, daß der Junge die Suppe nicht zusätzlich mit ein paar eigenen Schimpftiraden würzte, sondern ein verdutztes und sogar ein wenig ängstliches Gesicht aufsetzte. »In Minsk«, sagte Ephraim, »und später auch in Liverpool war dein Urgroßvater Kantor, und wenn er Kol Nidre sang, war keine Synagoge groß genug, damit alle sitzen konnten.«

Lange bevor sie ihr Ziel erreichten, fuhren sie in ihren ersten Schneesturm hinein. Ephraim setzte sich auf den Schlitten, wickelte sich in die Felle und sagte: »Du baust uns jetzt besser einen Iglu.«

»Aber ich weiß nicht, wie.«

»Bau ihn trotzdem«, sagte Ephraim und warf ihm das lange Messer zu.

»Bau ihn selber«, sagte Solomon und kickte das Messer weg. »Ich leg mich jetzt schlafen.«

Verrückter alter Mistkerl, dachte Solomon, aber er hob das Messer auf. Während ihm die Tränen auf den Backen gefroren, machte er sich daran, Schneeblöcke zu schneiden. Als er fertig war, schüttelte er den Großvater so heftig, wie er sich traute, um ihn zu wecken. Drinnen im Iglu zündete Ephraim die *koodlik* an, nahm Solomon auf den Schoß und wärmte die hellroten Flecken auf seinen Wangen mit seinen Händen. Dann wickelte er ihn auf der plattformartigen Schlafstelle aus Schnee in Felle und sang ihm mit einem seiner Lieder in den Schlaf – nicht mit einem weltlichen Lied, sondern mit einem der Gesänge aus der Synagoge, die er am Tisch seines Vaters gelernt hatte.

Stark und niemals falsch ist Er,
Würdig unseres Lieds ist Er,
Wirkend und schaltend,
Behütend und verwaltend.

Sobald der Junge fest schlief, konnte Ephraim seinen auserwählten Enkel endlich liebevoll betrachten, die Handrücken an seinen Wangen wärmen, sich in eine Ecke setzen und in aller Ruhe betrinken. *Ich bin einundneunzig Jahre alt, aber ich bin nicht bereit zu sterben, solange ich Ihn nicht von Angesicht zu Angesicht gesehen habe.*

Randvoll mit Rum, seinen schwarzseidenen Zylinder auf dem Kopf und den Tallit um die Schultern gelegt, beugte sich Ephraim über seinen Enkel, spreizte die vom Alter steifen Hände und sprach den Segen, den sein Vater immer über ihm ausgesprochen hatte: *»Jesimcha Elohim keEfraim vechi Menasche.«*

Solomon hielt Ephraim für unberechenbar, verschroben. Ein schrulliger Zeitgenosse. Selten liebevoll, meist ungeduldig, gereizt und voller Widersprüche. An einem Tag war er voll des Lobs für die Eskimos, diese erfinderischen Menschen, die in der Eiswüste zu leben gelernt hatten, mit dem auskamen, was das Land ihnen bot, und Werkzeug und Waffen aus Knochen und Sehnen herstellten. Doch schon tags darauf zog er im Suff über sie her. »Die bilden sich ein, sie können ein krankes Kind dadurch heilen, daß ihre Frauen um das Kind herumtanzen und *aya, aya, aya* singen. Sie haben keine Schriftsprache, und der Wortschatz ihrer gesprochenen Sprache ist armselig.«

Bevor er zum Frühstück gefrorenes Fleisch in Scheiben schnitt, hielt er das Messer an die Zunge, die sofort an der Klinge klebenblieb, dann wartete er ab, bis seine Körperwärme das Metall genügend erwärmt hatte, damit sich seine Zunge wieder löste. Wenn er mit dem kalten Messer zu schneiden versuche, erläuterte er, könne die Klinge abrutschen oder gar brechen.

Jedesmal, wenn sie das Lager abbrachen, stellte Solomon wütend fest, daß viel mehr Proviant weg war, als sie gemeinsam gegessen hatten. Offensichtlich schlug sich der egoistische alte Mistkerl heimlich die Wampe voll.

Ephraim war besonders reizbar, wenn ihm die Namen alter Freunde nicht einfielen. Er neigte dazu, aus seinem wirren Gedächtnis immer wieder dieselben Geschichten hervorzukramen. Selbst wenn er die verhaßte Lesebrille aufsetzte, gelang es ihm nicht mehr, aus einem Schneehuhnknochen eine Nähnadel zu fertigen, und er mußte den Pfusch wegwerfen. Fünf Stunden Schlaf reichten ihm, und es kam vor, daß er Solomon frühmorgens aus dem Schlaf riß, weil er ihm angeblich etwas Wichtiges mitzuteilen hatte. »Iß nie Eisbärleber. Davon wird man verrückt.«

Für Solomon, der noch nie einen nackten alten Mann gesehen hatte, war Ephraim ein erstaunlicher Anblick. Ein Wrack war er, eine Ruine: die restlichen Zähne locker, lang und senfgelb; das Kinn fliehend; die Muskeln der spindeldürren und doch überraschend kräftigen Arme schlaff; der schmächtige Brustkorb von einem Pelz eisgrauen Haars bedeckt; der Bauch wabbelig; an einer Hüfte eine rote, apfelgroße Geschwulst, die die umgebende Haut straffzog (»Meine ganz persönliche Frostbeule«, sagte er dazu); ein dunkelrotes Geflecht von Krampfadern, die ein Bein entstellten; beunruhigend große Hoden in einem verschrumpelten Sack und ein aus einem Nest von schneeweißen Haaren herausbaumelnder Penis; alte Wunden, Narben und purpurrote Stellen, wo man ihn schlampig zusammengeflickt hatte; ein Rücken, der nur aus Striemen, Knoten und Wülsten bestand.

»Woher kommt das?« fragte Solomon.

»Ich war ein böses Bürschchen.«

Manchmal war Ephraim morgens nach dem Aufwachen ganz munter und richtig wild darauf, tiefer in die Tundra vorzustoßen. An anderen Tagen klagte er über Schmerzen in den Knochen, lungerte auf der Schlafplattform herum und verschaffte sich mit der Rumflasche Erleichterung. Wenn er betrunken war, kam es vor, daß er sich über Solomon lustig machte und seine Mängel aufzählte oder im Iglu hin und her schlurfte, ohne seinen Enkel zu beachten, und mit sich selbst und den Toten stritt. »Wie konnte ich denn wissen, daß sie sich aufhängen würde?«

»Wer?«

»Steck deine Nase nicht in meine Angelegenheiten.«

Das Aufziehen seiner geliebten goldenen Taschenuhr mit den eingravierten Worten

*Von W.N. für E.G. – de bono et malo*

gestaltete er allabendlich zu einer sehenswerten Zeremonie.

Eines Nachts rüttelte er Solomon wach und geiferte: »Ich will ihn von Angesicht zu Angesicht sehen, wie Moses auf dem Berg Sinai. Warum nicht? Sag mir, warum nicht?«

Zu essen gab es Schneehase und Schneehuhn. Ephraim brachte Solomon bei, mit der Flinte umzugehen und Karibus zu erlegen. Wenn er dabei zuviel Munition verschoß, schüttelte Ephraim mißbilligend den Kopf. Aber als Solomon seinen ersten Karibubullen mit einem sauberen Blattschuß zur Strecke brachte, umarmte und kitzelte Ephraim seinen verblüfften Enkel, und dann wälzten sich die beiden im Schnee. Ephraim weidete den Bullen aus, wobei er sorgfältig darauf achtete, nicht den Labmagen anzustechen. Er schöpfte warmes Blut heraus, trank es und forderte Solomon mit einem Wink auf, dasselbe zu tun. Später knackte er im Iglu ein paar Knochen und zeigte Solomon, wie man das Mark heraussaugt. Dann schnitt er Fettlappen aus dem Rumpf, auf denen sie herumkauten. Anschließend wurde Solomon übel, und er floh aus dem Iglu.

Eine Woche danach kampierten sie an den Ufern des Point Lake und des Coppermine River. Ephraim erzählte Solomon, daß bisher nur fünf große Söhne Israels das einhundertzwanzigste Lebensjahr erreicht hätten: Moses, Hillel, Rabbi Jochanan ben Zakkaj, Rabbi Jehuda HaNassi und Rabbi Akiba. »Ich bin schon einundneunzig, aber wenn du glaubst, ich werde bald sterben, dann hast du dich getäuscht.«

Während sie am Coppermine River entlangzogen, schien sich Ephraims Gemüt immer mehr aufzuhellen. An manchen Abenden unterhielt der Alte seinen Enkel mit Geschichten, während sie nebeneinander unter ihren Fellen lagen und der Iglu von flackerndem Licht erfüllt war, aber in anderen Nächten trank Ephraim zuviel Rum.

»Wie willst du nach Hause zurückfinden, wenn ich eines Tages nicht mehr aufwache?«

»Mach dir um mich keine Sorgen.«

»Vielleicht war es dumm von dir, mitzukommen. Mich kann man im Notfall nicht mal mehr auffressen. Ich bin nur noch Haut und Knochen.«

Solomon rückte unter den Fellen von ihm ab. »Ich kann solche Scherze nicht leiden, *sejde*.«

»Kann sein, daß ich mich in dir getäuscht habe. Vielleicht hätte ich Bernard mitnehmen sollen. Oder Morrie.« Er packte Solomon und schüttelte ihn. »Wer weiß, ob nicht Morrie derjenige ist, vor dem man sich in acht nehmen muß. Verdammt. Du verstehst überhaupt nichts.«

»Wenn du mich so sehr haßt, warum hast du mich dann hierhergeschleppt?«

Verblüfft und verletzt wollte Ephraim protestieren und hätte dem Jungen am liebsten gesagt, wie sehr er ihn liebte, aber er verkniff es sich. Etwas in ihm ließ es nicht zu. »Warum hat Saul den Speer gegen David geschleudert?«

Sobald sie ihr Ziel, die Gestade des Eismeers, erreicht hatten, bauten der alte Mann und der Junge zusammen einen Iglu und hängten ihre Sachen zum Trocknen an eine Schnur über die *koodlik*. Dann breitete Ephraim die Felle über die Schlafplattform und packte seinen Enkel darin ein. »Der sterbende Mann von den Orkney-Inseln«, sagte er, »der Bootsführer, den ich im Gefängnis in Newgate kennengelernt habe, hat zuerst mich und jetzt auch dich an dieses Ufer geführt.«

Ephraim feierte ihre glückliche Ankunft, indem er eine Flasche Rum trank und Solomon Lieder vorsang – Synagogengesänge. Dann erzählte er ihm eine Geschichte. »Vor langer, langer Zeit war nicht nur der Norden, sondern fast das ganze Land mit Eis bedeckt, und die Eisdecke war vielleicht eine Meile dick. Als sie schmolz, gab es eine Art Sintflut. Das Wasser überflutete das Land der Eskimos, der Louchcux, der Assiniboines und der Stoney People. Viele ertranken, bevor Iktoomi Erbarmen mit ihnen hatte und beschloß, ein paar zu retten. Iktoomi rettete einen Mann und eine Frau, außerdem von jeder Tierart ein Männchen und ein Weibchen. Er baute ein großes Floß, auf dem sie alle zusammen auf den Fluten dahintrieben.

Am siebenten Tag befahl Iktoomi dem Biber, bis zum Grund zu tauchen, um herauszufinden, ob er ein Stück Erde mitbringen konnte. Oh, der arme Biber, er tauchte und tauchte, aber er kam nicht bis auf den Grund. Also schickte Iktoomi am nächsten Tag die Moschusratte ins Wasser, um nachzusehen, ob sie einen Klumpen Lehm heraufbringen konnte. Die tapfere Moschusratte tauchte sehr tief. Alle warteten und warteten, und als es Abend wurde, machte es plopp!, und die tote Moschusratte dümpelte dicht neben dem Floß auf dem Wasser. Iktoomi zog sie an Bord und fand in einer Pfote einen kleinen Lehmklumpen. Er machte sie wieder lebendig, nahm das bißchen Lehm und knetete es zwischen den Fingern, und dabei wurde es immer größer. Schließlich ließ er den Lehm neben dem Floß ins Wasser gleiten, wo er weiterwuchs und zu fester Erde wurde, so daß bald danach das Floß mit all den Tieren landen konnte. Und von der Stelle aus, wo er es geformt hatte, wuchs und wuchs das Land immer weiter.

Als alle Tiere am Ufer waren und das Land noch immer wuchs, wartete er, bis er es nicht mehr überblicken konnte. Dann schnappte er sich den Wolf und befahl ihm, rund um die Erde zu rennen und erst zurückzukommen, wenn er ihm berichten konnte, daß die Erde groß genug war, um alle Menschen aufzunehmen. Der Wolf war sieben Jahre unterwegs, und doch konnte er in all der Zeit die Welt nicht umrunden. Erschöpft kroch er nach Hause und ließ sich zu Iktoomis Füßen fallen. Da schickte Iktoomi den Raben mit dem Auftrag los, das Stück Welt zu überfliegen, das der Wolf nicht gesehen hatte. Der Rabe war damals noch schneeweiß, jawohl, so war das damals, und er flog los, um Iktoomis Auftrag zu erfüllen. Jedenfalls sah es so aus. Doch statt dorthin zu fliegen, wohin er fliegen sollte, bekam er Hunger, und als er einen Leichnam vorbeitreiben sah, stieß er herab und pickte daran. Dann flog er wieder nach Hause, und als Iktoomi ihn sah, wußte er, daß der Rabe Leichenfleisch gefressen hatte, weil sein Schnabel blutig war. Also schnappte er ihn sich und sagte: ›Da du solch ein schmutziges Wesen hast, sollst du auch eine schmutzige Farbe haben.‹ Im Nu wurde aus dem weißen ein schwarzer Rabe, und diese Farbe hat er bis zum heutigen Tag behalten.«

Ephraim schlüpfte zu Solomon unter die Felle, und die beiden umarmten sich, um sich zu wärmen. Am nächsten Morgen sagte er: »Wir warten hier, bis meine Leute uns gefunden haben. Dann brauchst du dich im Bett nicht länger an einem Sack voll Knochen zu wärmen.«

»Woher wollen deine Leute wissen, daß wir hier sind?«

»Der erste Mensch, den das Große Wesen schuf, war eine Fehlkonstruktion«, sagte Ephraim. »Er war nicht vollkommen, und deshalb wurde er verworfen und *kub-lu-na* oder auch *kod-lu-na* genannt, was soviel wie ›weißer Mann‹ heißt. Das Große Wesen machte einen zweiten Versuch, und das Ergebnis war der vollendete Mensch oder Inuit, wie diese Leute sich selbst nennen. Sie werden uns finden und mich hier bis zu meinem Tod verstecken.«

»Du meinst, du bringst mich nicht wieder nach Hause?«

»Du kannst das Hundegespann haben. Den Schlitten. Eine von den Flinten und die Hälfte der Munition. Wenn meine Leute kommen, werden sie dir auch haufenweise Robbenfleisch geben.«

»Wie soll ich allein zurückfinden?«

»Ich habe dir alles beigebracht, was ich weiß. Wie man sich an den Sternen orientiert und wie man jagt. Jeder Eskimojunge würde es schaffen.«

»Ich bin kein Eskimo.«

»Ich kann dir zwei Mann mitgeben, die dich bis zur Baumgrenze bringen.«

»Ich hätte dich bei der ersten Gelegenheit umbringen sollen.«

Ephraim schnallte eine Ledertasche vom Schlitten los, kramte darin und zog eine altertümliche Pistole heraus. »Da«, sagte er und warf sie Solomon hin. »Tu dir keinen Zwang an.«

In den Pistolengriff war eingraviert: *H. M. S. Erebus.*

6 Moses, der noch immer nach seiner Lachsfliege Marke Silver Doctor suchte, wußte im Grunde genau, daß er sie gar nicht benötigte: Bei seinem nächsten Aufenthalt am Restigouche River konnte er sich eine neue kaufen. Andererseits brauchte er nur eine weitere Stunde Jagd nach ihr zu machen – sagen wir, bis elf –, damit es sich nicht mehr lohnte, mit der Arbeit zu beginnen. Der Tag wäre futsch, und er könnte sich genausogut in die Caboose absetzen, um nach der Post zu sehen und sich vielleicht einen Drink zu genehmigen. Nur einen, ehrlich. Also hob er den großen Pappkarton aus dem Schrank in der Diele und kippte den Inhalt auf den Fußboden im Wohnzimmer. Zum Vorschein kamen eine Hardy-Angelrolle, ein vermißter Zigarrenabschneider, ein Fliegenbinde-Schraubstock Marke Regal, die jahrelange Korrespondenz mit der *Arctic Society* und seine Sammlung von Notizbüchern, Dokumenten und Landkarten, die allesamt mit der Franklin-Expedition zu tun hatten.

Moses war Mitglied der *Arctic Society* gewesen, bis ein unschöner Auftritt bei einer Tagung im Jahr 1969 dazu geführt hatte, daß man ihn zur *persona non grata* erklärte.

Das erste Schriftstück, das er aus seinen Franklin-Papieren herausfischte, war ein in *The Yellowknifer* erschienenes Interview mit einer Enkelin von Jock Roberts. Roberts war 1857 zu sammen mit Captain Francis Leopold M'Clintock in die Arktis gesegelt. M'Clintock suchte nach Überlebenden der verschollenen Franklin-Expedition, ein Unterfangen, das bei der britischen Admiralität, dem Präsidenten der Vereinigten Staaten, dem russischen Zaren und vor allem bei Lady Jane Franklin auf großes Interesse stieß. Eine damals in London sehr beliebte Ballade lautete:

> In Baffin's Bay, in der Walfischbucht,
> hat Franklin man umsonst gesucht.
> Kein Mensch hat je die Kund' vernommen,
> wie er und seine Mannen umgekommen.

Der arme Franklin.

Im Jahr 1845, wenige Tage, bevor er zum Eismeer segelte, um die Nordwestpassage zu suchen, überkam den neunundfünfzigjährigen Veteran der Schlacht von Trafalgar die Ahnung, daß ihn ein eisiges Grab erwartete. Während er auf dem Sofa ein Nickerchen machte, breitete Lady Franklin die britische Flagge, die sie gerade mit Stickereien verzierte, über seine Beine, um ihn zu wärmen. Franklin sprang mit einem Satz auf. »Eine Fahne! Du hast mich mit dem Union Jack zugedeckt! Weißt du nicht, daß man das nur mit Leichen tut?«

Zwei dickbäuchige Schiffe des Typs Bombardier-Ketsch mit einer Mannschaft von 134 Offizieren und Seeleuten wurden Franklins Kommando unterstellt. Beide Schiffe waren als Dreimaster getakelt und für die strapaziöse Reise in die Arktis umgerüstet worden: doppelte Beplankung, Bug und Heck bis zu einer Dicke von acht Fuß verstärkt. Schaulustige drängten sich auf den Hafenkais, als die *Erebus* und die *Terror* ablegen und die Themse hinuntersegeln sollten. Die Offiziere trugen schmucke Fräcke, kurze Uniformjacken, Westen und Uniformmäntel. Für die Umrundung des Erdballs via Nordwestpassage nahmen sie auch zweireihige Jacketts, Stehkragen, schwarzseidene Halstücher und andere elegante Accessoires mit, die einem zur See fahrenden Gentleman gut anstanden. Der stämmige, hängebackige Franklin hielt seiner Mannschaft eine Predigt, wobei er sich auf einen Text aus dem siebzehnten Kapitel des Buchs der Könige stützte, in dem berichtet wird, wie Elia der Tisbiter sich am Bach Krith versteckte, der östlich vom Jordan floß, und wie die Raben ihn dort fütterten, indem sie ihm morgens und abends Brot und Fleisch brachten.

Zu dem Proviant, der an Bord geschafft worden war, zählten Tausende von Büchsen mit Fleisch, Suppen, Gemüse, Mehl, Schokolade, Tee, Tabak und – als vorbeugendes Mittel gegen Skorbut – Zitronensaft. Dennoch hielt es das eine oder andere besonders anspruchsvolle Mitglied der Besatzung für geraten, den eigenen Bedürfnissen Rechnung zu tragen. So ging beispielsweise einer der Offiziere mit einem Sortiment speziell bei Fortnum & Mason georderter Bonbons an Bord. Und in der stockfinsteren Nacht, bevor sie aus Stromness Harbour auf den Orkney-Inseln, ihrem letzten Heimathafen, ausliefen, sah man, wie kurioserweise der Zweite Schiffsarzt der *Erebus* und ein Vollmatrose, der einen seidenen Zylinderhut trug, Säcke persönlichen Proviants an Bord schleppten, darunter sechs Schnüre gefüllte *derma*, vier Dutzend koschere Salami, ein Fäßchen Heringe und zahllose Einweckgläser voll Hühnerfett. Jakken- und Hosentaschen waren mit Knoblauch vollgestopft. Sie plapperten miteinander in einer kehligen Sprache, die der wachhabende Dritte Offizier für einen deutschen Dialekt hielt. Danach befragt behauptete der Vollmatrose jedoch, es handle sich um eine Mundart, die er und der Zweite Schiffsarzt auf einer Reise in die Südsee aufgeschnappt hätten.

Ernsthafte Sorgen um Franklin begann man sich erst gegen Ende des Jahres 1847 zu machen. Die Admiralität schickte drei Rettungsexpeditionen los – vergeblich. Um 1850 suchten ganze Flotten, sowohl britische als auch amerikanische, die Arktis ab. Man fand drei mit Brettern markierte Gräber. Darin lagen zwei Matrosen von der *Erebus* und einer von der *Terror*. Die drei Männer waren 1846 begraben worden.

Die Suche nach Franklin ging weiter. 1854 stieß John Rae, als er die Boothia-Halbinsel durchstreifte, auf einen Trupp Eskimos, die ihm erzählten, Franklin und seine Männer seien nach dem Verlust ihrer Schiffe verhungert. Beweis für ihr qualvolles Ende sei eine Anzahl verstümmelter Leichen gewesen, die ihren notleidenden Kameraden offensichtlich als Nahrung gedient hätten. Raes Bericht wurde in Toronto im *Globe* veröffentlicht.

Die Tatsache, daß ein Christ in einer so heiklen Angelegenheit die Worte von Eingeborenen für bare Münze genommen hatte, erzürnte nicht nur Lady Franklin, soindern auch andere Briten, darunter Charles Dickens. Quell dieser Geschichten, so schrieb er, sei ein lüsternes, hinterhältiges, grausames Volk mit einer nachweislichen Vorliebe für Blut und Tran. Die Teilnehmer der Franklin-Expedition gehörten zur »Blüte der hervorragend ausgebildeten englischen Marine«, und deshalb sei es »in höchstem Grade unwahrscheinlich, daß solche Männer, mochten sie auch in äußerste Bedrängnis geraten sein, zu derart gräßlichen Mitteln griffen, um die Qualen des Hungertodes zu lindern«.

Drei Jahre später schloß sich Jock Roberts der fortgesetzten Suche an und stach mit M'Clintock an Bord der *Fox* in See. Im April 1859 erreichte M'Clintock die King-William-Insel, an deren Westufer er ein Rettungsbot der *Erebus* fand, etwa fünfundsechzig Meilen von der letzten bekannten Position der Schiffe Sir John Franklins entfernt. Es lag, halb aus der Halterung gerutscht, auf einem Schlitten, Ruder oder Paddel waren nicht vorhanden. M'Clintock schätzte das Gewicht des Schlittens auf vierzehnhundert Pfund, eine grotesk große Last für halbverhungerte, an Skorbut leidende Seeleute. Der einzige Proviant weit und breit bestand aus vierzig Pfund Tee, einer Unmenge Schokolade und einem kleinen Topf mit Tierfett, das wahrscheinlich vom Walroß stammte, aber erstaunlicherweise nach Huhn und verbrannten Zwiebeln schmeckte. Im übrigen war das Boot mit einer verblüffenden Menge von unnützem Zeug beladen: Handtücher, parfümierte Seife, Schwämme, silberne Löffel und Gabeln, sechsundzwanzig Teller mit Sir John Franklins Wappen, sechs Bücher, allesamt biblischen oder erbaulichen Inhalts. Im Boot lagen zwei Skelette, beide ohne Kopf. Der Tote im Bug sei »von großen, kräftigen Tieren, wahrscheinlich Wölfen« belästigt worden, schrieb M'Clintock, offensichtlich aus Rücksicht auf Lady Franklins Gefühle.

Von Geburt an eine diebische Elster, hatte Jock Roberts von seiner langen und beschwerlichen Reise mit M'Clintock ein paar Andenken mitgebracht: ein seidenes Taschentuch, zwei Knöpfe von einem Offiziersmantel, einen Kamm und – man höre und staune – ein schwarzes Käppchen aus Satin, das innen und außen mit seltsamen Symbolen bestickt war. Es stammte eindeutig nicht aus Beständen der Royal Navy und hatte aller Wahrscheinlichkeit nach keinem Teilnehmer an der Expedition gehört. Deshalb nahm man kurzerhand an, daß es von einem eingeborenen Plünderer zurückgelassen worden und möglicherweise Eigentum eines Schamanen gewesen war. Dies jedoch legte die befremdliche Schlußfolgerung nahe, daß es entgegen der landläufigen Meinung zumindest einen nomadisierenden Eskimostamm geben mußte, der weit genug entwickelt war, um eine primitive Schriftsprache zu besitzen.

Eines Tages ging Jock Roberts, der gern einen über den Durst trank und mal wieder dringend ein bißchen Bargeld brauchte, mit dem seidenen Käppchen zum Kurator des Northern Museum von Edmonton, erzählte lang und breit, woher er es hatte, und spekulierte darauf, daß solch ein seltenes, von Eskimos angefertigtes Stück sicher eine Menge wert sei. Der Kurator, zufällig Doktor der Theologie, nannte Jock Roberts daraufhin einen verlogenen Trunkenbold. »Versuchen Sie nicht, uns für dumm zu verkaufen«, sagte er. »Diese gestickten Symbole, wie Sie sie nennen, haben nichts mit den Eskimos zu tun. Das ist Hebräisch. Zu Ihrer Information bedeuten die Worte außen auf der Kappe: ›Achte den Sabbat, damit er geheiligt bleibe.‹ Und bei den Zeichen auf der Innenseite kann es sich meiner Meinung nach nur um den Namen des rechtmäßigen Besitzers handeln: Jitzchak ben Eliezer. Ich möchte Ihnen raten, ihm die Kappe auf dem schnellsten Wege zurückzugeben. Guten Tag, Sir.«

Damit war die Geschichte jedoch noch nicht zu Ende. Denn die Kappe, die rasch als »die Jock-Roberts-Jarmulke« bekannt wurde, blieb nicht der einzige Gegenstand jüdischer Herkunft, den man in der Arktis fand. Einen weiteren Fund machte ein gewisser Waldo Logan aus Boston, Kapitän des Walfängers *Determination*, als er 1869 in der Pelly Bay landete, wo ihn eine Schar freundlicher Netsilik-Eskimos empfing. Einer von ihnen, In-nook-poo-zhee-jook mit Namen, behauptete, auf der King-William-Insel ein zweites Rettungsboot und rundherum verstreut eine Menge Skelette gefunden zu haben. Von einigen seien mit einer Säge Knochen abgetrennt und in viele Schädel sei ein Loch gebohrt worden, damit das Hirn leichter herausgesaugt werden konnte. Er habe von dort ein Buch mitgenommen, um es seinen Kindern zum Spielen zu geben. Die Reste dieses Buches, später als ein *siddur*, ein hebräisches Gebetbuch, identifiziert, brachte Logan aus der Arktis mit nach Hause.

Logan, ein guter Beobachter, notierte sich, daß sich die Parkas der Netsiliks in einem bedeutsamen Detail von den sonst üblichen unterschieden: an der Außenhaut baumelten vier Fransen, die jeweils aus zwölf seidenen Strängen bestanden. Einer der Eskimos, der Ugjuugalaaq hieß, erzählte: »Wir waren auf der King-William-Insel und jagten Robben, als wir einer kleinen Gruppe von Weißen begegneten, die ein Boot auf einem Schlitten hinter sich herzogen. Sie sahen alle halb erfroren und verhungert aus. Außer einem jungen Mann, der sich Tulugaq nannte, und seinem älteren Freund, der Doktuk hieß, trug niemand einen Pelz.«

An dieser Stelle merkte Logan in seinem Bericht *Leben mit den Eskimos – die Schilderung einer Suche in der Arktis nach Überlebenden von Sir John Franklins Expedition* in Klammern an, daß »Tulugaq« in der Inuktituk-Sprache »Rabe« bedeutet.

»Wir kampierten vier Tage lang zusammen und teilten uns mit den Weißen einen Seehund. Tulugaq war klein und kräftig gebaut. Er hatte einen schwarzen Bart und machte sich große Sorgen um Doktuk, der anscheinend sehr krank war.«

Ugjuugalaaq unterschlug wohlweislich Tulugaqs Kampf auf Leben und Tod mit einem Offizier, der wie eine Frau bekleidet war, wie auch die von ihm vollbrachten Wunder. Und Doktuks Tod erwähnte er ebensowenig wie die Tatsache, daß über seinem Grab ein Brett mit der Inschrift stand:

Zum Andenken an
Isaac Grant, M.D.
Zweiter Schiffsarzt der
H.M.S. *Erebus*
gestorben am 12. Nov. 1847
Mein Gott, mein Gott,
warum hast du mich verlassen?
Ich heule; aber meine Hilfe ist ferne.
Psalm 22

Ein Jahrhundert später brüteten Wissenschaftler noch immer über dem Rätsel der jüdischen Fundsachen und untermauerten ihre Hypothesen mit gelehrten Abhandlungen, die in Zeitschriften wie *The Beaver, Canadian Heritage* und *The Journal of Arctic Studies* erschienen.

Professor Knowlton Hardy, Vorsitzender der *Arctic Society*, trug seine Thesen im Frühjahr 1969 bei der Konferenz vor, in deren Verlauf Moses ausgeschlossen wurde. Die sogenannte Jock-Roberts-Jarmulke, sagte er, sei kein glaubwürdiges Beweisstück im Fall Franklin, sondern eine Ente oder, besser gesagt – ostentativ blickte er Moses an –, ein Schmalzhering. Es sei unvorstellbar, daß das Käppchen einem Teilnehmer der Franklin-Expedition oder gar einem Eingeborenen gehört habe. Höchstwahrscheinlich sei es Eigentum eines Juden an Bord eines amerikanischen Walfängers gewesen.

»Vermutlich hat es dem Logbuchführer gehört«, sagte Moses. Und dann gab er, den Bauch voll Scotch, aus dem Stegreif seine eigene Theorie zum besten: Ein Mitglied der Franklin-Expedition oder gar mehrere seien jüdischer Herkunft gewesen, und die gefundenen Gegenstände hätten zu ihrer persönlichen Habe gehört.

»Dummes Zeug!«

Moses bedachte Hardy mit einem schiefen Grinsen und wies darauf hin, daß manch ein Offizier und Matrose ausgefallenere Dinge als eine Jarmulke oder ein *siddur* besessen habe. Ein Beleg dafür seien die peinlich genauen, verständlicherweise unveröffentlichten Aufstellungen (die ernsthafte Wissenschaftler im Haus der Admiralität einsehen könnten), der auf der Beechey- und der King-William-Insel gefundenen Gegenstände, darunter ein mit Spitzen besetzter Hüftgürtel, mehrere Paar kesser Strumpfhalter, einige seidene Höschen, drei Korsetts, zwei Frauenperücken und vier fast durchsichtige Unterröcke.

»Ich bin nicht gekommen, um mir solch einen Unsinn anzuhören«, wetterte Hardy und schlug mit der Faust auf den Tisch. Mit den Dingen, die der wieder einmal betrunkene Berger hämisch grinsend aufgezählt habe, um tapfere Offiziere und Matrosen abartiger sexueller Neigungen zu bezichtigen und die Ehre von Toten zu besudeln, habe es in Wahrheit eine absolut harmlose Bewandtnis. Sie hätten entweder Leutnant Philip Norton oder dem Zahlmeister John Hoare gehört. Die beiden seien mit Parry auf der H.M.S. *Hecla* in die Arktis gesegelt und hätten sich an Bord als Schauspieler des 1819 in Winter Harbour gegründeten *Royal Arctic Theatre* hervorgetan. Norton habe in einer Reihe von Schwänken und Harlekinaden eine frivole junge Dame gespielt, und Hoares Darstellung der Viola habe ihm fünf Vorhänge und zudem den Spitznamen »Dolly« eingebracht. »Was die Behauptung angeht, auf Franklins Schiffen hätten auch Juden angeheuert«, verwahrte sich Hardy wütend, »Unsinn!«

»Und warum?« fragte Moses.

»Das werde ich Ihnen geradeheraus sagen, Berger. Es ist eine altbekannte Tatsache, daß die Juden, die im neunzehnten Jahrhundert in unser großartiges Land eingewandert sind, niemals das Risiko einer Reise zum Polarkreis eingegangen wären. Sie ließen sich in Städten nieder, wo sie am besten Handel treiben und vorankommen konnten.«

Moses stand schwankend auf, schlurfte zu dem hufeisenförmigen Tisch, an dem Hardy saß, packte eine Karaffe voll Wasser und machte Anstalten, sie über Hardys Kopf auszuleeren, doch der sprang auf und schlug sie ihm aus der Hand.

Im Sommer 1969 flog eine wissenschaftliche Expedition zum Grab von Isaac Grant auf der King-William-Insel. Sie wurde von Professor Hardy geleitet und setzte sich aus einem Gerichtsmediziner, einem Anthropologen und einer Gruppe von

Technikern zusammen, die mit modernstem mobilem Röntgengerät ausgerüstet waren. Isaac Grants Leichnam, seit über einem Jahrhundert unbehelligt, wurde aus der Grube gehoben und aufgetaut. Grant war in einem engen Brettersarg beerdigt worden, und im Gegensatz zu den drei anderen, vor ihm exhumierten Toten war er in ein seltsames Leichentuch gehüllt. Der Anthropologe erklärte, das Tuch ähnele verblüffend der Art Umhang, wie er einst von Nomaden und Bauern im Nahen Osten getragen worden sei. Hier und dort von schwarzen Bändern durchzogen, war es aus feiner Wolle gewebt und hatte verstärkte Säume mit Löchern zum Anknoten von Fransen oder Quasten. Als später aus allen möglichen Blickwinkeln aufgenommene Photos des Tuchs an Arktis-Experten verteilt wurden, war Moses Berger wie elektrisiert. Er schrieb an die *Arctic Society* und identifizierte das Tuch als einen Tallit, einen traditionellen Gebetsmantel, wie er bei den Aschkenasim, den Juden Mittel- und Osteuropas, gebräuchlich sei.

Professor Hardy war außer sich. Der Brief schien die Theorie von Moses Berger zu belegen, daß ein oder mehrere Mitglieder der Franklin-Expedition Juden gewesen waren. Doch diese Hypothese wurde von den aufsehenerregenden Dokumenten, die man in Grants Grab gefunden hatte, Lügen gestraft. Da war zum Beispiel ein Brief von einem Vikar, adressiert an »Reverend Isaac Grant«, in dem letzterer wegen seines emsigen Einsatzes für eine Missionierung der Wilden an der Goldküste gelobt und die Hoffnung zum Ausdruck gebracht wurde, daß viele Christen seinem Appell, für wohltätige Zwecke zu spenden, nachkommen würden. Andere Schriftstücke, mit einer Schnur gebündelt, waren noch beeindruckender. Da gab es ein ungewöhnlich überschwengliches, von Mr. Gladstone unterzeichnetes Schreiben, in dem Grants Tüchtigkeit als Arzt gelobt wurde. In einem anderen Brief pries Sir Charles Napier Isaac Grants beispiellose Geschicklichkeit als Chirurg und bedankte sich dafür, daß er ihm sein von einer französischen Musketenkugel zerschmettertes Bein verarztet hatte. Weitere von Männern von Rang und Namen verfaßte Schreiben empfahlen Grant als frommen Christen und begnadeten Mediziner mit unübertroffenen Fertigkeiten. Untermauert wurden diese Lobeshymnen durch eine Urkunde, die man Grant ebenfalls ins Grab gelegt hatte und aus der hervorging, daß er seine Studien 1838 am Institut für Medizin in Edinburgh mit *summa cum laude* abgeschlossen hatte. Zwischen zwei Briefen fand man eine zusammengefaltete Eintrittskarte eines Theaters in Manchester:

SOEBEN EINGETROFFEN:
Nordamerikanische (kanadische)
INDIANER
angeführt von zwei Häuptlingen

In Grants Gürtel stak ein Beil, das auf den ersten Blick wie ein indianischer Tomahawk aussah. Bei genauer Betrachtung war jedoch auf der Klinge das Markenzeichen eines Fabrikanten aus Birmingham zu erkennen.

Tiefe Narben auf Grants Rücken deuteten darauf hin, daß er wiederholt ausgepeitscht worden war. Von Franklin wußte man, daß er diese Art der Züchtigung verabscheut hatte. Außerdem schien eine solche Bestrafung unvereinbar mit dem vorbildlichen Charakter, der dem Zweiten Schiffsarzt in den Briefen bescheinigt wurde.

Und dann ging die Bombe hoch.

Ein Forscher hatte den klugen Einfall, an das Institut für Medizin in Edinburgh zu schreiben, und fand auf diese Weise heraus, daß es dort keine Unterlagen über einen Studenten namens Isaac Grant gab, geschweige denn über jemanden dieses Namens, der mit *summa cum laude* abgeschlossen hätte. Auch in den Archiven des Britischen Ärzteverbandes fanden sich keine Angaben über einen Arzt dieses Namens, und eine Nachfrage in Somerset House ergab, daß am 5. Oktober 1807 kein Isaac Grant ins Geburtenregister eingetragen worden war.

Kurz, abgesehen von der Leiche gab es keinerlei Beweis dafür, daß Isaac Grant, M.D., jemals existiert hatte.

7 Sean Riley war der erste, den Moses Berger aufsuchte, wenn seine Nachforschungen ihn wieder einmal zwangen, nach Yellowknife, der Hauptstadt der Nordwestterritorien, zu fahren. Riley war im Zweiten Weltkrieg als Spitfire-Pilot in Malta stationiert gewesen und hatte anschließend drei Jahre lang in Kenia Einsätze in der Schädlingsbekämpfung geflogen. Nach Kanada zurückgekehrt, hatte er bei der Trans-Canada-Airlines einen Lehrgang absolviert und war 1951 Viscount-Pilot geworden, eine Pflichtübung, die in Schimpf und Schande endete. Eines Tages, vor dem Start von Montreal nach Halifax, las Riley seinen Passagieren eine Dienstanweisung vor, in der die TCA-Piloten in Anspielung auf die abwechslungsreiche Rolle eines Kapitäns der Cunard-Schiffahrtsgesellschaft ermahnt wurden, ihre unübertroffenen Qualitäten nicht nur am Steuerknüppel unter Beweis zu stellen, sondern auch als unterhaltsame Gastgeber. »Ich werde Ihnen jetzt *Kisses Sweeter than Wine* vorspielen«, kündigte er an und zog eine Mundharmonika aus der Tasche. »Danach nehme ich vor unserem Start mitten hinein ins wilde blaue Wunder nur mehr zwei Musikwünsche entgegen.«

Es kam, wie es kommen mußte: Wie so viele andere Freigeister oder aktenkundige Bankrotteure, geflüchtete Ehemänner, unheilbare Trinker und andere Gammler verzog sich Riley in eine Gegend nördlich des sechzigsten Breitengrades und flog von Yellowknife aus die DC-3, Cessnas, Otters und verschiedene Wasserflugzeuge. Er wurde der Lieblingspilot des Obersten Richters der Nordwestterritorien und flog ihn auf so mancher Dienstreise über das weite, öde Land. Eines Abends, als Riley mit Moses zu fortgeschrittener Stunde in einem Lokal namens The Trapline saß und zechte, erzählte er, daß er am nächsten Morgen mit den Leuten vom Gericht und ein paar Reportern zu einem Rundflug starten würde. Moses, der nach Tulugaqtitut mußte, die Siedlung an der Beaufort-See, in der Henry Gursky jahrelang gelebt hatte, könne bis dorthin mitfliegen.

Das Gericht bestand aus dem Richter, einem Staatsanwalt, zwei Verteidigern und einem Protokollführer. Dazu kamen drei Reporter: zwei Männer von »auswärts«, von denen der eine für die in Toronto erscheinende Zeitung *The Globe and Mail* und der andere für die *Sun* in Vancouver schrieb, sowie eine junge, aus Yellowknife stammende Frau namens Beatrice Wade, die für das *Journal* in Edmonton arbeitete. Sie war eine Schönheit mit rabenschwarzem Haar und hatte, gemessen an ihrer schlanken Figur, einen unverschämt vollen Busen. Ihre Augen, dunkel wie die Nacht, funkelten ein bißchen zu hungrig.

Riley scharte seine Passagiere auf der Startbahn um sich und konnte es sich nicht verkneifen, vor den Reportern von »auswärts« eine Schau abzuziehen. »Diese alte Kiste, die von Leim und Reißzwecken zusammengehalten wird, ist eine DC-3 und wird von manchen Leuten als Packesel des Nordens oder unsere fliegende Version vom Ford-Modell T bezeichnet, aber wer sich hier ein bißchen besser auskennt, nennt sie Witwenmacher. Will jemand Ihren furchtlosen Luftschiffer photographieren, bevor wir abheben?«

Einer der Reporter wollte.

»Und jetzt müssen sie sich noch eine Minute gedulden. Wir sind hier zwar nicht auf dem O'Hare- oder Kennedy-Flughafen, aber auch bei uns wird Sicherheit großgeschrieben. Deshalb müssen wir unsere Schaukel erst einmal enteisen.«

Riley nickte Beatrice zu. Sie steckte zwei Finger in den Mund und pfiff. Ein junger Eskimo kam angetrottet und fegte mit einem Besen den Schnee von den Tragflächen.

Moses, der gehofft hatte, während des Fluges neben Beatrice sitzen zu können, wurde von Roy Burwash, dem großen bläßlichen Engländer von der *Sun* in Vancouver, ausgetrickst und mußte sich mit einem Platz auf der anderen Seite des Gangs zufriedengeben.

»Ach, Vancouver ist okay«, meinte Burwash herablassend, »aber eine kulturelle Wüste, in London war ich andere journalistische Standards gewohnt.«

»Für wen haben Sie denn in der Fleet Street gearbeitet?« erkundigte sich Moses.

»Beiträge von mir sind in *Lilliput* und *Woman's Own* erschienen.«

»Ich wollte eigentlich nur wissen, für wen Sie gearbeitet haben.«

»Für den *Daily Sketch*.«

»Und was vermissen Sie in Vancouver am meisten? Den Gasofen in Ihrer Einzimmerwohnung in Kentish Town, die Essensmarken für die Kantine oder den allwöchentlichen Abend mit Kollegen in Raymond's Revue Bar?«

Beatrice, die am Fenster saß, beugte sich vor, um Moses besser sehen zu können. »Sie sind gemein«, sagte sie.

Es fing ein wenig an zu schneien, während die DC-3 an Höhe verlor, um in der ersten Siedlung auf diesem Rundflug zu landen. Moses nutzte die Gelegenheit, um sich unauffällig von den anderen abzusondern und ein paar betagte Eskimos aufzusuchen. Vielleicht erinnerten sie sich an Geschichten, die ihnen ihre Großeltern über den Mann mit den glühenden Augen erzählt hatten, der eines Tages mit einem dreimastigen Schiff zu ihnen gekommen war. Nebenbei hielt Moses nach Eskimos Ausschau, an deren Parkas vier, aus je zwölf seidenen Strängen bestehende Fransen baumelten.

Nach dem Mittagessen startete Riley in einem mittleren Schneetreiben, bald flogen sie jedoch darüber hinweg, und ein paar Stunden später fand er ein Loch in den Wolken, durch das er hinabtauchen konnte. Das Flugzeug schlitterte über die Landebahn und kam knapp vor einem Schild an einem ins Eis gerammten Pfosten zum Stehen.

WILLKOMMEN IN AKLAVIK
Einwohner: 729
Höhe über dem Meeresspiegel: 30 Fuß
Sich nie unterkriegen lassen!

Ein Grüppchen verstörter Eskimos war zur Begrüßung der DC-3 angetreten. »Bringt ihr Jungs die Post?« fragte einer von ihnen.

»Nein, wir haben eure bescheuerten Schecks von der Sozialhilfe nicht dabei«, antwortete Riley. »Diese Leute sind Justizbeamte. Sie sind gekommen, um euren Knast ein bißchen aufzufüllen, und der Mann da drüben, das ist der Scharfrichter.«

Vor dem Gemeindehaus wurde die kanadische Fahne in den Schnee gepflanzt, während der Richter eilig in seine Robe schlüpfte. Der erste Angeklagte war ein grimmiger, von Akne geplagter Dogrib mit einem Fu-Mandschu-Schnurrbart. Dicht über die Knöchel der einen Hand hatte er mit Tinte LECK und über die der anderen MICH gemalt. Er war wegen Einbruchs angeklagt. Schwankend stand er vor dem Richter.

»Haben Sie das Fenster vom Mad Trapper Café mit einem Stein eingeworfen, um sich Zugang zu verschaffen?« fragte der Richter.

»Der Laden war zu, und ich hatte Hunger.«

Auf dem Flug nach Inuvik saß Moses neben Beatrice. In der darauffolgenden Nacht schliefen sie zum erstenmal miteinander. Moses entschuldigte sich hinterher für seine schwache Leistung. »Tut mir leid, ich habe wohl ein bißchen zuviel getrunken.«

»Seit wann kennst du Henry Gursky?«

»Seit meiner Kindheit. Wieso?«

»Bist du auch stinkreich?«

Er hatte keine Lust, ihr von seiner Erbschaft zu erzählen, und sagte: »Ich arbeite hier und dort als Aushilfslehrer, aber irgendwann kommen sie bestimmt dahinter.«

»Hinter was?«

»Daß ich saufe.«

»Warum tust du das?«

»Blöde Frage.«

»Es muß doch einen Grund geben.«

»Weshalb bist du Linkshänderin?«

»Der Vergleich hinkt.«

»Ach ja?«

»Hast du jemals versucht aufzuhören?«

»O mein Gott.«

»Hast du oder hast du nicht?«

»In regelmäßigen Abständen.«

»Und wieso fängst du immer wieder an?«

»Hauptsächlich, um andere Leute ertragen zu können.«

»Neugierige Leute wie mich?«

»Blöde Typen wie diesen Burwash.«

»Der ist auch nicht schlimmer als du. Oder hast du etwa

nicht genau wie er von der ersten Minute an vorgehabt, mit mir ins Bett zu steigen?«

»Das ist nicht fair.«

»Ich will damit nicht sagen, daß ich anders als andere Frauen bin. Ich meine nur, ich war eben gerade in Reichweite, und anscheinend genügt das den meisten von euch.«

»Laß uns jetzt schlafen.«

»Nein, noch nicht. Wir haben noch nicht den Höhepunkt des Abends erreicht, das Stadium, in dem du mir ein Photo von deiner Frau zeigst, mir vorschwärmst, was für ein prächtiges Mädchen sie ist, und dich laut fragst, welcher Teufel dich wohl geritten hat: Ist das Nordlicht daran schuld oder der Alkohol? Zum Schluß ermahnst du mich, ein braves Mädchen zu sein und dir ja nicht zu schreiben oder bei dir zu Hause anzurufen.«

»Ich bin nicht verheiratet.«

»Kaum zu glauben. Ein Kerl wie du, jemand, der sich offensichtlich gern amüsiert«, sagte sie und brachte ihn damit zum erstenmal zum Lachen.

»Du bist nett«, sagte er.

»Bitte nicht übertreiben. Das steigt mir sonst zu Kopf.«

»Schön?«

»Ich bin dreißig.«

»Jetzt weißt du also, daß ich nicht verheiratet bin«, sagte er. »Bestimmt hat eine junge Frau wie du –«

»– die so begabt und intelligent ist wie du –«

»– einen festen Freund?«

»Die Männer hier haben Angst vor Frauen, besonders vor gesprächigen. Sie gehen gern jagen und angeln und sehen sich abends in der Glotze Sendungen wie *Eine Hockey-Nacht in Kanada* an oder hocken in Lokalen wie dem Trapline und erzählen sich schmutzige Witze über uns«, sagte sie und faßte ihn an.

»Ich habe leider ein bißchen zuviel getrunken, um dir noch irgendwie nützlich sein zu können.«

»Du mußt hier keine Prüfung bestehen, Moses. Entspann dich. Es wird schon irgendwie gehen.«

Als er am nächsten Morgen aufwachte, stellte er fest, daß sie schon wach war. Sie lag neben ihm im Bett und las *Hundert Jahre*

*Einsamkeit* in einer Taschenbuchausgabe. »Da staunst du, was? Ich bin nicht nur im Bett eine Sensation.«

Im darauffolgenden Frühling berief der überschwengliche Regierungskommissar der Nordwestterritorien die Ratsversammlung ein, erklärte 1970 zum Jahr der Hundertjahrfeiern und lud Königin Elizabeth, Prinz Philip, Prinz Charles und Prinzessin Anne zu den Feierlichkeiten ein.

Beatrice, kurz zuvor zur PR-Beauftragten des Kommissars ernannt, stahl sich eines Nachmittags ins Büro ihres Chefs und setzte unauffällig Moses' Namen auf die Gästeliste des königlichen Festbanketts.

»Wer ist dieser Berger?« fragte der Kommissar, als er am nächsten Morgen die Listen durchging.

»Berger? Das ist doch der berühmte Arktisforscher«, erwiderte Beatrice mit geheuchelter Überraschung.

Moses, der zu der Zeit an der Universität von New York lehrte – sein Verbleib dort war ungewiß –, kam schon ein paar Tage früher und brachte alles mit, was Beatrice bei ihrem letzten Besuch in seiner Wohnung vergessen hatte, und dazu ein Geschenk für sie, ein Negligé aus schwarzer Seide. Beatrice holte ihn am Flughafen ab, und sie fuhren direkt zu ihr. Sie lagen noch im Bett, als sie ihm das Versprechen abnahm, nüchtern zum Bankett zu erscheinen. Deshalb trank Moses nur Kaffee, als er an dem betreffenden Morgen seine Runde durch Yellowknife machte. Doch dann begegnete er um die Mittagszeit Sean Riley im Gold Range und fand nichts dabei, sich ihm anzuschließen und sich ein Bierchen zu genehmigen, zumal er sich vornahm, es ganz langsam zu trinken.

»Ich werde die ganze Zeit von einem Verleger verfolgt«, erzählte Riley, »einem Glaubensbruder von dir aus Edmonton, der zu dem Bankett angereist ist. Er lächelt dauernd, ist furchtbar weltmännisch, und wenn er sich zu einem setzt, gibt es kein Entkommen mehr. Ich soll für ihn ein Buch über meine aufregenden Abenteuer im Land der Mitternachtssonne schreiben.«

Getreu seinem Versprechen erschien Moses zu dem königlichen Bankett in der Elchshalle nüchtern und im Abendanzug.

Doch dann fiel sein Blick auf den von Bewunderern umringten Professor Knowlton Hardy, und er eilte zur Bar, um sich einen schnellen Drink zu genehmigen, einen doppelstöckigen.

Vor dem Dinner trat zu Ehren des königlichen Paares ein Trupp hervorragender Inuit-Künstler auf, die zur Feier des Tages aus entlegenen Siedlungen eingeflogen worden waren. Professor Hardy erhob sich, um den ersten, den Dichter Oliver Girskee, vorzustellen. Hardy führte aus, das tägliche Los der Inuit seien unvorstellbare Entbehrungen, doch eingedenk der Höhen und Tiefen ihres Daseins hätten sie die ekstatische Freude zum Leitmotiv ihres anakreontischen Grußes an die Welt gemacht. Sie seien ein bemerkenswertes Volk, das immer wieder – Beethoven möge ihm verzeihen – Oden an die Freude anstimme, um die schlichtesten Segnungen des Lebens mit einer eigenen Art von Haiku zu feiern.

Oliver Girskee stand auf und deklamierte:

»Kälte und Mücken,
diese beiden Plagen,
kommen nie vereint...
Ei jei ja.«

Auf die traditionellen Trommeltänzer folgte eine ebenso ausgefallene wie packende Darbietung von Männern aus dem Keewatin-Territorium und der Nördlichen Arktis, die Meister im Mundziehen waren, einem Wettkampf, bei dem sich jeder der beiden Gegner mit den Fingern am Gebiß des anderen festkrallt und so lange zieht, bis der andere entweder ohnmächtig wird oder aufgibt.

Anschließend traten die zu Recht berühmten Kehlsänger Minni Altakarilatok und Timangiak Gor-ski auf. »Beim Kehlsingen«, erklärte Professor Hardy der königlichen Familie und ihrer Entourage, » dieser altehrwürdigen Tradition der Eingeborenen, werden deutlich voneinander zu unterscheidende gutturale, nasale und gehauchte Töne erzeugt. Es klingt so ähnlich, als würde man ohne Wasser gurgeln. Diese Kunst entzieht sich jeder Beschreibung, aber man könnte sie mit dem Rauschen der großen Flüsse ... dem sanften Gleiten der

Möwe... dem Knirschen des harschigen Schnees in einem mächtigen arktischen Sturm vergleichen.«

Nachdem alle Künstler aufgetreten waren, erhob sich Professor Hardy und erklärte, die künstlerischen Darbietungen, deren Ziel es gewesen sei, ein Bild von der facettenreichen Kultur der Inuit zu vermitteln, seien damit beendet. Daraufhin stand ein strahlender Moses auf – zum Entsetzen von Beatrice – und hielt eine kurze, außerplanmäßige Ansprache. Er drückte die Hoffnung aus, daß dieser kostbare Bestandteil des kanadischen Mosaiks nie verschandelt werde durch den Vormarsch des hirnlosen amerikanischen Fernsehens bis ins unverdorbene Nordland, dann ließ er sich auf seinen Stuhl zurücksinken, bedankte sich mit einem beglückten Lächeln für den Beifall und bestellte noch einen Drink.

Man ging zu Tisch. Es gab geräucherte Lachsforelle, Tomatencremesuppe und Karibusteak. Vanessa Hotdog, die Prinz Philip das Essen servierte, zögerte kurz, bevor sie den Steakteller abräumte. »Behalten Sie lieber Messer und Gabel, Chef, es gibt noch Nachtisch.«

Jahrelang waren die Eskimos des Keewatim-Territoriums, der Mittleren und Oberen Arktis sowie der Baffin-Region für die Regierung in Ottawa nicht viel mehr als die Nummern gewesen, die sie auf Plaketten um den Hals trugen. Erst 1969 ließ man sich dazu herbei, ihnen Familiennamen zu geben. Viele entschieden sich für traditionelle Inuktituk-Namen wie Angulalik oder Pekoyak. Ungezügeltere Geister legten sich Namen wie Hotdog, Coozycreamer oder Turf'n'Surf zu. Ein Name, der bei einer nomadisierenden Eingeborenensippe auf der King-William-Insel besonders häufig vorkam, war Gursky oder Abwandlungen, wie Gor-ski, Girskee, Gur-ski oder Goorsky.

Zum erstenmal war Moses auf den Namen Gursky – in diesem Fall Gorski geschrieben – in den Tagebüchern von Angus McGibbon gestoßen, dem Kommissionär der Hudson Bay Company im Prince-of-Wales-Fort. Der Eintrag stammte vom 29. Mai 1849.

> Wir haben weiterhin extrem kaltes Wetter. Gestern nacht herrschte wieder strenger Frost. Jos. Arnold ist schwer er-

krankt und hat starke Schmerzen, die sich vom Rücken bis zur Brust durch den ganzen Körper hinziehen. Die ahnungslosen Eingeborenen, die bei uns überwintern, haben allerlei Kräuter und Elixiere angeboten, aber ich will davon nichts wissen. Habe statt dessen angeordnet, Arnold zur Ader zu lassen, woraufhin seine Schmerzen ein wenig erträglicher wurden.

McNair und seine Leute sind kurz vor dem Abendessen mit einer höchst erstaunlichen, allerdings nicht verbürgten Geschichte aus Pelly Bay via Chesterfield Inlet eingetroffen.

McNairs Geschichte:

Ein junger Weißer, über den in der Company und auch bei der Konkurrenz nichts bekannt ist, lebt mit einer Sippe wandernder Esquimaux in Pelly Bay und wird von ihnen anscheinend als eine Art Wunderheiler oder Schamane verehrt. Er nennt sich Ephraim Gorski, aber wahrscheinlich weil er so schwarze Haare und stechende Augen hat, nennen ihn die Esquimaux Tulugaq, was in ihrem Kauderwelsch »Rabe« bedeutet. McNair, der wohl kaum etwas dagegen gehabt hätte, die Belohnung zu kassieren, äußerte den kühnen Verdacht, der junge Mann sei vielleicht ein Überlebender der Franklin-Expedition, doch diese eitle Hoffnung zerschlug sich alsbald. Gorski erklärte, er habe keinerlei Kenntnis von Schiffen des Namens *Terror* oder *Erebus*. Vielmehr sei er in Sag Harbour von Bord eines amerikanischen Walfängers gegangen und brauche keinerlei Beistand. Offensichtlich fühlte sich diese Gorski in seinem Schneehaus bei den Esquimaux wohl, denn als einer von ihnen einen soeben erlegten Seehund brachte, aß er mit ihnen eine Suppe aus heißem Blut und lud McNair sowie dessen Männer ein, diese ekelerregende Brühe zu kosten.

McNair verzögerte seinen Aufbruch aus dem Lager um zwei Tage, denn er war neugierig geworden: Der Mann behauptete, Amerikaner zu sein, redete jedoch in der Mundart eines Cockney und lebte wie ein Eingeborener, obwohl er Latein beherrschte und eine Bibel mit sich herumtrug. Am Abend des zweiten Tages wurde McNair Zeuge einer befremdlichen Zeremonie. Gorski erschien, einen seidenen Zylinder auf dem Kopf und einen weißen, gefransten Schal mit senkrechten schwarzen Streifen um die Schultern, im Eingangstunnel seines Schneehauses – und prompt fingen die Eingeborenenfrauen an, vor ihm herumzutollen.

McNair: »Acht Frauen vollführten die seltsamsten Tänze und Verrenkungen, bis ihre Gebärden nach einer Weile in höchstem Maße unanständig und lüstern wurden und wir uns von dem Spektakel abwandten.«

Nun ist dieser McNair allerdings ein ungebildeter, oberflächlicher Mensch, der öfters Lügen erzählt, als daß er die Wahrheit sagt, und der mehr als ein Glas Grog verträgt. Er ist der Trunksucht erlegen, nachdem er in Ungnade gefallen war, weil er einen Angestellten der Company dazu angestiftet hatte, einem Indianer, der mit seiner Frau ein Techtelmechtel hatte, ein Ohr abzuschneiden, eine Tat, von der man nicht soviel Aufhebens gemacht hätte, hätte er sie eigenhändig in der Hitze des Gefühls oder als Bestrafung eines Pferdediebes begangen. Sicherlich enthält McNairs Geschichte mehr vom Alkohol inspirierte Hirngespinste als Wahrheit.

Habe Jos. Arnold heute abend nochmals zur Ader gelassen, aber er klagt über Schwindelgefühl und Schwäche in den Gliedmaßen. Er ist der geborene Drückeberger.

McNairs Geschichte und ihr möglicher Zusammenhang mit Sir John Franklins Schicksal – ganz zu schweigen von dem Ruhm und der Belohnung, die dem sicher waren, der das Geheimnis lüftete – müssen McGibbon beschäftigt haben, denn sechs Wochen später schickte er ein paar Männer mit dem Auftrag nach Pelly Bay, Erkundigungen einzuziehen. Sie stellten jedoch fest, daß die Eskimos – und mit ihnen der weiße Mann, falls es ihn je gegeben hatte – längst weitergezogen waren. An ihrem Lagerplatz fanden sich lediglich ein paar Seehundknochen, sonstige Überbleibsel von Tieren, ein weggeworfener *ulu* – ein Messer mit breiter Klinge –, ein Ring von einem Zelt und die berühmte, in Speckstein geritzte Tierdarstellung, die bis auf den heutigen Tag im Hudson Bay House in Winnipeg zu besichtigen ist. Ein weiteres Rätsel aus dem hohen Norden, denn obwohl kleine, in Speckstein geritzte Darstellungen von Robben, Walrössern, Walen und anderen in der Arktis beheimateten Säugetieren durchaus keine Seltenheit sind, ist das »McGibbon-Artefakt«, wie es seither genannt wird, nach wie vor das einzige Werk von Eskimohand, das eindeutig ein Känguruh darstellen soll.

8 Beatrice hatte sich nie etwas aus Moses' Blockhaus in den Wäldern gemacht. Sein privates Gursky-Mausoleoum. Als sie zum erstenmal hinausgefahren waren, hatte sie gesagt: »Ich stamme doch selbst aus einem hinterwäldlerischen Kaff, Moses, und konnte es kaum abwarten, da rauszukommen. Warum bringst du mich hierher?«

Das war 1971, kurz nachdem er wegen »sittlicher Verfehlungen« von der New York University gefeuert worden war. Sie lebten in Montreal zusammen; Moses faulenzte, Beatrice arbeitete für eine Werbeagentur und haßte ihren Job. Nach der Arbeit trafen sie sich in der Altstadt in irgendeiner Bar, und meist war er schon betrunken, ein dümmliches Grinsen im Gesicht.

»Die Wochenenden«, sagte er und genehmigte sich noch einen Drink. »Es ist doch gar nicht so weit.«

»Wenn du meinst.«

Im nächsten Sommer trennten sie sich zum erstenmal, und zehn Tage später wurde Moses mal wieder in die Suchtklinik in New Hampshire eingeliefert. Bei seiner Entlassung im Herbst mußte er die übliche Verabschiedung im Büro des Chefarztes über sich ergehen lassen.

»Jetzt lassen Sie mal hören«, meinte der Arzt und warf einen Blick in die dicke Akte auf seinem Tisch. »Es ist drei Uhr dreißig, 5. August 1962. Man bricht bei Marilyn Monroe die Tür auf. Sie liegt mit dem Gesicht nach unten auf dem Bett, das Kleid ist ihr von den Schultern gerutscht, und eine Hand umklammert den Telephonhörer. Wer hat kurz vor ihrem Tod versucht, sie zu erreichen?«

»Woher soll ich das wissen?«

»Klug, sehr klug. So, und jetzt drehen Sie mal Ihre Hände um und lassen den lieben Onkel Doktor einen Blick darauf werfen.«

Moses' Fingernägel hatten sich tief in die Innenseite seiner Hände gebohrt.

»Leben Sie wohl, mein Freund, und bitte werden Sie diesmal nicht wieder rückfällig.«

Moses fuhr sofort los. Er nahm den Highway 91, durchquerte New Hamsphire und Vermont bis zu den Östlichen Townships von Quebec und passierte in Highwater die Grenze. Auf der kanadischen Seite lag überall matschiges Laub auf den Straßen, und die Bäume waren nackt und schwarz. BIENVENUE. Selbst wenn die Grenze unsichtbar gewesen wäre, hätte Moses gewußt, daß er wieder in den Townships war. Ihre Ärmlichkeit war nicht zu übersehen. Plötzlich wurde die Straße holprig und rissig, und immer wieder mußte er Schlaglöchern ausweichen. Rostige, verbeulte Lieferwagen, bereits vor Jahren ausgeschlachtet und einfach liegengelassen, standen hier und dort zwischen hohem Gras und Goldruten herum. Auf den Feldern verrotteten klapprige Scheunen. Die Tore kleiner Garnspinnereien, die einst eine Handvoll einheimischer Hungerleider beschäftigt und ihnen die Finger verstümmelt hatten, waren verrammelt. Statt eleganter kleiner Wegweiser, die den Reisenden zu dem mit Efeu überwachsenen Gasthaus auf Crotched Mountain oder zum Horse and Hound, einem ehemaligen, 1880 erbauten Farmhaus, leiteten, gab es nun neben der Landstraße mit Teerpappe gedeckte *cantines*, die sich durch in die Erde gerammte Pfosten und Schilder mit der Aufschrift OPEN/OUVERT ankündigten und in denen einem schwammige Hotdogs und labbrige, aus tiefgefrorenen Kartoffeln gemachte Pommes frites vorgesetzt wurden. Nirgends eine ordentlich geführte Tränke, wo der ältliche Barkeeper dir mit dem Drink eine Ausgabe von *Mother Jones* reicht. Statt dessen mußte man mit Kneipen wie der von »Mad Dog« Vachon vorliebnehmen, wo man sich ein Molson-Bier hinter die Binde kippen und eventuell in einer drei Wochen alten Nummer von *'Allo Police* blättern konnte. Oder man ging ins Venus di Milo, wo spärlich bekleidete, schwabbelige Kellnerinnen aus Chicoutimi oder Sept-Îles strippten, sich zu Boden sinken ließen und so taten, als würden sie auf den gegen eventuelle Splitter mit einem schmuddeligen Flanelltuch bedeckten Holzdielen masturbieren.

Bevor Moses in den alten Holzfällerweg abbog, der zu seinem Blockhaus in den Wäldern jenseits von Mansonville führte, machte er vor dem Caboose halt und fand Strawberry genau so vor, wie er ihn vor einem Monat zurückgelassen hatte, nämlich über einem Molson brütend.

»Schön, dich wiederzusehen, Straw.«

»Da hat meine Frau aber ganz andere Töne gespuckt, als ich sie zum letztenmal gesehen hab. Ob ich auch mit Achtzig noch Lust auf sie haben würde, hat sie mich gefragt. Nein, nicht auf dich, hab ich ihr geantwortet. Unter uns gesagt, ich hab vor, mich von ihr scheiden zu lassen, weil sie so unhygienisch ist. Jedesmal, wenn ich ins Waschbecken pinkeln will, ist es voll mit schmutzigem Geschirr.« Er lachte schallend und schlug sich aufs Knie. »Du siehst so aus, wie ich mich fühle.«

»Hast du dich um mein Blockhaus gekümmert?«

»Mensch, kaum bist du da, machst du schon Druck. Niemand will bei dir einbrechen, weil alle wissen, daß es außer diesen verdammten Büchern, Landkarten und Lachsfliegen, mit denen man hier nichts anfangen kann, höchstens ein paar leere Flaschen zu holen gibt. Egal, was du trinkst – ich schließe mich dir an, vorausgesetzt, du gibst einen aus.«

»Ich trinke nichts.«

»Ach, ist es mal wieder soweit?« frotzelte Straw.

Hätte Kanada eine Seele – ein schräger Gedanke, sagte sich Moses –, dann wäre sie gewiß nicht in Batoche oder den Plains of Abraham oder Fort Walsh oder Charlottetown oder Parliament Hill zu finden, sondern hier im Caboose und in Tausenden von ähnlichen Kneipen, die das Land von Peggy's Cove in

Neuschottland bis zum äußersten Ende der Vancouver-Insel wie ein Netz überzogen und zusammenhielten. Über den altertümlichen Registrierkassen hängen Schilder wie HIER WIRD NICHT ANGESCHRIEBEN oder TRINKGELDER STRENGSTENS ERLAUBT; in einem Glas hartgekochte, gepellte Eier, die halbvergammelt in einer trüben Brühe schwimmen; auf einen Dorn gespießte Tüten mit Kartoffelchips Marke Humpty Dumpty; an der Wand der Kopf von einem Elch oder ein Rehbockgeweih, an dem Lastwagenfahrermützen mit Reklameaufschriften wie GULF oder JOHN DEERE oder O'KEEFES ALE hängen; in der grünen Filzbespannung des Billardtisches ein mit schwarzem Isolierband geklebter Riß; an den Toilettentüren Schildchen wie KRIEGER und SQUAWS, KERBTIERE und WEICHTIERE; in einer Ecke ein Hoch-Tief-Doppelte-Chance-Joker-Poker-Spielautomat, in der anderen eine Jukebox; und über der Küchentür hinter der Theke ein schmieriges Schild: UNBEFUGTEN ZUTRITT VERBOTEN.

In Caboose gab es auch ein Schwarzes Brett. Darauf stand:

FREITAG ABEND GROSSER DART-WETTKAMPF
INTERESSANTE PREISE

Es wurden außerdem eine Hütte am Trouser-See und ein Motorrad Marke Honda (»so gut wie niegelnagelneu«) zum Kauf angeboten. Daneben hing der Terminplan des Billardvereins »Ruhige Kugel« vom letzten Monat.

Das Caboose war ein mit Schindeln gedeckter, auf Zementklötzen stehender Kasten, in dem es drinnen mehr Fliegen gab als draußen. Gegen fünf Uhr nachmittags rollten die ersten Sattelschlepper, Kipplaster und Lieferwagen auf den Parkplatz, durchweg vom Rost zerfressen, total verbeult und notdürftig zusammengeflickt. Manch ein durchlöcherter oder loser Auspuff wurde von einem ausgedienten Drahtkleiderbügel daran gehindert, auf die Straße zu fallen. Sobald sich die Männer hingesetzt hatten, fingen sie an, die Ereignisse des Tages durchzukauen. Wen man im Büro der Sozialfürsorge gesehen hatte und wer der bislang letzte war, den man dabei erwischt hatte, wie er es Sneakers Frau Suzy besorgte; ob es wieder Heißer Stoff war, der am See große Außenborder klaute. Ob es sich lohnte, die neue Bedienung bei Chez Bobby vorher zum Essen einzuladen, oder ob sie nur glaubte, sich so zieren zu müssen, weil sie, wie sie behauptete, in Ontario die High-School absolviert hatte. Wo man auf der anderen Seite der Grenze am günstigsten gebrauchte Reifen für eine Planiermaschine auftreiben konnte und in welcher Talsenke die Scheißbullen jetzt auf der Lauer lagen.

An den mit Schlaglöchern übersäten Parkplatz vor dem Caboose grenzte eine saftige, von Kiefern gesäumte Wiese. Dort gab es nicht nur Picknicktische, sondern auch einen riesigen Grill, dessen Spieß barbarischerweise vom Viertaktmotor eines ausrangierten Rasenmähers angetrieben wurde. Im Sommer pflegte sonntags gegen sieben Uhr morgens ein ruppiger, stets verkaterter Kerl namens Rabbit aufzukreuzen, um für die ganze Kundschaft ein Schwein oder ein paar Rinderkeulen zu grillen, und für fünf Dollar durfte man soviel verdrücken, wie man wollte. Der Erlös kam dem Altersheim auf Rock Island zugute. Rabbit wurde einmal davongejagt, weil er in die Glut gepißt hatte. »Die Leute standen daneben, und es hat ihnen den Appetit verdorben.« Ein anderes Mal jagte man ihn zum Teufel, weil er, nachdem er sein x-tes Molson runtergekippt hatte, im Gras eingeschlafen war und nicht merkte, daß sich der Spieß seit einer Stunde nicht mehr richtig drehte. Dann kam der Tag, an dem er vor dem Thirsty Boot einen Inspektor von der *Commission de la Langue Française* zusammenschlug, nachdem der Inspektor angeordnet hatte, das Kneipenschild abzuschrauben und es durch ein französisches zu ersetzen. »Klar, wird gemacht«, hatte Rabbit gesagt und ihm ein Knie in den Unterleib gerammt, um ihn auf seine eigene Augenhöhe zu verkürzen, bevor er richtig loslegte. »Na sicher werden wir so ein hübsches Schild aufhängen, nur wird draufstehen DG TIRSTY BUT.« Nach dieser Begebenheit wurde Rabbit alles verziehen.

Hinter dem Caboose gab es eine Kiesgrube und einen leergefischten Teich. Noch weiter hinten erhoben sich ein paar Berge, die ein bißchen zu gründlich abgeholzt worden waren. Kirschbäume, Eschen und Walnußbäume wuchsen in der Gegend schon seit langem nicht mehr. Bunk, der im Winter auch Fallen auslegte, hatte irgendwo dort oben eine Holzhütte. Er fing ab und zu einen Marder, Fuchs, Waschbären oder Biber. Rotwild gab es überall.

Moses hatte das Caboose durch reinen Zufall entdeckt. Sechs Jahre zuvor war er, nachdem er zwei Tage lang im Archiv der Historischen Gesellschaft von Sherbrooke Akten durchforstet und nach Hinweisen auf Bruder Ephraim gesucht hatte, mit dem Auto durch die Gegend gefahren und hatte sich auf den kleinen Landstraßen verirrt. Ganz wild auf einen Drink, hatte er am Caboose haltgemacht und wäre um ein Haar nicht aus seinem Toyota gestiegen, weil sich zwei Männer, Strawberry und Bunk, auf dem Parkplatz prügelten. Die beiden waren jedoch, wie er schnell begriff, so stockbesoffen, daß kein einziger ihrer Fausthiebe traf. Schließlich holte Strawberry aus und legte alle Kraft in einen Schwinger, aber er rutschte aus, landete in einer lehmigen Pfütze und blieb darin liegen. Selig grinsend torkelte Bunk zu seinem Lieferwagen, kletterte hinein, ließ den Motor aufheulen, daß die Ferkel hinten auf der Ladefläche quietschten, und nahm den auf dem Boden Liegenden ins Visier.

»He!« rief Moses und sprang aus dem Auto. »Was zum Teufel haben Sie vor?«

»Ich werd den Scheißkerl über den Haufen fahren.«

»Der beißt Ihnen bloß ein Loch in den Reifen.«

Bunk kratzte sich am Kinn und dachte angestrengt nach. »Danke für den Tip«, meinte er schließlich, haute den Rückwärtsgang rein und rammte eine Kiefer, so daß die erschrockenen Ferkel durcheinanderpurzelten. Dann machte der Lieferwagen einen Satz nach vorn und bog in die Landstraße Nr. 243 ein.

Moses half Strawberry auf die Beine und führte ihn zurück ins Caboose.

»Egal, was Sie trinken – ich schließe mich Ihnen an, vorausgesetzt, Sie geben einen aus, Mister.«

Strawberry, blauäugig, hochgewachsen und drahtig, bestand nur aus Ecken und Kanten. An einer Hand fehlten zwei Finger, ein Andenken an seine Zeit in der Garnspinnerei, und auch die oberen Schneidezähne waren nicht mehr vorhanden. Moses zechte mit ihm und den anderen bis zwei Uhr nachts. Dann lud Strawberry ihn mit der Begründung, er sei zu betrunken, um noch Auto fahren zu können, in seinen Ford-Pickup und brachte ihn zu seinem Haus oben auf einem Hügel, wo er auf dem Sofa übernachten sollte. Kaum waren sie jedoch ins Zimmer gestolpert, kramte Strawberry seine Schrotflinte heraus, taumelte hinaus auf die verrottete Veranda und schoß ein paarmal in die Luft.

»Was soll die Ballerei?« fragte Moses verblüfft.

»Wenn ich wie Sie in der Stadt in einem von diesen schicken Appartementhäusern wohnen würde, Mister, bräuchte ich nur meine Stiefel auf den Boden plumpsen zu lassen, damit meine Nachbarn wissen, daß ich zurück bin und alles in Ordnung ist, aber hier schieß ich mit der Flinte in die Luft. Auf die Weise wissen alle, daß ich wieder da bin und sie sich keine Sorgen um mich machen müssen. Ich bin vielleicht dumm, aber verrückt bin ich nicht.«

Am nächsten Morgen machte Strawberrys Frau Rührei mit Speck für sie, und anschließend fuhren sie zum Chez Bobby, um wie vereinbart ein einziges Glas zum Abschied zu trinken, bevor Moses nach Montreal aufbrach. Drei Stunden später sprang Strawberry plötzlich auf. »Scheiße«, rief er. »Wir müssen nach Cowansville.«

Strawberry, vor einem Monat wegen Trunkenheit am Steuer angezeigt, sollte nachmittags vor Gericht erscheinen. Zuvor schleppte er Moses jedoch noch ins Snakepit, eine Bar gleich neben dem Gerichtsgebäude, in der Bunk, Sneaker, Rabbit, Legion Hall und noch ein paar andere bereits auf ihn warteten. Als Strawberry schließlich mit seinem Gefolge – auch Moses war noch mit von der Partie – in den Gerichtssaal torkelte, waren sie alle sturzbetrunken und streitlustig. Sie winkten und pfiffen und johlten und brüllten Strawberry Kraftausdrücke zu, als sie ihn grinsend vor dem Richter stehen sahen.

»Ruhe! Ruhe im Saal!« rief der Richter.

»Ich hätte gern einen Hamburger«, sagte Strawberry.

»Dafür könnte ich Sie neunzig Tage ins Gefängnis schicken.«

»Eine Kleinigkeit.«

»Wie wär's mit hundertzwanzig Tagen?«

Zum Glück schaltete sich in diesem Augenblick Strawberrys Anwalt ein. Er war ein Neffe des Richters und Schmiergeldverteiler der Liberalen Partei am Ort. Strawberry kam mit einer Haftstrafe auf Bewährung davon, und alle zogen ins Gilmore's Corner, um zu feiern. Danach legten sie noch drei Zwischenstopps in anderen Kneipen ein und landeten schließlich in der Beaver Lodge in Magog. »Hier hat sich mein Urgroßvater Ebenezer immer vollaufen lassen«, erzählte Strawberry und deutete auf ein Schild über der Theke, letztes Überbleibsel des 1912 durch Feuer zerstörten Hotels.

WM. CROSBY'S HOTEL
Dankbar für den Zuspruch, den dieses
ALTEINGEFÜHRTE HOTEL
bislang erfahren hat, ist der Unterzeichnete entschlossen,
dieses Etablissement auch künftig in einer Weise zu führen,
welche die Billigung des Publikums erfährt,
und daher bittet er die werte Kundschaft
weiterhin um regen Besuch.
ERFRISCHUNGEN ZU JEDER TAGES- UND NACHTZEIT
Wm. Crosby
Inhaber

Am Nachmittag des nächsten Tages rief Moses Henry Gursky in der Arktis an und pumpte sich von ihm genug Geld, um das Blockhaus in den Wäldern über dem Memphremagog-See kaufen zu können.

Moses kam rasch dahinter, daß Strawberry, wenn er mal nicht betrunken war, Häuser anstrich. Er ließ sich sogar dazu bewegen, Holz zu hacken oder im Winter Schnee zu räumen. Allerdings war er es meist zufrieden, mit Hilfe des Schecks, den er von der Sozialhilfe bekam, zu überwintern. »He, ich hätte reich sein können, ein richtiger Großgrundbesitzer«, sagte er einmal, »wenn mein verrückter Urgroßvater nicht alles durchgebracht hätte. Der alte Ebenezer Watson tauschte die Flasche gegen den lieben Gott, ein Riesenfehler, und schloß sich ein paar frommen Spinnern an, die sich Millenarier nannten. Er verlor fast alles, sogar das Leben. Nur die alte Familienfarm blieb übrig, neunzig Morgen Land. Sie fiel an Abner, meinen Großvater.«

Eines Nachmittags erschien Strawberry nicht im Caboose. Moses saß allein am Tresen, als plötzlich einer der reichen Villenbesitzer hereinplatzte. Sichtlich beunruhigt, hielt er sich ein Stück Papier vor die Brust wie ein Schutzschild gegen anstekkende Krankheiten. *»Pardonnez-moi«*, sagte er, *»mais je cherche –«*

»Hier wird Englisch gesprochen«, sagte Bunk.

»Ich suche nach Mr. Strawberry Watson, dem Anstreicher. Man hat mir gesagt, daß er oben auf dem Hügel wohnt, kurz nach Maltby's Pond, aber das einzige Haus, das ich da gefunden habe, ist offensichtlich unbewohnt. Es ist ungestrichen, der Rasen ist nicht gemäht, und der Hof liegt voller rostiger Autoteile.«

»Sie haben ihn gefunden, Mister.«

An dem Tag, als Moses aus der Klinik in New Hampshire zurückkam, stand Gord, der Besitzer des Caboose, selber hinter dem Tresen. Er trug ein schwarzes T-Shirt mit einem aufgedruckten farbenprächtigen Sonnenaufgang. Darüber stand in dicken Lettern:

ICH BIN SO SPITZ,
daß mich schon ein heller Spalt
zwischen dunklen Wolken heißmacht

Madge, Gords erste Frau, war nach einem turbulenten Samstag abend auf der Landstraße Nr. 105 bei einem Frontalzusammenstoß ums Leben gekommen, und überdies hatte ihr neuer Dodge-Pickup dabei dran glauben müssen. Seitdem weigerte sich Gord standhaft, wieder einen Lieferwagen anzuschaffen. »Scheiße, sag ich. Du fährst beim Händler aus dem Hof, und fünf Minuten später hast du einen Gebrauchtwagen. Mit meiner neuen Frau war es genauso.«

Seine neue Frau war die Witwe Hawkins. Das Werben um sie war kurz gewesen. Eines Nachmittags, nur ein paar Monate nach Madges Beerdigung, geriet Gord in Thirsty Boot mit

Sneaker wegen dessen Frau Suzy böse aneinander. Dabei lebte Sneaker damals nicht mit seiner Frau zusammen, sondern hauste mit einem der leichten Mädchen aus dem Venus di Milo in einem Wohnwagen im Wald, ein Stück abseits der Landstraße Nr. 112. Trotzdem gefiel ihm nicht, wenn jemand anders seine Kirschen aß. Gord beging den Fehler, zu ihm zu sagen: »Ich verstehe nicht, wieso du Suzy verlassen hast. Wenn du mich fragst, ist sie beim Bumsen immer noch eine Kanone.«

Mit einem lädierten Kinn und ein paar lockeren Zähnen klapperte Gord danach das Snakepit, die Crystal Lake Inn, das Chez Bobby und das Brome Lake Hotel ab. Unterwegs hielt er bei einem *dépanneur* und stockte seine Vorräte auf: Bohnen- und Suppenkonserven, einen Beutel tiefgefrorene Pommes frites, ein paar Schnellgerichte und eine große Tüte Chips. Außerdem kaufte er ein Huhn. Dann fuhr er schnurstracks zum Blockhaus der Witwe Hawkins in South Bolton und fiel – es war inzwischen zwei Uhr nachts – buchstäblich mit der Tür ins Haus. »Ich hab von dem Scheißfraß die Nase voll. Hier ist ein Huhn«, sagte er. »Ich hab es bei einem *dépanneur* gekauft. Wenn du mir daraus morgen abend ein gutes Essen machst, dann heirate ich dich, verdammt noch mal, aber wenn's zäh ist, vergiß es.«

Gord hängte gern Zeitungsausschnitte aus der *Gazette* an sein Schwarzes Brett. Einmal war ein Bericht über einen steckbrieflich gesuchten Massenmörder dabei, den die Polizei in Vermont festgenommen hatte, nachdem er innerhalb von fünf Jahren zweiunddreißig Frauen umgebracht hatte.

»Verdammt, das hätte er nicht tun dürfen«, meinte Strawberry. »Wo die Weiber hier sowieso schon so knapp sind.«

Einer der Stammkunden des Caboose hatte eine Kiesgrube, ein zweiter eine Farm mit Milchkühen, andere arbeiteten als Schreiner und lebten von Gelegenheitsjobs, aber noch mehr verdingten sich als Hausmeister oder als Faktotum für die reichen Villenbesitzer am See. Für die meisten drehte es sich darum, im Sommer zwanzig Wochen Arbeit zusammenzubekommen, damit sie im Winter ein Anrecht auf Arbeitslosenunterstützung hatten. Klappte das nicht, beantragten sie Sozialhilfe und besserten ihre Einkünfte auf, indem sie Tauschhandel trieben. Strich Sneaker Gords Schuppen an, brachte ihm das eine Rinderhälfte ein. Deckte Legion Hall Mikes Dach neu, konnte er das Heu von der Wiese auf der anderen Straßenseite haben und es in Vermont für zwei Dollar fünfzig pro Ballen verhökern. Alle hatten ihr eigenes Holzhäuschen, schlugen sich ihr eigenes Brennholz für den Winter und konnten davon ausgehen, daß ihnen im November ein Stück Wild vor die Flinte lief. Manche Ehefrauen standen in Knowlton in der Clairol-Fabrik am Fließband, andere arbeiteten als Putzfrauen in den Villen am See. Die meisten von ihnen neigten zu Dickleibigkeit, so daß ihre enganliegenden Oberteile überquollen und ihre Stretchhosen aus rosa Polyester ziemlich prall gefüllt waren. Im Caboose setzten sie sich an ihre eigenen Tische.

Moses machte Freitag abends, wenn Tanz angesagt war, im allgemeinen einen Bogen um das Caboose, weil dann lärmende junge Leute aufkreuzten, die allerdings schleunigst ins Kellergeschoß gepfercht wurden, wo sie, laut Strawberry, heißen Stoff rauchten. »Du weißt schon, Tabak mit was drin.« Das Sonntagabend-Steakdinner ließ er sich hingegen selten entgehen, nicht zuletzt, weil der alte Albert Crawley, Gords Vater, immer daran teilnahm. Albert erinnerte sich noch daran, wie Solomon Gursky während der Prohibition ganze Schnapskonvois über die alte Leadville-Route nach Vermont geschleust hatte. Mehr als einmal, erzählte Albert, seien sie verpfiffen worden, und wenn es dann an der Landstraße von Zollbeamten oder Banditen nur so wimmelte, hätten sie den Stoff in der alten Specksteinmine versteckt, die seit 1852 der Gursky-Sippe gehörte. Manchmal hätten sie die Ladung auch auf Hector Gagnons grenznaher Farm in Satteltaschen umgeladen, diese den Rindern umgeschnallt und die ganze Herde nachts um drei nach Vermont getrieben.

Als Albert eines Nachts schwer verwundet wurde – er bekam einen Bauchschuß ab –, brachte Solomon ihn in Abercorn in einem Hotel unter; an den Wochenenden stiegen dort Pärchen aus New York oder gar aus Boston ab. W.C. Fields und auch Fanny Brice übernachteten dort. Eines Tages erschien Dutch Schultz in Begleitung von Charles »Wanze« Workman, um im Hotel herumzuschnüffeln, aber Solomon kam eiligst mit ein paar Mädchen aus der Normandy Roof Bar in Montreal und deichselte alles bestens. Nach dem Ende der Prohibition war das Hotel nicht mehr gefragt. Man sah sich vor die Notwendigkeit gestellt, es in Brand zu stecken, um die Versicherungssumme zu kassieren.

Jedesmal, wenn Moses nach längerer Abwesenheit wieder im Caboose auftauchte, schickte Gord jemanden los, der seinen Vater holen mußte. Außerdem schloß er ein Fach unter der Theke auf und fischte eine Flasche Glenlivet heraus. Moses und Albert nannten den Whisky stets nur »Glen Levitt«, ein Scherz, über den sie immer wieder lachen mußten, weil er sie an den Tag erinnerte, als Mr. Bernard, in Rechtschreibung nie sonderlich firm, für eine ganze Ladung Whisky falsche Etiketten bestellt hatte, und dafür war er Solomon zum erstenmal sympathisch gewesen.

»Legion Hall hat einen Haufen Post für dich«, sagte Strawberry.

»Jetzt laß ihn doch erst mal in Ruhe ein Glas trinken«, sagte Albert.

»Du wirst es kaum glauben, aber er trinkt nicht mehr.«

»Was, schon wieder?«

»Tja.«

Albert Crawley warf den Kopf in den Nacken. Er lachte und hustete gleichzeitig, rang nach Luft, vergoß Tränen und spuckte Schleim. »Ach, wenn ich mich doch noch ein einziges Mal mit Solomon Gursky betrinken könnte! Dann könnten sie mir von mir aus schon morgen ein Grab schaufeln.« Sein Kopf sank auf die Brust, und vor seinem inneren Auge sah Albert Crawley sich selbst, wie er mit Solomon auf Hector Gagnons Farm stand und auf das längst überfällige Blinkzeichen von der anderen Seite der Grenze wartete. Von Zeit zu Zeit hatte Solomon mit verdutzter Miene die heißgeliebte goldene Taschenuhr hervorgeholt, die einst seinem Großvater gehört hatte und in die die Worte eingraviert waren:

*Von W. N. für E. G. – de bono et malo*

Albert hatte sein Feuerzeug an Solomons Uhr gehalten, und kaum flammte es auf, ging die Ballerei los. Solomon hatte Albert ins hohe Gras hinuntergezogen, aber es war bereits zu spät gewesen.

»Na los, gieß mir noch einen Glen Levitt ein, Moses.«

9 Am Morgen nach seiner Rückkehr aus der Klinik wurde Moses durch einen Anruf von Gitel Kugelmass' Tochter geweckt. Gitel war im Holt Renfrew bei einem Ladendiebstahl ertappt und angezeigt worden. Andere Frauen, überlegte Moses, ließen sich im Miracle Mart oder vielleicht gar im Eaton's beim Klauen erwischen, aber die Rojte Gitel tat es nicht unter Montreals feinstem Einkaufsparadies. Moses erklärte sich bereit, nach Montreal zu fahren, Gitel zum Lunch ins Ritz einzuladen und mit ihr zu reden, was er seit Jahren nicht getan hatte.

Ende Siebzig und ein wenig verschrumpelt, aber ungebrochen, trug Gitel nach wie vor gern große, wippende Hüte, einen mittlerweile schon stark von Motten zerfressenen Fuchskragen und alte Ringe. Ihr grelles Make-up, das besser zu einem Zirkusclown gepaßt hätte, zeugte jetzt jedoch von einer zittrigen Hand und schlechtem Augenmaß. Beim Gehen zog sie eine Wolke von allzu reichlich aufgetragenem Puder hinter sich her. Ihre feuerroten Wangen ließen eher auf Fieber schließen als auf eine Femme fatale.

»Ich nehme an«, sagte Moses, »daß du das Parfum bezahlen wolltest und es einfach vergessen hast, aber bitte sieh dich in Zukunft vor, vor allem jetzt, nachdem sie dich zum erstenmal angezeigt haben.«

Sie hielt es für geraten, ihm nicht zu widersprechen. Stattdessen sagte sie: »Ist nicht jede Form von Eigentum Diebstahl?«

»Doch, gewiß, aber es gibt immer noch ein paar unaufgeklärte Kapitalistenschweine, die das anders sehen.«

Sie fingen an, in Erinnerungen an den Eßzimmertisch mit der gehäkelten Tischdecke zu schwelgen, an dem L. B. seine Geschichten vorgelesen hatte.

»Warst du damals noch zu jung, Moishe, oder erinnerst du dich, daß Kronitz mich eines Tages in die Berge verschleppt hat, um sich mit mir zu verlustieren?«

An ihrem flaumigen Damenbart und zwischen ihren wackeligen falschen Zähnen klebten Stückchen von grünen Nudeln.

»Zu jung? Gitel, es hat mir fast das Herz gebrochen.«

Kronitz war schon vor langer Zeit vom Krebs dahingerafft worden. Der alte Kugelmass, hoffnungslos gaga, dämmerte im Jüdischen Altersheim vor sich hin.

Gitel tupfte sich die Tränen mit einem schwarzen Spitzentaschentuch ab, an dessen einem Zipfel ein Preisschild von Ogilvy's baumelte. »Macht sich jetzt überhaupt noch jemand etwas aus unseren Geschichten? Wer wird unsere Lieder singen, Moishe? Wer erinnert sich an die Zeiten, als ich noch einen wohlriechenden Atem hatte?« Die Rojte Gitel kramte in ihrer Handtasche und förderte eine Puderdose aus Sterlingsilber zutage. »Die ist von Birks«, sagte sie. »Nun erzähl mir mal, warum ein gutaussehender Bursche wie du, der obendrein eine gute Partie ist, noch keine Frau und Kinder hat?«

»Hm, Gitel, wenn ich nur ein bißchen älter gewesen wäre und du ein klein wenig jünger, dann...« Er streckte die Hand aus und drückte ihr Knie, das so dürr wie ein Hühnerknochen war.

»Oh, du, ein Teufel bist du. Warum hast du eigentlich mit Solomon Gurskys Tochter Schluß gemacht? Wie hieß sie doch gleich? Na sag schon.«

»Lucy.«

»Richtig. Lucy. Alles, was sie am Broadway anzettelt, verwandelt sich in Gold. Wenn ein Stück ein Hit wird, kriegt sie was vom Kuchen ab. Und über ihre Datscha in Southampton hat *People* eine Reportage gebracht. Umwerfend, sage ich dir. Sie sammelt diese Bilder, du weißt schon, welche ich meine, sie sehen aus wie riesengroße Comics. Oj, in was für einer Welt wir heutzutage leben! Wußtest du, daß die Chinesen jetzt an einigermaßen zahlungsfähige Länder in Asien komplette Mannschaften für den Bau und Betrieb von Eisenbahnlinien ausleihen? Fünfzig Jahre nach dem Langen Marsch haben sie wieder das Kuli-System.«

»Und die Rojte Gitel liest *People*.«

»Moishe, du hättest ein sorgenfreies Leben leben können.«

»Wie der Vater, so der Sohn.«

»Schämen solltest du dich. Ich habe es L. B. nie übelgenommen, daß er diese Reden für Mr. Bernard geschrieben hat. Und was die anderen angeht, das war einfach nur reiner Neid, Shloime Bishinsky und vielleicht auch Schneiderman ausgenommen. Mein Gott, wie haben sich die Zeiten geändert. Als du noch klein warst und noch nicht einmal Bar-Mizwe gefeiert hattest, waren die Gurskys für Leute wie uns einfach nur Mafiosi. Die häßlichste Ausgeburt des Kapitalismus, wie wir uns ausdrückten. Als ich dann während der Hitzewelle, die so schlimm war, daß wir fast eingingen und niemand von uns nachts schlafen konnte, die Mädchen gegen Fancy Finery führte und in unserer jämmerlichen Streikkasse nur noch *bopkes* waren, was meinst du wohl, was da passiert ist? Es klopft an meiner Tür. Wer da? Nein, diesmal war es nicht die berittene Polizei. Und auch nicht schon wieder die Leute von der Provinzverwaltung. Es war dein Freund Tim Callaghan, Solomons rechte Hand, mit einem Beutel, und in dem Beutel waren fünfundzwanzigtausend Dollar in bar, aber das war noch längst nicht alles. Die Streikenden sollten am Freitag nachmittag mitsamt ihren Kindern in Busse gepackt und für eine Woche in die Berge gefahren werden. Alle seien eingeladen, hieß es. Was erzählst du da, sagte ich. Sogar einer wie Solomon Gursky hat kein Haus, das groß genug ist, daß die ganze Bande reinpaßt. Daraufhin meinte Callaghan: Ihr werdet nach Ste.-Adèle gebracht, dort ist Platz für alle. Nehmt eure Badesachen mit. He, he, sagte ich, Ste.-Adèle ist Sperrgebiet, da dürfen keine Juden und Hunde an den Strand. Ach was, meinte er, sorg du einfach nur dafür, daß um vier Uhr alle abfahrbereit an der Straße stehen.

Als Solomon schließlich der Prozeß gemacht wurde, mußte ich natürlich hin, um mir unseren Wohltäter aus der Nähe anzusehen. Das war gar nicht so leicht. Weißt du, es war so, als würde John Barrymore in His Majesty's Theatre auftreten oder einer von diesen Rocksängern, die sich wie Mädchen anziehen, im Forum singen. Man mußte stundenlang anstehen, bevor der Gerichtssaal überhaupt geöffnet wurde. Nicht nur Juden warteten darauf, eingelassen zu werden, sondern auch eine Menge Mafiosi aus den Staaten. Dann gab es da noch ein paar großkotzige gojische Anwälte, die sich jedesmal Notizen machten, wenn der Name von ihrem Boss fiel. Und dann all die Debütantinnen, die ihn anhimmelten. Ich konnte es ihnen nicht verdenken. Auf den leisesten Wink von Solomon Gursky hin wäre ich aus der Partei ausgetreten. Für ihn hätte ich alles getan, aber leider warf er kein Auge auf mich. Er wartete auf eine andere, die nie aufgetaucht ist.«

Stimmt, dachte Moses, eine mit einem braunen und einem blauen Auge.

»Jedesmal, wenn die Tür zum Gerichtssaal geöffnet wurde, blickte er auf, aber es war nie die Person, auf die er wartete.«

»Warst du dabei, als der Zollinspektor seine Aussage machte?«

Dieses Land, hatte Solomon in sein Tagebuch geschrieben, hat keinen Stammvater. Statt dessen gibt es Leute wie Bert Smith. Ein echtes Paradebeispiel.

»Wer?«

»Dieser Bert Smith.«

»Nein. Ich war an dem Tag da, als der fette Chinese aussagte – du weißt schon, der Kerl, der angeblich soviel wußte. Also, ich sage dir, der watschelte zum Zeugenstand und konnte nicht mal seine Jacke zuknöpfen, so einen Bauch hatte er. Plötzlich blieb er stehen und sah Solomon an. Solomon lächelte und sagte etwas auf chinesisch. Da passierte etwas so Seltsames, wie ich es in meinem ganzen Leben nie wieder erlebt habe. Bis der Chinese den Zeugenstand erreicht und sich gesetzt hatte, schien er derartig geschrumpft, daß ihm der Anzug zu groß war. Er schien darin zu schwimmen, und er konnte sich an nichts mehr erinnern.«

»Ich weiß, was Solomon zu ihm gesagt hat. ›Tiu na xinq.‹ Das heißt soviel wie ›Scheiß auf deinen Namen‹«, sagte Moses und fragte Gitel, ob sie zum Kaffee einen Likör wolle.

»Nimmst du auch einen?« fragte sie vorsichtig.

»Nein, ich trinke zur Zeit nicht.«

»Gott sei Dank.« Sie bestellte einen B & B. »Sag mal, dir muß es ganz gut gehen, wenn du mich ins Ritz einladen kannst, um mit mir zu flirten.«

Moses wollte ihr nicht von seiner Erbschaft erzählen. »Es geht so«, sagte er.

»Und was machst du da draußen im Wald, wenn du dich in dein Blockhaus verkriechst?«

Wenn er ihr die Wahrheit erzählte, würde sie ihm mit Nachsicht begegnen, würde ihn betrachten als einen rettungslos Übergeschnappten, besessen von den Geschichten über Solomon Gursky. Moses zündete sich eine Zigarre an. »Ach, ich gehe zu Treffen der Anonymen Alkoholiker, lese viel und schaue mir im Fernsehen das eine oder andere Hockeymatch an.«

»Oh, Moishe, Moishe, wir hatten so große Hoffnungen in dich gesetzt. Was für ein Leben ist das?«

»Bitte keine weiteren persönlichen Fragen mehr.«

Gitel wollte sich von ihm nicht in ein Taxi verfrachten lassen. »Bleib du schön sitzen und trink deinen Kaffee aus. Ich muß noch ein bißchen was einkaufen.«

»Gitel, um Gottes willen!«

Eine halbe Stunde später sah Moses sie draußen auf der Sherbrooke Street verstört auf und ab gehen. »Die Adresse«, sagte sie und fiel ihm fast in die Arme. »Ich weiß, daß ich bei meiner Tochter wohne, aber manchmal kann ich mich einfach nicht erinnern…«

Moses fuhr Gitel nach Hause, hinaus in die vorstädtische Öde von Côte St. Luc, dann fädelte er sich in die Eastern-Township-Autoroute ein und fuhr bis zur Ausfahrt 106. Wieder in seinem Blockhaus, schaltete er den Fernseher ein. Sam Birenbaums Gesicht füllte den Bildschirm aus. Sam, der sich schon vor Jahren mit einem großen Sender überworfen hatte, spielte jetzt bei PBS den Fernsehpapst.

Mein Gott, dachte Moses, während er sich eine Montecristo anzündete, wie viele Jahre ist es her, seit Sam mich im Sardi's zum Essen eingeladen hat? Mindestens fünfundzwanzig. »Ich muß dir etwas absolut Lächerliches erzählen«, hatte Sam gesagt. »CBS will mich anheuern, mir doppelt soviel bezahlen, wie ich zur Zeit verdiene, und mich nach London schicken.

Aber wenn ich schon von der *Times* weggehe, könnte ich mich gleich selbständig machen. Molly meint, es sei Zeit, daß ich etwas Ernsthaftes schreibe.«

»Aha.«

»Was willst du mit diesem Aha sagen? Ich hasse das Fernsehen und alle, die damit zu tun haben. Kommt überhaupt nicht in Frage.«

Moses schaltete den Fernseher aus, schenkte sich ein Perrier ein und beschloß wieder einmal, in seinem Blockhaus den ganzen überflüssigen Krempel auszusortieren, aber erst am nächsten Tag.

Da gab es ein Regal, das war mit Material über Marilyn Monroe vollgestopft, darunter ein in Peter Lawfords Haus am Meer gemachtes Photo und Dr. Noguchis Autopsiebefund. Das Photo war im Juli 1962 geschossen worden und zeigte eine Gruppe, die an Lawfords Swimmingpool saß und Cocktails schlürfte: Marilyn Monroe, Präsident Kennedy und einige nicht zu identifizierende Personen, beispielsweise einen alten Mann, der in einem Sessel saß, einen Spazierstock zwischen den Knien, die Hände über dem Knauf gefaltet und das Kinn auf die Hände gestützt. Dr. Noguchi beschrieb Marilyn in seinem Befund als »sechsunddreißigjährige, gut entwickelte, wohlgenährte weibliche Person weißer Hautfarbe mit einem Gewicht von 117 Pfund und einer Körpergröße von 65 ½ Zoll«. Als Todesursache wurde »akute Barbiturat-Vergiftung infolge Überdosis« festgestellt. Moses hatte mit einer Büroklammer eine Karteikarte und ein Telegramm an den Befund befestigt. Auf der Karte stand, daß das FBI die Tonbandaufzeichnungen der Telephongespräche, die Marilyn am letzten Tag ihres Lebens führte, beschlagnahmt hatte. Das Telegramm aus Madrid, an Moses adressiert und natürlich ohne Absender, lautete: ICH WEISS WAS DU DENKST ABER DER LETZTE ANRUF WAR NICHT VON MIR stop HOFFE DU KOMMST GUT MIT DER ARBEIT VORAN.

Moses' Schreibtisch war mit photokopierten Seiten aus Solomons Tagebüchern übersät, quälenden Bruchstücken, die ihm immer dann ins Haus flatterten, wenn er am wenigsten darauf vorbereitet war: aus Moskau, Antibes, Saigon, Santa Barbara,

Yellowknife und Rio de Janeiro. Die Seiten aus Rio begannen mit einer Beschreibung des sogenannten Drachenstuhls:

»Der Angeklagte wurde gezwungen, sich in eine Art Friseursessel zu setzen, an den man ihn mit Riemen band, die mit Schaumgummi umwickelt waren. Vorher hatte man schon seinen Körper mit Schaumgummistreifen versehen. Dann brachte man an seinen Fingern und Zehen Drähte an, die unter Strom standen, und verabreichte ihm Elektroschocks. Gleichzeitig verpaßte ihm ein anderer Folterer Stromschläge zwischen den Beinen und am Penis.«

Einer der ersten Bände wurde mit ein paar Zeilen aus Miltons *Simson der Kämpfer* eröffnet:

> Alle Sterblichen übertraf ich, und groß im Hoffen,
> furchtlos in der Gefahr, ging ich, ein kleiner Gott,
> umher, allseits bewundert und auf feindlichem Grund,
> gefürchtet, von niemandem herausgefordert.

Die Ränder aller Tagebuchseiten waren mit Notizen, Fragezeichen und Querverweisen in Moses' krakeliger Schrift vollgekritzelt. Siehe Otto Braun, *Als Komintern-Agent in China 1932–39*. Nachprüfen in Li Chuang, *Schneebedeckte Berge und sumpfiges Grasland.* Smedley und Snow widersprechen sich. Vergleiche Liu Po-cheng, *Erinnerungen an den langen Marsch: Berichte eines Augenzeugen*...

Solomons chinesische Tagebücher waren mit detaillierten Schilderungen barbarischer Praktiken gespickt. Ein von der Kuomintang geschnappter Kundschafter der 25. Armee erleidet den »Tod der tausend Schnitte«. Einen weinenden Kuomintang-Spion begräbt man lebend im Sand. Einem Großgrundbesitzer wird der Kopf abgeschlagen, und seine letzten Worte sind *Tiu na xinq*. Da gab es auch entlarvende Porträts von Braun dem Schürzenjänger; von Manfred Stern, später in Spanien als General Kleber gefeiert; von Steve Nelson und Earl Browder in Schanghai; von Richard Sorges Ankunft. Und schließlich eine wenig schmeichelhafte Skizze des vierzigjährigen Mao, der damals noch längst nicht die Macht ergriffen hatte: hager, glühende Augen, von der Malaria gezeichnet.

Andere Passagen handelten von der Durchquerung des Großen Graslandes, jenem tückischen Plateau, das sich elftausend Fuß über dem Meeresspiegel zwischen den Wasserscheiden des Jangtsekiang und des Huangho erstreckt. Das war Ende August 1935 gewesen, und der Treck, der sechs Tage dauerte und viele Menschenleben forderte, war ohne Zweifel die schlimmste Strapaze des Langen Marsches. Es gab keine Wegweiser, keine Pfade, keinen Proviant, keine Yaks, keine Hirten. Solomon, der behauptete, zum Vierten Regiment des Ersten Armeekorps gehört zu haben, äußerte die Vermutung, daß sie seit drei Jahrtausenden die ersten Menschen waren, die sich durch das hohe, nicht selten giftige Gras geschlagen hatten.

Regen, Hagel, Wind, Nebel und Frost. Meistens aßen die Männer nur rohen, ungemahlenen Weizen. Er riß ihnen die Därme auf, ließ ihre Eingeweide bluten. Wer nicht an der Ruhr zugrunde ging, starb an Durchfall. Die aus Tibet angeschwemmte sumpfige Erde, schrieb Solomon, erinnere ihn an die Anhöhe von Vimy. Männer würden vom Morast verschlungen, seien plötzlich weg. Unglücklicherweise gebe es nicht einmal fette Ratten, die man sich braten könnte. Sofern sie genug Reisig für ein Feuer fanden, kochten die Männer Ledergürtel und Zaumzeug. Die verhungernden und fieberkranken Soldaten der Nachhut durchsuchten den Kot toter Kameraden nach unverdauten Mais- und Weizenkörnern... Am fünften Tag hatte sich Solomons Trupp im eiskalten Nebel verirrt. Was wie ein von der Vorhut angelegter Trampelpfad ausgesehen hatte, endete an einem mit stehendem Wasser gefüllten Graben. Am späten Vormittag des nächsten Tages blies ein grimmiger Wind den Nebel fort. Plötzlich erschien wie aus dem Nichts ein Rabe, stieß herab und schwebte über sie hinweg. Sie folgten ihm bis zum Hou-Fluß. Am anderen Ufer, wo der Boden trocken war und etwas Brennholz herumlag, zündeten die Männer ein Lagerfeuer an und rösteten ihre letzten ungemahlenen Weizenkörner.

Bei Chang Feng-chen, hatte Moses an den Rand gekritzelt, war von dem Raben die Rede, und auch bei Hi Hsin, der notiert hatte, daß Solomon kurz vor Erscheinen des großen schwarzen Vogels unruhig auf und ab gegangen war und den Himmel mit den Augen abgesucht hatte, wobei tief aus seiner Kehle ein Ruf, eine Art trauriges Keckern gedrungen war, das nichts Menschliches hatte.

10 Bert Smith lebte nun bereits seit zehn Jahren, seit 1963, in Montreal. Er wohnte bei einer Mrs. Jenkins zur Untermiete, mit Küchenbenutzung. Er war daran gewöhnt, ausgelacht zu werden. Als er, ein klappriger Siebzigjähriger mit Stummelzähnen, an diesem Tag nach dem Pfadfindertreffen, das wie immer im Untergeschoß der Kirche stattgefunden hatte, in seiner Anführeruniform heimwärts taperte, mußte er ertragen, wie sich die schmierigen Griechen, die auf den Vordertreppen standen, beim Reden anstupsten und die Molson-Bierdosen zum Rülpsen absetzten. Er mußte auch die Pfiffe von jungen frankokanadischen Fabrikarbeiterinnen mit Lokkenwicklern im Haar über sich ergehen lassen. Straßenbengel mit aufgeschürften Knien wurden losgeschickt, um ihn zu schikanieren, indem sie auf ihren Skateboards um ihn herumsausten. »He, Sir, wenn Sie allzeit bereit sein wollen, müssen Sie sich 'nen Gummi überziehen.«

Ihr Spott demütigte ihn nicht etwa, sondern bestärkte ihn in seinen Ansichten. Er war seine Dornenkrone. Rom war von Vandalen verwüstet worden, das heillos korrupte Kanada würde den Untermenschen anheimfallen. Die im Land geborene Jugend des einstigen »wahren Nordens, stark und frei« wurde von Buschmusik, zügellosem Sex und dem von einem Judasstaat geduldeten Lotterleben verdorben.

Ein typischer Fall:

Im vergangenen Sommer hatten sich zwei arbeitsfähige Männer in Mrs. Jenkins' Haus das Zimmer neben seinem geteilt. Beide weiß, beide Christen. Sie schliefen bis mittags, sahen sich dann im Pussycat den neuesten Pornofilm an, lebten von der Sozialhilfe, deren Scheck sie sich im Winter nach Fort Lauderdale in Florida nachschicken ließen. Eines Tages hatte der empörte Bert Smith die beiden in sein Zimmer eingeladen und ihnen ein verblichenes, vor einer Lehmhütte in Gloriana aufgenommenes Photo von seinen Eltern gezeigt. Der Vater war blaß und verhärmt, die Mutter, kaum älter als fünfundzwanzig, sah verwaschener aus als ihr Kattunkleid. »Sie waren von dem unbezwinglichen Geist beseelt, der die Wildnis gebändigt hat«, sagte Bert Smith. »Seht euch heute mal Orte wie Saskatoon oder Regina an.«

»Bin dagewesen, Smitty. Da oben hinkt man derart hinter der Zeit her, daß man auf den Gehsteigen noch Dinosaurierscheiße findet.«

»Wie würde es in unserem Land heute aussehen, wenn man Leute wie euch als Pioniere in den Westen geschickt hätte?«

Einer der Männer fragte ihn, ob er ihm nicht bis Montag einen Zehner pumpen könne.

»Nie und nimmer«, sagte Smith.

Mrs. Jenkins, eine gute Seele, war mit einem lebhaften Sinn für Humor gesegnet.

Frage: Welches ist das Lieblingswerkzeug von einem schwarzen Tischler?

Antwort: Die Laubsäge.

Über Juden brauchte sich Bert Smith in seiner Straße diesseits der Eisenbahngleise im unteren Teil des Westmount-Viertels nicht zu ärgern. Die Mietshäuser mit den abbröckelnden Fassaden und windschiefen, verrottenden Veranden waren diesem Pack natürlich zu ärmlich. Trotzdem gab es an Abschaum keinen Mangel: lärmende Einwanderer, die im steinharten Boden der Hinterhöfe Tomaten anpflanzten; dunkelhäutige, furzende Italiener; resignierte frankokanadische Fabrikarbeiterinnen, die sich auf Plastikstühlen aus dem Kaufhaus Miracle Mart, das Stück zu vier Dollar neunundneunzig fläzten und sich gegenseitig was vorjammerten; Westinder mit einem so arroganten Gang, daß man Lust kriegte, ihnen eins überzuziehen; Polacken; Portugiesen. »Zum Glück«, sagte Bert Smith einmal zu Mrs. Jenkins, »leben wir nicht lange genug, um zu erleben, wie Kanada von diesen Bastarden versaut wird.«

Daß Smith, der aus dem Westen des Landes stammte, angelsächsischer Herkunft und entsprechend erzogen worden war, sich derartig Sorgen machte, war eigentlich nur natürlich.

Im Jahr 1907 hatte der legendäre kanadische Journalist John Dafoe einen Artikel verfaßt, der Einwanderer aus den USA dazu bewegen sollte, sich in der Prärie West-Kanadas anzusiedeln, wo, wie er versicherte, kulturell minderwertiges Mischvolk keine Chance hätte. Zugegeben, es waren Scharen von landhungrigen Ausländern ins Land geströmt, die meisten jedoch teutonischer oder skandinavischer Abstammung. Der einzige im Westen zahlenmäßig stark vertretene »artfremde« Menschenschlag, die Slawen, wurde zügig anglisiert. Übrigens herrschte im Westen bei Leuten, die es ein bißchen genauer nahmen, auch große Besorgnis hinsichtlich der Qualität gewisser britischer Einwanderer. J.S. Woodsworth, Mitbegründer der CCF-Partei und jetzt mittlerweile eine der Heiligenfiguren im Pantheon des kanadischen Sozialismus, formulierte in *Fremdlinge innerhalb unserer Tore oder Künftige Kanadier* (erschienen 1909) seine Besorgnis wegen der Einwanderung von Dr. Barnardos Sprößlingen mit ihrem ererbten Hang zum Laster. Er erzählte gern die Anekdote von einem englischen Richter, der einen jungen Missetäter mit folgenden Worten abgekanzelt hatte: »Du hast deiner Mutter das Herz gebrochen, du hast deinen vor lauter Sorgen ergrauten Vater ins Grab gebracht. Du bist eine Schande für unser Land. Warum gehst du nicht nach Kanada?«

Die Briten, ereiferte sich Woodsworth, würden den Abschaum ihrer Slums in der Prärie abladen. In dieser Hinsicht war Bert Smiths Vater Archie gewiß ein typischer Fall. Nachdem er seine Kindheit in Brixtons Coldharbour Lane verbracht hatte und mit zwölf bei einem Metzger in die Lehre gegangen war, heiratete er zehn Jahre später Nancy, die unscheinbare Tochter eines Gemüsehändlers aus der Nachbarschaft, und beging 1901 den Fehler, sich den kostenlosen Vortrag eines gewissen Reverend Ishmael Horn anzuhören. Dieser kleinwüchsige, offensichtlich verdienstvolle Graubart mit den glühenden schwarzen Augen war eine unwiderstehliche Persönlichkeit. Mit großer Beredsamkeit pries er die Vorzüge seines Projekts Gloriana, eine rein britische Kolonie im Westen Kanadas. Zuvor machte sich Reverend Horn allerdings über die armseligen Lebensumstände seiner Zuhörer lustig. »Seht euch doch an«, sagte er. »Dichtgepackt wie Sardinen, haust ihr in stinkenden Löchern, erduldet die Launen der Reichen und riskiert, daß eure Kinder der Schwindsucht oder Rachitis zum Opfer fallen.« Mit bebender Stimme schilderte er ihnen sodann, welch fruchtbares Land und kräftigendes Klima ihrer harrte; ein Land, wo sie Weizen säen, Apfel- und Birnbäume pflanzen könnten; eine richtiggehende Parklandschaft, reich an Wild jeglicher Art; ein Land mit saftigem Gras, durchzogen von Flüssen und Bächen, in denen sich Forellen tummelten. Zweihundert Morgen dürfe sich jeder nach eigenem Gutdünken aussuchen, versprach er, einen Grundbesitz, wie ihn sich auf dieser vermaledeiten Insel nur die feinen Pinkel leisten könnten.

Archie und Nancy Smith stellten sich also zu den anderen in die Schlange und füllten die Vordrucke aus, die ihnen Reverend Horns Gehilfin, die einnehmende Miss Olivia Litton, vorlegte. Erst später sollte sich manch einer daran erinnern, daß ihr Atem verdächtig nach Schnaps gerochen hatte. Sie unterzeichneten die Formulare und verpflichteten sich, innerhalb einer Woche eine Anzahlung auf die Kosten der Überfahrt zu leisten.

Wenige Monate zuvor hatte Reverend Horn in Ottawa einen Beamten der kanadischen Einwanderungsbehörde aufgesucht.

»Sir, ich kann Ihnen nicht sagen, wie es mich bekümmert, die einst unberührte Prärie, die schöne britische Provinz Saskatchewan, von schmutzigen, ungebildeten Slawen in verlausten Schaffelljacken verschandelt zu sehen, von wirrköpfigen Anhängern des Fürsten Kropotkin und des Grafen Tolstoi, letzterer ein Romanschriftsteller, der dem Ehebruch das Wort redet. Warum heißen wir hier solch ein Bauernpack willkommen, wenn kräftige britische Freisassen, Männer von großer Tapferkeit, die bei Omdurman den Derwischen standhielten und mit Kitchener durch Transvaal marschierten, nach Land schreien?«

Reverend Horn versprach, viertausend tüchtige Bauern, die Blüte des königlichen Inselreiches, in der Prärie anzusiedeln und pro Kopf fünf Dollar zu entrichten. Als Gegenleistung gewährte man ihm eine Option auf Grundstücke in zwölf Townships im nördlichen Saskatchewan, in der Wildnis, in der er seine rein britische Kolonie Gloriana zu gründen bedachte. Außerdem stellte man ihm im Hafen von Liverpool die *Excelsior*, ein Schiff der Dominion Line, zur Verfügung, das im Burenkrieg Truppen transportiert hatte, später jedoch von unzufriedenen Passagieren in *Excrement* umgetauft wurde. Ursprünglich war das Schiff für die Unterbringung von siebenhundert Kavalleristen samt Pferden angelegt, doch am 10. März 1902 drängelten sich an der Gangway rund zweitausend Auswanderer, die erste Ladung von Siedlern, die nach Gloriana, dem Gelobten Land, aufbrachen. Unter ihnen auch der zu Tode erschrockene Archie mit seiner Nancy, die einen Wellensittich in einem Käfig dabeihatte. Da waren skrofulöse Cockneys, walisische Bergleute, die Kohlenstaub aushusteten, und bereits jetzt sturzbetrunkene Streckenarbeiter aus den Slums von Glasgow; Frauen mit plärrenden Kleinkindern auf dem Arm und streunende Gören, die alles klauten, was nicht niet- und nagelfest war; Papageien und Kanarienvögel und kläffende Köter und eine zahme Ziege, die lange vor der Ankunft in Halifax gebraten werden sollte.

Reverend Horn stellte sich auf den Hafenkai, nahm dankend die Hochrufe entgegen und verkündete: »Wir nehmen Kurs auf das Land, in dem Milch und Honig fließen.« Dann verschwand er, gefolgt von Miss Litton, in seiner Kabine.

Die Siedler befanden sich bereits auf hoher See und rutschten in Erbrochenem aus, als sie endlich begriffen, daß es an Bord kein Brot gab, die Kartoffeln verfault waren, das Fleisch von Maden wimmelte, die Wände der Lagerräume, in die sie gepfercht waren, vor Dreck starrten, der Boden unter ihren Füßen bei jedem Schlingern des Schiffes vom Wasser aus der Bilge überschwemmt wurde und überall Ratten herumhuschten.

Während der zweiwöchigen Seereise ließ sich Reverend Horn, der sich in seiner Kabine verschanzt hatte, nur zweimal an Deck blicken. Am vierten Tag wurde einem Bergmann bei einer Schlägerei im Suff ein Arm gebrochen. Reverend Horn richtete ihm die Knochen und schiente sie. Das zweitemal erschien er wiederum nach einem Streit, der diesmal mit Messern ausgetragen worden war, und vernähte die Schnittwunden der Beteiligten. Eine Mrs. Bishop schwor, sie habe ihn in der Nacht des Orkans auf der Brücke auf und ab schreiten sehen, während die klapprige *Excelsior* zwanzig Fuß hohe Wellen hinaufkletterte, um anschließend in ebenso tiefe Wellentäler hinabzurauschen, unter Deck Schiffskoffer gegen dic Schotten knallten, daß die Splitter flogen, und das Zerbersten des Schiffes unmittelbar bevorzustehen schien. Mit nacktem Oberkörper und offensichtlich betrunken habe er in den Sturm und den peitschenden Regen hinausgebrüllt: »Von Angesicht zu Angesicht! Ich will dich nur ein einziges Mal von Angesicht zu Angesicht sehen!«

Endlich gingen sie in Halifax an Land, wurden jedoch gleich in einen Zug verfrachtet, um die endlos lange Reise nach Saskatoon anzutreten, von wo es im Treck mit Ochsenkarren zum einhundertfünfzig Meilen entfernten Gloriana weitergehen sollte. Saskatoon, ein Drecknest irgendwo in der Prärie, hatte weder einen Dorfplatz noch schattenspendende Bäume, keine Hecken, keine Hauptstraße, kein Pfarrhaus, keine Kneipe und kein Gemeindehaus. Statt dessen gab es Mücken, Morast, windschiefe Schuppen, zwei Gasthäuser, einen Gemischtwarenladen, einen Kornspeicher und einen Bahnhof.

Reverend Horn hatte ihnen zugesagt, daß am Bahnhof alle nötigen Dinge für sie bereitstehen würden: Ochsen und Planwagen, Zelte, Geräte und Werkzeuge für den Ackerbau, Säcke voll Saatgut und Vorräte. Von alledem war wenig zu sehen, sondern da war nur das tischebene, baumlose Land, das sich bis zum Horizont erstreckte. Die Frauen setzten sich auf die überall herumstehenden Gepäckstücke – vom Salzwasser angefressene Werkzeugkisten, geborstene Schiffskoffer, aus denen Besteckteile herausfielen – und trauerten den Mietskasernen nach, die sie daheim zurückgelassen hatten. Die Männer, mit Knüppeln und Messern bewaffnet, manche sogar mit einer Schrotflinte, verlangten, von Reverend Horn angehört zu werden, und als er schließlich erschien, auf einen Ochsenkarren stieg und ihnen Schweigen gebot, drängten sie vorwärts, johlten und drohten mit den Fäusten. Unbeeindruckt schritt Reverend Horn auf dem Ochsenkarren hin und her und suchte mit den Augen den Himmel ab. Tief aus seiner Kehle drang ein Ruf, der nichts Menschliches hatte, eine Art trauriges Keckern. Ein Rabe flog aus den Wolken herab und landete auf seiner Schulter. Die Menschenmenge verstummte.

Reverend Horn gemahnte sie mit glühenden Augen an die Undankbarkeit, die die Kinder Israels ihrem Erretter Moses entgegengebracht hätten, indem sie sich gegen ihn auflehnten: »›Wollte Gott, wir wären in Ägypten gestorben durch des Herrn Hand, da wir bei den Fleischtöpfen saßen und hatten die Fülle Brot zu essen; denn ihr habt uns darum ausgeführt in diese Wüste, daß ihr diese ganze Gemeinde Hungers sterben lasset.‹«

Dann fuhr der Reverend fort: »Falls jemand von euch so hasenfüßig ist, daß er nach all den Entbehrungen zurückkehren will, soll er in den Zug steigen. Ich komme für die Rückreise nach England auf. Aber laßt euch versichern, daß alle, die hier bei mir bleiben, Visionäre sind, die ersten von Millionen, die sich in dieser reichen, fruchtbaren Prärie niederlassen werden. Ich kann kein Manna herbeizaubern, aber für diejenigen, die mit mir nach Gloriana weiterziehen wollen, gibt es in einer Stunde heiße Suppe und frischgebackenes Brot. Ich stifte auch ein Fäßchen Rum, um mit euch die sichere Fahrt über das stürmische Meer zu feiern. Danach heißt es: Auf nach Westen, nach Gloriana, meine braven Leute!«

Die Smiths hielten es in Gloriana nur ein Jahr aus. Im heißen Sommer kämpften sie gegen Steppenbrände und im Winter gegen die bittere Kälte. Ihre einzigen Einkünfte bezogen sie aus dem Sammeln von Büffelknochen, für die man ihnen sechs Dollar pro Tonne zahlte.

Nachdem sie aus der Kolonie geflohen waren, zogen die Smiths zurück nach Saskatoon, diese kleine, von Dürre, Heuschreckenplagen und frühen Frosteinbrüchen heimgesuchte Stadt, gegründet von einem Häuflein fanatischer Antialkoholiker, Methodisten aus Ontario, die in ihrer Siedlung absolute Abstinenz zur eisernen Regel erhoben. Nach einiger Zeit verschlug es die Smiths in eine noch kleinere Ortschaft an der

Eisenbahnlinie. Archie fand Arbeit in einer Metzgerei, wo er für einen Galizier Würste stopfte, und Nancy verdingte sich als Tellerwäscherin in McGraw's Queen Victoria Hotel, bis sie herausfand, was sich dort tatsächlich abspielte. Sie flüchtete und nahm einen anderen Job an, diesmal als Bedienung in Mrs. Kukulowicz' Regal Perogie House.

Bert, im Jahr 1903 geboren, wurde streng erzogen. Wenn er ins Bett pinkelte, klemmte ihm sein Vater eine Wäscheklammer an den Penis, und bald war Bert vom Übel des Bettnässens kuriert. Nachdem sie entsetzt festgestellt hatte, daß er Linkshänder war, band ihm seine Mutter bei den Mahlzeiten den linken Arm auf den Rücken, bis er gelernt hatte, sich anständig zu benehmen. Wenn sie ihn beim Lesen eines Cowboy-Romans oder beim Tagträumen auf dem Sofa erwischte, brummte sie ihm prompt eine schwere Arbeit auf. »Jeder Tag, jede Stunde«, ermahnte sie ihn an seinem zwölften Geburtstag, »bringt dich dem Grab und dem Jüngsten Gericht ein Stückchen näher. Sieh zu, daß Faulheit nicht zu den Sünden zählt, für die du dann geradestehen mußt.«

Dazu angehalten, einmal pro Woche in einer Zinkwanne zu baden, wurde ihm zugleich eingeschärft, sich niemals das Gesicht mit demselben Wasser zu waschen, in dem er seine intimeren Teile geschrubbt hatte, sondern dies am Waschbekken mit nicht verunreinigtem Wasser zu tun, eine Angewohnheit, die er auch jetzt als Siebzigjähriger noch beibehielt. Bettlaken, die nachts befleckt wurden, hatten zur Folge, daß er die Hosen herunter- und sich von seinem Vater versohlen lassen mußte.

Bert Smith' Vater ließ sich nicht wie so viele andere von miesen, schnellen Reichtum versprechenden Beutelschneidern beschwatzen, seine mageren Ersparnisse zu riskieren, als 1910 in der Stadt die Bodenspekulation grassierte und die Preise in die Höhe schnellten. Es zeigte sich, daß er recht hatte, denn 1913 brach der Boom plötzlich in sich zusammen. »Du mußt lernen«, bleute er Bert immer wieder ein, »niemals idiotische Risiken einzugehen und den Versuchungen des Teufels zu erliegen, sondern dich in der Schule anzustrengen und dich für eine Schreibtischarbeit als Beamter zu qualifizieren, mit einem festen Gehalt, einer auch in harten Zeiten sicheren Stellung und einem Pensionsanspruch.«

Wenn Bert Smith und Mrs. Jenkins morgens bei süßem Puffreis mit Milch beisammensaßen, las er ihr oft, sehr zu ihrem Vergnügen, Artikel aus der *Gazette* vor. Einmal, als die Arbeitslosigkeit gerade bei zwölf Prozent lag, stieß er in der von einem gewissen E. J. Gordon betreuten Rubrik »Nachrichten aus der Gesellschaft« auf eine interessante Meldung: »Unter dem Motto ›Goldener Pot‹ wird der Ortsverband Montreal des Nationalrats jüdischer Frauen am Mittwoch dem 4. Februar von 18 bis 20 Uhr bei Käse und Wein eine einzigartige Party in der Victoria Hall, Westmount, veranstalten. Ein Gewinn in Höhe von 10000 Dollar erwartet den Glücklichen, der für 100 Dollar das Ticket mit der richtigen Nummer gekauft hat. Der Ticketverkauf ist auf 350 Stück begrenzt.«

»Verflucht«, sagte Mrs. Jenkins. »Wir sind bestimmt zu spät dran.«

»›Die Idee stammt von Mrs. Ida Gursky, unserer Zweiten Vorsitzenden‹, teilte uns Mrs. Jewel Pinsky, die Beauftragte für Öffentlichkeitsarbeit, mit. ›Wir fanden, daß ein Auto als erster Preis ganz einfach zu banal gewesen wäre. Das ist schon zu abgedroschen. Zum Glück hatte Mrs. Gursky einen Einfall. Warum nicht ein Goldbarren als Hauptgewinn?‹«

Nachdem Mrs. Jenkins die vermischte Seite und ihr Horoskop gelesen hatte, reichte sie die *Gazette* an Bert Smith weiter, der damit in seinem Zimmer verschwand. Nirgends etwas Tröstliches, Positives. Nicht einmal im Sportteil, denn da wurde von einem Nigger berichtet, der dafür, daß er Bälle in einen Korb warf, über eine Million Dollar im Jahr kassierte, und von einem anderen Nigger, der sogar noch mehr einstrich, weil er bei einem von drei Versuchen einen kleinen Ball mit einem Knüppel traf. Der Manager des letzteren hatte gesagt: »Elroy trainiert jeden Tag. Und bei jedem Spiel gibt er 110 Prozent.«

Einmal, als Bert Smith und Mrs. Jenkins sich ein Baseballmatch in Fernsehen anschauten, sahen sie, wie Elroy sich zum Schlagen bereitmachte. »Gucken Sie mal«, sagte Mrs. Jenkins,

»der tritt immer erst an, nachdem er sich an seine Kronjuwelen gefaßt hat. Wenn Rocky Colavito mit dem Schlagen dran war, hat er sich jedesmal bekreuzigt. Das waren noch Zeiten, was, Bert?«

Wenn Bert bei Mrs. Jenkins zum Fernsehen eingeladen war, trug sie ihr Haar in Schmalzlocken an den Kopf geklatscht. Sie sorgte für ein paar Flaschen Kool-Aid, während er die Hostess Twinkies zum Knabbern stiftete. An manchen Tagen fand Bert Smith sie bestürzend ordinär, beispielsweise als sie bei einer gräßlichen Sendung mit dem Titel »Lach mit!« vor Heiterkeit geradezu explodierte, ihm einen eindeutig koketten Seitenblick zuwarf und ihn fragte: »He, wissen Sie, warum Eskimos die besten Liebhaber sind?«

»Wie sollte ich?«

»Weil es endlos lange dauert, bis ihr Eiszapfen auftaut. Hihi. Entschuldigung, ich weiß, daß Sie keine unanständigen Witze mögen.«

An einem anderen Abend sah sie sich gerade mit Bert Smith eine Folge aus der Serie »Der große Treck« an, als ein junger Mann kam und sich das Zimmer ansehen wollte, das zu vermieten war. Er hatte blondes Haar, aber schwarze Brauen, und er trug einen Ohrring. Also erteilte ihm Mrs. Jenkins eine Abfuhr. Dann trippelte sie zurück ins Wohnzimmer, ließ die Hände affektiert herabbaumeln und fragte: »Wissen Sie, warum es nach dem Jahr 2000 keine Homos mehr geben wird?«

Keine Antwort.

»Weil sie sich nicht vermehren und sich außerdem gegenseitig vernaschen.«

Smith stöhnte.

»Ach, nun tun Sie mal nicht so, Bert. Ich finde, der ist wirklich putzig.«

Um Abbitte zu leisten, lieh sie ihm am nächsten Morgen zusammen mit der *Gazette* das einzige Buch in gebundener Ausgabe, das sie jemals gekauft hatte: Rod McKuens *Listen to the Warm*. Bert Smith hatte damit nichts im Sinn, aber wie immer las er in seinem Zimmer die *Gazette*. Mr. Bernard würde demnächst fünfundsiebzig. Im Ritz-Carlton Hotel sollte zu seinen

Ehren ein pompöses Bankett stattfinden. Entrüstet zerknüllte Smith die Zeitung, ließ sie zu Boden fallen und nahm seine Bibel vom Nachttisch.

> Warum leben denn die Gottlosen, werden alt und nehmen zu mit Gütern?
> Ihr Same ist sicher um sie her, und ihre Nachkömmlinge sind bei ihnen.
> Ihr Haus hat Frieden vor der Furcht, und Gottes Rute ist nicht über ihnen.

# ZWEI

1 Es war im Jahr neunzehnhundertdreiundsiebzig. Hoch oben am Rand der Welt, in Tulugaqtitut, am Ufer der Beaufort-See, war Mitternacht vorbei, und dennoch stand die strahlende Sommersonne noch immer hoch am Himmel. Henry Gursky legte sein Buch beiseite – *Pirke Awot, Sprüche der Lehrer* – und warf einen Blick aus dem Fenster. *Zu Dir, o Herr, erhebe ich meine Seele.*

Anscheinend hatte die Otter heute wieder Verspätung, aber irgendwann würde die Maschine schon auftauchen, es sei denn, der Pilot hatte nach dem Start in Yellowknife wegen eines Notrufes die Route ändern müssen. Oder er ist mal wieder betrunken, dachte Henry. Am nächsten Tag zu fliegen ging nicht, das wäre zu spät. Seufzend streckte Henry die Hand aus und strich seinem Sohn über das glatte, schwarze Haar. »Alef«, sagte er.

»Alef.«

»Bet.«

»Jetzt nicht«, bat Isaac. »Es ist Zeit.«

»O ja, entschuldige.« Henry drehte an der Sendereinstellung seines Radios. Isaacs Augen glänzten vor Freude, als die vertrauten Geräusche im Wohnzimmer des Fertighauses widerhallten.

Ein Sturm raste über die öde Wildnis. In der Ferne heulte ein Wolf. Elektronische Musik, eine Botschaft aus einer anderen Welt.

»Jeder Mensch bekommt irgendwann im Leben einen Regenguß ab«, begann der Erzähler feierlich. »In Käpt'n Al Kohols Fall ergoß sich das Unheil jedoch wie ein nicht abreißender Sturzbach über sein mächtiges blondes Haupt.«

Henry schnalzte mit der Zunge, schlug sich auf die Backe, simulierte Angst. Isaac kuschelte sich noch tiefer in die Sofaecke und zupfte geistesabwesend an den Schaufäden seines Hemdes. Es waren vier Fransen, die aus jeweils zwölf seidenen Strängen bestanden.

»Einst der gutherzige Beschützer der Leute vom Fischfjord gegen die schrecklichen Rabenmänner, war Käpt'n Al Kohol nun in die Gosse abgesunken, wo ihn der Schnaps, dieses schleichende Gift, hingebracht hatte: erst eine Prügelei in einer Bierkneipe, dann eine Nacht im Gefängnis und schließlich ein Gespräch mit den Leuten vom Sozialamt in Inuvik.«

Hier blendete sich der Sozialarbeiter ein: »Na gut, dann wollen wir mal die entsprechenden Formulare ausfüllen, ja? Name?«

»Käpt'n Al Kohol von der Intergalactic 80321.«

»Aha ... Und Ihr letzter Wohnsitz?«

»Allee der Zwölf Monde Nr. 737, Provinz Lutania, Planet Barkelda.«

Oj weh, dachte Henry und gab seinem Sohn gutgelaunt einen Knuff. Der reagierte mit einem Kichern.

»Gut, sehr gut. Und was sind Sie von Beruf?«

»Intergalaktischer Raumfahrtkapitän mit Hochschulabschlüssen in Antigravitation und ionischer Transmutation.«

»Hm, das ist natürlich ein Problem. Hier in Inuvik haben wir an Leuten wie Ihnen keinen großen Bedarf. Leider kann man auch überqualifiziert sein. Was ist übrigens mit Ihrer Kleidung passiert? Mußten Sie die verkaufen?«

»Ich bin doch angezogen, Sir, allerdings nach der neuesten Mode von Barkelda.«

»So was taugt überhaupt nicht für den Norden. Sie kriegen hier nie einen Job, wenn Sie in gelb-, rot- und blaugestreifter Unterwäsche rumlaufen. Wir müssen Ihnen was anziehen, das anständig aussieht und warm hält. Und Ihr Haar! Schulterlanges Haar ist hier in Inuvik überhaupt nicht in.«

»Ich habe es seit einer Ewigkeit nicht geschafft, zum Friseur zu gehen.«

»Das können Sie jetzt nachholen, Käpt'n Al Kohol. Die Polizei hat uns über Sie sehr positive Auskünfte gegeben, und Krankenschwester Alley bescheinigt Ihnen die besten Charaktereigenschaften. Hier haben Sie fünfzig Dollar. Kaufen Sie sich was Warmes zum Anziehen und leisten Sie sich einen anständigen Haarschnitt.«

»Das kann ich nicht. Noch nie in meinem Leben habe ich ein Almosen angenommen.«

»Bloß keinen falschen Stolz. Wir sind dazu da, Ihnen zu helfen. Lassen Sie unbedingt die Finger vom Alkohol, Käpt'n.«

»Darauf gebe ich Ihnen mein großes galaktisches Ehrenwort. Vielen Dank und auf Wiedersehen.«

Henry hörte Motorengeräusch. Er beugte sich vor und spähte aus dem Fenster, aber es war nicht die Otter, sondern ein Charterflugzeug, eine DC-3. Im Radio war zu hören, wie eine Tür erst aufgemacht und dann wieder geschlossen wurde. Straßenlärm drang aus dem Lautsprecher. Der Erzähler blendete sich ein: »Während Käpt'n Al Kohol durch die kalten, unwirtlichen Straßen von Inuvik geht, ist ihm das Herz schwer, denn er hat noch immer nicht den Verlust der schönen Lois verwunden. Irgendwie muß er seinen Stolz zurückerlangen und sich selbst beweisen, daß er der kleinen Krankenschwester aus dem Norden würdig ist. Zuvor muß er jedoch etwas gegen seinen nagenden Hunger unternehmen und sich ein Lager für die Nacht besorgen. Er findet ein Obdachlosenheim, in dem er wie andere arme Teufel in einer Koje übernachten kann.«

Wieder blickte Henry aus dem Fenster – vergeblich –, und als er wieder hinhörte, hatte sich Käpt'n Al Kohol im Obdachlosenheim mit ein paar üblen Gesellen auf eine Pokerpartie eingelassen.

»Dies ist ein Spielchen unter Freunden, Fremder, und damit es noch ein bißchen freundschaftlicher wird, lade ich euch alle zu einem Schluck Elchmilch ein. Hast du schon einmal Elchmilch getrunken?«

»Nein, aber das klingt nahrhaft. Ich hab seit Ewigkeiten nichts mehr gegessen.«

»Gut. Trinken wir eine Runde, bevor wir spielen.«

Gluck, gluck, gluck.

Entsetzt schaltete sich der Erzähler ein: »Tu es nicht, Käpt'n Al Kohol! Sonst bist du wieder da, wo du nicht mehr hinwillst – in der Gosse!«

Gluck, gluck, gluck.

»Wer weiß, vielleicht kommt der wackere Wanderer aus den Weiten des Weltraums jetzt vom Regen in die Traufe! Drückt ihm die Daumen und wartet auf die nächste Folge des Leidenswegs von Käpt'n Al Kohol, unserem glücklosen Vagabunden im hohen Norden.«

Er folgte die übliche Warnung, Alkohol könne das Leben eines Menschen zerstören, und wenn man sich das Trinken erst einmal angewöhnt habe, werde man die Sucht schwer wieder los. Wie Gott, dachte Henry und staunte über seine eigene Respektlosigkeit.

»Wenn Sie sich nicht zu helfen wissen, wenden Sie sich an uns, an das Amt für Alkoholikerberatung der Nordwestterritorien. Wir können Ihnen helfen.«

Henry schaltete das Radio ab, blieb jedoch mit der Bibel auf dem Schoß am Fenster sitzen und suchte von Zeit zu Zeit mit den Augen den Himmel ab.

> An den Wassern zu Babel
> saßen wir und weinten, wenn wir Zion gedachten.
> Unsere Harfen hingen wir an die Weiden, die daselbst sind.
> Denn dort hießen uns singen, die uns gefangen hielten,
> in unserm Heulen fröhlich sein:
> »Singet uns ein Lied von Zion!«
> Wie sollten wir des Herrn Lied singen in fremden Landen?

Um ein Uhr entdeckte er in der Ferne einen Fleck am Himmel. Nach und nach wuchsen ihm mit roten Blinklichtern bestückte Flügel und ein Schweif. Er verlor an Höhe und wurde vom Wind gebeutelt, daß die Schwingen flatterten. Es war die Otter, die endlich über der Bucht kreiste, einen weiten Bogen beschrieb, sich in eine enge Kurve legte, scheinbar von der grellen Sonne verschluckt wurde und wundersamerweise wieder auftauchte, um sich herabzusenken und das eiskalte Wasser der Bucht zu Gischtfontänen zu zerstäuben.

Henry Gursky zog rasch seine Parka und Eskimostiefel an und machte sich, einen kleinen Gepäckkarren vor sich her schiebend, auf den Weg zur Anlegestelle. Henry Gursky war Anfang Vierzig, ein drahtiger Mann mit blauschwarzem Bart und langen, baumelnden Schläfenlocken. Er wirkte knorrig, hatte aber ein heiteres Gesicht. Solomons Gesicht. Eine gestrickte Jarmulke, einem Topflappen nicht unähnlich, war an seinem feinen schwarzen Haar festgesteckt. Er winkte den Kindern der Siedlung und den Jägern zu, die sich bereits, erfreut über die Abwechslung, am Ufer der Bucht eingefunden hatten. Zwei frisch erlegte graue Robben lagen glänzend auf dem felsigen Boden. Die Augen waren herausgerissen, und Blut quoll aus den leeren Höhlen, in denen es bereits von schwarzen Fliegen wimmelte.

Der Pilot, nördlich des sechzigsten Breitengrades noch ein Neuling, hatte in der Gold Range Bar in Yellowknife genügend Klatschgeschichten über die hiesige Krankenschwester gehört, um sich sofort nach ihr zu erkundigen. »Sagt ihr, daß ich eine Überraschung für sie habe.«

Lächelnd begrüßte Henry den Piloten. *»Baroch habo«*, rief er ihm entgegen.

Der Mann blinzelte verwundert und fragte: »Was heißt das?«

»Frei übersetzt bedeutet es: Gesegnet sei die Ankunft.«

»Sie sind bestimmt Henry Gursky.«

»Richtig. Haben Sie ihn mitgebracht?«

»Allerdings.«

Es war der große, altvertraute Aluminiumkoffer, verbeult, aber mit intakten Schlössern. Als die Arbeiter von den Erdölbohrstellen bei Inuvik, meist gestrandete, aus dem Süden stammende Existenzen, begannen, Marihuana und härteren Stoff in die Gegend zu schmuggeln, war Henry eines Tages von einem alerten Korporal der Polizei, der nicht wußte, mit wem er es zu tun hatte, an der Anlegestelle korrekt, aber nachdrücklich gebeten worden, den Koffer zu öffnen. Henry hatte der Aufforderung Folge geleistet. Der Korporal hatte den Inhalt geprüft, einen befremdeten Blick auf den beiliegenden Lieferschein geworfen und ungläubig den Kopf geschüttelt.

»Ich hätte nie geglaubt, daß ich in einer so rauhen Gegend einem Juden begegnen würde«, sagte der Pilot.

»Wir sind ein erstaunliches Volk. Wie Löwenzahn, sagte mein Vater immer. Gräbt man uns irgendwo aus, tragen uns der Wind und der Regen irgendwo anders hin, wo wir wieder Wurzeln schlagen. Keine Post für mich dabei?«

Da war die neueste Ausgabe von *Newsweek*, mit einem nachdenklichen John Dean auf der Titelseite; zwei alte Nummern von *The Beaver*; die vierteljährliche Zwischenbilanz der James McTavish Distillers Ltd. nebst einem Scheck über 2 114 626,17 Dollar; ein Katalog des Jagdwaffenhändlers Abercrombie & Fitch; eine Ausgabe der *Moshiach (Messiah) Times* für Isaac; ein Brief vom Rebbe aus der Eastern Parkway Nr. 770 in Brooklyn; ein Schreiben des Crédit-Suisse; ein Bücherpaket von Hatchards – aber keine einzige Zeile von seiner Schwester Lucy aus London oder von Moses Berger.

Der Pilot sah zu, wie Henry den Koffer auf den Gepäckkarren hievte und sich, ohne auf die vielen Mücken zu achten, gemächlich auf den Rückweg zur Siedlung machte, vorbei am Co-op-Laden. Die Siedlung bestand aus fünfzig würfelförmigen Fertighäusern, die unter der Bezeichnung »Fünfhundertzwölfer« bekannt waren, weil sie eine Fläche von 512 Quadratfuß umfaßten. Sie waren fein säuberlich in Reihen angeordnet und kauerten sich gleichsam um eine Feuerwache, eine Schule mit Gemeinderaum, eine Krankenstation, den Co-op-Laden und das Sir Igloo Inn Café, das dem örtlichen Schnapsschmuggler gehörte. Außerdem gab es einen Stützpunkt der Hudson Bay Company mit einer Wohnung für den Verwalter, einen schweigsamen jungen Mann namens Jan Campbell, den die Gesellschaft für diesen Job nördlich des sechzigsten Breitengrades direkt in Stornoway auf den Äußeren Hebriden angeheuert hatte. Sohn eines Wollfärbers, entschied Campbell nun über Kredite und Vorräte, führte die Bücher und übte über die Jäger der Gegend fast soviel Macht aus wie einst ein Lehnsherr über seine Bauern. Das Lehrerpaar aus Toronto, das sich bei den Einheimischen anbiederte, mied er, und gegenüber der liederlichen Krankenschwester verhielt er sich bestenfalls höflich, obwohl sie durch seine Träume geisterte und ihn abends im Bett ganz zappelig machte. Bisweilen trieb ihn die Einsamkeit zu einer Partie Schach mit dem unglaublich reichen verrückten Juden, doch meist zog er es vor, mit den grauen, schwabbeligen Bewohnern der stets überheizten, rund acht Meilen von der Siedlung entfernten DEW-Radarfrühwarnstation zu zechen.

Im Winter konnte man Henrys Fertighaus leicht von den anderen unterscheiden, weil es das einzige war, auf dessen Dach keine gefrorenen Karibuhälften oder Rippenstücke von Robben lagen. Außerdem war es größer als die anderen, weil es aus drei aneinandergebauten Fünfhundertzwölfern bestand. Henry hielt Hunde. Er konnte es sich leisten, sie durchzufüttern. Zweimal die Woche kam der Tankwagen und füllte in allen Haushalten die Reservoirs mit Trinkwasser auf, das aus einem nahe gelegenen See durch ein Loch im Eis hochgepumpt wurde. Einmal am Tag hielt das Müllauto vor jedem Fertighaus und sammelte die mit menschlichen Exkrementen gefüllten Plastiktüten der Trockenklos ein. Sie wurden nur drei Meilen vor der Küste auf dem Eis abgeladen, sehr zum Ärger der Jäger. Das Problem bestand nämlich darin, daß die Tüten im Frühjahr, wenn das Eis brach, im Wasser trieben, und deshalb waren viele der erlegten Robben mit Kot beschmiert, eine unschöne Angelegenheit.

Während des langen, dunklen Winters wurde mit dem Schneepflug ein Landestreifen für die Flugzeuge freigehalten und mit brennenden Ölfässern markiert, und im Sommer versorgten Wasserflugzeuge die Siedlung.

Der Pilot, ein griechischer Immigrant, hatte in Yellowknife allerlei Geschichten über Henry gehört. Verständlicherweise hatte er geglaubt, daß man ihm einen Bären aufbinden wollte. Als er in der muffigen Gold Range Bar mit anderen Buschpiloten und mehreren Bergleuten bei ein paar Drinks saß, hatte ein jugoslawischer Vorarbeiter der Great Con gesagt: »Er ist mit seinem Hundegespann bis nach Boothia rauf und kennt die King-William-Insel wie seine Westentasche.«

»Wonach sucht er? Nach Öl?« hatte der Grieche gefragt, und alle hatten gelacht.

»Nein, nach ein paar Glaubensbrüdern, die sich ein bißchen zu weit von ihrer sonnigen Heimat weggewagt haben.«

»Das verstehe ich nicht.«

»Hat auch niemand von dir erwartet.«

Die Krankenschwester war zu Hause. Sie war dünner, als

ihm lieb war, und älter, als man ihm gesagt hatte. »Ich hab Ihnen was mitgebracht«, sagte er.

»Ja«, antwortete Agnes, »das tun die meisten.« Dann drehte sie sich um und ließ ihn stehen. Wenn er ihr folgte, in Ordnung. Falls nicht, auch in Ordnung. Die Entscheidung lag nicht in ihrer Hand.

Als Henry am Sir Igloo Inn Café vorbeikam, einem verrosteten Schuppen, sah er eine Schar von Kindern, die sich im Schmutz um etwas balgten. Henry machte ein paar Schritte auf sie zu, und da zwängte sich ein Junge durch das Knäuel und verschwand mit fliegendem schwarzem Haar hinter einer Aluminiumbaracke. »Isaac!« rief Henry ihm hinterher, ließ den Karren stehen und lief seinem Sohn nach. »Isaac!«

Isaac hatte sich hinter einem Ölfaß versteckt und kaute gierig auf einem rohen Robbenauge herum. »Das sollst du doch nicht tun!« tadelte Henry ihn und wischte mit seinem Taschentuch behutsam das Blut von seinem Kinn. »Das ist nicht koscher. Es ist unrein, *jingelche. Trejfe*.«

Isaac, dessen rabenschwarze Augen blitzten, kicherte und ließ sich von seinem Vater mit einer Orange entschädigen. »Alef«, sagte Henry.

»Alef.«

»Bet.«

»Bet.«

»Und was kommt dann?« fragte Henry und zog an Isaacs Ohr.

»Gimel.«

»Bravo.« Henry stieß die Tür seines Fertighauses auf. »Nialie«, rief er in singendem Tonfall. »Es ist alles angekommen.«

Seine Frau, eine ungewöhnlich zartgliedrige Netsilik aus der Gegend von Spence Bay, lächelte breit. *»Kejn ajnore«*, sagte sie.

Gemeinsam hievten sie den großen Alukoffer vom Karren und legten ihn auf den Boden. Henry schloß ihn auf, entnahm ihm lediglich den Lieferschein des koscheren Fleischmarktes Notre Dame de Grace in Montreal und ging damit zu dem Rollpult, das einst seinem Vater gehört hatte und in dem sich zwei Einschußlöcher befanden. »Seit heute haben wir einen neuen Piloten. Agnes ist rausgekommen, um ihn zu begrüßen.«

»Dann stellt er bestimmt fest, daß mit dem Motor irgend etwas nicht stimmt, und bleibt über Nacht.«

»Hör auf, Nialie.«

Um drei Uhr morgens stand die Sonne so tief, daß sie für kurze Zeit auf dem Rand der Welt zu balancieren schien. Henry hatte nur zehn Minuten Zeit, bis sie wieder höher kletterte. Er stellte sich mit dem Gesicht zu der Wand, die nach Osten, nach Jerusalem ging, und verrichtete sein Abendgebet. *Zu Dir, o Herr, erhebe ich meine Seele.*

Henrys Glaube, an den Ufern eines anderen Meeres geboren, in Babylon gehegt und bewahrt, in Spanien und dem russischen Juden-Ghetto gestählt, wurde mit allen Widrigkeiten fertig, nur die der Arktis machten ihm zu schaffen. Deshalb war Henry, ein in mancherlei Dingen erfinderischer Mensch, auf sein Improvisationstalent angewiesen und ließ sich bei der Ausübung seiner Religion nicht von der verrückten Sonne leiten, sondern von einer Uhr, die einem vernünftigeren Stundenplan gehorchte, einem Stundenplan aus dem Süden.

Nach sechs Stunden Schlaf erwachte Henry am nächsten Morgen, einem Freitag, und fand Nialie in der Küche beim Salzen eines Bruststücks, das über Nacht aufgetaut war. Sie ließ das Blut ins Spülbecken tropfen, genau wie ihre Großmutter es schon als Kind gelernt hatte, damals, als Tulugaq in einem hölzernen Schiff mit drei Masten gekommen war. Das Sabbat-Huhn lag dressiert im Topf, und ein Zopfbrot war bereit für den Backofen.

Nach dem Morgengebet legte Henry Gebetsriemen und -schal ab und faltete beides säuberlich zusammen. Gleich nach dem Frühstück setzte er sich an seinen Schreibtisch, um Moses einen Brief zu schreiben.

Durch die Gnade des Herrn
15. Nissan 5734
Tulugaqtitut, NWT

Lieber Moses,
hast Du schon gehört, daß die seit Februar von einem Satelliten gemachten Aufnahmen den Nachweis für Risse im

Tweedsmuir-Gletscher erbracht haben? Auf meinen Karten wird die Länge des Tweedsmuir mit 44 und die Breite mit 8 Meilen angegeben. Seit Februar hat er bei seinem Marsch quer durch das Tal des Alsek River immer mehr Tempo zugelegt. Wenn er früher am Tag nur knapp 2 Fuß und 3 Zoll vorwärts gekrochen war, schafft er mittlerweile ganze 13 Fuß. Im letzten Winter hat er sogar erstaunliche Spitzenleistungen von 288 Fuß pro Tag erbracht. Mir ist bekannt, daß diese plötzliche Wanderlust durchaus kein Einzelfall ist und auf einer Laune der Natur beruhen könnte. Aber ich wäre Dir dankbar, wenn Du Conway bei eurer nächsten Begegnung im Institut darauf ansprechen und etwas über die Bewegungen anderer Gletscher in Erfahrung bringen könntest. Besonders interessieren mich eventuelle Veränderungen der Barnes-Eiskappe, wo es, wenn man alle Faktoren in Betracht zieht, mal wieder richtig losgehen könnte.

Wie Du weißt, hat Conway für Irre wie mich keine Zeit. Du könntest ihn trotzdem darauf hinweisen, daß sich der Gletscherfluß auf der Barnes-Eiskappe in den vergangenen 15 Jahren erheblich beschleunigt hat, zumal im Winter.

Nialie und Isaac lassen Dich und Beatrice lieb grüßen. Isaac, der zugegebenermaßen ein Spätzünder ist, macht erfreuliche Fortschritte mit dem Alef Bet. Ich würde mich freuen, wenn Du uns bald schreibst. Wir machen uns Sorgen um Dich.

Alles Liebe

Dein Henry

Henry hatte Moses zum letztenmal gesehen, kurz nachdem man Moses an der Universität von New York gefeuert hatte. Henry, der nach New York gereist war, um beim Rebbe in der Eastern Parkway Nr. 770 Rat einzuholen, hatte auch Moses besucht, in dem stinkenden Kellerloch, das er in der Ninth Avenue bewohnte. Möbel, die man nicht einmal der Heilsarmee hätte andrehen können; überall leere Scotch-Flaschen; auf dem Waschbecken im Badezimmer ein Stück Seife, in glitschigem Schleim schwimmend und von Mäusen angeknabbert.

Es war vier Uhr nachmittags gewesen, und Moses hatte noch im Bett gelegen, das Gesicht aufgedunsen und lädiert, an der Stirn eine purpurrote Beule. »Was für ein Tag ist heute?« hatte er gefragt.

»Mittwoch.«

Henry hatte sich einen Leihwagen genommen und Moses in die Klinik nach New Hampshire gefahren.

»Er sieht aus, als wäre er gegen eine Mauer gerannt«, hatte der Arzt gesagt. »Mit wem hat er sich denn diesmal geprügelt?«

»Das ist unfair. Er ist überfallen worden. Glauben Sie mir, Moses ist nie gewalttätig gewesen.«

Der Doktor hatte einem Aktenordner auf seinem Schreibtisch ein Schriftstück entnommen. »Bei einem Flug nach New York vor zwei Jahren hat er laut Augenzeugen ohne ersichtlichen Grund versucht, zwei Pelzhändler zu schlagen, und mußte von Mitgliedern der Besatzung daran gehindert werden. Ihr Freund ist wie eine bis zum Rand mit Wut gefüllte Flasche. Man braucht die Flasche nur kräftig zu schütteln, dann knallt der Korken.«

Moses' letzter Brief an Henry war gutgelaunt, fast überschwenglich gewesen, das heißt besorgniserregend, denn in der Vergangenheit hatten sich solche Briefe immer als Alarmsignale entpuppt. Beatrice und er lebten wieder zusammen, diesmal in Ottawa. Er hielt Vorlesungen an der Universität von Carleton, hatte Angst davor, erneut in Schimpf und Schande davongejagt zu werden, und war sich dieser Möglichkeit offenbar bewußt.

> … und seit sechs Monaten, zwei Wochen, drei Tagen und vier Stunden habe ich mich nicht getraut, etwas so Berauschendes wie einen *coq au vin* zu mir zu nehmen. Drück mir die Daumen, Henry. Vielleicht bin ich zum letztenmal durch die Drehtür dieser Klinik gegangen.
>
> Beatrice ist diese Woche in Montreal, sie schreibt das Vorwort zur Jahresbilanz von Clarkson, Wiggin & Delorme, ein Lobgesang auf Kanada. Es ist eine Ochsentour, aber eine erstaunlich gut bezahlte. Sie sagt, Tom Clarkson

(LCC, Bishop's University, Harvard MBA) sei ein unerträglicher Langweiler, aber was soll's, er zahlt ihr immerhin ein Zimmer im El Ritzo. Trotzdem fühlt sie sich einsam, und vielleicht steige ich demnächst in einen Flieger und bereite ihr eine kleine Überraschung, indem ich gerade rechtzeitig in Montreal lande, um sie abends zum Essen auszuführen...

Henry zögerte, bevor er das Kuvert zuklebte. Sollte er vielleicht ein Postskriptum über den beunruhigenden Besuch seines Cousins Lionel anfügen? Nein, lieber nicht, denn er schämte sich und war schon von Nialie wegen seines schwachen Auftritts kritisiert worden. Ein richtiger Hemdling bin ich, sagte er sich.

Lionels Besuch wäre normalerweise schlimmstenfalls eine Geduldsprobe gewesen, aber da er diesmal während der Asseret Jemej Teschuwa gekommen war, den Zehn Tagen der Buße, war die Versöhnung mit ihm, einem Familienmitglied, das Henry ein Unrecht angetan hatte, geradezu eine *mizwe*, ein Gebot und eine gute Tat, gewesen, stand doch geschrieben: »Ein Mensch sollte, wenn es um Vergebung geht, biegsam wie ein Schilfrohr und nicht starr wie eine Zeder sein.«

Lionel, seine Schwester Anita und sein jüngerer Bruder Nathan waren die rechtmäßigen Erben von McTavish Distillers Ltd., Jewel Investment Trust, Acorn Properties, Polar Energy und vielen weiteren Unternehmen, die zu dem sich mehr und mehr verzweigenden Gursky-Imperium gehörten. Henry erinnerte sich, daß Lionel schon als kleiner Junge der frechste Gursky-Sproß gewesen war. Er faßte Mädchen an Stellen an, wo es sich nicht gehörte, und fuhr mit dem Fahrrad alles über den Haufen, was andere Jungen, die noch nicht lange in der Gegend wohnten und mit ihm spielen wollten, aufgebaut hatten, denn er wußte, daß ihre furchtsamen Mütter es nicht wagen würden, sich über ihn zu beschweren.

Henry hatte Lionel, der die New Yorker Niederlassung von McTavish Distillers leitete, seit gut zehn Jahren nicht mehr gesehen, als der beunruhigende Anruf von ihm kam. Wenn es hart auf hart ging, das wußte Henry, war er in Lionels Augen geisteskrank, und womöglich hatte Lionel sogar recht. Henry zog eine längst überholte vierteljährliche Zwischenbilanz von McTavish Distillers aus der untersten Schreibtischschublade, und es reichte, sie zu überfliegen, damit ihm seine eigene Unzulänglichkeit vor Augen geführt wurde. Lionel würde mit ihm Schlitten fahren. Lionel war im Gegensatz zu ihm garantiert bestens bewandert in der Sprache der Finanzwelt. Bankverbindlichkeiten, flexible Emissionskurse, Tilgung zurückgestellter Verpflichtungen und so weiter. Für Henry waren das böhmische Dörfer.

Lionel erinnerte sich, während er in einem der Gursky-Jets nach Yellowknife flog, an Henry als an einen zurückgebliebenen – nein, nahezu geistig behinderten – Jungen, den er immer aufgezogen hatte, weil er ein Bettnässer gewesen war. Tatsächlich war Henry in der sechsten Klasse sitzengeblieben, und wenn sich Lionel recht entsann, hatte der kleine Spinner später nicht die High-School besucht, sondern war von einer endlosen Reihe zähneknirschender, respektvoller Privatlehrer unterrichtet und von ebenso vielen Seelenklempnern behandelt worden. Vielleicht war er auch eine Zeitlang auf eine von diesen Privatschulen für Kinder aus reichem Hause gegangen, die nicht gerade das Pulver erfunden hatten. Irgendwann im Verlauf seines problematischen Lebensweges hatte Henry zu Gott gefunden und sich in Brooklyn in eine Jeschiwe zurückgezogen, wo er sich nicht einmal traute, die Zahnpastamarke zu wechseln, ohne zuvor die Zustimmung des großen weisen Rebbe einzuholen, der in der komischen Klapsmühle in der Eastern Parkway Nr. 770 das Sagen hatte. Und dann hatte Henry sich Hals über Kopf ausgerechnet in die Arktis abgesetzt und eine von diesen Steinzeitbräuten, eine Eskimofrau, geheiratet. Ach ja, richtig, es war ein Zeitungsartikel gewesen, der Henry veranlaßt hatte, schleunigst in den hohen Norden zu fliegen, eine Geschichte, über die Lionels Eltern in der Küche besorgt und auf jiddisch geredet hatten. Lionel erinnerte sich dunkel an ein paar Gesprächsfetzen. Die Zeitung hatte berichtet, daß eine in einer entlegenen Gegend hausende Eskimosippe unerklärlicherweise zum drittenmal in diesem Jahrhundert zu verhungern drohte. Die Behörden waren ratlos, denn es gab zu der Zeit keinen Mangel an Walspeck oder was immer diese Leute aßen, aber die eigensinnigen Eingeborenen verweigerten jegliche Nahrung. Selbst nachdem im Auftrag der Regierung per Flugzeug Vorräte aller Art zu den Eskimos geflogen worden waren, hatten diese noch immer nichts essen wollen. Psychologen waren zum Ort des Geschehens geeilt und hatten durchblicken lassen, daß es sich wohl um obskure Stammesriten oder Schamanenzauber handelte. Presseleute gegenüber hatten sie sich auf Werke wie *Wandlungen und Symbole der Libido, Der Goldene Zweig* und *Totem und Tabu* berufen. Die Eingeborenen selbst hatten sich einzig zu der Aussage bewegen lassen, sie dürften nichts essen, denn der Tag der Eule – oder war es der Tag des Adlers? – sei gekommen. Irgend so ein Quatsch. Niemand hatte das Rätsel lösen können, doch dann war Henry hingeflogen und hatte die Sache irgendwie geradegebogen. Ein paar Eskimos waren gestorben, aber die meisten hatten überlebt.

Henry flog in einer Otter der Ptarmigan Air nach Yellowknife und nahm Isaac mit, damit er sich schon mal die Sir-John-Franklin-High-School anschauen konnte, die er voraussichtlich besuchen würde, sobald er die Volksschule in der Siedlung abgeschlossen hätte. Nialie wollte von der anderen Möglichkeit, der Jeschiwe des Rebbe in Crown Heights, nichts wissen. »Die anderen Jungen würden ihn nicht für einen *schejnen jid* halten und ihn nicht akzeptieren, weil er anders aussieht als sie.«

Der rührige Regierungskommissar der Nordwestterritorien witterte eventuelle Investitionen und hatte sich an der Spitze einer Delegation zum Flughafen begeben, um Lionel willkommen zu heißen. Lionel, der kahl und korpulent geworden war, trug über einem Anzug von Giorgio Armani einen prachtvollen Bibermantel, seine Füße steckten in Stiefeln mit Schaffellfutter, und seine Augen waren hinter einer getönten Fliegerbrille verborgen. Der Kommissar hatte angeordnet, das Penthouse in dem neunstöckigen Gebäude, das allgemein »das Hochhaus« genannt wurde, für Lionel herzurichten. Die Hausbar war sinnigerweise nur mit Flaschen bestückt worden, auf denen der Name Gursky prangte. Gemessen an den nördlich des sechzigsten Breitengrades herrschenden Verhältnissen bot das Penthouse, anläßlich des Besuchs von Königin Elizabeth und Prinz Philip im Jahr 1970 ausgebaut, geradezu verschwenderischen Luxus. »Ich hoffe, Sie werden sich in diesem königlichen Bett wohl fühlen«, meinte der Kommissar augenzwinkernd.

»Bitte veranlassen Sie, daß man ein Brett unter die Matratze legt. Meine Wirbelsäule – Sie verstehen.«

»Sicher, sicher. Es wird Sie übrigens bestimmt freuen zu hören, daß es hier ein paar alte Eskimos gibt, die sich noch immer Geschichten über Ihren Urgroßvater erzählen, Geschichten, die von einer Generation an die nächste weitergegeben werden. Würden Sie gern ein paar von diesen Leuten kennenlernen, Mr. Gursky?«

»Ich habe leider einen vollen Terminkalender. Kann ich Ihnen Bescheid geben, nachdem ich mit meinem Cousin gesprochen habe?«

Lionel ärgerte sich darüber, daß Henry, dieser in Gott vernarrte Idiot, auf sich warten ließ und dann auch noch seinen kleinen Sohn, dieses Halbblut, mitbrachte. Aber der Junge, der offenbar genauso schwer von Begriff war wie sein Vater, setzte sich mit einem Comic-Heft und der neuesten Ausgabe der *Moshiach Times* still in eine Ecke. Die erste Seite brachte den Bericht eines in Askalon beheimateten Mädchens namens Gila über Ziwos Haschem. Sie schrieb: »Unsere Madricha, unsere Betreuerin in Ziwos Haschem, hat uns erzählt, daß es in der ganzen Welt Kinder wie uns gibt. Alle tun dasselbe und versuchen, die Anweisungen unseres Obersten Befehlshabers, Haschem, auszuführen.« Der Name Haschem hatte ein Sternchen, das auf eine Fußnote hinwies. »Haschem, einer der Namen Gottes.« Als hätte Isaac das nicht gewußt.

Isaac wirkte selbstvergessen und gleichgültig, während die beiden Männer miteinander redeten, oder, genauer gesagt, Lionel predigte und Henry zuhörte.

»Ich finde, es ist Zeit, daß wir den Streit aus der Zeit unserer Väter endlich beilegen, meinst du nicht auch, Henry?«

Nialie hatte Henry das Versprechen abgenommen, nicht vor Lionel zu kneifen, sondern ihm geradewegs in die Augen zu sehen. Das werde ich tun, hatte er ihr versichert, aber jetzt hatte er doch wieder den Blick gesenkt und schlug abwechselnd das eine Bein über das andere.

»Du bist wirklich ein seltsamer Typ, Henry. Du bist nicht so wie alle anderen. Ist dir eigentlich klar, daß du noch immer nicht den Scheck mit der letzten Gewinnausschüttung eingereicht hast?«

»Ich schicke ihn gleich morgen früh an meine Bank.«

»Ein Scheck über drei Millionen achthunderttausend und ein paar zerquetschte Dollar! Hast du eine Ahnung, was du schon an Zinsen verloren hast?«

Nachdem er Henry auf diese Weise in die Defensive gedrängt hatte, beschwor Lionel schlauerweise die alten Zeiten herauf, erinnerte ihn daran, wie sie hinter den schützenden Mauern zusammen gespielt hatten. Dann, als er es satt hatte, um den heißen Brei herumzureden, kam er zum Kern der Sache. Mr. Bernard, meinte er, sei jetzt vierundsiebzig Jahre alt und nicht mehr im Vollbesitz seiner Kräfte, weshalb die Kontrolle über McTavish Distillers Ltd. demnächst traurigerweise, jedoch zwangsläufig, auf ihn, Lionel, übergehen werde.

»Und was ist mit Nathan?«

»Laß uns ernsthaft miteinander reden«, fuhr Lionel fort, ohne auf die Frage einzugehen. »Mir wird bei dem Gedanken ein bißchen bange, aber es ist auch eine Herausforderung. Weißt du, was John F. Kennedy, der ja auch Sohn eines Schnapsschmugglers war, mal gesagt hat? ›Die Fackel ist an die nächste Generation weitergegeben worden.‹ Ich habe mit Bobby Kennedy früher oft ein Schwätzchen gehalten. Ich kenne Teddy. Sinatra hat uns in unserem Haus in Southampton besucht. Weißt du, wer bei der Bar-Mizwe von Lionel, unserem Junior, gesungen hat? Diana Ross. Kissinger geht aufs Klo, und dort wird eins von den Rowan-and-Martin-Girls von einem Schwarzen gebumst. Nicht von Sammy Davis Jr., von dem anderen, der so komisch ist. Rocky war auch bei der Bar-Mizwe. Und die Palmers, Elaine, Swifty und Arnie. Wir spielen zusammen Golf. Aber zurück zu unserem Schnapsladen. Es wird Veränderungen geben. Sie sind längst überfällig. Ich muß einfach das Heft in die Hand nehmen, aber da gibt's einen Haken. Wir sind eine

Aktiengesellschaft mit einem beneidenswerten Cash-flow und Aktien, die derzeit unter Wert notiert werden, weshalb eine Menge Geier über unseren Köpfen kreisen. Wenn die Familie einhellig votiert – und schließlich sind wir *mischpoche*, egal, welcher Version des alten Streits du dich anschließt –, kontrollieren wir nur einundzwanzig Komma sieben Prozent der Firma. Ich habe mir von den besten Wirtschaftsberatern – Lehmann Brothers, Goldman Sachs – sagen lassen müssen, daß wir eine wunderbare, vielleicht sogar leichte Beute sind. Und jetzt komme ich zur Sache, Henry. Du hast dich nie richtig für die Firma interessiert, bist zu keiner einzigen Vorstandssitzung erschienen. Das soll kein Vorwurf sein. Wir sind alle verdammt stolz auf dich. Du gibst dich mit den Dingen ab, auf die es wirklich ankommt. Gott, die Ewigkeit und der ganze Quatsch. Du bist ein Heiliger, Henry, ein gottverdammter Heiliger. Ich bewundere dich. Aber jemand muß in New York bleiben und auf den Laden aufpassen. Es steht nirgends geschrieben, daß Getty Oil für alle Zeiten einem Getty und Ford einem Ford gehören wird. Wenn man zu den Glücklichen gehört, die etwas haben, muß man Tag und Nacht aufpassen, daß man es behält. Henry, um die Interessen von allen anderen wahrnehmen zu können, auch deine und Lucys, muß ich in der Lage sein, euer Stimmrecht als Gesellschafter auszuüben. Ich habe ein paar Vollmachten mitgebracht. Du kannst sie meinetwegen vom Rebbe durchsehen lassen. Wenn ich dir jetzt ein Angebot mache, dann möchte ich nicht, daß du glaubst, ich sei nur deswegen gekommen. Wer weiß, vielleicht bereue ich es schon morgen. Meine Anwälte halten mich bestimmt für verrückt. Ja, ich bin verrückt! Ich bin bereit, dir für dein Aktienpaket einen Preis zu zahlen, der fünfundzwanzig Prozent über dem derzeitigen Marktwert liegt. Was hältst du davon?«

»Weiß dein Vater Bescheid?«

»Henry, es tut mir weh, dies sagen zu müssen, aber Mr. Bernard ist nicht mehr, wie er mal war. Er sabbert. Bei Vorstandssitzungen schläft er entweder ein, oder er lutscht an einem beschissenen Eis am Stiel und furzt laut, während über Millionenbeträge entschieden wird. Glaubst du etwa, das hätte sich noch nicht rumgesprochen? Es hat sich rumgesprochen.

Mr. Bernard läßt auch immer mehr seinen berüchtigten Jähzorn die Zügel schießen. Wichtige Manager, die ich mühsam angeheuert habe, werden einfach gefeuert und laufen zur Konkurrenz über. Und wieso? Weil sie ihm eine Nummer zu groß sind. Absprachen mit Banken werden nicht eingehalten. Es ist das altbekannte Henry-Ford-Syndrom. Mr. Bernard trauert seiner ersten großen Nummer nach. Er baut dir sozusagen ein Modell T in jeder beliebigen Farbe, solange es schwarz ist. Wir würden gern die alten, dunklen und schweren Scotch-Marken aus dem Verkehr ziehen, weil sie nicht mehr laufen, aber das läßt er nicht zu, weil er vor langer Zeit, als der Verschnitt bestimmt wurde, selbst die Finger im Spiel hatte. Er schmettert alle zeitgemäßen leichten Verschnitte ab, die ihm von meinen – wie er sie nennt – Marketing-Heinis empfohlen werden. Er würde es glatt fertigkriegen, den ganzen Konzern, den er selbst aufgebaut hat, und mich runterzuwirtschaften, wie der senile Henry Ford um ein Haar sein Imperium und obendrein seinen Sohn ruiniert hätte. Nein, Mr. Bernard weiß nicht, daß ich hier bin. Das hier geht nur dich und mich was an, Henry. Es bleibt unser Geheimnis. Ich habe beschlossen, dir zu vertrauen, jawohl, und ich möchte, daß du mir vertraust. Also, fünfundzwanzig Prozent über dem derzeitigen Marktwert. Was sagst du dazu?«

Henry, dem der Kopf brummte, sprang auf. »Höchste Zeit fürs Abendgebet.«

»Henry, du bist uns allen ein Vorbild. Ein wirklich außergewöhnlicher Jude. Mir wird ganz warm ums Herz.«

»Ich gehe zum Beten in die Küche. Es wird nicht lange dauern.«

Lionel blieb allein zurück mit dem Jungen, der ihn irgendwie nervös machte.

»Was ist deine Lieblingsfarbe, Kleiner?« fragte er und klopfte ungeduldig mit einem goldenen Cross-Kugelschreiber gegen die Tischkante.

Isaac starrte ihn wortlos an.

»Na los, sag schon. Jeder hat eine Lieblingsfarbe.«

»Rot.«

»Was würdest du sagen, wenn dein Onkel Lionel dir einen roten Motorschlitten schicken würde?«

»Glaubst du daran, daß der Moshiach bald kommt?«

»Der Messias?«

Isaac nickte.

»Hm, das ist eine schwierige Frage, nicht?«

»Ich glaube dran.«

»He, das finde ich toll. Und ich glaube es dir sogar.«

»Wieso?«

»Weil es ein gutes Licht auf deinen Charakter wirft und zeigt, daß du dich zu einem verantwortungsvollen Menschen entwickeln wirst.«

Der Junge starrte ihn weiterhin an. »Was sind Zinsen?« fragte er.

»Wie kommst du darauf?«

»Du hast doch vorhin meinem Vater gesagt, daß er eine Menge Zinsen verloren hat, weil er einen Scheck nicht eingereicht hat.«

»Darüber brauchst du dir keine Sorgen zu machen, mein Kleiner.«

»Wenn mein Vater nicht verkauft, wird dann eines Tages alles mir gehören?«

»Du meinst McTavish?« fragte Lionel und mußte den unerklärlichen Impuls unterdrücken, Isaac eine zu kleben.

Isaac nickte.

»Nein, da hast du wohl Pech, mein Kleiner.«

Henry, der mit dem Beten fertig war, kam zurück. Er hatte Isaac aus Sicherheitsgründen mitgebracht. Allein wäre er womöglich auf alles eingegangen und hätte alles unterschrieben, nur um Lionel rasch wieder loszuwerden. Aber mit Isaac als Zeugen, der Nialie alles brühwarm erzählen würde, war er außer Gefahr. Er traute sich nicht, klein beizugeben.

»Ich muß an meinen Sohn denken. Wie könnte ich sein Erbe verkaufen?«

»Mit Schnaps ist heutzutage nicht gerade das große Geld zu machen. Im dritten Quartal werden wir vielleicht sogar Verlust machen. Wenn du verkaufst und dich gut beraten läßt, kannst du dein Kapital mindestens verdoppeln. Auf diese Weise erbt der Junge viel mehr.«

»Bitte, Lionel. Ich kann nicht verkaufen.«

»Würdest du auch nicht verkaufen, wenn jemand anders an dich herantritt?«

»Nein.«

»Und wenn dir dein unfehlbarer Rebbe dazu rät?«

»Der Rebbe macht keine Geschäfte mit Wertpapieren.«

Es klopfte an der Tür. Zwei Männer brachten ein paar zusammengenagelte Bretter, die unter Lionels Matratze geschoben werden sollten.

»Nicht mehr nötig«, sagte Lionel. »Ich muß in einer Stunde abreisen.«

»Aber was ist mit dem Festessen, das der Kommissar Ihnen zu Ehren gibt, Mr. Gursky?«

»Bitte übermitteln Sie ihm mein aufrichtiges Bedauern. Ich habe leider gerade einen dringenden Anruf von meinem Vater erhalten. Er will, daß ich sofort nach Montreal fliege.«

Als die Männer gegangen waren, streckte Henry, dessen Augen in Tränen schwammen, die Hand aus und berührte Lionel scheu an der Schulter. Immerhin war er doch sein Cousin, und deshalb hatte er ein Anrecht darauf, eingeweiht zu werden. »Das Ende ist nahe«, sagte er.

»Das Ende unseres Familienimperiums?«

»Das Ende der Welt.«

»Ach so«, meinte Lionel erleichtert. »Es war schön, dich mal wieder zu sehen. Danke für den Tip. Wie ich dich kenne, hast du die Information bestimmt aus erster Hand.«

Eine Schar von Getreuen, die aus Grise Fiord kamen und sich auf der alljährlichen Pilgerfahrt befanden, kampierten am Rand der Siedlung. Es war wieder einmal soweit, und so versammelten sich die Frömmsten unter ihnen, wie es ihnen Tulugaq vorgeschrieben hatte, nachdem er in einem dreimastigen hölzernen Schiff gekommen war, abends um sechs vor der Tür von Henrys Fertighaus und warteten mit gesenkten Köpfen darauf, daß er ins Freie trat. Murrend verdrückte sich Nialie mit Isaac ins Schlafzimmer und zog die Gardinen vor.

»Wieso darf ich nicht endlich mal zuschauen?« fragte Isaac.

»Weil du noch zu jung bist.«

Trotzig schob Isaac die Gardinen ein bißchen auseinander, und obwohl Nialie sich ärgerte, schimpfte sie ihn nicht aus, sondern verließ diskret den Raum.

Die Männer trugen Parkas mit vier Fransen, die jeweils aus zwölf Strängen bestanden. Sie schlugen auf ihre Felltrommeln und stellten ihre traditionellen Gaben für den Sabbat zur Schau. Ein paar der älteren Frauen, plump und mit Zahnlükken, waren schon betrunken. Auf die Backen hatten sie Rouge aufgetragen, und der Lippenstift auf ihren Mündern war verschmiert. Zwei der jüngeren Frauen trugen Miniröcke aus Kunstleder und rote, hochhackige Plastikstiefel, die sie wahrscheinlich in Inuvik oder Frobisher Bay gekauft hatten. Henry wandte den Blick ab und errötete, hörte jedoch aufmerksam zu, als die Männer nacheinander vortraten, um respektvoll und mit einem Wortschwall, der aufreizend sein sollte, ihre Gaben anzupreisen, die Henry jedoch mit übertriebener Dankbarkeit ausschlug. Schließlich gab er durch ein Zeichen zu verstehen, daß die Zeremonie zu Ende sei, und sagte in singendem Tonfall: »Gut Schabbes.«

Die Männer sammelten ihr enttäuschtes und verärgertes Weibervolk ein und trotteten mit ihnen unter dumpfem Getrommel zurück zum Lager.

»Von wegen gut Schabbes«, sagte eine.

»Es wird anders, wenn der Junge soweit ist. Er hat hinter den Gardinen gestanden und zugesehen.«

Um halb acht segnete Nialie die Kerzen, und die Familie setzte sich zum Sabbat-Essen an den Tisch. Henry erzählte zu Isaacs großer Freude Geschichten über Moses. »Nein, nein, nicht dein Onkel Moses, sondern der erste Moses, unser aller Vater.« Er sei der große *angakok* der Hebräer gewesen, habe seinen Stab in eine Schlange verwandelt, Wasser aus einem Felsen sprudeln lassen und das Meer mit einem einzigen Wort geteilt. Moses allein habe Gott gesehen, erklärte Henry, so wie es geschrieben stehe: »Und es stand hinfort kein Prophet in Israel auf wie Mose, den der Herr erkannt hatte von Angesicht zu Angesicht…«

Später am Abend legte Henry seinen Sohn in das Bett, das er für ihn gebaut hatte. Auf das Kopfende waren geschickt die Buchstaben des hebräischen Alphabets gemalt: ein Seehund bellte ein Schin, am Schweif eines Karibus baumelte ein Resch, ein Dalet tanzte mit einem Moschusochsen. Und aus dem Schnabel eines Raben entwich das todbringende Gimel, das Zeichen des Großen, der mit dem dreimastigen hölzernen Schiff gekommen war.

Nialie stand auf der Schwelle und betrachtete die beiden, ihren Mann, ihren Sohn. Isaac hatte wieder zu stehlen angefangen, er hatte im Co-op-Laden und bei der Hudson Bay Company allerlei mitgehen lassen. Nialie hatte ein paar versteckte Dinge gefunden: zwei Päckchen Zigaretten, Marke Players Mild; ein Nackedeimagazin; ein Taschenmesser; einen goldenen Cross-Kugelschreiber. Sie wollte mit Henry darüber reden, aber wieder scheute sie davor zurück. Er war so in den Jungen vernarrt, setzte so großes Vertrauen in ihn. Nialie wünschte, sie selbst könnte den Jungen zurechtweisen, doch das kam nicht in Frage, es war ganz und gar unmöglich. Verständlicherweise fürchtete sie Isaacs *atiq*, seinen »Seelennamen«, denn er lautete Tulugaq. Sie hatte ihn laut hinausgeschrien, kurz bevor sie Isaac geboren hatte.

Während Nialie das Geschirr spülte, zog Henry sich mit der neuesten Ausgabe von *Newsweek* in seinen Schaukelstuhl zurück. Noch immer ging es um den Watergate-Skandal: achtzehneinhalb Minuten eines Nixon-Tonbandes waren unter mysteriösen Umständen gelöscht worden; ein Ausschuß unter dem Vorsitz von Senator Sam Ervin hielt tägliche Sitzungen ab; die Bevölkerung war verstört.

Eine innere Ruhelosigkeit, eine plötzliche Anwandlung von Beklommenheit überkamen Henry. Rasch zog er die Parka über, verließ leise das Haus und steuerte auf das Lager der Getreuen zu. Sich unter sie zu mischen beruhigte seit jeher sein Gemüt. Und das war es, was er jetzt brauchte. Doch als er die Stelle erreichte, sah er zu seiner Überraschung, daß das Lager abgebrochen worden war. Sie waren fortgezogen, ohne ihm ein Wort zu sagen. Seltsam, höchst seltsam. Es war nur der alte Pootoogook da, der in den Abfällen herumstocherte.

»Was ist passiert?«

»Jemand ist gekommen, einer aus Spence. Er war sehr aufgeregt. Dann haben sie schnell ihre Sachen zusammengerafft, und weg waren sie«, antwortete Pootoogook und fuchtelte mit den Armen, um die räuberischen Raben zu verscheuchen.

Raben, überall Raben.

Henry rannte zur Krankenstation. Als Agnes in ihrem verwaschenen Morgenmantel in der Tür erschien, entschuldigte er sich nicht einmal dafür, daß er sie geweckt hatte, obwohl das gar nicht seine Art war. Er sagte lediglich: »Ich muß ein Telegramm aufgeben. Es ist sehr dringend.«

Die Getreuen hatten eine Botschaft in den Schnee gekritzelt:

WIR WOLLEN MOSHIACH JETZT!

# 2

AN MOSES BERGER
CARLETON UNIVERSITY
OTTAWA/ONTARIO

DIE RABEN SAMMELN SICH stop ERBITTE BALDIGST ANTWORT stop HENRY

AN HENRY GURSKY
TULUGAQTITUT/NWT
KRANKENSTATION

MOSES BERGER HIER NICHT MEHR TÄTIG stop HABEN IHR TELEGRAMM WEITERGELEITET stop DAVIDSON stop PERSONALABTEILUNG CARLETON UNIVERSITY

An Henry Gursky
Tulugaqtitut/NWT
Krankenstation

Habe selbst genug Probleme stop Ruhe, du verwirrter Geist stop Moses

An Moses Berger
Mansonville/Quebec
c/o The Caboose

Jemand muss Mr. Bernard warnen stop Erbitte baldigst Antwort stop Henry

An Henry Gursky
Tulugaqtitut/NWT
Krankenstation

Rabbi Jannai hat einmal gesagt stop das Wohl der Bösen liegt nicht in unserer Hand stop Beste Grüsse stop Moses

3 Als Mr. Bernard an diesem Morgen, wie es seine Gewohnheit war, um zehn vor acht aus seiner von einem Chauffeur gesteuerten Limousine stieg, schimpfte er über den strömenden Regen, das ungelöste Problem zahlreicher leerstehender Läden in seinem neuesten, in Montreal errichteten Einkaufszentrum, die im frankophonen Teil Kanadas durch Personalfluktuation verursachten Kosten, das wackelige Pfund Sterling, über zu viele neue Erdölkonzessionen im Norden, wo alle Bohrungen ebenso erfolglos blieben wie bei seiner immer noch kinderlosen Tochter, dem Herrn sei's geklagt, und Lionels

finanziellen Einstieg in eine Fernsehserie, die sich auf dem absteigenden Ast befand (zweifellos weil er glaubte, dadurch noch mehr herumhuren zu können). Lionel hatte Mr. Bernard früh am Morgen angerufen, als der gerade aus der Dusche kam. »Wie fühlst du dich heute, Daddy?«

»Schlechte Nachrichten für dich. Ich bin heute nacht nicht abgekratzt. Der Laden gehört also noch nicht dir.«

»Ich sollte dich zurückrufen.«

»Mir ist im Leben schon Besseres widerfahren.«

»Ach, hör auf, Daddy.«

»Der Dow-Jones-Index fällt weiter. Alle wissen, daß wir in diesem Quartal Verlust machen, aber die Aktien unseres Saftladens haben trotzdem um zwei Punkte angezogen. Sag mir, warum.«

»Kann sein, daß ein paar Geier in New York, Toronto und London hinter unseren Papieren her sind, aber ich kann da nur raten, genau wie du.«

»Mr. Bernard rät nicht, er *weiß*. Ich sage dir, ein schrecklich ungeduldiger *puz*, nämlich du, hortet hinter meinem Rücken Aktien und tarnt sich mit Briefkastenfirmen.«

»Daddy, wenn du doch endlich diese Papiere unterschreiben, dich zur Ruhe setzen und mich zu deinem Generalbevollmächtigten machen würdest, dann wärest du diese Spekulanten mit einem Schlag los.«

»Egal, was du vorhast, ich mache mir nicht in die Hose. Und merk dir eins, du Hurenbock: Du darfst auf keinen Fall versuchen, Henrys und Lucys Anteile zu kaufen. Es gibt da ein paar Sachen, von denen du nichts weißt. Familienangelegenheiten. Ich will dein Ehrenwort. Keine faulen Tricks mit Solomons Kindern, diesen Spinnern.«

»Daddy, ich schwöre dir beim Leben meiner Kinder –«

»Aus welcher Ehe?«

»Ich –«

»Ich, ich, ich! Ich soll dir wohl auch glauben, daß ich, ich, ich nicht weiß, wie viele Aktien gestern in Tokio den Besitzer gewechselt haben, wie?«

»Sagtest du Tokio?«

»Versuch nicht, mir gegenüber den Ahnungslosen zu spielen«, sagte Mr. Bernard und hängte auf.

Lionel drückte auf den Knopf der Gegensprechanlage. »Rufen Sie Lubin an«, sagte er zu Miss Heffernan, seiner Sekretärin. »Und legen Sie Weintraub auf Leitung zwei. Er soll sich ein bißchen gedulden.«

»Ja, Sir.«

»Ich dachte, Sie sind in Montreal«, sagte Lubin.

»Ich fliege erst heute nachmittag. Sagen Sie, Sol, haben wir in Tokio McTavish-Aktien gekauft?«

»Nein.«

»Das dachte ich mir. Bleiben Sie dran. Miss Heffernan?«

»Mr. Weintraub ist auf Leitung drei.«

Lionel stellte ihm dieselbe Frage.

»Nein, haben wir nicht.«

*Scheiße.*

Mr. Bernards Herz, hieß es, sei ein Klumpen Eis. Gletschereis. Aber dafür konnte er nichts. Er hatte es von seinem Großvater Ephraim geerbt. In der Kehle einen Schleimkloß, der sich nicht so leicht runterschlucken ließ, überquerte Mr. Bernard vorsichtig den glatten Bürgersteig, denn er wußte, wie brüchig seine Knochen im Lauf der Jahre geworden waren. Dann ließ er sich von der Drehtür ins Innere des Bernard Gursky Tower am Dorchester Boulevard befördern, wo ihn eine so ungewohnte Dunkelheit – nein, Düsternis – empfing, daß er vor Schreck fast gestrauchelt wäre, doch schon im nächsten Augenblick brach explosionsartig eine blendende Lichterflut über ihn herein.

*O mein Gott!*

Unwillkürlich riß Mr. Bernard die Arme hoch, um sein Gesicht zu schützen, und zugleich ließ er sich auf die Knie sinken. Stöhnend kippte er seitlich auf den Marmorboden, krümmte sich wie ein Fötus zusammen und erwartete angstvoll die Feuerstöße aus den Waffen arabischer Terroristen, ähnlich wie er einst, von Fledermäusen umflattert, irgendwo in den Östlichen Townships im eiskalten Stollen einer Specksteinmine zweihundert Fuß unter dem Erdboden ausgeharrt hatte, bis sich nach drei schrecklichen Wochen die Wut der Purple Gang aus Detroit gelegt und Solomon einen Waffenstillstand ausgehandelt hatte.

Miss O'Brien, die die Szene mit einem Blick erfaßte, drehte sich zu Harvey Schwartz um und blitzte ihn in der ihr eigenen Art an. »Du liebe Güte«, sagte sie mit einer gewissen Strenge, »jetzt haben Sie sich aber was eingebrockt, Mr. Schwartz.«

Der verwirrte Harvey Schwartz rannte los, um Mr. Bernard, einem zitternden und blinzelnden Mr. Bernard, auf die Beine zu helfen. Nervös zeigte er auf das Spruchband, das in der Halle von Wand zu Wand gespannt war:

HERZLICHE GLÜCKWÜNSCHE ZUM GEBURTSTAG, MR. BERNARD!
FÜNFUNDSIEBZIG JAHRE JUNG!

Im selben Augenblick stimmten gut hundert Büroangestellte von James McTavish Distillers Ltd., dem von ihm gegründeten Stammhaus, aus voller Kehle »For He's a Jolly Good Fellow« an.

Mit vor Dankbarkeit feuchten Augen – die Dankbarkeit galt allerdings nur der Tatsache, daß sein Körper nicht von Kugeln durchsiebt war – tapste Mr. Bernard zu ihnen und ließ sich von einer Abordnung seiner Belegschaft ein silbernes Teeservice überreichen. Applaus. Applaus.

Er betupfte sich die Augen mit dem Taschentuch, hustete dabei unauffällig ein Schleimklümpchen aus – einen überraschend beizenden Pfropf – und hob die spindeldürren Ärmchen, um seinen Segen zu erteilen. »Gott segne euch, Gott segne jeden einzelnen von euch.«

Zwei junge Sekretärinnen erschienen mit einem Servierwagen, auf dem eine – massive – Geburtstagstorte in Form einer Flasche *Canadian Jubilee* prangte, die beliebteste Roggenwhiskymarke des Hauses. Sie war gekrönt von zwei Figuren, die Mr. Bernard und seine Ehefrau Libby darstellten.

»Soviel Zuneigung habe ich nicht verdient«, protestierte Mr. Bernard. »Ihr seid wunderbar, absolut wunderbar. Ihr seid nicht meine Angestellten« flötete er, warf ihnen feuchte Kußhände zu und trat den Rückzug in Richtung Fahrstuhl an. »Ihr seid meine Kinder, meine Familie.«

Nur die nachdenkliche Miss O'Brien und Harvey Schwartz, der das Teeservice tragen mußte, fuhren mit Mr. Bernard im Expreß-Lift in die 41. Etage.

»Sie sind alle angetanzt«, sagte Harvey und strahlte. »Vom Vizepräsidenten bis zum Laufburschen.«

»Aber es gibt ein paar Leute, die die Idee nicht sonderlich originell fanden«, sagte Miss O'Brien.

»Die anderen hatten die Idee, nicht ich. Ich war unglaublich gerührt, Mr. Bernard.«

Mr. Bernard klapperte mit seinem künstlichen Gebiß. »Ich muß pinkeln«, sagte er. »Ich muß etwas Schreckliches herauspinkeln.«

»Hat es Ihnen denn nicht gefallen?«

Fluchend wich Mr. Bernard bis zur Fahrstuhlwand zurück, nahm Anlauf und trat Harvey gegen das Schienbein, daß das Teeservice durch die Kabine flog.

»Du kleiner Scheißer, ich hätte mir da unten die Hüfte brechen können. Heb sofort dieses Blechzeug auf. Wehe, wenn eine Beule drin ist.«

Mr. Bernard, ein kleiner Mensch, höchstens einen Meter sechzig groß, war kahl bis auf einen Kranz grauer Haare und hatte den Körper eines Karpfens, wässerige braune Glotzaugen und schuppige Backen, die blutrot anliefen, wenn er in Wut geriet. Nachdem er in sein Büro gestürmt war, kniff er mit zwei Fingern die Nasenspitze zusammen und schneuzte sich, daß der Rotz in hohem Bogen in den Papierkorb aus geprägtem Florentiner Leder flog. Dann warf er seinen Homburg auf das samtbezogene Queen-Anne-Sofa aus Walnuß, das einst in Philadelphia für William Penn gebaut worden war. Über dem Sofa hing ein Jackson Pollock, eine von diesen *farschtunkenen* Anschaffungen seiner Tochter. Mr. Bernard führte mit dem Bild, das ihn an dickflüssige Kotze erinnerte, gern Bewerber und Bittsteller auf den Leim, die zum erstenmal in seinem Arbeitszimmer waren. »Finden Sie es gut? Sie sind doch ein Harvard-Absolvent, junger Mann. Ich würde gern Ihre geschätzte Meinung hören.

»Es ist erstklassig, Sir.«

»Finden Sie nicht auch, daß mit dem Bild irgend etwas nicht stimmt? Nehmen Sie sich Zeit, mein Lieber. Schauen Sie genau hin.«

»Was soll daran nicht stimmen? Es begeistert mich, Sir.«

»Mit vor Schadenfreude glänzenden Augen polterte Mr. Bernard los: »Es hängt verkehrt rum. Kann ich etwas für Sie tun?« Diese Arschgesichter aus Harvard mit ihren schönen Diplomen.

Nur Moses Berger, dieses versoffene Stück, hatte ihn bislang ausgepunktet, allerdings vor Jahren, als Mr. Bernard dahintergekommen war, daß Moses seine Nase in Familienangelegenheiten des Gursky-Clans steckte und Fragen über Solomon stellte.

»Finden Sie nicht auch, daß mit dem Bild irgend etwas nicht stimmt?«

Moses hatte mit den Achseln gezuckt.

Mr. Bernard hatte sich mit einem Ruck in seinem Bürosessel vorgebeugt und gebellt: »Es hängt verkehrt rum.«

»Woher wollen Sie das wissen?«

»He, Sie sind mir ein Schlauberger«, hatte Mr. Bernard gesagt und Moses angestrahlt. »Wenn Sie für mich arbeiten, zahle ich Ihnen doppelt soviel wie eine von diesen bescheuerten Universitäten.«

»Falls Sie mich deshalb haben kommen lassen – ich suche keine Arbeit.«

»Ich habe Sie kommen lassen, weil ich nicht mag, wenn Fremde schmutzige Geschichten über unsere Familie ausgraben und den Antisemiten Stoff liefern. Als hätten die welchen nötig. Wenn ein Störenfried es wagt, mir über den Weg zu laufen, zertrete ich ihn wie einen Wurm.«

Mit erhitztem Gesicht und schlechtgelaunt aß Mr. Bernard in seinem privaten Eßzimmer mit seinem Bruder Morrie zu Mittag.

Mr. Morrie wußte, wie die Putzfrauen hießen, wann eine der Sekretärinnen Geburtstag oder welcher Buchhalter eine kranke Frau hatte, und deshalb vergötterte ihn die gesamte Belegschaft von McTavish. Gelegentlich aß er in der Kantine und ließ sich das Essen nicht etwa bringen, sondern stellte sich wie alle anderen mit einem Tablett an. Erstaunlich, wirklich erstaunlich, daß er und Mr. Bernard Brüder waren. Der eine ein Heiliger, der andere ein Satan, hieß es.

Seit Jahren hatte man Mr. Bernard nicht mit Mr. Morrie reden sehen, genau gesagt seit dem Tag, an dem Mr. Morrie, von seiner Frau dazu ermuntert, es gewagt hatte, in Mr. Bernards Arbeitszimmer zu gehen, um ein gutes Wort für seinen Sohn Barney einzulegen.

»Ich gehe davon aus, daß irgendwann Lionel in deinem Sessel sitzen wird«, hatte Mr. Morrie gesagt.

»Nathan zählt für dich wohl nicht, wie?«

»Oder Nathan.«

»Ach was, Nathan. Der Junge ist eine Niete. Mein Gott, was du immer daherredest.«

»Und Barney? Was könnte es schaden, ihn zu einem der Vizepräsidenten zu machen?«

»Ich werde mich hüten, deinem hinterlistigen Bengel in den Sattel zu helfen, damit er gegen meine Söhne intrigiert, sobald ich nicht mehr da bin.«

»Er wird nicht intrigieren. Er meint es ehrlich.«

»Der Bursche ist irgendwann von einer Schlange namens Ehrgeiz gebissen worden, und jetzt ist er vom Scheitel bis zur Sohle vergiftet.«

»Bernie, ich bitte dich auf Knien darum. Er ist mein einziger Sohn.«

»Wenn man es zu etwas bringen will, muß man selbst etwas auf die Beine stellen. So wie ich.«

»Ich habe ihm immer noch nicht gesagt, daß ich damals diese Papiere unterschrieben habe.«

»Hör zu, warum gehst du nicht in dein Büro und löst ein Kreuzworträtsel, mit dem ich doppelt so schnell fertig wäre wie du? Oder hol deinen *pizl* raus und besorg es dir selbst. Dazu brauchst du nur zwei Finger, so klein ist er. Ich hab ihn gesehen. Wenn du damit fertig bist, ist es Zeit, nach Hause zu gehen, zu dieser *jenta*, die du idiotischerweise geheiratet hast.«

»Bernie, bitte. Was soll ich zu ihm sagen?«

»Raus hier, bevor mir der Kragen platzt.«

Auch Miss O'Brien, Mr. Bernards Sekretärin seit fünfundzwanzig Jahren und immer noch attraktiv, und Harvey Schwartz nahmen an diesem Mittagessen teil.

Der sommersprossige, rosige, pummelige Harvey war außerordentlich stolz auf sein dichtes, lockiges rotbraunes Haar, obwohl seine Becky auf Abendgesellschaften gern behauptete, Kahlköpfigkeit sei ein sicheres Indiz für große Potenz. Selber ziemlich kurz geraten, war er peinlicherweise immer noch fünf Zentimeter größer als Mr. Bernard. Deshalb trug er speziell angefertigte Schuhe mit superflachen Absätzen, und obwohl er erst dreiundvierzig war, ging er wie ein Siebzigjähriger leicht gebeugt und mit etwas eingeknickten Knien.

Monsieur Delorme, der Koch, hatte sich gedämpfte Seezunge à la Dover mit gekochten neuen Kartoffeln einfallen lassen. Mr. Morrie wurde, wie es die Regel war, als letztem die kleinste Portion serviert. Da er etwas größer als Mr. Bernard war, nämlich ganze einsfünfundsechzig, mußte er auf einem Chippendale-Stuhl sitzen, der sich insofern von den anderen unterschied, als man die Beine um fünf Zentimeter gekürzt hatte.

»Harvey«, sagte Mr. Bernard verdächtig liebenswürdig, »es tut mir leid, daß ich Ihnen im Fahrstuhl einen Tritt verpaßt habe. Bitte entschuldigen Sie.«

»Oh, ich weiß ja, daß Sie es nicht böse gemeint haben, Mr. Bernard.«

»Holen Sie mir das *Wall Street Journal*«, sagte Mr. Bernard und stupste Miss O'Brien unter dem Tisch an. »Ich habe es auf meinem Schreibtisch liegenlassen.«

Kaum war Harvey aus dem Zimmer gehumpelt, schnappte Mr. Bernard sich den Salzstreuer, hielt ihn über Harveys Fisch und schüttelte ihn heftig.

»Das ist aber gar nicht nett, Mr. B.«

»Er darf kein Salz essen. Sein Herz macht ihm Sorgen. Aufgepaßt.«

Harvey kam mit der Zeitung zurück, und Mr. Bernard, der vor Schadenfreude fast platzte, tat so, als vertiefe er sich in die Börsenberichte, beobachtete jedoch, wie Harvey am ersten Bissen würgte. »Stimmt was nicht?«

Harvey schüttelte den Kopf – nein, nein – und langte nach der Vichy-Flasche.

»Wie ist *Ihr* Fisch, Miss O.?«

»Fest und trotzdem zart.«

»Essen Sie, Harvey. Das ist fettarme Kost. Genau das Richtige für Sie. Essen Sie Ihren Teller leer, sonst fängt Monsieur Delorme an zu weinen, und Sie wissen ja, was dann mit seiner Wimperntusche passiert.«

Nach dem Mittagessen ließ sich der etwas versöhnlicher gestimmte, aber immer noch ziemlich aufgebrachte Mr. Bernard von Miss O'Brien die Logbücher der Gursky-Jets bringen. Als er den Eintrag fand, den er törichterweise nicht zu finden gehofft hatte, wich alle Farbe aus seinem Gesicht. Er fluchte. Wieder einmal sah er Solomon vor sich, wie er ihn mit diamantharten Augen angesehen hatte. »Bernie«, hatte er gesagt, »du bist eine Schlange, aber nicht völlig auf den Kopf gefallen, deswegen will ich etwas klarstellen, bevor ich gehe. Falls du oder eins von deinen niederträchtigen Kindern jemals versuchen sollte, sich Henrys oder Lucys Aktien unter den Nagel zu reißen, stehe ich notfalls aus dem Grab auf und mache dich fertig. Dann bist du ein toter Mann.«

Zitternd und schwitzend packte Mr. Bernard den nächstbesten Gegenstand, einen chinesischen Briefbeschwerer aus Jade, und schleuderte ihn gegen die Tür. Miss O'Brien kam angelaufen. »Mr. B., wenn Sie etwas von mir wollen, drücken Sie bitte auf den Knopf an Ihrem Telephon.«

Er ergriff ihre Hand und zog sie resolut hinter sich her ins Billardzimmer. Sie spielten ein paar Runden Pool-Billard, und zwischen den Stößen lutschte Mr. Bernard ein Eis am Stiel. Dann zog er Miss O'Brien abrupt an sich und drückte das Gesicht in ihren hohen, festen Busen. »Ich glaube nicht an Geister. Sie?«

»Psst«, sagte sie, machte Knöpfe und Verschlüsse auf und streichelte seinen Kopf, während er an ihr nuckelte.

Später, nachdem er sich hinter dem Chippendale-Schreibtisch aus Mahagoni, dessen Schubladen mit Zierleisten und vergoldeten Griffen versehen waren, in seinen Sessel hatte sinken lassen, machte sich Mr. Bernard, noch immer ein wenig verstört, daran, den Stapel Geburtstagstelegramme durchzusehen. Die Absender waren der britische Premierminister, Präsident Nixon, Golda, Kissinger, ein paar Rothschilds, mehrere Bankiers aus New York, London und Paris, Bittsteller, Gläubiger und Feinde. Der restliche Nachmittag verlief ereignislos, aber gerade das verstärkte Mr. Bernards Ängste. Er ließ Harvey kommen. »Sagen Sie diesem Goj unten am Empfang Bescheid, daß er alle dicken Postsendungen – Sie wissen schon, Päckchen und so weiter – aufmachen soll, sogar wenn ›persönlich und vertraulich‹ draufsteht. Nein, warten Sie. Vor allem, wenn ›persönlich und vertraulich‹ draufsteht.«

Abends fand im Ballsaal des Ritz-Carlton, für den Anlaß mit den Fahnen Kanadas, Quebecs (eine reine Vorsichtsmaßnahme) und Israels geschmückt, ein Bankett statt. Auf jedem Tisch rote, aus Grasse eingeflogene Rosen; für die Damen Flakons mit einer Unze Parfum eines Herstellers, den die Gursky-Gruppe erst vor kurzem geschluckt hatte; für die Herren elegante goldene Feuerzeuge aus einem anderen der zahlreichen Gursky-Unternehmen; am Rand des Saals, auf Tischen zur Schau gestellt, aus Eis geformte Nachbildungen von Universitäten, Krankenhäusern, Museen und Konzertsälen, die Gursky mitfinanziert hatte – Beweise für Mr. Bernards Großzügigkeit.

Blickfang auf jedem der Tische war eine Figur aus Pappmaché mit glitzernder, schiefsitzender Krone auf dem Kopf, die Mr. Bernard darstellte, König Bernard. Die Figur saß auf einem Schlachtroß und hielt in der Hand eine Lanze, an der Fähnchen befestigt waren. Jedes Fähnchen kündete von einer Auszeichnung, die Mr. Bernard zuteil geworden war: ein Direktorenposten, eine Medaille, ein Preis, ein Ehrendoktor.

Lionel Gursky ergriff das Wort: »Wenn Sie jetzt freundlicherweise Ihre Teller umdrehen, werden Sie feststellen, daß an jedem Tisch ein Teller eine aufgeklebte Krone hat. Wer den Teller mit der Krone hat, darf die Figur von Mr. Bernard mit nach Hause nehmen.«

Alle, wirklich alle, die im betuchten, wenn nicht gar einflußreichen jüdischen Milieu etwas darstellten, waren erschienen, um ihre Aufwartung zu machen. Auch Mr. Bernards Stab von Anwälten fehlte nicht. Die Damen – nach Parfum duftend, das Haar zu wahren Skulpturen frisiert und mit Lack besprüht, die Augen mit grünem oder silbrigem Lidschatten geschminkt, an den Fingern übergroße Ringe – waren atemlos, triumphierten in ihren aus schimmernder, façonnierter Ekrüseide oder glänzendem veilchenfarbenem Satin oder purpurrotem Chiffon geschneiderten, bei Holt Renfrew erstandenen und dort gleich diskret abgeänderten Roben. Die Herren steckten in weinroten, nachtblauen oder moosgrünen Dinnerjackets aus Samt wie in einem beklemmend engen Harnisch; darunter trugen sie gefältelte Hemden, die mit schwarzen Biesen abgesetzt waren wie Beileidskarten, und prunkvolle Kummerbünde aus Satin; an den Füße Gucci-Schuhe mit funkelnden Schnallen. Als Entschädigung für ihre mißratenen Kinder – oder unerwünschten Bälger – überhäuften sie sich einmal, manchmal auch zweimal im Monat anläßlich eines feierlichen Abendessens in ebendiesem Ballsaal mit Ehrungen. An Hotels wie das Ritz-Carlton gewöhnt, ernannten sie sich gegenseitig mal zum Ehrenpräsidenten der Universität von Haifa oder Jerusalem, mal zum Mann des Jahres, der am meisten israelische Staatsanleihen gezeichnet hatte. Ihre Verdienste ließen sie sich nach dem Dinner von einem bezahlten Redner aus New York bescheinigen – einem ehemaligen Außenminister, einem Fernsehstar, dessen Serie abgesetzt worden war, einem bedürftigen Senator –, der für zehntausend Dollar ein Loblied auf sie sang. An diesem Abend jedoch wurde kein Theater gespielt. Dies war die knallharte Wirklichkeit, denn hier ging es um Mr. Bernard, und es war schließlich *ihr* Mr. Bernard, gleichgültig, wie seine internationale Bedeutung war, und man war gekommen, sich im Abglanz seines Ruhms zu sonnen. Ein Genuß, der unendlich durch das Bewußtsein versüßt wurde, daß so manche andere, die sie, wenn notwendig, namentlich hätten nennen können, daß so manche liebe Freunde, die sie am nächsten Tag anrufen würden, wenn auch nur um ihnen auf die Nase zu binden, daß sie dabeigewesen waren, daß so manches sogenannte Gesocks hatte draußen bleiben müssen. Welch eine Wonne!

So applaudierte man und ließ Mr. Bernard hochleben und klopfte mit der Gabel ans Weinglas, um den großen alten Mann zu feiern, doch unerklärlicherweise schien Mr. Bernard von großem Unbehagen erfüllt, denn er knirschte mit den Zähnen.

Der israelische Botschafter, mit einem Gursky-Jet aus Ottawa eingeflogen, überreichte Mr. Bernard eine Bibel mit Buchdekkeln aus getriebenem Goldblech und einem von Golda signierten Vorsatzblatt. Außerdem ehrte er ihn mit einer Plakette, die bezeugte, daß dank einer weiteren Spende von Mr. Bernard in Israel noch mehr Bäume gepflanzt worden waren. Zion würde demnächst von Küste zu Küste in Gursky-Grün prangen. Aus Bolivien, wo Mr. Bernard im Kupferbergbau mitmischte, kam eine Medaille, doch den Titel eines »Officer of the British Empire«, dessen Verleihung an Mr. Bernard gemäß dessen eigenen Weisungen zu diesem Anlaß so hartnäckig angestrebt worden war, wurde ihm verweigert, genau wie in der Vergangenheit alle Bemühungen gescheitert waren, einen Sitz im Senat zu ergattern.

Man gedachte auch einer von Mr. Bernards besonders geschätzten wohltätigen Einrichtungen, des »Hospitals der Hoffnung«, in dem unheilbar kranke Kinder gepflegt wurden.

Ein Funktionär des Kanadischen Footballverbandes überreichte Mr. Bernard einen Ball, auf den alle Spieler der siegreichen Mannschaft zur Erinnerung an den im vergangenen Jahr erkämpften Grey-Pokal ihr Autogramm gemalt hatten. Anschließend schob einer der gefeiertsten Footballspieler des Teams, ein wahrer Hüne, der außerhalb der Spielzeit für die Whiskymarke Crofter's Best hausieren ging, in einem Rollstuhl einen beidseitig gelähmten Jungen in den Saal. Sichtlich gerührt, schenkte Mr. Bernard, der am Kopfende der Tafel saß, dem Kleinen den Ball und dazu einen Scheck über fünfhunderttausend Dollar. Die dreihundert Gäste sprangen auf und brachen in Hochrufe aus. Der Junge, dem man tagelang eine kleine Rede eingebleut hatte, fing an, sich zu winden, Speichel flog aus seinem Mund. Er schluckte und versuchte es nochmals – vergeblich. Als er einen dritten Anlauf nahm, bremste Mr. Bernard ihn mit einem onkelhaften Lächeln. »Es sind genug Reden gehalten worden«, sagte er. »Für mich zählt nur, was in deinem Herzen vorgeht, mein Kleiner.« Und *sotto voce* herrschte er den Footballspieler an: »Um Gottes willen, schaffen Sie ihn raus. Die Leute fühlen sich schon wie der letzte Scheißdreck.«

Und hungrig waren sie auch.

Nach dem Essen wurden für die letzte Überraschung, den

extra für diesen Anlaß in Auftrag gegebenen Geburtstagsfilm, die Lichter im Saal gelöscht. Mr. Bernard, der sich zunehmend angespannt fühlte und dessen Unterlippe vor Erregung zitterte, zog ein Taschentuch heraus, um die Tränen zu verbergen. Vor seinem inneren Auge sah er wieder einmal Solomon, wie er vom Gatterzaun sprang, mitten hinein zwischen die wilden Mustangs, viele von ihnen noch nicht zugeritten. *Komm mit, Bernie, hinterher gebe ich ein Bier aus.*

»O mein Schnuckelchen«, sagte Libby und tätschelte die Hand ihres Mannes. »Ich bin ja so froh, daß dir der Abend Spaß macht. Das Beste kommt noch.«

Mr. Bernard beachtete sie nicht, sondern drehte sich zu Lionel um. »Was wolltest du in Yellowknife?« fragte er.

»Jemand muß sich ab und zu um die Ölkonzessionen kümmern, findest du nicht?«

»In Yellowknife gibt es keine Diskotheken. Du bist hingeflogen, weil du versuchen wolltest, Henry seine Aktien abzukaufen. Danach bist du nach London und hast versucht, Lucy ihre Aktien abzuschwatzen.«

»Vanessa und ich haben den Jet genommen, weil wir in London zum Wimbledon-Turnier wollten.«

»Zum Lügen ist es zu spät. Ich weiß Bescheid. Ich weiß so sicher, wie ich hier sitze, was du vorhattest«, sagte Mr. Bernard, dessen Gesicht blutrot angelaufen war. Er packte Lionels Hand, schob sie sich in den Mund und biß mit ganzer Kraft zu. Sein Sohn stöhnte vor Schmerz, riß sich mühsam los, klemmte die geschundenen Finger in die Achselhöhle – da gingen die Lichter aus, und der Film begann.

Jimmy Durante, einer von Mr. Bernards Lieblingsentertainern, stand vor einem Konzertflügel, prostete dem alten Mann mit einem Glas Gursky-Champagner zu, setzte sich dann ans Instrument, spielte und sang mit seiner krächzenden Stimme »Happy birthday, Mr. Bernard« und ließ einen Verschnitt seiner bekanntesten Schlager folgen.

Das Gesicht des Schnulzensängers wurde aus- und das des Oberrabbiners von Israel eingeblendet. Er stand vor der Klagemauer und sprach auf hebräisch einen Segen. Während er weiterredete, war auf der Leinwand eine Montage ausgewählter Kapitel aus der Gurskyschen Familiengeschichte zu sehen, beginnend mit einem Photo der elterlichen Lehmhütte in der Prärie (jetzt ein Museum, ein Gursky-Heiligtum). Dann folgte eine Aufnahme der Lehmhütte, in der Mr. Bernard zur Welt gekommen war, und schließlich wurde St. Jérôme eingeblendet, die erste Gursky-Schnapsbrennerei. Mr. Bernard und Mr. Morrie posierten davor, aber der dritte der Brüder, der ausgelassene helläugige Solomon, war wie auf allen anderen Photos wegretuschiert worden.

Als nächstes entsandte Golda höchstpersönlich eine warmherzige Grußbotschaft.

Dann erschien Becky, Harvey Schwartz' Frau, auf der Leinwand. Sie trug einen goldenen Kaftan und saß an ihrem Louis-Quatorze-*bureau-plat* aus Fichtenholz, das mit Ebenholz furniert und mit Boulle-Intarsien verziert war. Ruhig lächelnd wendete sie sich den Zuschauern zu und verlas einen eigens für diesen Anlaß von ihr verfaßten Text, auch noch als die Kamera einen kleinen Schwenk machte auf Beckys unübersehbar plaziertes Buch, eine Sammlung von Kolumnen über familiäre Fragen, die in der *Canadian Jewish Review* unter dem Titel *Küsse, Knüffe und Schokoladenkekse* erschienen waren.

Jan Peerce sprach einen Toast auf Mr. Bernard und sang anschließend »Das Rotkehlchen des Glücks«.

Zero Mostel brachte die Leute zum Lachen, indem er die Vorzüge der Gursky-Spirituosen pries, dabei wie ein Betrunkener auf der Bühne herumwankte und »Wenn ich einmal reich wär«, grölte.

Eine Harfenistin spielte den Titelsong aus *Love Story*, während zu sehen war, wie Mr. Bernard und Libby Hand in Hand durch die Jerusalemer Altstadt schlenderten. Anschließend saß ein berühmter Star, der in vielen biblischen Erfolgsfilmen agiert hatte, im Garten seines Hauses im Coldwater Canyon und rezitierte Mr. Bernards Lieblingsverse von Longfellow.

Es folgte eine langsame Überblendung hin zum weinroten Meer: Die einhundertzehn Fuß lange Gursky-Jacht, eine Spezialanfertigung, kreuzte zwischen griechischen Inseln, und eine Stimme, die wie von Ben Cartwright klang, begann zu deklamieren:

»Die Bark, in der sie saß, ein Feuerthron,
Brannt auf dem Strom: getriebnes Gold der Spiegel.
Die Purpursegel duftend, daß der Wind
Entzückt nachzog. Die Ruder waren Silber,
Die nach der Flöten Ton den Takt hielten, daß
Das Wasser, wie sie's trafen, schneller strömte,
Verliebt in ihren Schlag.«

Das Auge der Kamera strich über einen schlummernden Mr. Bernard hinweg und verweilte bei der fünfundsechzigjährigen Libby, die, mit einem geblümten Top und knielangen Hosen bekleidet, auf Deck in einem Liegestuhl ruhte und sich von schwarzen Stewards in weißen Leinenjacketts bedienen ließ.

»Doch sie nun selbst!
Zum Bettler wird Bezeichnung: sie lag da
In ihrem Zelt, das ganz aus Gold gewirkt,
Noch farbenstrahlender als jene Venus,
Wo die Natur der Malerei erliegt.«

Lachend (ihr Bauch wabbelte vor Heiterkeit) gab Libby ihren beiden Enkeln Coca-Cola zu trinken, fütterte den einen mit Kaviar und kleingehackten Zwiebeln, den anderen mit gehackter Leber auf Kräckern.

»Zu beiden Seiten ihr holdsel'ge Knaben
Mit Wangengrübchen, wie Cupido lächelnd,
Mit bunten Fächern, deren Wehn durchglühte
(So schien's) die zarten Wangen, die sie kühlten:
Anzündend, statt zu löschen.«

Das Bild der sich mit ihren Enkeln amüsierenden Libby wich einer Aufnahme der Jacht bei Sonnenuntergang und aus größerer Entfernung, und eine andere Stimme verkündete: »Von William Shakespeare, dem Barden aus Stratford-on-Avon.«

Zum Schluß sah man die aus einem Hubschrauber gefilmten Kinder eines Kibbuz in der Negev-Wüste, die sich im Bernard-Gursky-Park so aufgestellt hatten, daß sie das Wort *l'chaim* bildeten, wobei der Apostroph eine Flasche Masada Blanc, eine Gursky-Marke, in die Höhe hielt.

Als der Film zu Ende war, wurde ein Scheinwerfer auf Mr. Bernard gerichtet. Überwältigt von all den Ehrungen, saß er mit tränenüberströmtem Gesicht da und biß mit seinen künstlichen Zähnen in ein klatschnasses Taschentuch. Alle Anwesenden waren zutiefst gerührt, vor allem Libby, die aufstand, sich ins Licht stellte und ihm ihr Lied vorsang:

»Bei mir bist du schejn,
Please let me explain,
Bei mir bist du schejn
Means that you're grand.
I could sing Bernie, Bernie,
Even say wunderbar.
Each language only helps me tell you
How grand you are…«

Da blieb, wie Libby sich später erinnern würde, kein Auge trokken, und die letzten Zeilen des Lieds gingen im Applaus unter, in tosendem Applaus, während Mr. Bernard aufsprang, seinen Stuhl umstieß und fluchtartig den Ballsaal verließ.

»Wißt ihr, er hat ja so ein weiches Herz.«

»Willst du ihm nicht wenigstens einen Kuß geben?«

Tatsache war, daß Mr. Bernard pinkeln mußte, er mußte etwas Schreckliches herauspinkeln, es brannte in ihm, und als es endlich kam, war es zu seiner Verblüffung rot wie Big-Sur-Burgunder, eine andere Gursky-Marke. Eine Woche später stand fest, daß er unters Messer mußte, und eine weinende Kathleen O'Brien zündete in der Kathedrale Mariä der Weltenkönigin die erste von vielen Kerzen an. Mr. Morrie wurde ans Krankenbett zitiert und besuchte seinen Bruder zum erstenmal nach zwanzig Jahren in dessen Haus.

»Hallo«, sagte Mr. Bernard.

»Hallo«, sagte Mr. Morrie.

»Hast du endlich kapiert, was mit deinem Barney los ist? Ich habe ihn die ganze Zeit richtig eingeschätzt, und ich will, daß du das zugibst.«

»Ich gebe es zu.«

»Und du trägst es mir nicht nach?«

»Nein.«

»Wie geht es Ida?«

»Sie würde dich gern besuchen und dir gute Besserung wünschen.«

»Meinetwegen. Sag ihr, sie soll Charna mitbringen.«

»Charna ist tot.«

»Oh, Mist, das hatte ich ganz vergessen. War ich auf der Beerdigung?«

»Ja.«

»Das freut mich.«

»Bernie, ich muß dir etwas sagen, aber schrei mich bitte nicht gleich an.«

»Versuch's doch einfach, du Feigling.«

»Du solltest Vorsorge treffen für Miss O.«

»Im Bürosafe liegt ein großer brauner Umschlag.«

Nach der Operation hieß es, alles sei gut verlaufen, doch Mr. Bernard wußte es besser. Er ließ Harvey Schwartz kommen. »Ich will, daß meine Anwälte morgen früh um Punkt neun hier sind. Alle.«

Am Spätnachmittag empfing Mr. Bernard Miss O'Brien.

»Miss O., ich werde sterben.«

»Möchten Sie, daß ich mich ein bißchen um Ihr Zipfelchen kümmere?«

»Ich habe nichts dagegen.«

4 Als Moses eines Tages – die Familie wohnte schon seit ein paar Jahren in Outremont – am Schlafzimmer seiner Eltern vorbeikam, hörte er deren Stimmen und blieb wie angewurzelt stehen. Seine Mutter berichtete L. B. von dem Intelligenztest, der in der Schule stattgefunden hatte. Eine von diesen neumodischen Methoden. Moses habe dabei so hervorragend abgeschnitten, daß der Schulrat mit dem aufgeweckten jüdischen Burschen sprechen wolle, dem es vorherbestimmt

schien, eines Tages ein Mittel gegen Krebs zu entdecken. L. B. meinte seufzend: »Du weißt ja nicht, wie sehr ich mir wünsche, daß Moses Medizin studiert. Oder meinetwegen auch Jura. Wenn er nämlich dabei bleibt, Schriftsteller werden zu wollen, wird man ihn bestimmt an mir messen, und das wird ihm die Sache nicht gerade einfach machen. Vielleicht wäre es besser gewesen, ich hätte kein Kind in die Welt gesetzt. Ich habe das zu sehr auf die leichte Schulter genommen.«

Moses konnte die Antwort seiner Mutter nicht verstehen.

»Und um ehrlich zu sein, er kommt uns auch teuer zu stehen. Meinst du etwa, ich hätte mich an diesen Neureichen verkauft, wenn ich nicht Frau und Kind zu ernähren hätte? Ich würde auf dem Montparnasse in einer Dachstube wohnen und ganz für meine Muse leben.«

Die gefürchteten Kuverts, die L. B. an sich selbst adressiert und seinen Gedichten für Zeitschriften wie *Partisan Review, Horizon* oder *The New Yorker* beigelegt hatte, kamen weiterhin zurück. Und ein ums andere Mal erhielt nicht er, sondern irgendein verhaßter Rivale den Literaturpreis des Generalgouverneurs.

Eines Morgens – seit Moses bei den Intelligenztests so gut abgeschnitten hatte, waren drei Jahre vergangen – entdeckte Moses in der Zeitung ein Photo von sich: der Sechzehnjährige, der bei den Aufnahmeprüfungen für die High-School die beste Note bekommen und ein Stipendium für die McGill University gewonnen hatte. L. B. reagierte auf die Nachricht mit einem leisen Pfiff. Er nahm seinen Zwicker ab und putzte die Gläser mit seinem Taschentuch. »Wie ich sehe, hast du in der Französischprüfung 97 Punkte geschafft. Ich lese dir jetzt aus einem französischen Klassiker die ersten Sätze vor, und du sollst mir sagen, was es ist«, sagte er und blickte in ein Buch, das er hinter der Zeitung versteckt hielt. *»Madame Vauquer, née de Conflans, est une vieille femme qui, depuis quarante ans, tient à Paris une pension bourgeoise établie rue Neuve-Sainte-Geneviève, entre le quartier latin et le faubourg Saint-Marceau.«*

L. B. schaute natürlich in Horn's Cafeteria vorbei, damit ihm seine alten Kumpel gratulieren konnten.

»Der Apfel fällt nicht weit vom Stamm, was, L. B.?«

Vier Jahre, nachdem Shloime Bishinsky mit seiner hohen Quäkstimme sich von ihm losgesagt hatte, veröffentlichte L. B. in *Canadian Forum* eine Erzählung über einen armseligen kleinen Juden, der bei Frauen keinen Erfolg hatte, sich den Weg aus Sibirien über China und Japan nach Kanada durch Bestechungsgelder geebnet hatte und gleich am ersten Tag in diesem Gelobten Land zweiter Wahl von einer Straßenbahn überfahren wurde.

Der kleine Moses hatte Shloime einmal gefragt: »Wie haben Sie es geschafft, aus Sibirien rauszukommen?«

»Ich hab ab und zu über die Schulter geschaut«, hatte Shloime geantwortet, Moses in die Nase gezwickt und den Daumen so zwischen Zeige- und Mittelfinger geklemmt, daß er aussah wie eine Zwetschge. »Was für einer bist du denn? Hast ja eine Pflaumennase.«

Manchmal, wenn einer der Männer im Eßzimmer eine langatmige Abhandlung vorgelesen hatte, hatte Shloime die Kinder in der Küche um sich geschart, um sie und Moses' Mutter mit ein paar Kunststücken zu unterhalten. Er konnte einen Silberdollar hinter jemandes Ohr hervorzaubern, eine brennende Zigarette verschlucken oder aus Bessie Bergers Schürzentasche eine weiße Maus hervorziehen und sie damit zum Quietschen bringen. Er konnte einen Zehndollarschein in kleine Stücke reißen, die Faust darüber schließen, und anschließend war der Schein wieder ganz. Er konnte auch eine *kasatschka* tanzen und dabei ein Glas Selters auf dem Kopf balancieren, ohne einen Tropfen zu vergießen. Er konnte einem Rosinen mit Schokoladenüberzug aus dem Haar kämmen oder zum Beweis, daß sein Mund leer war, die Zunge herausstrecken, um dann genug Fünfcentmünzen auszuhusten, damit sich alle ein Eis kaufen konnten.

Eines Tages eröffnete Shloime ein eigenes Geschäft. Er mietete in einem Gebäude in der Mayor Street eine Etage, und seine Kürschnerei, die die Automobilindustrie belieferte, florierte bald. Er heiratete eine von Zelnickers zänkischen Töchtern, eine Sozialarbeiterin, die ihm zwei Söhne gebar, Menachim und Tovia.

Als Moses viele Jahre später nach New York flog, konnte er

sich nicht auf sein Buch konzentrieren, weil sich zwei Männer auf der anderen Seite des Gangs mit damals noch neuen elektronischen Spielen im Westentaschenformat amüsierten und die Dinger dauernd ping-ping-ping machten. Beide hatten eine Aktentasche dabei und trugen ein seidenes Hemd, die obersten drei Knöpfe nicht zugeknöpft, so daß ein glitzerndes goldenes Halskettchen mit einem CHAI-Medaillon daran zu sehen war. Irgendwann hielt Moses es nicht mehr aus. »Ich wäre Ihnen außerordentlich dankbar«, sagte er, »wenn Sie diese Spielsachen wegstecken würden.«

»He, sind Sie nicht Moses Berger?«

»Ja.«

»Dachte ich es mir doch. Ich bin Matthew Bishop, und dieser Spinner hier ist mein kleiner Bruder Tracy. Wir sind im Pelzgeschäft, Belle de Jour Furs. Wenn Sie Ihrem Schatz eine hübsche Hülle spendieren wollen, kommen Sie zu uns. Ich mache Ihnen einen guten Preis.«

»Ich verstehe nicht ganz.«

»Mein Vater hat mir mal erzählt, daß er manchmal mit Ihnen herumgealbert hat, als Sie noch ein kleiner Junge waren.«

»Sagten Sie Bishop?«

»Ich bin der Sohn von Shloime Bishinsky.«

»Mein Gott, wie geht es ihm?«

»Ach, Sie haben nicht davon gehört? Er ist an einer Krankheit gestorben, die mit ›K‹ anfängt. Vor acht Jahren ist er zu seiner letzten Pelzauktion zum Himmel aufgebrochen. Er war ein Spaßvogel, stimmt's, Moe?«

Es war im Jahr neunzehnhunderteinundfünfzig. Sobald die Nachricht von der McGill University bestätigt war, ging Moses außer sich vor Freude auf Zehenspitzen in die Küche, schlang von hinten die Arme um seine Mutter, wirbelte sie herum und erzählte es ihr.

»Psst«, machte sie. »L. B. arbeitet.«

Moses wagte es trotzdem, seinen Vater zu stören, und stürmte in dessen Arbeitszimmer. »Blitzmeldung! Wir unterbrechen diese Sendung, um Ihnen mitzuteilen, daß der sympathische, hochbegabte Moses Berger ein Rhodes-Stipendium gewonnen hat.«

L. B. trocknete sorgsam die Seite, an der er gearbeitet hatte, mit einem Löschblatt und schraubte seinen Parker 51 zu. »Zu meiner Zeit«, sagte er, »hätte es schon für anmaßend gegolten, wenn sich ein jüdischer Schüler für ein solch ehrenhaftes Stipendium beworben hätte.«

»Ich glaube, ich werde mich für das Balliol College bewerben.«

»D. H. Lawrence«, sagte L. B., »ist mit einer Schulbildung ausgekommen, die auch nicht besser war als meine, und er hat einmal geschrieben, daß ihn die Kirche des King's College an eine auf dem Rücken liegende Sau erinnere.«

»Das King's College ist in Cambridge, und außerdem gehe ich nicht zur Kirche.«

»Ich habe immer gefunden, daß dieses Land für mich groß genug ist. Übrigens hat man auch drüben etwas von mir publiziert. Im *New Statesman*. Einen Leserbrief über Ernest Bevins antisemitische Außenpolitik, der eine wochenlange Kontroverse auslöste. Du könntest Kingsley Martin von mir grüßen. Er ist der Herausgeber.«

Achtzehn Monate später. Moses flog nach Hause. L. B. hatte seinen ersten Herzinfarkt gehabt. Wieder einmal war ihm der Literaturpreis des Generalgouverneurs verweigert worden, nachdem seine *Gesammelten Gedichte* nicht genügend Anklang gefunden hatten.

»Eher würden sie sich umbringen, als den Preis einem Juden zu geben«, sagte Bessie.

L. B. lag im Bett und schrieb, von mehreren Kissen gestützt, auf einer Schreibunterlage. Er war aufgedunsen und blaß und rollte vor Angst mit den Augen. »Wie lange kannst du bleiben?« fragte er Moses.

»Zehn Tage. Vielleicht zwei Wochen.«

»Ich mag die Kurzgeschichte, die du mir geschickt hast. Ich fand sie vielversprechend.«

»Ich habe sie beim *New Yorker* eingereicht.«

L. B. lachte laut. Mit dem Handrücken wischte er sich die

Tränen aus den Augen. »Was für eine Chuzpe. Soviel Hybris. Man muß erst zu kriechen lernen, bevor man aufrecht gehen kann.«

»Wenn sie die Geschichte nicht haben wollen, schicken sie sie zurück. Das tut niemandem weh.«

»Du hättest sie unter meiner Anleitung überarbeiten und sie einem von den kleinen Magazinen hier bei uns vorlegen sollen. Wenn du vernünftig genug gewesen wärst, einen alten Hasen wie mich um Rat zu bitten, hätte ich dir zudem nahegelegt, ein Pseudonym zu benutzen. Du willst doch wohl nicht mit L.B. verglichen werden?«

»Möchtest du, daß ich dir etwas vorlese?«

»Nein, ich schlafe jetzt besser. Moment. Wie ich sehe, interviewt dein Freund Sam Birenbaum zur Zeit Schriftsteller für die *New York Times*. Ich weiß nicht, wie oft sich das Dickerchen früher bei uns durchgefuttert hat, aber jetzt, wo er als Reporter eine große Kanone ist, erinnert er sich nicht mehr an meine Telephonnummer.«

»Pa, man hat ihm die Interviews bestimmt zugeteilt. Er kann sie sich nicht selber aussuchen.«

»Warum sollte er mich auch interviewen? Ich bin nicht aus dem Süden, und ein Päderast bin ich auch nicht.«

»Willst du, daß ich mit ihm rede?«

»Betteln ist unter meiner Würde. Außerdem ist er dein Freund, nicht meiner. Tu, was du für richtig hältst.«

L.B.s Stimmung verschlechterte sich noch mehr, als er erfuhr, daß Moses dem *New Yorker* sein Elternhaus in Outremont als Postadresse angegeben hatte.

»Wenn sie dir deine Geschichte zurückschicken, möchte ich nicht, daß du dich hier drei Tage lang besäufst. Das kann ich nicht gebrauchen.«

Moses versteckte also seine Flasche Scotch in der Bibliothek hinter Büchern und lutschte Pfefferminzbonbons Marke Life-Savers.

»Bring mir die Post«, forderte sein Vater ihn jeden Morgen auf. »Die ganze.«

Eines Nachts, nachdem die anderen zu Bett gegangen waren, saß Moses in der Bibliothek, trank und las in den *Gesammel-*

*ten Gedichten* von L. B. Berger. Soviel Zorn, soviel Gefühle. Es war eine Menge Schlagkraft dahinter, aber sie zielte nicht selten daneben. Der Wert vieler Gedichte war eindeutig durch Sentimentalität oder Selbstmitleid gemindert. Ein W. B. Yeats war L. B. nicht, und auch kein Gerald Manley Hopkins. War an den Gedichten überhaupt etwas dran? Moses brach der Schweiß aus, er goß sich noch drei Fingerbreit Scotch ein. Außerstande, soviel Verantwortung auf sich zu nehmen, schrak er vor einer Antwort zurück. Schließlich lag ein Leben in seiner Hand, das Leben seines Vaters. Jahre hingebungsvoller Arbeit und enttäuschter Ambitionen. Opfer und Demütigungen. Mißachtung. Moses warf das Buch auf den Tisch. Er wollte sich lieber an seinen Vater und an sich selbst so erinnern, wie sie beide einmal gewesen waren: ein Mann und ein Junge, die durch den Schnee zu irgendeiner Synagoge stapften und sich an glatten Stellen an den Händen faßten.

Mit jedem Morgen, an dem der Briefträger kein dickes braunes Kuvert vom *New Yorker* durch den Briefschlitz schob, verdüsterte sich L. B.s Stimmung mehr. Alles, was Moses tat, irritierte ihn. »Du bist hier nicht auf Totenwache«, sagte er. »Du brauchst hier nicht Tag und Nacht rumzuhängen. Geh doch ein paar Freunde besuchen.«

Doch wenn Moses nicht rechtzeitig zum Abendessen zurück war, nörgelte er: »Bist du gekommen, um dich um deinen Vater zu kümmern oder um auf die Mädchen Jagd zu machen, die in den Bars rumhocken?«

L. B. mußte nicht mehr das Bett hüten, aber er war kränklich und schwach. Man hatte ihm geraten, zwanzig Pfund abzuspecken, aber es waren dreißig, vielleicht sogar mehr geworden. Die Kleider schlotterten ihm um den plötzlich so mager gewordenen Körper. Er hatte es zu Hause nicht mehr eilig wie ein Mensch, der Verabredungen und Termine einhalten mußte, sondern schlurfte in seinen Pantoffeln herum. Tagsüber schien er meist außer Atem zu sein, und auch nachts keuchte er im Schlaf. Entsetzt begriff Moses, daß sein Vater, dieses Energiebündel aus seiner Kindheit, in Wirklichkeit ein kleiner Mann mit schlechten Zähnen, Knollennase und schwachen Augen war.

Moses ergab sich dem Suff. Oft kam er erst in den frühen Morgenstunden nach Hause und schlief bis weit in den Tag hinein. Seine Mutter redete ihm in der Küche ins Gewissen. »Du darfst deinen Vater nicht enttäuschen. Es würde ihm das Herz brechen, wenn sein einziger Sohn ein Säufer wäre.«

»Und was ist mit *deinem* Herzen?«

»Wenn du am Donnerstag zurückfliegen willst, gib mir jetzt deine Socken und Hemden zum Waschen.«

Bessie Berger, geborene Finkelman, entstammte einer strenggläubigen Familie. Ihr Vater war koscherer Metzger gewesen. Als er starb, war L.B. nur widerwillig zur Beerdigung gegangen. »Dein Großvater«, sagte er irgendwann zu Moses, »war ein sehr abergläubischer Zeitgenosse. Ein Apostel, wenn ich mir diese Bezeichnung gestatten darf, des Ravaruska Rebbe. Dein *sejde*, dieser Viehschinder, wurde von diesen Spinnern mit einem Zweig in der Hand begraben, damit er sich an dem Tag, an dem der Messias kommt und in seinen Schofar bläst, selber ausbuddeln und ihm nach Jersualem folgen kann. Ist es nicht so, Bessie?«

L.B. hatte Bessie nie Blumen geschenkt, sie zum Essen ausgeführt oder ihr zumindest gesagt, daß sie hübsch aussehe. Jetzt waren ihre Hände mit den kurzgeschnittenen Nägeln rauh und knallrot. Da ihr die Krampfadern peinlich waren, trug sie sogar in der größten Sommerhitze Stützstrumpfhosen.

»Ma«, fragte Moses, »gehört das Haus jetzt uns oder ist es noch immer mit einer Menge Hypotheken belastet?«

»Stell keine dummen Fragen. Geh und lies ihm etwas vor. Das mag er.«

Am nächsten Morgen, als Moses einen schlimmen Rausch ausschlief, plumpste ein dicker brauner Umschlag, auf den er selbst die Adresse geschrieben hatte, durch den Briefschlitz in der Haustür. L.B. hörte das vertraute dumpfe Geräusch, nahm das Kuvert rasch an sich, verzog sich damit in sein Arbeitszimmer und schloß die Tür. Er ließ sich in den Sessel hinter dem Schreibtisch sinken, überragt von seinem Porträt: L.B. Berger im Profil, über die Mysterien des Kosmos nachsinnend und dessen Gewicht ertragend. Nun, dachte er, das war zu erwarten. Wenn seine eigenen Geschichten für Mr. Harold

Ross, diesen Ignoranten, nicht genug Klasse hatten, was für Erfolgsaussichten hatte dann schon die erste Kurzgeschichte eines talentierten, aber unbeholfenen Anfängers? Trotz aller Neugier zwang sich L. B., erst seine eigene Post durchzusehen. Darunter befanden sich eine Tantiemenabrechnung der Ryerson Press, beigefügt ein Scheck über 37 Dollar 25, sowie ein kurzes Begleitschreiben seines Verlegers: Er bedauere, daß die *Gesammelten Gedichte* in Buchhandlungen wie Ogilvy's, Classic's oder Burton's nicht vorrätig seien, aber daran sei der Vertrieb der Ryerson's Press nicht schuld. Die Nachfrage nach Lyrik sei gering. Deshalb sei an eine zweite Auflage leider nicht zu denken. Der Redakteur eines Radiosenders, offenkundig ebenfalls ein Ignorant, teilte ihm mit, er fände L. B.s Idee einer Hörspielfassung der *Geschichten aus der Diaspora* zwar interessant, doch bedauerlicherweise teilten seine Kollegen seine Begeisterung nicht. Ob er es nächstes Jahr nochmals bei ihnen versuchen wolle? T.S. Eliot, dessen Antisemitismus ein offenes Geheimnis war, dankte L. B. zwar im Namen des Verlags Faber & Faber für das ihm zugesandte Exemplar der *Gesammelten Gedichte*, doch ... Ärgerlicherweise hatte Mr. Eliots Sekretärin den Brief unterzeichnet (»nach Diktat verreist«).

Schließlich nahm L. B. den dicken braunen, vom *New Yorker* zurückgeschickten Umschlag zur Hand und öffnete ihn mittels eines Papiermessers mit Ledergriff, das man ihm nach einer Lesung in der B'nai Jacob Synagoge in Hamilton, Ontario, anstelle eines Honorares übergeben hatte. Dann zog er sich in sein Schlafzimmer zurück, nahm den Zwicker ab und rieb sich die Nase. Das unangenehme Zucken hinten im Nacken hatte mal wieder eingesetzt. Es war bereits Mittag, als er Moses in der Küche herumtorkeln hörte. Er rief ihn zu sich. »Komm mit deinem Kaffee in mein Schlafzimmer, und mach die Tür hinter dir zu.«

Moses tat, wie ihm geheißen. L.B. nahm seine Hand und streichelte sie. »Moishele«, sagte er, und in seinen Augen glänzten Tränen. »Glaubst du etwa, ich wüßte nicht, wie es bei dir hier drin aussieht?« Er zog seine Hand weg und legte sie auf sein angegriffenes, verzagtes Herz. »Was ich geschrieben habe, war nicht immer so gefragt wie jetzt. L.B. Berger ist nicht als Berühmtheit auf die Welt kommen. Auch ich bin von Verlegern abgelehnt worden, die jeden Mist drucken, sofern er von ihren Freunden verfaßt ist, und die Puschkin nicht von Ogden Nash unterscheiden können. Auch ich habe die Schlingen und Pfeile wütenden Geschicks erduldet. Preise sind an Stümper vergeben worden, obwohl ich ihnen als Schriftsteller eindeutig haushoch überlegen war. Man muß ein dickes Fell haben, mein Junge. Wenn du ein Künstler werden willst, sollte dein Wahlspruch lauten: *Nil desperandum.*«

Jetzt erst reichte er Moses den bereits aufgeschlitzten Umschlag. Moses sah, daß der Zettel mit der Ablehnung mittels Büroklammer am Manuskript befestigt war.

»Noch ein Herzinfarkt könnte für mich das Ende sein«, sagte L.B. und drückte die Hand seines Sohnes. »Deshalb möchte ich dir sagen, daß ich immer gehofft habe, du würdest in meine Fußstapfen treten, ohne dich von meinem Werk einschüchtern zu lassen. Ich setze so große Hoffnungen in dich. Und ich habe dich immer mehr geliebt als jeden anderen Menschen, einschließlich deiner Mutter.«

Moses schluckte heftig. Ihm war schlecht, und er hatte Angst, sein Magen könnte ihn im Stich lassen. Wie der Vater, so der Sohn.

»Das darfst du aber nicht als Geringschätzung deiner Mutter auffassen. Sie ist eine gute Frau, und loyal ist sie auch. Eine echte *balboste*. Aber, ehrlich gesagt, war sie mir nie eine richtige Gefährtin im Geiste. Ein Mann wie ich hätte mehr intellektuelle Gemeinsamkeit gebrauchen können, wie Chopin sie bei Georges Sand oder Voltaire bei der Marquise du Châtelet gefunden hat. Egal, was für Klatschgeschichten du nach meinem Tod hören oder was für Briefe zukünftige Biographen ausgraben werden – ich möchte, daß du mich verstehst. Ich bin deiner Mutter nie untreu gewesen, jedenfalls nicht tief in meinem Herzen. Aber von Zeit zu Zeit brauchte ich eine weibliche Person, die mir im Gespräch ebenbürtig war. Meine Seele schrie förmlich danach. Sieh mich nicht so an. Du bist jetzt ein erwachsener Mann. Wir sollten offen miteinander reden können. Glaubst du etwa, ich hätte Schuldgefühle? Den Teufel habe ich! Meine Familie kam für mich immer an erster Stelle.

Und sie hat mich eine Menge gekostet. Meinst du etwa, ich hätte mich jemals an Mr. Bernard verdingt, diese *behejme*, hätte ich dabei nicht das Wohl deiner Mutter und vor allem deines im Auge gehabt? Hast du eine Vorstellung davon, durch wie viele brennende Reifen ich habe springen müssen? Ich habe diesem Gangster eine Bibliothek eingerichtet. Ich habe diesem Rowdy die Reden verfaßt und mit literarischen Zitaten gespickt. Er konnte nicht einmal die Worte richtig aussprechen. Ich mußte sie ihm einbleuen. Ein Mensch, der nicht vom Fernseher wegzukriegen ist, wenn die Ed-Sullivan-Show läuft. Du ahnst ja nicht, was ich an seinem Tisch erdulden mußte, nur damit dein künftiges Wohlergehen nicht auf dem Altar meiner Kunst geopfert wurde. Der Mann ist unvorstellbar ordinär, Moishe. Sogar ein Matrose würde rot werden, wenn er richtig vom Leder zieht.«

Moses wollte etwas einwenden, aber mit einer ungehaltenen Geste wurde ihm der Mund verboten.

»Nein, sag nichts. Ich weiß genau, was dein Freund Birenbaum, der große Reporter, von mir hält. Ich habe gehört, was er einmal hinter meinem Rücken zu dir gesagt hat: ›Was glaubt er denn, wer er ist, daß er sich so anzieht? Mit seiner Frisur sieht er aus wie Beethoven. Wer in dieser armseligen Möchtegern-Nation, die ihre literarischen Größen mißachtet, Gedichte kauft, der will für sein Geld Qualität sehen, keine langen Haare und ein Cape.‹«

Geistesabwesend spielte Moses mit der Klappe des großen braunen Kuverts auf seinem Schoß.

»He, wisch dir bitte die Tränen ab. Um mich brauchst du nicht zu weinen. Immerhin hat dein Vater vor niemandem katzbuckeln oder den Hofnarr spielen müssen. Moishe, mein Riecher sagt mir, daß du Talent hast, und ich habe eine gute Nase.«

»Du hattest absolut kein Recht, meine Post aufzumachen.«

»Aber du hattest das Recht, dem *New Yorker* meine Adresse anzugeben? Siehst du etwa vor lauter Egozentrik nicht, du Rhodes-Stipendiat, daß ich das nur als Provokation auffassen kann?«

»Verdammt, wovon redest du?«

»Sieh mich nicht so an. Ich bin dein Vater, und es versteht sich von selbst, daß ich dir diese Kinderei mit dem *New Yorker* verzeihe. Du selbst solltest dich darüber auch nicht aufregen. So etwas ist ganz natürlich. Du weißt, was ein Ödipus-Komplex ist, und ich weiß es auch. Der *New Yorker* hat nie etwas von mir veröffentlicht – nicht, daß ich es jemals gewollt hätte –, und du hast ihnen deine Geschichte geschickt, weil du dem alten L. B. eins auswischen wolltest. Okay, laß uns diese *narischkajt* jetzt vergessen. Soll ich dir was sagen? Du hast verdammtes Glück gehabt. Hätten sie deine Geschichte genommen, dann hättest du für sie mehr maßgeschneidertes und gut zu vermarktendes Zeug geschrieben. Moishe, um ein Haar wärst du in die Falle gegangen. Ich möchte, daß du den Versuch nicht aufgibst und weiterschreibst. Wenn die Zeit dann reif ist, werde ich selbst deine Geschichten vertrauenswürdigen Verlegern anbieten. Also, gleich ran an die Arbeit, ja? Es könnte nämlich sein, daß ich bei deinem nächsten Besuch schon meine sterbliche Hülle abgestreift habe. Weißt du was? Ich bin wirklich froh über diese Aussprache. Wir haben unsere Herzen sprechen lassen, bevor es zu spät ist. Ich habe mich dir seit deiner Kindheit nicht so nahe gefühlt. Mein Page – so habe ich dich damals genannt. So, jetzt sag *du* etwas.«

Aber Moses rannte aus dem Zimmer. Sein Magen verkrampfte sich, und er sank gerade rechtzeitig vor der Toilettenschüssel auf die Knie. Danach holte er die Scotchflasche aus ihrem Versteck. Als er später in die Küche ging, stellte er fest, daß sich L. B., nachdem er knapp einem Migräneanfall entgangen war, zur Feier des Tages seine Lieblingsmahlzeit genehmigte: Rührei mit Räucherlachs, dazu Bratkartoffeln mit Zwiebeln und mit Rahmkäse bestrichene Hefebrötchen. »Setz dich, mein Junge. Ma hat genug für uns beide gemacht.«

»Sie ist wirklich eine *balboste*, nicht?«

»Ich dachte, wir hätten unser Gespräch strikt *entre nous* geführt.«

Bessie, der nichts Gutes schwante, sah ihren Sohn durchdringend an. »Stimmt etwas nicht?« fragte sie.

»Unser Nachwuchskünstler hat seine erste Ablehnung bekommen und nimmt es sich sehr zu Herzen, statt einzusehen, daß er noch mal Glück gehabt hat.«

»Ich möchte gern etwas sagen«, sagte Moses.

L. B. sprang von seinem Stuhl auf und nahm Haltung an.

»Nicht alle verkannten Schriftsteller sind zu Unrecht verkannt.«

»Wie kannst du es wagen, so mit deinem Vater zu reden.«

»So spricht mein Junge«, sagte L. B., »der einmal mein Stolz und meine Freude war und in den ich große Hoffnungen setzte. Er schafft es nicht, die Verantwortung für sein eigenes Versagen auf sich zu nehmen, sondern bürdet sie lieber seinem ergrauten Vater auf. Na gut, aber ich will dir auch etwas sagen: Ich habe dich nicht zum Trinker gemacht. Und ich hätte etwas Besseres verdient.«

5 An dem Abend, bevor das dicke, braune, vom *New Yorker* zurückgeschickte Kuvert durch den Briefschlitz geplumpst war, war Moses zu Anita Gurskys Hochzeit (ihrer ersten) eingeladen gewesen. Nein, eigentlich war er nicht eingeladen gewesen. Er war nicht weit von der McGill University ziellos die Sherbrooke Street hinuntergeschlendert, vorbei an den tristen Prachtvillen, die sich räuberische schottische Barone, ehemals Herren dieses Landes, aus grauem Sandstein hatten erbauen lassen. Gedankenverloren war Moses an diesen Residenzen einstiger Schiffs- und Eisenbahnmagnaten und Minenbesitzer vorbeigegangen, deren Geschäfte in einer – für sie goldenen – Zeit floriert hatten, als es noch keine Kartellgesetze, Einkommens- und Erbschaftssteuern gab: Sir Arthur Mintons altes Haus, jetzt ein privater Club; das Clarkson-Haus, jetzt Sitz einer Studentenverbindung; die ehemalige Villa von Sir William Horne mit ihrem herrlich überkandidelten Gewächshaus. Und dann war Moses Rifka Schneiderman über den Weg gelaufen, ausgerechnet ihr. Rifka Schneiderman, die damals im Wohnzimmer der Kaltwasserwohnung in der Jeanne Mance Street, auf der anderen Seite von Montreal, also

in einer anderen Welt, mit plärrender Stimme »Die Textilgewerkschaft ist eine Tunichtgutgewerkschaft« vorgesungen hatte. Zu Moses' Verblüffung hatte Rifka sich zu einer attraktiven, wenngleich etwas zu elegant gekleideten jungen Dame gemausert und ihr unbändiges Haar durch eine Pudelfrisur gezämt. »Oh«, rief sie aus. »Ich dachte, du studierst in Oxford oder Cambridge oder so ähnlich.«

»Mein Vater hatte einen Herzinfarkt.«

Rifka sollte bei der Hochzeit als Brautjungfer fungieren. Sheldon Kaplan, ihr Verlobter, hatte allerdings gerade einen seiner Allergieanfälle, und so fragte sie Moses aus einer gefühlsseligen Anwandlung heraus, ob er nicht für ihn einspringen und sie begleiten wolle.

»Nur, wenn du mir versprichst, daß du dieses Lied singst.«

Anita Gursky hatte ihren ersten Mann auf den Skihängen von Davos kennengelernt. Eigenwilliger Sproß einer jüdischen Bankiersfamilie deutscher Herkunft, hoffte er, sich als Tennisspieler einen Namen zu machen. Beim Bankett im Ritz-Carlton war *Life* dabei.

Becky Schwartz beugte sich näher zu Harvey hin. »Nicht hinsehen«, sagte sie. »Gerade kommen die Cotés reinspaziert und verziehen das Gesicht, als würde es hier stinken. Wie kann sie ein rückenfreies Kleid tragen, wo sie doch Schulterblätter wie Hühnerflügel hat. Ich habe gesagt: *Nicht hinsehen.*«

»Tu ich doch gar nicht.«

»Wenn ich mich nicht täusche, habe ich dir gesagt, du sollst dir die Haare in der Nase abschneiden, bevor du mit mir ausgehst. Pfui!«

Der rundliche, mit einem Doppelkinn gesegnete Georges Ducharme, Staatssekretär im Verkehrsministerium, zwinkerte Mimi Boisvert zu. »Ich bin der erste, der mit der Frau vom Rabbi einen Boogie-Woogie tanzen wird.«

*»Tais-toi, Georges.«*

»Sprich hier nicht die Sprache der Landbevölkerung. Rede Jiddisch.«

Cynthia Hodge-Taylor war da, desgleichen Neil Moffat, Tom Clarkson, ein Cunningham, zwei Pitneys und andere junge Leute aus dem feinen Westmount-Viertel, die es mit den Konventionen nicht so genau nahmen. Ihre Eltern, die weit mehr auf die Form hielten, dachten nicht daran, eine Gursky-Hochzeit mit ihrer Anwesenheit zu beehren, doch für die Jugend war so etwas eine Art Sport, und wer weiß, es konnte ja sein, daß man sein Photo in der nächsten Nummer von *Life* entdeckte.

Jim McIntyre sagte: »Wissen Sie, mein Vater war bei dem Prozeß einer der Staatsanwälte. Wenn Solomon mit besonders belastendem Beweismaterial konfrontiert wurde, sagte er immer nur: ›Ich bin, was ich bin‹, und mein Vater hat mir geschworen, daß dann die Temperatur im Gerichtssaal schlagartig um zwanzig Grad fiel und der Richter wie kurz vor einem Schlaganfall aussah.«

Tausende von roten Rosen standen in Vasen verteilt im Ballsaal. Im richtigen Augenblick spielten Guy Lombardo and his Royal Canadians »My Heart Belongs to Daddy«, und Mr. Bernard, dem die Tränen die Backen hinunterliefen, betrat als erster die Tanzfläche, um mit Anita Wange an Wange einen Foxtrott zu tanzen.

Moses forderte Kathleen O'Brien auf, mit der er so manches Mal in The Lantern geplaudert hatte. »Komm«, sagte sie danach zu ihm, »ich glaube, wir könnten jetzt ein bißchen frische Luft gebrauchen.«

»Ich bin nicht betrunken.«

»Dein Dad hat ein Gedicht auf das Brautpaar geschrieben. In genau fünf Minuten wird sich Becky Schwartz auf dem Podium ans Mikrophon stellen und es vorlesen.«

Draußen sagte Moses: »Er hat sich immer danach gesehnt, ein Hofdichter zu sein.«

»Hoffentlich trinkst du in Oxford nicht genausoviel wie hier. Ich glaube, dein Vater geht davon aus, daß du als bester deines Jahrgangs abschließen wirst.«

»Nein, im Grunde würde ihn nur freuen, wenn ich durchfalle.«

»Na, na!«

Als sie in den Ballsaal zurückgekehrt waren, führte sie ihn zu dem Tisch, an dem Mr. Morrie mit seiner Frau Ida und ihrer hünenhaften, pickligen Tochter Charna saßen, als hätten sie dort Wurzeln geschlagen.

»Er ist der Nette«, flüsterte Kathleen ihm zu, bevor sie ihn vorstellte. »Sei freundlich zu ihm.«

»Wie geht es Ihrem Vater?« erkundigte sich Mr. Morrie.

»Besser.«

»Gott sei Dank.«

»Ist sein Vater dieser Dichter?« fragte Charna.

»Allerdings.«

»Na und?« sagte sie und starrte Moses an. »Ich könnte auch ein Buch schreiben. Ich weiß nur nicht, wie ich alles in Worte fassen soll.«

»Du liebe Güte«, sagte Ida.

Mr. Morrie drückte Moses' Arm. »Glauben Sie nur nicht, ich wüßte nicht über Sie Bescheid, Mr. Rhodes-Stipendiat. Ihr Vater hat mir alles über Sie erzählt.«

Kathleen O'Brien stieß Moses unter dem Tisch mit dem Fuß an, und er beeilte sich zu sagen: »Ach ja? Wie nett.« Dabei warf er einen raschen Blick auf Barney, der auf der Tanzfläche mit Rifka Schneiderman flirtete.

Barney, so hieß es, hoffe noch immer, den großen Durchbruch zu schaffen und der nächste Generaldirektor von McTavish zu werden. Er hatte wahrlich alles menschenmögliche getan, um seinen Anspruch auf diesen Posten zu verdeutlichen. Während Lionel herumtrödelte, hatte er einen McTavish-Lastwagen gefahren. Er hatte auch einen ganzen Sommer in Skye verbracht, dort in der Loch Edmond's Mist Distillery gearbeitet und zuerst auf dem Röstboden Gerste geharkt, dann im Maischenhaus alles gelernt, was es zu lernen gab, und sich schließlich in der Brennerei um die Destilliergeräte gekümmert. Nach seiner Rückkehr war er in Kanada zu einem Fachmann für Böttcherei geworden und war oft in den Westen gereist, um dabeizusein, wenn Getreidegeschäfte ausgehandelt wurden.

Rifka verließ die Tanzfläche, obwohl das Stück noch nicht zu Ende war, und ließ Barney, der ein bißchen zu laut lachte, einfach stehen. Barney ging zu Lionel, und dann schlenderten sie, jeder für sich, von Tisch zu Tisch, wobei sie langsam näher kamen.

Lionel hatte mit Barney um fünftausend Dollar gewettet,

daß er den meisten Champagner trinken konnte, ohne aufzustoßen, und daß er vor Mitternacht eine Frau aufs Kreuz legen würde, ohne dafür bezahlen zu müssen. Die Flasche in der Hand und in einigem Abstand von Barney gefolgt, stattete er einem Tisch nach dem anderen einen kurzen Besuch ab, und dabei klopfte er Sprüche wie: »Hallo, Schatz, willst du nicht meinen Schwanz streicheln?« Oder: »Hat eins von euch Mädchen Lust aufs Bumsen?«

(Jahre danach schrieb der Verfasser einer Gursky-Hagiographie, die ein Bestseller wurde, in einem Kapitel mit der Überschrift »Lionel der Kronprinz«, manch einer habe Lionel damals für ein vulgären Menschen gehalten, der nicht mit dem Gelée royale des Thronfolgers gesalbt worden sei, doch tatsächlich »war er ein einsamer junger Mann, so einsam wie ein Leuchtturmwächter am Valentinstag, und er trug seit frühester Kindheit schwer an der geheimen Gewißheit, daß er eines strahlenden Morgens die Schlüssel zum Reich der Gurskys empfangen würde, obwohl er lieber auf den Eleusischen Feldern Pferde gezüchtet hätte«. In einer Fußnote wurde darauf hingewiesen, daß die Pferdezucht seine unverbrüchliche Passion geblieben sei und zur Gründung des Sweet-Sue-Gestüts in Louisville, Kentucky – nach der ersten Scheidung in Big-Cat-Gestüt umbenannt –, geführt habe.)

Schließlich standen sich die Gursky-Sprößlinge schwankend an demselben Tisch gegenüber, und Barney hörte seinen Cousin sagen: »Ist doch alles längst geregelt. Eines Tages gehört der ganze Laden mir. Überleg dir also genau, ob du mir einen Korb gibst, Süße.«

Barney packte Lionel am Revers und schüttelte ihn. »Wie kannst du das behaupten?«

»Hat dir dein Vater etwa nichts gesagt?«

Barney, dem alle Farbe aus dem Gesicht gewichen war, steuerte auf Mr. Morries Tisch zu, aber sein Vater war nicht da. Barney fand ihn auf der Herrentoilette, wo er sich die Hände wusch. Ohne darauf Rücksicht zu nehmen, daß eine der Kabinen besetzt war, fiel Barney über ihn her und beschimpfte ihn, er habe sich von Mr. Bernard sein Erbteil abschwindeln lassen. Schweißgebadet und heftig atmend schloß er: »Wenn Onkel

Bernard ein Schälchen Milch auf den Boden stellen würde, würdest du auf allen vieren hinkriechen und sie aufschlabbern.«

»Barney, bitte, sei nicht so gemein zu mir. Ich habe dich doch lieb.«

»Einen Scheiß hast du!«

»Wenn du einunddreißig bist, erbst du Millionen.«

»Ich will das Geld sofort, sonst gehe ich vor Gericht. Vielleicht fechte ich eure Abmachungen sowieso gerichtlich an.«

»Aber *jingelche*, ich habe die Papiere doch schon vor Jahren unterschrieben«, sagte Mr. Morrie und streckte die Hand nach seinem Sohn aus.

»Glaubst du etwa, ich könnte nicht mit Leichtigkeit nachweisen, daß du schon damals nicht zurechnungsfähig warst?« erwiderte Barney, stieß die Hand seines Vaters weg und verließ fluchtartig die Herrentoilette.

Moses, der in der Kabine saß, hörte, wie die Tür zugeschlagen wurde. Im Glauben, beide Männer seien hinausgegangen, kam er heraus, aber Mr. Morrie war noch da und starrte benommen vor sich hin.

»Oh, Sie sind es. Sie haben bestimmt alles gehört.«

»Tut mir leid.«

»Barney ist ein guter Junge. Er hat heute abend nur ein bißchen zuviel getrunken.«

»Kann ich etwas für Sie tun?«

»Hm, ich fühle mich ein bißchen schwindlig. Sie könnten mich zu meinem Tisch zurückbegleiten.«

Moses nahm seinen Arm.

»Barney ist ein außergewöhnlicher Mensch. Ich möchte, daß Sie das wissen.«

6 Neunzehnhundertdreiundsiebzig. Nach einem demütigenden Wortwechsel mit Beatrice im Ritz, bei dem sich der unausstehliche Tom Clarkson tadellos verhalten hatte, was die Sache nur noch schlimmer machte, hatte Moses sich auf eine Sauftour begeben. Zehn Tage später wurde er von einer farbi-

gen Putzfrau wachgerüttelt und stellte fest, daß er in einer stinkenden Pfütze im Klo einer schmierigen Kneipe in Hull lag, das Haar mit geronnenem Blut verklebt, das Jackett zerrissen, das ausgeplünderte Portemonnaie ohne Bargeld und Kreditkarten neben sich auf den gesprungenen Fliesen. Die Stellung an der Carleton University war er ebenfalls los.

*Rindvieh. Maulwurf. Hahnrei.* Auf der Rückfahrt Richtung Township verpaßte Moses die Auffahrt 106, mußte in seinem tiefliegenden, in Ottawa hastig mit Koffern und Büchern beladenen Toyota bis Magog weiterfahren und erreichte schließlich erst nach einem Umweg sein Blockhaus. An der Tür war mit einer Reißzwecke ein Telegramm befestigt. Von Henry. Die Raben sammeln sich? Zum Teufel mit ihnen.

Moses stieg wieder in sein Auto und fuhr los, um seine Post zu holen. Legion Hall, der sie für ihn im Empfang nahm, hinterlegte sie in seiner Abwesenheit normalerweise im Caboose.

Legion Hall war ein phantasievoller Mensch. Strawberry behauptete, Legion Hall und seine beiden Brüder Glen und Willy seien im Frühjahr 1940 zur Armee gegangen. Sie hätten für ihren Vater eine Scheune ausgemistet und Kuhscheiße geschippt, wobei die Stechmücken über sie herfielen, daß ihnen das Blut übers Gesicht lief, als Glen plötzlich die Mistgabel hingeworfen und gesagt habe: »Dieser Typ im Radio meint, die Demokratie ist in Gefahr oder so 'n ähnlicher Quatsch. Er sagt, unsere Lebensart ist bedroht.«

»Wird auch langsam Zeit.«

»Ich melde mich freiwillig.«

»Gute Idee. Ich auch.«

»Toll, Mann.«

Glen schossen sie bei Dieppe den Kopf ab, und Willy wurde in Italien von einer Tretmine zerfetzt. Legion Hall hingegen nahm nur ein einziges Mal an Kampfhandlungen teil, in Holland, anschließend kam er zu dem Schluß, daß das nichts für ihn war. Am nächsten Morgen fand ein Oberst ihn draußen vor dem Zelt der Offiziersmesse auf allen vieren, einen Hammer in der einen Hand, einen Meißel in der anderen. »Was tun Sie da, Soldat?«

»Was glaubst du wohl, was ich tue, du Schwachkopf? Ich schneide Gras.«

Legion Hall kam in den Bau. »Und dann«, erzählte Strawberry, »machte so ein jüdischer Doktor eine Menge Tests mit ihm. Er bescheinigte ihm eine um fünfundzwanzig Prozent verminderte Zurechnungsfähigkeit und ordnete seine Entlassung an, mit Anspruch auf Rente. Bei mir hätte er mindestens fünfzig Prozent gekriegt.«

Jetzt klapperte Legion Hall, das Käppi seines ehemaligen Regiments keß in die Stirn geschoben, am Heldengedenktag alle Kneipen an den Landstraßen Nr. 234 und Nr. 105 ab und verkaufte Mohnblumen. Vielleicht rechnete er sogar einen Teil der Einnahmen ab.

Moses' Post bestand größtenteils aus Zeitschriften: *The New York Review of Books, The Times Literary Supplement, The Economist, The New Republic* und so weiter. Er nahm alles an sich, fuhr zu seinem Blockhaus zurück, ließ sich auf das ungemachte Bett fallen, schlief achtzehn Stunden und erwachte um sieben am nächsten Morgen. Nach der zweiten, mit einem Schuß Cognac verstärkten Kanne schwarzen Kaffees setzte er sich an seinen Schreibtisch. Er ordnete seine Papiere und stieß dabei zufällig auf einen Brief, nach dem er wochenlang vergeblich gesucht hatte. Er war von der Frau mit den verschiedenfarbigen Augen verfaßt.

»Nachdem ich mich unverzeihlicherweise derart verplaudert habe, ohne Ziel und vor allem ohne kathartische Wirkung«, schloß Diana McClure, »habe ich mir die Freiheit genommen, Mr. Hobson zu beauftragen, Ihnen ein Andenken an den Toten zu schicken. Betrachten Sie es als Entschädigung dafür, daß ich Ihnen so lange ausgewichen bin und mich dann als entsetzliche Langweilerin erwiesen habe. Lesen Sie vielleicht gern Kriminalromane von Autoren wie Patricia Highsmith, Ruth Rendell oder P.D. James? Ich bin nach ihren Büchern geradezu süchtig, doch habe ich die Fälle stets packender gefunden als ihre Lösung, was gewiß auch von meinen späten ›Bekenntnissen‹ gesagt werden kann. Den Tisch aus Kirschholz, den ich Ihnen schicken lasse (alle Frachtkosten sind bezahlt, egal, was man Ihnen erzählt), hat Solomon für mich an dem

Freitag fertiggestellt, als ich den Bücherschrank nicht abholen konnte. Zentralheizungen haben es an sich, dem Holz die Feuchtigkeit zu entziehen. Deshalb sollte der Tisch regelmäßig mit Bienenwachs behandelt werden (erhältlich bei Eddy's Hardware, 4412 Sherbrooke St. W.).

Bis auf den heutigen Tag bin ich mir nicht schlüssig, ob ich die Tatsache, daß ich an jenem Freitag nicht bei Solomon zum Tee erschienen bin, als großes Unglück oder ganz im Gegenteil als Segen für uns beide betrachten soll. Solche Überlegungen sind natürlich eitel und nützen jetzt nichts mehr, aber während ich hier in meinem Rollstuhl sitze und in den Garten hinausblicke, um den ich mich nicht mehr kümmern kann, gebe ich mich ihnen gern hin. Die Rosen müßten dringend gestutzt werden, die Samenkapseln sind ganz prall. Ein Junge mit einer Angelrute, unterwegs zum Bach, ist gerade vorbeigekommen, und verständlicherweise hat er den Blick abgewandt. Doktor McAlpine meint, mein Haar wird wieder nachwachsen, aber ich bezweifle, daß die Zeit dafür noch reicht. Ich muß jetzt wirklich mit diesem Geplauder aufhören. Leben Sie wohl, Moses Berger, und bitte denken Sie daran, den Tisch so zu behandeln, wie oben beschrieben. Vielleicht könnten Sie sich eine entsprechende Notiz in Ihren Termin- oder Wandkalender machen.«

Moses kramte weiter in seinem Schreibtisch. In der untersten Schublade, voll mit wütenden Briefen an seinen Verleger, die er nicht abgeschickt hatte, fand er seinen silbernen, mit Cognac gefüllten Flachmann und einen endgültig verloren geglaubten Scheck des *TLS* über einhundert Pfund – das Honorar für eine Buchbesprechung. Und dann, ganz zuunterst, stieß er auf Mr. Morries handschriftlich verfaßten Bericht. Moses erinnerte sich, daß er sich ganz schön hatte abstrampeln müssen, um Mr. Morrie zum Schreiben zu bewegen. Das Resultat war jämmerlich, ein Meisterwerk an Ausflüchten. Trotzdem konnte man immer noch einiges daraus erfahren, genau wie Kreml-Experten aus der *Prawda* immer wieder ein Quentchen Wahrheit herausfiltern. Der Vergleich gefiel Moses. Denn mochte man über ihn, Moses, den degenerierten Trunkenbold und Hahnrei, denken und sagen, was man wollte – er war immerhin der Gursky-Experte schlechthin geworden, der einzige in der ganzen Bande von Lobhudlern, der wußte, wo der Hund begraben lag.

Moses ging zu dem Tisch aus Kirschholz, seinem kostbarsten Besitz, schüttelte den Mäusedreck vom Deckblatt des Manuskripts und begann zu lesen. Im ersten Absatz bekundete Mr. Morrie seine Absicht, in seiner Version der Geschichte des Gursky-Imperiums lediglich die Höhepunkte abhandeln zu wollen, und bat im voraus um Nachsicht für alle Lücken, an denen allein das nachlassende Erinnerungsvermögen eines alten Mannes schuld sei. Und so wurde denn auf 122 engbeschriebenen Seiten Bert Smith kein einziges Mal erwähnt. Mr. Morrie begann mit der Feststellung, sein Vater Aaron Gursky habe 1897 den Entschluß gefaßt, nach Kanada auszuwandern (mit seiner Frau Fanny, die mit ihrem Sohn Bernard im fünften Monat schwanger war), »um fortan mit seiner Familie unter der für *fair play* berühmten britischen Flagge zu leben«. Diese Darstellung entsprach allerdings nicht ganz den Tatsachen.

Unverschnittener, illegal unter die Leute gebrachter Whisky bildete nicht nur den Urquell der Gursky-Milliarden, sondern eigentlich war er es gewesen, der Ephraims legitime Nachfahren nach Kanada geschwemmt hatte. Das hatte Moses nicht nur durch eingehendes Studium des »Berichts des Königlichen Untersuchungsausschusses für den Alkoholhandel 1860–70« in Erfahrung gebracht, sondern auch, indem er jeder erdenklichen Information über die Entstehungsgeschichte der berittenen Polizei im Nordwesten des Landes nachgegangen war. Dies hatte ihn ins Hauptquartier der *Royal Canadian Mounted Police* in Ottawa geführt, wo er dank seiner Zungenfertigkeit bis ins Archiv vordrang. Er protzte ein bißchen mit seinem Rhodes-Stipendium und der Tatsache, daß er am Balliol College in Geschichte als Bester abgeschlossen hatte. Außerdem behauptete er, er wolle im Auftrag der Zeitschrift *History Today* Recherchen für eine Abhandlung über Fort Whoop-up anstellen.

Nachdem Moses in alten Tagebüchern, Protokollen und Anzeigen herumgeschmökert hatte, bis ihm die Augen weh taten, wurde er mit der Entdeckung belohnt, daß Ephraim sich 1861 mit einer Peigan-Squaw und drei Kindern an den Ausläufern der Rocky Mountains in ein Blockhaus zurückgezogen hatte. Dort hatte er sich der Herstellung von »Whoop-Up Bug Juice« aus folgenden Zutaten gewidmet: eine bis zwei Handvoll Cayenne-Pfeffer, eine halbe Gallone Ingwersirup aus Jamaika, einen reichlichen Liter Zuckerrübensaft, ungefähr ein Pfund Kautabak sowie anderthalb Flaschen Whisky. Dieses tödliche Gebräu wurde mit Wasser aus dem Bach verdünnt, bis zum Siedepunkt erhitzt und zu einem Zelt vor Fort Whoop-up gekarrt, dicht an der Grenze von Montana. Dort verhökerte Ephraim es becherweise gegen Felle und Pferde an Schwarzfuß-Indianer. Die unselige Verquickung des unstillbaren Dursts der Schwarzfüße mit deren ständigem Bedarf an Pferden für das Tauschgeschäft brachte Komplikationen mit sich. Die Indianer gingen schließlich in ihrer Not dazu über, Siedlern, aber auch den Angestellten der Hudson Bay Company die Gäule zu stehlen. Im Suff brannten sie auch zum Spaß den einen oder anderen Handelsposten nieder. Sie plünderten und vergewaltigten, und in einem Bericht stand zu lesen, Ephraim habe, um ein Exempel zu statuieren, ein paar Rothäute erschießen müssen, als diese die Stirn besaßen, von ihm unverdünnten Whisky zu verlangen, also Feuerwasser, das brannte, wenn man ein Streichholz dranhielt.

Es gab weitere Scharmützel, Erschießungen und Brandschatzungen, und irgendwann kam die Kunde von den Unruhen dem kanadischen Premierminister im fernen Ottawa zu Ohren. Sir John A. MacDonald, selbst ein Quartalsäufer, gründete eine Eingreiftruppe, nannte sie die »Berittenen Schützen« und beauftragte sie, die Ruhe wiederherzustellen. Doch Washington nahm Anstoß daran, daß die rauflustigen Kanadier so dicht hinter der Grenze eine Streitmacht von dreihundert Mann zusammenzogen. Kurzerhand taufte der einfallsreiche Sir John den Trupp in »Berittene Polizei« um. Die legendären Reiter der Ebene waren geboren:

Wir sind nur dreihundert Mann
In diesem großen weiten Land,
Das sich vom Ufer des Oberen Sees
Bis zum Fuß der Rockies dehnt.
Doch bei uns verzagt kein Herz,
Kein feiger Klagelaut ertönt.
Ist unsere Zahl auch noch so klein,
Wir werden stets die Reiter der Ebene sein.

Haltet Britanniens Banner hoch,
So lautet unser Auftrag hier.
Bändigt die gesetzlosen Wilden
Und schützet unsere Pionier.
Ein stolzes Unterfangen ist's,
Mit nur dreihundert Mann zu Pferde
Zu verteidigen die Heimaterde.
Wir werden stets die Reiter der Ebene sein.

Bevor die berittene Polizei des Nordwestens den strapaziösen Achthundert-Meilen-Ritt nach Fort Whoop-up hinter sich bringen konnte, machten wütende amerikanische Whisky-Hökerer am Battle Creek eine kleine Schar von Assiniboines nieder. Ephraim wurde zu dieser Zeit mit gepanschtem Whisky aus Fort Benton beliefert. Statt abzuwarten und der neugebildeten Polizeitruppe Rede und Antwort zu stehen und möglicherweise wegen des Todes von zwei Schwarzfuß-Indianern Rechenschaft abzulegen, hielt er es für klüger, unterzutauchen. Moses, der nicht wußte, wohin Ephraim als nächstes gegangen war, verlor ihn für lange Zeit aus den Augen.

Das Rätsel war gelöst, als Moses ein Tagebuch fand, in dem Solomon die Geschichten aufgeschrieben hatte, die ihm sein Großvater auf der Fahrt zum Eismeer erzählt hatte. Geschichten, die dem lückenhaften Gedächtnis eines Greises entstammten und von Solomon erst viele Jahre später aufgeschrieben worden waren. Geschichten, von denen Moses vermutete, daß sie aufpoliert worden waren im Dienst nicht eines, sondern zweier überdimensionaler Egos.

Laut Solomon stand fest, daß sein Großvater als nächstes

nichts Geringeres unternahm, als nach Rußland zu reisen, wo er zuerst in St. Petersburg eine Ladung Biberpelze ablieferte und anschließend nach Minsk weiterfuhr, in die Stadt, aus der seine Eltern einst geflohen waren. Kurz nach der Thronbesteigung von Nikolaus I. hatten sie sich davongemacht, nachdem unter anderem dekretiert worden war, daß jüdische Kinder nach Erreichen des zwölften Lebensjahres gewaltsam von ihren Eltern zu trennen und zu fünfundzwanzigjährigem Dienst in der Armee des Zaren zu zwingen seien.

Als Ephraim eines Freitags gerade rechtzeitig zum Abendgottesdienst die Synagoge von Minsk betrat, stellte sich heraus, daß man sich dort noch immer voller Zuneigung an seinen Vater erinnerte. »Der beste Kantor, den wir jemals gehabt haben«, sagte ein alter Mann zu ihm.

Eine Woche später fungierte Ephraim bei den Sabbat-Gottesdiensten selber als Kantor, und die Gemeinde staunte über die volltönende goldene Stimme dieses Juden, der kein Käppi trug, sondern sich wie ein russischer Fürst kleidete und sich in *ihren* Gasthäusern bedienen ließ, wie man sich erzählte. Wiewohl argwöhnisch wegen solch dreistem Auftreten, trugen sie ihm dennoch den einstigen Posten seines Vaters in der Synagoge an. Ephraim schlug dieses ehrenvolle Angebot aus, blieb jedoch lange genug in der Stadt, um unüberlegterweise eine gewisse Sarah Luchinsky zu heiraten und mit ihr einen Sohn zu zeugen, dem sie den Namen Aaron gaben. Eines Tages kam es in einer Taverne zu einem Zwischenfall, der Ephraim zwang, aus Rußland zu fliehen. Er brachte Frau und Kind in angemessener Weise in einem Schtetl unter, verließ bald darauf das Land, weil er sich mit Frau und Kind langweilte, und schickte aus Frankreich, England und schließlich auch aus Kanada Geld.

Ephraim setzte sein unstetes Leben fort. Während des Amerikanischen Bürgerkrieges lieferte er, wie Solomon zu berichten wußte, Waffen nach New Orleans und verschwand schließlich bis zum Jahr 1881, als nach der Ermordung von Zar Alexander II. durch Terroristen unzählige Pogrome stattfanden, gänzlich von der Bildfläche. Nachdem seine nörglerische Ehefrau das Zeitliche gesegnet hatte, schickte er seinem nicht sehr hellen und inzwischen verheirateten Sohn Billetts für die Schiffspassage und genug Geld, damit er mit seiner Frau Fanny nach Kanada reisen könnte. Für den erwachsenen Aaron empfand Ephraim nicht mehr Zuneigung als für den einfältig grinsenden Knaben von einst, und auch für Fanny konnte er sich nicht erwärmen. Also entledigte er sich ihrer, indem er sie auf einer Parzelle Siedlungsland absetzte, die er irgendwo in der Prärie erworben hatte. Dann verschwand er erneut.

»Mein lieber Vater«, schrieb Mr. Morrie, »der nicht über das Klima in Kanada aufgeklärt worden war, hatte aus Rußland Kirsch- und Pfirsichbaumschößlinge sowie Tabaksamen mitgebracht.«

Bei ihrer Ankunft im April wurde die Familie von Schnee und Frost willkommen geheißen und mußte bis zum Einsetzen des Tauwetters ein Hotel in einem Städtchen an der Eisenbahnlinie beziehen. Dann baute sich Aaron eine Hütte aus Lehm und Grassoden, schaffte ein Ochsengespann und eine Kuh an und säte zum erstenmal Weizen aus, der ihm jedoch auf dem Halm erfror. Aaron überstand den ersten kanadischen Winter, indem er Feuerholz schlug und verkaufte. Er arbeitete auch eine Zeitlang in einer Sägemühle. Er kaufte von einem Großhändler Töpfe und Pfannen, Tee, Petroleum und Hausmittel, die er als fahrender Händler an die Farmer verhökerte. Sein Sohn Bernard kam zur Welt, gefolgt von Solomon und Morrie.

Ephraim hatte inzwischen den Chilkoot-Paß überwunden und sich am Klondike niedergelassen. »Er hat mir erzählt«, schrieb Solomon in seinem Tagebuch, »er habe in Dawson in einem Saloon einen Job als Klavierspieler gefunden und gleichzeitig als Kassierer gearbeitet. Die betrunkenen Goldsucher bezahlten ihre Zeche und die Mädchen mit Goldstaub, und meist stand Ephraim an der Waage. Dabei alberte er mit den Männern herum und lenkte sie ab, während er sich mit den Fingern hin und wieder durch seine mit Vaseline pomadisierte Mähne fuhr. Abends, vor dem Zubettgehen, wusch er sich den Goldstaub aus dem Haar. Auf diese Weise brachte er es nach und nach zu einem kleinen Vermögen von fünfundzwanzigtausend Dollar, das er größtenteils bei einer Pokerpartie im Dominion Saloon verspielte.«

Im darauffolgenden Frühjahr kehrte Ephraim in die Prärie zurück und ließ sich mit einer gewissen Lena Greenstockings auf seinem Siedlungsland nieder. Ab und zu besuchte er Aaron und dessen Familie, wobei er seinen Sohn als jüdischen Hausierer verspottete, Fanny mit Sticheleien nervte und die Kinder aufzog. Seine Besuche, vermerkte Solomon in seinem Tagebuch, waren gefürchtet. Mr. Morrie hingegen schrieb: »Mein Großvater war eine schillernde Persönlichkeit, interessanter als die meisten Menschen, über die ich in *Reader's Digest* in meiner liebsten Artikelserie ›Ein Mensch, den man nicht vergißt‹, gelesen habe. Wie sehnlich wir darauf warteten, daß er sich am Sabbat zu uns an den Tisch setzte! Er hatte ein sehr hartes, entbehrungsreiches Leben geführt. In der Blüte seiner Jahre hatte der Arme seine geliebte Frau verloren und nie eine andere gefunden, die den Platz der Verstorbenen in seinem Herzen hätte einnehmen können. Er beherrschte Indianer- und Eskimodialekte und konnte Knochenbrüche besser verarzten als ein Doktor. Obwohl er ein hohes Alter erreichte, erlebte er bedauerlicherweise nicht mehr, daß seine Enkelkinder Erfolge verzeichnen konnten, die seine wildesten Träume überboten. Mit Sicherheit wäre er auf sie sehr stolz gewesen.«

Bei seinen Besuchen tadelte Ephraim seine Enkelkinder wegen ihrer Unwissenheit, wobei er Solomon mit besonders sarkastischen Bemerkungen bedachte, weil er ihm am ähnlichsten war. Solomon hatte das gleiche Haar, die gleichen Augen und die gleiche Nase.

Ephraim wartete und beobachtete, und sobald er die Zeit für gekommen hielt, paßte er Solomon ab, als der Junge eines Tages aus der Schule gestürmt kam, mitten hinein ins dichte Schneegestöber. Ephraim stand hinten auf seinem langen Schlitten und stank nach Rum. Seine Augen schienen zu glühen. Statt an den Gleisen der Canadian Railways rechts abzubiegen, fuhr er nach links, hinaus in die Prärie.

»Ich dachte, wir fahren nach Montana«, sagte Solomon.

»Nein, wir fahren nach Norden.«

»Wohin?«

»Weit weg.«

7 Es kam darauf an, mit wem man sich unterhielt. Manche behaupteten, es seien mit Sicherheit sechs, sieben, andere schätzten der Betrag auf mindestens zehn Millionen. Jedenfalls war das die Größenordnung, auf die man 1973 in der Gerüchteküche die Summe veranschlagte, die Harvey Schwartz bereits in die eigene Tasche abgezweigt hatte, von den Hunderten von Millionen, die Jewel, der Investmentfonds der Gurskys, unter seiner Leitung abgeworfen hatte. Auch bei den *Acorn Properties*, dem multinationalen Immobilien-Trust, dessen Marktwert damals auf gut eine Milliarde geschätzt wurde, hatte er kräftig abgesahnt. Ein Großteil von Harveys Vermögen war natürlich solide in Wertpapieren angelegt. Doch soviel Geld zu besitzen, spekulierten die Leute, lastete anscheinend so schwer auf ihm, daß er an den Fingernägeln kaute, an Schlaflosigkeit, Verdauungsstörungen und qualvollen Magenkrämpfen litt. Aber wie so oft täuschten sich die Klatschmäuler. Schon lange bevor Harvey seine Millionen angehäuft hatte, war er von der geheimen Angst gepeinigt worden, daß sie eines Tages kommen und ihn abholen würden. Man würde ihn irrtümlicherweise eines Verbrechens beschuldigen. Raubüberfall, Vergewaltigung, Mord – freie Auswahl. Irgendwann würden sie sich etwas einfallen lassen und ihn abholen. Alle Unschuldsbeteuerungen würden ihm nichts nützen, es sei denn, er hätte ein »bombensicheres Alibi«. Weil Harvey wußte, daß man ihn gerade dann verhaften konnte, wenn er am wenigsten darauf gefaßt war, arbeitete er beständig daran, als untadeliger Unschuldsengel dazustehen. Einmal, als er im Tamarack Country Club am Swimmingpool fast eingedöst wäre, wurde er schlagartig hellwach, weil sich alle anderen über den Mordfall Kleinfort unterhielten. »Wißt ihr«, sagte Harvey, nachdem er sich bei der kleinen Gruppe Gehör verschafft hatte, »ich wüßte nicht einmal, wie man mit einer Pistole umgeht.«

Harveys Obsession erreichte ihren Höhepunkt, als er den Hitchcock-Film *Der falsche Mann* sah, der auf einer wahren Begebenheit beruhte: Ein Kontrabassist aus dem Stork Club wird bei einer Gegenüberstellung irrtümlich als ein gesuchter Einbrecher identifiziert und erst in letzter Minute rehabilitiert, nämlich als der wahre Täter erneut zuschlägt und erwischt wird. Harvey sah sich den Streifen dreimal an und litt Qualen mit Henry Fonda.

Harvey wußte Bescheid, Harvey verstand. Und deshalb ergriff er natürlich Vorsichtsmaßnahmen.

Wenn er beispielsweise mit seiner Frau Becky (deren Zeugenaussage zu seinen Gunsten nicht anerkannt würde) ins Kino ging, bewahrte er nicht nur die mit dem Datum versehenen Karten in einem Ordner auf, sondern setzte außerdem alles daran, um aufzufallen. Beispielsweise schob er der Kartenverkäuferin einen Hundertdollarschein hin und entschuldigte sich, daß er gerade keinen kleineren Schein hatte, damit sie sich notfalls an ihn erinnerte. Im Saal grüßte er dann jeden Bekannten überschwenglich, mochte es sich auch nur um eine sehr flüchtige Bekanntschaft handeln.

»Ja, am Abend der fraglichen Vergewaltigung habe ich Mr. Schwartz mit Sicherheit in einem Kino am Westmount Square gesehen.«

Wenn Harvey in New York, Chicago oder sonstwo in einem Hotel abstieg, streifte er, sobald der Hoteljunge die Koffer abgestellt und die Suite verlassen hatte, Chirurgenhandschuhe über und inspizierte die Schränke, die Dusche (seit dem Film *Psycho*) und alle Schubladen, denn er wollte auf keinen Fall Fingerabdrücke hinterlassen, solange er nicht sicher war, daß ein vorheriger Gast keine belastenden Objekte wie blutverschmierte Messer oder verdächtige Pistolen versteckt hatte, um ihn dranzukriegen. Harvey bestand auch darauf, daß sein Chauffeur sich peinlich genau an die Straßenverkehrsordnung hielt, insbesondere an Geschwindigkeitsbegrenzungen, damit ihm keine notleidende Mutter in ihrer besinnungslosen Geldgier ein Baby vor die Räder werfen und eine Schadenersatzklage in Millionenhöhe gegen ihn anstrengen konnte. In der Zeit, als er noch Linienflüge buchen mußte, hatte er sich immer geweigert, neben einer alleinreisenden Dame Platz zu nehmen, denn sie konnte ja mit der Absicht auf ihn angesetzt sein, ihm einen Prozeß wegen unsittlicher Belästigung anzuhängen. Zum Glück konnte er seit einiger Zeit dank Mr. Bernards Großzügigkeit auf die Gursky-Jets zurückgreifen.

Tatsächlich war Mr. Bernard manchmal erstaunlich nett. Dann behandelte er Harvey wie seinen Lieblingsvasallen und dachte in seiner Gegenwart laut über allerlei Dinge nach. Wäre er Premierminister, sagte er eines Tages zu Harvey, würde er das Loch im Staatshaushalt in Null Komma nichts stopfen. Auch vertrat er entschieden die Auffassung, in der dritten Welt werde zuviel ohne Gummi herumgevögelt, und er würde dem einen Riegel vorschieben. Wenn die Israelis nur genug Grips hätten und sich an ihn wenden würden, würde er auch die Araber fertigmachen.

»Wissen Sie, Mr. Bernard, man sollte Ihre Tischgespräche eigentlich aufzeichnen.«

»Für die Nachwelt?«

»Ja.«

So kam es zu den Sitzungen, bei denen Mr. Bernard so manche dogmatische Äußerung von sich gab.

»Weißt du, was die bedeutendste Erfindung der westlichen Zivilisation ist?«

»Nein.«

»Die Zinsen.«

Mr. Bernard knabberte Cashewnüsse, trank schlückchenweise Masada Blanc und sinnierte laut vor sich hin.

»Abraham Lincoln – ich will nicht auf ihm herumhacken, schließlich hat er die Nigger befreit – kam in einer Blockhütte zur Welt, und da unten ist es schön warm, jedenfalls ist das Klima nicht schlecht. Aber Bernard Gursky wurde in der eisigen Tundra in einer Hütte aus Lehm und Grassoden geboren, weil sich mein armer Vater damals keine andere Behausung leisten konnte. Ephraim kümmerte sich einen Dreck um ihn, aber ich war Ephraims Liebling, verstehst du?, wenn's mir auch nicht viel gebracht hat. Ephraim hatte immer Geld fürs Glücksspiel und für Huren, jawoll, aber sein eigener Sohn? *Bopkes.* Weißt du eigentlich, ob dein Aufnahmegerät richtig funktioniert?«

Harvey spulte ein Stück zurück. Das Gerät funktionierte einwandfrei.

»Du glaubst wohl, daß es hier in Westmount manchmal richtig kalt ist? Na, dann will ich dir mal sagen, was richtige Kälte ist. Bei fünfzig Grad unter Null friert in der Küche das Wasser in den Eimern zu Eisblöcken, auch wenn im Herd die ganze Nacht über ein Mordsfeuer brennt. Im Frühling pinkelt einem der Regen auf den Kopf, auch wenn die Ritzen in dem Dach aus Grassoden noch so gut gestopft sind. Ja, so war das. Wir fingen das Regenwasser in Tonnen auf, als Trinkwasserreserve. Sonst, mein Junge, mußte man das Wasser Tag für Tag mit Zinkeimern aus dem Brunnen hochziehen. Im Winter schmolz meine Mutter – Gott hab sie selig – Schnee in Schüsseln. Um Brennmaterial zu haben, sammelten wir Büffelknochen. Büffel gab es schon längst nicht mehr, aber ihre Schädel lagen überall rum. Tja, und wie hat Bernard Gursky, der Begründer des Imperiums, sein erstes Geld verdient? Das interessiert das einfache Volk doch bestimmt. Also, ich habe mein erstes Geld mit dem Fangen von Taschenratten verdient.« Mr. Bernard schlug auf den Tisch und lachte, bis ihm die Tränen kamen. »Dich habe ich mir auch eingefangen, was, du kleine Ratte?«

Harveys sommersprossige Backen liefen puterrot an.

»He, ich hab dich doch nur ein bißchen auf den Arm genommen. Es war ein Witz. Nicht gleich sauer sein, ja?«

»Nein.«

An einem anderen Tag:

»Jede Familie hat ihr Kreuz zu tragen und eine Leiche im Keller. So ist das Leben. Eleanor Roosevelt war mal bei uns zu Besuch. Konnte sich ihr Vater nicht leisten, sie zum Zahnarzt zu schicken? Ihre Zähne, oj weh. Verwandte von ihr hatten in China im Opiumgeschäft mitgemischt, aber so was konnte man nicht in *The Ladies Home Journal* nachlesen oder wie immer das Blatt hieß, in dem sie ihre Erinnerungen veröffentlicht hat. Joe Kennedy war ein Hurenbock erster Güte und hat Gloria Swanson angeschmiert, aber darüber hat *Camelot* nie ein Wort verloren. Und dann erst König Georg der Fünfte! Der fand, ich hätte nicht mal den Orden eines Officer of the British Empire verdient. Einer seiner Söhne war ein hoffnungsloser Trinker, der andere ein drogensüchtiger Schwuler, und der dritte, der Herzog von Windsor, diese dumme Nuß, schmiß wegen einem Flittchen alles hin. Wenn du das Herzogspaar von Windsor zu einem Wohltätigkeitsball haben willst, mietest du sie dir einfach, wie einen Smoking im Kostümverleih Tiptop. Und so was nennt man königliche Hoheiten. Das Kreuz, das ich zu tragen hatte, hieß Solomon, und ich habe weiß Gott mein Bestes getan, das kann ich beweisen. Er war das, was man einen bösen Finger nennt. Glaubst du etwa, es macht mir keinen Kummer? Es macht mir eine Menge Kummer, daß mein Bruder so gestorben ist und den Namen der Familie bis zum heutigen Tag besudelt hat. ›He, das war doch dieser Solomon Gursky, der Willy McGraw am Bahnhof umlegen ließ, oder? Seine Brüder waren früher Schnapsschmuggler. Oje, oje! Du liebes bißchen! Die können wir nicht zum Tee und zu Sandwiches aus Lepage's Kleister einladen.‹

Habe ich dir eigentlich schon mal erzählt, was passiert ist, bevor ich unser erstes Bahnhofshotel gekauft habe? Wenn jemand behauptet, das hätte Solomon eingefädelt, dann brauchst du nur im Kaufvertrag nachzusehen, welcher Name drinsteht, kapiert? Alles, was wir damals besaßen, war der Krämerladen meines Vaters und rund viertausend Dollar in der *puschke*. Halt, ich korrigiere mich: Wir hatten viertausend Dollar, bis Solomon das Geld klaute, um damit in die größte Pokerpartie der Stadt einzusteigen. Er wollte das mühsam zusammengesparte Geld seiner Familie am Spieltisch riskieren. Alles. Und egal, wie die Partie ausgehen würde, der Scheißkerl wollte auf jeden Fall abhauen. Leb wohl, Familie, lebt wohl, Ersparnisse. Meine armen Eltern – und Morrie natürlich auch – saßen in der Küche und heulten: schluchz, schluchz, schluchz. Niemand hatte eine Ahnung, wo die Pokerpartie stattfand, aber ich wußte, zu welchen Nutten Solomon immer ging. Zu der alten Indianerin im Reservat und zu der Polackin mit den dicken Titten im Hotel. Ich bat sie, meinem lieben Bruder etwas auszurichten: ›Sagt ihm, und wenn er bis nach Timbuktu rennt, ich finde ihn trotzdem und sorge dafür, daß die Bullen ihn einlochen und er im Gefängnis verrottet.‹ Das wurde ihm tatsächlich ausgerichtet, und er kam zurück nach Hause, aber er schämte sich so, daß er uns nicht unter die Augen trat. Am nächsten Tag haute er ab und ging zur Armee. Während er dann auf Staatskosten Europa kennenlernte und es sogar bis zum Offizier bei der Air Force brachte, nachdem er einen gefälschten Universitätsabschluß vorgelegt hatte, baute ich hier eine Hotelkette auf. Ich arbeitete achtzehn Stunden am Tag und ließ ein Drittel von allem auf seinen Namen eintragen, weil Bernard Gursky nun mal so ist. Blut ist dicker als Wasser. Dann kam er zurück, und meinst du, er hätte gesagt: ›Bernard, so einen großen Anteil habe ich nicht verdient‹? Meinst du, er hätte eine Bemerkung darüber gemacht, wie tüchtig ich gewesen war? Vergiß es.

Weißt du, damals, in dieser schlimmen Zeit, war eins von den Problemen, mit denen wir fertig werden mußten, die ständigen Überfälle. Es gab eine Menge Gangster, Leute, die uns alles abnehmen wollten. Eines Tages schickte Solomon ausgerechnet Morrie mit einem Konvoi los, weil er selbst zuviel Angst hatte. Morrie saß im letzten Wagen, und der zog, wie du vielleicht weißt, immer eine fünfzig Fuß lange Kette hinterher, die eine höllische Staubwolke aufwirbelte, für den Fall, daß Verfolger auftauchten. Die Männer in diesem Auto hatten auch einen Suchscheinwerfer dabei, mit dem sie Verfolger durch das Rückfenster blenden konnten, und sie hatten Maschinenpistolen, aber nur zur Selbstverteidigung. Schon vor der Grenze von Montana ging das Geballer los, und Morrie machte sich in die Hose. Das ist keine Schande. Du brauchst nur nachzulesen, was alles im Weltkrieg passiert ist. Mich wollten sie nicht dabeihaben, wegen meinen Plattfüßen. Es brach mir fast das Herz, weil ich nämlich dieses Land und die Menschen hier liebe. Egal, ich habe jedenfalls gelesen, daß es vielen Männern so ergangen ist, als sie beim Sturmangriff auf die Anhöhe von Vimy aus den Schützengräbern raus mußten. Manch einer ist mit dem Victoriakreuz heimgekehrt, und nicht mit einem Tripper wie Solomon, der große Held. Mensch, hat der mir was über Vimy vorgefaselt. Von wegen Schlamm, Läuse und Ratten in den Schützengräben. Wenn du mich fragst, der hat den Grabenkrieg in einem Bordell auf dem Montmartre geführt, und dann hat er sich zur Air Force versetzen lassen.

Wo war ich stehengeblieben? Ach ja, Solomon fing also an, Morrie zu hänseln, weil er sich in die Hose gemacht hatte. Junge, Junge, hab ich's ihm da gezeigt. Ich hab ihn im nächsten Konvoi mitfahren lassen, und er war vor Angst weiß wie ein

Blatt Papier. Geschwitzt hat er, und als der Laster eine Fehlzündung hatte, schmiß er sich auf den Boden. Die anderen kriegten sich nicht mehr ein, sie lachten ihn aus, den Helden von Vimy. Danach hat er Morrie in Ruhe gelassen, das kannst du mir glauben.«

An einem anderen Tag:

»Jede Generation bringt eine Handvoll großer Männer hervor, egal, ob sie in Blockhäusern oder Lehmhütten aufwachsen, Männer, die nach den Sternen greifen und die unmöglichsten Träume verwirklichen. Einstein, Louis B. Mayer, Henry Ford, Thomas Alva Edison, Irving Berlin. Sie waren alle in einem anderen Bereich tätig, aber etwas hatten sie gemeinsam: Sie haben nie lockergelassen. Und wie hat es bei Bernard Gursky angefangen? Ich werd's dir erzählen. Wir lebten seit einiger Zeit in der Stadt, und stell dir vor, da gab es sogar Gehsteige aus Holzbohlen. Mein Vater handelte unter anderem auch mit Pferden, mit wilden Mustangs. Er hatte mit einem Mann vereinbart, daß er ihm an die vierzig Stück pro Woche abnahm, und ich half beim Zureiten der Mustangs in einem Korral hinter dem alten Queen Victoria Hotel. Nach jeder Versteigerung lud er den Käufer in die Hotelbar ein, um den Handel mit einem Drink zu begießen. Ich saß unterdessen auf dem Gatterzaun und sah durchs Fenster zu. Ich sah zu und machte mir meine Gedanken, wie das schon immer meine Art war. ›Pa‹, sagte ich eines Tages, ›die Bar macht mehr Gewinn als wir. Wieso kaufen wir nicht das Hotel?‹ So hat alles angefangen. Ich habe die Gurskys über den Rubikon ins Schnapsgeschäft geführt. Stimmt der Name von dem Fluß?«

»Ja.«

»Über Bernard Gursky werden inzwischen so viele Lügengeschichten erzählt, daß man jemanden anheuern sollte, der sich die Wahrheit anhört und meine Biographie schreibt.«

»Genau das habe ich mir auch schon gedacht, Mr. Bernard.«

»Ich will für den Job keinen Kanadier. Ich will den Besten, egal, was er kostet.«

»Ich könnte Becky bitten, eine Liste von geeigneten Leuten zusammenzustellen.«

»Was ist mit Churchill? Wer hat sein Zeug aufgeschrieben?«

»Er selbst, Mr. Bernard.«

»Ach ja?« Mr. Bernard trommelte mit seinen Wurstfingern auf die Schreibtischplatte. »Vielleicht hat er das wirklich, vielleicht auch nicht. Und dieser Hemingway? Wieviel würde der wohl verlangen?«

»Der ist tot.«

»Natürlich ist er tot. Du glaubst wohl, ich weiß das nicht, wie? Du gehst mir auf die Nerven, Harvey. Hast du nichts anderes zu tun?«

Doch, doch, Harvey hatte allerdings etwas anderes zu tun, doch dann rief Becky an, die vormittags von einem zweitägigen Abstecher nach New York zurückgekommen war, und sagte: »Ich will dich sehen, und zwar sofort.«

Als Harvey eine knappe Stunde später zu Hause eintraf, saß Becky hinter ihrem *bureau-plat* im Louis-XIV.-Stil. Der Inhalt einer mit Asbest ausgekleideten Schachtel aus Harveys Wandsafe lag vor ihr ausgebreitet. »Ich möchte wissen, warum dein kostbares Dasein als Mr. Bernards Schoßhund bei verschiedenen Gesellschaften mit drei Millionen versichert ist, während mein Leben, also das einer Autorin, die mehrere Publikationen vorzuweisen hat, auf kümmerliche einhunderttausend Dollar veranschlagt wird?«

»Glaub mir, ich hatte mir schon eine Notiz gemacht, daß ich mich dieses Wochenende darum kümmern muß.«

»Zeig sie mir.«

»Ich meine natürlich eine Gedächtnisnotiz.«

Becky warf ihm die Policen und sonstigen Urkunden an den Kopf, verließ fluchtartig das Zimmer und rannte die Treppe hinauf, in ihr Schlafzimmer. Harvey lief ihr hinterher, stolperte jedoch in der Diele über einen Stapel Schachteln und Kartons von Gucci, Saks, Bendel's und Bergdorf Goodman. Er zog sich in den Salon zurück und ließ sich aufs Sofa sinken. Tatsache war, daß an dem Tag, als er sich wie jedes Jahr ihre Lebensversicherungen vorgenommen hatte, diesmal mit der Absicht, Beckys Policen kräftig aufzustocken, alle Zeitungen Meldungen über einen Mord in Toronto gebracht hatten, was ihm einen Strich durch die Rechnung machte. Ein bislang unbescholtener Immobilienmakler war angeklagt, nach zwanzigjähriger Ehe seine Frau ermordet zu haben. Der Mann behauptete jedoch, er hätte nachts auf der Fahrt nach Stratford auf einem Rastplatz an der Fernstraße Nr. 401 angehalten, um eine Reifenpanne zu beheben. Während er an einem Hinterrad herumhantierte, sei hinter ihnen ein anderes Auto zum Stehen gekommen, zwei Junkies seien ausgestiegen und hätten ihn bewußtlos geschlagen und seine Frau erschossen, die törichterweise Widerstand geleistet habe. Dann seien sie mit seiner Brieftasche, ihrer Handtasche und dem gesamten Gepäck abgehauen. Dieser Version widersprach ein einziges Indiz. Erst vor einem Monat hatte der Angeklagte für seine Ehefrau eine Lebensversicherung in Höhe von einer flotten Million abgeschlossen. Harvey schreckte verständlicherweise davor zurück, dasselbe für Becky zu tun. Was, wenn sie eine Woche später beim Überqueren einer Straße überfahren würde oder bei einem Flugzeugabsturz ums Leben käme? Dann wäre er der Hauptverdächtige! Man würde ihn vor laufenden TV-Kameras in Handschellen aus seinem eigenen Haus führen und mit lechzenden Schwulen in eine Zelle sperren, wo sie ihn vergewaltigen würden, wie der schmierige Türke in dem Film *Lawrence von Arabien* den Titelhelden vergewaltigt hatte.

Mit wild pochendem Herzen stieg Harvey die Treppe hoch, um sich ein Aspirin zu holen, und siehe da, Becky stand in der Schlafzimmertür und lächelte zuckersüß. »Na, wie findest du das, Schätzchen?«

Was? dachte er. Hilf mir auf die Sprünge.

Sie machte eine Pirouette, die Hände im Nacken – und da sah er es, das mit Diamanten bestückte Halsband.

»Von Van Cleef & Arpels«, sagte sie und deutete auf ein Päckchen mit goldener Schleife, das auf dem Bett lag. »Ich hab dir auch was mitgebracht.«

Harvey riß die Verpackung auf.

»Ich weiß, du könntest ein ganzes Dutzend gebrauchen, aber mehr konnte ich einfach nicht schleppen.«

Er hielt die Socken hoch und meinte: »Genau die richtige Größe.«

8 Tim Callaghan hatte gehofft, es würde Bert Smith zu Mr. Bernards Beerdigung ziehen, denn dann fände die Jagd auf ihn nach fünfundzwanzig Jahren ein Ende. Smith mußte inzwischen fünfundsechzig Jahre alt sein, überlegte Callaghan, vielleicht sogar älter. Diese selbstgerechte Ratte. Vor seinem inneren Auge sah Callaghan Smith in der winzigen Küche einer Kellerwohnung, in der es nach Moder und Katzenpisse und puritanischer Tugendhaftigkeit roch. Bestimmt hinge ein eselsohriger Kalender mit einem Photo von Königin Elizabeth II. zu Pferde an der Wand. Der Linoleumfußboden wäre rissig, das Email von der Teekanne abgesplittert. Smith nähme mittags an einem Tisch mit Resopalplatte Mahlzeiten wie Makkaroni oder Bohnen in Tomatensoße auf Toast zu sich, aber tatsächlich nährte er sich von der roten Glut seines Hasses. Ja, dachte Callaghan, falls er noch am Leben ist, kommt er zur Beerdigung, selbst wenn man ihn auf einer Bahre hintragen müßte.

Callaghan, um die Jahrhundertwende geboren, hatte Schußverletzungen, zwei Herzattacken und eine Prostataoperation überlebt, aber am meisten machte ihm der Verlust seiner Zähne zu schaffen, den er als eine schwer zu ertragende Kränkung empfand. Er war ein hochgewachsener Mann mit blaßblauen Augen, dünn wie eine abgegriffene Münze; von seinem einst blonden Haar war nur ein wintrig-weißer, struppiger Kranz übrig; er ließ die Schultern hängen, und seine leberfleckigen Hände mit den ramponierten Knöcheln zitterten häufig. Immerhin war er noch nicht inkontinent, und er ging auch nicht mit schlurfenden Schritten wie andere, deren Zeit eigentlich längst abgelaufen war. Sobald er Smith gefunden und alles geregelt hätte, könnte er endlich in Ruhe sterben, und diese Aussicht erfüllte ihn mit einem Gefühl der Erleichterung. Sein restliches Geld würde er der Old Brewery Mission, seine Erinnerungsstücke Moses Berger vermachen.

»Mein Gott!« war es Moses entfahren, als er in Callaghans Wohnung zum erstenmal die Photos gesehen hatte.

Über dem Kaminsims hing ein verblichener Schnappschuß des jungen Solomon, wie er neben George Bernard Shaw einen Feldweg entlangspazierte, daneben ein anderes, ziemlich unscharfes Bild, auf dem Solomon mit H.L. Mencken auf einer Veranda saß.

Das war im Jahr neunzehnhundertfünfundsechzig gewesen, und Callaghan hatte Moses auch eins seiner liebsten Souvenirs aus dieser Zeit gezeigt, als er sich so quicklebendig wie nie zuvor und wie nie danach gefühlt hatte. Es war ein Exemplar der Heiligen Schrift in der »bereinigten« Version des unvergleichlichen Dr. Charles Foster Kent, Professor für Biblische Geschichte in Yale. Dieser Temperanzler hatte zum Beispiel »... und gab allem Volk, der ganzen Menge Israels, Männern und Frauen, einem jeden einen Brotkuchen, ein Stück Fleisch und einen Rosinenkuchen...« zu »... und er verteilte an die versammelte Menge einen Laib Brot, ein Stück Fleisch und einen Rosinenkuchen...« verkürzt.

Damals war Callaghan selten vor vier Uhr früh oder überhaupt nicht zu Bett gegangen, sondern hatte an Solomons Tisch gesessen und ihm fasziniert zugehört, wie dieser sich über die von Trotzki geschaffene Rote Armee, Edward Gordon Craigs Theorie über den Schauspieler als Marionette oder die Kunst, einen Mustang zuzureiten, ausgelassen hatte. Meist schmückte er sich bei Tisch mit jungen, ihn anhimmelnden Frauen aus besseren Kreisen: eine de Brisson, eine McCarthy, eine der Newton-Töchter. Nie wußte man, was als nächstes passieren würde, was der rastlose Solomon vorhatte. Nach Vorstellungen im His Majesty's Theatre wurden für jedes x-beliebige Theaterensemble auf Tournee ein mitternächtliches Dinner gegeben, bei denen Solomon drittklassige Darsteller mit Kaviar und Champagner verwöhnte, die nicht mehr ganz taufrische Julia auf den Schoß nahm, mit dem tuntigen Macbeth flirtete und schließlich die ganze Truppe mit einer Parodie auf John Barrymore in der Rolle des Hamlet verblüffte. Oder er platzte mitten in eine eigentlich geheime Zusammenkunft der Kommunistischen Partei in der Wohnung eines Professors hinein und spielte mit dem Wortführer wie ein Kätzchen mit einem Wollknäuel, um schließlich seine dialektische Überlegenheit einzusetzen und dem anderen einen Satz aus Karl Marx' *Thesen über Feuerbach* um die Ohren zu schlagen: »Die Philosophen haben die Welt nur verschieden *interpretiert*. Es kommt jedoch darauf an, sie zu *verändern.*« Oder Solomon gewann ein halsbrecherisches Autorennen zu Albert Crawleys Hotel in den Townships, wo er dann in der Dixieland-Band den Klavierpart übernahm und sich im Staunen der anderen über sein Können sonnte. Oder er verschwand plötzlich, um sich an der Schleife des Cherry River, an der Ephraim einst dem Wild und, wenn man es genau bedachte, auch Menschen Fallen gestellt hatte, seinen Grübeleien hinzugeben. Die aufgelassenen Stollen der New Camelot Mining & Smelting Company waren noch da, am verrottenden Gebälk hingen Fledermäuse. Oder Solomon versetzte einen Schwarm wohlerzogener Mädchen in Aufregung, verführte eine von ihnen, verleitete sie zu den unerhörtesten Sexualpraktiken und schickte sie dann, nachdem er seine Rachegelüste gestillt hatte und sich trotzdem, wie er sich Callaghan gegenüber beklagte, unbefriedigt fühlte, zurück in ihre Prachtvilla in Hanglage.

»Gerald Murphy hat sich geirrt«, sagte er einmal. »Zweimal, vielleicht sogar dreimal zu leben ist die beste Rache.«

Callaghan, der aus Griffintown bei Montreal stammte, hatte eine Zeitlang für einen Club geboxt und es vor allem im Westen des Landes zu einer gewissen Beliebtheit gebracht, was wohl eher an seinem Mumm als an seinem Talent lag. Nachdem Solomon in Regina seine Niederlage in einem Semifinale miterlebt hatte, lud er ihn zum Essen ein, fütterte ihn mit Steaks, steckte ihm ein Bündel Banknoten zu und überredete ihn, einen mit Schnaps beladenen Hudson Super-Six bis dicht an die Grenze von North Dakota zu fahren, wo er von wartenden Amerikanern empfangen und abgelöst würde. Callaghan erwies sich als so tüchtig, daß Solomon ihn zum Chef der Detroit-River-Route machte und ihn mit »kanadischen Vordrucken« ausstattete, wie Eliot Ness die gefälschten Zollbescheinigungen vom Typ B-13 nannte, die den Schnaps an Bord als Exportware nach Havanna deklarierten. Da Callaghan eine Menge über Mr. Bernard wußte, kam er nach Solomons Tod bei McTavish unter und bekleidete jahrelang den Posten eines mit keinerlei Kompetenzen ausgestatteten Vizepräsidenten der Loch Edmond's Mist Distillery.

Im Jahr 1947 erlag Callaghans Frau einem Krebsleiden.

Dank einer Nachtschwester, Kathleen O'Brien und kistenweise Loch Edmond's Mist Whisky hielt er die letzten Monate zu Hause an ihrer Seite durch und ließ zu, daß der beflissene Pater Moran in dieser Zeit bei ihnen ein und aus ging. Kathleen O'Brien las seiner Frau jeden Nachmittag etwas vor. Belloc, Chesterton. Danach setzte sie sich zu Callaghan und lobte ihn, weil er ein so aufopfernder Ehemann war.

»Ehrlich gesagt, wünsche ich mir, daß sie endlich stirbt und mich in Frieden läßt«, sagte er.

»Psst.«

»Und außerdem habe ich was mit der Krankenschwester.«

»Davon weiß sie nichts.«

»Aber ich weiß es.«

Frances, Frances. Jedesmal, wenn er auf das Bett hinabblickte und sie dort liegen sah, die einst lockere schwarze Haarpracht zu räudigen trockenen Büscheln verkümmert, die Augen tief in den Höhlen, verzehrte er sich vor wütender Verbitterung. Er wollte seine strahlende Frances wiederhaben, die junge Frau, die er zum erstenmal an einem herrlichen Frühlingsmorgen beim Verlassen der Kathedrale Mariä der Weltenkönigin erblickt hatte. Frances war überhaupt nicht bewußt, daß ihr alle Männer nachsahen, keiner hatte gepfiffen oder eine anzügliche Bemerkung gemacht. Als er sie heiraten wollte, meinte sie, er müsse mit ihrem Vater reden. Als er diesem, einem verdrießlichen Klempner mit verräterischer roter Nase, erzählte, er sei im »Transportwesen« tätig, errötete sie, denn sie begriff sofort, und von da an betete sie für ihn. Dann, vor dem Prozeß, kamen die wochenlangen Verhöre durch die Royal Canadian Mounted Police, bei denen sie sich als außerordentlich hartgesotten erwies. »Womit verdient Ihr Mann sein Geld?« fragte einer der Beamten mit hämischem Grinsen.

»Mr. Callaghan sorgt für uns beide. Nehmen Sie Milch und Zucker?«

Eine Woche vor ihrem Tod tauchte sie noch einmal aus dem Morphiumnebel auf und sagte: »Du hättest vor Gericht nicht lügen sollen.«

»Aber wir hatten Solomon alles zu verdanken.«

»Du hast gelogen, um deine eigene Haut zu retten.«

»Wieso fängst du nach all den Jahren wieder davon an?«

»Du mußt Bert Smith finden. Du mußt die Sache wiedergutmachen. Versprich es mir.«

»Ich verspreche es.«

Sie starb in seinen Armen, und eine Zeitlang führte Callaghan das Leben eines Säufers, dem man aus dem Weg ging, denn es kam vor, daß er nachts um zwei in Kneipen wie der Normandy Roof Bar, Carol's oder Rockhead's Schlägereien vom Zaun brach. Dann, als er an einem Spätnachmittag aus Aldo's hinaustorkelte und in die Ste. Catherine Street einbog, sah er ihn. Er sah Bert Smith. Sein teigiges, verkniffenes Gesicht hinter dem Fenster einer Straßenbahn der Linie 43 starrte ihn aus ausdruckslosen Augen an. Callaghan, dem sich die Nackenhaare sträubten, rannte hinter der Straßenbahn her und holte sie nach einer Abkürzung an der Peel Street ein – eine Haltestelle zu spät. Bert Smith saß nicht mehr drin.

Im Telephonbuch fand Callaghan 153 Smiths aufgelistet, aber keinen einzigen mit dem Vornamen Bert. Wahrscheinlich lebt er noch in Regina, überlegte er, und ist nur zu einer Hochzeit oder einer Versammlung der Royal Orange Lodge in Montreal gewesen. So oder so ähnlich wird es wohl sein. Callaghan besorgte sich das Telephonbuch von Regina und, einer Eingebung folgend, auch das von Winnipeg, doch es gelang ihm nicht, Verwandte von Bert Smith ausfindig zu machen. Da versuchte er es mit einem Trick: Er beauftragte seinen Anwalt, in Toronto, Montreal und im Westen des Landes Zeitungsannoncen aufzugeben, die einem in Regina wohnhaften ehemaligen Zollbeamten namens Bert Smith eine bislang nicht angetretene Erbschaft in Höhe von fünfzigtausend Pfund in Aussicht stellten. Keine der zahlreichen, teils recht dreisten Personen, die sich meldeten und von denen einige sogar mit gerichtlichen Schritten drohten, erwies sich jedoch als der Gesuchte. So kam Callaghan, der sich daran erinnerte, daß er zu dem fraglichen Zeitpunkt betrunken gewesen war, zu dem Schluß, daß der Mann in der Straßenbahn nicht Bert Smith gewesen sein konnte. Vermutlich hatte er Gespenster gesehen. Das redete er sich ein. Aber er glaubte es nicht. Er wußte, daß es Bert Smith gewesen war.

Tim Callaghan ging 1965 mit einer zwangsläufig reichlich bemessenen Pension in den Ruhestand und bezog eine Wohnung in der Drummond Street. Da er ein Gewohnheitstier war, wachte er jeden Morgen, egal, wie spät er abends zu Bett gegangen war, um sechs Uhr dreißig auf, rasierte sich, duschte, aß Rührei mit Speck und durchforstete die *Gazette*. Dann verließ er das Haus und hielt in den Straßen von Lower Westmount, Notre Dame de Grace und Verdun nach Bert Smith Ausschau, wobei er manchmal zu Fuß den weiten Weg bis Griffintown zurücklegte, in einem Bogen zum Hunter's Horn zurückkehrte oder in Toe Blake's Tavern einkehrte, um mit den Beamten der Polizeiwache Nr. 10 zu plaudern, in der auch sein Neffe Bill Dienst tat.

Nach einem einsamen Mittagessen in seiner Wohnung zog Callaghan erneut los, getrieben von der vergeblichen Hoffnung, zufällig Bert Smith über den Weg zu laufen, oder um sich zumindest so zu ermüden, daß er nachts gut schlafen konnte.

Je öfter Callaghan durch die Straßen der Altstadt streifte, desto mehr sehnte er sich nach der glitzernden Stadt von früher zurück, nach den feinen Restaurants, den Buchhandlungen und den Bars, die längst von Schnellimbissen (Mike's Submarines, McDonald's, Harvey's), Läden mit Billigklamotten, Spielhallen, Striptease-Kneipen, wo reizlose Mädchen nackt auf den Tischen herumtanzten, Schwulenclubs, Massagesalons und Sexshops verdrängt worden waren. Es gab keine kleinen Kabuffs mehr, in denen sie einem die Schuhe putzten, den Hut in Fasson brachten und man vielleicht sogar ein bißchen Geld auf einen Gaul setzen konnte, der in Belmont lief. Der letzte anständige Friseur hatte bereits vor Jahren das Handtuch geworfen. Verschwunden, für immer verschwunden waren auch Slitkin's and Slotkin's, Carol's, das Café Martin und Lokale wie The Eiffel Tower, Dinty Moore's und Aux Délices. Während er durch eine Straße nach der anderen streifte, fragte sich Callaghan manchmal, ob er der letzte Mensch in der Stadt sei, der noch Oscar Peterson in der Alberta Lounge hatte spielen hören oder sich nach einer durchzechten Nacht im Rockhead's Paradise den obligatorischen letzten Drink genehmigt hatte. Bestimmt war er der letzte Bewohner Montreals, der im Atwater-Park-Stadion, das einem schäbigen Shopping-Center gewichen war, Babe Ruth als Pitcher der Baltimore Orioles erlebt hatte.

Wenn Moses sich in der Stadt aufhielt, traf sich Callaghan mit ihm meist im Magnan's oder Ma Heller's zum Mittagessen, und dann zogen sie bis in die Nacht durch die Kneipen. Vor Jahren hatte Moses ihm einmal aufgeregt erzählt: »Ich war letzte Woche in Winnipeg und habe bei der *Tribune* vorbeigeschaut und den Archivar gebeten, mich einen Blick in die Gursky-Akte werfen zu lassen. Aber alle Zeitungsartikel über den Mord an Willy McGraw, Mr. Bernards Verhaftung und den Prozeß waren verschwunden. Daraufhin habe ich mich mit anderen Zeitungen in Verbindung gesetzt und herausgefunden, daß der alte Scheißkerl anscheinend einen von seinen Lakaien mit dem Auftrag losgeschickt hatte, sämtliche Zeitungsarchive von West-Kanada zu säubern.«

»Moses«, hatte Callaghan gesagt, »niemand hat deinen Vater gezwungen. Er hat es freiwillig getan. Er hätte Mr. Bernard diese Reden nicht schreiben müssen.«

Moses war damals noch sehr jung, aber schon ein ziemlich schwerer Trinker gewesen, der damit jedoch ganz gut zurechtkam. Callaghan fand ihn interessant, aber er war sich nicht sicher, ob er ihn mochte. Moses war ihm zu fix, fällte allzu rasch ein Urteil und spielte sich ein bißchen zu sehr auf. Falls dahinter, wie Callaghan mutmaßte, Unsicherheit steckte, so war sein Verhalten deshalb nicht weniger unangenehm und ermüdend. Callaghan fühlte sich auch davon abgestoßen, daß Moses albernerweise partout als perfekter britischer Gentleman auftreten wollte. Der Anzug aus der Savile Row; die Krawatte des Balliol College; der sorgsam gefaltete Regenschirm. Callaghan wußte nicht, daß Moses bereits das Urteil gefällt hatte, er sei häßlich und für Frauen unattraktiv, und sich in seiner Haut wohler fühlte, wenn er herausfordernd wie ein Pfau herumstolzierte. Als mildernden Umstand rechnete Callaghan dem jungen, leicht aufbrausenden Moses die Tatsache an, daß er noch nicht begriffen hatte, wie unvollkommen die Welt war, sondern vielmehr erwartete, daß sich die Gerechtigkeit letzten Endes durchsetzen würde.

Callaghan versuchte Moses davon abzubringen, seine Nase in Solomons Lebensgeschichte zu stecken, und hätte er geahnt, daß Moses sich in den kommenden Jahren durch seine Nachforschungen so gut wie ruinieren würde, hätte er ihn am Schopf gepackt und ihn rechtzeitig aus dem Gursky-Morast herausgezogen. »Ich verstehe verdammt gut, warum du dich so in Solomon vergafft hast«, hatte Callaghan einmal zu Moses gesagt, »aber du blickst überhaupt nicht durch. Mr. Bernard ist vulgär, aber er ist aus einem Guß, während Solomon –«

»– alle Hoffnungen enttäuscht hat?«

»Genau.«

9 »Egal, ob die Zeiten für solche Investitionen günstig sind oder nicht – ich *will* sie auf jeden Fall haben.« Also erwarb Harvey Schwartz 1973, als viele seiner Bekannten, von den Unruhen in der franko-kanadischen Bevölkerung verschreckt, eher auf flüssiges Kapital aus waren, in der Belvedere Road im Stadtteil Westmount eine imposante, aus Kalkstein gebaute Villa. Westmount, das sich über der Innenstadt von Montreal an den Berghang schmiegt, war von jeher eine Enklave weißer angelsächsischer Protestanten gewesen, die vornehmste in ganz Kanada. Viele der in den Fels hineingehauenen Prachtvillen waren einst für neureiche Getreide-, Eisenbahn- und Brauereibonzen oder für Schiff- und Bergbaumagnaten gebaut worden, die zumeist aus Schottland stammten. Diese auftrumpfenden Söhne einer Kolonialmacht, Nachkommen von Kleinbauern, Schiffsausrüstern oder Kommissionären der Hudson Bay Company, überboten sich gegenseitig, um die stattlichsten Herrenhäuser des heimatlichen Edinburgh in den Schatten zu stellen, und ließen die fast schon vergessenen Wappen ihres Clans in Steinplatten meißeln.

Harvey erwarb die Villa mit herrlichem Blick auf die Stadt und den Fluß von einem hochgewachsenen, aber vom Alter gebeugten Börsenmakler, der darauf bestand, dem Ehepaar Schwartz das Haus höchstpersönlich zu zeigen. Während des

Rundgangs lächelte er die ganze Zeit bissig. Er führte sie zuerst ins Obergeschoß, vorbei an einer Bücherwand mit Harvard-Klassikern und einer Dickens-Gesamtausgabe, vor der Becky stehenblieb, um die Ledereinbände zu bewundern. »Von mir sind Artikel in der *Jewish Review* erschienen«, sagte sie, »und in *Canadian Author and Bookman*. Ich bin Mitglied des PEN-Clubs.«

»Dann hat Mr. Schwartz allen Grund, stolz auf Sie zu sein.«

»Da haben Sie recht«, sagte Harvey.

Der Makler geleitete sie ins Schlafzimmer der Hausherren, öffnete einen Schrank und sagte: »Dies hier, Mr. Schwartz, müßte Sie eigentlich interessieren. Ein eingebauter Safe. Natürlich werden Sie die Kombination ändern wollen.«

»Ohne Sie wären wir nie auf diese Idee gekommen«, sagte Becky.

Im Erdgeschoß trafen sie auf die Frau des Maklers, die elegante Mrs. McClure, die herzlich, aber verhalten lächelte. Sie war um die Siebzig, schätzte Harvey, und immer noch eine Schönheit. Das aschfarbene Haar mit den strohblonden Strähnen trug sie kurz geschnitten. Sie wirkte zerbrechlich und stützte sich auf einen Spazierstock. Harvey hatte sofort ihr verkrüppeltes Bein bemerkt. Es war dünn wie sein Handgelenk – nein, dünner – und steckte in einer sperrigen Prothese. Sie bot ihnen Sherry an, den sie auf einem Tisch aus Kirschholz neben einer Vase mit Bartnelken bereitgestellt hatte. Mit einer Handbewegung wies sie auf Käse und Kräcker und entschuldigte sich, ihnen nicht mehr anbieten zu können, aber das Hausmädchen und der Chauffeur seien schon nach St.-Andrews-on-the-Sea vorausgefahren. Dann erzählte sie, Westmount sei einst ein Indianerfriedhof gewesen. Auf dem Gelände des jetzigen St. George Snowshoe Club habe man 1898 erstmals Skelette gefunden. »Diese Straße«, sagte sie, »ist erst 1912 gebaut worden. Als ich ein kleines Mädchen war, konnte ich von hier aus mit dem Schlitten durch den Murray Hill Park bis zur Sherbrooke Street rodeln.«

Über dem Kaminsims ging ein Porträt von McClure. Er trug einen Kilt und die Uniform des Black-Watch-Regiments. Darunter stand eine gerahmte und mit einer Widmung versehene

Photographie von Mackenzie King. Das größte Gemälde im Raum war ein Porträt von Mrs. McClures Großvater, dem finster dreinblickenden Sir Russell Morgan.

»Ich habe gehört, daß Sie für die Gurskys tätig sind«, sagte Mr. McClure.

»Mein Mann leitet Jewel Investments«, sagte Becky, »und er sitzt bei McTavish im Vorstand. Er hat die Centennial-Medaille bekommen und eine –«

»Kennen Sie Mr. Bernard?« fragte Harvey.

»Nein, diese Ehre ist mir bislang nicht zuteil geworden.«

»Ein großartiger Mensch.«

»Meine Frau kannte früher seinen Bruder, der tragischerweise so jung gestorben ist. Er hieß Solomon, falls mein Gedächtnis mich nicht im Stich läßt.«

Mit drei Schritten hinkte Mrs. McClure zu einem Sessel, wobei sie ihr dünnes, mißgestaltetes Bein nicht nur geschickt entlastete, sondern sich sogar mit erstaunlicher Anmut bewegte. Sie nahm Platz, tastete nach dem Kniegelenk der stählernen Prothese und ließ es klickend einrasten. »Ich hoffe doch«, sagte sie zu Becky, »daß Sie Teerosen mögen?«

»Darauf können Sie Gift nehmen. Harvey schenkt mir pausenlos welche.«

»Willst du Mrs. Schwartz nicht den Garten zeigen? Ich bin sicher, daß sie ihn gern sehen würde.«

»Gestatten Sie, Mrs. Schwartz?«

Mrs. McClure bot Harvey noch einen Sherry an, doch er lehnte ab. »Ich muß noch fahren«, sagte er.

»Diesen Tisch hat er selbst gebaut.«

»Pardon?«

»Diesen Tisch aus Kirschholz hat Solomon Gursky gebaut.«

Harvey lächelte nur flüchtig, denn er war nicht sonderlich überrascht. Immer versuchten Leute, die ihn nicht kannten, ihm etwas vorzuschwindeln und ihn zu beeindrucken. Das brachte seine Position mit sich. »Tatsächlich?«

»Ja, wirklich, aber das ist viele Jahre her. Ach, da bist du ja schon wieder«, sagte sie lächelnd und ohne mit der Wimper zu zucken zu ihrem Mann. »Das ging aber schnell.«

»Mrs. Schwartz hatte Bedenken wegen ihrer hohen Absätze.«

»Oh, da haben Sie recht, meine Liebe. Wie dumm von mir.«

Mr. McClures blaue Augen waren eisig vor Bosheit. Er hob sein Sherryglas. »Über viele Generationen war dies bekannt als das Sir-Russell-Morgan-Haus, dann als meines. Jetzt trinke ich auf die Schwartz-Villa –«, er verneigte sich knapp vor Becky, »– und auf die charmante neue Hausherrin.«

Draußen auf der Straße sagte Becky: »Das wäre geschafft. Wohin führst du mich zur Feier des Tages?«

Er führte sie ins Ruby Foo's.

»Ist dir an Mrs. McClure etwas aufgefallen?« fragte Harvey.

»Du meinst, daß sie verkrüppelt ist? Ich bin doch nicht blind.«

»Nein, das nicht. Ich meine ihre Augen.«

»Was ist mit ihnen?«

»Das eine ist blau, das andere braun.«

»Nicht zur Tür schauen«, sagte Becky. »Die Bergmans sind gerade reingekommen.«

»Solche Augen habe ich heute zum erstenmal gesehen.«

»Wie kann sie nur so ein Kleid anziehen? Jeder weiß, daß man ihr vor kurzem eine Brust amputiert hat. Aha, verstehe. Es gibt diese Dinger jetzt mit Nippel.«

»Was?«

»Plastikbusen. *Nicht hinsehen*, habe ich gesagt.«

»Tu ich doch gar nicht.«

»Und iß nicht mit Stäbchen. Alle gaffen dich an. Du siehst idiotisch aus.«

## 10

»Wie hat Ihnen der Film gefallen, Olive?«

»Marlon Brando sollte eine Schlankheitskur machen. Früher war er so sexy. Junge, Junge!« Mrs. Jenkins traute sich nicht zu gestehen, daß sie heimlich den Film *Der letzte Tango in Paris* gesehen hatte. Nicht auszudenken, wie Bert Smith an der Stelle reagiert hätte, als Marlon Brando nach der Butter tastet. »Aber ich stehe auf diesen Al Pacino«, fügte sie hinzu.

»Der ist Italiener.«

»Stimmt, aber ein hübscher Kerl ist er. Dieser Schlafzimmerblick. Erinnern Sie sich an Charles Boyer? *Come wiz me to ze Casbah*... Das waren noch Zeiten, was, Bert? Wie hat Ihnen der Film denn gefallen?«

»Ich fand ihn von Anfang bis Ende unmoralisch.«

»Also sprach die Äbtissin zu dem Pinselverkäufer. Sind Sie nicht auch fast gestorben, als der Kerl mit dem Pferdekopf im Bett aufwachte?«

»Im wirklichen Leben wäre er schon aufgewacht, als sie damit in sein Schlafzimmer kamen.«

Mrs. Jenkins kniff ihre kleinen Knopfaugen zu, schob die Unterlippe vor und sagte: »Und was ist, wenn sie ihm den Kopf ins Bett gelegt haben, während er weg war, Sie Schlauberger?«

»Dann wäre ihm beim Schlafengehen die Beule am Fußende aufgefallen.«

»Oh, Bert, man muß zweiundsiebzig Muskeln in Bewegung setzen, um die Stirn zu runzeln, aber für ein Lächeln braucht man nur zwölf. Versuchen Sie es doch mal.«

Wie immer genehmigten sie sich nach der Matinee einen Besuch im Downtowner. Smith bestellte Tee, Toast und Erdbeerkonfitüre.

»Und für Sie?« fragte die Kellnerin Mrs. Jenkins.

»Machen Sie mir einen unwiderstehlichen Vorschlag.«

»Bringen Sie der Dame einen Bananen-Split«, sagte Bert Smith.

»Geht alles zusammen?«

»Nein, Mr. Smith und ich machen immer getrennte Kasse.«

Kaum war die Kellnerin weg, schnappte sich Mrs. Jenkins alle Senf- und Ketchupbeutel und stopfte sie in ihre Handtasche. »Als die Kellnerin mit dem dreckigen Lappen den Tisch abgewischt hat, hat sie sich extra für Sie vorgebeugt.«

»Ich verstehe nicht, was Sie damit sagen wollen.«

»Ihre Riesentitten.«

»Bitte«, protestierte Smith.

»Übrigens hat der Kerl vielleicht nichts gemerkt, als sie ihm den Pferdekopf ins Bett legten, weil er ein paar Schlaftabletten geschluckt hatte. Wenn es stimmt, was man so liest, tun das in Hollywood alle.«

»Aber warum hat er dann nicht viel länger geschlafen?«

Mrs. Jenkins seufzte vernehmlich und verdrehte die Augen. »Ach, hören Sie auf, Bert. Nehmen Sie nicht alles so ernst.«

Aber er konnte einfach nicht anders. Für ihn war die Welt aus den Fugen geraten, und alle Prinzipien, die ihm heilig waren, wurden mit Füßen getreten. Früher waren FBI-Agenten wie Dennis O'Keefe oder Pat O'Brien die Filmhelden gewesen, jetzt waren es Bonnie und Clyde. Die Hüter von Recht und Ordnung wurden als korrupt hingestellt, und sogar in den wenigen Wildwestfilmen, die noch gedreht wurden, waren nicht Randolph Scott oder James Stewart die Leitfigur, sondern Typen wie Butch Cassidy und Sundance Kid. Die Memoiren von Nutten und Gaunern wurden Bestseller. Feige junge Amerikaner mit schulterlanger Mähne wurden von einer fetten Jüdin in Hotpants vor einem ebenerdigen Büroraum in der Prince Arthur Street willkommen geheißen, im Fenster lag unübersehbar ein Buch mit dem Titel *Merkbuch für Auswanderer im wehrpflichtigen Alter nach Kanada*, in dem erklärt wurde, wie sie sich eine Zuzugsgenehmigung erschwindeln konnten. Hochnäsige Frankokanadier verlangten, daß Söhne von Anglokanadiern, die die Franzosen einst in den Plains of Abraham geschlagen hatten, ihr Kauderwelsch lernten, ein Patois, vor dem es echte Franzosen grauste. In der Bibliothek von Westmount bogen sich die Regale unter Schundliteratur, und bei einem Spaziergang im Murray Hill Park an einem lauen Sommerabend riskierte man, über kopulierende Ausländer zu straucheln.

Smith verfaßte ein Gedicht, signierte es mit »Ein Landeskind« und schickte es an den *Westmount Examiner*:

Westmount welkt dahin

Stets galt Westmount für uns alle
Als Heimat für die Besten der Besten,
Und nicht als Tummelplatz für Fremde,
Die daherkommen, um sich ein Nest zu bauen.
Doch nun sind sie da, und wie es scheint,
Sind sie zum Hökern und Schachern gekommen.

Wir Westmounters sind ein friedfertiger Schlag,
Unsere Stadt wird gerühmt
Für ihre Aura bequemer Gediegenheit
Und ihre Achtung vor den bürgerlichen Rechten.
Dies, Fremdling, nimm gefälligst zur Kenntnis!
Wer immer kommt und geht, er lerne
Unsere ruhige Würde zu achten.

Als Smith ungerechterweise aus dem Zolldienst entlassen wurde, hatte er keine Sozialhilfe beantragt. Irgendwie war er immer zurechtgekommen. Er hatte als Buchhalter in einem Lager für Autoersatzteile in Calgary gearbeitet, bis ihm klar wurde, daß man von ihm auch erwartete, die Steuererklärung von Mr. Hrymnak zu frisieren. Dannach war er acht Jahre lang als Kassierer in Wally's Prairie Schooner tätig und als solcher für alle Bankangelegenheiten zuständig gewesen, doch dann hatte man einen neuen Geschäftsführer eingestellt, einen jungen Italiener mit Schmalztolle. Dieser Vaccarelli hatte Smith entlassen und eine junge, wasserstoffblonde Polin an seiner Statt eingestellt.

Im Laufe der Jahre hatte Smith wer weiß wie viele Anwälte konsultiert. Die Angeseheneren hatten ihm nervös die Tür gewiesen, sobald er angefangen hatte, über die Juden herzuziehen, die anderen hatten ihn geschröpft. Jedesmal, wenn ein neuer Justizminister ernannt worden war, hatte Smith ihm einen voluminösen Brief geschrieben und um eine Neuaufnahme seines Verfahrens ersucht – vergeblich.

Nach Montreal hatte es Smith zum erstenmal 1948 verschlagen. Am Tiefpunkt angelangt, hatte er auf ein Stellenangebot im *Star* geantwortet und sich tatsächlich dazu hergegeben, für einen Juden zu arbeiten. Am ersten Arbeitstag in Hornsteins Möbelgeschäft an der Main Street stellte er fest, daß er einer von sechs Neulingen war. Gordy Hornstein ließ sie vor sich antreten, bevor er die Ladentür aufschloß. Draußen drängelte sich schon eine Menschenmenge, die Leute machten sich die besten Plätze streitig und klopften an die Schaufenster.

»Seht ihr die dreiteilige Garnitur im Fenster? Ich hatte gestern eine halbseitige Annonce im *Star* und habe sie den ersten fünfzig Kunden für hundertfünfundzwanzig Dollar angeboten. Wenn einer von euch auch nur eine von diesen Garnituren verkauft, fliegt er. Erzählt diesen Schnäppchenjägern da draußen, was ihr wollt: daß die Lieferfrist zehn Jahre beträgt, daß die Polster mit Rattenscheiße vollgestopft sind, daß die Rahmen aus Pappe sind – laßt euch was einfallen. Euer Job ist es, ihnen teurere Sachen schmackhaft zu machen und ihnen Verträge über zwölfmonatige Ratenzahlung anzudrehen. Jetzt noch ein paar nützliche Tips, weil ihr Neulinge seid und nach der ersten Woche nur noch drei von euch für Hornsteins Möbelgeschäft arbeiten werden. Wir haben hier eine sehr gemischte Kundschaft – Frankokanadier, Polacken, Itaker, Juden, Russkis, Nigger und wer weiß was noch. Dies ist kein Laden wie Ogilvy's oder Holt Renfrew. Wir sind hier in der Main Street. Einem Frankokanadier kann man für dreihundertfünfzig Dollar eine fünfteilige Sitzgruppe verkaufen und ihm dann ein paar billige Teile aus verschiedenen Garnituren liefern, ohne daß er sich aufregt, weil er wahrscheinlich noch nie in einem Laden wie diesem gewesen ist und darauf gefaßt ist, daß man ihn bescheißt, wenn er bei einem Juden kauft. Ich verlange von euch, daß ihr die Preisliste auswendig könnt. An den einzelnen Möbelstücken stehen nämlich keine Preise dran. Bei Italienern und Juden müßt ihr den Preis verdoppeln, weil ihr die nur an die Angel kriegt, wenn ihr euch von ihnen auf die Hälfte runterhandeln laßt. Noch etwas: Wir verkaufen nicht an DPs.«

DP war die Abkürzung für *displaced person.* So nannte man die kleine Schar der Flüchtlinge aus Europa, die mit dem Leben davongekommen waren und denen man erst vor kurzem die Einreise bewilligt hatte.

»Warum dürfen Flüchtlinge bei uns nicht kaufen?« fragte einer der frischgebackenen Verkäufer.

»Oh, Mann, für mich ist ein DP kein Weißer von drüben, sondern ein Nigger. Wir nennen sie DPs, weil sie sich nicht einmal mit Discount-Preisen zufriedengeben. Sie zahlen eine Rate an, fahren mit einem geklauten Lieferwagen vor, laden ihn mit Möbeln voll und verschwinden auf Nimmerwiedersehen. Sagt ihnen einfach, wir hätten nicht das, was sie suchen. Flüstert ihnen ins Ohr, bei Greenberg sei alles billiger. Er treibt mit mir dasselbe Spielchen. In der Hölle soll er schmoren! Auf jeden Fall dürft ihr ihnen nichts verkaufen. Okay, haltet euch die Nasen zu. Ich mache das Tor zum Möbelparadies auf. Viel Glück, Leute!«

Smith war den Job nach einer Woche los, aber er fand prompt einen besseren und avancierte zum Abteilungsleiter in Morgans Kaufhaus. Er hatte diesen Posten erst einen Monat inne, als er aus einer Straßenbahn der Linie 43 heraus Callaghan sah, der an einer Straßenecke stand und ihn anstarrte. *Der Lügner! Der Judas!* Kurze Zeit später versuchten die Gurskys, ihn mit einer offensichtlich fingierten Annonce im *Star* aufs Glatteis zu führen: Sie köderten ihn mit einer Hinterlassenschaft in Höhe von fünfzigtausend Pfund, die angeblich einem Bert Smith zustand. *Die müssen mich für ganz schön dumm halten, für stockdumm sogar, aber ich habe kein Interesse daran, daß man mich wie McGraw im Bahnhof in einer Blutlache findet. Oder daß man mich tot aus dem Fluß fischt.* Smith war zu schlau, um auf eine derart durchsichtige Finte reinzufallen, aber doch so erschrocken, daß er seine Sachen packte, Montreal schleunigst verließ und sich nach Westen absetzte. Das geliebte Photo, auf dem Archie und Nancy Smith vor ihrer Lehmhütte in Gloriana posierten, hatte er in ein Handtuch gewickelt, um das Glas zu schützen. Im Zug tröstete er sich, indem er sich die Gurskys in ihrem goldenen Käfig vorstellte. Sicher, sie waren sagenhaft reich, aber der Gedanke, daß es irgendwo im Land einen armen, aber ehrlichen Menschen gab, der es mit ihnen aufnehmen konnte und nicht käuflich war, quälte sie; einen Menschen, der abwartete, die Augen offenhielt und sich immer wieder schriftlich an die zuständigen Behörden in Ottawa wandte.

In Regina arbeitete Smith als Telephonist für ein kleines Inkassobüro, war danach in Saskatoon als Kaufhausdetektiv tätig und ergatterte schließlich in Edmonton einen Job als Buchhalter, doch dann kam sein Chef dahinter, daß er als Unruhestifter, wenn nicht gar Schlimmeres den Zolldienst hatte quittieren müssen.

1963 zog es ihn erneut nach Montreal. Er wanderte durch die Oberstadt, beäugte die Villengrundstücke der Gurskys, die von hohen, mit tückischen Glasscherben gespickten Ziegelmauern umgeben waren, und spähte durch schmiedeeiserne Tore.

> Um die Zelte der Räuber steht es wohl,
> und sicher leben, die Gott erzürnen,
> wer Gott in seiner Faust führt.

In seiner Bedrängnis suchte Smith seine Bank auf, um einen Kredit in Höhe von dreihundert Dollar aufzunehmen. Die Angestellte, zu der man ihn schickte, eine schlanke Schwarze, die höchstens halb so alt war wie er, schien sich über ihn zu amüsieren. »Meine Güte«, sagte sie. »Sie sind sechzig und haben sich noch nie Geld geborgt?«

»Ich würde gern mit dem Filialleiter sprechen.«

»Mr. Praxipolis befaßt sich nicht mit Kleinkrediten.«

»Und ich hatte eigentlich erwartet, in der Royal Bank von meinesgleichen bedient zu werden«, erwiderte Smith. Dann verließ er fluchtartig die Bank.

Zum Glück ließ die liebenswerte Mrs. Jenkins ihn die erste Wochenmiete mit einem vordatierten Scheck bezahlen, und nun wohnte er bereits seit zehn Jahren in ihrem Haus.

Seit seinem vollen Jahrzehnt.

Seine Socken stopfte er sich selber, um die Wäsche kümmerte sich Mrs. Jenkins. Nach dem ersten gemeinsam verbrachten Jahr kassierte sie von ihm nur noch eine symbolische Miete. Als Gegenleistung erledigte er kleine Reparaturen, verbuchte die Mieteinnahmen, zahlte das Geld auf Mrs. Jenkins' Konto ein und füllte die Formulare für ihre Einkommenssteuererklärung aus. Er lebte von seiner Rente und von Gelegenheitsarbeiten, beispielsweise als Nachtwächter, Tellerwäscher oder als Kassierer auf einem Parkplatz. Mrs. Jenkins hatte ihm in ihrem Kühlschrank ein Fach freigemacht. Abends saßen sie zusammen vor dem Fernseher. Wenn Smith sich schließlich in sein Zimmer zurückzog, blätterte er oft noch eine Weile in seinen Notizbüchern, die alles enthielten, was er über die Familie Gursky zusammengetragen hatte.

Während die Jahre verstrichen, erlebte Smith, daß überall Gebäude hochgezogen wurden, die der alte Schnapsschmuggler finanziert hatte und die seinen Namen trugen. In der Zeitung las er, daß der Premierminister Mr. Bernard zum Mittagessen eingeladen hatte. Und ein paar Monate später erreichte Lionel Gursky, daß in St. Andrews, dem Austragungsort des British Open, ein von ihm gestifteter Geldpreis über zweihunderttausend Pfund für das Loch-Edmond-Mist-Classic-Tennisturnier angenommen wurde. Über Lionels neueste Konkubine war in der Zeitschrift *Queen* folgendes zu lesen:

»›Manche Leute kaufen für ihr Geld nützliche Dinge, aber ich gebe es für Gemälde aus‹, sagt Vanessa Gursky, eine strahlende Schönheit aus England und Ehefrau von Lionel Gursky, dem voraussichtlich nächsten Aufsichtsratsvorsitzenden von James McTavish Distillers Ltd. Herrin einer Burg in Connemara, jedoch gleichermaßen daheim in ihrem Penthouse an der Fifth Avenue (›Mein Notquartier im Big Apple‹, wie sie es mit bezaubernder Freimütigkeit nennt) wie in ihrer Terrassenwohnung in einem von Nash erbauten Haus am Regent's Park, hat sich die kosmopolitische Vanessa sowohl von Graham Sutherland als auch von Andy Warhol portratieren lassen. Das Photo links zeigt sie vor ihrem Lieblingsbild, einem von Annigoni gemalten, berückend elegantem Porträt. Ihre strahlende Vitalität betont Vanessa übrigens mit Christian Diors *Dragonfly Blush* und spritzigem *Eau Sauvage Extrême*.«

Nach der Party im Ritz-Carlton anläßlich Mr. Bernards legendärem fünfundsiebzigstem Geburtstag brachte die *Gazette* eine Liste jener, denen das Glück einer Einladung zuteil geworden war. Wenige Monate danach war der alte Schnapsschmuggler tot. Krebs. Smith ging zur Beerdigung und mischte sich unter die Trauernden – und plötzlich stand der Judas in Person vor ihm.

»Ich bin Tim Callaghan. Erinnern Sie sich an mich?«

»Ja.«

Eine Woche später klopfte Mrs. Jenkins morgens an Smith' Zimmertür.

»Da ist ein Herr, der Sie sprechen möchte.«

»Ich erwarte niemanden.«

»Er sagt, es ist wichtig.«

Und da war er schon, schob sich mit verbindlichem Lächeln an Mrs. Jenkins vorbei. »Bertram Smith?«

»Was wollen Sie von mir?«

»Ich würde Sie gern unter vier Augen sprechen.«

Mrs. Jenkins, deren ausladender Busen angesichts dieses Affronts heftig wogte, rührte sich nicht vom Fleck.

»Was ist schwarz und braun und weiß und bringt Rechtsanwälte richtig auf Trab?« fragte sie mit geblähten Nüstern.

»Woher wissen Sie, daß ich Anwalt bin?«

»Sind Sie etwa keiner?«

»Doch.«

»Also?«

»Schwarz und weiß und braun und bringt Rechtsanwälte auf Trab? Ich weiß es nicht.«

»Ein scharfer Dobermann«, sagte Mrs. Jenkins, marschierte aus dem Zimmer und schlug die Tür hinter sich zu.

»Sagen Sie mir jetzt, was Sie von mir wollen«, sagte Smith.

»Falls Sie Bert Smith sind, der einzige Nachkomme von Archibald und Nancy Smith, die im Jahre 1902 aus England eingewandert sind, und falls Sie Ihre Identität durch entsprechende Dokumente nachweisen können, eröffne ich Ihnen hiermit, daß man seit Jahren nach Ihnen sucht, weil Sie eine beträchtliche Erbschaft erwartet.«

»Einen Moment«, sagte Smith und machte behutsam die Zimmertür auf. Aber Mrs. Jenkins lauschte nicht. »Also gut, reden Sie weiter. Erzählen Sie mir alles.«

# DREI

1 Strawberry entstammte einer Familie von United Empire Loyalists, royalistischen Einwanderern aus England. Captain Josiah Watson, der Name seines Ururgroßvaters, war in eine Kupferplatte an einem Findling am Ufer des Memphremagog-Sees eingraviert. Diese Gedenkstätte gemahnte an die Pioniere, »die der Wildnis trotzten, damit sich ihre Nachkommen und andere Menschen in einem Land voller Naturwunder der Segnungen der Zivilisation erfreuen können«.

Eines Tages fuhr Strawberry mit Moses zu dem Findling. Er lag auf einer Anhöhe, die seit langem ein beliebter Treffpunkt der jungen Leute aus der Gegend war. Überall lagen Scherben von Bierflaschen und benützte Kondome verstreut. Ursprünglich hatte es weit und breit kein Haus gegeben, doch jetzt stand ein Stück weiter an der Landstraße Vince's Video-Shop für Erwachsene, und direkt unterhalb des Felsbrockens kündigte eine große Hinweistafel an, daß dort demnächst die Eigentumswohnanlage PIONEER PARK und ein mit allen Schikanen ausgestatteter Jachthafen gebaut werden sollten, ein weiteres Projekt der von Harvey Schwartz gemanagten Firma Acorn Properties.

Moses stieß auch in dem Buch *Die Besiedlung der Townships* von Silas Woodford auf Captain Watson: »An der Stelle, die jetzt unter dem Namen Watson's Landing bekannt ist, siedelte sich gegen Ende des achtzehnten Jahrhunderts als erster der aus der Provinz New York zugezogene und aus Peacham in Vermont stammende Captain Josiah Watson an.«

Vielleicht hatte eine andere Chronistin, die Historikerin C. M. Day, Menschen vom Schlage eines Josiah Watson im Sinn, als sie in ihrer *Geschichte der Östlichen Townships* schrieb: »Alles in allem hatten die ersten Bewohner dieser Gegend durchaus keine religiösen Neigungen. Es wurde sogar behauptet – und mit Recht, steht zu fürchten –, daß ein wahrhaft gottesfürchtiger Mensch in ihrem Kreis eine seltene Ausnahme war.«

Kaum hatten diese derben Gesellen ihre erste Ernte eingebracht, brannten sie aus überschüssigem Getreide Schnaps, was Mrs. Day zu der recht bitteren Bemerkung veranlaßte: »So wurde langsam, aber sicher der Weg bereitet für Trunksucht, Verarmung und verschiedene Spielarten des Lasters, die oftmals in Verbrechen und deren schrecklicher Bestrafung gipfelten.«

So war es gewiß im Fall von Captain Watson gewesen, der es in einer regnerischen Frühlingsnacht fertigbrachte, auf dem Heimweg von der Hütte eines Freundes in einem mit höchstens drei Zoll Wasser gefüllten Straßengraben zu ertrinken. Seinem Sohn Ebenezer, ebenfalls ein gewaltiger Säufer, wäre wohl ein ähnliches Los beschieden gewesen, hätte ihn nicht Bruder Ephraim, dieser ungerufene Retter, in Magog buchstäblich aus der Gosse gezogen.

»Siehe«, sagte Bruder Ephraim zu ihm, »der Tag des Herrn kommt grausam, mit Grimm und glühendem Zorn, die Erde zur Wüste zu machen und ihre Sünder von ihr wegzutilgen!«

Bruder Ephraim, eigenhändiger Verfasser der Schrift *Beweise aus der Heiligen Schrift für Christi Wiederkehr in den Östlichen Townships im Jahre 1851*, hatte den Zeitpunkt zuerst auf 1852 verschoben und schließlich auf den 26. Februar 1853 festgesetzt.

Ebenezer Watson schüttelte die Dämonen ab, die ihn in den Klauen gehalten hatten, schloß sich Bruder Ephraim und seinen zwei maßgeblichen Jüngern, Reverend Columbus Green und Reverend Amos Litch, an, um wie sie gegen die Tyrannei des Alkohols zu wettern und die Furcht vor dem nahenden Jüngsten Gericht zu schüren.

Viele von Bruder Ephraims Anhängern, Ebenezer in vorderster Reihe, nahmen sich seine Warnungen, zum Beispiel die Geschichte von dem reichen Mann mit den vielen Kamelen, zu Herzen und überschrieben ihr Land und Vieh auf die Millenarier-Treuhandgesellschaft. In Erwartung des Weltuntergangs kauften sie Bruder Ephraim außerdem Himmelfahrtsgewänder ab. Die Männer machten sich wegen des lockeren Schnitts der Kleidungsstücke keine Sorgen, doch viele Frauen, besonders jüngere, mußten unzählige Male zur Anprobe in das Blockhaus, das Bruder Ephraim in den Wäldern gebaut hatte. Dort wurden sie eine nach der anderen abgefertigt, und erst sehr viel später steckten sie die Köpfe zusammen, um über die tiefen Narben und die vielen Furchen auf Bruder Ephraims Rücken zu rätseln.

Die Zahl der Millenarier überstieg nie die Zahl zweihundert, und mancherorts hatte man nur Spott für sie übrig. So in Crosby's Hotel oder am warmen Ofen in der Firma Alva Simpson & Co. (Arzneimittel, Parfümerie, Gummiwaren, Friseur- und Drogerieartikel und so weiter, und so fort). Das Gelächter der Skeptiker erscholl lauter, als die Welt nicht wie vorausgesagt am 2. Juni 1851 unterging. Es war sonnenklar, daß die Millenarier, die sich, angetan mit ihren Gewändern, im Gemeindesaal von Magog versammelt hatten, von ihrem Oberhaupt verschaukelt worden waren. Ein damals in den Townships populäres Blatt, die *Sherbrooke Gazette*, deren Inhaber ein Patent auf Smith' Eierschlagmaschine (»Schlägt im Handumdrehen drei Dutzend Eier zu Schaum«) besaß, schrieb: »Nachdem sich Bruder Ephraims Berechnungen des ›Weltuntergangs‹ als falsch erwiesen haben, sind viele seiner Jünger von ihm abgefallen, doch eine große Anzahl hält weiterhin standhaft zu ihm.«

Man konnte den Abtrünnigen schwerlich einen Vorwurf machen. Das Land, das sie zu bestellen versuchten, ehemals Jagdgründe der Algonquin-Indianer, war mit störenden Höckern und Felsbrocken übersät. Die ersten Siedler, ihre Großeltern, hatten sich einst zu Gruppen von je vierzig Farmern zusammengeschlossen und Townships mit einer Größe von zehn Quadratmeilen erbeten. Waldiges Gelände teilten sie untereinander auf, der Agent der Regierung schnappte sich das beste Stück.

Das Startkapital der Großeltern hatte damals aus einem Kochkessel, einer Axt, einer Flinte, Munition, ein paar Säcken Saatgut, bestenfalls ein, zwei Kühen oder einem Ochsen bestanden. Straßen gab es nicht, nicht einmal Wege. Bis sie sich endlich eine Blockhütte mit einem Dach aus Baumrinde und einem Fußboden aus gestampfter Erde gebaut hatten, mußten sie im Wald auf einem Lager aus Tannenzweigen schlafen, hinter einem aus dickeren Ästen gefertigten Windschutz. Da sie keine Streichhölzer besaßen, waren sie auf Feuerstein und Zunder angewiesen. Ab Juni unterhielten sie pausenlos qualmende Feuer gegen die Stechfliegen, die so groß wie Hummeln waren. Sie hatten kein Heu. Deshalb zerstörten sie die von den Bibern angelegten Dämme, legten die Wiesen trocken und nutzten sie als Weideland. In ihrer Not lernten sie, daß Gänsefuß, Nesseln, Erdnüsse und Lauchgewächse eßbar waren. Sie erwehrten sich der Pumas und Luchse, Schwarzbären schlugen ihre Kälber und schleppten sie davon. Nachdem sie sich Lämmer, Truthähne und Hühner zugelegt hatten, stellten sie fest, daß diese den Luchsen und Wölfen zum Opfer fielen. Die Frauen lernten, mit Kartätsche, Spinnrocken und Webstuhl umzugehen, so daß sie die meisten Kleidungsstücke selber anfertigen konnten. Wenn sie Glück hatten, dauerte es nur drei Jahre, bis sie ihre erste Ernte einbringen konnten. Nach einer Mißernte fällten die Männer Bäume, stellten »schwarzes Salz« her, wie die Pottasche bei ihnen hieß, schleppten es in Säkken vierzig Meilen weit zum nächsten Markt und verkauften es für erbärmlich wenig Geld.

Zu Ebenezers Zeiten lebten die Familien bereits in richtigen Blockhäusern mit Fußböden aus roh behauenen Bohlen, einem Kellerloch, einem steinernen Kamin und selbstgezimmerten Möbeln. Landstraßen waren angelegt, überdachte Brücken über Flüsse und Bäche geschlagen worden. Es gab Saloons, Säge- und Getreidemühlen, Läden, einen Arzt (der in Montreal aus dem Ärzteregister gestrichen worden war), Kirchen, Zeitungen, ein Bordell und jede Menge selbstgebrannten Whiskys. Manches jedoch war wie eh und je: Sechs Monate lang im Jahr mußten die Siedler den grimmigen Winter ertragen, der sie von der Außenwelt abschnitt. Die einzigen Abwechslungen waren gelegentliche Schlägereien, Selbstmorde oder Gewalttaten mit der Axt. Um vier Uhr morgens krochen sie aus dem Bett und stapften durch den Schnee, um die Kühe zu melken. Im Frühjahr gab es Überschwemmungen, Stechfliegen, Mücken und Arbeit von Sonnenaufgang bis Sonnenuntergang, und danach mußte noch Schreibkram erledigt werden. Meist konnten sie erst spät im Jahr aussäen, weil die Felder bis in den Mai hinein gefroren und so hart wie Beton waren. Oft wurden sie durch unerwartete Hagelstürme um die Ernte gebracht, oder es gab Ende Juni einen Kälteeinbruch oder eine sengende Sommersonne ließ das Getreide auf dem Halm verdorren. In den Dörfern wimmelte es von schwachsinnigen und mißgestalteten Kindern, denn Eheschließungen zwischen Vettern und Basen ersten Grades waren eher die Regel als die Ausnahme. Frauen, die nicht im Kindbett starben, alterten vor der Zeit, und was hätte man nach all dem Kochen und Einmachen und Nähen und Melken und Buttern und Weben und Kerzenziehen anderes erwarten können? Die Männer, die schon vor Tagesanbruch aufstanden, um die armseligen, hügeligen Felder von Steinen und Baumstümpfen zu befreien oder das Vieh zu versorgen, mußten bereits im Mai anfangen, Feuerholz für den Winter zu schlagen. Mochten sie noch so hart arbeiten – der Schuldenberg wurde immer größer. Kein Wunder also, daß sie einen Propheten willkommen hießen, der ihnen das Ende der einzigen Welt verhieß, die sie kannten.

Nachdem Bruder Ephraim sich mit Reverend Litch und Reverend Green besprochen hatte, revidierte er seine Berechnungen, wobei er sich vor allem auf das Buch Daniel stützte, und ermittelte einen neuen, zum Glück nicht sehr fernliegenden Termin: den 1. März 1852. Und wieder ermahnte er die Gläubigen, sich zu läutern. Und weitere Millenarier überschrieben ihre Besitztümer. Die Bauern ließen auf ihren Gehöften alles liegen und stehen, scharten sich im Gemeindesaal von Magog zusammen – und wurden erneut enttäuscht. Die *Townships Bugle* brachte die Schlagzeile:

HUNDERTEN VON FARMERN STEHT DAS WASSER BIS ZUM HALS

Bruder Ephraim setzte ein weiteres Datum fest, das unwiderruflich letzte: den 26. Februar 1853. Noch mehr Grundbesitz wurde auf die Millenarier-Treuhandgesellschaft überschrieben. Während sich die anderen auf das Ende der Welt vorbereiteten, ergab sich der zweimal enttäuschte, verzagte Ebenezer Watson wieder dem Suff. Er kippte sich den kleinen, von seiner Frau im Küchenschrank gehorteten Vorrat an Reverend N.H. Down's Vegetable Balsamic Elixir (bestens geeignet zur Behandlung von Nervenschmerzen, Rheumatismus, Migräne, Zahnschmerz, Koliken, Cholera und Durchfall) hinter die Binde und wurde wieder Stammgast in Crosby's Hotel.

»He, Eb, sobald du da oben im Himmel bist und es keine Schneestürme, Bankiers und Kuhscheiße gibt – bist du dann so nett und schmeißt uns einen Zettel mit ein paar Zeilen runter?«

Ebenezer, der den Spott der anderen und die ungeduldige Warterei begreiflicherweise gründlich satt hatte, kippte eines Tages einen ganzen Krug voll selbstgebranntem Schnaps hinunter, zog sein Himmelfahrtsgewand an und kletterte auf das Scheunendach. Um Punkt zwölf Uhr mittags sprang er im Alleingang gen Himmel. Er kam nicht sehr weit. Stürzte in die Tiefe, schlug gegen einen aus dem Schnee ragenden Felsbrokken und brach sich das Genick.

Ebenezer hinterließ seiner Frau und den sechs Kindern lediglich die ursprüngliche Farm von achtzig Morgen, die er, schludrig, wie er war, zum Glück an die Millenarier-Treuhandgesellschaft zu übereignen versäumt hatte. In derselben Nacht hörten die trauernden Watsons Hundegekläff, das so laut war, daß auch andere am Seeufer wohnende Farmer aus dem Schlaf gerissen wurden. Sie sagten sich, daß Bruder Ephraim bestimmt hinausfuhr, um die auf dem Cherry River ausgelegten Fallen zu überprüfen, doch er ward in Magog nie wieder gesehen.

Himmelfahrt versprach ohne Bruder Ephraim nicht sonderlich spaßig zu werden, weshalb sich am 26. Februar nur gut siebzig Millenarier in der Gemeindehalle einfanden. Als auch diesmal nichts passierte, knöpften sie sich Reverend Green und Reverend Litch vor. Beide Gottesmänner wurden verprügelt, geteert und gefedert, auf einen Schlitten gepackt und aus Magog verjagt. Die in Montreal erscheinende Zeitung *Witness* verbreitete voller Schadenfreude die Nachricht von der Schwindelaffäre, und alles lachte über die hereingelegten Bauerntölpel. Wenig später erschienen bei den um ihren Besitz gebrachten Millenariern drei Fremdlinge mittleren Alters, die aus dem fernen Montreal angereist waren und einen betuchten Eindruck machten. Sie stiegen im Magog House ab und mischten sich nicht unters Volk, sondern steckten die Köpfe zusammen. Abends aßen sie mit Mr. »Ratte« Baker, dem Bankier der Stadt. Sie brüteten über Landkarten und tranken eine Menge Wein, besonders der rundliche, rotgesichtige Mann, ein Anwalt.

Am Morgen des darauffolgenden Tages wurden die Millenarier von dem Rechtsanwalt zu einer Besprechung geladen, in deren Verlauf er ihnen das Angebot unterbreitete, ihre Interessen vor Gericht wahrzunehmen. Es sei für ihn ein Kinderspiel, ihren verlorenen Besitz zurückzuerlangen. Er unterbrach sich, nahm einen Schluck aus einem silbernen Flachmann und versicherte dann den Anwesenden, vor ihnen stehe der Enkel eines Mannes, der einst selbst Gottes grünende Äcker bestellt habe. Deshalb kenne er den Wert von Ackerland und wisse, wie man mit Leib und Seele daran hängen könne. Oft habe er sich, während er erfolgreich einen Rechtsanspruch vor dem Obersten Gericht vertreten habe, nach Großvaters Farm und besonders nach der Heumahd zurückgesehnt, bei der einem der süßeste Duft der Welt in die Nase steige. Doch schon bevor dieser Russell Morgan damit angefangen hatte, ihnen Unsinn zu erzählen, hatten die Bauern gespurt, daß dem Kerl nicht zu trauen war. Er trug einen Bibermantel und Gamaschen, benutzte einen silbernen Zigarrenabschneider und hatte einen dicken, wabbeligen Bauch.

»Tja, wenn Sie uns unser Land zurückholen, dann doch garantiert nur mit den alten Hypotheken drauf, oder?«

»Nein, Sir«, antwortete der Anwalt und nahm noch einen Schluck aus dem Flachmann. Ephraim Gursky – das sei nämlich der vollständige Name des jüdischen Schwindlers – habe vor Verlassen der Stadt alle Hypotheken abgelöst, und zwar mit Nuggets von einer Größe, wie man sie in der Bank noch nie gesehen habe.

Darcy Walker und Jim Clarkson, die beiden Begleiter des Anwalts, die hinten im Saal Platz genommen hatten, reagierten auf die letzten Worte mit großer Nervosität. Der eine zog ein riesiges leinenes Taschentuch heraus und schneuzte sich so geräuschvoll die Nase, daß es wie ein Trompetenstoß klang. Der andere klopfte mit dem Spazierstock auf den Fußboden.

»Verstehen Sie mich recht«, beeilte sich Russell Morgan daraufhin zu sagen, wobei ihm eine verräterische Röte in die Hängebacken stieg, »dieser Gursky hat die Nuggets mit Sicherheit nicht in einem der hiesigen Bäche gefunden, sondern von woanders mitgebracht.«

»Er ist kein Jude«, rief ein junger Bursche. »Er ist ein Itzig.«

»Das ist in manchen Ländern ein Ausdruck für Jude, mein Sohn. Ephraim Gursky ist einer der übelsten Vertreter dieser ruchlosen Rasse. Nicht nur hier, sondern auch in England und Australien fahndet die Polizei nach ihm.«

Ein Raunen ging durch die Reihen der Millenarier, ein Raunen, das Russell Morgan voller Genugtuung als Zeichen der Empörung auslegte, doch in Wirklichkeit war es ein Zeichen von unverblümter Bewunderung.

»Reden Sie keinen Scheiß!«

»Erzählen Sie uns mehr.«

»Ephraim Gursky wurde 1835 in England wegen Urkundenfälschung verurteilt und aus London nach Vandiemens-land deportiert. Der Rest der Geschichte ist verständlicherweise ziemlich nebulös. Wir wissen nicht, wie dieser Kerl in unser schönes Land gelangt ist.«

»Wieviel würden uns Ihre Dienste denn kosten, Mister?«

»Kosten? Keinen Penny, Sir.«

»Wir sind vielleicht dumm, aber verrückt sind wir nicht«, sagte Abner Watson. »Also wieviel?«

Russell Morgan setzte den Männern auseinander, sein rechtlicher Beistand, der, wie er wohl nicht extra zu betonen brauche, sehr begehrt sei, werde ihnen *pro bono publico* zuteil, sollte der angesichts der Liste seiner glänzenden Erfolge und seiner legendären Redekunst äußerst unwahrscheinliche Fall eintreten, daß er den Prozeß verlor.

»Und was heißt das im Klartext?«

»Daß es nichts kostet.« Sie müßten lediglich, sollte er sich als ihrer aller Retter erweisen, den bewaldeten Streifen am Cherry River – samt Schürfrechten, fügte er hastig hinzu – an ihn abtreten.

Die Millenarier, durch Schaden klug geworden, verließen einer nach dem anderen den Saal und schlenderten zu Crosby's Hotel hinüber. Dort stellten sie sich ans Fenster und sahen zu, wie Morgan von seinen beiden Kumpanen wütend abgekanzelt wurde. Einer zog sogar den silbernen Flachmann aus der Tasche seines Bibermantels und schleuderte ihn in eine Schneewehe. Während der zerknirschte Morgan danach stöberte, kam »Ratte« Baker angelaufen, sagte etwas, und die drei Männer brachen sofort nach Sherbrooke auf. Dort begaben sie sich in das Prince of Wales Hotel und steuerten auf einen kleinen, grimmigen Mann mit glühenden Augen und pechschwarzem Bart zu, der in einer dämmrigen Ecke allein an einem Tisch saß und trank. Sie bauten sich nicht vor ihm auf, sondern umzingelten ihn geradezu.

»Was kann ich für euch tun, meine Freunde?«

Morgan zeigte mit dem Finger auf ihn. »Sie sind Ephraim Gursky!«

Der grimmige kleine Mann, dessen Augen hin und her flitzten, versuchte aufzustehen, wurde aber sofort unsanft auf den Stuhl zurückgedrückt und von den drei Männern, die sich zu ihm an den Tisch setzten, in die Zange genommen. Morgan, der vor Schadenfreude fast platzte, zündete sich seelenruhig eine Havanna an und beobachtete, wie dem kleinen Mann der Schweiß ausbrach. In die Enge getrieben, reagierten sie alle gleich. Diese Gauner. Er mußte so laut lachen, daß sein Bauch wabbelte, und blies Ephraim den Rauch ins Gesicht. »Ich bin mir nicht schlüssig, ob wir Sie nach Magog zurückbringen sollen, wo man Sie mit Sicherheit am nächsten Baum aufknüpfen wird, oder ob wir ein Mindestmaß an christlicher Nächstenliebe walten lassen und Sie den Behörden übergeben sollen. Was meinst du, Hugh?«

»Oh, die Frage ist verdammt schwer zu beantworten.«

»Bitte«, flehte Ephraim mit weinerlicher Stimme und tränennassen Augen, dann sank er ohnmächtig vornüber.

Hastig wurde der Kellner herbeigerufen. »Ich fürchte«, sagte Morgan, »unser Freund hier hat etwas über den Durst getrunken. Ist er Gast Ihres Etablissements?«

Darcy ließ sich am Empfang den Schlüssel geben. Sie nahmen Ephraim in die Mitte, schleppten ihn auf sein Zimmer, ließen ihn in einen Sessel fallen und ohrfeigten ihn so lange, bis er zu sich kam.

»So, Freundchen«, sagte Morgan, »jetzt sitzen Sie, um es nicht zu vornehm auszudrücken, wie eine Ratte in der Falle.«

Darcy durchsuchte Ephraims Koffer, Hugh wühlte in den Schreibtischschubladen herum.

»Das bißchen Geld, das ich habe, liegt unter der Matratze. Ich gebe es Ihnen, wenn sie mich laufenlassen.«

»Ist das nicht köstlich, Freunde? Er hält uns für gewöhnliche Diebe.«

»Nein, man sieht, daß Sie feine Herren sind, aber was wollen Sie eigentlich von mir?«

»Kann sein, daß wir Ihnen das Land am Cherry River abkaufen wollen, das Sie sich ergaunert haben.«

»Das Land ist wertlos, Sir.«

»Hm, vielleicht sollten wir Sie doch nach Magog zurückschaffen und die Sache zu Ende bringen.«

Mit vor Angst aus den Höhlen tretenden Augen sah Ephraim zu, wie Darcy eine schwere Holzkiste unter dem Bett hervorzog. »Sie ist abgeschlossen«, sagte Darcy.

»Die Schlüssel, Gursky.«

»Die habe ich verloren.«

Morgan griff in Ephraims Jackentasche und zog die Schlüssel heraus.

»Ich sammle Steine«, sagte Ephraim zu ihm. »Das ist eine meiner Leidenschaften.«

»Großartig, wirklich großartig. Vielleicht interessiert es Sie, daß Mr. Walker Geologe ist und Mr. Clarkson Bergbauingenieur.«

Als sie die Kiste öffneten, kamen tatsächlich Steinbrocken zum Vorschein.

»Ein paar Nuggets werden Sie auch dazwischen finden, aber ich schwöre Ihnen, daß sie aus keinem Bach in der Nähe stammen.«

»Woher dann?«

»Aus dem Norden, meine Freunde.«

Die Steine wanderten von Hand zu Hand.

»Sie können mich schlagen«, zeterte Ephraim plötzlich los, »Sie können mich der Polizei übergeben oder mich in Magog aufhängen lassen, aber wenn Sie mir kein faires Angebot machen, verkaufe ich Ihnen das Land nicht. Ich habe drei Jahre lang hart arbeiten müssen, um da ranzukommen.«

Die Millenarier, um Hab und Gut gebracht, befanden sich in einer wahren Hallelujastimmung. Bruder Ephraim, der ihnen versprochen hatte, sie zu erlösen, hatte sein Wort nicht gehalten. Sobald die Schneeschmelze einsetzte, luden deshalb die meisten betrogenen Siedler ihre restliche Habe auf ihre Planwagen und brachen nach Süden auf. Frei, endlich frei! Frei, das unwirtliche kalte Land hinter sich zu lassen. Viele nahmen Kurs auf Texas, über das sie soviel in Groschenromanen gelesen hatten, andere gelangten nur bis Neuengland, wo sie acht Jahre später für Geld anstelle reicher Yankees in der Armee der Union Dienst taten.

Einer dieser Freiwilligen, ein gewisser Hugh McCurdy, war mütterlicherseits mit Strawberry verwandt gewesen. Ein Brief von ihm, auf das dreifarbige Packpapier eines Magnus Ornamental and Glorious Union Packet geschrieben, hatte die Zeiten überdauert. Er war am Vorabend der Schlacht von Shiloh verfaßt worden, in der Hugh McCurdy fiel. Strawberry brachte ihn eines Abends ins Caboose mit, um ihn Moses zu zeigen.

Libe Bess,
Bess, es is zihmlich sicher das es morgen zur Schlacht komt und weil ich angst hab und nich weis wie ich da rauskom leg ich 15 Dollar bei. Wenn mir das Gelt ausgeht was ohne Weiteres passiren kann schreib ich dir einfach. Am Besten du giebst Vater den kleinen Glücksbringer, man kann ja nie wissen. Sag Amos er soll anstendig bleiben und pass auf ihn auf. Als Bruder rat ich ihm liber nicht Soldat zu werden weil das für ihn nichts is. Sag Luke er soll froh sein dass er ist wo er ist und nicht den ganzen Tag kempfen muss. Bess! Gib dem kleinen Frankie einen Kuss von mir weil ich es vileicht nie mehr selber tun kann. Sonst noch was wichtiges fellt mir nich mehr ein.

Dein Mann der dich lieb hat

Hugh McCurdy

Am nächsten Vormittag fuhr Moses per Anhalter zu Strawberrys Haus auf dem Hügel, durchforstete mit ihm auf dem Dachboden einen Schrankkoffer und fand nebst anderen wundersamen Gegenständen ein 1874 in *Harper's Magazine* veröffentlichtes Reisetagebuch, das von einer Reise in die Gegend des Memphremagog-Sees am Ende des kurzlebigen Goldrauschs handelte. »Von Knowlton bis South Bolton erstreckt sich Wildnis. Kleine Bären sind dort gesichtet worden, oft werden Füchse erlegt, und die Forellenbestände geben ihre Schätze preis. Wir zogen von dort zum Cherry River weiter. Eine Zeitlang glaubte man, daß seine Zuflüsse reichlich Gold führen, weil ein Bankier aus Magog zum Beweis mehrere große Nuggets vorgelegt hatte. Doch zum Verdruß vieler, die in die New Camelot Mining & Smelting Co. investiert hatten, erwies sich das als falsch. Dahinter verbirgt sich eine Geschichte. Wir haben in Montreal Sir Russell Morgan in seiner Residenz in der Peel Street aufgesucht, wo über dem Säulenvorbau stolz das Familienwappen prangt. Wir hofften, er könne einige noch recht umstrittene Punkte aufklären, aber leider war er unabkömmlich.«

Die New Camelot Mining & Smelting Co. war der Fels, auf dem das Vermögen dreier sehr angesehener Montrealer Familien, der Russells, der Clarksons und der Walkers, gründete. Die Aktien der Bergbaugesellschaft, zum Stückpreis von zehn Cent herausgegeben, waren auf 12 Dollar 50 geklettert, bevor sie in den Keller fielen. Radikale Parlamentarier hatten seinerzeit eine Untersuchung des Falls gefordert und als Argument angeführt, Morgan und dessen Partner hätten rechtzeitig verkauft, bevor die Seifenblase platzte. Doch die Proteste fruchteten nichts.

In seinen als Privatdruck verlegten Memoiren *Erinnerungen eines Landedelmannes* ließ sich Sir Russell Morgan lang und breit über seine Ahnenreihe aus, die er problemlos bis zur Eroberung Englands durch die Normannen im Jahr 1066 zurückverfolgte, obwohl – oder vielleicht gerade weil, wie ein paar Spötter einwandten – es damals auf den Britischen Inseln noch keine Nachnamen im heutigen Sinne gegeben hatte. Der kurzen, fiebrigen Existenz der New Camelot Mining & Smelting

Co., die er mit seinen Partnern Senator Hugh Clarkson und Darcy Walker, Mitglied des Parlaments, gegründet hatte, widmete er hingegen nur zwei Absätze. Sie seien, schrieb er, gleich zu Anfang von einem israelitischen Verräter hintergangen worden, der ihnen versichert habe, in dem hügeligen Gelände gebe es Goldadern. Er, Sir Russell, bedauere, daß viele Anleger einen solchen Reinfall erlebt hätten. Bergbau sei nun einmal ein risikoreiches Geschäft. Im übrigen, schloß er, habe er nie auch nur einen Muckser von all jenen vernommen, die am Aktiengeschäft verdient oder von seinen späteren Unternehmungen profitiert hätten. Doch, so sinnierte er, »*c'est la vie*, wie unsere charmanten Farmer französischer Herkunft so gern sagen«.

2 Verkatert und außerstande, sich zu konzentrieren, sagte Moses sich, daß der Tag nicht ganz verloren wäre, wenn er ein bißchen Ordnung in seine Bücher brächte und bei denen anfing, die auf dem Boden herumlagen. Das erste Buch, das er aufhob, war *Das Grab ohne Frieden* von Palinurus. »Je mehr Bücher wir lesen«, begann es, »desto eher erkennen wir, daß die wahre Aufgabe des Schriftstellers darin besteht, ein Meisterwerk hervorzubringen, und daß alles andere ohne Belang ist. Dies sollte eigentlich offenkundig sein, doch wie wenige Schriftsteller wollen es zugeben oder sind nach einem solchen Eingeständnis bereit, von dem Stück schillernder Mittelmäßigkeit abzulassen, auf das sie sich versteift haben!«

Zum Teufel mit dir, Cyril, dachte Moses und schleuderte den schmalen Band quer durchs Zimmer, hob ihn jedoch gleich wieder auf, da er vor Connolly großen Respekt hatte. Auf der ersten Seite klebte ein Aufdruck des Blackwell College, auf den Moses eigenhändig die Worte »Oxford 1956« geschrieben hatte.

Das war das Jahr gewesen, in dem er zum erstenmal einen Blick auf den sagenhaft reichen Sir Hyman Kaplansky geworfen hatte, als dieser im Speisesaal des Balliol College am Lehrertisch mit zwei der langweiligsten Professoren plauderte. Ein paar Wochen später lief Moses Sir Hyman im Buchladen des Blackwell College erneut über den Weg. Der alte Herr, der sich den Malakka-Spazierstock unter den Arm geklemmt hatte, stellte sich vor. »Ich habe im *Encounter* Ihren Aufsatz über jiddische Etymologie gelesen«, sagte er. »Ich fand ihn ausgezeichnet.«

»Danke.«

»Hoffentlich kränke ich Sie nicht, wenn ich Sie auf einen kleinen Irrtum hinweise. Was den Ursprung des Wortes *kike* angeht, haben Sie nicht ganz ins Schwarze getroffen. Macht nichts, Partridge ist es nicht anders ergangen. Er schreibt, der Begriff sei 1935 erstmals im englischen Sprachraum aufgetaucht. Wie Ihnen gewiß bekannt ist, hat Mencken ihn bereits 1919 in seinem Werk *The American Language* erwähnt.«

»Das habe ich doch auch geschrieben.«

»Stimmt, nur behaupten Sie dann, das Wort sei von deutschen Juden als abträgliche Bezeichnung für Einwanderer aus dem Schtetl, deren Namen häufig auf -sky oder -ski endeten, verwendet worden. Von daher das Wort *kykis* und später *kikes*. Tatsächlich ist es jedoch auf Ellis Island entstanden, wo man des Schreibens Unkundige aufforderte, die Einwanderungspapiere mit einem X zu unterzeichnen. Die Juden weigerten sich, dies zu tun, und malten statt dessen einen Kringel, auf jiddisch *kikel*. Schon bald nannten die Inspektoren sie *kikelehs* und schließlich *kikes*.«

Nach dieser Begegnung verging ein weiterer Monat, bis der Ruf vom Berge Sinai erscholl.

»Über Geschmack läßt sich nicht streiten«, sagte der Geschichtslehrer eines Tages zu Moses. »Anscheinend hat Sir Hyman Kaplansky einen Narren an Ihnen gefressen.«

Sir Hyman, erläuterte der Lehrer dann, sammele seltene Bücher, hauptsächlich Judaica, doch begeistere er sich auch für alles, was mit der Arktis zu tun habe. Er besitze eine der umfangreichsten Privatsammlungen von Handschriften und Erstausgaben, die von der Suche nach der Nordwestpassage handelten. Eine kanadische Universität – die McGill, wenn sein Gedächtnis ihn nicht trüge, fuhr der Lehrer fort – habe Sir

Hyman darum gebeten, seine Sammlung als Leihgabe ausstellen zu dürfen. Sir Hyman habe zugestimmt und brauche nun jemanden für die Erstellung des Katalogs. »Wahrscheinlich können Sie die Aufgabe bequem in zwei Wochen bewältigen. Sir Hyman wird Sie angemessen bezahlen. Sie brauchen ihn also gar nicht erst darauf anzusprechen.«

Bei seiner nächsten Reise nach London suchte Moses als erstes Sam Birenbaum in dessen Büro in Mayfair auf. Sam, der sich wie immer überreichlich mit Arbeit eingedeckt hatte, nicht zuletzt, um beim Sender seine Tüchtigkeit unter Beweis zu stellen, hatte gerade eben Zeit für ein schnelles Bier und einen Imbiß in einem Pub. Zurück im Büro, wies er den Archivar an, Moses die dicke Akte über Sir Hyman Kaplansky auszuhändigen.

Der recht undurchsichtige Sir Hyman war angeblich in Alexandria als Sohn eines Baumwollmaklers zur Welt gekommen und hatte dem Vernehmen nach an der Börse von Beirut mit Devisenspekulationen ein Vermögen verdient, bevor er sich kurz vor Ausbruch des Zweiten Weltkrieges in England niederließ. 1945 wurde er wegen seiner Verdienste um die Konservative Partei, so die Begründung, geadelt. Als Bankier und Immobilienspekulant erwarb er ein noch größeres Vermögen. Die Zeit gleich nach Kriegsende lag etwas im dunkeln, Sir Hyman war jedoch in mindestens zwei dubiose Unternehmungen verwickelt. Im Jahr 1946 kaufte er von Neapel aus zwei völlig überalterte Truppentransporter und mehrere Frachter von zweifelhafter Seetüchtigkeit und gründete eine Schiffahrtslinie, doch am Ende mußte er seine Flotte für ein Spottgeld wieder abstoßen. Wenig später wurde einer der Frachter, auf dessen Schornstein noch immer das Emblem der eingegangenen Schiffahrtslinie, ein aufgemalter schwarzer Rabe, prangte, von einem britischen Zerstörer bei dem Versuch aufgebracht, die Blockade zu durchbrechen und in Palästina zu landen, und nach Zypern eskortiert. Zum Glück konnte Sir Hyman nachweisen, daß er das fragliche Schiff sechs Monate zuvor verkauft hatte. Dies beteuerte er auch in einem Schreiben an die *Times*.

Anfang 1948 kam es zu einer weiteren geschäftlichen Bauchlandung, diesmal bei einer Filmproduktion. Sir Hyman, der sich für die Fliegerei begeisterte, seit er in Kenia den Flugschein gemacht hatte, setzte seine Bewunderer in London wiederum in Erstaunen: Er erwarb in Valletta eine Villa und verkündete, er wolle einen Film über den Luftkrieg von Malta drehen. Zu diesem Zweck heuerte er Piloten aus dem Zweiten Weltkrieg an und kaufte eine kleine Luftflotte zusammen, die zumeist aus Spitfires bestand. Der Film wurde jedoch nie produziert, weil Sir Hyman kein zufriedenstellendes Drehbuch entwickeln konnte. Im Mai 1948 kehrte er nach London zurück und versicherte einem Reporter der *Financial Times*, er werde sich nie wieder auf fremdes Terrain vorwagen. Seine Luftflotte, die ihn eine hübsche Stange Geld gekostet habe, sei auf dem Schrottplatz eines Abwrackers gelandet. Tags darauf proklamierte David Ben Gurion den Staat Israel, der »ein Licht unter den Nationen« sein würde. Der junge Staat wurde sofort von Truppen aus Syrien, dem Libanon, aus Transjordanien, Ägypten und dem Irak angegriffen.

Das bislang letzte Schriftstück der Kaplansky-Akte war eine von einem Enthüllungsjournalisten getippte Notiz. Auf die Bitte, zu einem Interview Stellung zu nehmen, das der tags zuvor in Moskau aufgetauchte Spion Guy Burgess dem Journalisten gegeben hatte, hatte Sir Hyman geantwortet: »Was, dieser Bolschewik, der sich abgesetzt hat? Den habe ich nur flüchtig gekannt, und außerdem lasse ich mich nicht fürs Fernsehen filmen.«

Die Akte enthielt außerdem Artikel aus verschiedenen Magazinen über Sir Hymans Landsitz nicht weit von Bognor Regis an der Küste von Sussex. Das Anwesen war mitsamt Kunstschätzen, Antiquitäten und Skulpturengarten sowohl im *Tatler* wie auch in *Country Life* abgebildet worden. Lady Olivia, erfuhr man, war eine erstklassige Springreiterin und züchtete Corgis.

Moses brannte darauf, den Landsitz kennenzulernen, doch Sir Hyman bestellte ihn in seine Wohnung an der Cumberland Terrace. Als er dort pünktlich um vier eintraf, führte ihn der Butler in die Bibliothek.

Alleingelassen, inspizierte Moses die Bücherregale und stieß dabei erstmals auf Namen, die sich ihm für alle Zeiten ins Gedächtnis einprägen würden: Sir John Ross, Hearne, Mackenzie, Franklin, Back, Richardson, Belcher, M'Clure, M'Clintock, Hall, Bellot … Dann schlenderte Moses zum Kamin, über dem ein Gemälde hing, das er sich genauer ansehen wollte. Naive Eskimo-Kunst. Vor einem schneeweißen Hintergrund ein Sonnenball, der blutrote Strahlen aussandte, und am unteren Bildrand ein gefährlich aussehender Rabe, der auf einem im Wasser schwimmenden menschlichen Schädel herumhackte.

»Aha«, sagte Sir Hyman beim Betreten der Bibliothek, »wie ich sehe, haben Sie sich von dem tückischen Raben betören lassen.«

»Tückisch?«

»Eines Tages zog ein Rabe Kreise über einer Ansammlung von Iglus und bedeutete den Bewohnern, daß zu ihnen Besucher unterwegs seien. Sie sollten ihnen entgegengehen, und falls sie vor Einbruch der Nacht nicht auf sie stießen, sollten sie am Fuß eines Steilhangs ihr Lager aufschlagen. Als abends weit und breit nichts von den Besuchern zu sehen war, richteten sich die Leute wie geheißen unterhalb eines Kliffs für die Nacht ein. Doch kaum war die letzte Steinlampe in den Iglus gelöscht, flog der tückische Rabe geradewegs zum Rand des Felsens, der die Iglus bedrohlich überragte. Dort oben rannte, hüpfte und flatterte der Rabe so lange auf einer riesigen Schneewehe herum, bis eine Lawine abging. Die ahnungslosen Menschen in den Iglus wurden verschüttet und erwachten nie wieder aus ihrem Schlaf. Der Rabe wartete ab, bis es Frühling wurde. Dann, als der Schnee schmolz und die Leichen der Unglückseligen freigab, vergnügte er sich damit, ihnen die Augen auszuhacken. Gemäß der Legende mangelte es dem Raben bis weit in den Sommer hinein nicht an Nahrung. Was halten Sie von einem Sherry?«

»Dürfte ich einen Scotch haben?«

»Natürlich.«

Sie wurden von Lady Olivia unterbrochen. Blond, bedeutend jünger als Sir Hyman und mit einem energischen Zug um die Kinnpartie, trat sie mit einem Klemmhefter in der Hand ein. Sie hatte einen Sitzplan für den großen Tisch im

Speisezimmer gezeichnet und jeden Platz mit einem Fähnchen gekennzeichnet. »Henrys Sekretärin hat gerade angerufen. Es sei nicht sicher, ob er heute abend kommen könne. Das Parlament werde wahrscheinlich bis in die Nacht tagen.«

»Dann müssen wir eben ohne ihn auskommen.«

»Aber verstehst du denn nicht? Ich müßte Rab neben Simon setzen.«

Sir Hyman warf einen flüchtigen Blick auf die Fähnchen. »Könntest du Rab nicht dort drüben hinsetzen?«

»Nein, der Platz ist für Lucy vorgesehen. Sie wird entzückt sein. Schließlich kommt sie doch, um sich einen Adeligen zu angeln, oder etwa nicht?«

»Lucy Duncan?«

»Nein, die kleine Kanadierin.«

»Ach ja, Lucy Gursky. Können wir das nicht später besprechen?« Sir Hyman wies auf Moses. »Wir sind gleich fertig.«

Moses hatte unterdessen in einem Buch gelesen, das aufgeschlagen auf einem Lesepult lag: *Die Tagebücher des Angus McGibbon, Leiter einer Handelsniederlassung der Hudson Bay Company in Fort Prince of Wales.*

> Ein junger Weißer, über den weder in der Company noch bei der Konkurrenz etwas bekannt ist, lebt mit einer Sippe wandernder Esquimaux in Pelly Bay und wird von ihnen anscheinend als eine Art Wunderheiler oder Schamane verehrt. Er nennt sich Ephrim Gorski, aber wahrscheinlich, weil er so schwarze Haare und stechende Augen hat, nennen ihn die Esquimaux Tulugaq, was in ihrem Kauderwelsch Rabe bedeutet.

Eine halbe Stunde später erschien eine gereizte Lady Olivia erneut mit ihrem Klemmhefter.

»Ich habe eine Lösung für unser Problem, Liebling«, sagte Sir Hyman. »Mr. Berger wird heute abend zum Dinner kommen. Er ist Kanadier, genau wie Lucy, und kennt Lucy seit seiner Kindheit.«

Das reichte Lady Olivia nicht.

»Er studiert am Balliol College. Als Rhodes-Stipendiat. Sein Vater ist Dichter.«

»Oh, wie nett«, erwiderte Lady Olivia. »Ich wußte gar nicht, daß es in Kanada auch Dichter gibt.«

## 3

Lucy.

Nach der ersten mit ihr verbrachten Nacht kam Moses kurz vor Mittag zu sich. Während er sich zu erinnern versuchte, in wessen seidener Bettwäsche er lag, identifizierte er das Geräusch, das ihn wahrscheinlich geweckt hatte: Jemand übergab sich, und dann rauschte die Toilettenspülung. Schon fast an der Oberfläche, aber noch weit vom rettenden Ufer entfernt, öffnete Moses mühsam die Augen, blickte in die Richtung, aus der das Geräusch kam und sah durch eine offene Tür Lucy, die nackt vor einer Kloschüssel kniete. Taumelnd kam sie auf die Füße. Sie war mitleiderregend dünn.

»Was soll Edna dir zum Frühstück bringen?«

»Schwarzen Kaffee. Und einen Wodka mit Orangensaft. Das wäre nett.«

Noch immer nackt, drückte Lucy auf einen in die Wand eingelassenen Knopf und stellte sich anschließend auf die Waage. Eine dicke, verdrießliche Schwarze kam ohne anzuklopfen ins Zimmer. Lucy machte sich nicht einmal die Mühe, sie anzusehen. »Bring uns eine große Kanne schwarzen Kaffee, einen Krug frisch gepreßten Orangensaft und zwei Joghurts. Ach, übrigens, Edna, das ist Mr. Berger. Er wohnt ab heute hier.«

Moses wartete, bis Edna den Raum verlassen hatte, dann fragte er: »Wer sagt, daß ich ab heute hier wohne?«

»Also, wenn du dich nicht mal mehr an deine eigenen Worte erinnerst, kannst du meinetwegen gleich nach dem Frühstück abhauen.«

»Nein, ich möchte bleiben.« Dann kann mir die gute Edna jeden Morgen einen leckeren Joghurt und die Zeitung ans Bett bringen, dachte er.

»Ich habe eindreiviertel Pfund zugenommen«, sagte Lucy.

Er hätte ohne weiteres die Rippen ihres waschbrettartigen Brustkorbs zählen können. »Schätze, du wiegst nicht mehr als hundert Pfund.« Mit Schmuck vielleicht hundertzehn, dachte er.

»Du verstehst nicht. Jemand wie ich muß dünn sein. Hast du denn alles vergessen, was ich dir gestern abend erzählt habe?«

»Absolut nicht.«

»Wo habe ich heute nachmittag einen Probetermin?«

»Bei Manchester United.«

»Ha, ha, ha!«

»Na sag schon.«

»Bei Sir Carol Reed.«

»Der Name lag mir auf der Zunge.«

»Deine Zunge? Die hat sich heute nacht ganz schön bei mir umgetan.«

Moses errötete.

»Du wirst schnell merken, daß ich ziemlich ordinär sein kann, aber diese Eigenschaft hab ich mir auf ehrenhafte Weise erworben. Ich bin die Tochter von einem Satyr, wie man sagt. Besitzt du ein Dinnerjacket?«

»Ich glaube schon«, antwortete er und überlegte, daß er sich von Sam Geld borgen und eins ausleihen könnte.

»Gut. Heute abend brauchst du nämlich eins.« Sie würden, erläuterte sie, abends zu einer Premiere ins Royal Court Theatre und anschließend zu einer eleganten Gesellschaft bei den Kaplanskys gehen. »Schaffst du es, nüchtern zu bleiben, bis ich zurück bin?«

Er versprach es ihr.

»Ken Tynan, Oscar Lowenstein, Joan Littlewood, Peter Hall und Gott weiß wer werden dasein. Hymie hat sie alle mir zuliebe eingeladen.«

Sobald Lucy weg war, goß Moses sich einen Wodka ein, trank ihn pur und machte einen Rundgang durch Lucys todschicke Wohnung. Die Bücherregale waren vollgestopft mit Theaterstücken, Schauspielermemoiren und Biographien bedeutender und nicht ganz so bedeutender Hollywoodgrößen. Ein gflochtener Korb quoll über von Zeitschriften wie *Stage, Variety, Plays and Players* oder *Films and Filming*. Moses beschloß, sich noch einen kleinen Wodka zu gönnen, sagen wir drei Fingerbreit, das konnte nicht schaden. Er ließ sich in einen mit Samt bezogenen Ohrensessel fallen. Etwas pikste ihn in den Hintern. Er förderte ein Perlenkollier zutage, das lang wie eine Angelschnur und bestimmt ein paar tausend Pfund wert war. Plötzlich fühlte er sich durch ein Guckfenster in der Tür zur Küche beobachtet und ließ die Kette rasselnd in einen Aschenbecher gleiten.

»Kann ich etwas für Sie tun, Mr. Berger?«

»Nein, danke.«

Lucy kam schlechtgelaunt zurück. »Jedesmal, wenn ich gegen eine von diesen Weibern antreten muß, die in einem Einzimmer-Appartement hausen, kriegt die andere die Rolle. Ich werde dafür bestraft, daß ich reich bin.«

Es handelte sich um ein gesellschaftskritisches Stück, das sich unendlich in die Länge zog. Alles war mit Bedeutung überfrachtet. Wenn zum Beispiel jemand das Radio anstellte, dann nicht etwa, um Sportnachrichten oder den Wetterbericht zu hören. Nein, unweigerlich ertönte Chamberlains Stimme, der der Menschheit »Friede in unserer Zeit« verhieß, oder jemand verkündete, gerade habe man sie über Hiroshima abgeworfen.

Draußen im Bentley wartete Lucys Fahrer Harold. Er fuhr sie zu Sir Hymans Domizil. Dort wimmelte es von bedeutenden Regisseuren und Produzenten, auf die Lucy unermüdlich Jagd machte. Moses, der niemanden kannte, verdrückte sich in die Bibliothek und zog ein ihm vertrautes Werk heraus, das Buch, welches ihn davon überzeugt hatte, daß Ephrim Gorskis alias Tulugaqs Aufenthalt in der Arktis Früchte getragen hatte. Es war eine Erstausgabe von *Mit den Esquimaux leben: Bericht über eine arktische Irrfahrt auf der Suche nach Überlebenden von Sir John Franklins Expedition*, verfaßt von Captain Waldo Logan aus Boston: Er war am 27. Mai 1868 an Bord des Walfängers *Determination* in die Arktis aufgebrochen. Einen Monat später, beim Erreichen der Hudson-Meerenge, schrieb er:

> Tags darauf, es war der 29. Juli, steuerten wir erneut auf die Küste zu, doch es war weiterhin nebelig, und so konnten wir uns ihr erst gegen vier Uhr nachmittags nähern

nachdem wir kurz zuvor erneut die *Marianne* gesichtet hatten. Um dieselbe Stunde erblickten wir zwei Esquimaux-Jungen, die in voller Fahrt auf uns zuhielten. Wenig später waren sie längsseits und wurden mitsamt ihrem Kajak an Bord gehievt. Sie nannten sich ›Koodlik‹ und ›Ephraim‹, waren beide fünf Fuß sechs Zoll groß, hatten kleine Hände und Füße, und ihre Züge waren gefällig, nur daß beiden vorn ein paar Zähne fehlten. Die Burschen hatten eine große Menge Lachs und Dorsch, aber auch allerlei Seevögel mitgebracht. Sofort begannen sie, eifrig mit uns zu handeln, und es dauerte nicht lange, bis wir mit ihnen auf freundschaftlichstem Fuße standen und allerlei lustige Scherze machten. Als sie zur abendlichen Mahlzeit die Kabine betraten, verhielten sie sich höchst manierlich. Ephraim, der jüngere der beiden, wollte jedoch nicht essen, bevor er nicht sein Brot gesalzen und einen Segen gemurmelt hatte. Ich konnte das meiste nicht verstehen, aber ich erfuhr immerhin, daß das Esquimaux-Wort für Brot *lechem* lautet.

Der Alkohol spielte Moses wieder einmal einen Streich, er sah die Schrift doppelt. Er stellte das Buch ins Regal zurück, trat an eins der Fenster, öffnete es mit einiger Mühe und sog tief die Nachtluft ein. Als er sich wieder halbwegs im Griff hatte, schlenderte er zum Kamin, über dem jetzt nicht mehr das Bild mit dem tückischen Raben, sondern ein anderes Gemälde hing.

»Das ist Prinz Heinrich der Seefahrer.«

Moses fuhr erschrocken herum. Sir Hyman stand hinter ihm.

»Wie alt sind Sie, Moses?«

»Fünfundzwanzig.«

»Nun, als Prinz Heinrich im Jahr 1415 einundzwanzig wurde, brach er alle Verbindungen zum Hof ab und widmete sich der Seefahrt. Er ließ sich auf Kap St. Vinzenz, am äußersten Ende von Portugal, nieder und schickte von dort Schiffe mit dem Auftrag los, Karten von der Küste Afrikas anzufertigen, vor allem jedoch nach dem sagenumwobenen Reich des

Priesterkönigs Johannes zu suchen. Die Geschichte kennen Sie bestimmt.«

»Nein, bedaure.«

»Ach, das mythische Königreich der Gerechten, ein wahres Paradies auf Erden. Ein Reich mit unterirdischen Flüssen, die Edelsteine heraussprudelten, Lebensraum einer erstaunlichen Gattung von Würmern, welche die kostbarste Seide sponnen. Berichten zufolge mußte es irgendwo in der Nähe der ›Indien‹ liegen, und es hieß, der Priesterkönig Johannes vereine nicht nur Feldherrnkunst mit der Frömmigkeit eines Heiligen, sondern stamme zudem von den drei Weisen aus dem Morgenland ab. Man erhoffte sich von ihm, daß er nicht nur bei der Eroberung des Heiligen Grabes, sondern auch bei der Verteidigung des zivilisierten Europa gegen den Antichristen behilflich sein würde, nämlich gegen die Horden der Kannibalen, die in Ländern wie Gog und Magog hausten. Das Reich des Priesterkönigs wurde erstmals in einem Brief erwähnt, den Johannes im Jahr 1165 vermutlich eigenhändig verfaßt und an den Kaiser des Oströmischen Reiches gesandt hatte. Leider erwies sich das Schreiben später als Fälschung. Ein Reich der Gerechten gibt es nicht, wohl aber die Suche danach, und das ist ein Zeitvertreib für Irre, meinen Sie nicht auch?«

Lady Olivia kam aufgeregt und zornig in die Bibliothek gerauscht. »Da bist du ja, Hymie! Alle fragen nach dir.«

»Ich komme gleich, meine Liebe.« An der Tür blieb er kurz stehen und drehte sich zu Moses um. »Sie haben sicher schon gemerkt, daß Lucy eine problematische junge Dame ist. Seien Sie gut zu ihr.«

In der ersten Zeit waren sie wirklich gut zueinander. Sie spielten trautes Heim, ließen sich von Edna und Harold um- und von Harrods, Paxon and Whitfield, Fortnum & Mason und Berry Bros. & Rudd versorgen.

Sich umeinander zu kümmern wurde ein Spiel, an dem sie bald großes Gefallen fanden. Lucy war erstaunt, daß sie es fertigbrachte, sich um das Wohlergehen eines anderen Menschen zu sorgen, während Moses seinerseits es genoß, daß sich jemand um ihn kümmerte. Sie zog ihn auf, schmeichelte ihm, trank selbst keinen Wein mehr, und so schaffte sie es, ihn von der Flasche abzubringen. Nachdem er vierzehn Tage lang trokken geblieben war, log er sie an und behauptete, er würde das Trinken nicht vermissen. Daraufhin drängte sie ihn, die Arbeit an seiner Studie über den Beveridge-Plan und die Entstehung des britischen Wohlfahrtsstaates wiederaufzunehmen.

Als sie eines Tages mit Harold unterwegs war und sich von ihm von Harrods zu Aspreys und von dort zu Heals chauffieren ließ, erstand sie eine Schachtel vom feinsten Büttenpapier, eine elektrische Schreibmaschine, Karteikarten in einem hübschen, mit Samt überzogenen Kästchen, das kleine Schubfächer mit Messinggriff hatte, einen Ledersessel mit Armstützen und einen alten Sekretär mit einer Schreibfläche aus feinstem, von Hand bearbeitetem Leder. Während Moses einen Nachmittagsspaziergang machte und die Kneipen – die Stationen seines Kreuzwegs – zählte, an denen er vorbeikam, ließ Lucy das Wohn- in ein Arbeitszimmer umfunktionieren. Moses fand alles mehr als nur protzig, aber er freute sich auch, vor allem über den Humidor von Fabergé, der mit Davidoff-Zigarren gefüllt war. Es fehlen nur zwei Dinge, dachte er, ein Porträt des hochwohlgeborenen Monsieur Berger, über die Mysterien des Kosmos nachsinnend und dessen Gewicht ertragend, sowie Korktapeten an den Wänden.

Lucy war, wie er inzwischen herausgefunden hatte, mit dem ersten Transatlantikflug, auf dem sie einen Platz mit ihrer Glücksnummer 5 ergattern konnte, nach London geflogen, nachdem sie kurz zuvor in New York eine Affäre mit einem südamerikanischen Grand-Prix-Rennfahrer beendet hatte. Ihr nächster Liebhaber, ein junger Beau, den sie bei Qaaglino's an der Bar aufgesammelt hatte, verschwand mit einem Kollier aus Gold, Diamanten und Perlen, das einst Katharina der Großen gehört hatte. Da weder die Royal Academy of Dramatic Arts noch die London Academy sie aufnehmen wollten, schusterte Lucy sich kurzerhand eine eigene Schule zusammen. Sie nahm Schauspielunterricht bei einer ziemlich verrückten ehemaligen Schülerin von Lee Strasberg, ließ sich von einem versoffenen, zickigen Schwulen, mit dem Moses ab und zu zum Mittagessen ging und der früher einmal ein Engagement im Sadler's

Wells gehabt hatte, Tanz- und Bewegungsunterricht geben und nahm Gesangsstunden bei einem Tenor, der einst an der Scala gesungen hatte und behauptete, vor Mussolini geflohen zu sein, wohingegen Moses mutmaßte, daß er eher vor den bissigen Kommentaren der Kritiker die Flucht ergriffen hatte. Ein Manager von McTavish Distillers brachte sie bei einer angesehenen Agentur unter, was er gewiß nicht getan hätte, wenn er von Anfang an gewußt hätte, daß sie nicht Mr. Bernards, sondern Solomons Tochter war.

An Tagen, an denen sie irgendwo vorsprechen mußte, war Lucy nach dem Aufstehen jedesmal überzeugt, daß sie wie ein Wrack aussah, und das stimmte meist, weil sie nachts kaum ein Auge zugetan hatte. Nachdem sie sich notdürftig aufgemöbelt hatte, flitzte sie erst zu Vidal's, dann zu ihrem Analytiker, anschließend zu ihrer Masseuse und ihrem Sprachlehrer, allerdings nicht unbedingt in dieser Reihenfolge. Schließlich klemmte sie sich die Mappe mit ihren Photos von David Bailey unter den Arm, haderte mit sich selbst, weil sie nicht so gut aussah wie Jean Shrimpton oder Bronwen Pugh, setzte sich vor dem schäbigen Sprechzimmer zu anderen jungen Frauen, die wie sie eine Photomappe umklammerten, auf eine Bank und wartete, bis irgendein schmieriger Typ mit einem Klemmhefter erschien und ihren Namen aufrief. Warum Lucy mit all ihrem Geld sich so erniedrigte und für die zweifelhafte Aussicht auf eine kleine Rolle in einem mittelmäßigen Film ihre Haut zu Markte trug, daraus wurde Moses nicht schlau. Er wünschte ihr um ihrer selbst willen, daß sie überall nur abgelehnt wurde, damit sie endlich zur Besinnung kam. Doch unglücklicherweise warf man ihr von Zeit zu Zeit einen Knochen vor, was sie noch mehr in die Irre führte und ihrem Wunschtraum, ein Star zu werden, weitere Nahrung gab. Zum Beispiel überließ man ihr einmal den Part einer vorlauten Sekretärin in einem Streifen mit Diana Dors, und ein andermal durfte sie ein Kaugummi kauendes Mädchen vom Amt spielen, das ein Ferngespräch nach Amerika vermittelte, welches von keinem Geringeren als Eric Portman oder Jack Hawkins angemeldet wurde. Moses versuchte, ihr ins Gewissen zu reden. »Wenn man dir die Mascha oder die

Cordelia anbieten würde! Aber diese Rollen? Was bringt dir das?«

»Ach, lies lieber ein Buch, du Blödmann.«

So war das in der Zeit ihrer sonnigen Tage, einer Zeit, in der sie viel zu Hause war und Gelegenheit hatte, in eine Celia-Johnson-Rolle zu schlüpfen, statt wie früher jeden Abend Hals über Kopf ins Les Ambassadeurs, Mirabelle oder Caprice zu fahren. Moses machte es sich anscheinend am liebsten daheim mit einem Buch auf dem Sofa bequem. Sie versuchte, es ihm gleichzutun, doch sie konnte sich nie lange auf etwas konzentrieren und vertrieb sich meist die Zeit, indem sie in Zeitschriften blätterte, ein Puzzle legte oder von einem Fernsehsender zum anderen schaltete. Ständig mußte sie sich gegen eine innere Stimme wehren, die ihr einzureden versuchte, daß sie ihre Zeit vergeudete, in einem Käfig vor sich hin gammelte und an der Seite eines mürrischen Exalkoholikers und ziemlich miesen Liebhabers alterte, während das wahre Leben anderswo stattfand. Nein, nein, tadelte sie sich, Moses schreibt bestimmt ein tolles Buch, und dann werden alle auf mich zeigen wie auf Aline Bernstein, die sinnenfreudige Jüdin, die, wie ein Lehrer im College sich ausgedrückt hatte, erst alles ermöglicht hatte. Das Problem besteht nur darin, daß Thomas Wolfe ein großer, starker Goj ist, während Moses, ehrlich gesagt, nur ein kleiner jüdischer Intellektueller mit Glotzaugen und wulstigen Lippen ist. *Von Zeit und Strom* ist ein Klassiker, das Buch ist in *Modern Library* aufgenommen, aber eine Studie über den Beveridge-Plan mit Graphiken und Statistiken? Vergiß es.

Was Lucy völlig übersah, war die Tatsache, daß Moses es satt hatte, Abend für Abend zu Hause zu bleiben, auf dem Sofa zu sitzen und zu lesen, eine Angewohnheit, die nicht etwa einer ihm lieb und teuer gewordenen Neigung entsprungen, sondern aus der Not geboren war. Ein Gutteil der Anziehungskraft, die Lucy auf ihn ausübte, beruhte ja gerade darauf, daß sie ihn ins Les Ambassadeurs oder Mirabelle mitnehmen konnte, in eine Welt, die kennenzulernen er sich sehnte und die er sich nicht leisten konnte. Nachdem Lucy zwei- oder dreimal mit ihm ausgegangen war, hatte sie sich geschworen, es nie wieder zu tun. Moses, der die luxuriöse Umgebung einerseits herrlich fand, sich von ihr jedoch andererseits verunsichert fühlte, hatte diesen Widerspruch dadurch zu überspielen versucht, daß er über schillernde Paare an anderen Tischen hämische Bemerkungen machte. In feinen Restaurants, wo ihr Erscheinen früher als gesellschaftliches Ereignis gefeiert worden war und der Oberkellner Schmeicheleien wie Rosenblätter ausgestreut hatte, während er sie zu ihrem Tisch begleitete, hatte Moses sie in eine peinliche Lage gebracht, indem er die Rechnung erst beglich, nachdem er zuvor jeden einzelnen Posten und dann die Endsumme überprüft hatte.

Gelangweilt legte er eines Abends das Buch beiseite und forderte sie auf: »Erzähl mir etwas über deinen Vater Solomon.«

»Ich war erst zwei Jahre alt, als er starb.«

»Hat dir deine Mutter denn nie von ihm erzählt?«

»Er hat sie in den Wahnsinn getrieben. Was ist schon noch dazu zu sagen?«

Immer lagen überall Kleidungsstücke von ihr herum, die sie in der Dior-Boutique oder bei den Geschwistern Rahvis gekauft hatte, und es blieb Edna überlassen, sie einzusammeln. Wenn sie, in die neueste Ausgabe von *Vogue* vertieft, auf dem Sofa lag, popelte sie nicht selten geistesabwesend in der Nase. Bestürzender noch war, daß sie häufig den Daumen in den Mund steckte und heftig an ihm lutschte, ohne sich dessen bewußt zu sein. Moses sagte sich, daß ihre schockierenden Tischmanieren zwar mit der Geisteskrankheit der Mutter und dem Fehlen des Vaters erklärt, aber wohl kaum gerechtfertigt werden konnten. Trotz alledem gelang es ihr, ihn während seiner depressiven Schübe aufzuheitern, die immer häufiger auftraten, seidem von ihm erwartet wurde, ohne Alkohol auszukommen.

»Was für aufregende Dinge hast du dir für heute nachmittag ausgedacht, Moses?«

»Was würdest du denn gern unternehmen?«

»Vielleicht hält heute mal wieder einer von diesen Arktis-Freaks mit schlechten Zähnen einen Vortrag im ICA?«

»Sollen wir uns nicht lieber zum Tee bei Hymie einladen, sofern er Zeit hat?«

Sir Hyman schien entzückt, sie wiederzusehen, doch kaum

hatten sie Platz genommen, erschien der Butler und flüsterte ihm etwas ins Ohr.

»So was«, sagte Sir Hyman. »Den hatte ich heute eigentlich nicht erwartet.«

Ein großer, hagerer Herr mit kleinem, verkniffenem Mund kam in den Raum stolziert. Sir Hyman stellte ihn als den stellvertretenden Direktor des Courtauld-Instituts und Verwalter der Königlichen Gemäldesammlung vor.

Obwohl Sir Hyman sie zum Bleiben aufforderte, bat Moses, sie zu entschuldigen, und führte Lucy hinaus, doch er war nicht dazu aufgelegt, sich für einen weiteren Abend mit ihr in ihrer Wohnung in Belgravia zu vergraben. »Warum gehen wir nicht zum Dinner ins Mirabelle?«

Keine Antwort.

»Ich will nicht daran schuld sein, daß du dich so von deinen alten Freunden und Bekannten absonderst.«

»Was machst du eigentlich den ganzen Tag in deinem Arbeitszimmer?«

»Ich sinne über die Mysterien des Kosmos nach und ertrage dessen Gewicht.«

»Edna hat oben im Schrank eine leere Wodkaflasche gefunden.«

Trotz aller Reibereien kam Lucy nicht mehr ohne ihn aus. Er ist mein Anker, sagte sie sich. Er war jemand, der ein Stück so auseinanderzunehmen und eine Rolle, die sie gern gespielt hätte, so zu durchleuchten verstand, daß sie manch einen Regisseur mit ihren Einsichten verblüffen konnte. Aber auch sie empfand die gemeinsam in der Wohnung verbrachten Abende allmählich als unerträglich. Trotzdem wollte sie erst wieder mit ihm ausgehen, nachdem sie erneut das gedämpfte Klappern der Schreibmaschine vernommen hätte. Sie verlegte sich aufs Schwindeln und gab vor, sie müsse bis spät in die Nacht hinein mit einer Freundin einen Auftritt durcharbeiten. In Wirklichkeit jedoch saß sie im Annabel's, während er, dankbar für ein bißchen Alleinsein, heimlich, aber heftig zu trinken begann und die Scotch- oder Cognacflaschen hinter Ednas Rücken mit kaltem Tee auffüllte. Eines Vormittags kam sie mit vor Aufregung gerötetem Gesicht von ihrem Agenten zurück. Einer der vielen jungen Nachwuchsregisseure hatte sie in einem Fernsehfilm gesehen und sie zum Vorsprechen eingeladen. Es ging um einen kleinen, aber bedeutsamen Part im neuesten Stück eines Autors, dem sogar nach Moses' Meinung gewisse Qualitäten nicht abzusprechen waren. Am Nachmittag stellte sich Lucy bei ihm vor, doch sie kam erst gegen Mitternacht nach Hause. Mit dem Fuß kippte sie ein Beistelltischchen um, so daß eine Schale mit Krimskrams durch die Gegend flog. »Er hat gesagt, ich sei perfekt und die Rolle sei mir auf den Leib geschneidert. Er bräuchte sich nicht einmal die Mühe zu machen, noch eine andere vorsprechen zu lassen.« Dann, berichtete Lucy, habe er sie gefragt, ob sie sich in seiner Gesellschaft bei einem kleinen Abendessen langweilen würde. Harold hatte sie zu Boulestin's gefahren.

»Oh, ist das nicht herrlich«, hatte der Regisseur gesagt und sich erfreut die Patschhändchen gerieben. »Wir haben einen Anlaß, um richtig zu feiern, meinen Sie nicht auch, meine Liebe?«

»Ja.«

»Wir könnten mit reichlich Beluga und einer Flasche Dom Pérignon anfangen, wenn Sie nichts dagegen haben.«

»Gern.«

Er erzählte ihr boshafte Geschichten über Larry und Johnny G., und als ein paar Bewunderer neben ihrem Tisch stehenblieben, stellte er Lucy als seine neueste Entdeckung vor. »Wie wäre es mit Hummer?« fragte er danach.

»Warum nicht?«

»Braves Mädchen.«

»Oh, wir sollten Vincent sofort Bescheid sagen, wenn wir den im Ofen gebackenen Alaska-Lachs essen wollen.«

»Eine großartige Idee.«

Er bestellte eine Flasche Chassagne-Montrachet. Später, als er bei seinem zweiten Armagnac angelangt war, sagte sie: »Verzeihen Sie, ich will Sie nicht drängen, aber wann fangen wir mit den Proben an?«

»Gut, daß Sie mich das fragen. Es gibt da nämlich ein klitzekleines Problem.«

»Und zwar?«

»Es ist nichts Schlimmes, wirklich«, erwiderte er und schob das Tellerchen mit der Rechnung verstohlen näher zu ihr. »Wir müssen nur noch fünfzehntausend Pfund aufbringen, bevor wir voll in die Sache einsteigen können.«

»Weiter nichts?«

»Ach, ich wußte, daß Sie mich verstehen würden.«

Sie fragte ihn, was er von einer weiteren Flasche Prickelwasser halten würde.

»Hm. Meinen Sie, Ihr Chauffeur könnte mich nach Hause fahren? Oder ist das zuviel verlangt?«

»Natürlich kann er das.«

»Ich wohne aber draußen in Surrey.«

»Na und?«

»Das ist verdammt nett von Ihnen.«

»Sobald Mario die Flasche entkorkt hatte«, schloß Lucy ihren Bericht, »habe ich sie ihm aus der Hand gerissen, den Daumen auf die Öffnung gepreßt, sie drei- oder viermal geschüttelt und ihm das Zeug mitten in sein feistes Gesicht gespritzt. Danach habe ich das Restaurant fluchtartig verlassen und Vincent zugerufen, er soll mir die Rechnung mit der Post schicken. So, wenn du nichts dagegen hast, kannst du mir jetzt einen Cognac einschenken und dir auch einen genehmigen. Ich weiß sowieso, was hier vorgeht. Laß uns also mit dem Versteckspiel aufhören.«

Sie becherten die ganze Nacht und machten am nächsten Tag bis zum Abend weiter. In den Pausen zwischen zwei Weinkrämpfen erzählte sie ihm Geschichten über Mr. Bernard, Henry und ihre wahnsinnige Mutter. Mr. Bernard habe sich von seinem damals erst sieben Jahre alten Sohn Nathan abgewandt, als er erfuhr, daß der Kleine bei einer Keilerei gekniffen hatte. »Ich rufe jetzt das Jüdische Krankenhaus an und frage nach, ob ich dich gegen ein Mädchen eintauschen kann«, hatte er gesagt.

Der Anruf habe jedoch nichts gebracht. »Ich werde dich leider nicht los. Sie nehmen keine Feiglinge.«

Damals hätten sie und ihr Bruder noch mit den anderen Gursky-Kindern spielen dürfen, erzählte Lucy, und Mr. Bernard habe einmal zu ihnen gesagt, er sei in ihrem Alter einfach so in einen Korall gesprungen, in dem es von wilden Mustangs nur so wimmelte.

»Und sieh dir an, was aus den Gursky-Kindern geworden ist«, sagte sie. »Wir haben alle einen Dachschaden, Lionel ausgenommen. Der ist ein noch ausgekochterer Gauner als sein Vater. Henry hat diesen Tick mit Gott. Anita kauft sich jedes Jahr einen neuen Ehemann, und Nathan macht sich schon beim Überqueren einer Straße in die Hose. Von Sonnenblume Dunkelkristall brauchen wir gar nicht erst anzufangen, und Barney hat Onkel Morrie das Herz gebrochen. Er redet nicht mal mit ihm, und es kann gut sein, daß sie ihn demnächst hinter Schloß und Riegel bringen. Ich verstehe Morrie nicht. Je mehr Onkel Bernard auf ihm rumtrampelt, desto treuer ist er dem alten Gangster ergeben.«

Nachdem das Flugzeug, in dem ihr Vater gesessen habe, explodiert und er darin umgekommen sei, habe Mr. Bernard ihrer Mutter seine Aufwartung gemacht und ihr mit weinerlicher Stimme versichert, er werde fortan für ihre Kinder die Vaterrolle übernehmen, erzählte Lucy. »›Ich schwöre bei meiner toten Mutter, die eine Heilige war, daß ich Solomons Kinder wie meine eigenen behandeln werde.‹«

»›Mörder!‹ hat sie geschrien. ›Raus! Und laß dich hier nie wieder blicken.‹«

»Mörder?«

»Ja. Sie war bis an ihr Lebensende überzeugt, daß es kein Unfall war. Aber soviel Treue und Anhänglichkeit hatte mein Vater ehrlich gesagt nicht verdient. Er hatte meine Mutter nur geheiratet, weil sie schwanger war, und als sie eine Fehlgeburt hatte, nahm er sich die Freiheit, nur noch nach Hause zu kommen, wann es ihm paßte.«

»Warum hat sie sich nicht scheiden lassen?«

»Tja, das war damals nicht üblich. Vielleicht hätte sie es trotzdem getan, wenn sie nicht Henry und danach mich gekriegt hätte. Mein Vater war wirklich ein Dreckskerl. Sie hat mir einmal erzählt, daß er immer sein Tagebuch auf dem Schreibtisch liegen ließ, damit sie seine Weibergeschichten lesen konnte.«

»Solomon hat Tagebuch geführt?«

»Ja. Nein. Wieso?«

»Was ist daraus geworden?«

»Das geht dich nichts an. Kann sein, daß Morrie es hat. Dieser Schleimer.«

»Hättest du es gern?«

»Du redest wie mein Analytiker. Ein schönes Paar! Nein, ich will es nicht haben. Ich weiß sowieso schon zuviel.«

»Aber er war dein Vater.«

»Ausgerechnet du mußt mir das sagen? Weißt du noch, wie wir uns damals kennengelernt haben?«

»Ja.«

»Erinnerst du dich auch an die freie Stelle an der Wand, wo vorher ein Bild gehangen hatte, das Porträt von der Frau mit den verschiedenfarbigen Augen, das gestohlen worden ist?«

»Ja.«

»Sie war bestimmt eine von seinen Geliebten, und er hatte das Bild da hingehängt, damit meine Mutter es jeden Tag sah.«

Irgendwann schliefen Lucy und Moses ein. Nach dem Aufwachen nahmen sie ein Frühstück zu sich, das aus Bloody Marys und Räucherlachs bestand. Lucy, der schrecklich übel war, wurde von Gewissensbissen geplagt. »Ich habe dich angelogen«, sagte sie.

»Inwiefern?«

»Der Champagner, den ich dem Kerl ins feiste Gesicht gespritzt habe. Ich hätte es gern getan, hab mich aber nicht getraut. Immerhin habe ich ihn in dem Restaurant mit der Zeche sitzengelassen.«

Lucy rief ihren Agenten an und erfuhr, daß er sich gerade in einer Besprechung befand. Mittags rief sie ihn ein zweites Mal an. Er war essen gegangen. Sie und Moses stiegen auf Scotch um, und um fünf rief sie ihren Agenten nochmals an. Er war wieder nicht zu sprechen.

»Agenten gibt es viele«, meinte Moses.

Sie verließ fluchtartig die Wohnung und kam erst tags darauf gegen Mittag zurück. »Ich hab mich mit dem Regisseur in Verbindung gesetzt«, sagte sie, »aber es war zu spät. Er hat das Geld woanders aufgetrieben.«

Erst jetzt fiel ihr Blick auf Moses' gepackte Koffer.

»Du kannst mich jetzt nicht einfach sitzenlassen. Sonst drehe ich durch. Hör mal, du kannst soviel trinken, wie du willst. Ich sage nichts mehr. Bleib da. Bitte, Moses!«

Am nächsten Morgen lief sie zu einer Galerie in der New Bond Street und kaufte Moses einen Kupferstich von Hogarth, über den er sich einmal bewundernd geäußert hatte, sowie in einem anderen Geschäft eine Erstausgabe von Sir John Franklins *Bericht über die Reise zu den Ufern des Nordmeeres*. Nachmittags entließ sie Edna.

»Und ich hatte gedacht, daß dir wer weiß wieviel an ihr liegt.«

»Stimmt, aber jetzt reden alle über Martin Luther King, und ich habe jemanden sagen hören, es sei typisch für eine Neureiche wie mich, sich eine schwarze Haushälterin zu leisten. Ich mußte sie entlassen.«

»Hoffentlich hast du ihr erklärt, warum sie gehen muß.«

»Nein, die ist so begriffsstutzig, daß sie es nie verstehen würde.«

Ein paar Tage später mietete Lucy in der Park Lane ein Büro, stellte eine Sekretärin und einen Lektor ein, machte sich daran, die Publikationsrechte von Theaterstücken und Romanen zu erwerben, und beauftragte mehrere Journalisten, sie gegen entsprechende Bezahlung so in Drehbücher umzu schreiben, daß die weibliche Hauptrolle ihr auf den Leib geschneidert war. Schon bald gaben sich bei ihr habgierige Agenten und unfähige Schreiberlinge die Klinke in die Hand, um auch ein paar Dukaten von dem legendären Gursky-Goldesel zu ergattern. Man ließ sich von Lucy beraten, man hörte sich an, was sie zu sagen hatte – und als Gegenleistung mußte sie lediglich Schecks ausstellen: fünfzehnhundert Pfund für den einen, zweitausendfünfhundert für einen anderen, zweitausend für einen dritten. Es war erstaunlich, mit wie wenig sie sich zufriedengaben. Verdutzt fragte sie Moses: »Wieviel verdient so ein Schriftsteller eigentlich?«

»Einer von deinen Drehbuchfritzen oder ein richtiger?«

»Okay, ein richtiger.«

Er nannte eine Zahl.

»Junge, Junge, ich habe anscheinend immer nur mit Trotteln und Versagern zu tun.«

Doch dann verstand es einer von ihnen, ein ehemaliger »jugendlicher Liebhaber«, der in den Theatern des West End in ein paar Komödien die Hauptrolle gespielt hatte, ihre Aufmerksamkeit auf sich zu lenken. Dieser Jeremy Bushmill, mittlerweile in den Vierzigern, setzte alles daran, um sich als Autor und Regisseur zu etablieren. Sein erstes Treatment für einen Fernsehfilm, auf das Lucy ein Optionsrecht erworben hatte, erregte in der Agentur Sidney Box, Abteilung Theater und Film, einiges Aufsehen. Mit den Anmerkungen und Argumenten gewappnet, die Moses ihr eingetrichtert hatte, verabredete Lucy sich mit Jeremy Bushmill zum Abendessen. Zu ihrer Freude bestand er darauf, die Rechnung zu begleichen. Sie gingen noch auf einen Sprung ins Wheeler's und von dort in den Gargoyle Club, der seiner Meinung nach nicht mehr so war wie früher, seit es den armen Dylan nicht mehr gab. Immerhin war der sturzbetrunkene Brian Howard da, und Jeremy erzählte ihr, daß Brian die Vorlage für die Gestalt des Ambrose Silk geliefert hatte.

Lucy kam erst um zwei Uhr nachts nach Hause. Moses, der so tat, als schliefe er, gab keinen Muckser von sich. Doch als er hörte, daß sie sich ein Bad einließ, dämmerte es ihm. Er knipste die Nachttischlampe an, holte sich einen Drink und eine Zigarre und wartete ab, bis Lucy aus dem Badezimmer kam.

»Na, war es lustig?«

»Er ist ein Langweiler.« Sie goß sich ebenfalls einen Drink ein und setzte sich auf den Fußboden. »Was hältst du davon, wenn wir heiraten und uns ein paar Kinder zulegen würden.«

»Ich bin ein hoffnungsloser Säufer. Außerdem finde ich, daß du selbst erst erwachsen werden solltest, bevor du daran denkst, Kinder in die Welt zu setzen.«

»Wer war Ambrose Silk?«

»Eine Figur in einem Roman von E. M. Forster.«

»In welchem?«

»*Captain Hornblower.*«

In der darauffolgenden Woche fand Moses in Fulham eine passable Wohnung, die allerdings erst zum nächsten Monatsanfang frei wurde. Lucy war viel außer Haus, und wenn sie spätnachts kam, stieg sie immer in die Wanne. Danach legte sie sich ins Bett, rutschte an den Rand, achtete darauf, daß sich ihre Körper nirgends berührten, und schob einen Daumen in den Mund. Eines Abends, als sie sich gerade im Schlafzimmer schminkte, klingelte es. Es war Jeremy. Er trug eine Jägermütze und einen Mantel aus Harris-Tweed, war hochgewachsen und gutaussehend. In der Hand hielt er einen Strauß Rosen.

»Tut mir leid, aber sie ist noch nicht ganz fertig«, sagte Moses. »Soll ich die Blumen vielleicht schon mal in eine Vase stellen?«

»Hm, das ist mir aber wirklich peinlich.«

»Wie geht's denn dem Drehbuch?«

»Oh, Lucy ist ein wahres Wunder. Ihre Anregungen treffen immer genau ins Schwarze.«

Lucy kam früher als gewöhnlich nach Hause. »Ich muß dir etwas sagen«, sagte sie.

»Spar dir die Mühe. Ich ziehe morgen aus.«

Sie bot ihm in ihrer Produktionsgesellschaft eine Stellung als Lektor an – für ein Jahressalär von zehntausend Pfund. »Wir könnten jeden Tag zusammen zu Mittag essen.«

»Lucy, bei dir komme ich aus dem Staunen nicht heraus.«

»Hoffentlich bedeutet das, daß du annimmst.«

»Auf keinen Fall.«

»O Moses, Moses. Ich werde dich immer irgendwie lieben, aber ihn brauche ich. In körperlicher Hinsicht.«

»Verstehe.«

»Ich möchte dir noch etwas anderes mitteilen.« Da ihr kein Regisseur eine Chance geben wolle, habe sie beschlossen, eine eigene Produktion auf die Beine zu stellen, damit eine kleine Zahl ausgewählter Regisseure, Produzenten und Agenten sie auf der Bühne sehen könne. Sie habe für nur drei Vorstellungen die Aufführungsrechte einer Theaterfassung von den *Tagebüchern der Anne Frank* erworben und eigens zu diesem Zweck das Arts Theatre gemietet. Jeremy werde Regie führen, selbst den Part von Herrn Frank spielen und die anderen Rollen nach eigenem Ermessen besetzen. »Na, was sagst du dazu?«

»Ich finde, du solltest auch gleich die Zuschauer mieten und sie fürs Klatschen bezahlen.«

»Ich möchte, daß du zu den Proben kommst, dir Notizen machst und mir hinterher sagst, was ich falsch mache.«

»Die Antwort lautet nein.«

»Wirst du wenigstens zur Premiere kommen?«

»Die möchte ich um keinen Preis verpassen.«

»Wir werden Freunde bleiben.« Sie setzte sich auf seinen Schoß und kuschelte sich an ihn, aber er spürte, daß sie noch etwas auf dem Herzen hatte.

»Moses, wer hat *Mr. Norris Changes Trains* geschrieben?«

»P. G. Wodehouse.«

»Ob ich das Stück lesen soll?«

»Warum nicht?«

Sir Hyman Kaplansky kam zur Premiere. Auch ein paar Produzenten und Regisseure sowie eine erstaunliche Anzahl arbeitsloser Schauspieler erschienen. Manche kamen aus Neugier, andere, weil sie Lucys Produktionsgesellschaft exotische Vorschläge machen wollten. Auch eine Bushmill-Claque war da, doch die meisten hatte eine Art perverse Vorfreude auf das Schlimmste hergetrieben. Bushmill selbst wirkte in der Rolle des weichlichen holländischen Gewürzhändlers, als hätte es ihn von einem steifen Gartenfest der Konservativen geradewegs in die düstere Dachkammer verschlagen. Den anderen Darstellern konnte man allenfalls Kompetenz bescheinigen, aber Lucy war nicht zum Aushalten. Von Natur aus ein mimisches Talent, jedoch eindeutig keine Schauspielerin, gebärdete sie sich wie eine überkandidelte Shirley Temple an der Seite eines geradezu peinlich schwulen Peter Van Daan. Als das nicht ankam, schaltete sie auf Elizabeth Taylor in *Kleines Mädchen, großes Herz* um.

Moses torkelte sturzbetrunken ins Theater, fest entschlossen, sich nicht danebenzubenehmen. Unglücklicherweise machte das quälend banale und lange Stück seine guten Vorsätze zunichte. Bereits im ersten Akt nickte er kurz ein und sah sich im Traum Shloime Bishinsky gegenüber: »Verzeiht mir, ich will eigentlich nur sagen, daß sich solche Bonzen in Amerika meinetwegen ruhig eine Privatvilla, einen Rolls-Royce, Chinchilla-Mäntel, Jachten und hübsche Puppen aus irgendeinem

Tingeltangel leisten sollen. Aber einen Dichter sollten sie sich niemals kaufen können.« *Oder ein Theater. Oder ein Publikum.* »Das hat etwas mit – ja, womit? –, mit menschlicher Würde zu tun. Mit dem Andenken der Toten. Mit der Heiligkeit des Wortes.«

Auf der Bühne ging es so laut zu, daß Moses davon geweckt wurde. Zu seiner Bestürzung erblickte er die Dachkammer und deren Bewohner in dreifacher Ausführung. Der arme Bushmill hatte, während er dieses und jenes mimte, sechs wabbelige, übereinandergeschichtete Doppelkinne und ungefähr zweiundzwanzig Augen. Moses schüttelte den Kopf, kniff sich in den Arm, und langsam wurde das verschwommene Bühnenbild schärfer. Verdammt. Es wurde gerade jene rührselige, mit überzogener Ironie befrachtete Chanukka-Szene gespielt, in welcher der rührende Herr Frank alias Jeremy Bushmill mit den Seinen (sie verstecken sich alle vor der Gestapo) in der Dachkammer am Tisch sitzt und Gott den Herrscher der Welt preist, der unsere Vorfahren in alter Zeit so oft auf wunderbare Weise aus großer Bedrängnis gerettet hat. Es gab keine *latkes*, doch die nicht zum Aushalten anbetungswürdige Anne (die sich den BH mit Kleenex ausgestopft hatte) legte ein paar kleine, von rührendem Einfallsreichtum zeugende Geschenke auf den Tisch. Ein Kreuzworträtselbuch für die Schwester. »Es ist nicht neu, du hast es schon gelöst, aber ich habe alles wieder ausradiert, und wenn du ein bißchen wartest, bis du alles vergessen hast, kannst du es noch einmal lösen.« Ein Fläschchen Haarshampoo für die lüsterne Frau Van Daan: »Ich habe Seifenreste gesammelt und sie in meinem restlichen Toilettenwasser aufgelöst.« Zwei Zigaretten für Frau Van Daans dümmlichen Ehemann: »Pim hat im Futter von seinem Mantel ein bißchen alten Pfeifentabak gefunden, und wir haben sie daraus gedreht – Pim hat sie gedreht.«

Wieder verschwamm die Szene vor Moses' Augen, und er sah alles dreifach. Er kniff die Augen zusammen, ballte die Fäuste, und die Fingernägel krallten sich in sein Fleisch. Jetzt sah er Anne/Lucy viermal, und alle vier standen auf, um völlig falsch zu singen:

»O Chanukka, o Chanukka,
du liebreiches Fest.«

Plötzlich ein Poltern unterhalb der Dachkammer. Die holländische Polizei? Die Gestapo? Auf der Bühne erstarrten alle, spitzten die Ohren. Sekundenlang herrschte totale Stille – und dann brannte in Moses eine Sicherung durch. Er stand nicht auf, sondern schoß geradezu in die Höhe und brüllte: »Die Dachkammer! Sie versteckt sich in der Dachkammer!«

Am nächsten Morgen kam ein Telegramm von Moses' Mutter. Er nahm das nächste Flugzeug nach Montreal.

## 4

»Nicht, daß ich ihm etwas verheimlichen wollte, aber weiß mein Bruder, daß Sie hier sind?«

»Als ich Sie um dieses Gespräch bat, wußte ich nicht, daß man einen Besuch vorher bei Mr. Bernard anmelden muß.«

»Anmelden? Unsinn! Ich bin nicht meines Bruders Hüter, und er ist nicht meiner. Ich habe nur interessehalber gefragt, weiter nichts. Haben Sie Ihren Wagen vor dem Gebäude geparkt?«

»Ich bin zu Fuß gekommen.«

»Aus welcher Richtung?«

»Von der Innenstadt.«

»Das hat Ihnen bestimmt gutgetan. An so einem schönen Tag ist man richtig dankbar, daß man am Leben ist«, sagte er und ließ die Rollos herunter. »Oh, Verzeihung, das sollte ich wohl nicht zu einem jungen Mann sagen, der in Trauer ist. Mein Bruder hat geweint. Was für ein Verlust für die jüdische Gemeinde – und vor allem für Ihre Mutter und Sie, das versteht sich von selbst. Wie lange bleiben Sie in Montreal?«

»Ich fliege übermorgen nach Montreal zurück.«

»Gauben Sie etwa, ich erinnere mich nicht, was für ein netter Junge Sie waren? Wie wär's mit einem Drink?«

»Lieber einen Kaffee, wenn es Ihnen nichts ausmacht.«

»Hm, das paßt gar nicht zu Ihrem Ruf, aber ich bin natürlich froh darüber. Mäßigung in allen Bereichen, damit fährt man gut. He, wenn ich Sie gerade wie ein Schwachkopf anlächele, dann liegt das nur daran, daß ich den jungen L. B. vor mir zu sehen glaube.«

»Vielleicht könnte ich jetzt doch einen Scotch vertragen.«

»Mit Vergnügen. Ich bin einmal, als Sie noch nicht geboren waren, zu einer seiner Lesungen gegangen.«

»Das haben nicht viele Leute getan.«

»Ich möchte Ihnen etwas sagen, für den Fall, daß Sie es noch nicht wissen: Sie haben das Glück behabt, einen bedeutenden Menschen zum Vater zu haben. Glauben Sie etwa, wir hätten nicht bemerkt, wie sehr er insgeheim gelitten hat, weil er Ihre arme Mutter nie irgendwohin mitnehmen konnte?«

»Wie bitte?«

»Oj weh, habe ich jetzt die Katze aus dem Sack gelassen? Glauben Sie mir, er hat sich nie darüber ausgelassen, weil er von Natur aus ein Mann mit einem sicheren Gespür für Würde und Anstand war, aber einmal, als mein Bruder ihn gefragt hat, warum er seine Frau nie zu einem Essen mitbrachte, da ist ihm so eine Bemerkung rausgerutscht. Sie sind verwirrt, das sehe ich. Hören Sie, es gibt nichts, dessen Sie sich schämen müssen. Denken Sie nur an Solomons Witwe. Was ist das menschliche Gehirn schon? Ein Muskel. Es kann krank werden wie alles andere. Fragen Sie einen Arzt. Aber wer wird jetzt für Ihre Mutter sorgen, wo L. B. nicht mehr ist? Nein, sagen Sie nichts, ich weiß es auch so. Sie sind ihr genauso treu ergeben, wie er es immer war.«

»Hätten Sie etwas dagegen, wenn ich mein Glas nachfülle?«

»In der Flasche ist doch noch etwas drin, oder?«

»Ja, danke.«

»Sie müssen wissen, daß Ida und ich uns jedesmal sehr geehrt fühlten, wenn Ihr Vater abends zum Essen kam und hier in diesem Raum bei uns am Tisch saß. So ein goldener Jid. Ein echter Idealist. Bitte verstehen Sie mich nicht falsch. Ein großer Künstler stirbt, und auf einmal behauptet jeder, der ihm einmal die Hand geschüttelt hat, er sei sein bester Freund gewesen. Leider habe ich ihm nicht so nahegestanden wie Bernard. Ich bin nicht der Bücherwurm der Familie und habe auch keine große Bibliothek.«

»Man hat mir gesagt, Solomon sei sehr belesen gewesen.«

»Wissen Sie, was ich gern hätte? Ihre Schulbildung. Aber erst Ihr Vater, Gott hab ihn selig! Gab es ein Buch, das er *nicht* gelesen hatte? In seiner Gegenwart brachte ich kein Wort über die Lippen. Einmal kam er mit einer seiner Verehrerinnen zum Tee. Wie hieß sie doch gleich, die hübsche junge Dame?«

Moses griff wiederum zur Flasche.

»Ach ja, Peterson«, erinnerte sich Morrie. »Marion Peterson. Er wollte ihr die Gemälde meines Bruders zeigen, aber Bernard war nicht zu Hause. Also besuchte er uns und war so freundlich, seine Bücher zu signieren, jedes einzelne. Sie stehen seitdem da drüben in dem verglasten Bücherschrank.«

Im Salon gab es auch einen Konzertflügel, der einst Solomon gehört hatte. Darauf standen dicht an dicht Photos von Barney und Charna in Rahmen aus Sterlingsilber: Barney und Charna als Kleinkinder, wie sie in Ste.-Adèle auf einer Wiese herumtollten; Barney zu Pferde und daneben ein strahlender Mr. Morrie mit den Zügeln in der Hand; Charna als Sechzehnjährige in einem hübschen weißen Kleid; Barney, der in Skye auf dem Röstboden der Loch Edmond's Mist Distillery Gerste harkte.

»Und jetzt sagen Sie mir, was ich für Sie tun kann«, sagte Mr. Morrie.

»Ehrlich gesagt, bin ich wegen Lucy hier. Sie war erst zwei Jahre alt, als Solomon umkam, und sie würde gern mehr über ihn erfahren.«

»Jemand hat mir ins Ohr geflüstert, daß ihr beide in London zusammenlebt.«

»Lucy glaubt, daß Sie die Tagebücher ihres Vaters haben, und sie wäre dankbar, wenn Sie sie ihr geben würden.«

»Wie habt ihr euch kennengelernt? Na los, raus mit der Sprache. Vor Ihnen sitzt jemand, der auf solche Liebesgeschichten ganz wild ist.«

»Sie wissen doch, daß wir uns schon als Kinder kannten. Henry und ich sind seit Jahren Freunde.«

»Stottert er noch immer, der arme Junge?«

»Nein.«

»Da bin ich aber froh. Jetzt erzählen Sie mir, wo Sie Lucy nach all den Jahren wiedergetroffen haben.«

»Auf einer Abendgesellschaft bei Sir Hyman Kaplansky.«

»Ich möchte wetten, wenn wir Kanadier noch Adelstitel annehmen dürften, würde mein Bruder auf der Liste bestimmt ganz oben stehen.«

»Lucy würde sich über Solomons Tagebücher sehr freuen.«

»Die arme Lucy. Der arme Henry. Der arme Barney. Es ist eine Schande, daß sie die großen Familienkräche miterleben mußten. Und worum ging es? Um Geld, Positionen, Macht! Ich wundere mich nicht, daß Lucy Schauspielerin geworden ist. Eines Tages wird sie ein Star sein. Darauf wette ich jeden Betrag.«

»Wieso wundert Sie das eigentlich nicht?«

»Weil sie es im Blut hat und gar nicht anders kann. Genau das hätte Solomon auch werden sollen – ein Theaterschauspieler. Als wir Kinder waren, hat er sich immer irgendwelche Klamotten angezogen, kleine Stücke geschrieben und sie mit uns aufgeführt. Er konnte Akzente nachahmen. Es war erstaunlich. Später, als wir schon unser erstes Hotel hatten, da wimmelte es in der Bar immer von Frauenzimmern einer bestimmten Sorte, aber was konnten wir dagegen tun? Sollten wir sie etwa in den Schnee hinausjagen? Bernard wollte nie etwas von Zuhälterei wissen, und wenn das irgend jemand behauptet, dann kriegt er von mir eins auf die Nase, obwohl ich nur ein kleines Kerlchen bin. Egal. Als Solomon damals aus dem Krieg zurückkam und noch Pilot war, rief er Bernard im Hotel an und tat so, als wäre er ein Beamter der RCMP. Er klang täuschend echt, und natürlich war es grausam, aber bei Solomon mußte man auf so etwas gefaßt sein. Er konnte einen Chinesen nachmachen und sogar wie einer gehen. Er imitierte einen deutschen Metzger, einen Hufschmied, einen Polacken. Außerdem war er sprachbegabt, das hatte er wohl von meinem Großvater geerbt.« Mr. Morrie sprang auf. »Ich glaube, ich habe ein Auto gehört. Vielleicht ist Bernard schon zurück. Haben Sie vorhin nicht gesagt, daß Sie zu Fuß gekommen sind?«

»Ja, von der Innenstadt.«

»War meine Schwägerin im Garten?«

»Nein.«

»Libby ist eine wundervolle Frau. Einfach wundervoll. Wissen Sie, als Bernard sie heiratete, galt nicht er, sondern sie als eine gute Partie. Ihr Vater war Vorsitzender der *schul* und der Beneficial Loan Society. Niemand hat ihn verdächtigt.«

»Verdächtigt?«

»Hören Sie, ich bin keiner, der irgendwelche Geschichten weitererzählt. Er hatte bei ein paar Geschäften Pech, aber er wollte alles zurückzahlen, bis auf den letzten Penny. Auf Libby hat das keinen Schatten geworfen. Sie ist die Vorsitzende von wer weiß wie vielen wohltätigen Institutionen, weil sie ein Herz hat, das breiter ist als der Sankt-Lorenz-Strom. Man könnte die gesamte Buchhaltung unter die Lupe nehmen und würde feststellen, daß die Bilanzen absolut in Ordnung sind. Libby versucht nicht, sich und den anderen etwas zu beweisen.«

»Wußten Sie, daß Ihr Großvater mehrmals in Lady Jane Franklins Briefen erwähnt wird?«

»Was Sie nicht sagen! Ich sitze hier anscheinend mit einem großen Gelehrten am Tisch. Wetten, daß nicht einmal Bernard davon weiß?«

»Zweimal ist von ihm in Briefen an Elizabeth Fry und einmal in einem Brief an einen Dr. Arnold aus Rugby die Rede.«

»Wenn man bedenkt, daß der Schlingel damals kaum achtzehn Jahre alt war und eine so feine Dame trotzdem ein Auge auf ihn geworfen hat.«

»Es hat alles mit Schlangen angefangen. In Vandiemensland gab es damals eine Schlangenplage, und sie war darüber entsetzt. Deshalb bot sie jedem Häftling, der ihr einen Schlangenkopf brachte, einen Shilling, und als er gleich am ersten Tag mit wer weiß wie vielen ankam, mußte sie schallend lachen.«

»Ein tolles Bürschchen muß er gewesen sein. Verzeihen Sie mir die Frage, aber wieso interessieren Sie sich für unsere Familiengeschichte?«

»Wegen Lucy.«

»Aha. Ich hatte mir schon Sorgen gemacht, daß Sie womöglich daran denken, etwas zu schreiben. Das würde Bernard nicht gefallen. In der Vergangenheit herumzustöbern könnte auch für Lionel schmerzhaft sein. Der Herr segne ihn. Er kämpft so darum, sich einen Platz in der Gesellschaft zu sichern. Also nur unter uns gesagt, sozusagen durch die Blume: Was haben Sie vor, Moses?«

Moses griff nach der Flasche.

»Keine Angst«, ermunterte Mr. Morrie ihn. »Der macht keine Flecken. Gießen Sie sich ruhig noch einen ein.«

»Hat Ephraim Ihnen nie von seiner Zeit in Vandiemensland erzählt?«

»Offen gesagt hat er damals, wenn überhaupt, nur Solomon etwas erzählt. Er hat Solomon sogar einmal entführt. Was war das?«

»Pardon?«

»Psst.« Mr. Morrie ging zum Fenster und spähte durch das Rollo. »Bernard und Libby gehen aus. Komisch.«

»Wieso?«

»Heute abend läuft *Polizeibericht*. Oh, jetzt verstehe ich. Er hat sich von dem Film bestimmt schon vorab eine Kopie kommen lassen. Einmal konnte er nicht abwarten, wie Dick Tracy sich aus der Affäre ziehen würde. Es machte ihn ganz verrückt, und da mußte Harvey Schwartz ins Flugzeug klettern und die Leute von King Features überreden, ihm die nächste Folge von der Comic-Serie zu geben, noch bevor sie in Druck ging. Oh, Sie hätten Bernie sehen sollen, als Harvey mit der Ware zurückkam! Niemand wußte, was los war. Wir waren gerade mitten in einer Aufsichtsratssitzung. Sollten wir für soundso viele Millionen einen Weinberg in der Nähe von Beaune kaufen oder für wer weiß wie viele Millionen einen Büroturm in Houston bauen? Jeder gab seinen Senf dazu, nannte Zahlen und Fakten und ließ dabei Bernards Gesicht nicht aus den Augen. ›He‹, sagte er plötzlich ganz munter und richtete sich in seinem Sessel auf, ›ich glaube, ich weiß, wie Dick Tracy diesmal den Kopf aus der Schlinge zieht und was mit Pruneface passiert. Kann sein, daß ich recht behalte, kann aber auch sein, daß ich mich täusche. Trotzdem, ich bin bereit, einen Zehner zu wetten. Wer setzt dagegen?‹ Natürlich haben alle schön brav zehn Dollar aus der Tasche gezogen – nicht, weil sie vor meinem Bruder

Angst hatten, sondern weil sie ihn verehrten. Harvey, der kleine Satan, sagte: ›Ich erhöhe auf zwanzig, Mr. Bernard.‹ Da mußten sie alle noch mal in die Tasche greifen. Ich nehme an, Sie kennen Harvey Schwartz?«

»Ja.«

»So ein heller Kopf. Und loyal. Man sollte ihn Harvey den Treuen nennen. Ich kann Ihnen gar nicht sagen, was für ein Glück es ist, daß er für uns arbeitet. Ob er seiner hübschen und begabten Frau genauso treu ergeben ist? Das können Sie mir glauben. Sie hat nicht gleich einen Verlag für ihr Buch gefunden. Also fährt Harvey nach Toronto, trifft sich mit dem wichtigsten Verleger, investiert Geld aus seiner eigenen Tasche in den Verlag – und kurze Zeit danach erscheint das schöne Buch. *Küsse, Knüffe und Schokoladenkekse* heißt es. Als Ogilvy's Buchhandlung hier in Montreal nur vier Stück davon bestellt, kriegt Becky einen Weinkrampf, und ihre Periode verzögert sich. Harvey schnappt sich das Telephon, ratatata, ruft den Aufsichtsratsvorsitzenden von Ogilvy's an und sagt: ›Ähem, ähem, hier spricht Harvey Schwartz. Ich bin für spezielle Projekte des Jewel Investment Trust verantwortlich, und mein Boss, Mr. Bernard Gursky, hat mich gerade gefragt, wie es kommt, daß Ihre Buchhandlung nur vier Exemplare vom Buch meiner Frau bestellt hat.‹ Daraufhin bestellen sie dalli, dalli vierhundert Stück und legen sie ins Schaufenster. Soviel ich weiß, haben sie am Ende fast alle makulieren müssen. Aber L. B.s Sohn brauche ich wohl nicht zu erklären, daß Kunst hierzulande nicht gerade die Branche mit der höchsten Wachstumsrate ist. Gießen Sie sich ruhig noch einen ein. Keine Angst, der macht keine Flecken.«

»Haben Sie vorhin gesagt, Ephraim hätte Solomon einmal entführt?«

»Genau das hat er getan. Solomon ist erst zehn Jahre alt, und als Bernie und ich eines Tages aus der Schule kommen, sehen wir gerade noch, wie Ephraim und er mit dem Schlitten wegfahren. Okay, was ist schon dabei? Aber dann wird es sieben Uhr abends, wir sitzen beim Abendessen, draußen tobt ein Blizzard, und die beiden? Wo bleiben sie? Lieber Gott, hoffentlich kein Unfall! Nach einer Weile kommt ein Bote, den dieser

Indianer George Two Axe geschickt hat, und richtet uns aus, Ephraim habe Bescheid gesagt, daß Solomon bei den Davidsons übernachtet. Da stinkt was – und wie es stinkt! Eine Stunde vorher hatte uns nämlich die RCMP mal wieder freundlicherweise einen Besuch abgestattet. Draußen im Reservat, wo Ephraim mit einer jungen Copper-Indianerin in einer Baracke hauste, hat es Ärger gegeben. Die konnte sich sehen lassen, das sage ich Ihnen! Also, diese Lena ist erstochen worden, und jemand hat den Vater von André Clear Sky erschossen. Ob wir Ephraim gesehen oder von ihm gehört haben, will der Korporal wissen. Warum? Wir fragen nur, sagt er. Klar, haben wir. Nächste Frage: Hat Ephraim drüben in Montana irgendwelche Freunde? Wie zum Teufel sollen wir das wissen? Langer Rede kurzer Sinn: Mein Großvater ist mit dem Jungen zu seinen alten Jagdgründen hoch oben in der Arktis gefahren. Sie waren mehrere Monate weg, und Solomon hat dort gelernt, wie ein Eskimo zu reden, Karibus zu jagen und Gott weiß was noch. Unseren einundneunzigjährigen Großvater haben wir nie wiedergesehen, und Solomon hat später behauptet, er hätte ganz allein nach Hause zurückgefunden. Vom Eismeer? Das kannst du einem anderen erzählen, hat mein Vater gesagt. Na ja, hat Solomon geantwortet, ich habe auf dem Hinweg eine Karte gezeichnet und jedesmal, wenn wir unser Lager aufgeschlagen haben, mit dem Beil einen Baum markiert. Schön und gut, meinte mein Vater, aber wie hast du dich orientiert, bevor du die Baumgrenze erreicht hast? Ein Rabe hat mir den Weg gezeigt, antwortete Solomon, ohne mit der Wimper zu zucken. Entschuldige die dumme Frage, aber wovon hast du dich die ganze Zeit ernährt? wollte mein Vater wissen. Ich habe gejagt und geangelt. Außerdem hatte Ephraim unter jedem Baum, den ich markiert habe, ein kleines Proviantlager angelegt, und bevor wir uns trennten, hat er mir dies hier gegeben. Seine goldene Uhr. Wenn ich Sie langweile, Moses, brauchen Sie es nur zu sagen. Ida sagt, ich sei schlimmer als eine Schallplatte mit einem Sprung, wenn ich richtig in Fahrt bin.«

»Hat Solomon sich in seinen Tagebüchern irgendwo über diese erste Nordlandreise ausgelassen?«

»Junge, quetschen Sie mich nicht so aus. Hören Sie, Sie können mir bestimmt sagen, wie es dem armen Henry da oben geht.«

»Der arme Henry ist glücklicher, als Sie ahnen.«

»Meine Mutter hat immer gesagt, nichts geht über eine religiöse Erziehung, aber Henry! Mein Gott.« Mr. Morrie seufzte. »Die Kinder, die Kinder. Unsereins hat all das viele Geld verdient, mehr, als man ausgeben kann, und würde man dreimal leben. Aber mein armer Barney kommt einfach nicht zur Ruhe, und meine Charna lebt jetzt mit ein paar Irren in einer Kommune und nennt sich Sonnenblume Dunkelkristall.«

»Ich nehme an, die Kontrolle über McTavish wird irgendwann in Lionels ausgestreckte Hände fallen?«

»Hören Sie, ich liebe Barney. Und ich verstehe, was für ein Schlag es für ihn gewesen sein muß, als ihm klar wurde, daß er die Firma nie leiten wird. Deshalb vergebe ich ihm seine Fehler. Wenn er jetzt hier reinspazieren würde, würde ich ihn mit offenen Armen empfangen. Warten Sie, bis Sie selbst Vater sind. Ehrlich gesagt, ist Lionel der einzige, der eine Spur von Bernards Genius abbekommen hat, und ich kann es ihm nicht verdenken, daß er niemandem traut. Den meisten Leuten ist nicht klar, daß auch Reiche Probleme haben. Wenn man soviel Geld hat wie wir, ist man gezeichnet. Hätte Lionel seine Fenella nicht überwachen lassen, wäre er nicht dahintergekommen, daß sie was mit einem Schwarzen hatte. So etwas muß für einen stolzen Burschen wie ihn schrecklich erniedrigend sein. Können Sie sich vorstellen, was ihn diese Ehe gekostet hat, obwohl sie nur knapp ein Jahr hielt? Die Abfindung. Die Diamanten. Die Zobelmäntel. Alles futsch. Manche Leute finden es geschmacklos, aber ich kann es ihm nicht verdenken, daß er jetzt jede neue Frau vor der Trauung einen Ehevertrag unterschreiben läßt. Die Klatschgeschichten über Quittungen für Geschenke sind natürlich maßlos übertrieben. Ich versichere Ihnen, daß Melody für alles, was weniger als hunderttausend Dollar gekostet hat, keine Rückgabeverpflichtung unterschreiben muß. Das war übrigens nicht der Grund, warum sie bei Winston's nicht das teuerste Diadem gekauft hat. Sie hat es nicht getan, weil sie von Natur aus nicht raffgierig ist. So, und jetzt sagen Sie mal: Ist es wahr, daß Henry irgend so eine meschuggene Theorie über eine neue Eiszeit hat, mit der wir Juden bestraft werden sollen?«

»Ach was.«

»So jung Waise zu werden! Oj weh, es bricht mir das Herz, wenn ich darüber nachdenke, daß Solomon in der Blüte seiner Jahre bei diesem schrecklichen Flugzeugunglück sterben mußte. Ich habe deswegen noch immer Alpträume. Im Traum sehe ich, wie die Gypsy Moth explodiert, Solomon in Stücke gerissen wird und sich die weißen Wölfe dort oben in der Arktis mit seinen Knochen davonmachen.«

»Und was wäre, wenn er nicht in Stücke gerissen wurde, sondern sich mit dem Fallschirm gerettet hat und quer durch die Tundra gewandert ist?«

»Wovon sprechen Sie?«

»Er war doch schon vorher mal durch die Tundra gelaufen, oder?«

»Also bitte.«

»Ich habe rausgekriegt, daß er im Ersten Weltkrieg zweimal mit dem Fallschirm aus seiner Sopwith Camel ausgestiegen ist.«

»Wo ist er dann all die Jahre gewesen?«

»Wie soll ich das wissen?«

»Von seinen Bankkonten ist nie Geld abgehoben worden. Kein Penny. Es überrascht mich, daß Sie so einen Unsinn daherreden. Psst.« Mr. Morrie sprang auf und spähte erneut durch das Rollo. »Der Wagen ist zurück. Sie wollen sich also doch *Polizeibericht* ansehen. Ich glaube, ich sollte den Fernseher besser auch anschalten. Moses, ich habe Sie viel zu lange aufgehalten. Sie müssen bestimmt noch zu Leuten, die wichtiger sind als ich.«

»Was soll ich Lucy wegen Solomons Tagebüchern sagen?«

»Wenn ich sie hätte«, sagte Mr. Morrie, »würde ich sie ihr mit größtem Vergnügen überlassen. Richten Sie ihr das aus und geben Sie ihr einen dicken Kuß von mir.«

»Was glauben Sie ist mit den Tagebüchern passiert?«

»Wenn ich das wüßte! Ich sage Ihnen, am besten wäre es gewesen, wenn sie bei dem Flugzeugabsturz verbrannt wären. Ich habe mal einen Blick auf ein paar Seiten geworfen. Junge, Junge, Solomon hat es mit der Wahrheit nie genau genommen.

Wenn es diese Tagebücher noch gibt und sie in die falschen Hände gelangen, dann könnte eine Bombe hochgehen. Haben Sie was dagegen, wenn ich jetzt den Fernseher einschalte?«

»Nein.«

»Sehr freundlich. So, und jetzt werde ich Sie um einen Gefallen bitten. Darf ich?«

»Natürlich.«

»Mein armer Barney, der bei allem, was er anfängt, soviel Pech hat, hat beschlossen, Schriftsteller zu werden. Er hat ein Buch geschrieben, aber niemand in New York will es drucken. Muß ich L. B.s Sohn erst noch erklären, wie schwierig so etwas ist?«

»Durchaus nicht.«

»Es ist ein Kriminalroman und mit für meinen Geschmack ein bißchen zuviel Sex, aber was verstehe ich schon davon? Barney ist zur Zeit in Mexiko und will mit einem Partner, der Arzt ist, eine Art Krebsklinik hochziehen. Er hat mich gebeten, das Manuskript bei einem Verlag in Toronto unterzubringen. Aber vorher würde ich es gern einem Menschen wie Ihnen, der so gebildet ist und sich so gut mit Literatur auskennt, zum Lesen geben, damit Sie mir hinterher Ihre ehrliche Meinung sagen.«

»Ich müßte es mit nach London nehmen.«

»Ich wußte, daß ich mich auf Sie verlassen kann. Kommen Sie, ich bringe Sie jetzt runter in die Garage. Ich gebe Ihnen das Manuskript gleich mit und sage meinem Fahrer, er soll Sie nach Hause fahren.«

»Ich kann zu Fuß gehen.«

»Nein, lassen Sie mir die Freude. Ida wird sich ärgern, daß sie Sie verpaßt hat. L. B.s Sohn bei uns zu Besuch. Sie kennen doch das alte Sprichwort, oder?«

»Der Apfel fällt nicht weit vom Stamm.«

»Genau. So ein netter Junge! Für mich wäre es eine große Ehre, eines Tages Ihr Onkel zu werden. Nein, stellen Sie sich nicht vor die Lampe. Sie wirft Ihren Schatten auf das Rollo. Kommen Sie jetzt, Moses, und lassen Sie bald von sich hören.«

*5 Freitag nachmittag. Verdammt spät ist es mal wieder geworden. Zeit, den Laden dichtzumachen und Myrna nach Hause zu schikken. Ich glaub, ich werd jetzt mal in meine Karre steigen, in Nick's Bar & Grill vorbeischauen und mir einen Drink genehmigen. Nick und ich sind zusammen durch die Hölle gegangen. Damals, als wir die Nazi-Punks aus der Normandie rausgeschmissen haben.*

*Die Normandie.*

*Da liegt Nicks rechtes Bein begraben, und mir haben sie die Tapferkeitsmedaille an die Brust gesteckt, neben das ganze andere Lametta. War ihnen egal, daß ich vom Stamme Abrahams bin. »Für außerordentlichen Mut...« Mann, vergiß es. Der Krieg ist vorbei. Für deine Medaille kannst du dir nicht mal 'nen Hamburger, 'ne Tüte Pommes und 'nen Pott Kaffee kaufen.*

*Zeit für einen Drink.*

*Vielleicht auch zwei.*

*Der Haken an der Sache ist nur, daß ich bei Nick schon bis zur Halskrause in der Kreide bin und meine Taschen leerer sind, als es meine 45er Knarre war, nachdem ich Moran, genannt die Spinne, sechs blaue Bohnen in die fette Wampe gepustet hatte. Aber das ist 'ne andere Geschichte.*

*Also, ich steh da mit meinen einssechsundachtzig und will mir gerade den Hut auf die Birne setzen, da macht Myrna die Tür zu meinem Büro auf. »Eine Dame will Sie sprechen.«*

*Ich habe keine Lust auf noch so 'nen Scheidungsfall wie neulich, als ich irgend so einem hirnrissigen Arsch so lange hab nachsteigen müssen, bis ich ihn endlich in einem Motel mit 'ner schwarzen Biene erwischt hab. »Sagen Sie ihr, sie soll Montag früh wiederkommen.«*

*»Die hat aber Beine, die gehen bis weiß Gott wohin, Hawk, und ich glaube, sie steckt wirklich in der Patsche«, meinte Myrna.*

*Ehe ich was sagen konnte, kam Tiffany Waldorf schon reingesegelt und zog eine Duftwolke hinter sich her, als hätte sie in Parfum gebadet. Ihre flammendrote Mähne machte einem Lust, mit den Händen drin rumzuwühlen. Leuchtendgrüne Augen. Roch aus allen Poren nach 'nem piekfeinen Background. Ihr Seidenkleid war so prall gefüllt, daß es fast aus den Nähten platzte. Wespentaille. Kurven. Bei ihr war alles am richtigen Platz.*

*»Setzen Sie sich«, sagte ich.*

*Tiffany schälte sich aus ihrem Pelz, ließ sich auf einen Stuhl sinken und schlug ihre Eine-Million-Dollar-Beine übereinander. Sie machte ihre Handtasche auf, die einen armen Alligator die Haut gekostet hatte, und blätterte fünf Hunderter auf den Tisch. »Reicht das als Anzahlung, Mr. Steel?«*

*»Kommt darauf an, wie viele Ratten ich dafür ins Jenseits befördern soll. Schießen Sie los, meine Liebe.«*

*»In meinem Schlafzimmer liegt ein Toter auf dem Fußboden. Genau an der Stelle, wo sein Herz eben noch poch-poch gemacht hat, steckt ein Stück kaltes Eisen in seiner Brust.«*

*»Da ist das Mädchen aber ungezogen gewesen.«*

*»Ich bin ein ungezogenes Mädchen«, sagte sie und warf ihre Mähne in den Nacken, »aber ich habe es nicht getan.«*

*»Warum erzählen Sie die Geschichte dann nicht den Bullen?«*

*»Weil das Stück Eisen zufällig der neuen Klientin gehört, die Ihnen gegenübersitzt. Es ist ein unschätzbar wertvoller, mit Diamanten besetzter Dolch aus dem sechzehnten Jahrhundert, der hunderttausend Dollar gekostet hat. Kronprinz Hakim hat ihn mir letzten Sommer in Monte Carlo geschenkt.«*

*»Für erwiesene Dienste?«*

*»Betrachten Sie sich als geohrfeigt«, sagte sie und funkelte mich an.*

*»Sie sehen toll aus, wenn Sie wütend sind.«*

*»Ich bin gestern nacht spät nach Hause gekommen, und da lag er im Schlafzimmer auf dem Fußboden. Er war noch warm.«*

*»Ich nehme an, es handelt sich um einen Bekannten?«*

*»Er war mein Freund, aber irgendwann wurde mir klar, was für ein mieser Typ er ist.«*

*»Name?«*

*»Lionel Gerstein.«*

*Ich war drauf und dran, mir 'ne Menge Scherereien einzuhandeln. Tonnenweise.*

*Dieser Lionel Gerstein war nämlich der Älteste vom alten Boris Gerstein, einem milliardenschweren ehemaligen Schnapsschmuggler, der seit Jahren keine krummen Dinger mehr drehte, sondern den rechtschaffenen Bürger mimte. Trotzdem hatte er natürlich noch immer seine Verbindungen. Darauf konntest du getrost die Farm von deiner lieben alten Oma und ihre Maidenform-BHs dazu verwetten. Der alte BG war böser als eine verkaterte Klapperschlange und mindestens genauso gefährlich.*

*Ursprünglich waren die Brüder Gerstein zu dritt gewesen: Boris, Marv und Saul. Marv, der sogar in Schuhen mit besonders dicker Sohle einer Maus nur bis an die Knie reichte, hatte ungefähr soviel Power wie ein verdünnter Scotch. Der geborene Stiefellecker. Aber Saul war ein Mordskerl, und der alte BG, der keine Lust hatte, das ganze Geld mit ihm zu teilen, ließ ihn abservieren. Er packte ihm eine Bombe in seinen Privatjet.*

*»Ich hoffe, Sie übernehmen sich nicht, Hawk«, sagte Tiffany, »wenn Sie sich mit den Gersteins anlegen.«*

*»Und ich glaube, wir sollten jetzt erst mal zu Ihnen gehen und ein Auge auf die Leiche werfen, meine Liebe.«*

*Ich ging mit gemischten Gefühlen an die Sache ran. Egal, wer Lionel Gerstein kaltgemacht hatte – es war auf jeden Fall eine gute Tat gewesen. Die Gersteins sind ein übler Verein. Der einzige, der was taugte, war Marvs Sohn Brad, der in der Normandie mit dabei war und nicht zurückgekommen ist. Er hat sich mit einem Nazi-Maschinengewehr angelegt und den kürzeren gezogen.*

*»Falls ich jemals mit dem lieben Gott unter vier Augen reden werde«, sagte ich zu Tiffany und nahm ihren Arm, »dann stelle ich ihm eine Frage, bei der er ganz schön ins Schwitzen kommen wird, nämlich warum die Guten und die Schönen so früh sterben müssen.«*

6 Verrückt, dachte Moses. Total plemplem. Da stellt ein zweiundfünfzigjähriger Mensch sein ganzes Blockhaus auf den Kopf, bloß weil er nach einer Lachsfliege, Marke Silver Doctor, sucht. Dabei könnte er sich für drei Dollar eine neue kaufen. Richtig, aber die verlorengegangene Fliege hatte ihm Glück gebracht: Am Restigouche hatte einmal ein achtzehnpfündiges Lachsweibchen und später am Miramichi sogar ein noch munterer Fisch am Haken gezappelt. Moses griff unters Bett und fand einen vermißten Hausschuh. Dabei schnappte eine Mausefalle zu und klemmte ihm den Finger ein. Er förderte eine vergammelte Pizza-Schachtel zutage, eine leere Flasche Macallan Single Highland Malt, ein kaputtes Glas, ein Höschen, das Beatrice – dieser Schlampe – gehört hatte, einen

Brief von Henry, einen Baseballhandschuh und die Ausgabe von *Encounter*, in der seine Abhandlung über jiddische Etymologie abgedruckt war.

*Ich fand sie ausgezeichnet.*

*Danke.*

Idiot. Moses überlegte kurz, ob er mit dem Kopf gegen den gemauerten Kamin rennen sollte. Mein Gott, wie hatte er damals am Balliol College nur so naiv sein können? Zuerst hatte ihn Sir Hyman und später Mr. Morrie an der Nase herumgeführt. Der berechnende Mr. Morrie, der ihm – scheinbar spontan – Barneys Manuskript aufgedrängt hatte. *Aber Saul war ein Mordskerl, und der alte BG, der keine Lust hatte, das ganze Geld mit ihm zu teilen, ließ ihn abservieren. Er packte ihm eine Bombe in seinen Privatjet.*

Die Gurskys, immer diese Gurskys.

*»Wenn du auf die Toilette mußt, sag es mir, dann zeige ich dir eine für Gäste.«*

So wie L. B. sich von Mr. Bernard hatte vereinnahmen lassen, hatte er, Moses, sich von Solomon, Ephraims Auserwähltem, in Bann schlagen lassen, das war ihm klar. Außerdem hatte er sich zahm wie ein Lamm von Sir Hyman auf Ephraims Fährte bringen lassen. Damals war er so eitel gewesen zu glauben, daß McGibbons Tagebuch rein zufällig auf dem Lesepult gelegen und Ephraim Gorski seine, Moses', Entdeckung gewesen sei.

Hahaha.

»Ist Ihnen jemals der Gedanke gekommen«, hatte der Arzt in der Suchtklinik in New Hampshire einmal zu ihm gesagt, »daß Ihre Obsession, was Solomon Gursky angeht, mit Ihrer offenkundigen Suche nach einer Vaterfigur erklärt werden könnte, nachdem Sie Ihren eigenen Vater abgelehnt haben?«

»Das Essen hier ist gräßlich. Tun Sie was dagegen.«

»Sie brauchen anscheinend die Bewunderung«, hatte der Doktor weitergeredet, »vielleicht sogar die Liebe älterer Männer. Nehmen Sie zum Beispiel Ihre Freundschaft mit diesem Callaghan.«

Wie könnte ich jemandem klarmachen, fragte sich Moses, während er den Inhalt eines Kartons auf den Fußboden des

Schlafzimmers kippte, daß alles vor Jahren mit dem Versuch angefangen hat, die Gurskys zu diskreditieren und meinem Vater den zutage geförderten Schmutz ins Gesicht zu werfen?

Dann war da noch Henry gewesen.

Und Lucy.

Und der hochgestylte Sir Hyman Kaplansky.

Zwei Uhr nachts. Moses ließ sich auf sein ungemachtes Bett fallen und schlief sofort ein. Er träumte, er sei wieder in New Orleans, aber nicht, um irgendwelche Unterlagen über einen Waffenschieber namens Ephraim Gursky aus der Zeit des Bürgerkrieges aufzustöbern, nein, nein, sondern Beatrice zuliebe. Er war wieder in New Orleans und gönnte sich mit Beatrice im Brennan's ein habhaftes Frühstück, um sich nach den Sünden der vergangenen Nacht aufzupäppeln. Nur daß der Kellner ihm diesmal mit den Worten »Tut mir leid, Sir, aber...« die Kreditkarte zurückgab.

Peinlich berührt sagte Beatrice: »Hier, nehmen Sie meine.« Dann fuhr sie Moses an: »Du hast bestimmt wieder eine Mahnung zusammen mit den Wurfsendungen in den Papierkorb geschmissen, oder in irgendeiner Jackentasche steckt ein Umschlag mit einem Scheck drin.«

Nur daß die kleine Unannehmlichkeit diesmal keine Tränen und Anschuldigungen nach sich zog. Er träumte, er sei wieder in New Orleans. Nur daß er diesmal nicht nach dem Mittagessen verschwand und erst drei Stunden später in beklagenswertem Zustand im Hotel wiederauftauchte. Nur daß sie es diesmal schafften, in die Preservation Hall zu gehen, wo freundliche schwarze Greise ihr Repertoire herunterspielten, bis ein Weißer, klein aber flott, seinen Malakka-Spazierstock an die Wand lehnte, sich ans Klavier setzte, mit dem Fuß den Takt vorgab – eins, zwei, drei, vier –, und die Band plötzlich wie ausgewechselt war und voll einstieg. Moses, der endlich sein Ziel vor Augen, fast in Reichweite vor sich hatte, wollte hinlaufen und den Mann packen, aber seine Beine gehorchten ihm nicht. Er konnte sich nicht von der Stelle rühren. Und während er langsam die Kontrolle über seine Gliedmaßen zurückerlangte, verblaßte das Bild des munteren Klavierspielers, und Moses erwachte, zitternd und in Schweiß gebadet.

Es war noch dunkel, trotzdem stand er auf, machte einen Rest Kaffee warm und veredelte ihn mit einem Schuß Macallan-Whisky. Dann kramte er erneut im Schlafzimmerschrank, leerte noch einen Karton aus – und heraus purzelte der Humidor von Fabergé, den Lucy ihm einst gekauft hatte. Darin fand er den Brief, den er eine Woche, nachdem er Lucys Debüt im Arts Theatre verhunzt hatte, von Henry bekommen hatte. Er enthielt einen Zeitungsausschnitt aus dem in Edmonton erscheinenden *Journal*:

NACH 10000 JAHREN DROHT EINE NEUE EISZEIT

Genf (Reuters). Zahlreiche Wissenschaftler sind überzeugt, daß uns eine neue Eiszeit bevorsteht, aber sie sind sich nicht einig, wann und wie sie über uns hereinbrechen wird.

Einige Klimaforscher sind nach der Auswertung so unterschiedlicher Faktoren wie der Emission von Vulkanstaub, dem Abweichen des Erdballs von der normalen Rotationsachse, den Jahresringen von Bäumen und dem Schwanken der Sonneneinstrahlung zu der Schlußfolgerung gelangt, daß unserem Planeten nach zehn Jahrtausenden relativer Wärme wieder einmal eine Kälteperiode droht.

Falls sie recht behalten, werden Länder wie Kanada, Neuseeland, die Britischen Inseln und Nepal irgendwann unter einer Eisdecke verschwinden. Frankreich wird aussehen wie heute Lappland.

Andere Experten sagen allerdings nur eine »Mini-Eiszeit« voraus, ähnlich jener, die zwischen 1430 und 1850 in Europa herrschte, wo im Jahr 1431 in Deutschland alle Flüsse zufroren und Anfang des siebzehnten Jahrhunderts die Dörfer nahe dem heutigen französischen Wintersportort Chamonix im Eis erstarrten.

Während des Amerikanischen Unabhängigkeitskrieges vor rund zweihundert Jahren konnten die britischen Truppen ihre Kanonen von Manhattan nach Staten Island übers Eis ziehen.

Eine Studie der CIA vom Mai dieses Jahres veranschaulicht die Auswirkungen, die eine »kleine« Eiszeit weltweit haben könnte.

In Indien würden, falls die Durchschnittstemperatur auch nur um ein Grad Celsius sinkt, auf lange Sicht 150 Millionen Menschen an den Folgen von Dürreperioden sterben, und auch in China wäre mit schlimmen Hungersnöten zu rechnen. In der Sowjetrepublik Kasachstan käme der Getreidebau vollständig zum Erliegen, während die Erträge in Kanada auf die Hälfte zurückgehen würden.

Ein weltweiter Temperaturrückgang sei bereits festzustellen, sagen die Wissenschaftler, doch wann die neue Eiszeit über uns hereinbrechen würde, diese Frage können sie nicht beantworten. »Wir wissen es nicht«, gestand ein führender Klimatologe. »Niemand weiß es.«

7 Wenn Mr. Bernard, Cashewnüsse kauend oder Eis am Stiel schleckend, in der Blüte seiner Jahre sehr zur Freude eines *Fortune*-Reporters oder eines Top-Journalisten vom *Wall Street Journal* bisweilen über dieses oder jenes schwadronierte, hatte er immer wieder gern eingeflochten: »Lewis, Clark, Frémont? Haha! Mit denen ist mein Großvater Ephraim da oben in der Arktis gewesen. Er war ja nach Kanada gekommen, um Sir John Franklin bei der Suche nach der Nordwestpassage zu unterstützen. Meine Feinde – oh, ich weiß, Sie müssen sich bei Ihrem Beruf auch diese Lästermäuler anhören – wollen Ihnen bestimmt weismachen, Bernard Gursky stamme aus der Gosse. Wäre nicht wie sie. Daß ich nicht lache. Diese Leute, aus Westmount, oj weh. Mir können sie nichts vormachen, bloß weil sie sich einmal im Jahr für den St.-Andrews-Ball groß in Schale werfen und so tun, als wären sie von Haus aus was Besseres und als wäre ihnen bei Culloden der Arsch nicht auf Grundeis gegangen. Und unsere Franzmänner? Je höher einer von denen die parfümierte Nase trägt, desto wahrscheinlicher ist es,

daß seine Urgroßmutter eine *fille du roi* war, ein kleines Flittchen, das der König auf ein Schiff verfrachten ließ, damit sie sich hier einen Soldaten angelte und bis zu ihrem Vierzigsten zwei Dutzend Kinder in die Welt setzte. Wissen Sie, was die Töchter in frankokanadischen Familien bis auf den heutigen Tag als Mitgift bekommen, auch wenn sie erst sechzehn Jahre alt sind? Halten Sie sich fest, meine Herren. Man schickt sie zum Zahnarzt, damit er ihnen alle Zähne zieht und ein künstliches Gebiß verpaßt. Das finden sie nämlich schöner. Wo war ich stehengeblieben? Ach ja, die Gurskys. Die sind nicht mit Sack und Pack aus irgendeinem dreckigen Schtetl abgehauen. Nein, meine Familie hatte sich schon in Kanada niedergelassen, bevor sich dieses Land als Staat bezeichnen durfte. Wir haben eine längere Geschichte. Na, wie finden Sie das?«

Wenn Mr. Bernard schlecht gelaunt war, sagte er, von den Seinen umringt und ein Enkelkind auf dem Schoß, Dinge wie: »Dein Ururgroßvater, Junge, Junge, der war von einer besonderen Sorte. Ich war sein Liebling, aber ich muß trotzdem sagen, daß er ein alter Schwerenöter war und in seinem ganzen Leben keinen einzigen Tag lang einer ehrlichen Arbeit nachgegangen ist.«

Dies entsprach jedoch nicht der Wahrheit. Nachdem Ephraim von daheim fortgelaufen war, hatte er zunächst in Durham in einem Kohlebergwerk gearbeitet. Er war damals ein mageres Bürschchen von dreizehn Jahren gewesen und hatte zweierlei Aufgaben zu verrichten: Am Ende eines neuen Stollens mußte er Lüftungsklappen öffnen und schließen, um die Sauerstoffzufuhr und den Durchzug zu regulieren. Außerdem hatte er dafür zu sorgen, daß der Transport im Schacht reibungslos lief, indem er hinter dem an der Spitze malochenden Kumpel den Abraum wegschaffte. Solch ein Stollen war drei Fuß hoch und ebenso breit. Die Kohlebrocken wurden auf schlittenartige Rutschen geladen, an die vorn und hinten ein Eisenring geschweißt war. Es herrschte Finsternis, es war schwarz wie eine Rabenschwinge, nur ein paar Kerzen spendeten am Ende des Stollens spärliches Licht. Damals liefen die Rutschen nicht auf Schienen wie später die Loren, sondern wurden über den glitschigen Lehmboden bis zum Ausgang geschleift, wo die Ladung auf einen Haufen gekippt wurde. Ephraim, der in der schwülen Finsternis mit nacktem Oberkörper schuftete, trug statt eines Gürtels ein dickes Tau mit einer Kette daran um die Taille. Er hakte die Kette am Ring einer Rutsche fest, ließ sich ungeachtet der herumhuschenden Ratten auf alle viere sinken, zog die Ladung hinter sich her und sang dabei Lieder, die er in seinem Elternhaus gelernt hatte.

»Stark und niemals falsch ist Er,
Würdig unsres Leids ist Er,
Wirkend und schaltend,
Behütend und verwaltend.

O mögt ihr rasch den Tempel bauen,
Damit wir Ihn zur Lebzeit schauen
Und ein Lied zur Ehr Ihm singen.«

Zweimal während der zwölfstündigen Schicht schlang er zu festgelegten Zeiten ein paar große Brocken matschigen Weißbrots hinunter, knabberte an einem knorpeligen Rinderknochen herum und trank dazu aus einer Feldflasche kalten Kaffee, der unweigerlich nach Steinkohlenstaub schmeckte. Das Knirschen und Krachen des Gesteins machte ihm angst, doch die Bezahlung war ausgezeichnet – zehn Pence am Tag, fünf Shilling in einer guten Woche. Kaum aus der Grube heraus, sog er keuchend und gierig die frische Luft ein, schäkerte mit den Mädchen, die über Tag die Kohle nach Größe und Güte sortierten. Hinter seinem Rücken nannten die Mädchen ihn Klein Luzifer. Sie hatten Angst vor ihm. Nur Kate nicht. Ephraim zahlte ihr einmal in der Woche sechs Pence, damit sie mit ihm in einen baufälligen Schuppen hinter der Schlackenhalde ging. Dort stellte er sie auf eine Kiste, drückte sie an die Wand und nahm sie im Stehen, weil der lehmige Boden für solche Lustbarkeiten zu schmutzig war.

Ephraim arbeitete erst seit sechs Monaten im Kohlebergwerk, als er zum Springer befördert wurde. Jetzt schleuste er die Schlepper mit ihren von Ponys gezogenen Loren durch das Stollenmundloch. Dabei mußte er flink auf den Beinen sein, denn ab und zu kamen die ausgeleerten Loren, zu Zügen von je sechzig Stück gekoppelt, über den stark abschüssigen Schienenstrang auf ihn zugedonnert.

Die anderen Kumpels brachten ihm zotige Lieder bei.

Sogar mit Herzoginnen, süßen, geilen,
durft ich das Liebeslager teilen.
Auch gab es da ein paar Komtessen,
die war'n auf meine Künste ganz versessen.
Willst an meinem leck'ren Köder auch du dich erfrischen,
laß meine Rute, stark und lang, in deinem Teiche fischen.

Ephraim avancierte zum Schlepper. Seine neue Aufgabe bestand darin, die vollen Loren zu einer Winde zu bugsieren, mit deren Hilfe sie hochgehievt und über einem Pferdefuhrwerk ausgekippt wurden. Die Ladung einer Lore wog im Schnitt sechs bis acht Zentner. Ephraim, der jetzt im Akkord bezahlt wurde, verdiente am Tag bis zu drei Shilling und sechs Pence. Seine Einkünfte besserte er noch dadurch auf, daß er im benachbarten Dorf Zeitungen austrug. Auf diese Weise lernte er Mr. Nicholson, den liebenswürdigen Schulmeister, kennen. Dieser staunte nicht schlecht, als er dahinterkam, daß Ephraim lesen und schreiben konnte. Ungeachtet der Einwände seiner Frau lieh er ihm hin und wieder ein Buch, zum Beispiel *Tales from Shakespeare* von Charles Lamb oder *Robinson Crusoe*. »Sag mal, mein Junge«, fragte Mr. Nicholson ihn eines Tages, »weißt du eigentlich, daß dein Namenspatron der zweitgeborene Sohn von Joseph und Asenath ist, der Tochter des Potiphar?«

Verwirrt von den englisch ausgesprochenen Namen, sagte Ephraim lieber nichts.

Mr. Nicholson holte die Familienbibel, schlug Jeremias auf und las laut vor, was der Herr zu dem Propheten gesagt hatte: »Denn ich bin Israels Vater, und Ephraim ist mein erstgeborener Sohn.« Sein Finger glitt über die Seite, bis er weiter unten die gesuchte Stelle fand. »Du weißt sicher, daß Jeremias die Ankunft Christi vorausgesagt hat: Siehe, es kommt die Zeit, spricht der Herr, daß ich das Haus Israel und das Haus Juda besäen will mit Menschen –«

Ephraim sprang auf, denn Mrs. Nicholson war eingetreten und brachte ihnen Tee, Brot und Erdbeermarmelade. »– und mit Vieh«, schloß sie.

Bedeutend jünger als ihr Mann, war Mrs. Nicholson eine blasse Frau von strengem Gebaren und tadelndem Ausdruck.

»Josua, der Sohn Nuns, stammte von deinem Namenspatron ab«, sagte Mr. Nicholson mit bebender Stimme.

Mrs. Nicholson setzte ihre Teetasse ab, schloß die Augen, schwankte auf dem Stuhl leicht hin und her und deklamierte: »Und Josua, der Sohn Nuns, sandte von Schittim zwei Männer heimlich als Kundschafter aus und sagte ihnen: Geht hin, seht das Land an, auch Jericho. Die gingen hin und kamen in das Haus einer Hure, die hieß Rahab, und kehrten dort ein.«

Mr. Nicholsons Wangen hatten sich gerötet. »Als Jakob krank daniederlag«, sagte er, »erkannte er die beiden Söhne Josephs an, indem er Ephraim mit der Rechten und Manasse mit der Linken segnete.«

»Und weißt du, warum, mein Junge?« fragte Mrs. Nicholson.

»Er wollte damit sagen, daß Ephraims Nachkommen bedeutendere Menschen sein würden als Manasses.«

»Bravo«, rief Mr. Nicholson. »Du hast das Alte Testament wirklich gründlich gelesen.«

»Ja, aber nur auf hebräisch, Sir.«

»Was du nicht sagst!«

Mrs. Nicholson schloß erneut die Augen, schwankte wie zuvor hin und her und deklamierte: »Gilead ist eine Stadt voller Übeltäter, mit Blut befleckt. Die Rotte der Priester liegt auf der Lauer wie eine Bande von Räubern, sie morden auf dem Weg, der nach Sichem führt, ja, sie treiben schändliche Dinge. In Bet-El habe ich gräßliche Dinge gesehen, dort treibt Ephraim es mit den Dirnen, dort befleckt sich Israel.«

»Gewiß, gewiß, meine Liebe, aber doch nicht unser lieber kleiner Ephraim. Woher bist du, mein Junge?«

»Aus Liverpool.«

»Leben deine Eltern dort?«

»Sie sind tot, Sir.«

»Oder, was wahrscheinlicher ist, sie sind deportiert worden«, sagte Mrs. Nicholson.

»Und woher waren sie?«

»Aus Minsk.«

Mrs. Nicholson rümpfte die Nase.

»Ich würde bei Ihnen gern Latein und Schönschrift lernen, vorausgesetzt, Sie machen mir einen fairen Preis, Sir.«

Mr. Nicholson wippte auf den Absätzen. »Ach du liebe Güte«, sagte er und lachte schallend. »Einen fairen Preis willst du also?«

Mrs. Nicholson drückte ihre Mißbilligung durch die Art und Weise aus, wie sie das Teegeschirr abräumte und in die Küche brachte.

»Ich werde dich unterrichten, mein Junge«, sagte Mr. Nicholson, »aber mein Gewissen verbietet mir, es gegen Entgelt zu tun.«

»Dann gehe ich eben Mrs. Nicholson zur Hand.«

»Du wirst schnell merken, daß ich äußerst anspruchsvoll bin«, sagte Mrs. Nicholson, deren Gesicht glühte.

Mr. Nicholson erwies sich als überaus gütige Seele von unverdrossener Fröhlichkeit, und Ephraim kam im Unterricht außerordentlich gut voran. Er erntete immer wieder einen anerkennenden Klaps auf den Kopf, wurde scherzhaft geknufft und gekitzelt und hörte so manchen freudigen Ausruf. »Gut gemacht, mein Hübscher!« Wenn jedoch Mrs. Nicholson ihnen Gesellschaft zu leisten geruhte und sich in ihrem Schaukelstuhl mit düsterer Miene irgendeiner Handarbeit widmete, gab sich Mr. Nicholson schroff und ungehalten, und jedesmal, wenn der Schaukelstuhl knarrte, fuhr er zusammen. Eines Abends – Mr. Nicholson hatte völlig vergessen, daß seine Frau anwesend war – legte er seine Hand auf Ephraims, um sie bei einer Schönschriftübung zu führen. Ephraim, der sich ihrer Anwesenheit durchaus bewußt war, neigte sich näher zu Mr. Nicholson und richtete es so ein, daß sich ihre Wangen streiften. Da sagte Mrs. Nicholson: »Ein Weib soll nicht Männertracht tragen, und ein Mann soll nicht Frauenkleider anziehen; denn ein Greuel ist dem Herrn, deinem Gott, jeder, der solches tut.«

Mr. Nicholsons Augen füllten sich mit Tränen. Seine Unterlippe bebte. »Das reicht für heute, mein Junge. Geh jetzt und sieh zu, ob du Mrs. Nicholson nützlich sein kannst.«

Nach der ersten Unterrichtsstunde hatte Mrs. Nicholson Ephraim den Wohnzimmerteppich klopfen lassen. Erst nachdem er den Vorgang zweimal wiederholt hatte, war sie zufrieden gewesen und hatte ihm befohlen, den Teppich in dem kleinen, mit Steinplatten ausgelegten Hof auszubreiten, in dem trotz des Rußes Stockmalven gediehen. Während er ihn mit einer dicken Schicht aus Salz und abgebrühten Teeblättern bestreute, hatte er sehr zu ihrem Verdruß eines der jüdischen Lieder gesungen, die er in seinem Elternhaus gelernt hatte.

»Wer kennt eins? Ich kenne eins, einzig ist unser Gott im Himmel und auf Erden.

Wer kennt zwei? Ich kenne zwei, zwei die Bundestafeln, eins ist unser Gott im Himmel und auf Erden.

Wer kennt drei? Ich kenne drei, drei sind unsere Väter, zwei die Bundestafeln, eins ist Gott im Himmel und auf Erden.«

Anschließend ließ sie ihn den Küchenherd mit Graphit putzen, einen Kupfertopf polieren (innen und außen) und die Petroleumlampen saubermachen. Dann wandte er sich wieder dem Teppich zu, entfernte mittels einer harten Bürste sämtliche Teeblätter und rieb die Oberfläche mit einem in Essig getränkten Tuch ab, um die verblaßten Farben aufzufrischen. Dabei strengte er sich so sehr an, daß sein Hemd unter den Achseln naßgeschwitzt war. Er stank nach Schweiß. Zum Zeichen, daß ihr der Geruch mißfiel, schnüffelte Mrs. Nicholson vernehmlich, doch half sie ihm, den Teppich zum Trocknen über die Wäscheleine zu hängen. Danach brachte sie ihm eine Scheibe in Schmalz gebratenes Brot und zwei Scheiben Schinkenspeck, setzte sich und sah zu, wie er aß. »... ebenso das Schwein, denn es hat zwar gespaltene Klauen, ist aber kein Wiederkäuer. Es soll euch als unrein gelten. Vom Fleisch dieser Tiere dürft ihr nicht essen, und ihr Aas dürft ihr nicht berühren ...«

Ephraim blickte ihr in die Augen und lächelte.

»In dem Haus, in dem ich meine erste Anstellung fand«,

sagte Mrs. Nicholson und senkte den Blick, »bekam ich abends nur einen Hering und ein Stück in Bratenfett getunktes Brot zu essen. Ich mußte gehen, als der Sohn des Hausherrn, der unter Gough in Bangalore gedient hatte, auf Heimaturlaub kam. Er versuchte, mir Laudanum einzuflößen. Weißt du, warum er das tat, Junge?«

»Nein, Madam.«

»Er verfolgte damit die schändliche Absicht, mich ihm gefügig zu machen und seinen Leidenschaften zu unterwerfen.«

Nach dem Unterricht und der zunehmend strapaziösen Hausarbeit durfte Ephraim sich abends vor dem Herd auf dem Steinboden zusammenrollen und in einem von Mr. Nicholsons alten Nachthemden schlafen. Kurz vor Tagesanbruch stand er auf und ging zu Fuß die fünf Meilen bis zur Kohlengrube. Das Nachthemd war Mrs. Nicholsons Idee gewesen. Vor langer Zeit hatte jemand sie einmal in den Zoo mitgenommen, und sie hatte dort eine Gazelle gesehen, die pausenlos mit dem Schwanz wedelte. Mag sein, daß sie bei Ephraim etwas Ähnliches erwartete, vielleicht sogar Spalthufe, aber mit beidem konnte er nicht dienen. Gleich in der ersten Nacht, die er bei den Nicholsons verbringen durfte, wachte er wieder auf, kaum daß er eingeschlafen war, weil ein nackter Fuß sein Gesicht abtastete. Er gehörte Mrs. Nicholson, die erzürnt auf ihn hinabblickte. Sie trug ein langes Nachthemd aus Flanell und hatte sich eine schwarze Häkelstola fest um die Schultern geschlungen. »Hast du schon dein Nachtgebet gesagt, Junge?«

»Nein, Madam.«

»Dacht ich mir's doch. Ich hab früher einmal für eine Mrs. Hardy gearbeitet, die mit dem Herzog von Connaught verwandt war. Um zu der Dachkammer zu gelangen, in der mein kleines Eisenbett stand, mußte ich in der Dunkelheit mehrere Treppen hinaufsteigen, aber egal wie kalt es war, nie vergaß ich, mich auf die Knie zu werfen und meine Nachtgebete aufzusagen. Solange dir Mr. Nicholsons Gutherzigkeit zum Vorteil gereicht, wirst du in diesem Haus dasselbe tun, Junge.«

Sein Lächeln, eine listige Mischung aus Fügsamkeit und Frechheit, ärgerte sie.

»Ich stelle meinen Nachttopf vor die Schlafzimmertür, und

du wirst ihn ausleeren, bevor du morgens das Haus verläßt. Aber leise, wenn ich bitten darf.«

Das nächste Mal ließ sie ihn alle Gegenstände aus Silber putzen, die Mr. Nicholson von einem Onkel geerbt hatte. Die Kerzenleuchter mußte er dreimal polieren, bis sie zu ihrer Zufriedenheit glänzten.

»Wo liegt Minsk?«

»In Rußland.«

»Ich freue mich, daß du wenigstens *das* weißt. Wie sind deine Eltern von dort hierhergekommen?«

»Zu Fuß.«

»Blödsinn.«

Sie befahl ihm, die Möbel abzustauben, und als er fertig war, inspizierte sie die Stuhlbeine und die Unterseite der Tischplatte. »Was kann jemand von so zweifelhafter Herkunft und bescheidenen Aussichten wie du mit Latein und Schönschrift anfangen?«

»Ich interessiere mich dafür.«

Ein Muster schälte sich heraus: Nach dem Unterricht verließ Mr. Nicholson in höchster Erregung fluchtartig das kleine Haus und stürmte, blind für seine Umgebung, durch die Heide, um schließlich im Waggon & Horses einzukehren und sich ein großes Bier zu genehmigen. Unterdessen stand Ephraim Mrs. Nicholson zur Verfügung. Sie ließ ihn mit einem nassen Lappen alle gelackten Flächen abwaschen und die Wäsche bügeln. Dann brachte sie ihm ein hartgekochtes Ei mit Toast. »Ich hatte einmal eine Anstellung am Cheyne Walk, Chelsea. Das ist in London. Dort war die Verköstigung ausgezeichnet. Manchmal gab es sogar Köstlichkeiten, die bei einem Festessen übriggeblieben waren. Ich nehme an, du hast trotz deiner Frechheit und deines außerordentlichen Mangels an Bescheidenheit noch nie Wachteleier gegessen?«

»Nein, Madam.«

»Oder Wild? Oder Rebhuhn?«

»Nein, Madam.«

»Oder Räucherlachs?«

»Nein.«

»Dacht ich mir's doch. Ich dagegen habe das alles mehr als

einmal gegessen, und wir bekamen außerdem einen Viertelliter Ale, weil Bier so nahrhaft ist. Leider versuchte der Bruder der Hausherrin immer wieder, mich in einem der Schlafzimmer abzupassen. Für ihn war ich Freiwild, aber da hatte er sich ganz schön getäuscht. Verstehst du, Junge?«

Er grinste.

»Ich weiß genau, warum du in unser Haus gekommen bist. Du hast vor, aus Mr. Nicholsons Schwäche Vorteil zu schlagen.«

Jedesmal, wenn Ephraim bei den Nicholsons übernachtete, wurde er, kaum daß er vor dem Herd eingedöst war, vom nackten Fuß der Hausherrin wachgestubst und von ihr zum Beten angehalten. Beim siebtenmal packte er ihr schlankes Fußgelenk und schob sich alle fünf Zehen in den warmen Mund. Sie floh, als hätte sie sich versengt. Doch nach ein paar Wochen war sie wieder da. Stöhnend und das Gesicht in den Händen vergraben, ließ sie ihn gewähren. Als er mit dem einen Fuß fertig war, hielt sie ihm prompt den anderen hin. Er bog die Zehen auseinander und trieb die Zunge dazwischen. Sie stand über ihm, verdrehte die Augen und erschauerte. Sobald es vorüber war, riß sie sich los und verpaßte ihm mit der Hacke einen Tritt gegen die Nase, daß er ganz benommen war. »Tantchens kleiner Sodomit«, rief sie und entfleuchte.

Daß man Mr. Nicholson »Tantchen« nannte, hatte sie zufällig herausgefunden, als sie einmal im Waggon & Horses einen Viertelliter Ale gekauft und durch die Trennwand zum Hinterzimmer die spöttischen Stimmen der Stammgäste gehört hatte.

»Wo ist eigentlich Tantchen heute abend?«

»Der schmust bestimmt mit seinem kleinen Kohlenschipper, diesem dunklen Judenjungen mit den hungrigen Augen.«

Die restliche Woche über war ihr immer wieder schwindlig geworden, und die Nachthemden, die sie jahrelang ohne Beschwerden getragen hatte, beengten und reizten nun plötzlich ihre Brust. Als Ephraim das nächste Mal zu ihnen kam, saß Mrs. Nicholson während der gesamten Lateinstunde im Schaukelstuhl, und danach ließ sie ihn den Küchenfußboden dreimal mit heißer Lauge schrubben, bevor sie endlich zufrieden war. »Ich werde Mr. Nicholson sagen, daß du nicht mehr kommen sollst. Ich weiß, was ihr beide im Schilde führt.«

Aber abends erschien sie dann wieder und hielt ihm den Fuß hin. Er kam ihren Wünschen nach, beruhigte sie jedoch zugleich, indem er wie im Spiel brummte und knurrte, als wäre er ein Hündchen, das an einem Knochen knabbert. Sie überließ ihm auch den anderen Fuß, und als er hörte, wie sich ihr Atem beschleunigte, ließ er, kühn geworden, seine Hand an ihrem Bein nach oben wandern. Sie holte tief Luft und entzog sich ihm, doch diesmal floh sie nicht, sondern näherte sich ihm nach kurzem Zögern erneut. Er rollte sich auf den Rücken und schob die Hand unter ihr Nachthemd, um sie zu liebkosen, kam jedoch nicht ganz an sie heran. Leise wimmernd ging sie in die Hocke. Später sagte sie voller Gehässigkeit: »Nächsten Sonntag brauchst du nicht zu kommen. Mr. Nicholson wird nicht dasein. Er geht zu einer Dichterlesung.«

»Verriegeln Sie die Tür nicht. Ich komme, sobald es dunkel ist.«

»O nein«, flehte sie, schlug die Hände vors Gesicht und schniefte, doch dann mußte er sich sehr flink bewegen, um einem Fußtritt in den Unterleib auszuweichen.

Am darauffolgenden Sonntag, der für sie zu einem Leidenstag wurde, ging sie in ihrem Häuschen unruhig auf und ab, rang die Hände und stieß sich an den Möbeln. Kurz vor Sonnenuntergang schob sie den Riegel vor die Hintertür und legte sich zur Ruhe. Wieder hatte sie einen von diesen Schwindelanfällen, und sie versuchte mit ihm fertig zu werden, indem sie sich weinend ein Kissen zwischen die Schenkel klemmte. Es nützte nichts. Jedesmal, wenn sie draußen auf dem mit Schlacke bestreuten Weg Ephraims Schritte zu hören glaubte, fuhr sie hoch. Schließlich entriegelte sie die Tür und machte sich Tee, brachte ihn jedoch nicht hinunter. Sie nahm ihr Nähzeug zur Hand, aber ihre Hände zitterten zu sehr. Wieder schob sie den Riegel vor, diesmal wütend, denn er wollte und wollte nicht kommen. Sie legte das Nudelholz auf dem Küchentisch bereit und entriegelte die Tür. Ob auf oder zu, war jetzt nicht mehr wichtig. Er kam bestimmt nicht mehr. Es war schon zu spät. Wahrscheinlich war er mit Mr. Nicholson zusammen.

Während sie sich die beiden in Stellungen ausmalte, die sie mit Abscheu erfüllten, goß sie Wasser in einen Zuber und wusch sich, doch zuvor verriegelte sie die Tür. Da hörte sie ihn den Weg entlangkommen. Er sang eines von seinen melancholischen Synagogenliedern. Sie blies die Kerze aus und rührte sich nicht. Ihre Augen füllten sich mit Tränen. Stille. Dann prallten kleine Schlackebrocken an das Küchenfenster. Die Nachbarn, die Nachbarn. Sie zündete die Kerze wieder an, entriegelte rasch die Tür und ließ ihn ein. »Du mußt sofort wieder weg«, sagte sie.

Doch er war schon im Haus und lächelte sie an. Sie flüchtete sich in den Schaukelstuhl, legte die Familienbibel auf ihren Schoß und sah ihn aus rotgeränderten Augen an. »Rede dir bloß nicht ein, Junge, daß die Hölle nur ein Hirngespinst ist. Nein, es gibt sie wirklich, und sie wartet auf abscheuliche kleine Sünder wie dich. Falls du jemals ein Schwein an einem Spieß brutzeln gesehen hast, daß das Fett nur so spritzt, dann weißt du, wie heiß die ewigen Flammen im kühlsten Winkel der Hölle sind.«

Er setzte sich auf Mr. Nicholsons Stuhl und kickte seine Holzschuhe weg.

»Es gibt einen Stapel Wäsche zu bügeln«, sagte sie, »und mir scheint, daß die Fliesen hier nicht mehr so richtig glänzen.«

Er bügelte die Wäsche, wobei er eher amüsiert als wütend wirkte, und dann machte er sich auf allen vieren über den Küchenfußboden her. Als er einmal in ihre Nähe kam, schreckte er sie auf, indem er knurrend an ihrem Schienbein knabberte. Sie sprang auf, riß von einem Laib Brot kleine Brocken ab und warf sie in die Luft, damit er nach ihnen schnappte. Jedesmal, wenn er einen verfehlte, griff sie nach dem Nudelholz und drohte ihm damit. Er ging wimmernd auf die Knie, ließ den Kopf hängen und scharrte am Boden, als hätte er Pfoten. Sie lachte, und er fühlte sich dadurch aufgefordert, sich wiederum an ihren Beinen zu schaffen zu machen, diesmal ein Stück weiter oben. Entsetzt taumelte sie zurück: Plötzlich erblickte sie in ihm nicht mehr ein verspieltes Hündchen, sondern einen bedrohlichen Ziegenbock. Sie packte das Nudelholz und verpaßte ihm einen Schlag, der ihn jedoch nur an den Schultern streifte. Wütend entriß er es ihr und schleuderte es so heftig von sich, daß es von der Wand abprallte. Heftig atmend flüchtete sie sich hinter einen Stuhl und befahl ihm, sofort das Haus zu verlassen.

»Nein«, sagte er.

Jetzt erst fiel ihr das Bündel auf, das er mitgebracht hatte. Es war in alte Zeitungen eingewickelt und verschnürt. »Was ist da drin?« fragte sie.

»Eine Überraschung für Sie, Mrs. Nicholson.«

»Das gehört sich nicht. Nimm es wieder mit, wenn du nachher gehst, Junge.«

»Sie meinen, nachdem ich die Nachttöpfe ausgeleert habe?«

»Richtig.«

Bedrückt und verunsichert fegte sie die Brotkrümel in eine Ecke und führte Ephraim zum Tisch aus Kiefernholz, um ihm aus dem Neuen Testament vorzulesen, was dem Herrn und Heiland Jesus Christus widerfahren war. Mit geschlossenen Augen und sich leicht hin und her wiegend, deklamierte sie: »Wiederum führte ihn der Teufel mit sich auf einen sehr hohen Berg und zeigte ihm alle Reiche der Welt und ihre Herrlichkeit und sprach zu ihm: ›Das alles will ich dir geben, so du niederfällst und mich anbetest.‹ Da sprach Jesus zu ihm: ›Hebe dich weg von mir, Satan! Denn es steht geschrieben: Du sollst anbeten Gott, deinen Herrn, und ihm allein dienen.‹«

Dann schickte sie ihn zu seinem üblichen Schlafplatz und zog sich, nachdem sie ihn an seine Gebete und die Nachttöpfe erinnert hatte, in ihr Schlafzimmer zurück. Die Tür ließ sie weit offen. Er folgte ihr jedoch nicht, sondern streifte sich Mr. Nicholsons altes Nachthemd über, legte sich, die Hände im Nacken verschränkt, auf den Steinfußboden und sang:

»Ich wünsch mir einen jungen Mann,
der mich in seine Arme schließt,
der mich herzen und liebkosen kann,
daß meine Musch mir fast zerfließt.
Ach, ich werd so weich wie Wachs,
wenn ein Kerl mir's gut besorgt.
Ach, ich werd so weich wie Wachs,
so weich wie Wachs!«

Er hörte, daß sie sich im Bett wälzte. Wie in einem bösen Alptraum befangen, rief sie gleich einer Besessenen seinen Namen, doch er antwortete nicht, sondern sang:

»Ich sehn mich nach dem Zauberschwengel,
mit dem die Männer uns entzücken,
ein rotes Köpfchen hat der Bengel,
ich möcht ihn rubbeln und ihn drücken.
Ach, ich werd so weich wie Wachs,
wenn ein Kerl mir's gut besorgt.
Ach, ich werd so weich wie Wachs,
so weich wie Wachs!«

Nach einer Weile rief sie wieder nach ihm, diesmal in gebieterischem Tonfall. Sie verlangte nach einer neuen Kerze. Er brachte sie ihr, zündete sie an und kehrte an seinen Platz zurück. Eine knappe Stunde später stand sie über ihm. »Hast du eine ansteckende Krankheit?« fragte sie.

»Nein, Madam.«

»Dann komm.«

Er trottete hinter ihr her ins Schlafzimmer, machte sich frei, pinkelte in den Nachttopf und sagte: »Ausleeren.«

Sie wich in eine Ecke des Zimmers zurück und fing an zu weinen.

»Tu, was ich gesagt habe.«

Sie leerte den Nachttopf und blies die Kerze aus. Er warf sie aufs Bett. Sie wollte ihr langes Nachthemd aus Flanell nicht ausziehen, schob es aber hoch, so daß es ihr Gesicht bedeckte. Beim erstenmal, das sie beide schnell hinter sich brachten, ließ er es durchgehen, doch bevor er sie ein zweites Mal nahm, zündete er die Kerze wieder an und zwang sie nicht nur, das Nachthemd auszuziehen, sondern auch, ihn von Kopf bis Fuß zu betrachten. Später, als sie leise vor sich hin weinte, holte er sein Bündel, schnürte es auf und ließ seine von Kohlestaub geschwärzte Wäsche auf ihren schweißnassen Körper fallen. »Ich bleibe so lange hier, bis diese Sachen sauber sind«, sagte er.

Am darauffolgenden Sonntag quälte Ephraim sie im Beisein des an diesem Tag außerordentlich heiter gestimmten Mr. Nicholson, indem er sie beim Mittagessen unter dem Tisch mit dem Fuß streichelte. Zu seiner Verblüffung kam sie nicht zu ihm, als er seinen Schlafplatz am Herd eingenommen hatte und Mr. Nicholson im Ehebett schnarchte. Erst in den frühen Morgenstunden weckte sie ihn aus tiefem Schlaf, indem sie ihn mit dem Fuß anstieß.

»Ich hatte dich früher erwartet«, sagte er. »Geh wieder zurück ins Schlafzimmer.«

Gedemütigt drehte sie sich um und wollte davoneilen.

»Warte.«

Sie blieb stehen.

»Hier«, sagte er und warf ihr ein Wäschebündel zu.

Kaum hatte sich Ephraim am nächsten Sonntag zu Mr. Nicholson an den Tisch gesetzt, um sich von ihm unterrichten zu lassen, als Mrs. Nicholson mit ihrer Handarbeit eintrat.

»Ab heute dürfen Sie nicht mehr beim Unterricht dabeisein«, sagte Ephraim.

Sie verließ eilig den Raum.

»Du liebe Güte«, stammelte Mr. Nicholson. »Was hast du bloß getan?«

»Sie sind ein netter Mensch, Sir, gutherzig und zartbesaitet, aber ich bin aus anderem Holz geschnitzt«, sagte Ephraim und knöpfte ihm die Hose auf. »Dies ist sozusagen ein Entgelt für die Stunden, die Sie mir gegeben haben, und außerdem halte ich große Stücke auf Sie. Mehr kann ich leider nicht für Sie tun.«

Danach verließ Mr. Nicholson das Haus durch die Hintertür und stürmte in äußerster Erregung über das Heideland.

Ephraim nahm Mrs. Nicholson an der Hand und zog sie hinter sich her ins Schlafzimmer. Sie sträubte sich.

»Bist du verrückt geworden?« fragte sie.

»Mr. Nicholson kommt erst morgen früh zurück. Ich habe alles mit ihm abgesprochen.«

Während der darauffolgenden Woche gingen sich Mr. und Mrs. Nicholson aus dem Weg, soweit dies möglich war. Bei Tisch aßen sie schweigend, und wenn sich ihre Blicke aus Versehen kreuzten, errötete sie, und seine Unterlippe begann zu zittern. Am Samstag tat er so, als merkte er nicht, daß sie in der

Küche am Spülstein weinte. Beim Kartoffelschälen schnitt sie sich in den Finger. Der Anblick ihres Blutes war zuviel für ihn. Er verzog sich ins Waggon & Horses und trank dort bis Feierabend. Zwei jüngere Kumpane mußten ihn nach Hause bringen. »Immer mit der Ruhe, Tantchen«, ermahnten sie ihn.

Am Sonntag spitzte sich die Lage unerträglich zu.

»Verriegeln Sie die Tür. Wir wollen ihn nicht hereinlassen, Mr. Nicholson.«

»Ja.«

Doch als sie ihn dann singend den mit Schlacke bestreuten Weg entlangkommen hörten, sprangen beide auf. Mrs. Nicholson eilte zur Tür, um sie zu entriegeln, aber Mr. Nicholson begrüßte ihn als erster.

Weil sie für Ephraim einen Pullover strickte, schenkte ihm Mr. Nicholson die goldene Taschenuhr, die er von seinem Onkel geerbt hatte. Als seine Frau abends ein geradezu verschwenderisches Mahl bereitete, ging er prompt los und kam mit einer Flasche Bordeaux zurück, die er tags darauf mit seinem Schüler während des Unterrichts leerte. Stillschweigende Vereinbarungen wurden getroffen. Beispielsweise wickelte sie sich in ihre Stola und machte einen Spaziergang, wenn Lehrer und Schüler ihre Lektion durchgingen, und er verließ am Sonntagabend das kleine Haus, um erst montags früh wieder aufzukreuzen. Als Gegenleistung für soviel Zuvorkommenheit zog sie sich an Mittwochabenden früh ins Schlafzimmer zurück und gab ihm Gelegenheit, sich mit seinen jungen Freunden zum wöchentlichen Lesezirkel zu treffen. Vor solchen Veranstaltungen lieh er sich bisweilen das eine oder andere Kleidungsstück von seiner Frau aus, und sie tadelte ihn nicht, indem sie Vers 5 aus dem 22. Kapitel des Deuteronomiums zitierte, ebensowenig wie er eine Bemerkung über den Geruch machte, den sie sonntags in der Frühe verströmte.

Ephraim machte weiter, bis ihm klar wurde, daß Mr. Nicholson ihm in Latein und Schönschrift nichts mehr beibringen konnte. Außerdem war da noch etwas anderes. Eines Nachts fiel ihm auf, daß ihre Brüste praller geworden waren und die dunkelbraunen Brustwarzen einen Geschmack von nie gekannter Süße hatten. Jetzt erst bemerkte er auch, wie rundlich sie um die Leibesmitte geworden war.

Am nächsten Sonntag saß das Ehepaar Nicholson bis zum Einbruch der Nacht herum und wartete auf ihn, aber er erschien nicht.

»Er kommt nicht mehr«, meinte sie schließlich.

»Unsinn, Mrs. Nicholson. Er hat sich schon ein paarmal verspätet.«

»Du hast überhaupt nichts begriffen«, erwiderte sie mit Tränen in den Augen. »Er hat die silbernen Kerzenständer von deinem Onkel mitgehen lassen.«

Auf Mr. Nicholsons Stirn bildeten sich Schweißperlen.

»Es ist deine Pflicht, bei der Polizei Anzeige zu erstatten«, sagte sie.

Bekleidet mit dem neuen Pullover, in der Tasche die goldene Uhr, im Bündel die Kerzenständer und ausgestattet mit einer Börse, die fünf Pfund und zwölf Shilling enthielt, sagte Ephraim dem Bergwerk von Durham Lebewohl und wanderte die Landstraße nach London entlang. Auch ein paar Andenken aus seinem Elternhaus hatte er im Gepäck: Gebetsriemen, einen Gebetsschal und ein hebräisches Gebetsbuch.

> »Wer kennt vier? Ich kenne vier, vier sind unsere Mütter, drei sind unsere Väter, zwei die Bundestafeln, eins ist unser Gott im Himmel und auf Erden.
>
> Wer kennt fünf? Ich kenne fünf, fünf der Tora Bücher, vier sind unsere Mütter, drei sind unsere Väter, zwei die Bundestafeln, eins ist unser Gott im Himmel wie auf Erden.«

Es war Frühling, die Erde war feucht und duftete, Rhododendronbüsche und Azaleen blühten.

Ephraim sah Mrs. Nicholson niemals wieder, noch bekam er jemals seinen Sohn zu Gesicht, den ersten einer siebenundzwanzigköpfigen, nie von ihm anerkannten Nachkommenschaft, deren Mitglieder nicht alle die gleiche Hautfarbe hatten.

8 »Woran haben Sie gerade gedacht, Olive?«
»Das sage ich nicht, sonst ziehen Sie mal wieder über den Film her und machen ihn mir madig.«

Wie gewohnt gingen sie danach auf einen Imbiß ins Downtowner. Mrs. Jenkins bedachte ihn mit einem, wie sie hoffte, durchdringenden Blick und sagte: »Ich möchte wetten, daß Sie irgendwo eine Frau mit Kindern sitzengelassen haben, die inzwischen erwachsen sind, und daß Ihre Familie hinter Ihnen her ist, weil Sie keine Alimente gezahlt haben.«

»Was zum Teufel reden Sie da?«

»Dieser Anwalt von der Kanzlei Denby, Denby, Harrison & Latham, der vor ungefähr einem Monat aufgekreuzt ist – Sie haben mir noch immer nicht gesagt, was er von Ihnen wollte.«

»Es handelte sich um eine Verwechslung.«

»Schau lieber nicht in den Spiegel, Pinocchio, deine Nase ist gerade drei Zoll länger geworden.«

»Mr. Hughes suchte nach einem anderen Smith.«

»Wie kommt es dann, daß seine Kanzlei Ihnen plötzlich so viele Briefe schickt und Sie unter dem Bett eine abschließbare Geldkassette verstecken?«

»Aha, Sie haben geschnüffelt.«

»Na und? Was werden Sie jetzt tun? Ausziehen? Meinetwegen. Für mich steht fest: Smith ist nicht Ihr richtiger Name.« Sie legte ihre Hand, an der Schokoladensauce klebte, auf seine. »Bert, falls die Polente hinter Ihnen her ist, können Sie sich auf Olive verlassen. Ich bin in diesem Jammertal Ihre einzige echte Freundin.«

»Ich habe mein Lebtag noch nie etwas Strafbares getan«, sagte er und entzog ihr seine Hand, bevor einer der anderen Gäste hinschaute.

»He«, sagte sie und kicherte. »Kennen Sie den Unterschied zwischen der Eisenbahn und einer Frauenhand?«

Er wußte es nicht und wollte es auch nicht wissen.

»Die Eisenbahn fährt hart über die Weichen.«

Er verzog keine Miene.

»Das ist doch nur ein Wortspiel, Bert! Wenn Sie wollen, helfe ich Ihnen auf die Sprünge.«

»Sparen Sie sich die Mühe.«

»Sagte die Farmerstochter zum Pfarrer.«

Verwirrt beglich Smith beider Rechnungen und ließ ein Trinkgeld von fünfundsechzig Cents auf dem Tellerchen liegen.

»Ich glaube, Sie haben das große Los gezogen und wollen nicht mit der Sprache rausrücken.«

Abends schützte Smith Kopfschmerzen vor und setzte sich nicht zu ihr ins Wohnzimmer, um *Kojak* anzusehen.

»Jemand hat beobachtet, daß Sie letzten Dienstag im Taxi heimgekommen sind. Sie sind an der Ecke ausgestiegen, damit Olive es von ihrem Fenster aus nicht sieht.«

»Ich bin ein paar Schritte gegangen, weil mir nicht wohl war.«

»Bert, wenn Sie Ihr Herz ausschütten wollen ... Ich kann warten«, zwitscherte sie. »In der Zwischenzeit drücke ich Ihnen die Daumen.«

»Danke.«

»Loyalität ist mir in die Wiege gelegt worden. Hoffentlich ist es bei Ihnen genauso, alter Knabe.«

Der Geldbetrag, den ihm sein Onkel Arnold hinterlassen hatte, nachdem er kinderlos in Hove gestorben war, hatte sich, wie man ihm mitgeteilt hatte, inzwischen auf 228725 Dollar vermehrt.

»Es war doch von fünfzigtausend Pfund die Rede«, hatte Smith eingewendet.

»Stimmt, soviel war es 1948, aber das Geld ist für Sie angelegt worden.«

Smith war durch das Schneetreiben gestapft und hatte den Scheck gleich zur Royal Bank gebracht. Auf dem Heimweg hatte ihn plötzlich panische Angst gepackt, und er war fast im Laufschritt zur Post in Westmount geeilt, um ein Postfach zu mieten. Dann war er nochmals zur Bank gegangen und hatte Anweisung gegeben, die Bankauszüge nicht mehr an seine Adresse, sondern an sein Postfach zu schicken. Am nächsten Morgen machte er einen Test, indem er von seinem Konto zweihundert Dollar in bar abhob.

Er sagte sich, daß er schon zu alt sei, um sich noch das Gebiß richten zu lassen. Er erwog, ein Jackett aus Harris-Tweed, ein paar Hemden (keine bügelfreien) und ein Paar anständige Schuhe zu kaufen, aber Mrs. Jenkins würde wissen wollen, woher er das viele Geld hätte. Als er durch Eaton's schlenderte, sah er einen kleinen Kühlschrank, der gut in sein Zimmer gepaßt hätte. Sein Blick fiel auch auf einen elektrischen Wasserkocher, einen wahren Segen der Technik, mit dem er sich jederzeit ein Täßchen Tee aufbrühen könnte. Keine Salada-Teebeutel, sondern Twining's Darjeeling. Doch nein, er traute sich nicht. Olive konnte man nichts vormachen.

»Was halten Sie von diesem Murph Heeney in Nummer fünf, Bert?«

Heeney, sein Zimmernachbar, war ein Bär von einem Kerl, ein zottiger Zimmermann, der stets eine Flasche Molson Export in der Pranke hatte.

»Er ist nicht mein Typ.«

»Nun raten Sie mal, was ich unter seinem Bett gefunden habe. Einen Stapel *Playboy*-Hefte. Bestimmte Seiten waren mit seiner Soße verklebt.«

Olive wendete die Kragen von Berts Hemden. Wenn er sich nicht wohl fühlte, löste sie einen OXO-Brühwürfel in heißem Wasser auf und brachte ihm die Tasse aufs Zimmer. Während der längsten Woche des Monats – es war die Woche, bevor ihm seine Pension überwiesen wurde – fütterte sie ihn abends mit Knackwürsten, Kartoffelpüree oder Pfannkuchen durch. Und jetzt? Jetzt könnte er ihr einen neuen Farbfernseher kaufen oder sie einmal die Woche ins Kino und anschließend zu Murray's einladen. Nein. Sie würde den Braten riechen. »Wo haben Sie den vielen Zaster her, Bert?«

All das Geld auf der Bank! Er könnte eine Reise in die Alte Welt machen und sich das Land ansehen, aus dem seine Eltern stammten. Freudig erregt betrat er ein Reisebüro von Thomas Cook & Sons und bat um Auskunft über eine Schiffspassage nach England, mußte jedoch erstaunt feststellen, daß nur noch polnische und russische Dampfer von Kanada nach Europa fuhren, und das kam für ihn natürlich nicht in Frage. Der arrogante junge Angestellte, der nach Rasierwasser wie ein Schwuler roch und ihn ansah, als wollte er sagen: »Ich weiß genau, daß du nur zum Aufwärmen reingekommen bist, du alter Knacker«, hatte sich vor ihm aufgebaut, blätterte in Prospekten und Reservierungsformularen und leierte Fahrpreise herunter.

»Ist das mit Vollpension?« erkundigte sich Smith.

Der Angestellte legte die Hand auf den Mund und verkniff sich ein Lachen.

»Sie tun wirklich so, als würde Ihnen dieser Laden gehören«, sagte Smith und trat den Rückzug an.

Smith hob weiterhin jede Woche zweihundert Dollar von seinem Konto ab. Was er nicht ausgab – und das war der größere Teil des Betrags –, verstaute er in einem Versteck unter einem Dielenbrett, das er eines Nachts durchgesägt hatte. Er ging dazu über, allein bei Murray's zu Mittag zu essen, und ließ sich stets einen Tisch im hinteren Teil des Lokals geben. Trotzdem zuckte er jedesmal zusammen, wenn die Schwingtür aufgestoßen wurde. Nachmittags schaute er meist bei Laura Secord's vorbei und kaufte sich ein halbes Pfund Cashewnüsse oder Pralinen, die er dann in der Halle des Mount Royal Hotels oder des Hauptbahnhofs verzehrte. Er ging nie nach Hause, bevor er nicht alles restlos verputzt hatte.

»Wo sind Sie denn den ganzen Tag gewesen, alter Knabe?«

»Ich habe mir in der Bibliothek ein paar Illustrierte angeschaut.«

»Und was haben Sie sich zum Mittagessen gegönnt?«

»Nichts habe ich mir gegönnt.«

Das entsprach nicht ihren Informationen.

»Ich glaube, wir sollten uns mal miteinander unterhalten, sagte der Pastor zur Frau des Rabbis.«

Sie machte Tee, und als er sich hinsetzte, erspähte sie sofort seine neuen Strümpfe. Marke Argyle, Kniestrümpfe.

»Bert, ich möchte Sie etwas fragen: Sind Sie womöglich ein Ladendieb?«

Er war wie vom Donner gerührt.

»Falls Sie knapp bei Kasse sind, Bert, Olive kann Ihnen aushelfen. Aber Sie müssen mir sagen, ob Sie in der Klemme stekken.«

Er schüttelte den Kopf und stand auf, um in sein Zimmer zu

gehen. Mrs. Jenkins folgte ihm bis zur Treppe. »Bisher haben Sie der guten alten Olive nie etwas verheimlicht.«

»Stimmt, aber vielleicht bin ich nicht der einzige, der sich geändert hat.«

Bisher hatte Smith als einziger das Privileg genossen, einen Platz in Mrs. Jenkins Kühlschrank zu haben, doch seit kurzem war das Fach unter seinem ständig mit Bierflaschen vollgestopft, die klapperten, wenn man die Tür öffnete oder der Kompressor ansprang. Die gemeinsamen Samstagabende vor dem Fernseher, bei denen sie, wie Olive es nannte, ihre alten Knochen ausruhten, während sie Kool-Aid tranken, Twinkies knabberten und sich den Film auf Kanal 12 anschauten, gehörten ebenfalls der Vergangenheit an. Olive trug nun an Samstagabenden nicht mehr ihren alten Hausmantel und hatte auch keine Lockenwickler mehr im Haar. Sie roch jetzt nach Parfum, steckte in einem Korsett, und Ringellöckchen baumelten seitlich an ihren Wangen herab. Ihr pinkfarbener Angorapulli sah aus wie Zuckerwatte und war eine Nummer zu klein; dazu trug sie einen grünen Minirock, ihre Füße in flauschigen weißen Pantoffeln mit hellblauen Bommeln. Im Fernsehen lief *Eine Hockey-Nacht in Kanada*, es roch nach verschüttetem Bier, Pizza und Zigarren Marke Weiße Eule, und Murph Heeney war mit von der Partie.

»He, Olive, wie soll ich mich auf das Match konzentrieren, wenn Sie mich so scharf machen?«

Olive, die den Mund voll Bier hatte, prustete. »Na, wenn Sie die Botschaft so gut empfangen haben, Kumpel, dann bringen Sie doch schon mal vorsorglich Ihr Geschütz in Stellung ... Aha, da kommt Johnny – Pardon, ich meine natürlich Bert, mein treuer Freund und Gefährte in diesem Jammertal.«

»Störe ich?« erkundigte sich Smith.

»Nee«, sagte Heeney. »Kommen Sie rein, Smitty, und beglükken Sie uns ein Weilchen mit Ihrer Gegenwart, Sie alter Gockel. Es steht vier zu drei für Chicago, und es sind noch acht Minuten zu spielen. Die Zeit wird allmählich knapp.«

Angewidert verdrückte sich Smith in sein Zimmer. Am nächsten Morgen schlich er sich früh aus dem Haus zu einem Frühstück bei McDonald's. Dann trat er in den Schneeregen hinaus, hielt aufs Geratewohl ein Taxi an, winkte jedoch ab, als er sah, daß der Fahrer ein Schwarzer war, und stoppte ein zweites.

»Zum Hauptbahnhof, bitte.«

»He, wissen Sie, wer sich mal den Arsch an derselben Stelle aufgewärmt hat, auf der Sie jetzt sitzen, Mister? Nathan Gursky und Frau. Der hat massig Kohle, und deshalb habe ich ihn nach seiner speziellen Lebensweise gefragt. So was sammel ich, verstehen Sie? Sein Vater hätte ihm eingebleut, daß alle Menschen Brüder sind, antwortet er, und als er das sagt, fängt seine Frau an zu lachen, daß er rot wird bis an die Haarwurzeln. Raten Sie mal, wo die beiden hinwollten. In die Altstadt, zu seinem Psychiater. Woher ich das weiß? Weil seine Frau zu ihm gesagt hat: ›Bei dem Honorar, das Dr. Weinberg für eine Stunde verlangt, solltest du nicht nur herumsitzen und hm, äh und aha sagen. Erzähl ihm die Wahrheit. Sag ihm, daß du jetzt Angst vor Lionel hast.‹ Stellen Sie sich vor. Hat Millionen und ist im Kopf nicht ganz dicht.«

Smith kaufte an einem Kiosk die *Gazette* vom Vortag und suchte sich eine Bank, auf der nicht schon irgendein Rauschgiftsüchtiger herumlungerte. Nachdem er eine Weile gedöst hatte, aß er im Peking Gardens zu Mittag. Die Vorliebe für chinesisches Essen war das einzige Laster, dem er frönte. Anschließend schlenderte er hinüber zum Mount Royal Hotel und ruhte sich in der Halle aus. Später bummelte er durch die Alexis-Nihon-Ladenpassage, genehmigte sich ein Bier vom Faß und machte auf einer Bank ein Nickerchen. Am frühen Abend gönnte er sich dann ein Abendessen im Curly Joe's. Steak mit Pommes frites und zum Nachtisch Apfeltorte. Prall, fast schon aufgebläht traf er kurz vor acht Uhr zu Hause ein, fest entschlossen, das Zimmer bei Mrs. Jenkins zu kündigen, aber erst, nachdem er den beiden gehörig die Meinung gesagt hatte.

Murph Heeney hatte einen Karnevalshut aus Kreppapier auf dem Kopf. »Da schauen Sie, was? So früh hatten wir nicht mit Ihnen gerechnet.«

»Sagte der Gottesmann zum Go-go-Girl.« Olive gab einen Qietscher von sich und blies in eine Tröte. Sie hängten sich bei ihm ein und tanzten mit dem geschockten Smith ins Wohnzimmer, wo der Tisch für drei Personen gedeckt war.

»Als Vorspeise gibt's gefüllte Eier, als Hauptgericht Schmorbraten und zum Nachtisch Schokoladenkuchen mit Eis«, sagte Heeney und drückte den leichenblassen Smith auf einen Stuhl.

Irgendwie schaffte es Smith, eine akzeptable Portion zu verdrücken, während Olive mit Heeney herumalberte.

»Der Mann geht also zum Arzt und erfährt, daß sein ... sein ...« Sie brach ab und überlegte sich aus Rücksicht auf Smith ein anderes Wort. »... Penis amputiert werden muß. Da dreht er total durch und ...«

Smith schlug den Kaffee aus, quälte sich die Treppe hinauf und ging zu Bett. Um drei Uhr nachts wachte er mit wild rumorendem Magen auf. Er eilte den Gang entlang zur Toilette und prallte fast mit Murph Heeney zusammen, der nur eine Unterhose anhatte und wie ein haariger Affe aussah. Heeney packte ihn am Arm, vielleicht, um nicht das Gleichgewicht zu verlieren. »Wenn ich Sie wäre, würde ich ein bißchen warten«, sagte er und kniff sich die Nase zu.

»Geht nicht«, erwiderte Smith und schüttelte Heeneys Hand ab.

# VIER

1 Neunzehnhundertdreiundsiebzig. September. Terry bog von der Wardour Street ab, schaltete herunter, wobei er kurz Zwischengas gab, weil der Motor dabei so schön röhrte, und stellte seinen zerbeulten MG auf dem Parkplatz ab. Dann ging er rasch zurück zum Duke of Wellington. Besorgt blickte er zum grauen Himmel auf. Er trug seinen neuen Anzug: leicht tailliertes Jackett mit aufgesetzten Taschen, Hosenbeine mit Schlag.

Sie saßen in der Bar und warteten auf ihn – Des, Nick und Bobby.

»Hallo, hallo, hallo.«

»Flott siehst du aus.«

»Ta-ra, ta-ra.«

Grinsend, wobei er seine Grübchen vorteilhaft zur Schau stellte, faßte Terry mit den Fingerspitzen die Ecken seines Jacketts und machte eine Pirouette.

»Mann!« rief Bobby und quietschte vor Vergnügen. »Ein Wunderwerk von Cecil Gee.«

»Quatsch. Der ist von Doug Hayward, dem Schneider der Stars. Hat mich dreihundert Eier gekostet.«

Des streckte die Hand aus und strich über den Stoff, dann ließ er den Arm plötzlich sinken und kraulte Terry mit seinen Wurstfingern zwischen den Beinen. »Und was haben wir da?«

»Verbotene Früchte«, sagte Terry, schlug Des auf die Finger und trat schnell einen Schritt zurück.

»Du meinst wohl, schon besetzt.«

»Verpiß dich, Junge.«

Nick, der Ärger voraussah, schob sich zwischen sie.

»Hat jemand von euch Foley gesehen?« fragte Terry.

»Keine Sorge, Terry, Foley kommt bestimmt. Gehen wir nachher einen Happen essen?«

»Nein, heute abend nicht, ich hab Kopfschmerzen.« Terry

ließ geschickt den linken Ärmel seines Jacketts etwas zurückrutschen, damit seine tolle schwarze Riesenuhr zum Vorschein kam. Auf dem Zifferblatt war absolut nichts zu sehen, doch als er auf einen winzigen Knopf drückte, leuchtete die Digitalanzeige auf: 7:31.

»Ta-ra, ta-ra.«

»Wo hast du die abgestaubt?«

»So was kriegt man hier nicht. Lucy hat sie mir aus New York mitgebracht.«

Plötzlich stand Foley neben ihnen. Seine grauen Locken quollen unter dem breitkrempigen Safarihut hervor. Er trug einen weinroten Rollkragenpulli und verwaschene Jeans. Terry folgte ihm unauffällig aufs Männerklo.

»Hast du die Knete mitgebracht?«

»Mañana. Ehrlich.«

Foley rieb sich nachdenklich das rote Kinn.

»Mann, hab ich dich jemals hängenlassen? Gib schon her.«

Foley gab es ihm, Terry warf ihm eine Kußhand zu und tänzelte zurück in die Bar. »Noch einen Drink, dann muß ich weg«, sagte er zu den anderen.

»Wohin geht's denn heute abend?« fragte Des.

»Ach, vielleicht ins Annabel's zu einem Filet Mignon und einer Flasche Dom. Oder ins Les zu einem Spielchen Chemin de fer.« Tatsächlich würde Lucy mit ihm wieder irgendwo hingehen, wo sie garantiert von niemandem erkannt wurde. Wirklich ärgerlich war das.

»Du solltest dich schämen, Terry, daß du deinen schönen Körper für solche vergänglichen Freuden verkaufst.«

Terry ging zurück zu seinem MG, flitzte quer durch den Hyde Park bis zur Sloane Street und von dort nach Belgravia. Er wußte, daß sie in dem umgebauten Kutscherhaus hinter einem Fenster ihrer Wohnung stand und eine Zigarette nach der anderen qualmte, während sie auf ihn wartete. Deshalb stieg er absichtlich ganz langsam aus dem Auto.

Sie trug ein schwarzes, langärmeliges Seidenkleid. Noch bevor er klingeln konnte, öffnete sie die Tür. Der Daumen ihrer rechten Hand war runzlig wie eine Walnuß. Sie hatte alle Feuchtigkeit aus ihm herausgelutscht. Eine Zeitlang hatte sie ihn nachts bandagiert, aber es nutzte nichts. Sie riß den Verband im Schlaf ab.

Lucys schwarze Augen flackerten vor innerer Not. Sie war einundvierzig, sah jedoch älter aus, vielleicht weil sie so spindeldürr war. »Das Geld liegt in der Diele auf dem Tisch«, sagte sie, als wäre er ein Laufbursche von John Baily's.

»Du hast noch kein Wort über meinen neuen Anzug gesagt.«

»Halt mich nicht hin, Terry. Gib das Zeug her.«

»Meinst du nicht auch, daß die Hosen ein bißchen zu eng sind?«

»Sie zeigen, was du zu bieten hast. Zufrieden?« Sie verschwand in der Küche und knallte die Tür hinter sich zu.

Terry schlenderte ins Schlafzimmer und öffnete gedankenlos eine Schublade nach der anderen. Im obersten Schubfach von Lucys Nachttisch, zweifellos eine sündhaft teure Antiquität, deren Platte zahllose, von Zigaretten herrührende Brandflecken aufwies, fand er eine halbe Toblerone-Schokoladenstange. Das Schubfach darunter enthielt noch mehr Schokolade, diesmal von Bendicks, weiterhin eine Menge benutzter Papiertaschentücher und Ringe, von denen er getrost behaupten konnte, die Putzfrau habe sie gestohlen. Als nächstes kamen Fläschchen zum Vorschein, lauter Fläschchen: Schlaf-, Beruhigungs- und Aufputschmittel. Dazwischen lag ein Buch: *Sämtliche Gedichte von Gerald Manley Hopkins*. Viele Seiten hatten Eselsohren, und zahlreiche Stellen waren unterstrichen. Jemand hatte mit winziger Schrift eine Widmung auf die erste Seite gekritzelt: *Für meine süße Lucy, in Liebe, Moses. 12. Juli 1956*. Terry hatte die spontane Anwandlung, die Seite herauszureißen und sie zu zerfetzen, doch sein vorsichtiges Naturell rettete ihn. Alles hatte seine Grenzen.

Lucy kam aus der Küche. »Du hast das Zeug und spannst mich nur auf die Folter, stimmt's?«

»Tut mir leid, Schatz.«

»Hol mir einen Drink.«

»Bitte.«

»Ich an deiner Stelle würde das Spielchen nicht zu weit treiben.«

Er schenkte ihr einen Scotch ein. »Da, sei ein braves Mädchen und trink schön aus. Und dann laß uns essen gehen.«

»Ich kann so nicht ausgehen. Ich brauche sofort einen Schuß.«

»Ta-ra«, trällerte er, hielt ihr ein kleines Kuvert vor die Nase und zog es rasch zurück, als sie danach griff. »Ta-ra-ta-ra!«

»Terry, bitte!«

»Ich will heute ins Les Ambassadeurs gehen.« Er wehrte sie ab, ließ sie nicht an das Kuvert. »Lädst du mich heute abend ins Les Ambassadeurs ein?«

»Ja, warum nicht?« sagte sie zu seiner Verblüffung.

»Versprochen?«

»Ja, ja, natürlich.«

»Na gut.« Er hakte seinen Zeigefinger in ihren Ausschnitt, zog das Kleid weg und stopfte den Umschlag zwischen ihre Brüste. Dann trat er grinsend einen Schritt zurück, aber es war ihm anzumerken, daß er Angst hatte. Lucy, über deren Stirn Schweißtropfen liefen, zog sich ins Badezimmer zurück. Sie tastete nach der dünnen Halsvene – sonst wäre nur noch die Zunge in Frage gekommen, weil die anderen Venen kollabiert waren –, klemmte sie zwischen Daumen und Zeigefinger und griff nach der Spritze. Als sie wenig später das Badezimmer verließ, herrschte sie Terry an: »Setz dich, Terry.«

Er setzte sich.

»Glaube bloß nicht, daß ich auf dich angewiesen bin, mein Lieber. Ich brauche nur ein bißchen die Fühler auszustrecken, um einen entgegenkommenderen und billigeren Lieferanten zu finden.«

Nutte, dachte er, sagte jedoch nichts. Er wußte aus Erfahrung, daß sie nicht lange Oberwasser haben würde. Bald bräuchte sie mehr von dem Zeug, und dann wäre sie es, die Entgegenkommen beweisen würde. Deshalb grinste er nur und stellte seine Grübchen zur Schau. »Verträgst du keinen Spaß mehr?«

»Einen Spaß schon, aber dich nicht mehr.«

»Soll das heißen, daß wir nicht zusammen ins Les Ambassadeurs gehen? Du hast es mir versprochen.«

»Wir gehen nirgends mehr zusammen hin.« Sie zügelte sich ein wenig. »Hör mal, Terry, du wußtest doch die ganze Zeit, daß irgendwann mit uns Schluß sein würde.«

Na gut. Wie du meinst, Süße.

2 Mr. Bernard starb an einem Montag, vom Krebs völlig zerfressen. Er war fünfundsiebzig Jahre alt. Zwei Tage lag er in der Halle des Bernard Gursky Tower aufgebahrt, und als er am dritten Tag noch immer nicht vom Totenbett aufstand, setzte man ihn mit allen Ehren bei. Vergeblich bat die Familie, lieber eine Spende an die Gesellschaft für Krebsbekämpfung zu überweisen, als Blumen zu schicken. Die Kränze und Gebinde mancher Kondolenten entsprachen nicht in jedem Fall den jüdischen Sitten und Gebräuchen und wurden vom eifrigen Harvey Schwartz peinlich genau auf kompromittierende Kärtchen hin inspiziert. Erfreut stellte er fest, daß die meisten von berühmten und erfolgreichen Leuten stammten, deren Name weit über Montreal hinaus, ja sogar in der ganzen Welt bekannt war. Mit der für ihn typischen Beflissenheit teilte er dies den anwesenden Journalisten mit.

Zum Glück gab es keine Peinlichkeiten. Lucky Luciano war tot, desgleichen Al Capone, Waxey Gordon, »Little Ferfel« Kavolick, Longy Zwillman und Gurrah Shapiro. Auch andere Weggefährten aus stürmischen Zeiten schickten keine Blumen oder hatten, Meyer Lansky ausgenommen, genügend Taktgefühl, um sich jeglicher Stellungnahme in der Presse zu enthalten. Nachtragend, wie er war, sagte Meyer Lansky zu einem Reporter, der ihn in Miami mit der Kunde von Mr. Bernards Ableben überraschte: »Ohne Solomon hätte der alte Gauner geendet, wie er angefangen hat, in einem Puff, mit einem Besen in der Hand.« Von Presseleuten bedrängt, verweigerte Lansky jedoch jeden weiteren Kommentar und behauptete hartnäckig, er sei falsch zitiert worden.

Der dicke Charley Lin fuhr zur Beerdigung in einem gemieteten Rolls-Royce vor und verteilte unter den Trauernden parfümierte Kärtchen mit der Adresse seines schicken Restaurants in Toronto, dem House of Lin. Auch der ehemalige Justizminister Stu MacIntyre war gekommen. Er lächelte spöttisch, als er den Sohn des verstorbenen Richters Gaston Leclerc entdeckte. André war PR-Chef von McTavish für Europa und hatte seinen Familiennamen aufpoliert, indem er sich André de le Clerc nannte. Er hatte sein Hauptquartier in Paris, bewohnte jedoch auch stilgerecht ein Schloß an der Loire.

Wie Callaghan vorausgesehen hatte, tauchte auch Bert Smith zu Mr. Bernards Begräbnis aus der Versenkung auf.

»Mr. Smith?«

»Ja.«

»Ich bin Tim Callaghan. Erinnern Sie sich an mich?«

»Ja.«

»Das habe ich mir gedacht. Na gut, jetzt ist alles ausgestanden. Er ist tot.«

»Ausgestanden? Das stimmt nicht. Jetzt geht es erst richtig los. Er wird vor einen Richter treten müssen, den er nicht bestechen kann.«

»Hm, vielleicht kann man die Sache auch so sehen.«

»Nur so.«

»Bert, ich würde mich gern mit Ihnen unterhalten.«

»Rufen Sie meine Sekretärin an und lassen Sie sich einen Termin geben.«

»Sie und ich, wir sind jetzt alte Männer, Bert. Ich wäre Ihnen dankbar, wenn wir irgendwo hingehen und uns ein bißchen unterhalten könnten.«

»Über die guten alten Zeiten?«

»Ich kann mir vorstellen, was in Ihnen vorgeht, Bert.«

»Wirklich? Auf einmal?«

»Kommen Sie schon, gehen wir.«

In den Zeitungen stand, Mr. Bernard habe als Sohn des Farmers und Pferdehändlers Aaron Gursky in einer Lehmhütte mitten in der Prärie das Licht der Welt erblickt. Er habe bei Null angefangen und bereits mit einundzwanzig Jahren sein erstes Hotel besessen. Später sei er aufgestiegen zum Herrscher über einen in fünfzehn Ländern aktiven Konzern mit einem geschätzten Jahresumsatz von einer Milliarde Dollar. Die Journalisten wußten auch zu berichten, daß eine rund zweitausendköpfige Menge an seinem Sarg vorbeidefiliert war, darunter Minister der Zentral- und Provinzregierung, amerikanische Senatoren, der israelische Botschafter und zahlreiche Wirtschaftsbosse. In seiner Grabrede sagte der Rabbi unter anderem: »Mr. Bernards Taten werden regional, national und international weiterwirken. Geld spendete er ebenso leicht, wie er es einnahm, und obwohl er mit gekrönten Häuptern und

Präsidenten speiste, gab er sich auch voller Demut mit einfachen Menschen ab, gleichgültig, welcher Rasse, Hautfarbe und Religion. Mitgefühl gehörte zu seinen Wesenszügen. Wir haben eine legendäre Gestalt unserer Epoche, einen Menschen von weltweitem Ansehen verloren.«

In zahlreichen Ländern hob die Presse in Nachrufen Mr. Bernards Großzügigkeit hervor und nannte ihn einen zeitgenössischen Philanthropen. Sein Bruder Solomon, der berühmt-berüchtigte Solomon, blieb unerwähnt, und die Jahre der Prohibition wurden gnädig verharmlost. Man kramte lediglich ein paar wohlbekannte Aussprüche hervor. So hatte Bernard einmal gesagt: »Klar, wir haben damals auch ein bißchen Schnaps verschoben, aber es gab keine eindeutigen Beweise dafür, daß das Zeug für die Vereinigten Staaten bestimmt war. Verdammt, ich bin jedenfalls nie über die Grenze gegangen, um drüben die leeren McTavish-Flaschen zu zählen.«

Leutselig und mit neuen Schuhen an den Füßen absolvierte Harvey alle Interviews mit verblüffendem Elan. Er freute sich, daß kein verbitterter ehemaliger Angestellter von Mr. Bernard – wie zum Beispiel der alte Tim Callaghan – auftrat, um den Leuten die kompromittierendste Geschichte seiner langjährigen Beziehung zu Mr. Bernard aufzutischen: Eines Tages waren ein paar Londoner Bankiers eingeflogen, und im Konferenzraum des Gursky-Konzerns wurde bei einem Essen die Bewilligung eines 500-Millionen-Dollar-Kredits gefeiert, der Mr. Bernard den Erwerb von McEwen Bros. & Ross Distillery auf dem schottischen Hochland ermöglichte. Jener schändliche Tag hatte sich in Harveys Gedächtnis eingebrannt und verfolgte ihn bis heute in seinen Träumen.

Mr. Bernard, dem ausnahmsweise selbst ein bißchen bange war, versuchte sich einzureden, daß die renommierten Bankiers, darunter ein Lord und zwei in den Ritterstand Erhobene, sich nicht hinter seinem Rücken zuzwinkern und ihn als kleinen, aus dem Ghetto stammenden Schacherjuden abtun würden. Endlos lange befaßte er sich mit der Speisenfolge für das Essen und zog drei verschiedene Anzüge an, bevor er sich dank der unerwarteten Hilfe einer neuen, verwirrend hübschen Vorzimmerdame für einen anthrazitgrauen entschied.

Die junge Frau pfiff anerkennend, als er an ihr vorbeikam, so daß Mr. Bernard verblüfft stehenblieb und sie anstarrte.

»Sie sehen richtig distinguiert aus«, sagte sie. »Als wären Sie unterwegs nach Schloß Windsor.«

»Wie heißen Sie, junge Frau?«

»Ich? Oh, Kathleen O'Brien, Mr. B.«

So hatte ihn noch niemand genannt. Ihre Unverfrorenheit amüsierte ihn. »Können Sie tippen?« fragte er.

»Wie der Blitz«, antwortete sie. »Ich kann auch Steno, spreche fließend Französisch und spiele verdammt gut Billard.«

»Können Sie auch für sich behalten, was Sie aufschnappen?«

»Probieren Sie es doch einfach aus, Mr. B.«

Eine Woche vor Eintreffen der Londoner Bankiers kommandierte er sie zur Probe in sein Büro ab, und sie brachte ihn mit leisem Spott dazu, die mit Brillanten besetzten und mit seinen Initialen versehenen Manschettenknöpfe gegen bescheidenere einzutauschen, und schaffte es sogar, ihm die schwarzen Seidensocken auszureden. »Die sind was für Ungarn von zweifelhafter Herkunft«, meinte sie.

Als sie einen Probelauf für das bevorstehende Essen veranstalteten, klopfte sie ihm auf die Hand, weil er die Gabel auf gewohnt falsche Weise hielt. »Nein, nein, Mr. B., schauen Sie her.«

»Aber man muß doch einen Knall haben, um die Gabel verkehrt rum zu halten.«

»Darüber haben wir nicht zu entscheiden, Mr. B. Es ist auf jeden Fall *comme il faut*.«

Zwei Tage vor dem Essen mit den Bankiers begann Mr. Bernard, nervös im Büro auf und ab zu gehen. Er hatte einen Kloß im Hals und einen Knoten im Magen, und er wünschte, er hätte ein kleines bißchen von Solomons Lebensart und Witz. Am fraglichen Tag schrie er den ganzen Vormittag über seine Untergebenen an, warf mit Aschenbechern um sich, verpaßte Papierkörben Fußtritte und traktierte Sekretärinnen mit Obszönitäten. Morrie, dieser geborene Popler, wurde aus dem Gebäude verbannt. Abgesehen von seinen eigenen Söhnen und Harvey, den er brauchte, lud Mr. Bernard lediglich die nichtjüdischen Manager von McTavish zu dem Bankett ein, und sogar am Vormittag brütete er noch über der Gästeliste, strich einen Namen aus, setzte ihn wieder ein, um ihn gleich darauf erneut zu streichen.

Am Anfang lief alles wie am Schnürchen. Die Bankiers betrachteten interessiert die eindrucksvolle Zeichnung, auf der ein strahlender Ephraim Gursky dargestellt war und die in einem Goldrahmen über dem Kamin hing. »Sicher wissen Sie«, sagte Mr. Bernard, »daß wir in diesem Land der unbegrenzten Möglichkeiten nicht eben Neulinge sind. Mein Großvater – Sie sehen ihn hier als jungen Mann mit neunundzwanzig Jahren vor sich – kam schon 1846 nach Kanada. Er suchte eigentlich nach der Nordwestpassage. Lassen Sie uns jetzt zu Tisch gehen, Gentlemen.«

Nur der besorgte Harvey Schwartz wußte, daß Mr. Bernard, der sich krampfhaft um eine formelle Ausdrucksweise bemühte, unter furchtbarem Stress stand, und zudem wußte er aus Erfahrung, zu welch peinlichen Entgleisungen das führen konnte. Als die Bankiers Platz nahmen und Harvey Mr. Bernard den Stuhl zurechtrückte, passierte es: Mr. Bernard entspannte sich ein bißchen zu früh und ließ einen Furz fahren, einen krachenden Furz. In dem darauffolgenden Schweigen, das Harvey wie eine Ewigkeit vorkam, obwohl es nur ein paar Sekunden dauerte, funkelte Mr. Bernard ihn mit aus den Höhlen tretenden Augen an.

»Ich ... mir ... es tut mir sehr leid«, stammelte Harvey mit kreidebleichem Gesicht. »Ich ... ich bin die ganze Nacht wach gewesen ... habe mir den Magen verdorben ... Etwas ist mir nicht bekommen ... Pardon ... Entschuldigen Sie bitte, meine Herren.« Er lief in seine Toilette, drückte, von Tränen geblendet, die Tür hinter sich zu, schluchzte, heulte vor Wut, schlug den Kopf gegen die Wand und versuchte die erlittene Demütigung dadurch zu lindern, daß er rasch den realen Wert seiner Beteiligungen an Acorn und McTavish überschlug.

Harvey kehrte nicht ins Konferenzzimmer zurück, sondern verließ fluchtartig den Gursky Tower, fuhr nach Hause und hütete drei Tage lang das Bett, angeblich weil er einen Migräneanfall hatte.

Und jetzt gab es wieder Ärger, allerdings von anderer Art:

Einen Tag nach der Beerdigung auf dem Temple-Mount-Sinai-Friedhof wurde Mr. Bernards Grab geschändet. Zum Glück informierte man nicht zuerst die Angehörigen, sondern Harvey, der sofort zum Tatort eilte. Was er dort erblickte, ergab für ihn keinen Sinn, erfüllte ihn jedoch mit Sorge und Schrekken. Im Grab steckte eine Harpune, auf die ein Rabe gespießt war.

Harvey, dem sich fast der Magen umdrehte, drückte dem Friedhofswärter einen Hundertdollarschein in die Hand, nahm dem alten Mann das Versprechen ab, Stillschweigen zu bewahren, und gab Auftrag, das Grab rund um die Uhr zu bewachen. Dann weihte er Walter Osgood ein, den ehemaligen Museumskurator, der die Gurskysche Kunststiftung leitete.

Osgood, ein recht beleibter Engländer, hatte Schuppen, starken Mundgeruch und einen buschigen Schnurrbart. Harvey empfand den Ausdruck seiner blauen Augen und sein Auftreten für einen armen Teufel, der niemals mehr als fünfzigtausend Dollar im Jahr verdienen würde, als entschieden zu arrogant. Osgood beriet die Gurskys nicht nur beim Ankauf alter und zeitgenössischer Kunst, sondern nahm samstags im *Star* auch zu literarischen Themen Stellung. Seine vielgelesene Kolumne *Mit den Augen eines Bücherwurms* war stets mit lateinischen Zitaten gespickt, und das galt auch für seine Vorträge im Kreis von Mitgliedern des Lesezirkels St. James oder des PEN-Clubs. Diese Vorträge fanden zumeist in seiner Wohnung statt, die er gern sein Atelier nannte und die sich in der Altstadt von Montreal im zweiten Stock eines umgebauten Lagerhauses befand. Er teilte sein Atelier mit einer Frau, die er als seine *innamorata* vorzustellen pflegte. »*Seulement pour épater les bourgeois*«, hatte er Becky einmal anvertraut.

»Das tut Ihnen bestimmt gut«, hatte Becky gesagt und seine Hand gedrückt.

Osgood, dessen Safarianzug fast aus den Nähten platzte, ließ sich nicht anmerken, wie überrascht er war, als Harvey in sein Büro stürmte und den Raben auf die Schreibtischplatte fallen ließ. Dieser Vogel, meinte Osgood in seiner unmißverständlichen Art, sei in Montreal eine *rara avis*, denn sein natürlicher Lebensraum sei der Norden. Im übrigen sei er bekanntlich ein königlicher Vogel. In *Macbeth* verkünde er krächzend den Tod eines gekrönten Hauptes, und in der dänischen Mythologie sei er dem Kriegsgott geweiht. Dann begutachtete Osgood die aus Karibuhorn gefertigte Harpune – die Spitze bestand aus einem Bärenknochen, und die Riemen waren aus Seehundfell gefertigt – und erklärte, sie stamme wahrscheinlich von den Netsilik, aber Harpunen dieses Typs würden schon seit Jahren nicht mehr benutzt. »Sie ist verdammt wertvoll, würde ich sagen. Wo haben Sie sie her, alter Knabe?«

»Das tut nichts zur Sache«, erwiderte Harvey schroff. »Sehen Sie sich mal dieses Zeichen an.« Er deutete auf ein in den Griff der Waffe eingeritztes Symbol. »Das ist ein Gimel.«

Osgood, dessen Gesicht ohnehin meist rot gefleckt war, errötete unübersehbar. »Pardon«, sagte er und stand schwerfällig auf. »Ich muß mal eben urinieren.«

»Was müssen Sie?«

»Pinkeln.«

Osgood blieb kurz auf der Klobrille sitzen, den Kopf fast zwischen den Knien. Dann klatschte er sich kaltes Wasser ins Gesicht und holte anschließend aus dem Medizinschränkchen an der Wand ein kleines Päckchen und einen winzigen silbernen Teelöffel. Bevor er sich wieder Harvey gegenübersetzte, sog er schniefend eine Prise von dem weißen Pulver in die Nase ein.

»Sie sagten gerade –«

»– daß dies ein Gimel ist, ein hebräischer Buchstabe, Walt.« Harvey wußte, daß Osgood die Kurzform seines Vornamens nicht mochte.

»Ja, ja, der dritte Buchstabe des hebräischen Alphabets. Aber das ist unmöglich, mein Lieber, das ist einfach nicht drin. Ein Laie könnte es wirklich für ein Gimel halten, aber es ist nur das Markenzeichen des Herstellers, und der war mit absoluter Sicherheit ein Eskimo, genauer gesagt ein Inuit. Bestimmt wissen Sie, daß Eskimo ein indianisches Wort ist und soviel bedeutet wie ›Einer, der rohes Fleisch ißt‹. Es ist verächtlich gemeint.« Osgood grinste. »Wie *kike*, um noch ein beliebiges Beispiel anzuführen.« Er streckte die Hand nach der Harpune aus.

Harvey nahm sie ihm weg. »Die behalte ich, wenn Sie nichts dagegen haben.«

»Augenblick, Harvey. Ich habe von einer Schreibdame meine Anmerkungen zum nächsten Londoner Souk tippen lassen. Ich meine natürlich die Sotheby-Auktion. Hätten Sie gern eine Kopie?«

»Ja. Sorgen Sie dafür, daß ich eine bekomme.«

»Hm. Hören Sie, Harvey, ich weiß nicht, wie ich mich ausdrücken soll, aber Sie haben sich irgendwie verändert. Sie wirken größer, seit –«

»Sparen Sie sich solche Scherze, Walt.«

Zurück im einundvierzigsten Stock des Bernard Gursky Tower, fand Harvey es angesichts der Umstände nicht weiter überraschend, daß Miss O'Brien in Mr. Bernards Büro auf ihn wartete. Vor ihr auf dem Schreibtisch stand eine offene Flasche Whisky. Aha, sie ist also mal wieder beim Scotch, dachte Harvey. Loch Edmond's Mist, der zwölf Jahre alte Single Malt der Gurskys. Nur vom Feinsten. Sie trank ihn pur.

»Wie wär's mit einem Abschiedsdrink, Mr. Schwartz?«

Vor Jahren hatte er sie einmal gebeten, ihn doch bitte Harvey zu nennen, aber sie hatte davon nichts wissen wollen. »Nein, ich nenne Sie lieber Mr. Schwartz.« Vor Jahren hatte sie nur mit den langen, schlanken Beinen und dem brünetten Haar den Flur entlangzuschweben brauchen, zwischen den Brüsten raffinierterweise ein kleines Kruzifix, damit sich alle Männer nach ihr umdrehten. Praktisch jeder im Büro, Harvey natürlich ausgenommen, hatte irgendwann versucht, bei ihr zu landen, und erleben müssen, daß sie ein ganz schön kostspieliger Flirt war. Sie ließ sich gern auf ein paar Drinks ins Lantern einladen und gab sich dann geschmeidig wie eine Katze, ja sie nahm sogar Einladungen zu einem intimen Dinner im Café Martin an, aber niemand hatte jemals ihre Wohnung in der Mountain Street von innen gesehen.

Miss O'Brien hatte ihre gute Figur erhalten, das mußte Harvey zugeben, doch die Männer drehten sich nicht mehr nach ihr um. Ein Blick auf ihre Hände und ihren Hals genügte. »Wieso Abschiedsdrink?« fragte er aufatmend.

»Ist es doch, oder?«

»Sie gehören zur Familie, Miss O'Brien.«

»Nein, nicht ich, und Sie auch nicht, Mr. Schwartz. Ich habe mir nie etwas vorgemacht, und Sie sollten das auch nicht tun.«

Verärgert, weil sie die Stirn hatte, anzudeuten, daß sie die ganze Zeit im selben Boot gesessen hatten, er und diese Hure, lächelte er verkniffen und sagte: »Ich rate Ihnen, einen von diesen Computer-Kursen mitzumachen. Wir müssen alle mit der Zeit gehen. Natürlich sind Sie hier jederzeit willkommen. Eine Frau mit Ihren Talenten.«

»Er hat immer gesagt: ›Ich möchte wetten, daß Harvey am Schlüsselloch klebt.‹ Haben Sie das, Mr. Schwartz?«

»Ich habe etwas ganz anderes, nämlich eine gute Nachricht für Sie. Mr. Bernard hat Sie in seinem Testament bedacht. Er hat Ihnen zwanzigtausend Dollar vermacht.«

»Lassen Sie uns nicht unnötig lange um den heißen Brei herumreden, Mr. Schwartz. Ich bin gekommen, um das Kuvert abzuholen, das er für mich im Safe hinterlegt hat.«

Harvey öffnete die oberste Schublade von Mr. Bernards Schreibtisch, zog eine Mappe heraus und ließ sie vor ihr auf die Tischplatte fallen. »Falls es Sie interessiert, auf dieser notariell beglaubigten Liste steht alles, was in dem Safe war.«

»Waren Sie dabei, als der Safe geöffnet wurde, Mr. Schwartz?«

»Es war kein Kuvert für Sie dabei.«

»Mr. Bernard hat mich garantiert nicht angelogen. Ich bin jetzt dreiundfünfzig Jahre alt, Mr. Schwartz.«

»Wie die Zeit vergeht.«

»Mr. Bernard hatte recht, Sie sind eine miese Ratte. Auf Wiedersehen. Bis auf weiteres.«

Bis auf weiteres? Nachdem sie gegangen war, grübelte Harvey eine Weile über die versteckte Drohung nach und erwog ihre eventuelle Tragweite, als er plötzlich durch das gespenstische Klacken von Billardkugeln aus seinen Gedanken gerissen wurde. Die Tür zum Billardzimmer stand offen. Harvey näherte sich ihr auf Zehenspitzen und verzog das Gesicht zu einem breiten Grinsen, als er Mr. Morrie erblickte – einen Mr. Morrie, der dazu aufgelegt schien, in Erinnerungen zu schwelgen.

»Wußten Sie eigentlich, Harvey, daß man zweimal auf mich

geschossen hat? Ich meine damals, als die Überfälle auf die Transporte uns so zu schaffen machten. Beim zweitenmal pinkelte ich mir in die Hosen. Bernie hackte deswegen die ganze Zeit auf mir herum, aber als Solomon dahinterkam, packte er Bernie, und beim nächsten Konvoi mußte er im Lastwagen an der Spitze mitfahren. Und das war ausgerechnet der, bei dem ›Nigger Joe‹ Lebowitz und Hymie Paul, die Little Navy Boys, von der Purple Gang kräftig Zunder kriegten. Bernie zitterte wie Espenlaub, und als ein Lastwagen eine Fehlzündung hatte, schmiß er sich auf den Boden. Danach verlor er nie wieder ein Wort über meinen kleinen Ausrutscher.« Mr. Morrie brach ab, um die Spitze seines Queues mit Kreide abzureiben. Dann legte er die Kugeln für einen schwierigen Stoß zurecht. Er verpatzte ihn. »Wissen Sie, was ich mir als junger Mann gewünscht habe? Eine eigene Bar. Morrie's. Einen piekfeinen Laden in einem eleganten Viertel. Getäfelte Wände. Altes Holz. Bilder von einheimischen Künstlern, die ich ohne einen Cent Provision verkauft hätte. An der Theke hätte es nie Bretzeln und ranzige Erdnüsse gegeben, sondern ab sechs Uhr abends frisch gehackte Leber, pikant eingelegte Eier und scharf gewürzte Würstchen. Bei mir hätte man auch per Scheck bezahlen können, und jeder hätte bei mir ein offenes Ohr für seine Probleme gefunden. Dieser Morrie, hätten die Gäste gesagt, ist wirklich ein verdammt netter Kerl. Wenn der einem einen Drink einschenkt, dann ist es ein richtiger Drink.«

»Sie wissen natürlich«, sagte Harvey, der sich seinen Verdruß nicht anmerken lassen wollte, »daß das jetzt für Sie nicht mehr in Frage kommt.«

»Es würde nicht gut aussehen.«

»Nein.«

»Ich bin Bernard Gurskys einziger noch lebender Bruder.«

»Stimmt.«

»Und Sie, *boytschik*, was glauben Sie denn, wie Sie mit der neuen Generation klarkommen werden? Ich meine, mit den homogenisierten Gurskys, den Kindern meines Bruders.«

Aha, daher wehte also der Wind. Mr. Morrie mußte spitzgekriegt haben, daß der neue Boss von McTavish vorhatte, ihm als erstes seinen Sitz im Aufsichtsrat wegzunehmen. »Lionel und ich stehen uns so nahe, als wären wir Brüder«, sagte Harvey. »Das kann Ihnen jeder bestätigen.«

»Wissen Sie, mein armer Bruder hat nie das bekommen, was ihm wichtig war. Er wollte von den anderen akzeptiert werden. Vielleicht zum Botschafter ernannt werden. Wie Joe Kennedy. Genaugenommen haben wir es genauso weit gebracht. Was meinen Sie, Harvey?«

»Mr. Bernard war in jeder Hinsicht ein bedeutender Mensch, eine überragende Gestalt.«

»Sie sind ein schlauer Bursche, Harvey, ja, das sind Sie. Ich habe Sie immer bewundert.«

»So ein Kompliment weiß ich zu schätzen.«

»Aber was haben Sie mit dem Kuvert gemacht?«

»Da war kein Kuvert. Dafür gibt es Zeugen.«

»Bernie hat mir aber versichert, daß er Miss O. versorgen wollte.«

»Ich schwöre, daß kein Kuvert dabei war. Entweder hat er es vergessen, oder er hat sie angelogen. Bei allem Respekt, er konnte sehr hart sein. Das wissen Sie selbst. Denken Sie nur daran, wie er Sie viele Jahre lang behandelt hat.«

»Glauben Sie etwa, er hätte mich die ganze Zeit geschnitten? Ach, Harvey, wissen Sie, was wir gemacht haben, wenn wir mal allein waren? In den letzten Wochen, als er noch jeden Tag ins Büro kam, hat er manchmal die Tür abgeschlossen, sich über das Eis im Kühlschrank hergemacht und die Karten rausgeholt. Wir haben uns dann auf den Fußboden gehockt und wie früher als Kinder ein Spiel gespielt, bei dem es darauf ankommt, die Karten möglichst nah an die Wand zu werfen. Er hatte dicht am Wasser gebaut, das wissen Sie ja selbst, und in den letzten Monaten ist es aus ihm rausgeflossen wie aus einem Wasserhahn, den man nicht mehr zudrehen kann. Solomon, vergib mir, Solomon. Fest steht, daß nur Bernie uns so unglaublich reich machen konnte. Ich war dafür anscheinend zu dumm, und Solomon hätte McTavish ruiniert, wie er alles und jeden ruiniert hat, mit dem er in Berührung kam. Lansky hätte nicht sagen dürfen, was er gesagt hat. Solomon war ein Gauner. Waffen, Nutten, Schmuggelfahrten über den Fluß – die Prohibition paßte ihm gut in den Kram. Nur Bernie konnte aufbauen, wovon wir jetzt zehren. Trotzdem, am Ende quälten ihn Erinnerungen an die alten Tage. Er hat Miss O. eine Menge darüber erzählt.«

»Wer hört schon einer verbitterten alten Jungfer zu?«

Wieder rieb Mr. Morrie die Spitze seines Queues mit Kreide ab. Er versenkte eine rote Kugel in einem seitlichen Loch des Billardtisches und sagte: »Vielleicht Moses Berger.«

Harvey ging auf und ab. Ob er Morrie die Sache mit der Harpune und dem Raben erzählen sollte? Nein, lieber nicht. Mr. Morrie war schon fast senil. Eis am Stiel, Kinderspiele – man stelle sich vor. »Es war wirklich kein Kuvert im Safe.« Harveys Augen füllten sich mit Tränen. »Aber vielleicht sollte ich einen Umschlag nehmen und anständig was reintun.«

»Sie sind ein gescheiter Bursche, Harvey. Sie denken einfach an alles.«

Am nächsten Morgen befahl Harvey seiner Sekretärin herauszufinden, wo sich Moses Berger, diese Niete, derzeit verkrochen hatte. In seinem Blockhaus in den Townships ging niemand ans Telephon. Harvey gab seiner Sekretärin eine Liste mit Kneipen.

»Aber es ist doch noch nicht einmal Mittag«, wandte sie ein.

»Für einen wie ihn ist es schon spät am Tag.«

Als sie nicht fündig wurde, ließ Harvey sie in einem Angler-Camp am Restigouche anrufen.

»Man erwartet ihn am Dienstag.«

An Mr. Bernards Grab kam es zu keinen weiteren Zwischenfällen, doch eine Woche nach der Beerdigung sah sich Harvey einem weiteren kniffligen Problem gegenüber. Am Montag nach Mr. Bernards Tod durchforsteten seine Erben die Presse nach Artikeln über das Hinscheiden ihres Vaters. Von einhelliger Entrüstung erfüllt, konferierten sie miteinander. Danach griff Lionel in seinem Adlerhorst im Gursky Building an der New Yorker Fifth Avenue zum Telephon und zitierte Harvey zu sich. »Ich brauche Sie hier«, sagte er.

Harvey hastete zum Flughafen, bestieg einen Gursky-Flieger, einen Lear Jet. Sein vorab bestelltes Mittagessen, das er in neuntausend Meter Höhe einnahm, bestand aus einem Salat mit Hüttenkäse und einer Schale Grütze mit gekochten Pflaumen, die er mit einer Flasche Vichy hinunterspülte. Sogar während er sich die Zähne mit Zahnseide reinigte, brütete er über Bilanzen, doch in Gedanken war er woanders. Er wußte, daß Lionel abends eine Dinnerparty für Jackie Onassis gab. Deshalb hatte er für alle Fälle sein samtenes magentarotes Dinnerjacket eingepackt. Kaum war die Maschine auf dem La Guardia Airport gelandet, senkte sich ein Helikopter herab, nahm Harvey auf, flog schnurstracks zum Dach des Gursky Building und setzte ihn dort auf dem Hubschrauberlandeplatz ab. Als Harvey in Lionels Büro stürzte, hielt ihm dieser wütend ein weit hinten aufgeschlagenes Nachrichtenmagazin unter die Nase. »Hast du eigentlich auch nur annähernd eine Vorstellung davon, wieviel Geld wir jedes Jahr für Annoncen in *Time* und *Newsweek* ausgeben?«

Kleinlaut ließ Harvey sich mit dem Herausgeber verbinden. Lionel hörte das Gespräch am zweiten Apparat auf seinem Schreibtisch mit.

»Mr. Bernard ist vergangenen Montag nach langer Krankheit gestorben.«

»Ja, das ist uns bekannt. Bitte übermitteln Sie Lionel unser tiefempfundenes Beileid.«

»Er war eine bedeutende Persönlichkeit. Das sage ich nicht wegen meiner anhaltend engen Beziehungen zur Familie, sondern aus tiefstem Herzen.«

»Das bezweifelt hier niemand.«

»Wissen Sie, in all den Jahren, die ich für ihn tätig war, haben mir andere Firmen immer wieder besser bezahlte Stellungen angeboten, aber da er sich mir gegenüber stets loyal gezeigt hat, habe ich seine Loyalität erwidert. Seine Kinder wissen das zu schätzen.«

Der Herausgeber wußte nicht, was er dazu sagen sollte.

»Er hat aus dem Nichts eines der größten Unternehmen im Getränkesektor aufgebaut. Ist das nicht wirklich bemerkenswert?«

»Natürlich ist es das.«

»Warum ist Ihnen dann die traurige Nachricht von seinem Tod nur fünf Zeilen unter der Rubrik *Gestorben* wert gewesen?«

Während der Herausgeber Harvey auseinandersetzte, daß es in der Watergate-Affäre zu einer dramatischen Wende gekommen sei und man deshalb andere Beiträge in der zweiten Hälfte des Hefts aus Platzgründen habe zusammenstreichen müssen, schlug Lionel eine andere Seite des Magazins auf, kritzelte etwas auf einen Zettel und schob Harvey beides hin. Auf dem Zettel stand: »Frag ihn wegen dem Nigger.«

»Oh, das leuchtet mir ein«, sagte Harvey ins Telephon, »aber wie kommt es, daß ein Afro-Amerikaner nach seinem Tod eine ganze Seite kriegt?«

»Louis Armstrong war weltberühmt«, erwiderte der Herausgeber.

Während Harvey dazu eine nichtssagende Bemerkung machte, kritzelte Lionel eilig etwas auf einen zweiten Zettel. Harvey warf einen Blick darauf, schluckte heftig und schnitt dem Herausgeber das Wort ab. »Wenn Sie nichts dagegen haben, will ich jetzt mal ein bißchen laut denken: Warum bringen Sie nicht als Entschädigung dafür, daß Sie Mr. Bernards Tod praktisch übergangen haben, eine Story über Lionel, der jetzt das Regiment im Hause übernimmt, was ich sehr begrüße. Ich liebe ihn nämlich, ich liebe ihn wie einen Bruder, und ich schäme mich nicht, das zuzugeben. Bestimmt würde eine Menge Leute gern mehr über ihn erfahren, zum Beispiel, woher er seine Energie nimmt und wie er sich die Zukunft von McTavish vorstellt.«

Nachdem Harvey mit dem Herausgeber handelseinig geworden war – zumindest hoffte er dies –, legte er auf und blickte aus seinen braunen Augen, die ebenso groß wie ausdruckslos waren, fragend zu Lionel auf.

Lionel klopfte ihm mit jungenhaftem Grinsen auf die Schulter. Harvey hatte ihn das schon oft tun sehen, bevor er in die Tasche gegriffen und einer Maniküre oder einem Parkwächter ein Trinkgeld gegeben hatte.

»Wie wär's mit einem Drink?«

»Ich trinke nur Vichy, aber laß dich von mir nicht abhalten.«

Harvey ließ sich erschöpft in einen Ledersessel sinken, während Lionel sich ans Telephon hängte und alle Freunde und Bekannten anrief, um ihnen beiläufig zu erzählen, daß ein Nachrichtenmagazin trotz seiner Einwände eine gründlich recherchierte Story über ihn bringen wolle. »Sie werden bestimmt versuchen, meine Freunde auszuquetschen. Du weißt ja, wie diese Leute arbeiten. Erzähle ihnen bloß nichts über Rumänien. Okay?«

Rumänien. Harvey seufzte und erinnerte sich:

Vor einem Jahr war Lionel auf Einladung des besagten Nachrichtenmagazins mit fünfzig anderen Topmanagern in einem Charterjet nach Osteuropa zu Gesprächen mit führenden Kommunisten geflogen. Mit Kaviar im Bauch und Champagner im Blut versuchten er und ein paar andere Wirtschaftsbonzen mittleren Alters sich an die Stewardessen heranzumachen, kaum daß das Signal BITTE ANSCHNALLEN erloschen war. Alle außer einer ließen es sich gefallen. Nur die langbeinige Blondine, auf die Lionel es abgesehen hatte, nahm Anstoß. Als er ihr in Warschau rote Rosen und Champagner schickte, wies sie beides zurück, und in Moskau ohrfeigte sie ihn in der Halle des Hotel Metropol. Während des Aufenthaltes in Bukarest passierte es dann: Die Stewardess beklagte sich, der betrunkene Lionel sei in ihr Zimmer eingedrungen und habe versucht, sich an ihr zu vergehen. Lionel hingegen behauptete, sie habe ihn zu sich eingeladen. Zurück in New York, nahm sich die Stewardess einen Anwalt, und Harvey wurde eingeschaltet. Die Angelegenheit konnte zwar außergerichtlich beigelegt werden, aber Lionel mußte ganz schön berappen.

Widerspenstige oder geldgierige Mädchen waren schon an der McGill University Lionels Problem gewesen, und leider war der schockierte Harvey dabeigewesen, als zum erstenmal Geldforderungen an Lionel gestellt wurden. Mr. Bernard hatte einen seiner legendären Wutanfälle bekommen, bei denen er Gift und Galle spuckte.

Mr. Bernard, damals in den Vierzigern, hatte vor dem monumentalen Marmorkamin gestanden, auf den Zehenspitzen seiner winzigen Füße gewippt und vor Wut geschäumt, während der halbwüchsige Lionel ungerührt auf dem Sofa saß und die Sache hochmütig lächelnd durchstand. Plötzlich, ohne Vorwarnung, hatte Mr. Bernard sich vor seinem Sohn aufgebaut, den Reißverschluß seiner Hose aufgemacht, seinen Penis herausgeholt und ihn Lionel vor die Nase gehalten. »Du sollst eines wissen, du Hurenbock, der hier hat in all den Jahren nur in deiner Mutter gesteckt. Der Herr segne sie.« Während er unter Tränen den Reißverschluß wieder hochzog, fügte er hinzu: »Und bis auf den heutigen Tag ist ihre Möse die einzige, die einem Bernard Gursky gut genug ist. Respekt und Würde – das ist es, was du noch lernen mußt, du Tier.«

Nach einem der Telephonate blickte Lionel auf und sagte überrascht: »Ach, Harvey, ich hatte ganz vergessen, daß du noch da bist.«

»Ah ... ja, ich wollte dich fragen, ob du mich noch brauchst.«

»Nein, tue ich nicht.«

»He«, sagte Harvey und strahlte ihn an, »gehen wir heute abend zusammen essen?«

»Tut mir leid, ich kann nicht.«

»Viel zu tun?«

»Ich bin völlig erschöpft und will heute mal früher nach Hause. Sag mal, Harvey, du siehst irgendwie verändert aus. Was ist los mit dir?«

»Ich sehe so aus wie immer.«

»Harvey, ich habe meinen Vater geliebt, aber er war ein ziemlicher Tyrann, nicht?«

»Lionel, es gibt da ein Problem.« Harvey erzählte ihm von Miss O'Briens Erwartungen, die sich nicht erfüllt hatten, und dem nicht vorhandenen Kuvert.

»Ich gönne es dir, Harvey. Wieviel war denn drin?«

»Du warst doch dabei, als der Safe geöffnet wurde. Es war kein Kuvert drin.«

»Hat der alte Knacker sie etwa all die Jahre gebumst?«

»Nein, aber es hat zwischen ihnen andere Intimitäten gegeben.«

»Mensch, er hätte sich doch ohne weiteres was Besseres leisten können.«

»Anscheinend hat er ihr eine Menge über die alten Zeiten erzählt. Wie wäre es, wenn irgendwo ein Umschlag mit, sagen wir, ein paar hunderttausend Dollar drin auftauchen würde?«

»Ich will damit nichts zu tun haben.«

»Genau das habe ich auch zu Mr. Morrie gesagt.«

»Was zum Teufel geht das den alten Dummkopf an?«

»Es war seine Idee. Ich habe ihm gesagt, daß ich es falsch

finde. Wenn man sich auf so was einläßt, kann es passieren, daß man jahrelang zahlen muß.«

»Ich habe nicht gesagt, ob ich es gut oder schlecht finde, wenn ein Umschlag auftaucht. Ich habe nur gesagt, daß ich damit nichts zu tun haben will. Tu, was du für richtig hältst, Harvey. Ich will mich auf dich verlassen können.«

In Lionels Büro gab es eine Kopie der goldgerahmten Zeichnung, auf der ein strahlender Ephraim dargestellt war und die in Montreal über dem Kamin im Konferenzsaal des Bernard Gursky Tower hing. Das Bild war Harvey so vertraut, daß er es seit Jahren nicht mehr richtig betrachtet hatte. Jetzt richtete er den Blick darauf. Ephraim war nicht größer als Mr. Bernard gewesen, doch im Gegensatz zu ihm wirkte er drahtig und muskulös, und er sah aus, als könnte er jeden Moment aus dem Bild herausspringen, um sich auf Lionel und Harvey zu stürzen und sie zu Boden zu werfen. Mit herausfordernder Miene stand er neben einem Loch im Eis, die Füße fest auf das Packeis gestemmt, auf dem Kopf eine Fellmütze und den Körper eingehüllt in mehrere Lagen Robbenfelle, die weniger dazu zu dienen schienen, die Kälte fernzuhalten, als vielmehr dazu, seine animalische Körperwärme einzuschließen, weil sonst ringsherum das Eis geschmolzen wäre. In der Faust hielt er eine aus Karibuhorn gefertigte Harpune. Zu seinen Füßen lag eine Robbe, im Hintergrund erhoben sich die drei Masten der dem Untergang geweihten *Erebus* und gezackte Eisberge, und der schwarze Himmel der Arktis war erhellt von Paraselenae, den optischen Lichttäuschungen im Norden. Harvey, der aus unerfindlichen Gründen plötzlich beunruhigt war, wandte sich von dem Bild ab und zeigte auf eine Schnitzerei aus Walknochen, die in einer Ecke auf einem Sockel stand. »Die haben Eskimos gemacht, stimmt's?«

»Ja. Wenn sie dir gefällt, kannst du sie haben.«

»Nein, danke. Woher hast du sie?«

»Ich weiß nicht mehr, wann und wie sie hier aufgetaucht ist, aber ich glaube, sie gehörte ursprünglich meinem Onkel Solomon. Wieso fragst du?«

»Ach, nur so.« Harvey nahm die kleine Skulptur vom Sockel und drehte sie um. Auf der Unterseite entdeckte er ein Zeichen, das ihn, einen Laien, an ein Gimel erinnerte.

3 Jedesmal, wenn Moses die Stelle erreichte, wo die Fernstraße Nr. 132 auf den Sankt-Lorenz-Strom stößt, um sich an ihn zu schmiegen und seinem gewundenen Ufer zu folgen, vorbei an Trois Pistoles und Rimouski, besserte sich seine Stimmung schlagartig. Er verdrängte die Erinnerung an die lästigen Winnebago-Indianer, die Schwärme von Motorradfahrern in schwarzen Lederkombinationen und die vielen Schilder am Straßenrand mit Aufschriften wie TARZAN CAMPING, BAR BQ CHICKEN, CHEZ OCTAVE oder 10 DANSEUSES NUES, und er vergaß auch die kleinen, schlampig gebauten Ortschaften am Fluß mit den auf Betonblöcken ruhenden Andenkenläden, deren Schaufenster vollgepfropft waren mit maschinell gefertigten Schnitzereien, die putzige, ziegenbärtige Frankokanadier darstellten. Er achtete nicht auf die von bunten Lichterketten umrahmten Häuser, auf deren wetterfesten Aluminiumtüren die verschlungenen Initialen der Besitzer prangten. Rentiere aus Plastik standen auf Rasenflächen herum, und in abgefahrenen, weiß angemalten Autoreifen, in Quebec sozusagen das Adelskrönchen des kleinen Mannes, gediehen Geranien.

Moses verschloß die Augen vor allem, was wir aus uns und der Welt gemacht haben, und versuchte sich vorzustellen, wie Cartier und seine müden Fischer aus St. Malo im Jahr 1535 das Land erlebt haben mußten. In jenem Jahr hatten sie sich in die Gegend jenseits des Golfs vorgewagt, waren den fjordähnlichen Flußlauf des Sankt-Lorenz-Stroms hinaufgesegelt, hatten vor der Ile-Verte geankert, um Hasen für ihre Kochtöpfe zu jagen, und an der Ile-aux-Coudres haltgemacht, um wilde Haselnüsse von den Bäumen zu schütteln. Sie waren ins Reich der Saguenay eingedrungen und an Weißwalen, Walrossen sowie unglaublich dichten Schwärmen von springenden Salmen vorbeigetrieben, wie die Flußlachse, diese Könige der Süßwasserfische, anfangs genannt wurden. Zwar brachte der Fluß sie nicht nach *La Chine* – für ihren König Franz I. sicherlich eine Enttäuschung –, doch wie mußten die armen, bedräng ten Männer aus der Bretagne angesichts des Überflusses an beiden Ufern gestaunt haben. Dichter dunkelgrüner Urwald. Schwere, vom Fluß genährte Erde. Elche, Rotwild, Biber,

Gänse und Enten. Dorsche und Lachse, silbrige, glänzende Lachse, die sich in den gekräuselten Fluten tummelten und immer wieder sprangen.

Bei Mont Joli bog Moses, dankbar dafür, endlich angekommen zu sein, auch wenn *sie* nicht dabei war, nach einer scharfen Kurve in die gewundene Landstraße Nr. 132 ein und fuhr quer durch die Gaspé-Halbinsel. Nachdem es mal aufwärts, mal abwärts gegangen war, fädelte er sich schließlich in das Flußtal des Matepédia ein. An den schroffen Felswänden zu beiden Seiten hatten Fichten, Kiefern und Birken Wurzeln geschlagen – nein, sie krallten sich mühsam ins Gestein, wie Kletterer es mit den Fingerspitzen tun.

Bei Point-à-la-Croix fuhr er nach New Brunswick hinein, überquerte die Brücke nach Campbellton und hielt geradewegs auf Vince's Gulch zu, das Angler-Camp am Restigouche. Es bestand aus zwei Holzhäusern. In dem einen wurde gegessen, in dem anderen geschlafen. Außerdem gab es ein paar Schuppen und sogar ein Eishaus.

Kaum war Moses kurz nach fünf Uhr nachmittags mit seinem Toyota auf den Parkplatz gerumpelt, fiel sein Blick auf zwei im Schatten abgestellte Wagen mit Nummernschildern aus North Carolina: ein Cadillac und ein Mercedes 500 SEL mit einem auf die Stoßstange geklebten Playboy-Häschen. Der große, klobige Jim Boyd, der das Camp leitete, ging schwerfällig auf Moses zu und streckte ihm die Hand entgegen. Er blickte besorgt. »Die sind vor 'ner Stunde angekommen«, sagte er. »Barney Gursky, seine Freundin Darlene Walton, Larry und Mary Lou Logan. Die beiden Logans haben einen Jungen mitgebracht, der Rob heißt und ein totaler Waschlappen ist. Er wäre bestimmt nicht mitgekommen, wenn er gewußt hätte, daß es hier keinen Fernseher gibt, und außerdem ist er gegen alles mögliche allergisch.« Jim ließ seine Worte ein bißchen wirken, bevor er weiterredete: »Lachse haben sie noch nie geangelt. Sie sind aus der Möbelbranche, große Fische sozusagen, und wollen hier oder in Ontario eine Fabrik aufmachen, in der ungefähr zweihundert Leute Arbeit finden sollen. Der Arsch mit Ohren, der sich unser Wirtschaftsminister nennt, sagt, daß sie seine Gäste sind, und er will, daß sie sich hier richtig wohl fühlen. Wir können also keinen Stunk gebrauchen, Moses. Wo ist Beatrice?«

»Wir sind nicht mehr zusammen.«

»Verdammt, Moses, du machst was falsch, und du wirst genau wie ich in einer Baracke mit einem Dach aus Teerpappe verrecken.«

Moses überreichte die traditionellen Geschenke: ein Pfund Twinings Ceylon-Frühstückstee und eine Flasche Macallan Single Highland Malt.

»Für dich ist schon zweimal angerufen worden«, sagte Jim. »Ein Anruf war aus England.«

»Ich bin noch gar nicht richtig hier.«

Moses packte seine Sachen aus und trat auf die Terrasse hinaus, um einen Blick auf den Fluß zu werfen. Die Tür des angrenzenden Schlafzimmers wurde aufgestoßen, und eine Barbie-Puppe aus Fleisch und Blut kam herausgesegelt. Sie war blond, ungefähr dreißig und roch, als hätte sie in Parfum gebadet. Ihre blauen Augen wurden durch das Make-up nicht einfach nur betont, sondern gleichsam unterstrichen und kursiv gesetzt. Alles an ihr strahlte und glitzerte, doch ihr selbstbewußtes Auftreten wurde durch die völlig abgeknabberten Fingernägel etwas unglaubwürdig. Sie trug ein maisfarbenes Oberteil aus Rohseide, eine Halskette, die als Fünfeck zwischen ihren spitzen, hohen Brüsten endete, und hautenge Designer-Jeans. Sie war barfüßig und hatte schwarzlackierte Zehnägel. »Na so was«, sagte sie in singendem Tonfall mit rauher Trinkerstimme. »Ich bin Darlene Walton. Was für einen Aszendenten haben Sie, wenn ich fragen darf?«

»Oh, ich bin Fisch und habe, glaube ich, Merkur als Aszendenten«, antwortete Moses. Als er sah, daß sie Anstalten machte, die Treppe hinunterzugehen, streckte er die Hand aus, um ihr behilflich zu sein, aber sie zog abrupt ihren Arm zurück. »Passen Sie auf, eine Stufe ist kaputt«, sagte er irritiert.

Sie hob kokett eine Schulter, kräuselte ihr süßes Näschen und verdrehte die Augen wie ein Star aus der Stummfilmzeit, und das ganze übertriebene Theater veranstaltete sie nur, um ihn vor dem Mann zu warnen, der nebenan auf der Terrasse der Hauses stand, in dem gegessen wurde.

Barney Gursky konnte genausogut vierzig wie sechzig Jahre alt sein. Wer nicht Bescheid wußte, konnte nur Vermutungen anstellen, weil er einer von diesen Männern war, die ab vierzig nicht mehr altern, sondern sich scheinbar mühelos gleichbleiben. Sein schwarzes Haar war so gut geschnitten, daß die Frisur wie gemeißelt wirkte. Er war hochgewachsen und gebräunt, hatte kein Gramm Übergewicht, harte blaue Augen und einen verdrießlichen, berechnenden Zug um den Mund. Hätte Moses ihn nicht gekannt, hätte er ihn für einen Golf-Profi gehalten, der bei einem Qualifikationsspiel ausgeschieden war, oder für den Moderator des lokalen Frühstücksfernsehens, der noch immer auf seine große Chance wartet.

Darlene beeilte sich, die beiden Männer miteinander bekanntzumachen. »Ich hab die Tür aufgestoßen, und da stand er«, sagte sie zu Barney.

Entweder erinnerte sich Barney nicht an Moses, oder er wollte nicht wahrhaben, daß er ihn kannte. »Man nennt Sie bestimmt einfach Moe, oder?« fragte er.

»Nein.«

»Egal. Ich freue mich jedenfalls, Sie kennenzulernen.«

Barney war das Enfant terrible der Gursky-Sippe. Eine Woche nach Anitas erster Hochzeit hatte er sich einen Lamborghini gekauft und war mit Vollgas zuerst nach Kalifornien und dann nach Florida gebraust. Gerüchten zufolge hatte er nacheinander in ein Rollschuhläuferteam investiert, in ein Filmstudio, eine Firma, die nach Erdölvorkommen suchte, in den internationalen Waffenhandel und in eine Basketball-Frauenmannschaft, die *Miami Jigglers*.

In Florida, Kalifornien, New York und Britisch-Kolumbien wegen verschiedener Delikte wie Betrug oder Nichtbezahlung von Alimenten polizeilich gesucht, war Barney 1963 nicht einmal zur Beerdigung seiner Schwester Charna erschienen. Man hatte sie auf dem Gelände der Kommune »Freunde der Erde« im Nordosten von Vermont um vier Uhr morgens in einem Eisloch gefunden, mit nichts am Leib außer einem Paar Stiefeln aus Schlangenleder.

Die Logans warteten im Aufenthaltsraum, der zu Moses' Verblüffung mit roten Rosen geschmückt war. Außerdem stand ein Barkeeper bereit, um sie zu bedienen, was Moses noch nie erlebt hatte. Er fand, daß die Logans, beide mittleren Alters, nicht zueinander paßten. Mary Lou war eine dickliche, zufriedene Frau und trug eine von diesen komischen Brillen, deren Gläser die Augen vergrößern und sie zugleich verschwommen aussehen lassen. Larry war ein dürres Kerlchen mit glänzender Glatze und blitzendem falschem Gebiß. Wäre er Zollinspektor gewesen, hätte er alle Personen gefilzt, die in seinen Augen jünger, attraktiver und privilegierter waren als er. Rob, der hünenhafte Sohn der beiden, saß abseits und trug ein sich über seiner dicken Wampe wölbendes Rolling-Stones-T-Shirt und verwaschene Jeans in Übergröße. Seine Knollennase war kirschrot, und auf seinem Schoß lagen eine Kleenex-Schachtel und zwei große Tafeln Lowneys Milchschokolade. Das Ehepaar Logan war lässig gekleidet, während Barney Gursky noch modischere Klamotten trug als seine flotte Freundin: Ralph-Lauren-Polohemd und -Hosen, Tony-Loma-Stiefel. Er gab dem Barkeeper ein Zeichen, indem er mit den manikürten Fingern schnippte, und fragte Moses: »Was kann ich Ihnen zu trinken anbieten?«

»Ein Sodawasser, bitte.«

»Mist, ich glaube, wir haben uns einen Abstinenzler eingeladen, Larry«, sagte Barney. »Also gut, geben Sie diesem bewundernswert vernünftigen Zeitgenossen sein Sodawasser und kredenzen Sie unserer ehemaligen Miss Sunset Beach« – er wies auf Darlene – »einen Wodka auf Eis, aber nur einen bis zum Essen. Sie achtet nämlich auf die Kalorien.«

Barney erklärte, die Logans seien aus Chapel Hill und besäßen große Möbelfabriken. Seine Finanzierungsgesellschaft unterstütze sie bei dem Projekt, für ein Investitionsvolumen von rund zwanzig Millionen Dollar ein Werk in Kanada hochzuziehen. »Und das Angeln wird hier einen Heidenspaß machen, weil unser Jim bestimmt nicht auf dem gesetzlichen Limit von zwei kümmerlichen Lachsen am Tag bestehen wird, nicht wahr, Jim?«

»Wir können hier nichts Ungesetzliches zulassen, Sir.«

»Ach, ist das nicht nett?« sagte Mary Lou. »Bestimmt haben sie Jim gesagt, daß wir ganz wichtige VIPs sind, aber für ihn ist Gesetz Gesetz. Ich finde, das muß man respektieren. Woher sind Sie, Moe?«

»Er mag nicht, daß man ihn Moe nennt«, sagte Darlene, die sich unauffällig näher an die Bar heranschob.

»Vergiß es, Baby.«

»Heiliger Bimbam, ich wollte doch nur mein Glas abstellen.«

»Ich bin aus Montreal.«

»Dort sind wir im Château Champlain abgestiegen«, sagte Mary Lou.

Kaum hatte Moses sich darangemacht, eine Montecristo auszuwickeln, sprang Rob auf und zeigte mit einem zitternden Wurstfinger auf ihn.

»Wenn Sie wirklich vorhaben, dieses Ding anzuzünden, sollten Sie sich lieber auf die Terrasse verziehen, aber dalli, dalli«, sagte Mary Lou.

Jim Boyd, der in einer Ecke eine Fliege festmachte, pikste sich mit dem Angelhaken in den Finger.

»Für welchen Tätigkeitsbereich haben Sie sich im Leben entschieden, Moe?«

»*Er will Moses genannt werden.* Bestimmt hält er uns für *gräßliche* Leute.«

»Also, ich würde sagen, daß ich seit einiger Zeit nicht viel tue.«

»Hm. Wissen Sie, Berger, ich habe das undeutliche Gefühl, daß unsere ehemalige Zweite im Schönheitswettbewerb von Dogwood ein Auge auf Sie geworfen hat.«

»Du liebe Güte«, sagte Darlene, »jetzt haut er mal wieder in dieselbe Bresche.«

»Kerbe.«

Das Essen in Vince's Gulch war normalerweise eine Zumutung: bis auf die letzte Faser durchgebratenes Steak, zerkochte Kartoffeln und zum Nachtisch Apfelkuchen »Hausfrauenart«, der innen meist noch tiefgefroren war und aus Delaneys Gemischtwarenhandlung stammte. An diesem Abend jedoch hatte man sich einen Koch des Tudor Room im Queen Victoria Hotel aus Chatham kommen lassen. Es gab gegrillte Maiskolben und gekochten Hummer. Barney nahm Darlene den Maiskolben mit den Worten weg: »Noch ein paar mehr Kohlehydrate, und der Ofen ist bei mir aus, Baby.« Dann bestellte er sich noch einen Scotch. Larry beugte sich vor, damit Mary Lou ihm die Serviette um den Hals knoten konnte. »Merci bokuh, Mami.« Rob machte sich über das Brotkörbchen her, stapelte neben seinem Teller vier dicke Schnitten übereinander und beschlagnahmte anschließend die Butterschale. Beim Essen legte er einen Arm um seinen Teller, als müßte er die ihm rechtmäßig zustehende Nahrung verteidigen. Mit gesenktem Kopf erledigte er im Nu einen Maiskolben und machte sich sofort daran, einen zweiten abzuknabbern.

Jim erläuterte, in Vince's Gulch werde zweimal am Tag geangelt, nämlich morgens und abends, nicht jedoch nachmittags. Jeder Angler werde von einem Führer begleitet und erhalte während seines dreitägigen Aufenthalts Gelegenheit, an allen Stellen zu fischen, wo der Fluß Tümpel bildete. Dann schrieb er die Namen der Führer auf kleine Zettel, faltete sie zusammen, warf sie in einen Hut und ließ jeden ein Los ziehen. Barney, der den Anfang machte, zog den jungen Armand, Larry bekam Len zugeteilt, der am Fluß das Lästermaul genannt wurde, und auf Robs Zettel stand der Name Gilles.

»Tja«, sagte Jim, »dann bleibt für mich Mr. Berger.«

»Wenn er mit dem Chef loszieht, ist er uns gegenüber ganz schön im Vorteil, nicht?« fragte Barney.

»Niemand nennt Jim ›Chef‹. Außerdem veranstalten wir hier kein Wettangeln.«

Barney ließ sich einen doppelten Cognac geben und schwenkte ihn im Glas. »Ich weiß, Sie trinken nicht, Berger, aber wie wär's mit einer kleinen Wette?«

»Woran denken Sie?«

»Larry, Sie und ich schreiben jeder einen Scheck über einen Tausender aus und pinnen ihn an die Bar. Wer bis Donnerstag am meisten gefangen hat, streicht das Geld ein.«

»Ich bin ein alter Hase, Barney. Es ist schwerer, als man glaubt.«

»Er angelt bestimmt schon seit vielen Jahren mit Fliegen«, sagte Darlene.

»Okay. Die Wette gilt.«

Dicke, dräuende Wolken hingen am Himmel, als die Logans, mit Insektenspray, Kameras und einer unverkennbar teuren Filmausrüstung ausgestattet, den Schlammweg zum Fluß hinunterstapften. Rob schleppte ein Kofferradio, eine Kleenex-Schachtel und eine große Tüte mit Süßigkeiten. Barney hatte eine Flasche Cognac mitgenommen. Als Darlene ein langes, schlankes Bein hob, um von der kleinen Pontonbrücke in das lange Kanu zu steigen – Armand half ihr hinein und starrte dabei unentwegt ihren wogenden Busen an –, unterstrich Barney seine Besitzansprüche, indem er ihr einen Klaps auf den Hintern gab, der sie prompt aus dem Gleichgewicht brachte. »Oh, Mann, ist das ein Hintern«, sagte er.

Moses gab den anderen einen Vorsprung und zündete sich erst einmal eine Montecristo an, bevor er zu Jim ins Kanu stieg.

»Was soll ich dazu sagen, Moses?«

»Komm diese Woche lieber nicht, hättest du sagen sollen.«

Das Brummen der Außenborder wurde von den Rolling Stones übertönt. Die Musik prallte an den Felswänden längs des Flusses wie Querschläger ab und war so laut, daß die Krähen aufflogen. Zum Glück fuhr das Boot, in dem Rob saß, flußabwärts zu einer tiefen, Bar Pool genannten Stelle, und bis dorthin war es eine gute Meile.

Nachdem Jim außer Sichtweite der anderen den Anker ausgebracht hatte, versuchte Moses es zuerst mit einer Silver-Doctor-Fliege, dann mit einer Green Highlander und schließlich mit einer Muddler, aber er bekam nichts an den Haken. Sie fuhren zu einer anderen Stelle, doch es nützte nichts. Erst nachdem sie ihren Standort zum zweitenmal gewechselt hatten, sahen sie in rund dreißig Fuß Entfernung einen großen sich tummelnden Lachs und einen, der sprang. Moses warf nacheinander alle Fliegen aus, die er mitgebracht hatte, aber die Fische bissen nicht an. Von der Stelle, die Fence Pool genannt wurde, drang Johlen und Kreischen zu ihnen herüber. »Die haben wahrscheinlich nur einen jungen Lachs gefangen«, meinte Jim.

Eine halbe Stunde verstrich. Erst tauchten Stechmücken

auf, und dann fing es an zu nieseln. Moses warf den Haken weit hinaus ins schnellfließende Wasser, lies die Schnur von der Rolle laufen – und machte endlich seinen ersten Fang. Ein großer Fisch, der an die dreißig Pfund wiegen mußte, zog so heftig an der Schnur, daß Moses die Angel gar nicht erst anzurucken brauchte, damit der Haken besser saß. Die Rolle drehte sich quietschend, während der Fisch weit flußabwärts schoß und erst anhielt, als fast die gesamte Angelschnur abgespult war. Moses drehte an der Kurbel der Rolle, um die Schnur straffzuhalten. Jim lichtete den Anker und paddelte behutsam Richtung Ufer. Das Netz hatte er in Reichweite gelegt. Der Fisch kam dicht an das Kanu heran, dann flitzte er wieder flußabwärts. In etwa fünfzig Fuß Entfernung durchbrach er die Wasseroberfläche und schnellte sich, mit der Schwanzflosse schlagend, in die Luft.

»He, Moses, gib Leine.«

Der Fisch tauchte zum Grund hinab. Moses malte sich aus, wie er dort unten das schmerzende Maul wütend an großen Flußkieseln rieb, um den Haken loszuwerden. Als der Lachs dies nicht schaffte, machte er seinem Ärger Luft, indem er den Wasserspiegel wiederum mit solcher Wut durchbrach, daß der Fluß an der Stelle zu kochen schien. Im Sprung schüttelte er grimmig den Kopf, tauchte erneut weg und blieb lange unten, als würde er sich in der Tiefe eine Taktik zurechtlegen.

Nach etwa zwanzig Minuten wurde der Fisch allmählich müde. Moses schickte sich gerade an, die Schnur langsam aufzuspulen, da sah er die anderen Kanus von ihren Angelrevieren zurückkehren. Als Gilles und Len nahe genug herangekommen waren, um zu erkennen, daß Moses einen Fisch am Haken hatte, stoppten sie sofort die Außenborder, wie es gutem Anglerbrauch entsprach. Nur Armand gab auf Barneys Anweisung hin Gas und hielt auf das gegenüberliegende Flußufer zu, während Frank Zappas Stimme mit Gott weiß wie vielen Dezibel über den Fluß hallte. Fluchend kurbelte Moses den Fisch nahe ans Kanu heran. Er lag jetzt dicht unter der Oberfläche schweratmend auf der Seite, aber er hatte noch Kraft für eine letzte Runde. Moses zögerte kurz, dann bugsierte er den erschöpften Fisch vorsichtig in Richtung Netz. In diesem Augenblick stand Mary Lou auf, um Photos zu machen. Wieder und wieder zuckte das Blitzlicht ihrer Kamera über den Fluß. In seiner Verwirrung bemerkte Moses nicht, daß sich die Schnur um den Griff der Angel gewickelt hatte. Der Fisch schoß los, straffte die Schnur mit einem Ruck und riß sich vom Haken los. Als die anderen sahen, daß Moses' Angelrute nicht mehr gekrümmt war und die Schnur schlaff herabhing, sperrten sie weit die Münder auf und heuchelten Mitgefühl.

»Da haben wir's«, sagte Barney. »Es ist schwerer, als man glaubt, wie die alten Hasen sagen.«

Ins Camp zurückgekehrt, erfuhr Moses, daß Barney zwei Lachse mit einem Gewicht von insgesamt vierundzwanzig Pfund und Larry einen Junglachs gefangen hatte, während Rob einen Fisch am Haken gehabt, ihn jedoch verloren hatte.

Da der Barkeeper schon nach Hause gefahren war, servierte der glänzend aufgelegte Barney die Drinks. Er gestand Darlene einen zweiten Wodka zu und fragte Moses, ob er das Sodawasser pur oder mit Eis zu trinken pflege. Ha, ha, ha. Moses schützte Müdigkeit vor und meinte, er werde nur eben ein Glas trinken und dann zu Bett gehen, um ein bißchen zu lesen.

»Hab ich's dir nicht gesagt, Mary Lou? Unser Moses ist ein richtiger Intellektueller«, sagte Darlene.

»Na, ich hab dieses Jahr selber einen ganzen Stapel Bücher gelesen, und zwar nicht nur Romane, sondern auch Sachbücher. Fürs Fernsehen hab ich nämlich nichts übrig.«

»Ich für meinen Teil würde sagen, daß Fernsehen Zeitverschwendung ist. Ich sehe mir immer nur an, was PBS bringt.«

»Stimmt«, sagte Barney. »Zum Beispiel *Sesamstraße*.«

Rob schüttelte sich vor Lachen und fing einen aus seiner Nase heraushängenden Rotzfaden ab, indem er wie eine Eidechse die Zunge vorschnellen ließ.

»Ich ziehe mich jetzt zurück«, sagte Darlene, den Tränen nahe. »Kommst du bald, Barney?«

»Ja, aber dann wird es eine Weile dauern, bis es *mir* kommt, Baby. Du brauchst deinen Vibrator also gar nicht erst auszupakken.«

Das Telephon klingelte. Jim wollte abheben, aber Barney kam ihm zuvor. »Für Sie, Moe.«

Jim rieb seine Hände an der Hose. »Du kannst in der Küche telephonieren«, sagte er zu Moses.

Es war ein Ferngespräch aus London.

»Bist du es, Lucy?«

Es knisterte in der Leitung. »Ja«, sagte Lucy mit schwerer Zunge.

Moses überlegte, daß es in London drei Uhr nachts sein mußte. »Was ist das für ein Krach im Hintergrund?«

»Ich ziehe aus.«

»Um diese Uhrzeit?«

»Hör auf zu nörgeln, Moses.«

»Was ist mit deiner Stimme los?«

»Mein Kiefer. Er ist immer noch geschwollen. Ich war gestern beim Zahnarzt. Hör mal, du und Henry, ihr kriegt demnächst mit der Post Photos zugeschickt, aber ihr dürft die Umschläge nicht aufmachen. Verbrennt sie sofort. Hast du verstanden?«

»Sitzt du mal wieder in der Patsche?«

»Tu endlich mal, worum ich dich bitte, und stell mir keine dummen Fragen.«

»Gut, ich verbrenne den Umschlag, ohne ihn aufzumachen. Hast du schon mit Henry geredet?«

»Du machst dir anscheinend mehr Sorgen um ihn als um mich.«

»Du weißt, daß er überaus empfindlich ist.«

»Ich etwa nicht?«

»Nein.«

»Hast du was gegen mich?«

»Ja.« Moses legte auf, kramte in seiner Tasche nach ein paar Tabletten und schluckte sie ohne Wasser.

Als er eine Viertelstunde später ins Nachbarhaus hinüberging, sah er Motten in dem Lichtschein tanzen, der aus Darlenes Schlafzimmer fiel. Darlene selbst stand abwartend hinter der Fliegentür. Über einem luftigen schwarzen Negligé mit rotem Spitzenbesatz trug sie einen Frotteemantel mit der Aufschrift *Four Seasons Hotel.* »Sie sind kein Abstinenzler«, sagte sie. »Sie haben mit dem Trinken aufhören müssen, aber irgend etwas quält sie noch. Mein Vater war auch ein Trinker.«

Moses lachte. Er fand sie amüsant. Sie zog an einem Joint, machte die Tür mit dem Fliegengitter auf und reichte ihm die Zigarette. Moses inhalierte tief, und als er ihr den Joint zurückgab, nahm er ihre Hand, zog sie zu sich heran und machte ihr flüsternd einen Vorschlag.

»He, Moses Berger, Sie sind ja wirklich fürchterlich«, sagte sie und zwinkerte ihm zu. »Aber wenn er sieht, daß Ihr Auto auch weg ist, kapiert er sofort, was los ist, und dann macht er ein Affentheater.«

Im Nachbarhaus wurde eine Tür zugeschlagen, sozusagen als Vorwarnung, denn gleich darauf kam Barney angewankt. Darlene drückte Moses den Joint in die Hand, zog hastig den Bademantel zurecht und versprühte im Schlafzimmer ein Deodorant. Moses ging in sein Zimmer, ließ sich aufs Bett fallen und freute sich, daß er immer noch zu gedankenloser Geilheit fähig war. Dann begann nebenan das Gezanke, und er hörte Darlene ziemlich verärgert sagen: »Das mache ich nicht, weil ich keine Lust habe, mir noch mal die Zähne zu putzen. Wenn du so was willst, mußt du dir eine Nutte kommen lassen.«

Moses verließ das Haus mit dem Vorsatz, so lange auf der Landstraße spazierenzugehen, bis seine Wut verflogen wäre. Er hielt bis zur Abzweigung nach Kedgwick durch, dann kehrte er um. Im Camp ging er jedoch nicht gleich auf sein Zimmer, sondern schlüpfte leise in den Speiseraum und wählte Clarksons Nummer in Montreal. Er wußte, daß Clarkson in Toronto war. Nach dem siebenten Klingeln hob Beatrice ab.

»Ich bin in Vince's Gulch.«

»Moses, es ist ein Uhr nachts.« Sie seufzte. »Hat Jim nach mir gefragt?«

»Nein, hat er nicht. Vielleicht liegt es daran, daß er sich mit mir noch nicht unter vier Augen unterhalten konnte.«

»Soll das heißen, daß du nicht allein dort bist? Ich dachte, du würdest nur mit mir dorthin fahren.«

»Steig ins Auto und komm her. Du kannst es bis morgen früh schaffen.«

»Du solltest ein bißchen mehr Stolz haben, Moses.«

Gekränkt schwieg er, bis er seine Stimme wieder in der Gewalt hatte. Dann sagte er: »Was zum Teufel kann eine Frau wie du an so einem Mann finden?«

»Er ist nicht von Solomon Gursky besessen. Dafür von mir. Und damit du was zum Lachen hast: Er hält mich für intelligent.«

»Beatrice, du wirst dich bald mit ihm langweilen.«

»Ich habe genug von Männern, die *nicht* langweilig sind. Was du langweilig nennst, ist für mich eine Erholung. Wenn er vormittags um zehn Zigaretten holt, kann ich wenigstens davon ausgehen, daß er nicht ohne Vorankündigung für eine Woche oder sogar zehn Tage verschwindet und mich dann, wenn ich vor Sorgen schon halb krank bin, anruft und sagt: Hallo, ich bin in Paris. Oder: Ich bin mal wieder in der Klinik. Kenne ich sie?«

»Wen?«

»Die Frau, die bei dir im Camp ist.«

»Ja, du kennst sie. Warum nicht mal eine, die du kennst?« Er knallte den Hörer auf die Gabel.

Barney wartete in der Bar, in der Hand ein halbvolles Glas Cognac. Seine Augen waren trübe und blickten stier. »Na, Kummer mit den Weibern?« fragte er.

»Gute Nacht, Barney.«

»Lassen Sie sich einen Rat geben, Kumpel. Sie hätten Ihr Haar nicht so grau werden lassen sollen. Lassen Sie es färben. Wir sind seit zwei Jahren zusammen, und sie weiß noch immer nicht mein richtiges Alter. Ich verstecke meinen Paß vor ihr.«

»Haben Sie Ihren Vater besucht, als Sie in Montreal waren?«

»Hören Sie auf mich und lassen Sie es färben. Machen Sie Bodybuilding. Werfen Sie mal einen Blick in den Spiegel. Sie sehen zum Kotzen aus.«

Alle saßen bereits am Frühstückstisch, als Moses erschien.

Barney, dessen Augen gerötet waren, wischte das Eigelb auf seinem Teller mit einem Stück Brot ab und schob seinen Stuhl zurück. »So, das wär's. Ich bin heute für einen Frühstart, Baby«, sagte er zu Darlene.

»Ich gehe heute nicht mit. Auf dem Fluß wimmelt es von Mücken, und außerdem habe ich keine Lust, wieder wer weiß wie viele Angelhaken aus meinem Pullover zu pulen.«

»Du hast ja bloß Angst, daß du dir ein Loch in deine Titten reißen könntest.«

»Willst du das nicht per Zeitungsannonce oder im Fernsehen an die große Glocke hängen? Es könnte doch sein, daß manche es noch nicht wissen.«

Mary Lou warf die Serviette auf den Tisch. »Komm mit, Rob.«

»Mein Rührei war nicht so locker, wie ich es haben wollte«, sagte Rob. »Ich habe überall Mückenstiche, und außerdem« – er klopfte auf sein großes Kofferradio – »ist was faul mit meinem Sony. Ich habe dir doch gesagt, du sollst lieber einen Sanyo kaufen.«

»Im Auto sind neue Batterien«, sagte Larry.

»Es liegt nicht an den Batterien. Das Ding funktioniert nicht. Der beschissene Kasten ist kaputt. Verdammt, mein Asthma. Ich darf mich nicht aufregen.«

»In Campbellton gibt es ein Radiogeschäft, wo man den Apparat bestimmt reparieren kann«, sagte Moses. »Es ist nicht weit von hier.«

Rob verlor an diesem verregneten Vormittag noch einen Fisch, bei Larry biß nichts an, und Barney zog einen vermeintlich nur neun Pfund schweren Fisch aus dem Wasser, der dann aber doch elf Pfund auf die Waage brachte. Ungeduldig wartete er an der Pontonbrücke auf Moses, um dessen Fangergebnis zu erfahren. Jim kam jedoch allein zum Camp getuckert. Moses, berichtete er, sei von Dan Gainey, einem alten Kumpel, zum Mittagessen ins Cedar Lodge eingeladen worden. Dann hielt er einen Lachs von sechsundzwanzig Pfund hoch, damit Barney ihn gebührend bewundern konnte. Darlene kam die Uferböschung heruntergetrippelt. »Ich brauche die Autoschlüssel«, sagte sie.

Barney faßte ihr an den Hintern und zog sie grob zu sich heran. »Ich weiß, was du brauchst, aber vorher hätte ich gern was zu essen.«

»Während du dich ein bißchen ausruhst, fahre ich nach Campbellton und lasse Robs Radio reparieren.«

»Okay, okay«, sagte er und hielt ihr die Schlüssel hin, die an einer schweren Messingplakette mit den Initialen BG hingen.

Moses war sich ziemlich sicher, daß er, sobald er sie erst einmal ausgezogen hätte, auf ihrem Rücken eine Schnur mit einer kleinen Bommel finden würde und er nur daran zu zupfen bräuchte, damit sie wie eine Puppe mit den Lidern klappern und mit dünnem Stimmchen »Hallo, Onkel Doktor« zwitschern würde. Doch jetzt saß er noch wartend im dämmerigen Marie-Antoinette-Raum der Auberge des Voyageurs in Campbellton. Drei besoffene Micmac-Indianer hockten an der Theke und sahen sich im Fernsehen einen Ringkampf an. Eine Stunde verging. Moses wollte schon aufgeben, als Darlene in den Raum stürzte, mit den Armen fuchtelte und Rette-sich-wer-kann-Augen machte, als würde es brennen oder eine Flutkatastrophe bevorstehen. Ihr voller Schmollmund formte ein großes O. »Was für eine Überraschung«, rief sie mit schriller Stimme. »Weißt du, wer hier ist? *Mary Lou!!!*«

Mary Lou tauchte hinter ihr auf. Da sich ihre Augen erst an das dämmerige Licht gewöhnen mußten, sah sie Darlene nicht gleich. Blinzelnd versuchte sie sich zu orientieren. Schließlich sagte sie: »Oh, ist das nicht unser Intellektueller?«

»Was für ein Zufall«, rief Darlene mit übertriebenem Nachdruck. Ihr Blick huschte ein paarmal zwischen den beiden hin und her, dann fixierte sie Moses und sagte: »Sie muß mal dringend verschwinden.«

Moses zeigte auf eine Tür mit einem kleinen Schild, auf dem KURTISANEN stand, und Mary Lou trippelte gehorsam darauf zu. Darlene sprudelte eine Erklärung heraus: »Er hat heute morgen die Autoschlüssel mitgenommen. Ich bin fast gestorben. Es dauerte eine Ewigkeit, bis er zurück war. Ich habe gesagt, ich fahre jetzt los und lasse Robs Radio reparieren, und da wollte Mary Lou unbedingt mitkommen. Keine Angst, sie verpetzt uns nicht. Sie und ich, wir sind sozusagen vom selben Verein. In einer früheren Inkarnation war sie mein Sohn, und noch früher, als ich König von Ägypten war, war sie meine Frau.«

»Na, da habt ihr ja schon eine Menge zusammen erlebt.«

»Das kann man wohl sagen. Was machen wir jetzt?«

»In dem Hotelzimmer, daß ich für heute nachmittag reserviert habe, wartet in einem Eiskübel eine Flasche Wodka auf dich.«

»Oh, du bist ja wirklich fürchterlich.« Sie gab ihm einen flüchtigen Kuß. »Aber leider kann ich nicht. Ich habe Angst, und außerdem muß ich auf Mary Lou Rücksicht nehmen. Seit die Post ihren ersten Mann verbummelt hat, den Armen, ist sie ja *sooo* empfindlich.«

Moses glaubte, sich verhört zu haben.

»Es war ein furchtbarer Schlag für sie«, plapperte Darlene weiter. »Verklage die Post auf einen Riesenschadensersatz, habe ich zu ihr gesagt. Eine schöne Bescherung war das. Die ganze Familie war da und packte Geschenke aus, nur Lyndon fehlte.«

»Wie meinst du das, die Post hat ihn verbummelt?«

»Psst«, machte sie und trat ihn unter dem Tisch so heftig gegen das Schienbein, daß er vor Schmerz den Mund verzog.

Mary Lou ließ sich auf einen Stuhl sinken, nahm die Brille ab und starrte Moses aus ihren blauen Kulleraugen an. »Ich brauche nur in Ihr drittes Auge zu schauen, um zu wissen, daß Sie ein wohlerzogener Mensch sind«, sagte sie. »Ich finde, Ihre Frau kann sich glücklich schätzen.« Sie schürzte argwöhnisch die Lippen.

»Ich bin ledig.«

Moses beschrieb ihnen, wie sie zum Radiogeschäft kamen, dann entschuldigte er sich, stieg in den Lieferwagen, den Gainey ihm geliehen hatte, und fuhr zurück zu dem Blockhaus am Fluß, in dem Gainey hauste und über die Fischgründe von Shaunessy wachte. Von dort aus paddelte er im Kanu zu Vince's Gulch. Jim, der am Ufer stand, nickte ihm flüchtig zu. »Was zum Teufel findest du an der, Moses?«

»Sie bringt mich zum Lachen, und das sollte man nicht unterschätzen.«

Als Moses den Aufenthaltsraum betrat, um sich einen Kaffee zu holen, fand er dort Barney mit einem Abgesandten des Wirtschaftsministers von New Brunswick. Der beflissene junge Mann trug eine Jacke mit Schottenmuster und gelbe Bermudashorts. Er hatte Unterlagen über Grundstückspreise und Lohnkosten in der Gegend mitgebracht. Larry machte sich auf einem Block Notizen. Er fragte, mit welchen steuerlichen oder sonstigen Vergünstigungen ein Investor in New

Brunswick rechnen könne, und der Mann aus dem Ministerium versicherte, die Regierung werde sich nicht lumpen lassen, allerdings sei er nicht bevollmächtigt, konkrete Zahlen zu nennen. Das hörte Barney nicht gern. »Das Ärgerliche mit euch Kanadiern ist, daß ihr immer so unentschlossen seid«, sagte er. »Natürlich fängt man sich keinen Tripper ein, wenn man sich's mit der Hand besorgt, mein Lieber, aber dafür verpaßt man auch eine Menge Spaß.«

»Ich werde dem Minister natürlich Ihren Standpunkt darlegen«, sagte der Beamte. Dann erinnerte er Barney daran, daß eine Menge wichtiger Leute im Country Club darauf warteten, ihn kennenzulernen, und daß sie möglichst bald aufbrechen sollten, damit sie nach ihrer Rückkehr noch Zeit zum Angeln hätten.

Barney ließ sich noch einen Scotch bringen. »Wir müssen leider noch auf die künftige Miss Goldener Herbst warten.«

Doch als dann Mary Lou mit Darlene im Schlepptau erschien, war letztere in einem Zustand, der ihr nicht mehr erlaubte, noch irgendwo hinzugehen. »Ich glaube, ich lege mich lieber ein bißchen hin«, sagte sie.

»Scheiße«, fluchte Barney.

»Fahren wir?« fragte der Mann aus dem Ministerium.

Barney warf Moses, der in einer Ecke saß und Kaffee trank, einen durchdringenden Blick zu.

»Ich verspreche Ihnen, daß Sie um sechs wieder hier sind, Sir.«

Moses, der sich nach einem Schläfchen sehnte, zog sich auf sein Zimmer zurück. Doch kaum waren die Autos weg, hörte er ein regelmäßiges Klopfen gegen die Wand, und dann sagte Darlene: »Hu-hu.«

Sie erwartete ihn auf der Terrasse. Kokett mit den Wimpern klappernd, schob sie ihn vor sich her zurück in sein Zimmer und preßte sich an ihn. Moses, einigermaßen ratlos, fragte sich, ob er an die zweihundert Arbeitsplätze riskieren durfte, bloß um endlich ans Ziel seiner Wünsche zu gelangen, als hinter ihnen die Tür aufflog und Rob erschien, den Mund voll Milchschokolade Marke Lowney's. »Wird der Kasten jetzt endlich repariert?« fragte er.

»Der Mann im Laden hat gesagt, du mußt mit dem Radio irgendwo gegengehauen haben, weil die Innereien total im Eimer sind. Da ist nichts mehr zu retten.«

»Onkel Barney hat gesagt, dir ist schlecht. Ich soll bei dir im Zimmer bleiben, bis er zurück ist, für den Fall, daß du kotzen mußt oder so.«

Als Darlene und Rob gegangen waren, entschied sich Moses für ein bewährtes Mittel aus der Schulzeit: Er nahm eine kalte Dusche. Danach beschloß er, nicht mit den anderen zu Abend zu essen. Statt dessen ging er in die Küche und mampfte zusammen mit dem grauhaarigen Len, genannt das Lästermaul, ein Roastbeef-Sandwich. Lens Frau führte in Campbellton einen Blumenladen, der ihnen beiden gehörte. »War es ein guter Sommer?« fragte Moses.

»Irre. Wir hatten im Durchschnitt drei Beerdigungen die Woche.«

Später, beim Angeln, stellte sich Moses vor lauter Nervosität so ungeschickt an, daß er einen großen Fisch verlor. Danach biß nichts mehr an. Barney fing einen Fisch, der nach höchstens zehn Pfund aussah, aber zwölf wog, wie der junge Armand behauptete.

Moses ging früh zu Bett, war aber zu unruhig, um einschlafen zu können. Also zog er sich wieder an und spazierte zum Wasser hinunter. Nach einer Weile kehrte er zurück, um sich ein Perrier aus dem Kühlschrank zu holen. Barney stand im Aufenthaltsraum an der Bar. Er war mal wieder betrunken.

»Ich arbeite an einem Filmprojekt für Warners. Dustin ist scharf auf die Hauptrolle, aber ich denke eher an Redford und Fonda. Es ist eine Baseball-Story, die tollste, die es je gegeben hat. Ich muß sie unter Verschluß halten, aber ich will Ihnen die wichtigste Szene schildern: Redford spielt einen Pitcher, den phantastischsten Linkshänder seit Koufax. Nur kann er leider nicht mehr so irre hart werfen wie früher, weil mit seinem Arm was nicht stimmt. Während der ganzen Spielzeit haben ihn die gegnerischen Spieler zur Schnecke gemacht, und deshalb setzt ihn Walter Matthau, der den Trainer spielt, auf die Reservebank. Jetzt kommt das entscheidende Spiel der *World Series*, und der junge Star der Mannschaft, gespielt von Nick Nolte, gerät nach mehreren schlechten Würfen ins Schleudern. Sein Team führt immer noch sieben zu vier, aber wir sind schon in der zweiten Hälfte vom neunten Inning, und die gegnerische Mannschaft hat alle Male besetzt. Ein Schrank von einem Kerl, ein Reggie-Jackson-Typ, der jeden Linkshänder fertigmachen kann, auch wenn er noch so gut wirft, geht zum Schlagmal. Und was macht Matthau? Er nimmt Nolte den Ball weg, dreht sich zur Reservebank um und zeigt auf seinen linken Arm. Das darf doch nicht wahr sein! Ist der Mann verrückt? Nein, er bringt tatsächlich Redford ins Spiel. Redford macht zum Aufwärmen ein paar Würfe unter der Auslinie, Reggie stellt sich aufs Schlagmal. Die Zuschauer halten vor Spannung die Luft an. Reggie spuckt aus. Redford grinst ihn an, holt aus und wirft. Ausball! Reggie verläßt das Schlagmal, blickt zum Coach und geht wieder rein. Der Fänger gibt Redford ein Zeichen, aber der winkt ab und wirft noch mal. Ausball Nummer zwei! Die Leute toben und verfluchen Matthau. Redford holt aus. Schlägt. Verdammte Scheiße, Ausball Nummer drei. Die Fans drehen fast durch, weil sie wissen, daß Redford jetzt unbedingt einen Strike machen muß. Er hat im Lauf der Jahre an die zweihundert Spiele für sie gewonnen, und jetzt buhen ihn ein paar von diesen Scheißkerlen aus. Kameraschwenk zur Tribüne, wo Jane Fonda sitzt und weint. Sie ist im achten Monat schwanger, aber das Kind ist nicht von ihm, es ist von Reggie. Das gibt der Story Würze und einen rührenden sozialen Touch. Kameraschwenk: Reggie auf dem Schlagmal. Er macht Babe Ruth nach, der eingebildete Lackaffe, er zeigt auf das Fähnchen an der hinteren Ecke des Spielfelds und kündigt einen Home-run an. Schwenk zu Redford. Seine babyblauen Augen sagen: Du hast meine Frau gebumst, und jetzt werde ich's dir zeigen. Und dann passiert's. Der Fänger trabt auf ihn zu und reicht ihm einen anderen Handschuh. Redford streift ihn auf seine Linke. Der Wahnsinnstyp hat auf diesen Augenblick gewartet und heimlich mit dem anderen Arm trainiert. Er ist Beidhänder! Der erste in der Geschichte des amerikanischen Nationalsports, seit Abner Doubleday ihn erfunden hat! Aber wird er es bringen? Die siebzigtausend Fans im Stadion sind mucksmäuschenstill. Redford holt aus. Schlägt. STRIKE!!! Reggie verlangt eine Auszeit und ein anderes Schlagholz, aber das wird ihm auch nicht viel nützen. STRIKE NUMMER ZWEI!!! Regie läßt sich den Ball zeigen. Buhen, Zischen und Gejohle. Reggie geht zurück zum Schlagmal, und diesmal wird er sich nichts mehr gefallen lassen, darauf kannst du Gift nehmen, aber er ist weg vom Fenster. STRIKE NUMMER DREI!!! Das Spiel ist aus.« Barney, der sämtliche Rollen mit den entsprechenden Bewegungen unterstrichen hatte, lehnte sich erschöpft an die Theke und goß sich noch einen Drink ein. »Ich werde den Film *Der große Beidhänder* nennen.«

»Wie alt waren Sie, als Solomon mit dem Flugzeug abgestürzt ist?«

»Alt genug, um zu kapieren, daß das jemandem verdammt gut in den Kram paßte.« Barney reckte sich und gähnte. »Berger, ich weiß, woran ich mit Ihnen bin. Lionel hat irgendwie erfahren, daß ich hierherkommen wollte, und deswegen hat er Sie auch hierhergeschickt. Sie sind ein bezahlter Schnüffler.«

»Gute Nacht, Barney.«

Aber Barney folgte ihm auf die Terrasse. »Übrigens ist er urheberrechtlich geschützt.«

»Wer?«

»*Der große Beidhänder*. Und noch was: Hören Sie auf mich und lassen Sie sich die Haare färben.«

Moses schluckte eine Tablette und ging zu Bett. Er hörte Barney nicht mehr das Haus betreten. Erst als Darlene am nächsten Morgen als letzte zum Frühstück erschien, kleinlaut, mit verquollenen Augen und geschwollener Unterlippe, ging ihm auf, wie tief er geschlafen haben mußte.

»Bis später«, sagte Barney. »Ich gehe jetzt los und hole mir einen richtig dicken Fisch aus dem Wasser.«

Als Moses aus dem Haus trat, traf er auf Jim. »Ein Harvey Schwartz hat mehrmals aus Montreal angerufen. Er weiß, daß du hier bist, und sagt, es sei wichtig.«

Am Himmel hing keine einzige Wolke, und die Sonne hatte bereits den Dunst über dem Fluß weggebrannt, als Jim am Cross Point Pool vor Anker ging.

Bis Mittag fing Moses einen jungen und einen ausgewachsenen Lachs. Während Jim sie zum Wiegen brachte, ging er heimlich zu Darlene, um mit ihr rasch ein paar Worte zu wechseln.

Beim Essen gab Jim bekannt, daß Moses einen fünfpfündigen und einen vierundzwanzigpfündigen Fisch gefangen hatte. Barney hatte lediglich einen kleinen Neunpfünder vorzuweisen. Rob hatte seinen ersten Fang gemacht, während bei Larry nichts angebissen hatte. Moses lag jetzt vorn, wenn auch nur knapp.

»Na gut«, meinte Barney. »Er hat für heute das erlaubte Höchstmaß erreicht, aber ich werde alles dransetzen, daß ich bis zum Abend noch ein richtiges Prachtexemplar an Land ziehe.«

Moses erschien nicht zum Abendessen.

»Wo ist denn unser alter Hase?« erkundigte sich Barney.

»Sie haben ja selbst gesagt, daß er heute nichts mehr angeln darf«, antwortete Jim. »Ich habe ihm mein Kanu geliehen, und er ist zu Gainey gefahren, der ein Stück flußabwärts wohnt.«

»Na, hoffentlich macht er keine Dummheiten.«

Moses erwartete Darlene am Straßenrand, genau an der vereinbarten Stelle. Sie hielt an und rutschte auf den Beifahrersitz.

»Wie hast du das gemeint, die Post hat ihn verbummelt?« fragte er unvermittelt.

»Was? Ach so. Heiliger Bimbam, das ist eine irre Geschichte.« Lyndon sei in Vermont bei einem Jagdunfall ums Leben gekommen, erzählte sie, und Mary Lou habe ihn einäschern lassen, der Schädel jedoch sollte unversehrt bleiben, damit sie ihn während der Schulferien auf den Kaminsims stellen könnte. »Wegen Rob, verstehst du? Aber die Post hat das Paket verbummelt. Der Bestattungsunternehmer hat Stein und Bein geschworen, daß er Lyndon in einer extra angefertigten Kiste an sie abgeschickt hat. Manche Knochen waren im Krematorium nicht verbrannt, und sie paßten nicht in den Standardbehälter. Lyndon war Baptist, verstehst du?« Eine Träne rollte ihr über die Backe. »Mary Lou hat an den Postminister in Washington geschrieben und wer weiß wie oft unseren Kongreßabgeordneten angerufen, aber bis zum heutigen Tag ist Lyndon nicht aufgetaucht. Der Arme liegt bestimmt im muffigen, von Ratten bevölkerten Keller von einem Postamt, weil irgendwas mit dem Porto nicht gestimmt hat oder so ähnlich.«

Moses steuerte den Mercedes einen schmalen, holperigen Feldweg mit starkem Gefälle entlang und stellte ihn so unter den Bäumen ab, daß man ihn weder von der Straße noch vom Fluß aus sehen konnte. Dann führte er Darlene zu der Stelle, wo er eine Steppdecke ausgebreitet hatte.

»Oh, du bist wirklich fürchterlich«, sagte sie mit einem Jauchzer und legte ihre Kamera auf die Decke.

Moses nahm die Wodkaflasche aus dem Kübel, fischte ein paar Eiswürfel heraus und goß ihr einen kräftigen Schluck ein. Dann setzte er sich zu ihr und beobachtete so neidisch, daß es ihm das Herz zusammenschnürte, wie sie mit großen Schlukken trank. Plötzlich ließ sie sich zur Seite kippen und legte den Kopf in seinen Schoß. Dabei verschüttete sie den restlichen Inhalt des Glases. Moses trauerte noch dem vergeudeten Alkohol nach, als sie sich schon aus den Jeans geschlängelt hatte. Er zog ihr den Pullover über den Kopf und machte sich sogleich daran, ihren Busen zu streicheln und zu küssen.

»Junge, Junge, darauf steh ich«, sagte sie und wiegte sich leicht hin und her. Die Halskette schlug gegen seine Nase, als sie mit den Brüsten wackelte und gurrte: »Na, da staunst du, was?«

»Worüber? Daß Lyndon tatsächlich von der Post verbummelt worden ist?«

»Nein. Daß ich Barney so ein hübsches Geschenk zu seinem Vierzigsten gemacht habe.«

»Deinen Busen?«

»Klar. Der ist aus Silikon, du Dummkopf.«

Verwirrt rückte Moses von ihr ab, wickelte eine Montecristo aus und zündete sie mit zittriger Hand an. »Hat er sich die Größe ausgesucht?«

»Nein, nicht direkt, aber ich wußte ungefähr, was ihn anmacht, weil er mir in Magazinen manchmal Frauen mit nacktem Busen gezeigt hat, die ihm gefielen. Ach, ich bin ja so ein Dummerchen. Der Doktor hat mir zwar versichert, daß die Sache absolut risikolos ist, aber in den ersten Monaten hat niemand meinen Busen drücken dürfen, höchstens ein bißchen, und ich hab mich auch nicht getraut, in der Skihütte dicht am Kaminfeuer zu sitzen, weil ich Angst hatte, er könnte – na, du weißt schon. *Die Hitze.*«

Moses machte einen tiefen Lungenzug. Am liebsten wäre er woanders gewesen, möglichst allein. Darlene, die spürte, daß er sich ihr entzog, machte einen Schmollmund, pellte ihn aus seinem Hemd und schob ihre Hand zwischen seine Beine. »Ich hab alle Bücher über Sex gelesen«, sagte sie. »Sag ruhig schweinische Sachen. Verlang von mir, was du willst.« Sie biß ihn ins Ohrläppchen, und er biß prompt zurück.

»He, paß auf! Nicht so wild. Au!« Sie stieß ihn mit erstaunlicher Kraft von sich.

»Was ist?«

»Tut mir leid, ich hätte dir gleich sagen sollen, daß du mich nicht kratzen und beißen darfst, weil er mich jeden Abend nach Spuren untersucht. Nicht mal kneifen ist drin.« Sie hatte ihn jetzt aus der Hose raus und wollte sich gerade auf ihn setzen, als sie abrupt innehielt und mit besorgtem Gesicht fragte: »Wie oft kannst du noch in deinem Alter, Süßer? Ich muß es wissen, damit wir es so einrichten können, daß ich mehrmals hintereinander komme.«

Bestimmt geht sie daheim in Chapel Hill mit den vielen Möbelfabriken von Haus zu Haus und macht Umfragen, dachte Moses.

»He, bist du noch bei der Sache?« Ihre Hand schloß sich um seinen Hodensack, und verblüfft stellte sie fest, daß er nur einen Hoden hatte. »Heiliger Bimbam!« sagte sie. Damit, daß die Ware Mängel aufwies, hatte sie nicht gerechnet.

»Was hast du erwartet? Einen ganzen Korb voll?«

»Ist ja irre!« rief sie und ließ ihre Zunge von seiner Leistengegend bis zur Kehle gleiten, als würde sie einen Briefumschlag zukleben.

Leider lag die Kamera jetzt genau unter Moses' Rücken, und das tat weh. Er zog sie hervor und hielt sie hoch. »Wozu hast du die mitgebracht?«

»Ach, du Dummkopf. Ich hab sie mitgebracht, weil ich mir gesagt hab, daß du zur Erinnerung an mich bestimmt ein paar Photos von meiner Muschi machen möchtest. Sieh mal!«

Sie sprang auf, drehte ihm den Rücken zu, beugte sich vor und legte die Hände auf die Knie. Dann schob sie einen Finger unter das Gummiband ihres Höschens und zog es vom Po weg. Gleichzeitig richtete sie sich auf, drehte sich jedoch nicht um, sondern warf Moses über die Schulter hinweg einen koketten Blick zu, fuhr sich mit der Zunge über die Lippen und schob einen Daumen in den Mund, als würde sie ihn fellationieren. Moses mußte unwillkürlich an einem mit Reißzwecken an die Wand gepinnten Kalender der Autoersatzteilhändler Goldberg Brothers denken, den er in der Texaco-Tankstelle an der Laurier Street gesehen hatte. Er konnte einfach nicht anders, als schallend zu lachen. »Oh, Darlene, du bist großartig. Wirklich.«

»Warum machst du dann keine Photos?« Spärlich bekleidet, wie sie war, nahm sie eine andere Playmate-Pose ein. »Na los, verknipse meinetwegen den ganzen Film, aber vergiß nicht, ihn danach aus dem Apparat zu nehmen.«

Jetzt erst fiel ihr auf, daß er sich wieder angezogen hatte.

Er hoffte, daß sie daraus kein Drama enttäuschter Leidenschaft oder unerwiderter Liebe machen, sondern die Sache abhaken würde wie eine ausgefallene Gymnastikstunde.

»Na gut, vielleicht ist es besser so«, sagte sie. »Ich meine, daß wir platonische Freunde bleiben oder so ähnlich. Eigentlich hatte ich ja geglaubt, daß wir hier wie die Irren bumsen würden. Mit einem echten Intellektuellen hab ich's noch nie gemacht.«

»Vielleicht sollten wir allmählich zurückfahren.«

»Nein, noch nicht. Jim hat behauptet, du könntest einen Lachs auf der Schwanzflosse übers Wasser tanzen lassen. Zeig es mir.« Sie warf ihm einen neckischen Blick zu. »Bitte.«

»Okay, ich fange einen, aber ich lasse ihn danach wieder frei.«

»Wie mich«, sagte sie zu seiner Verblüffung.

Er führte sie die steile Böschung hinunter zu der Stelle des Shaunessy Pools, wo er Gaineys Kanu an Land gezogen hatte.

»Wenn Barney hier auftaucht und uns zusammen sieht, schlägt er uns beide windelweich.«

»Keine Angst, er ist weiter oben auf der anderen Seite vom Fluß, gegenüber vom Camp.«

»Da kannst du aber von Glück reden.«

Moses nahm Gaineys Angel aus dem Kanu und reagierte seine Wut ab, indem er mächtig ausholte und die Leine so weit warf, daß Haken und Fliege kurz vor dem gegenüberliegenden Ufer ins Wasser fielen. Bereits nach wenigen Minuten biß ein großer Fisch an, der nicht etwa flußabwärts jagte oder die Oberfläche durchbrach, sondern auf den Grund hinabtauchte und dort blieb. Moses straffte die Leine, ruckelte mit der Angelrute und schwenkte sie von einer Seite zur anderen.

»Klappt bei dir denn überhaupt nichts?«

»Das ist ein besonders widerspenstiges Exemplar. Gib mir deine Autoschlüssel.«

»Was hast du vor?«

Moses fädelte den Schlüsselring mit der schweren Messingplakette auf die Angelschnur. »Damit werde ich ihm eins über den Schädel geben.«

»Und was wird aus den Schlüsseln?« fragte Darlene mit weit aufgerissenen Augen, aber der Schlüsselbund schoß schon in die Tiefe.

»Keine Sorge.« Er werde sich die Schlüssel wiederholen, wenn er den Fisch später im seichten Wasser nahe am Ufer freilasse, erklärte er. »He, da kommt er ja.«

Die Leine schnurrte von der Rolle, und dann durchbrach der Lachs, hell und silbrig glänzend wie das Wasser, die Oberfläche und katapultierte sich hoch in die Luft. Sich krümmend und mit der Schwanzflosse schlagend, schnappte er nach der Angelschnur. Die Schlüssel waren plötzlich frei, sie blitzten im Schein der sinkenden Sonne noch einmal schwach, dann plumpsten sie ins tiefe Wasser und waren verschwunden. »Tut mir leid, aber ich glaube, jetzt haben wir ein Problem«, sagte Moses und holte die Leine ein.

»Ein Problem? Heiliger Bimbam! Das darf doch nicht wahr sein! Was für ein Arsch du bist! Nein, das kann nicht sein, es ist bestimmt nur ein Traum. Weißt du, was Barney tun wird? Er wird mich umbringen und wieder alle meine Kreditkarten sperren.«

»Aber nicht in dieser Reihenfolge.«

»Wenn ich du wäre, würde ich jetzt nicht so daherreden, du Klugscheißer. Hoffentlich bist du gut versichert.«

»Um mich mache ich mir keine Sorgen, aber um Jim.« Er würde ihm das nie verzeihen. »Die zweihundert Arbeitsplätze, die Möbelfabrik.«

»Du spinnst nicht nur, sondern bist für einen Intellektuellen so naiv, daß dich jeder über den Tisch ziehen kann.« Sie erklärte ihm, was sie damit meinte. »Na, was sagst du dazu, *Moe*?«

Moses antwortete nicht gleich. Er wickelte bedächtig eine Montecristo aus, biß die Spitze ab und meinte lächelnd: »Ich sage dir jetzt genau, was zu tun ist.«

Barney hatte eigentlich Grund, sich zu freuen. Er hatte am meisten gefangen. Gut, der letzte Lachs war zwar nicht gerade ein Prachtexemplar, wog jedoch immerhin genug, um gegenüber Moses einen Vorsprung von fünf Pfund herauszuholen. Beim Wiegen vor dem Eishaus waren nur die Logans und die Führer Zeugen von Barneys Triumph gewesen, und Jim schien deswegen etwas besorgt. Barney wunderte sich nicht weiter darüber, daß Moses, offenbar ein schlechter Verlierer, noch nicht zurück war, aber er machte sich allmählich Sorgen um sein Auto. Er hatte glatt vergessen, daß Darlene, das berechnende Miststück, ihm die Schlüssel noch nicht zurückgegeben hatte. Sie war ohne seine Erlaubnis weggefahren, was sie nicht hätte tun sollen.

»Vielleicht sollte jemand losfahren und nach ihr suchen«, meinte Mary Lou.

Rob wischte sich mit dem Ärmel den Rotz von der Nase. »Larry raucht«, sagte er.

Larry trat die Zigarette mit dem Absatz auf dem Kiesweg aus. »Wo sollen wir denn nach ihr suchen?« fragte er.

»Wir brauchen nur zur nächsten Kneipe zu fahren«, sagte Barney. »Wahrscheinlich ist sie auf dem Rückweg betrunken gegen einen Baum gerauscht. Wißt ihr, was mich der Wagen gekostet hat?«

Larry reichte Barney seinen Flachmann. Seine Augen funkelten. »Ich glaube, sie hat sich irgendwo mit Berger getroffen.«

»Du spinnst, Larry.«
»Das hat du letztesmal auch gesagt.«
»Okay, fahren wir. Wir nehmen dein Auto.«

Jim wartete am Ufer, als Moses mit dem Kanu angepaddelt kam. »Wie kannst du mir das antun, Moses?«

»Ist sie noch nicht zurück?«

»Doch, ist sie, und ein schönes Schauermärchen hat sie uns aufgetischt.«

»Was hat sie euch denn erzählt?«

»Daß sie ein bißchen spazierengefahren ist. Angeblich hat sie irgendwo auf der Straße nach Kedgwick angehalten und die Autoschlüssel steckenlassen. Dann ist sie zum Fluß runtergegangen und hat ein paar Photos vom Sonnenuntergang gemacht. Unterdessen ist jemand, wahrscheinlich ein paar böse Micmacs, mit dem Wagen abgehauen. Verdammt, Moses, ich gönn dir ja den Spaß, aber diese Sache kann mich meinen Job kosten und vielleicht auch zweihundert Leuten aus der Gegend.«

»Damit war von Anfang an nichts, weil die feinen Herren überhaupt nicht vorhatten, eine Fabrik zu bauen. Die wollten nur gratis und mit allem Drum und Dran auf einen Angeltrip gehen. Letztes Jahr haben sie in Mexiko dieselbe Nummer abgezogen und sind eine Woche lang auf Haifischjagd gegangen, ohne einen Peso zu berappen. Wo sind sie jetzt?«

»Der fette Lümmel und seine Mama sind im Haus, und die Männer suchen nach dem Auto. Darlene ist mitgefahren.«

»Sie werden unterwegs Gainey treffen, und er wird ihnen sagen, wo die bösen Micmacs das Auto nach ihrer kleinen Spritztour stehengelassen haben. Es gibt da nur ein kleines Problem. Die Schlüssel sind weg. Barney wird die Zündung kurzschließen müssen.«

»Oh, ich hab dir noch gar nicht gesagt, daß er das Wettangeln gewonnen hat. Der Scheißkerl hat fünf Pfund mehr gefangen als du.«

»Wollen wir das nicht lieber noch mal nachprüfen?«

»Verdammt gute Idee.«

Sie schlichen ins Eishaus, wo Barneys Fang auf dahinschmelzendem Schnee vom vergangenen Jahr gebettet lag, und Jim kniete nieder, um nacheinander die Bäuche der Fische zu betasten. »Ich werde Armand leider feuern müssen«, sagte er.

Wenig später fuhren die Wagen vor, erst der Cadillac und dann der Mercedes. Darlene sprang heraus und rannte, von Barney verfolgt, auf ihr Schlafzimmer zu, ohne sich nach rechts und links umzusehen.

»Ob er sie jetzt verprügelt?« fragte Jim.

»Nein, er sucht sie bestimmt nur von oben bis unten nach Spuren ab.«

Mary Lou hatte sich im Aufenthaltsraum ein Bier eingeschenkt. »Sie haben nichts geklaut oder kaputtgemacht. Sogar Barneys Kamera lag noch auf dem Beifahrersitz. Ist das nicht nett?«

Moses ging zum Radio. Die Spätnachrichten. Watergate und kein Ende. Ein Tonband, das unter mysteriösen Umständen gelöscht worden war. General Haig, der bei einer Pressekonferenz mutmaßte, im Weißen Haus seien finstere Kräfte am Werk.

Moses grübelte noch darüber nach und verwarf seine erste spontane Reaktion darauf als unsinnig oder zumindest als abwegig, als Barney hereinplatzte. »Der Beste hat gewonnen«, verkündete er. »Sie haben es doch schon gehört, oder?«

»Ja. Gratuliere.«

»Scheiß drauf.« Das Telephon klingelte. Barney war mit einem Satz am Apparat. »Ja, er ist hier. Seit Tagen ... Für Sie, Moe. Ihr Boss will, daß Sie ihm über mich Bericht erstatten. Junge, Junge, ich habe Sie wirklich sofort durchschaut.«

Moses ging zum Telephonieren in die Küche.

»Moses, hier Harvey Schwartz. Sie haben natürlich gehört, daß Mr. Bernard gestorben ist. Egal, was Sie über ihn gedacht haben, er war auf jeden Fall ein bedeutender Mensch. Das sage ich nicht wegen meiner engen Beziehungen zur Familie, sondern aus tiefstem Herzen.« Harvey berichtete, was passiert war. Der Rabe. Die Harpune. »Könnte Ihrer Meinung nach Henry dahinterstecken?«

»Nein, Henry würde sich mit so was nicht die Hände schmutzig machen.«

»Aber wenn es nicht Henry war, wer dann?«

»Henry würde Ihnen so eine Frage mit einem Zitat von Ben Sirach beantworten: ›Versuche nichts, was zu schwer für dich ist, und suche nichts, was dir verborgen ist.‹ War in die Harpune zufällig ein Gimel geritzt?«

»Ja. Sagen Sie, wie kann ein Mensch so eine schandhafte Tat begehen?«

»Das würden Sie nicht verstehen, Harvey«, sagte Moses und legte auf. Mit klopfendem Herzen packte er seine Sachen zusammen. *Die Raben sammeln sich. Im Weißen Haus sind finstere Kräfte am Werk. Ein Gimel.* Ich bin verrückt, sagte sich Moses. Aber er hatte bereits beschlossen, nach Washington zu fliegen. Was sonst konnte er tun?

Am nächsten Morgen standen Moses und Jim nebeneinander am Fenster des Aufenthaltsraums, tranken Kaffee und sahen zu, wie Barney mit seinem Fang für wer weiß wie viele Photos posierte.

»Er ist in Chapel Hill Mitglied von irgendeinem Sportverein«, sagte Jim. »Sie treffen sich einmal im Monat, und dann zeigt er den anderen seine Dias. Diesmal kann er damit angeben, daß er hier bei uns zum erstenmal Lachse geangelt und auf Anhieb eine Wette gewonnen hat. Ich finde, du solltest wenigstens den Scheck sperren lassen.«

Moses fuhr nach dem Frühstück aus Vince's Gulch ab. In Campbellton hielt er kurz an, um ein kleines Paket nach Chapel Hill aufzugeben.

»Sie müssen eine Zollerklärung ausfüllen«, sagte der Postbeamte, als er das Paket entgegennahm. »He, das ist ja ganz schön schwer.«

»Es müßte genau fünf Pfund wiegen.«

»Was ist denn drin?«

»Kieselsteine.«

»Kieselsteine?«

»Kieselsteine.«

4 Harvey, der eigentlich unter Schlaflosigkeit litt, schlief seit einiger Zeit tief und fest, weil er wußte, daß es keine totale Zeitverschwendung war. Während er nämlich einschlummerte und sein Körper scheinbar in den Leerlauf zurückfiel, arbeiteten seine Wertpapiere, seine einträglichen Aktien von Acorn und Jewel, sein immer fetter werdendes privates Wertpapierdepot auf Hochtouren für ihn.

Harveys Tag fing bombig an. Becky ließ beim Frühstück nicht eine einzige schnippische Bemerkung fallen. Als er die *Gazette* vom Tisch nahm, fiel ihm auf, daß auf der Titelseite nur von Watergate, Watergate und nochmals Watergate die Rede war. Wie üblich wartete Harvey, bis er im Büro war, um sich den Sportteil vorzunehmen. Ein schlechtes Omen: Als er sich den Tabellen mit den Spielergebnissen zuwenden wollte, stach ihm eine Schlagzeile auf der gegenüberliegenden Seite ins Auge:

Unschuldiger irrtümlich hinter Gittern

> Als Hector Lamoureux aus West-Montreal für seinen Schwager Kaution stellen wollte, landete er selbst hinter Gittern. Jetzt prozessiert er gegen drei Beamte der städtischen Polizei, einen Polizisten aus der Provinz sowie den Generalstaatsanwalt von Montreal und Quebec und fordert Schadenersatz in Höhe von 200 000 Dollar.
>
> Hector Lamoureux klagt nach seiner unrechtmäßigen Verhaftung und 48 Stunden hinter Gittern auf Entschädigung wegen psychischer Qualen, Demütigung, Freiheitsberaubung sowie Angst- und Beklemmungszuständen. Alles fing damit an, daß...

Die Gegensprechanlage summte, und Miss Ingersoll meldete, sie habe Lionel Gursky aus New York an der Strippe.

»Mein Vater ist erst seit einer Woche unter der Erde«, sagte Lionel, »und schon geht's wieder los.«

»Nicht unbedingt.«

»Ich spreche von Aktien im Wert von vielen Millionen Dollar, die diesmal in Montreal über Clarkson, Frost & McKay gekauft wurden. Ist Tom Clarkson nicht ein Nachbar von dir?«

»Doch.«

»Dann finde gefälligst raus, wer sein Auftraggeber ist und was er vorhat, und ruf mich zurück.«

Harvey wohnte schon so lange in seinem Haus oben auf dem Hügel von Westmount, daß ihm die Straße mit ihrem täglichen Rhythmus und ihren Stimmungen völlig vertraut war. Jeden Morgen um acht Uhr, bei Regen und Schnee, wenn sein Chauffeur gerade den Mercedes rückwärts aus der Garage fuhr, schlurfte die Putzkolonne, lauter Jamaikanerinnen mit schläfrigen, verquollenen Augen, lustlos den Hang hinauf. Eine griesgrämige, mit Päckchen beladene Reinemachefrau hinter der anderen. Und wenn Harvey sich früher als sonst auf den Weg ins Büro machte, konnte er sicher sein, daß er mitten hineingeriet in die lärmende Rotte von italienischen Gärtnern, die wie die Besessenen auf die Hupen ihrer Kleinlaster drückten, wenn sie in schwungvollen Kurven von einer Hauseinfahrt zur anderen fuhren, um im Winter die Zufahrten vom Schnee freizuräumen, im Sommer Beete mit Springkraut und Petunien anzulegen und sich ungeachtet der Uhrzeit über ihre dröhnenden Schneefräsen und Hochleistungsrasenmäher hinweg brüllend miteinander zu verständigen.

Weiter unten an der Straße residierte der angesehenste Bewohner des Belvedere-Viertels, Tom Clarkson, der soeben mit seiner zweiten Frau, einer erstaunlichen jungen Frau namens Beatrice, die er erst einen Monat zuvor geheiratet hatte, aus Europa zurückgekehrt war. Tom war groß und schlank, fast schmächtig, hatte sandfarbenes Haar und durchdringende blaue Augen. Er hatte die Ausstrahlung eines Menschen, der eher enttäuscht als wütend ist, wenn ihm der Oberkellner nicht den besten Tisch zuweist. Er gehörte den Verwaltungsgremien von Konzertsälen und Museen an, weil er das für seine unausweichliche Pflicht hielt. Außerdem war er Sammler: Jade und Porzellan aus dem neunzehnten Jahrhundert.

Der heutige Abend konnte nur problematisch werden. In den vergangenen drei Tagen hatte Tom vier Anrufe aus Lionel Gurskys Büro unerwidert gelassen, und jetzt würde Harvey, die Hauskobra des Gursky-Clans, zu ihnen gehen, weil Beatrice ihn spontan zu einer Party eingeladen hatte. Sie hatte einfach keine andere Wahl gehabt. Am Montag war ihr Harvey bei Dionne's über den Weg gelaufen, hatte sich ihr vorgestellt und erklärt, daß sie ja nun Nachbarn seien. »Ich möchte wetten, Sie sind ein Expo-Fan. Falls Sie mal meine Loge haben möchten, sagen Sie mir Bescheid.«

Am Dienstag hatte sie sich mit Honor Parkman auf einen Drink im Ritz getroffen, und als sie nach der Rechnung verlangte, wurde ihr mitgeteilt, daß sie schon bezahlt sei. Sie war perplex gewesen, bis Harvey an einem anderen Tisch aufgesprungen war und ihr wie ein Wilder zugewunken hatte.

Als Beatrice am Mittwoch ihren Welsh Corgi ausführte, lag Harvey schon auf der Lauer. »Am Freitag abend brauchen Sie bestimmt Platz für eine Menge Autos. Ich kenne das. Wir haben auch oft viele Gäste. Sobald Sie sich hier eingelebt haben, müssen Sie und Tom unbedingt mal zum Abendessen zu uns kommen.«

»Danke.»

»Tja, ich wollte Ihnen eigentlich nur sagen, daß Ihre Gäste ruhig unsere Zufahrt mit Autos vollstellen können. Wir gehen Freitag abend nicht aus. Es macht also nichts, wenn unsere Garagenausfahrt zugeparkt wird.«

Beatrice, über die Toms alte Freunde schrecklich wenig wußten, war um einiges jünger als er. Eines Nachts, als der Volvo der Atkinsons auf der Champlain-Brücke eine Panne hatte, versetzte sie alle in Erstaunen, indem sie trotz Toms Protesten aus dem Wagen sprang, den Kopf unter die Motorhaube steckte, nach einem Lumpen und einem Schraubenschlüssel verlangte und die Sache in Ordnung brachte. Laura Whitson hatte sie einmal dabei beobachtet, wie sie, an einem Apfel kauend, die Sherbrooke Street entlanggeschlendert war. Betty Kerr fand, wenngleich sie es nicht recht begründen konnte, daß Beatrice für ihr Alter zu *erfahren* wirke. Irgend etwas an ihr ließ ahnen, daß sie in ihre gegenwärtige Position nicht hineingeboren war, sondern sie mit Ellbogen und Fingernägeln erkämpft hatte, und diese Ahnung bewirkte, daß die anderen Frauen ihr gegenüber voller Unbehagen auftraten, wenn nicht gar überaus kritisch. Es half nichts, daß sie sie nicht einordnen konnten, weil sie nicht dieselbe Schule besucht hatten. Oder daß ihre Ehemänner, sobald sie mit ihr bekanntgemacht worden waren, unaufgefordert beteuerten, sie fänden sie eine Spur vulgär, um gleich darauf hinzuzufügen, ob man sie nicht in der darauffolgenden Woche zum Essen einladen könne, und sei es nur dem guten alten Tom zuliebe.

Das Haar zu einem schwarzen Lackhelm turmhoch toupiert, die Finger mit dicken Ringen bestückt, schwer wie Schlagringe, schlüpfte Becky mit schlängelnden Bewegungen in eine schimmernde silbrige Hülle, die sie sich eigens für die Party zugelegt hatte.

Im Clarksonschen Wohnzimmer wimmelte es von plaudernden Fremden, lauter Leuten, die bequem von ihren Dividenden leben konnten. Die Männer schlank und selbstbewußt, die Frauen schmachtend und attraktiv, dezent in Kleidung und Gebaren, locker im Umgang miteinander, doch mit einem untrüglichen Riecher für zudringliche Außenseiter. Tom begrüßte Harvey forciert lächelnd. »Ich finde es furchtbar nett, daß Sie beide so kurzfristig kommen konnten.«

»Wir unterhalten uns später«, sagte Harvey und schob sich weiter.

Tom drehte sich zu Beatrice um. »Ich dachte, er bringt seine Frau mit und nicht eine Bedienung aus dem Ruby Foo.«

»Na, na, na. Was sie anhat, ist von Yves Saint Laurent.«

Einen sauertöpfischen Photographen im Schlepptau, rauschte die umtriebige Lucinda von der Lifestyle-Rubrik des *Star* an Harvey vorbei, offenbar auf der Suche nach lohnenderer Beute. Frech und strahlend flitzte sie mit gezücktem Notizbuch von einem Grüppchen zum anderen. Schließlich nahm sie Nathan Gursky in Beschlag, der augenblicklich erstarrte wie ein Eichhörnchen, das beim Überqueren der Straße von den Scheinwerfern eines Autos erfaßt wird. »Meine Kolumne wird morgen der reinste Augenschmaus, Mr. Gursky.«

»Aha.«

»Wenn man in Hollywood Ihr Leben verfilmen würde, wer sollte dann Ihrer Meinung nach Nathan Gursky spielen?«

»Äh...«

Nathan wandte sich ratsuchend an Harvey.

»Sag ihr, George Segal«, meinte Harvey.

»Wie wär's mit ... äh ... Dustin Hoffman?«

»Genau an den habe ich auch gedacht.«

Tom Clarkson duldete Nathan Gursky und Lucinda nur in seinem Haus, weil die Party, die unmittelbar vor den landesweiten Wahlen stattfand, als eine Art Kollekte für den Kabinettsminister von Westmount gedacht war. Die Kollekte lief allerdings äußerst diskret ab, denn man erwähnte mit keinem Wort, auf welchen Betrag man den mitgebrachten Scheck ausgestellt hatte, und der Kabinettsminister bestätigte in keinem Fall den Erhalt eines Kuverts. Der gerissene Hund. Seine Frau war eine MacGregor. Toms Onkel Jack hatte auf den Bermudas ein Anwesen, das an ihres grenzte. An den Kaminsims gelehnt, parierte der Kabinettsminister geschickt die wiederholte Frage, ob es wünschenswert sei, Preise und Löhne einzufrieren. Da kämpfte sich Becky mit den Ellbogen nach vorn, als wäre sie noch einmal siebzehn und drängelte sich in der Warteschlange vor, um bei der Wahl der Miss Montreal einen Tisch zu ergattern. »Mein Name ist Rebecca Schwartz. Ich bin Schriftstellerin, die einiges veröffentlicht hat. Mein Mann hat für Ihre Kampagne gerade zehntausend Dollar gespendet. Sagen Sie, will unsere Regierung Rußland weiterhin mit Weizen beliefern, obwohl dort drüben so viele unrechtmäßig verurteilte Juden in den Gefängnissen schmachten?«

Verdammte Scheiße. Bevor der Kabinettsminister etwas erwidern konnte, zog Harvey Moffat, einen Makler, der ihm mehr als einen Gefallen schuldig war, hinter sich her in ein anderes Zimmer und sagte ihm, was er herausfinden wollte.

»Verdammt, Harvey, Tom ist die Diskretion in Person. Wie zum Teufel soll ich das rauskriegen?«

Da erblickte Harvey Jim Benson, den Vorstandsvorsitzenden von Manucorp, und brach in den Kreis der Gäste ein, die ihn umringten. Seit er ihn zum letztenmal gesehen hatte, mußte Benson dreißig Pfund abgenommen haben. Harvey rieb sein eigenes Bäuchlein, winkte ihm zu und rief: »Junge, können Sie mir nicht Ihre Diät verraten? Wie haben Sie das geschafft, Jimmy?«

Peinliches Schweigen breitete sich aus, der Kreis löste sich auf, und Harvey stand allein da. Plötzlich war Becky neben ihm. »McClure ist hier«, verkündete sie. »Er hat gesagt, ich sehe sehr *soigniert* aus.« Becky strahlte so, daß die dicke Make-up-Schicht Sprünge bekam. »Ach ja, ich habe noch was aufgeschnappt. Jim Benson muß eine Chemotherapie machen. Die Ärzte geben ihm noch sechs Monate. Höchstens.«

McClure lächelte Beatrice über den Rand seiner bifokalen Brille zu. »Ich muß sagen, Tom hat einen fabelhaften Griff getan, aber ich hoffe nur, daß die Kinder nicht zu sehr darunter leiden. Sie hängen so sehr an der armen Charlotte. Charlotte ist eine Selby. Ihr Großonkel Herbert war mein Taufpate. Ihr Vater und ich haben zusammen im 42. Hochländerregiment gedient. Sind Sie aus Montreal?«

»Nein.«

»Das dachte ich mir. Dann sind Sie vielleicht aus Toronto?«

»Auch falsch.«

»Aber ein so bezauberndes Wesen wie Sie muß doch irgendwoher sein, meine Teure.«

»Ich stamme aus Yellowknife. Ich bin als Rabenjunges aufgewachsen.«

»Das verstehe ich nicht.«

»In der Altstadt gehörte man früher entweder zu der einen Bande oder zu der anderen, zu den Raben oder den Riesen. So nannten sich die Kinder in Yellowknife.«

»Und sind Sie dort Moses Berger begegnet?«

»Na, Sie wollen es wohl ganz genau wissen, was?«

»Ich habe nur gefragt, weil meine Frau ihm in ihrem Testament einen Brief und einen Tisch aus Kirschholz hinterlassen hat. Ich nehme an, Sie wissen mittlerweile auch nicht mehr, wo Mr. Berger zu erreichen ist?«

»Versuchen Sie es im Caboose.«

»Was ist das?«

»Sein Club«, sagte sie und entwischte ihm.

Der stämmige Neil Moffat fing Betty Kerr endlich allein ab. »Was ist mit Mittwoch?« fragte er.

»Ich habe dir doch gesagt, du sollst mich hier nicht ansprechen.«

»Es fällt viel mehr auf, wenn ich es nicht tue.«

Becky war hier und dort, überall. Emsig hob sie eine Tischlampe nach der anderen hoch, drehte sie um und las die Gravur auf der Unterseite. Sie schnippte mit den Fingernägeln gegen das chinesische Porzellan, fuhr mit der Hand über die Platten der Beistelltischchen, hob die Gemälde leicht von der Wand ab und notierte den Namen des Galeristen.

Joan St. Clair küßte Beatrice auf beide Wangen. »Ich finde, Tom hat seit Jahren nicht mehr so gut und so jung ausgesehen. Sie sind das Beste, was ihm passieren konnte. Ich habe gehört, Sie stammen aus Ottawa?«

»Nein.«

»Aber dort haben Sie sich kennengelernt?«

»Ja.«

»Wie schön für Sie.«

»Sie meinen, für uns beide?«

Becky segelte zu einem Grüppchen, bei dem auch Lucinda vom *Star* stand. »Hallo. Ich bin Becky Schwartz, und unter Schriftstellern gesagt: Ich finde Ihre Artikel wunderbar bissig. Wenn man in Hollywood mein Leben verfilmen würde, würde ich gern von Candice Bergen gespielt werden.«

Bla, bla, bla. Harvey, der den ganzen Abend über um Tom Clarkson herumgeschlichen war, sah ihn schließlich allein dastehen, und schon befand er sich neben ihm.

»Oh«, sagte Tom. »Entschuldigen Sie mich. Da ist ja Beatrice.«

Tom näherte sich ihr von hinten, schlang die Arme um ihre Taille und küßte ihren Nacken. »Du bist nicht sehr nett zu meinen Freunden.«

»Wenn du McClure meinst, der ist unausstehlich.«

»Er ist so einsam, Liebling. Seine Frau war eine Morgan. Eine Cousine meiner Tante Hattie.«

Die Toilettentür war unverschlossen, doch als Harvey sie aufstieß, sah er Moffat auf der Brille sitzen. Er hatte den Kopf in den Nacken gelegt und preßte sich ein blutiges Taschentuch auf die Nase. Betty Kerr stand über ihn gebeugt. »Raus hier, Sie kleiner Schnüffler«, zischte sie Harvey an.

Joan St. Clair zog sich mit Laura Whitson in eine Ecke der Eingangshalle zurück. »Im Bett ist sie vielleicht ein Geschenk des Himmels, aber das arme Kind bringt nur einsilbige Wörter raus, und Familie hat sie auch nicht.«

Harvey stellte Tom schließlich in der Küche. »Ihre Firma hat am Montag eine Riesenorder für McTavish-Aktien erteilt.«

»Ich kriege nicht alle Orderzettel zu sehen.«

»Ich spreche von Millionen und Abermillionen von Dollar. Ich will wissen, wer Ihr Auftraggeber ist.«

»Ich kann Ihnen keine Insider-Informationen geben, Harvey.«

Es war drei Uhr morgens, als der stämmige Neil Moffat, der auf der Clarksonschen Party als letzter Gast übriggeblieben war, ein Lamento anstimmte und der Stadt und ihren Bewohnern düstere Zeiten prophezeite.

»Die Party ist vorbei, Thomas. In unserem popeligen Montreal läuft nichts mehr, mein Junge. Toronto ist jetzt angesagt, ja, das verdammte, miese Toronto. Das ganze separatistische Gerede war für die Katz. Was auf uns jetzt zukommt, ist ein De-facto-Separatismus. So, wie sich die Dinge entwickeln, wird Montreal den Stellenwert von Boston einnehmen oder sogar von Milwaukee.«

Von Nostalgie ergriffen schwärmte Moffat sodann von den guten alten Zeiten, als die öffentliche Verwaltung noch in ihren Händen gewesen war, noch nicht heruntergewirtschaftet von Frankokanadiern, die im Schnellwaschgang durch die London School of Economics oder die Harvard Business School geschleust und anschließend zum Trocknen aufgehängt worden waren. Oder von aufstrebenden Judenjungen aus Winnipeg. »Schaut euch doch McGill University an, die alte McGill. Oder den Mount Royal Club. Als mein Vater noch lebte, haben sie Mr. Bernard dreimal abblitzen lassen, weil er unerwünscht war. Und jetzt ist Nathan, dieser dümmliche Sohn von dem alten Schnapsschieber, doch tatsächlich Mitglied geworden. Letztes Weihnachten hat der verschüchterte kleine Knallkopf dem Portier eine Kiste Crofter's Best geschickt. Eine kleine Aufmerksamkeit zum Weihnachtsfest. Die Leute waren peinlich berührt und sprachlos.«

Moffat fing an, an seinen dicken rosa Fingern aufzuzählen, wer und was aus Montreal abwandern könnte. Die Leute in den

Chefetagen hätten sich alle einen Fluchtplan zurechtgelegt, damit sie sich auf Zehenspitzen aus der Stadt verdrücken könnten, falls der *Parti Québecois* jemals an die Macht käme. »Ich habe gehört, daß die Gurskys das sinkende Schiff schon verlassen und Führungskräfte nach Hogtown schicken. Und die Jungs müssen es nun wirklich wissen, diese semitischen Wiesel. Die brauchen sich eine Bilanz nur in die Unterhose zu stecken, dann können sie sie mit dem Hintern lesen. Juden reagieren mit dem Schließmuskel auf so was. So wie wir auf Sex, was, Thomas?«

Tom gähnte. Beatrice machte sich daran, die Aschenbecher zu leeren.

»Vergessen Sie nicht«, sagte Moffat, »jetzt, wo der alte Gauner tot ist, ist McTavish verwundbar. Es würde mich nicht wundern, wenn jemand versuchen würde, die Firma an sich zu bringen.«

Tom warf ostentativ einen Blick auf seine Armbanduhr.

»Schon als der Alte noch lebte«, sagte Moffat, »bekam unser Büro eine große Kauforder, und zwar vor ungefähr sechs oder sieben Jahren, als sich herausstellte, daß es mit ihm allmählich bergab ging.«

»Oh, das ist interessant. Erinnern Sie sich noch, von wem?«

»Von einem Briten. Einem gewissen Sir Hyman Kaplansky. Ist das auch Ihr Kunde?«

»Nein, meiner sitzt drüben in Europa, in Genf. Corvus Investment Trust.«

»Die sind bestimmt drauf und dran, den Laden heimlich aufzukaufen.«

»Seien Sie nicht albern, Neil. Man bräuchte Milliarden, um die Familie aus dem Sattel zu heben.«

»Vorausgesetzt, sie hält zusammen.«

Moffat, in dessen Nase eine Ader pochte und dessen Blase zum Platzen voll war, ließ sich schließlich doch zur Tür bringen, wobei er Tom und seine bezaubernde Braut mit Schmeicheleien und guten Wünschen überschüttete. »Sie sind ein alter Schwerenöter, Tom.«

Tom fand Beatrice im Wintergarten. Ganz mit sich selbst beschäftigt, beugte sie sich, vollbusig wie sie war, vornüber, um die Pflanzen zu gießen. Er holte schnell seine Kamera und machte Schnappschüsse von ihr, so wie er sie photographiert hatte, während sie las, sich das Haar kämmte, die Treppe in einem Abendkleid herunterkam.

»Mir wäre es lieber, du würdest das nicht tun«, sagte sie.

Er angelte sich eine Flasche gekühlten Montrachet, die in einem Kübel voll Eiswürfel, Korken und Zigarettenstummeln dümpelte, und brachte ihr ein Glas. »Ich habe gehört, Moses Berger treibt sich jetzt in einer Kneipe namens Caboose herum.«

»Uns geht es doch gut, Tom, wirklich. Ich habe kein Interesse, Moses wiederzusehen.«

Als Harvey zu Hause eintraf, wurde ihm mitgeteilt, Mr. Gursky habe in seiner Abwesenheit zweimal angerufen. Becky starrte ihn an, riß sich einen silbrig glitzernden Schuh vom Fuß und schleuderte ihn an die Wand. »Du Schmock. Warum hast du mir nicht gesagt, daß man sich nicht in Schale zu werfen braucht?«

Das Telephon klingelte.

»Das muß der Massa sein«, sagte sie. »Geh ran, du Nigger.«

Es war Moffat.

»Das hilft mir nicht weiter«, sagte Harvey zu ihm. »Sie müssen mehr rauskriegen.«

Harvey zog sich in sein Arbeitszimmer zurück, setzte sich an den Schreibtisch und nahm eine Akte aus der untersten Schublade. Irgendwo da draußen gab es einen Killerhai, der alle sechs oder sieben Jahre die große Freßlust bekam, zuschlug und aus unerfindlichen Gründen wieder davonschwamm. Ein Raubtier von unendlicher Gier und Geduld, das irgendwann eine tödliche Bewegung machen und früher oder später seine Zähne in Lionels Halsschlagader versenken würde. Harvey dachte an seinen eigenen Aktienanteil an McTavish und sagte sich, daß er in der Hitze des Gefechts einer Übernahme als großer Gewinner hervorgehen könnte.

Harvey wartete bis zehn Uhr vormittags, erst dann rief er Lionel an. »Es gibt keinen Grund zur Beunruhigung«, sagte er.

Danach rief Harvey seinen Bankier in Genf an. »Ich will wissen, wer hinter dem Corvus Investment Trust steckt.«

»Da sind Sie nicht der einzige«, antwortete der Bankier.

5 »Falls es Sie interessiert, auf dieser notariell beglaubigten Liste steht alles, was in dem Safe war«, hatte er gesagt.
»Waren Sie dabei, als der Safe geöffnet wurde, Mr. Schwartz?«

»Es war kein Kuvert für Sie dabei.«

Kathleen O'Brien, deren Aufgabe es gewesen war, die von Mr. Bernard zusammen mit Harvey besprochenen Kassetten abzutippen, steckte ihre Siebensachen in eine Einkaufstasche und verließ den Bernard Gursky Tower am Dorchester Boulevard zum letztenmal.

Tim Callaghan lud sie zum Mittagessen ins Café Martin ein und hörte sich ihre Geschichte voller Interesse an.

»Was sollte denn in dem Kuvert drin sein?« fragte er.

»Ein Scheck und Aktien. Wie viele, weiß ich nicht. So viele Jahre meines Lebens. Gott im Himmel!« Sie zündete eine Zigarette an der anderen an. »Das können Sie nicht verstehen, Tim. Es geht nicht ums Geld.«

»Das habe ich auch nie gedacht.«

»Ich habe den alten Gauner vergöttert. Ja, lachen Sie nur.«

»Sie haben kaum etwas gegessen, und Sie trinken viel zuviel.«

»Wir haben im Kino Händchen gehalten. Jeden Sommer sind wir einmal zusammen in den Belmont Park ausgebüxt, ins Spiegelkabinett, zu den Autoskooters, der Geisterbahn...«

Ihr versagte die Stimme. Callaghan wartete ab.

»Von dieser Seite habt ihr ihn nie kennengelernt.«

»Nur Sie.«

»Ja, nur ich. Mein Gott.«

»Na, na, ist ja gut.«

»Er hätte mich nie angelogen. Irgend jemand hat das Kuvert geklaut. Wahrscheinlich diese miese Ratte. Er mochte Sie nicht.«

»Schwartz? Und wenn schon.«

»Nein, ich meine Mr. B. Weil Sie nämlich auf Solomons Seite waren, hat er gesagt. Der Tod seines Bruders hat ihn zeit seines Lebens umgetrieben.«

»Ich frage mich, warum.«

»Ich würde zu gern wissen, was Moses Berger da oben im Wald treibt.«

»Er ringt mit den Geistern der Gurskys. In der Hoffnung, die Wege der Menschen gegenüber Gott zu rechtfertigen.«

»Er hat überall herumgeschnüffelt und die Familie in den Schmutz gezogen.«

»Er würde gern mit Ihnen reden.«

»Kommt nicht in Frage.«

Kathleen rief Mr. Morrie an. Er lud sie zu sich nach Hause ein und setzte sich mit ihr in den Garten, und zwar an eine Stelle, wo Libby sie vom Schlafzimmerfenster aus sehen konnte.

»Ich würde gerne wissen, ob Sie dabei waren, als der Safe geöffnet wurde, Mr. Morrie.«

»Es tut mir weh, es Ihnen sagen zu müssen«, sagte Mr. Morrie und legte die Hand aufs Herz, »aber es war kein Kuvert da.«

»Könnte Harvey es nicht vorher geklaut haben?«

»Er kannte die Zahlenkombination des Safes nicht.«

»Vielleicht hatte Mr. B. einfach keine Zeit, das Kuvert in den Safe zu legen. Womöglich befindet es sich noch unter all seinen Papieren bei ihm zu Hause.«

»Die habe ich alle durchgesehen.«

»Libby könnte es haben.«

»Kathleen«, sagte Mr. Morrie, und seine Augen wurden feucht. »Verzeihen Sie mir, aber ich kann nicht mit ansehen, wie Sie leiden. Ich muß Ihnen etwas Schmerzliches mitteilen. Er hat auch einer jungen Dame im New Yorker Büro ein Kuvert versprochen.«

»Den Teufel hat er!«

»Tut mir leid.«

»O Gott.«

»Ich schäme mich so.«

»Wie heißt sie?«

»Das kann ich nicht sagen. Ich habe ihm mein Wort gegeben.«

Sie fing an zu schluchzen. Mr. Morrie nahm sie in den Arm. »Bernie – er möge in Frieden ruhen – war ein komplizierter Mensch.«

»Ist es Nora Weaver?«

»Warum wollen Sie sich noch mehr quälen?«

»Verdammter Mist.«

»Wissen Sie was? Ich gehe die Papiere in seinem Haus morgen noch mal durch. Von oben bis unten. Und ich wette, daß ich das Kuvert finde, das er Ihnen versprochen hat.«

»Kannte Lionel die Kombination vom Safe?«

»Ich Trottel! Warum habe ich nicht daran gedacht? Ich rufe ihn sofort an.«

»Vergessen Sie's.«

»Lassen Sie mich einen Versuch machen.«

»Es hat nie ein Kuvert gegeben, und falls doch, will ich es jetzt nicht mehr.«

»Ich habe vollstes Verständnis für Ihre Gefühle«, sagte Mr. Morrie und füllte ihr Glas nach.

»Ich bin jetzt dreiundfünfzig.«

»Sie sehen aus wie vierzig und keinen Tag älter.«

Kathleen lachte schallend. Sie putzte sich die Nase und wischte sich die Tränen ab. »Was werden Sie jetzt tun, nachdem Lionel Sie ausgebootet hat?«

»Sagen Sie, warum machen wir nicht im Stadtzentrum zusammen eine Bar auf? Mitten in der Crescent Street? Kate and Morrie's.«

»Meine Frage war ernst gemeint.«

»Kann ich Ihnen ein Geheimnis anvertrauen?«

»Bitte.«

»Nach all den Jahren hat mich mein Sohn Barney auf dem Weg zu den Maritimes besucht. Er wollte zum Lachsfischen. Der Wirtschaftsminister hatte ihn eingeladen. Ist das nicht toll?«

»Ich hoffe, er ist nicht nur gekommen, um Sie anzupumpen.«

»Barney ist ein ganz außergewöhnlicher Mensch. Wenn Sie wüßten, was der Junge für Ideen hat.«

»Das ist mir bekannt.«

»Er ist in North Carolina ins Möbelgeschäft eingestiegen, und zwar in großem Stil. Aber jetzt, wo das Eis zwischen uns gebrochen ist, hoffe ich, daß er bei mir im Ölgeschäft mitmacht und auch bei anderen Investitionen, über die ich noch nicht reden kann. Warum arbeiten Sie nicht für uns? Sie können selbst bestimmen, wieviel Sie verdienen wollen.«

»Danke«, sagte Kathleen und küßte ihn auf die Wange. »Lieber nicht.«

»Hector fährt Sie nach Hause. Aber wissen Sie was? Hier ist ihr zweites Zuhause. Wenn Sie mal Trübsal blasen, springen Sie einfach in ein Taxi und kommen zum Essen zu uns.«

Fünf Minuten später klingelte in Mr. Morries Arbeitszimmer das Telephon. »Was wollte sie?« fragte Libby.

»Ich habe gehofft, daß ich sie loswerde, bevor du sie hier siehst.«

»Geld?«

»Ein Empfehlungsschreiben.«

»Wenn du ihr ein Empfehlungsschreiben gibst, dann am besten eins für ihre Qualitäten als Puffmutter.«

»Glaub mir, ich bemühe mich, in dieser Angelegenheit Rücksicht auf deine Gefühle zu nehmen.«

»Ich will sie nie wieder auf unserem Grundstück sehen.«

»Wie du meinst. Willst du heute abend nicht rüberkommen und mit uns *Bonanza* anschauen?«

»Nein, es wäre nicht mehr so wie früher«, sagte sie und hängte ein.

Mr. Morrie sperrte die oberste Schublade seines Schreibtischs auf und entnahm ihr sein privates Adreßbuch. Er erreichte Moses im Caboose. »Die arme Kathleen O'Brien ist todunglücklich«, sagte er. »Sie freut sich bestimmt, wenn Sie sie zum Mittagessen ausführen.«

6 Moses wußte zwar, daß er bei Sam und Molly Birenbaum in Georgetown willkommen war, aber er wollte lieber unabhängig sein und stieg deshalb im Madison ab. Eine Stunde später fuhr er mit dem Taxi nach Georgetown.

Sam strahlte Moses aus seinen karamelfarbenen Augen an, umarmte ihn und drückte ihn an sich. »Moishe. Moishe Berger. Kann ich dir einen Drink anbieten?«

»Ich bin auf Entzug.«

»Freut mich zu hören. Dann vielleicht einen Tee?«

»Gern.«

Sam schwelgte in alten Geschichten und beschwor die Erinnerung an den Tisch mit der gehäkelten Decke in der Kaltwasserwohnung in der Jeanne Mance Street herauf. Dann kam er auf London zu sprechen, auf die glückliche Zeit, die sie dort verbracht hatten, und fing an, eine Geschichte über Lucy Gursky zu erzählen. Plötzlich besann er sich und brach mitten im Satz ab.

»Keine Sorge, Sam. Du kannst ruhig über Lucy reden. Jetzt erzähl mir, wie es Philip geht, und natürlich auch den beiden anderen.«

Sam und Molly hatten drei Kinder: Marty, Ruth und Philip. Ruth studierte gerade für ein Jahr an der Sorbonne. Von den Jungs war keiner – toi, toi, toi – in Vietnam. Marty studierte am MIT, und Philip, der für ein paar Jahre ausgestiegen war und in San Francisco als Barkeeper gejobbt hatte, hatte sich in Harvard eingeschrieben. »Er ist gerade zu Besuch hier.«

»Großartig. Wo steckt er?«

»Er ist ausgegangen.«

»Aha.«

»Er ist schwul«, sagte Sam herausfordernd, sah Moses flehentlich an und wartete auf seine Reaktion.

»Nun, da ist er nicht der einzige.«

»Wenn er der Sohn von jemand anders wäre, könnte ich ziemlich tolerant sein, aber bei meinem eigenen finde ich es abstoßend.«

»Verstehe.«

»Nein, du verstehst nicht. Nicht, daß ich ein Vorurteil gegen Tunten habe, ich mag sie einfach nicht.« Sam schenkte sich Scotch ein, und zwar nicht zu knapp. »Er wäre gar nicht nach Hause gekommen, wenn er sein Schnuckiputzi nicht hätte mitbringen dürfen. Was sollte ich machen? Wir hatten ihn seit Monaten nicht gesehen. Ich habe mir vorgenommen, mich zusammenzureißen und ihm keine Szene zu machen, nur weil sein Freund einen Ohrring trägt oder beim Frühstück in einem schwarzen Seidenhemd rumhockt, das bis zum Bauchnabel offen ist. Heute morgen haben wir uns allerdings gestritten. Ich finde, es muß wirklich nicht sein, daß die beiden splitternackt im Swimmingpool baden. Wenn Molly aus dem Fenster schaut und sie sieht, bricht es ihr das Herz.«

»Ihr habt einen Swimmingpool?«

»Halt dich fest. Wir haben einen Swimmingpool und das schwarze Hausmädchen, das du gerade gesehen hast, einen Koch und Wertpapiere und eine Eigentumswohnung in Vail und eine Masche zum Steuersparen, aus der ich nicht schlau werde und die mich bestimmt irgendwann in den Knast bringt. So sieht es aus, Moishe.«

Plötzlich tauchte Molly auf. »Moses, es ist nicht fair, daß du auf keinen Brief antwortest, nur alle fünf Jahre mal bei uns aufkreuzt und wieder verschwindest.«

Sie aßen im Sans Souci. Senatoren, Kongreßabgeordnete und andere, die sich gern zu den besten Sendezeiten im Fernsehen produzierten, traten an ihren Tisch, um ihre Aufwartung zu machen, flüsterten Sam etwas ins Ohr und gaben den neuesten Watergate-Tratsch zum besten: *Er wird abgesetzt werden. Nein, er tritt zurück. Er hat sein Pulver verschossen. Das hat Henry mir erzählt. Das hat Len gesagt. Das weiß ich von Kay.* Molly spürte, daß Sam diese unverhohlene Zurschaustellung seiner Wichtigkeit nicht behagte, sondern daß sie ihm vielmehr unangenehm war. Sam wartete darauf, daß Moses das Wort ergriff. Je weniger Moses sagte, um so häufiger griff Sam zum Glas. Wenn er Alkohol trank, redete er nur dummes Zeug, das war schon immer so gewesen. Drei Verleger, ließ er heraus, lägen ihm in den Ohren und drängten ihn, ein Buch über den Watergate-Skandal zu schreiben. Moses nickte. »Ich bin also doch nicht der Tolstoi meiner Generation geworden«, sagte Sam kleinlaut.

»Und du, Moses?« fragte Molly.

Moses schüttelte den Kopf.

»Schreibst du immer noch Kurzgeschichten?« wollte sie wissen.

»Kanada hat schon genug zweitrangige Autoren.«

»Wie Gerald Murphy«, sagte Molly wie aus der Pistole geschossen.

»Bravo, Molly.«

»He, wir sind zusammen durch dick und dünn gegangen«,

appellierte Sam an ihn. »Wir sind Freunde. Was führt dich nach Washington? Das hast du uns noch nicht gesagt.«

Moses erklärte, er sei hinter Originaltonbändern her, hinter allem, was er von den Fernsehsendern über die Watergate-Hearings und Nixons Pressekonferenzen kriegen könne. Er sei nicht an der offiziellen Version interessiert, die über den Bildschirm geflimmert sei, sondern an dem, was herausgeschnitten wurde, vor allem an Schnappschüssen von Zuschauern. »Ich suche jemanden, der möglicherweise dabeigewesen ist.«

»Nach wem?«

»Sein Name würde euch nichts sagen.«

Sam forderte Moses auf, mit nach Hause zu kommen, da sie sich noch kaum unterhalten hätten. Er wollte ihm seine Schallplattenaufnahmen aus jiddischen Varietés vorspielen: Molly Picon, Aaron Lebedeff, Menasha Skulnik, Mickey Katz. Doch Moses schützte Müdigkeit vor und und bat Sam, ihn vor dem Hotel abzusetzen.

Wieder zu Hause, genehmigte sich Sam einen Rémy Martin.

»Bei Gott, ich weiß, daß du kein Angeber bist«, sagte Molly, »aber heute abend warst du nicht zu bremsen. Warum glaubst du, dich vor ihm rechtfertigen zu müssen?«

»Weißt du, als Moses einundzwanzig war, hat er einen Fehler im Oxford English Dictionary entdeckt, und zwar bei der Hauptbedeutung eines Wortes. Er hat einen Brief hingeschickt, und sie haben ihm zurückgeschrieben, sich bei ihm bedankt und versprochen, den Fehler in der nächsten Ausgabe zu korrigieren.«

»Du hast meine Frage nicht beantwortet.«

»Doch, habe ich, nur hast du es nicht gemerkt. Okay, okay. Der *emes*. Ich beneide ihn.«

»*Du* beneidest *ihn*? Er ist Alkoholiker, der arme Kerl, und wer weiß, wie viele Beruhigungspillen er schluckt. Er redet seit neuestem so schleppend. Schau ihn dir doch an, Sam, er hat es nicht weit gebracht.«

»Und ich? Ha, ha. Sam Burns, geborener Birenbaum, darf Howard Cosell mit dem Vornamen ansprechen, und Mike Wallace winkt mir zu, wenn er mich sieht.«

»Moses ist ein Versager, mehr nicht.«

»O ja, ein totaler Versager. Aber wenigstens ist er ein Riesenversager, ein tragischer Fall von einem verkümmerten Genie, und ich bin nur ein mickriger, angepaßter, beschissener Fernsehfritze, dessen vertrauenswürdiges Gesicht man zwischen dem Werbespot für Zäpfchen gegen Hämorrhoiden und dem für Damenbinden einblendet.«

Sam stürmte ins Badezimmer, stieß dabei überall an, riß den Arzneimittelschrank auf, holte ihr Töpfchen Vaseline heraus und hielt es blinzelnd ins Licht.

»Was machst du da?«

»Ich habe mit einem Stift markiert, wieviel noch drin war, bevor wir zum Abendessen gegangen sind.«

»Sam, du bist abscheulich.«

»Ich? Abscheulich? Wenn die beiden abreisen, verbrenn die Bettlaken.« Er hob die Faust zur Decke und schüttelte sie. »Was die dort oben treiben, ist *awera*! Die *make* über sie! Die Cholera sollen sie kriegen! *Fejgeles! Mamserim!*«

»Bitte, Sam. Philip kann nichts dafür, daß der heutige Abend so verlaufen ist. Sprich leiser.«

»Er zupft sich die Augenbrauen. Ich habe ihn dabei erwischt. Vielleicht hättest du nie mit ihm in einer Wanne baden sollen.«

»Er war damals drei Jahre alt.«

»Okay, okay.«

»Worüber hast du mit Moses gesprochen, während ich auf der Toilette war?«

»Über dieses und jenes.«

»Er ist dein ältester Freund. Ihr kennt euch seit deinem neunten Lebensjahr. Worüber zum Teufel habt ihr gesprochen?«

»Über die Mets. Moses glaubt, sie könnten in der Vorausscheidung gegen Cincinnati gewinnen. Pete Rose. Johnny Bench. Tony Perez. Er hat keine Ahnung, wovon er redet.«

»Originaltonbänder. Was will er damit?«

»Ich weiß nur, daß er wieder diesen verrückten Ausdruck in den Augen hat, den ich an ihm schon mal gesehen habe.« Und dann brach Sam ein altes Gelübde, erzählte Molly eine Geschichte und ließ sie schwören, Moses nie etwas davon zu sagen. »Ich glaube, es war im Frühjahr 1962. Ich hatte mich mit George, kurz nachdem er beim *New Yorker* angefangen hatte, im Algonquin auf einen Drink getroffen, und es setzten sich ein paar Journalisten zu uns. Sie lachten über einen Witz, über etwas, das sie das Berger-Syndrom nannten. Was ist das? fragte ich sie. Nun, offenbar hatte ihnen in den frühen fünfziger Jahren ein junger Kerl namens Berger, ein Kanadier, eine Kurzgeschichte geschickt, die allen gefiel und die alle veröffentlichen wollten. Sie schrieben ihm einen Brief und fragten an, ob sie ein paar geringfügige Veränderungen vornehmen könnten, und er schickte einen unverschämten Brief zurück und behauptete, der *New Yorker* würde nur Schrott publizieren und das würde so bleiben, solange Leute wie sie die Beiträge verfaßten. Die könnten Puschkin nicht von Ogden Nash unterscheiden, und er ziehe seine Geschichte hiermit zurück. Als ich Moses am darauffolgenden Nachmittag auf einen Drink im Costello's traf, gab ich mir einen Ruck und fragte ihn, ob er dieser Berger gewesen sei, und er sagte, nein, wirklich nicht. Aber er schwindelte. Das war ihm anzusehen. Mir kam er vor, als würde er gleich in Ohnmacht fallen.«

»Warum hat Moses das wohl getan?«

»Weil er spinnt.« Sam setzte sich auf die Bettkante und fragte niedergeschlagen: »Habe ich heute abend wirklich angegeben?«

»Ein bißchen«, antwortete Molly und bückte sich, um ihm aus der Hose zu helfen.

Sie zog ihr Oberteil aus. Sam beäugte sie. Sie war noch immer sehr hübsch anzuschauen. »Hast du mit Moses mal was gehabt?« fragte er und richtete sich ruckartig auf.

»Philip ist sein Sohn. Jetzt weißt du es. Die Katze ist aus dem Sack.«

Verzweifelt und mit tränennassen Augen sagte Sam: »Ich will alles wissen.«

»Weißt du noch, wie du für die *Gazette* gearbeitet hast, wir nicht genug Geld hatten und ich zu dir sagte, ich könnte Französisch unterrichten?«

»Ja.«

»Das waren vielleicht Französischstunden! Moses und ich haben zusammen Pornofilme gedreht. Wollen wir jetzt endlich schlafen gehen?«

Doch Sam konnte nicht schlafen. Er hatte Durst. Ihm war schwindelig. Sein Herz hämmerte wild. Sein Magen rumorte. »Sie können alles haben, alles, was ich gemacht habe. Mir hätte es gereicht, *Die Toten* zu schreiben. Vergiß *Krieg und Frieden* oder *Die Brüder Karamasow.* Bin ich unbescheiden? Bestimmt nicht. Einfach nur *Die Toten* von Samuel Burns, geborener Birenbaum.«

»Aus einer schlechten Arbeit das Beste zu machen – mehr können wir nicht tun«, zitierte sie, in der Hoffnung, daß sie den Wortlaut richtig wiedergegeben hatte. »Ausgenommen natürlich die Heiligen...«

»Das mit den Bettlaken war kein Scherz. Ich will, daß sie verbrannt werden. Ich will, daß das Zimmer ausgeräuchert wird.«

»Sam, er ist unser Sohn. Man muß die Dinge nehmen, wie sie sind.«

»Molly, Molly«, sagte er, während er sich an ihrer Brust ausheulte. »Warum ist es nicht mehr so wie früher?«

Unangemeldet und schäumend vor Wut tauchte Molly in aller Frühe im Madison auf. Sie schob Moses vor sich her in den Speisesaal und knallte ihre PBS-Einkaufstasche auf den Tisch. »Seit du angerufen hast, um zu sagen, daß du uns besuchen kommst, war er in einer unglaublichen Hochstimmung. Er wollte mit dir durch sämtliche Kneipen der Stadt ziehen. Er hat sich alle unsere Bücher angesehen, um sicherzugehen, daß in den Regalen keine Bestseller stehen, die ihn blamieren könnten. Die von Kennedy signierten Bilder, auf denen er zusammen mit dem Präsidenten zu sehen ist, sind in einer Schublade verschwunden. Die gerahmten Auszeichnungen und Urkunden sind im Schrank gelandet. Er hat bestimmt acht Einladungslisten für ein Abendessen aufgestellt, wieder verworfen und gesagt, nein, Moses wäre damit nicht einverstanden. Er hat eine ganze Kiste Macallan's kommen lassen. Unser Kühlschrank ist gestopft voll mit Räucherlachs. Dann tauchst du auf und reibst ihm unter die Nase, daß wir einen Swimmingpool haben. Auf Moses ist eben Verlaß. Du würdest nie auf die Idee kommen, ihm zu sagen, wie verdammt gut und integer er im Fernsehen wirkt, dafür müßtest du dich nämlich ganz schön überwinden. Oder daß er dieses Watergate-Buch schreiben soll, auf das er so wild ist, aber vor dem er gleichzeitig eine Heidenangst hat. Was Philip mit seinem Freund oben in seinem Zimmer treibt, bricht ihm das Herz. Er sitzt schluchzend auf dem Klo, aber du hast kein tröstliches Wort für ihn übrig. Ich könnte dir deinen elenden Hals umdrehen, du verdammter, egozentrischer Mistkerl. Gestern abend hat er sich betrunken, auch dir zuliebe, und er hat mich doch tatsächlich gefragt, ob wir beide mal was miteinander hatten. Er hat ein so gutes Herz und merkt gar nicht, daß er ein viel besserer Mensch ist als du. Was sind das für Schnittwunden in deinen Handflächen?«

»Manche Menschen knirschen im Schlaf mit den Zähnen, ich balle die Fäuste. Eine schlimme Angewohnheit.«

»Lies ruhig deine Zeitung und schau mich nicht an. Mir geht's gleich wieder besser.«

Moses bestellte für sie beide noch Kaffee und rührte fünf Löffel Zucker in seine Tasse.

»Was machst du da?«

»Ich bin zur Zeit ganz verrückt auf Süßes. Ich kann nicht genug davon kriegen. Bitte fang nicht an zu heulen.«

»Nein, nein, keine Angst.«

»Als ich letztes Mal in der Klinik war, war dort ein sehr hübsches Mädchen, das mir einfach nicht mehr aus dem Kopf geht. Sie war wirklich bildhübsch. Ein junges Reh. Höchstens neunzehn. Sie kam in mein Zimmer gesegelt, schlüpfte aus ihrem gräßlichen gestärkten Kittel und machte eine Arabeske, eine Pirouette, einen *tour en l'air.* Sie hüpfte dabei nicht, sie schwebte. Dann grinste sie wie ein verzogenes Gör, hockte sich hin und kackte auf den Boden. Ist schon okay, sagte ich zu ihr, das macht mir nichts aus. Eine Woche lang tanzte sie mir jeden Tag etwas vor und kackte auf den Boden, und dann war sie auf einmal weg. In der Klinik war kein Besteck erlaubt, aber irgendwie hatte sie eine Gabel in die Finger gekriegt, und damit ging's auch. Ich weiß nicht, warum ich dir das erzähle. Falls es einen Grund dafür gibt, habe ich ihn vergessen.«

»Hast du es schon mit den Anonymen Alkoholikern probiert?«

»Ja.«

»Langsames Abgewöhnen klappt nicht. Kannst du nicht einfach damit aufhören?«

»Schön wär's, Molly.«

»Wenn Marty in der Stadt ist, bringt er immer seine Freunde mit, wirklich aufgeweckte Jungs. Sam liebt es, mit ihnen Bier zu trinken und Unfug zu treiben. Aber sie haben keine Ahnung, wer Henry Wallace, Jack Benny oder Hank Greenberg waren. Mit Sams Schallplatten aus jiddischen Varietés können sie nichts anfangen. Das macht ihn verrückt. Er wird bald fünfzig. Er hat Hängebacken und ißt zuviel. Das liegt am Stress und an der Herumreiserei. Sein neuer Produzent, der erst zweiunddreißig ist, noch in die Disco geht und den halben Tag vollgekokst ist, will, daß Sam sich das Gesicht liften läßt. Er hat Meinungsumfragen unter den Fernsehzuschauern durchgeführt. Er soll in der Hölle braten. Sam hat ihm erzählt, daß man meine Arbeit über Korea für den Pulitzer-Preis vorgeschlagen hat, als ich noch bei der *Times* gearbeitet habe. Er kann mich also mal, der Kleine. Es geht das Gerücht um, daß sie jüngere Gesichter ausprobieren, und ich glaube nicht, daß Sams Vertrag verlängert wird.«

»Er sollte sein Watergate-Buch schreiben.«

»Sam sammelt immer noch Schellackplatten. Du kannst dir nicht vorstellen, was er neulich abend mit nach Hause gebracht hat.« Sie trällerte: »Chickery-chick-cha-la-cha-la, Chick-a-laromey in a ban-nan-i-ka.«

»Molly, dein Mann kann froh sein. Du bist eine gute Frau.«

»Gut oder schlecht – ich liebe ihn.«

»Ich auch.«

»He«, sagte sie. Ihre Miene heiterte sich auf, und ihre alte Lebhaftigkeit und ihr sprunghaftes Denken schlugen wieder durch. »Wenn das so ist, sollten wir vielleicht was miteinander anfangen.«

»Heben wir uns das lieber fürs Alter auf.«

»Komm heute zum Abendessen«, sagte sie und verließ fluchtartig den Raum, weil sie wußte, daß sie gleich wieder losheulen würde.

Sam fuhr früher als sonst vom Büro nach Hause, zog sich schnell um und schwamm kurz im Swimmingpool. Philip und sein Freund sonnten sich auf der rückwärtigen Terrasse und süffelten Champagner. Seinen Champagner. »Gibt's was zum Feiern, Jungs?«

»Ja, Daddylein, *dich*«, sagte Philip und schenkte ein Glas für ihn ein.

Was Sam jetzt sagte, rutschte ihm heraus, und er bereute es augenblicklich: »*Gay* war ein ganz normales Wort, bevor Leute wie ihr es in Beschlag genommen habt. Es hieß soviel wie freudig, fröhlich, heiter. Unsere Herzen waren jung und fröhlich. Der fröhliche Husar und so weiter. Meinem Wörterbuch nach ist es das Gegenteil von freudlos, bedrückt, trübselig. Wer gibt euch das Recht, die heterosexuelle Liebe so schlecht zu machen? Das nenne ich Chuzpe.«

»Apropos Husaren, Dad: Als es die österreichisch-ungarische Monarchie noch gab, war es nur den Offizieren ab dem Rang eines Obersten erlaubt, sich zu schminken.«

»Wie kommt deine Familie eigentlich damit klar, Steve?«

»Überhaupt nicht.«

Die nächsten vier Tage hockte Moses in einem kleinen, stickigen Vorführraum und sah sich Filmmaterial über die Watergate-Hearings an, kam wieder und wieder auf bestimmte Szenen zurück und ließ sie im Labor vergrößern – vergeblich. Dann jedoch, am fünften Tag im Vorführraum, entdeckte er ihn. Er saß direkt hinter Maureen Dean, lächelte sein typisches Lächeln und hatte den Malakka-Spazierstock mit dem Goldknauf zwischen die Knie geklemmt. Moses lief zur Toilette und klatschte sich kaltes Wasser ins Gesicht. Dann ging er an die frische Luft und machte irgendwo halt, um einen Hamburger zu essen. Anschließend kehrte er in den Vorführraum zurück und starrte fast eine Stunde lang schweißüberströmt das Bild an.

Zurück im Hotel zog er die Rollos zu, ließ sich erschöpft aufs Bett fallen und rauchte den restlichen Nachmittag eine Zigarette nach der anderen. *Einmal in der Luft*, rief er sich in Erinnerung, *und einmal im Wasser*. Er wusch das Blut von seinen Handflächen und hatte gerade angefangen zu packen, als das Telephon klingelte. Es war die Rezeption.

»Reisen Sie heute ab, Mr. Berger?«

»Ja.«

Der stellvertretende Direktor hatte einen Brief für ihn.

»Den hat ein sehr vornehm aussehender Herr mit den Worten abgegeben, Sie würden irgendwann hier absteigen.«

»Warum haben Sie ihn mir nicht früher gegeben?«

»Er hat mir genaue Anweisungen erteilt. Wir sollten Ihnen den Brief erst bei Ihrer Abreise geben.«

Moses riß den Brief in der Bar auf.

> Wenn die katholische Kirche einen Papst wie Innozenz IV., Autodafés und Savonarola überlebt hat, warum kann der Marxismus dann nicht den Zögling eines georgischen Priesterseminars und seine Jünger überleben? Zur Information: Ich habe das Band nicht gelöscht.

Als der Kellner an seinen Tisch trat, bestellte Moses einen Macallan. Einen doppelten. Pur.

7 Am nächsten Vormittag suchte Sam den Redakteur auf, der Moses weitergeholfen hatte. »Ich weiß, daß Sie meinem Freund behilflich gewesen sind. Zeigen Sie mir bitte, wonach er gesucht hat.«

Barry projizierte das fragliche Bild auf die Leinwand, einen Schnappschuß der Zuschauer eines Watergate-Hearings, darunter viele vertraute Gesichter wie Maureen Dean und, direkt hinter ihr, ein alter Mann, der einen Malakkastock mit Goldknauf zwischen die Knie geklemmt hatte. »Entweder war Mo Dean oder der alte Mann rechts hinter ihr daran schuld, daß Moses so aus dem Häuschen war«, sagte Barry. »Er ist aus dem Sessel hochgefahren, um sich das Bild aus der Nähe anzusehen, und dann ist er rausgeflitzt, als wäre hier ein Feuer ausgebrochen.«

»Lassen Sie den alten Mann vergrößern. So groß es geht.«

Sam aß an seinem Schreibtisch zu Mittag und betrachtete die Photos, die Barry ihm gebracht hatte. Ich kenne dieses Gesicht, dachte er. Woher, war ihm allerdings schleierhaft.

Sam nahm die Photos mit nach Hause und zog sich in die Bibliothek zurück, doch noch immer wollte ihm nicht einfallen, woher er dieses Gesicht kannte, und das quälte ihn. Deswegen zog er eine Sammelmappe nach der anderen heraus, die Molly trotz seiner Einwände angelegt hatte, brütete über alten Zeitungsartikeln, die er in vier Kontinenten wie am Fließband produziert hatte, und hoffte, daß ihm irgend etwas Klarheit über dieses Gesicht verschaffen würde. Aber es klappte nicht. Im Gegenteil, er wurde immer verwirrter, das Gesicht entzog sich ihm immer mehr, und als er zu Bett ging, fragte er sich, ob er sich nicht ganz einfach geirrt hatte.

Er konnte nicht einschlafen, und so probierte er ein Spielchen aus, das bisher stets funktioniert hatte. Wenn er an etwas anderes dachte, an etwas völlig anderes, dann würden sich in seinem Gehirn irgendwann mühelos die richtigen Schaltkreise schließen und dem Gesicht einen Namen geben. Er vergegenwärtigte sich eine Szene aus einem Baseball-Match, in der Bobby Thomson nach einem Wurf von Ralph Branca ein Home-run gelungen war. Noch einmal malte er sich genüßlich aus, wie Ron Swoboda 1969 bei den Meisterschaften in der letzten Runde des vierten Spiels den Ball gefangen hatte. Während er langsam einschlummerte, kamen ihm andere Bilder in den Sinn. Er sah Moses vor sich, wie er sagte: »Ach, komm. Laß uns einen Blick darauf werfen.«

»Ich glaube, das sollten wir lieber nicht tun.«

»Wahrscheinlich ist es der neue Bonnard, den er gerade gekauft hat.«

Und er hob das Tuch hoch und legte ein Gemälde frei, das auf den ersten Blick wie ein durch und durch herkömmliches Porträt aussah, eines von der Sorte, das in der Royal Academy großes Lob ernten würde. Eine hübsche junge Dame aus der Bourgeoisie saß in einem Korbsessel mit weit ausladender Rükkenlehne. Lange blonde Flechten, gerötete Wangen. Sie trug einen breitrandigen Strohhut mit rosa Schleife, ein aus vielen

Stoffschichten bestehendes Chiffonkleid, ebenfalls mit rosa Schleife, und hielt einen Strauß Bartnelken in Händen. Doch da war etwas Sonderbares an dem Porträt. Die Augen der jungen Dame hatten nicht dieselbe Farbe. Eines war braun, das andere blau.

8 Im Norden, wußte Moses, würde er ihn finden.
Wo im Norden?
Weit weg.

Nach der Rückkehr aus Washington holte Moses seinen Toyota vom Dorval Airport bei Montreal und fuhr zu seinem Blockhaus in den Townships, um seine Siebensachen für die Reise in den Norden zu packen. Dann ließ er sich im Caboose seine Post aushändigen, zechte ein paar Stunden mit Strawberry und fuhr zurück nach Montreal, wo er sich vor kurzem in der Jeanne Mance Street einen *pied à terre* gemietet hatte. Sämtliche Flaschen in der Wohnung waren leer. Also nahm Moses ein Taxi zu Winnie's und zog von dort zu Big Syl's und dann zu Grumpy's, und als nachts alle Bars schlossen, ging er in den Montreal Press Club, taumelte zwischen den Tischen hindurch zu einem dämmrigen Winkel und war Sekunden später eingeschlafen.

»Moses?«

Er tauchte aus dem Schlaf auf, und sein Blick fiel auf eine süß duftende Gestalt mit krausem kohlrabenschwarzem Haar, die mal scharf zu sehen war und gleich darauf wieder verschwamm. Ihr gutmütiges Lächeln irritierte ihn.

»Beatrice?«

»Ja. Freust du dich?«

Die Gestalt mit dem kohlrabenschwarzen Haar, allem Anschein nach Beatrice, ließ sich seidenraschelnd in einen Sessel sinken.

»Paß auf, daß ich nicht wieder einschlafe.«

»Gut.«

»Sag mir deinen Namen.«

»Beatrice.«

»Man stelle sich vor. Beatrice.«

Er blinzelte, versuchte sich zu konzentrieren, die vielen Busen, alle wohlgeformt, auf zwei, und den grimassenhaften, dreifachen Mund zu einem einzigen, sinnlicheren zu reduzieren, der ihm besser gefiel.

Sie wurde aus seinem dämlichen Blick nicht schlau, und deshalb fragte sie: »Wie sehe ich aus?«

»Härter.«

»Typisch Moses.«

»Du hast mich gefragt.«

»Stimmt.«

»Ich glaube, ich schaffe es nicht mehr bis zur Bar«, sagte er und zeigte mit verschmitztem Lächeln auf sein leeres Glas. »Geh du, bitte.«

So konnte er Beatrice, seine heißbegehrte Flamme, beobachten, wie sie zur Bar schlenderte und sich sichtlich über das Aufsehen freute, das sie bei den in glänzenden Anzügen herumstehenden Männern erregte. Sie brauchte zu lange. Moses' Kopf kippte vornüber, und er nickte wieder ein.

»Moses.«

»Geh weg.« Da erkannte er Beatrice und den Drink, den sie ihm hinhielt. Er lächelte. »Ich möchte dich etwas sehr Intimes fragen.«

»Fang nicht schon wieder damit an, Moses.«

»Trägst du inzwischen Strumpfhosen?«

Sie schüttelte den Kopf und errötete, wirkte jedoch belustigt.

»Strapse, wie früher. Ich wußte es. Ach, Beatrice.« Zufrieden und selig lächelnd, schlief er wieder ein.

»Moses?«

»Ja?«

»Du hast gesagt, du willst kein Nickerchen mehr machen.«

Langsam und bedächtig zündete er die erloschene Zigarre wieder an und war mächtig stolz auf die vollbrachte Leistung.

»Strawberry sagt, du willst in den Norden.«

»Ja, morgen nachmittag geht's los. Kann ich deinen Straps sehen?«

»Aber Moses, ich bitte dich.«

»Nur einen klitzekleinen Blick.«

»Wo wohnst du hier?«

»Wie meinen Sie das, Mrs. Clarkson?«

»Hör auf, dich dumm zu stellen.«

»Ich hab eine Wohnung gemietet.«

»Ich fahre dich hin, und dann können wir uns unterhalten. Hier ist es mir zu deprimierend.«

»Das ist mein Club.«

»Du warst schon mal in besseren Clubs.«

»Ich hatte auch schon mal eine bessere Frau.«

»Gehen wir.«

»Nur wenn ich den Straps sehen kann.«

»Nicht hier. Bei dir. Laß uns jetzt gehen.«

Er gab ihr die Adresse in der Jeanne Mance Street, torkelte mit ihr hinaus, ließ sich in ihren Porsche plumpsen und schlief sofort wieder ein. Doch kaum waren sie ein paar Blocks weit gefahren, fing er an zu zittern. »Halt an!«

Erschrocken trat sie auf die Bremse. Moses fummelte am Türgriff, stieg wankend aus und ging mit schlurfenden Schritten blindlings auf die Sherbrooke Street.

»Moses!«

Er drehte sich, schleppte sich zum Bordstein, sank neben einem Hydranten auf die Knie und übergab sich. Beatrice fuhr neben ihm an den Straßenrand, sprang aus dem Wagen und bückte sich, um ihm die schweißnasse Stirn zu stützen. Sie wischte ihm mit einem duftenden Spitzentaschentuch über die Augenbrauen und den Mund. »Fühlst du dich jetzt besser?«

»Schlechter.«

Später, während Moses duschte, kochte sie Kaffee und wanderte dann ruhelos durch die Wohnung. Erkerfenster. Altmodische, sperrige Heizkörper. Das Mobiliar eindeutig aus zweiter Hand. Der in der Mitte fadenscheinige Perserteppich weckte schmerzliche Erinnerungen in ihr. Sie mußte auf einmal so stark an zu Hause denken, daß sie sich selbst dabei ertappte, wie sie sich unwillkürlich nach dem Radioempfänger aus Nußbaum und der klebrigen Peer's-Cream-Sodaflasche, die das kaputte Schiebefenster offengehalten hatte, umsah.

Als sie alte Zeitungen vom Eßzimmertisch räumte, fiel ihr Blick auf die gehäkelte Tischdecke. Sie setzte ihre Hornbrille auf. In diesem Augenblick kam Moses in einem Frotteemantel aus dem Badezimmer.

»Wo hast du die her?« fragte sie und strich über die Tischdecke.

»Die hat meine Mutter vor vielen Jahren gehäkelt.«

»Warum hast du sie nie rausgeholt, als wir noch zusammen waren?«

»Ich wollte sie uns fürs Alter aufheben«, sagte er, nahm eine Tasse schwarzen Kaffee entgegen und goß ein paar Fingerbreit Cognac hinein. Dann biß er die Spitze von einer Montecristo ab und zündete sie an. »Ich war mal so dämlich zu glauben, daß du diejenige bist, ›dir mir helfen könnte, mein Leben, diese lange Krankheit, durchzustehen‹, wie das alte menschliche Fragezeichen es mal ausgedrückt hat.«

Es war seine Art, sie zu demütigen, und sie wußte das. Er erwartete von ihr, daß sie das Zitat wiedererkannte. »Du hältst mich für dumm«, sagte sie.

»Natürlich bist du dumm, aber in den Kreisen, in denen du dich jetzt bewegst, spielt das keine Rolle. Schließlich bist du unerträglich reich.«

»Ich habe ihn nicht nur deswegen geheiratet.«

»Ich will jetzt den Straps sehen.«

»Geh zum Teufel.«

»Einen ganz schnellen Blick nur, blitzschnell. Was kostet dich das schon?«

»Warum willst du unbedingt, daß ich mir billig vorkomme?«

»Bist du es denn nicht?«

»Ich habe dich geliebt, Moses, aber ich habe es einfach nicht mehr ausgehalten. Du hast keine Ahnung, wie unerträglich du bist, wenn du getrunken hast. ›Ich will den Straps sehen. Nur einen klitzekleinen Blick.‹ Scheiß drauf.«

»Ich bin mir wenigstens treu geblieben.«

»Das kann man wohl sagen.«

»Ehrlich gesagt, hätte ich mich selbst schon eher sitzenlassen, als du es getan hast. Ich bin wirklich unmöglich.«

»Fährst du in den Norden, um Henry zu besuchen?«

»Ich habe da so ein Gefühl, daß sich die Raben sammeln. Verdammt, Beatrice, warum hast du mich im Stich gelassen? Und was willst du jetzt von mir?«

»Ich brauche jemanden, mit dem ich reden kann. Jemanden, dem ich vertraue.«

»Tja, dann bin ich nicht der Richtige. Nicht mehr.«

»Tom ist bisexuell. Er hat einen Freund. Offiziell weiß ich es nicht, aber sie sind gerade zusammen in Antibes.«

»Dann kriegst du im Fall einer Scheidung eine höhere Abfindung, als du dir ausgerechnet hast. Es könnte ja sein, daß du dich irgendwann mal wieder bessern willst.«

»Nimm mich mit in den Norden.«

»Kommt nicht in Frage.«

»Kann ich über Nacht hierbleiben?«

»Ja. Nein. Laß mich überlegen.«

»Scheißkerl.«

»Nein.«

»Warum nicht?«

»Weil ich so ein Trottel bin«, sagte er und ließ sich in einen Sessel sinken. »Manchmal renne ich zur Tür, weil ich glaube, ich hätte ein Auto gehört und du könntest es sein.« Er stieß seine halb mit Cognac gefüllte Kaffeetasse um. »Geh jetzt, Beatrice. Laß mich allein«, bat er. Dann sank sein Kopf nach vorn, und er fing an zu schnarchen.

Beatrice ging in die Küche und spülte das Geschirr ab, und plötzlich fiel ihr es ein. Sie kramte in ihrer Tasche nach Füller und Papier und schrieb: »Das menschliche Fragezeichen hieß Alexander Pope. Du bist genauso selbstgefällig und aufgeblasen und abscheulich wie immer.« Sie legte den Zettel auf den Eßzimmertisch. Dann stellte sie sich vor Moses hin, zog ihr Kleid hoch, so daß der Straps zu sehen war, und lief heulend aus der Wohnung. Draußen blieb sie stehen, stieß einen Fluch aus und machte kehrt, um den Zettel wieder an sich zu nehmen. Doch die Wohnungstür war verschlossen.

9 Isaac, der seinem Vater bisher auf Schritt und Tritt gefolgt war und buchstäblich am Zipfel seiner Parka gehangen hatte, ging ihm seit einer Weile aus dem Weg. Er drückte sich vor den Talmudstunden, indem er Kopfweh vorschützte. Er weigerte sich, nach den Mahlzeiten zusammen mit seinem Vater das Dankgebet zu sprechen. Er gab seine Hebräischstunden auf. »Wer spricht hier schon Hebräisch? Nur du.«

Nialie hatte Angst, er könnte Henry zutiefst kränken, doch Henry behauptete, nicht weiter beunruhigt zu sein. »Diese Phase machen alle durch«, sagte er. »Gräm dich nicht.«

Obwohl erst zwölf Jahre alt, hatte Isaac lästige rote Pickel im Gesicht. Er kaute an den Fingernägeln. Er war im Stimmbruch. War er früher unzertrennlich von seinen Schulkameraden und immer zu Streichen aufgelegt, so mied er nun auch ihre Gesellschaft.

»Was ist mit deinen Freunden?« fragte Nialie ihn.

Schulterzucken.

»Ich habe dich etwas gefragt.«

»Ach ja?«

»Antworte.«

»Sie wollen immer nur Geld von mir.«

»Warum?«

»Weil wir soviel haben, sagen sie. Das stimmt doch, oder?«

Während Nialie sein Zimmer aufräumte, versuchte sie, sich einen Reim auf die Veränderungen zu machen. Die Poster von Hockeyspielern (Guy Lafleur, Yvan Cournoyer, Ken Dryden), mit denen früher die Wände vollgeklebt gewesen waren, hatte er durch eine Serie von McTavish-Etiketten ersetzt, die er vorsichtig von den Flaschen abgezogen hatte, nachdem diese lange im Wasser gelegen hatten, sowie durch ein Photo des McTavish-Gebäudes in der Fifth Avenue, das er aus dem letzten Vierteljahresbericht ausgeschnitten hatte.

»Was bedeutet ›bereinigte Dividende‹?« fragte er am Sabbat bei Tisch.

»Keine Ahnung«, antwortete Henry.

»Und ›Amortisierung des Goodwill-Werts und anderer immaterieller Vermögenswerte‹?«

»Ich fürchte, dein Vater ist in diesen Dingen ein *kloz* ersten Ranges.«

»Und was ist der ›Alte Bund‹?«

»Ah, jetzt kommen wir allmählich zur Sache. Wir sind Ahm Haberit, das Volk des Bundes. Den Bund hat Ribojnoj Schel Ojlom am Berg Sinai mit uns geschlossen, als er die Juden über alle anderen Völker der Erde erhob und uns von der ägyptischen Knechtschaft erlöste. Wie heißt Ägypten auf hebräisch?«

»Hab ich vergessen.«

»Komm schon.«

»Erez Mizrajim.«

»Genau. Ausgezeichnet. Jeder ist verpflichtet, sich so anzusehen, als wäre er selbst aus Erez Mizrajim ausgezogen, denn es steht geschrieben: ›Und du sollst deinem Kinde an jenem Tage darlegen, daß es nur lebt dank dessen, was der Herr für mich getan, als ich selbst aus Ägypten auszog.‹«

Heuchler, dachte Isaac und grinste. Heuchler, Heuchler.

»Schneide deinem Vater nicht so eine Grimasse.«

»Was kann ich dafür, daß ich so aussehe?«

»Geh auf dein Zimmer.«

Henry wartete eine Stunde ab und zupfte gedankenverloren an seinen Schläfenlocken, dann ging er in Isaacs Zimmer. »Ist etwas nicht in Ordnung, *jingelche*?«

»Nein.«

»Wenn du ein Problem hast, ich helfe dir gern.«

»Ich habe doch gesagt, es ist alles in Ordnung.«

Als Henry sich über ihn beugte, um ihm einen Gutenachtkuß zu geben, drehte Isaac das Gesicht weg.

»Meinst du, wir sollten uns einen Fernseher anschaffen?« fragte Henry.

»Nur, wenn wir ihn uns leisten können.«

Henry ging ins Wohnzimmer. Nialie brachte ihm ein Glas Zitronentee. »War er wieder gemein zu dir?«

»Nein.«

»Du siehst elend aus.«

»Mir geht es gut. W-w-wirklich.«

Ein paar Tage später ertappte Nialie Isaac dabei, wie er in

den Papieren in Henrys Rollpult kramte. »Was suchst du?« fragte sie ihn.

»Einen Stift«, antwortete er und zuckte zurück.

»Davon hast du jede Menge in deinem Zimmer.«

»Weißt du, wieviel er den Jeschiwes in Jerusalem spendet? Und erst dem Rebbe?«

»Es ist sein Geld.«

»Millionen und Abermillionen.«

»Schäm dich.«

»Ja, ja, ich weiß: Geh in dein Zimmer. Keine Angst, ich geh ja schon.«

Gleich darauf lauschte Isaac an der Tür und hörte, wie Nialie zu Henry sagte: »Du solltest deinen Schreibtisch abends abschließen.«

»Was habe ich schon zu verbergen?« fragte er.

Eine Menge, dachte Isaac. Wenn sie wüßte! Aber er würde es ihr nicht erzählen. Er traute sich nicht. Henry, der von aller Welt als frommer Mann, ja fast als Heiliger angesehen wurde, versteckte in seinem Schreibtisch schweinische Photos. Eindeutigere Photos, als Isaac je im *Playboy* gesehen hatte. Jemand hatte sie in einem schlichten braunen Umschlag aus England geschickt, und auf ihnen war eine nackte Frau zu sehen, eine richtige Bohnenstange, die mit einem oder manchmal auch zwei Männern die erstaunlichsten Sachen trieb.

Nialie stellte Isaac am nächsten Morgen beim Frühstück zur Rede. »Wie kannst du zu deinem Vater nur so gemein sein?« fragte sie.

Weil er ein Heuchler ist, dachte er, aber er sprach es nicht aus. Statt dessen funkelte er sie wütend an.

10 Moses mußte eine Nacht in Edmonton verbringen, bevor er am nächsten Morgen das Flugzeug nach Yellowknife nehmen konnte, und so stieg er im Westin ab und machte es sich in der Bar auf einem Hocker bequem. Sean Riley flimmerte über den Bildschirm. Er war gerade in Vancouver und

machte Reklame für den *Buschpiloten*, das Buch über seine spannenden Abenteuer im Land der Mitternachtssonne. Nachdem sie ein paar Gefälligkeiten und Schmeicheleien abgesondert hatte, holte die Frau, die ihn interviewte, eine gewisse Miss Lion und ehemalige Miss British Columbia, tief Luft, warf sich in die Brust und befragte Riley nach seiner aufsehenerregenden Bruchlandung im Winter 1964. Sein einziger Passagier, ein Bergbauingenieur, war auf der Stelle tot gewesen. Einen Monat später war Riley, den man schon aufgegeben hatte, aus der Tundra aufgetaucht und in Inuvik geradewegs in die Mackenzie Lounge gehumpelt.

»Soviel ich weiß, ging in Yellowknife damals das Gerücht um, daß Sie die schreckliche Katastrophe nur durch ... äh ... Kannibalismus überlebten. Wenn das stimmt«, sagte die Journalistin und wurde rot, »und – verflixt, wer sagt denn, daß jemand anders es nicht genauso gemacht hätte – wenn es also stimmt, dann sitze ich hier einem Mann gegenüber, der eine sehr, sehr ungewöhnliche Erfahrung gemacht hat, oder nicht?« Sie warf einen raschen Blick auf ihre Notizen und fuhr fort: »Was mich brennend interessiert, ist, wie sich eine so ungewöhnliche Erfahrung auf Ihre Persönlichkeit und Ihre Psyche ausgewirkt hat.«

»Wissen Sie, ich bin nicht gerade oft im Fernsehen. Macht es Ihnen etwas aus, wenn ich Molly Squeeze Play in Yellowknife grüße?«

»Wen?«

»Hallo, Molly. Wir sehen uns morgen im Gold Range. Klemm solange brav die Knie zusammen. Ha, ha, ha.«

»Haben Sie Alpträume?«

»Wegen Molly?«

»Nein, weil Sie zum Kannibalen geworden sind.«

»Tja, wissen Sie, da können sogar die besten Spareribs nicht mithalten. Es hat so gut und süß geschmeckt und hatte fast keinen Knorpel.«

In der Bar wimmelte es von Männern und Frauen mit Namensschildchen, Akademikern aus sämtlichen Ecken und Winkeln des Kontinents, die plaudernd beieinanderstanden und über das Thema »Wohin treibt unsere kleine Welt?« fachsimpelten. Als Moses seinen vierten doppelten Scotch in Angriff nahm, waren die meisten von ihnen schon verschwunden und nur eine Handvoll ausdauernder Zecher war übriggeblieben. Plötzlich kam eine Dame, die das gesellige Beisammensein offensichtlich verpaßt hatte, außer Atem hereingesegelt. Geschmeidig ließ sie sich auf dem Barhocker neben Moses nieder und bestellte einen Wodka mit Eis. »Prost«, sagte sie.

Sie hieß Cindy Dutkowski und trug ein hautenges Wollkleid und eine riesige Umhängetasche. Eine feurige Person war sie, mit widerspenstigem schwarzem Haar, zierlich, ungefähr vierzig. Sie unterrichtete Kommunikationswissenschaften an der Universität von Maryland. »Sagen Sie, täuschen mich meine Augen, oder habe ich Sie letzte Woche in Washington gesehen? Zusammen mit Sam Burns im Sans Souci?«

»Sie täuschen sich.«

»Ich wette, Sie sind auch ein Medienstar, und eigentlich müßte ich Ihren Namen wissen.«

»Tut mir leid, aber der sagt ihnen bestimmt nichts.«

»Sie können mir Ihren Namen ruhig sagen. Ich beiße nicht.«

»Moses Berger«, sagte er, unterschrieb die Rechnung für seine Drinks und wollte von seinem Hocker rutschen, doch sie schob ihn zurück.

»He, Sie sind ja richtig schüchtern. Das ist eine Art von Arroganz, wissen Sie? Es schützt Sie bei sehr intensiven zwischenmenschlichen Begegnungen vor Ablehnung. Ich habe Psychologie im Hauptfach studiert.« Sie selbst, erläuterte sie, führe eine offene Ehe, und sie und ihr Partner könnten deshalb ihr sexuelles Potential voll ausleben.

»Und das paßt Ihnen bestimmt verdammt gut in den Kram.«

»Ach, hören Sie auf. Muß ich es denn noch sagen? Wenn Sie Lust haben – ich bin dabei.«

Cindy Dutkowski hievte ihre riesige Umhängetasche hoch, und sie gingen auf sein Zimmer, nicht auf ihres, das sie mit einer richtigen Spießerin, wie sie sich ausdrückte, einer Dame aus Montana teilte, die sich immer im Badezimmer auszog. »Lassen Sie Ihrer Phantasie freien Lauf. Ich mache alles mit, solange es nicht zu pervers ist.«

»Mit dem Üblichen wäre ich schon zufrieden«, erwiderte Moses kleinlaut.

Für Fälle wie ihn hatte sie ein besonderes Repertoire parat: »Ich bin jetzt deine unnahbare, aber insgeheim ganz schön geile Lehrerin an der High-School, und du bist ein verklemmter Teenager. Ich habe zu dir gesagt, du sollst dich nach dem Unterricht bei mir melden, weil ich angeblich deine letzte Klassenarbeit mit dir durchsprechen muß, aber in Wirklichkeit habe ich dich dabei ertappt, wie du mir unter den Rock geschaut hast, als ich mich morgens auf dein Pult gesetzt habe, und das hat mich ganz schön angemacht. Jetzt gehst du raus auf den Gang und klopfst an meine Bürotür, aber erst, wenn ich ›Fertig‹ rufe. Kapiert?«

»Ich weiß nicht recht, wie ich mich benehmen soll.«

»Du hast ja wirklich von Tuten und Blasen keine Ahnung. Benimm dich einfach wie ein richtiger Kanadier.«

»Kapiert«, sagte er, schlüpfte aus dem Zimmer, ging auf Zehenspitzen zum Fahrstuhl und schnappte sich unten vor dem Hoteleingang ein Taxi. »Fahren Sie mich in eine Bar, wo keine laute Musik gespielt wird.«

Kurz darauf saß er wieder auf einem Barhocker und grübelte über die verblüffenden Zeilen von Beatrice nach. In Montreal war es jetzt drei Uhr morgens, trotzdem rief er sie an. »Was meinst du damit, daß das menschliche Fragezeichen Alexander Pope ist?« fragte er.

»Willst du damit etwa sagen, du erinnerst dich nicht?« erwiderte sie schroff.

Ihm brach der Schweiß aus.

»Ich sitze hier, kann nicht schlafen und heule, weil dir die Nachricht, die ich dir hingelegt habe, weh getan haben muß, *und du erinnerst dich nicht mal mehr an letzte Nacht*?«

Zerknirscht hängte Moses ein. Als er ins Hotel zurückkam, erwartete ihn eine böse Überraschung. Sein Koffer lag offen auf dem Boden und war halbleer. Es stellte sich jedoch heraus, daß sie nichts gestohlen hatte. Seine Hemden, Socken und Unterwäsche fand er im Bad, wo sie in der vollen Wanne schwammen.

Am nächsten Morgen brauchte Moses am Industrial Airport

gar nicht erst zu fragen, welches der richtige Ausgang für den PWA-Flug nach Yellowknife war. Die übliche Rotte von Nordlichtern hielt sich schon für den Abflug bereit. Ein Haufen untersetzter junger Eskimos mit öligem, nach hinten gekämmtem Haar, schwer mit Nieten beschlagenen, schwarzen Lederjacken, Röhrenjeans und Cowboystiefeln aus Vinyl. Frauen mit toupierten Hochfrisuren und dicken Mänteln, neben sich prall mit Waren von Woodward's gefüllte Plastiktüten. Außerdem war da noch eine Gruppe von Arbeitern aus dem Norden, die offenbar gerade aus dem Urlaub heimkehrten und unterwegs zu ihren Bohrtürmen oder Radarfrühwarnstationen waren, nachdem sie ihren Lohn mit Nutten durchgebracht und befriedigt festgestellt hatten, daß Frauen beschissen waren, daß das Leben beschissen war, daß einfach alles beschissen war. Sie sahen ziemlich ramponiert aus, diese stämmigen Kerle, und einer von ihnen hatte ein blaues Auge.

Nach seiner Ankunft in Yellowknife nahm sich Moses ein Taxi und fuhr geradewegs ins Gold Range, wohlwissend, daß er dort Sean Riley antreffen würde. Sean bestellte ein Bier und einen doppelten Schnaps, Moses entschied sich für einen schwarzen Kaffee.

»Ist es wieder mal soweit?« fragte Riley.

»Ja. Wie verkauft sich dein Buch?«

»Als ich ein kleiner Junge war, hat mich mein Alter mal beim Lügen ertappt und zur Strafe in den Holzschuppen eingesperrt. Jetzt bezahlt man mich dafür.«

Moses legte ein Photo auf den Tisch. »Hast du diesen alten Mann letzte Woche hier gesehen? Er hat wahrscheinlich versucht, ein Flugzeug zu chartern.«

»Mr. Corbeau? Der Naturforscher aus Kalifornien?«

»Genau.«

»Ich glaube, Cooney hat ihn letzten Mittwoch auf die King-William-Insel geflogen. Er hielt den alten Trottel für verrückt, weil er da draußen kampieren wollte. Er wurde aus ihm nicht ganz schlau. Jedenfalls hat Cooney erzählt, daß sich der Alte im Handumdrehen ein Iglu gebaut hat. Außerdem hatte er eine Menge Proviant dabei.«

»Könntest du mich hinfliegen?«

»Ja, und wenn es sein muß, würde ich ihn sogar finden.«

»Morgen früh?«

»Ich kassiere zehn Dollar pro Meile für die Otter und sechs für die Cessna, vorausgesetzt, du hilfst mir, mein Buch an den Mann zu bringen.«

»Wir nehmen die Otter, übernachten in Tulugaqtitut und schauen bei Henry vorbei.«

Henry und Nialie, die kurzfristig erfuhren, daß sie ihre Sabbattafel mit Gästen teilen würden, nahmen dies zum Anlaß, die *mizwe* der Gastfreundschaft, die *hachnasat orchim* zu zelebrieren, und sie bereiteten freudig die halbe Nacht Delikatessen vor. *Schalet. Gefillte Fisch.* Brathuhn. *Zimmes. Loksch* mit Rosinen. Honigkuchen. Der Tisch wurde mit dem besten Leinen gedeckt und, Moses zuliebe, ein fünfzig Jahre alter, kostbarer Cognac auf ein Serviertischchen gestellt. Isaac mußte baden, ein weißes Hemd mit Krawatte und ordentlich gebügelte Hosen anziehen, bevor er mit seinem Vater hinausging, um die gerade landende Otter willkommen zu heißen. Henrys Schläfenlocken tanzten im Wind.

*»Schalom alechem«*, rief Henry mit singender Stimme und umarmte Moses.

*»Alechem schalom.«*

Riley, der sich den beiden alten Freunden, die sich nur noch selten sahen, nicht aufdrängen wollte, willigte zwar ein, auf ein paar Drinks mit zu Henry nach Hause zu kommen, wollte aber nicht zum Abendessen bleiben. »Ich glaube, bei mir ist eine Grippe im Anzug«, sagte er. »Am besten, ich schau mal bei Agnes McPhee vorbei.«

*»Saj gesunt«*, sagte Nialie.

Nachdem sie die Kerzen gesegnet hatte, nahmen sie am Tisch Platz, und Henry sprach den traditionellen Segen für seinen Sohn. *»Jesimcha Elohim keEfraim vechi Menasche.«* Möge Gott dich beseelen, damit du in der Tradition Ephraims und Menasches fortlebst, die das Leben unseres Volkes voranbrachten.

Henry hielt erwartungsvoll inne, doch der schmollende Isaac antwortete erst, als er von Nialie einen Knuff bekam.

*»Harachaman hu jevarech et avi mori baal habajit hase veet imi mo-*

*rati baalat habajit hase.«* Gnädiger Gott, segne meine geliebten Eltern, die sich um Heim und Familie kümmern.

Isaac, der anfangs mit feindseliger Miene bei Tisch gesessen hatte, ertappte sich schon bald dabei, wie er über Moses' auf Henry gemünzte Frotzeleien kicherte. Es verblüffte ihn, daß es sich jemand ungestraft herausnehmen durfte, respektlose Witze über den Rebbe zu erzählen, und er war erstaunt, daß sein Vater mehr als einen Cognac trank. Zu Henrys großer Freude fiel Isaac sogar mit ein, als die beiden Männer anfingen, Sabbatlieder zu singen und dabei im Takt mit den Händen auf den Tisch klopften.

»Weißt du«, sagte Moses, »als ich deinen Vater kennenlernte, war er ungefähr so alt wie du jetzt. Wir saßen bei ihm im Zimmer auf dem Boden und spielten mit Zinnsoldaten die Schlacht von Waterloo nach.«

Dann zündete sich Moses selbstvergessen eine Montecristo an. Nialie war drauf und dran, gegen diese Entweihung des Sabbats zu protestieren, aber Henry brachte sie mit einem Wink zum Schweigen. Das war nun doch zuviel für Isaac. »Wieso darf Onkel Moses am Sabbat bei uns rauchen«, wollte er wissen, »und mir erlaubt ihr nicht mal, mit den Jungs Hokkey zu spielen oder fernzusehen, ohne mich zuvor einen schlechten Juden zu nennen.«

»Moishe ist nicht so sehr ein schlechter Jude, als vielmehr ein pflichtvergessener«, klärte Henry ihn auf.

»Ich kann sie ja ausmachen«, sagte Moses.

»Nein«, antwortete Henry, und zu Isaac gewandt, fuhr er fort: »Außerdem ist er nicht mein Sohn. Vergiß nicht, es ist eine *mizwe*, sein Kind die Tora zu lehren, und es steht geschrieben: ›Und diese Worte, die ich dir heute gebiete, sollst du zu Herzen nehmen; und sollst sie deinen Kindern einschärfen, und davon reden, wenn du in deinem Hause sitzest, oder auf dem Wege gehest …‹«

»Alles steht geschrieben«, sagte Isaac und kämpfte mit den Tränen, »auch, daß ich so ein mieses Leben führen muß. Wenn nämlich nicht gerade Sabbat ist, dann ist Tisch A Beaw oder Schawuot oder der Fasttag von Gedalja oder der Siebzehnte Tammus oder irgendein anderer Quatsch aus der Steinzeit. Ja, ja, ich weiß: Geh in dein Zimmer. Ich geh ja schon. Gute Nacht allerseits.«

»Oj weh«, sagte Henry und tat Isaacs Ausbruch mit einem nervösen Lachen ab. »Was für ein schwieriges Alter für einen Jungen. Vergib ihm, Moishe, er wollte nicht frech sein. Entschuldige mich einen Augenblick.«

Nialie wartete, bis Henry in Isaacs Zimmer gegangen war und die Tür hinter sich zugezogen hatte, dann sagte sie mit lauter Stimme: »Er klaut.«

»Weiß Henry das?«

»Nein, und du darfst es ihm auf keinen Fall sagen.«

»Warum nicht?«

»Tu es nicht.«

Gleich darauf kam Henry zurück, beladen mit Wetterkarten, allerlei Unterlagen und einem vor kurzem veröffentlichten Buch, in dem zahlreiche Passagen unterstrichen waren. »Laut Dr. Morton Feinberg, einem bedeutenden Klimaforscher, kommt einiges auf uns zu. Eine neue Eiszeit steht bevor, und sie wird der Zivilisation auf der nördlichen Erdhalbkugel, wie wir sie kennen, ein Ende setzen.«

»Gott sei Dank«, sagte Moses und streckte die Hand nach der Cognacflasche aus.

»In fünfzig oder sogar weniger Jahren werden die Länder am Äquator unseren Planeten beherrschen.«

»Henry«, sagte Moses gereizt, »so wie es früher eine Schule Hillels und eine Schule Schammajs gegeben hat, gibt es jetzt auch Fachleute, die behaupten, daß uns ein Tag des Jüngsten Gerichts ganz anderer Art bevorsteht. Sie sagen, alle Indizien weisen auf eine langsame Erwärmung der Erde hin, und zwar wegen des erhöhten Gehalts von Kohlendioxyd in der Atmosphäre, der den sogenannten Treibhauseffekt zur Folge hat. Aber egal. Statt dir Gedanken über das Ende der Welt zu machen, solltest du lieber über Isaac nachdenken.«

»Ich möchte, daß du dir diese W-W-Wetterkarten ansiehst«, sagte Henry.

»Es gibt bessere Orte, um einen Jungen großzuziehen, der bald ein Mann sein wird.«

Henry wartete, bis Nialie in die Küche ging. »Ich hoffe, daß er die Jeschiwe in Crown Heights besuchen wird.«

»Und was ist, wenn er nicht das Zeug zu einem Jeschiwebocher hat?«

»Schau dir bitte diese Wetterkarten an«, bat Henry ihn, den Tränen nahe, »und dann sag mir, ob sich die Erde wirklich aufheizt.«

Bevor Moses am nächsten Morgen mit Riley weiterflog, lud er Isaac zum Frühstück ins Sir Igloo Inn Café ein.

»Kann ich zu meinen Eiern ein bißchen Speck kriegen?« fragte Isaac.

»Nerv mich bitte nicht.«

»Du meinst, du darfst, aber ich nicht.«

Plötzlich tauchte Riley mit blutunterlaufenen Augen auf. »Wenn wir nicht in den nächsten zehn Minuten starten, kann es passieren, daß wir wegen schlechter Witterung tagelang hier festsitzen.«

»Warum schreiben wir uns nicht ab und zu, Isaac? Du könntest mich doch in den Sommerferien besuchen«, sagte Moses und bereute augenblicklich die Einladung. Er drehte sich zu Riley um und sagte: »Ich komme sofort, ich muß mich nur noch von Henry und Nialie verabschieden.«

Isaac näherte sich einer Gruppe von Jungen an einem anderen Tisch. Sie rückten prompt zusammen und machten ihm keinen Platz.

»Habt ihr den alten Knacker gesehen, der gerade rausgegangen ist?« fragte Isaac.

»Ja. Und?«

»Er hat meinen Vater gestern stockbesoffen gemacht.«

»Einen Scheiß hat er.«

Die Jungs standen einer nach dem anderen auf.

»Er hat früher meine Tante in London gebumst«, sagte Isaac.

»Ist ja 'n Ding.«

Isaac verstellte ihnen den Weg und wedelte mit einem Hundertdollarschein. »Den hier hat er mir gegeben«, sagte er.

»Quatsch, den hast du geklaut.«

»Er hat ihn mir geschenkt«, beteuerte Isaac und wurde rot.

»Dann können wir uns ja nach der Schule hier treffen, und die Rechnung geht auf dich.«

»Das wollte ich gerade vorschlagen.«

Es war gar nicht schwer, Mr. Corbeaus Camp auf der King-William-Insel zu finden. Bei Victory Point, rund fünfundsechzig Meilen von der Stelle entfernt, an der die *Erebus* zum letztenmal gesichtet worden war, war eine Art Landebahn angelegt worden. Während die Otter an Höhe verlor, machte Moses nahe der Küste ein Iglu aus. Kaum war die Maschine schliddernd zum Stehen gekommen, stieß Moses die Kabinentür auf, sprang aufs Eis und rannte auf das Iglu zu. Als er sich auf die Knie niederließ, um durch den Eingangstunnel zu kriechen, verfing sich sein Fuß in einem Stolperdraht, und gleich darauf sprang ein Kassettenrecorder an.

Ein Donnerschlag ertönte. Knistern von einem Lagerfeuer und wieder ein Donnerschlag. Dann verkündete eine salbungsvolle, pathetische Stimme in tiefem Bariton:

»Moses, Moses, tritt nicht heran, zieh deine Schuhe aus von deinen Füßen, denn der Ort, darauf du stehst, ist ein heilig Land!«

Scheißkerl. Hurensohn.

»Längst schon bin ich nicht mehr hier.«

Moses hatte es geahnt, denn er hatte Spuren von vier Hundeschlitten entdeckt, die vom Iglu wegführten. Viel zu spät konnte er jedoch nicht gekommen sein. Im Iglu, das von einem Coleman-Campingofen beheizt wurde, war es noch angenehm warm. Ein Karibufell war wie ein Teppich auf dem Boden ausgebreitet, und darauf lagen eine Flasche Dom Pérignon, eine Dose Beluga-Kaviar, ein Laib Schwarzbrot, zwei Bände von Solomons Tagebüchern und ein Zettel mit den Worten: »Wenn nicht ich, wer dann? Wenn nicht jetzt, wann?«

# FÜNF

1 Kurz nach seiner Ankunft in London wurde Ephraim in der Regent Street von einem dunkelhäutigen Mädchen angesprochen. Es war jung und keß, trug einen runden, flachen Hut mit einer feschen roten Feder, einen braunen Umhang und über einer Krinoline einen weiten Rock. An jedem anderen Nachmittag hätte Ephraim sie bereitwillig in ihre Herberge begleitet, selbst auf die Gefahr hin, daß dort ihr Zuhälter lauerte, aber es war sein erster Tag in London, und das überbordende Leben in den Straßen genügte ihm. Was für ein Lärm! Ratternde Omnibusse, Kutschen und Kaleschen, Droschken und gesattelte Reitpferde. Zerlumpte Jungen zogen Handkarren hinter sich her und fegten vor eleganten, in knisternde Satin- und Seidenstoffe gehüllten Damen den Kot von der Straße. Überall wimmelte es von streng dreinblickenden Männern mit schwarzen Zylindern. Als einer von ihnen mit gerötetem Gesicht aus einem Pub trat, wurde er von einem ausgemergelten alten Bettler belästigt, der mit zitterigen Händen Zündholzschachteln und kleine Stücke Siegelwachs feilbot.

Ephraim suchte sich einen entlegenen Winkel im Hyde Park, grub, von Gebüsch verdeckt, mit einer Kelle ein tiefes Loch und verbuddelte darin seine Ledertasche mit der goldenen Uhr, dem Gebetsschal und den Gebetsriemen und, bis auf zehn Shilling, seiner gesamten Barschaft. Die Kerzenleuchter behielt er jedoch unter seinem Hemd, weil er vorhatte, sie bei einem Pfandleiher in Whitechapel oder Spitalfields zu Geld zu machen.

Eine Zeitlang irrte er in dem Labyrinth aus elenden Mietskasernen hinter der Strand herum und kam ganz in der Nähe von St. Pauls heraus, wo ihn ein sonderbarer Gestank zu dem schlundähnlichen Eingang eines unterirdischen Schlachthauses führte, dessen mit einer dicken Kruste überzogene Wände Fett und Blut auszuschwitzen schienen. Als er neugierig stehenblieb, wurde er von Arbeitern beiseite gestoßen, die laut blökende Schafe in die Grube warfen, so daß sie sich schon die Beine brachen, noch bevor die unten auf sie lauernden, knöcheltief in glitschigen Eingeweiden und Kot watenden Schlächter mit ihren Messern über sie herfallen konnten. Ganz in der Nähe waren andere Männer eifrig zugange, ungeachtet herumschwirrender Fliegen und vorbeihuschender Ratten Fett aufzukochen, Knochenleim herzustellen und Därme zu putzen.

Auf der Hut vor Taschendieben und sonstigen Ganoven, legte Ephraim jedesmal Tempo zu, wenn er einen Schutzmann erspähte, und erreichte schließlich Whitechapel. Zwei besoffene Matrosen lagen vor einer Kneipe in ihrer eigenen Pisse. Einer von ihnen hatte ein zugeschwollenes, purpurrotes Auge, der andere eine gebrochene blutende Nase. Und dann erblickte Ephraim Marktstände, einen neben dem anderen.

Die Buden in der Petticoat Lane boten Äpfel, Austern und Heringe, billigen Schmuck, Stiefel, Spielzeug, Schneckenhäuser, Besteck und Feuerholz an. Ephraim kämpfte sich bis zum Earl of Effingham Theatre durch und gesellte sich zum lärmenden Mob im Inneren des Theaters. Die in ein mit funkelnden Pailletten besetztes, durchsichtiges Kleid gehüllte Jenny O'Hara, deren riesiger, rotgeschminkter Busen aus dem Korsett herausquoll, setzte sich auf eine Schaukel und sang:

»Bet Mild war ein Dienstmädchen,
und es gab da einen Ort,
an dem sie bediente zwei Damen fein,
die mit Namen hießen Scott.
Bet hatte ein ganz eigen Talent,
sie beherrschte alle Scherze,
des Nachts besorgte es den Damen sie
mit einer langen, dicken Kerze.«

Jenny hüpfte von der Schaukel, näherte sich mit trippelnden Schrittchen dem Rand der Bühne und fuhr fort:

»Doch hatte Betty einen Galan,
das war der Diener Ned.
Der schlüpfte nachts ins Zimmer
und kroch flugs unters Bett.
Da sah er, wieviel Spaß sie hatten,
und legte selber Hand an sich.
Er dachte: Viel besser als die Kerze noch
bin tausend Male ich.«

Die Summe, die man Ephraim im ersten Pfandhaus für die Kerzenleuchter bot, reizte ihn nicht; er schlug auch den kümmerlichen Betrag im zweiten Leihhaus aus. Als er gerade ein drittes Geschäft verließ und auf die Straße trat, wurde er dummerweise von einem Schutzmann geschnappt.

Ephraim vergoß heiße Tränen, ließ sich in die Gosse fallen und strampelte mit den Beinen, in der Hoffnung, das Mitleid der Passanten zu erwecken. Er behauptete, er sei Waise und der Hunger treibe ihn dazu, die Kerzenleuchter seiner geliebten Oma zu versetzen, doch die Geschichte verfing nicht. So verbrachte er seine erste Nacht in London im stinkenden Bauch eines verrotteten Seitentrakts des berühmt-berüchtigten Gefängnisses »Steel« (so benannt in Anlehnung an die Bastille) in Coldbath Fields.

Die anderen Knastbrüder musterten ihn von Kopf bis Fuß und prophezeiten ihm, daß er, sobald Sergeant Walsh seiner überdrüssig sei, im »Harem« abgesondert würde, bis er einen Beschützer gefunden hätte. Aber der halsstarrige Ephraim weigerte sich, für Sergeant Walsh die Hosen runterzulassen. Zur Strafe mußte er jeden Morgen in die Tretmühle und in brüllender Hitze ein Rad mit vierundzwanzig Speichen in Bewegung halten. Es drehte sich jedoch so schnell, daß Ephraim schier verzweifelte. Als dies nichts fruchtete, verdonnerte ihn Sergeant Walsh zu einer Woche verschärftem Drill im Gefängnishof. Bei dieser Übung mußte sich Ephraim mit anderen Gesetzesbrechern in einer Reihe aufstellen, wobei die Männer rund drei Schritte voneinander entfernt standen. Auf ein von Sergeant Walsh gebrülltes Kommando hin hatte jeder eine vierundzwanzig Pfund schwere Kanonenkugel hochzuhieven, sie zu seinem Nebenmann zu schleppen und an seinen Platz zurückzurennen, wo bereits eine weitere, vom Nebenmann auf der anderen Seite abgelegte Kanonenkugel auf ihn wartete. Diese Schikane dauerte gewöhnlich eine Stunde, manchmal auch länger, je nachdem, wie dringend Sergeant Walsh ein Bier brauchte. Als Ephraim Sergeant Walshs Annäherungsversuchen noch immer standhielt, mußte er für eine Weile an die Kurbel. Das hieß mit Hilfe einer Handkurbel eine mit Sand gefüllte Trommel zu drehen, wobei die Zahl der Umdrehungen von einem Zählwerk angezeigt wurde. Immer und immer wieder wurde er mit der Rute gezüchtigt. Eines Morgens fand man Sergeant Walsh in einer Latrine tot auf, seine Kehle war von einem Ohr zum anderen durchgeschnitten. Daraufhin stiegen Kriminalbeamte in die Niederungen des Steel, verhörten sämtliche Knastbrüder und setzten alle auf halbe Ration, peitschten die Männer wahllos aus, aber der Täter wurde nie ermittelt. Für Ephraim, einen der Hauptverdächtigen, verbürgte sich ein gewisser Izzy Garber. Er beschwor, der Junge habe Fieber gehabt und die ganze Nacht an seiner Seite geschlafen.

Der vorwitzige, erstaunlich einfallsreiche Izzy Garber, ein Zauberkünstler mit zottigem Haar und einer Brust wie ein Faß, war ein geborener Organisierer, dem nichts unmöglich war, nicht einmal in der trostlosen Beengtheit des Steel. Immer zum rechten Zeitpunkt förderte Izzy unter seinem abgetragenen Hemd Salamis, *kischkes*, Brathühner oder Käselaibe zutage, die er wer weiß wo und Gott weiß wie aufgetrieben hatte. Auch Tabak, Gin, indischer Hanf und lindernde Salben für die Striemen auf Ephraims geschundenen Rücken gingen ihm nie aus. Die anderen Häftlinge, ja sogar die Gefängniswärter behandelten Izzy voller Respekt und wandten sich immer dann an ihn, wenn es sich darum handelte, Zähne zu ziehen, Knochenbrüche zu richten oder Messerstiche zu nähen, wobei keinerlei Fragen gestellt wurden. Izzy, der immer und überall seine Jarmulke mit den eingestickten Worten »Ehre den Sabbat und halte ihn heilig« trug, war der imposanteste Jude, dem Ephraim je begegnet war. »Schau dir doch ihren Gott an oder den Gottessohn oder wie sie ihn nennen, diese

Schwachköpfe. Halte auch die andere Wange hin. Den Sanftmütigen gehört das Himmelreich. Mumpitz. Firlefanz für Muttersöhnchen. Wir dagegen haben einen wahrhaft rächenden Gott«, sagte Izzy einmal und hielt Ephraim seinen *siddur* unter die Nase. »Sprich dein Abendgebet. Es bringt nämlich nichts, sich's mit Jehova zu verscherzen, dem alten Judenschinder.«

Nicht nur dank Izzy machte Ephraim während seines Aufenthalts im Steel wertvolle Erfahrungen. Von Falschmünzern, die gewöhnlich in St. Giles, einem Tummelplatz von Halunken, zu Werke gingen, lernte er, wie man ein Konterfei prägte und daraus eine passable Münze stanzte. Er ging bei Taschendieben seines Alters in die Lehre, und schon bald meinten sie, er sei geschickt genug, um sich einer Langfingerbande anzuschließen, aber er hatte nicht vor, sich einem jugendlichen Anführer unterzuordnen, sobald er aus dem Gefängnis käme.

*»Nischt far dich«*, meinte Izzy Garber.

Ein Mitglied einer Bande von Straßenräubern aus Seven Dials brachte Ephraim bei, wie man jemanden garrottiert. Am meisten lernte er jedoch von Izzy. Eines Nachts erzählte er Ephraim, wie er als Quacksalber und Schwindelpriester von einem Markt zum nächsten gezogen war, um Geld für die Missionierung der Wilden an der Goldküste aufzutreiben. »Denn siehe, des Herrn Tag kommt grausam, zornig, grimmig, das Land zu zerstören und die Sünder draus zu vertilgen.« Ein andermal rief sich Izzy seine Zeit als Berufsbettler in Erinnerung. Er erzählte Ephraim, wie er sich vor einer Kirche postiert und, sobald die Gläubigen heraustraten, auf den Boden geworfen und krampfartige Zuckungen vorgetäuscht hatte. Dabei hatte sich vor seinen Lippen dramatisch aussehender Schaum gebildet, den er durch kleine Seifenstückchen unter der Zunge erzeugte. Wenn ihn dann ein paar Mitglieder der Kirchengemeinde mitleidig umringten, zückte er einen Brief.

> Hiermit wird allen, für die es von Belang sein mag, bescheinigt, daß sich die mit Biberpelzen aus Rupert's Land beladene *Exemplar* unter Kapitän Staines auf der Rück-

reise von Kanada nach Liverpool befand, als besagtes Schiff vor den Ufern Neufundlands in einen gewaltigen Sturm geriet, entmastet wurde und schließlich auf einen Eisberg auflief. Obengenanntes Schiff sank, und lediglich der Zweite Maat sowie drei Mitglieder der Besatzung, Inhaber dieser Bescheinigung, konnten dem nassen Grab entkommen. Die Überlebenden wurden an Bord der Brigg *Gloriana* unter Kapitän Wescott genommen, wie es die Menschlichkeit gebot, und im Tilbury Dock an Land gebracht. Wir, der Oberzollinspektor und ein Friedensrichter Seiner Majestät in besagtem Hafen, bescheinigen und beglaubigen hiermit das Schiffsunglück und ermächtigen ISRAEL GRANT, dieses Zertifikat vom heutigen Tag an achtundzwanzig Tage lang vorzuweisen und von ihm Gebrauch zu machen, damit ihm während dieses Zeitraums die Hilfe zuteil wird, die vonnöten ist, damit er zu Frau und Kindern auf den Äußeren Hebriden zurückkehren kann. Dieses Zertifikat bietet weiterhin Gewähr, daß er auf besagter Reise weder von der Polizei noch von anderen Amtspersonen aufgehalten werden darf, unter dem Vorbehalt, daß vom Inhaber dieses Schreibens kein Landfriedensbruch oder eine andere nachweisbare Gesetzesübertretung begangen wird.

Für die Richtigkeit dieses Schreibens zeichnen:

| | |
|---|---|
| Magnus McCarthy, Oberzollinspektor | £ 1-0-0 |
| Archibald Burton, Friedensrichter | £ 1-0-0 |

Gegeben in Liverpool am 27. Januar 1831
GOTT SCHÜTZE DEN KÖNIG

Angesichts seiner Kenntnisse in Schönschrift und Latein und der Kontakte, die er im Steel geknüpft hatte, spielte Ephraim mit dem Gedanken, sich als Schreiber niederzulassen, wenn er die Gefängnisstrafe erst einmal abgesessen hätte. Izzy war mit seinem Schützling zufrieden. »Für einen jungen Jid schickt es sich nicht, Straßenräuber oder Wagendieb zu werden. Vergiß nicht, *zazkele*, wir sind das Volk des Buches.«

»Wie kann ich dich finden, wenn ich hier erst mal raus bin?«

»Keine Sorge«, sagte Izzy. »Ich werde dich finden.«

Nach seiner Entlassung buddelte Ephraim im Hyde Park das versteckte Geld aus, besorgte sich Feder, Tinte und Pergament und quartierte sich in einer Herberge in Whitechapel ein. Schon nach wenigen Monaten florierte das Geschäft. Nach Einbruch der Dunkelheit zog er auf der Suche nach Izzy Garber durch Kneipen, Bordelle und Spielhöllen – vergeblich. Tagsüber arbeitete er hart. Er schrieb Bittbriefe für notleidende Geistliche. »Milady, ich bekleidete im Krieg auf der Iberischen Halbinsel den Rang eines Hauptmanns. Nachdem ich wegen meiner schweren Verletzungen vom Dienst freigestellt worden war, schlug ich mich mit Mühe und Not durch, doch unglücklicherweise...« Mit scharfem Auge studierte er die Todesanzeigen in der *Times*, und bisweilen schickte er ein passend gekleidetes Mädchen mit einem vor den Bauch gebundenen Kissen zum vornehmen Domizil der Hinterbliebenen eines soeben verschiedenen Gentlemans. Das Püppchen hatte einen Brief dabei, in dem stand, daß es von dem Verstorbenen verführt worden sei und nun ein Kind von ihm erwarte, jedoch ohne die geringsten Mittel dastehe, da ihre Familie sie verstoßen habe, und obschon sie die Angelegenheit nicht gerne publik machen wolle...

Seine brillant abgefaßten Schreiben unterzeichnete er mit Namen von Schiffskapitänen, Pfarrern, Generalmajoren und Lords des englischen Königreiches, und sie waren mit herzerweichenden Bitten, hübsch eingeflochtenen lateinischen Phrasen und trefflichen Bibelzitaten garniert.

Ephraims erfinderische Feder war so gefragt, daß er sich schon bald einen Chapeau claque, eine weiße Weste, eine elegante Tabaksdose und ein seidenes Taschentuch leisten konnte. Er wurde einem Theaterdirektor empfohlen, der eine Bordellkette betrieb und ihm eine Stellung anbot. Ephraim schlug das Angebot aus, doch begleitete er den Direktor zu einem Boxkampf und wurde Zeuge, wie Ikey Pig, ein Jude, übel zugerichtet wurde. Trotzdem hatte Ephraim Blut geleckt, und Boxkämpfe wurden für ihn zu einer regelrechten Sucht. Als er wieder einmal mit dem Direktor unterwegs war, hatte ein amerikanischer Neger, ein entlaufener Sklave, doch tatsächlich die

Stirn, zum Wettkampf um den heißbegehrten Titel des Boxmeisters von England anzutreten. Pierce Egan schrieb über diesen Wettkampf: »... daß ein AUSLÄNDER die Dreistigkeit besaß, den Titelverteidiger herauszufordern, begierig auf die Genugtuung, dem britischen Meister die Mütze vom Kopf zu reißen, und auf die Ehre, sie selbst zu tragen oder sie gar aus GROSSBRITANNIEN zu entführen, diese verwegene Vorstellung hätte sich nie im Herzen eines Engländers einnisten können.«

Ephraim, der allmählich die Hoffnung aufgab, Izzy je wiederzufinden, wurde Stammgast in Laurent's Dancing Academy in der Windmill Street, in den Argyll Rooms und natürlich in Kate Hamiltons Nachtclub, wo er damit angab, der Liebling von Thelma Coyne zu sein, die er sich in einer Wohnung in Holborn als private *poule-de-luxe* zu halten gedachte.

Als er eines Abends das Piccadilly-Viertel durchstreifte, wurde ihm zum erstenmal in seinem Leben eine – zugegebenermaßen falsche – Vorstellung von Kanada vermittelt. Auf einem Theaterplakat las er:

EGYPTIAN HALL
Piccadilly
SOEBEN EINGETROFFEN
Nordamerikanische INDIANER
aus Kanada
werden in obengenannter Halle
um zwei Uhr nachmittags sowie
um acht Uhr abends einen
GROSSEN INDIANISCHEN RAT
abhalten.
Die gesamte Gruppe tritt in
TRADITIONELLEN KOSTÜMEN
vor einem Wigwam unter
Zurschaustellung sämtlicher Kriegswaffen auf.

DER HÄUPTLING
*wird einen Apfel vom Kopf eines Knaben schießen!*

Menschen werden zum Schein skalpiert!
Etwas in diesem Lande noch nie Dagewesenes!

KRIEGSTANZ
in dem die Indianer ein wahrhaftiges Beispiel ihrer UNBEZÄHMBAREN WILDHEIT geben werden, in die sie sich vor einem Kampf mit dem Feind hineinsteigern.

BEGRABUNG DES KRIEGSBEILS UND RAUCHEN DES KALUMETS (FRIEDENSPFEIFE)

Auf einer kleinen Notiz, die auf das Plakat geklebt war, stand zu lesen:

Wegen *heiliger* STAMMESRITEN
finden am Mittwoch, dem 6. Oktober, und am Donnerstag, dem 7. Oktober, keine Vorstellungen statt.

Das Spektakel in der Egyptian Hall begeisterte Ephraim, aber der Häuptling kam ihm suspekt vor, und das ließ ihm keine Ruhe. Deshalb schlich er nach der Vorführung hinter die Bühne. Aus der Garderobe des Häuptlings drangen laute Stimmen.

*»Paskudnjak! Mamser!«*

*»Hak mir nit hajn tschajnik.«*

*»Wer derharget!«*

In seinen Ahnungen bestätigt, stieß Ephraim freudig mit dem Fuß die Tür auf. Der zottige Häuptling mit der Brust wie ein Faß ging blitzschnell hinter einem Paravent in Deckung. Sein fülliges Weib hob wütend ein Kriegsbeil.

»Komm da raus, Izzy!«

»Ephraim!«

Die beiden ehemaligen Knastbrüder umarmten sich. »Ich habe dir ja gesagt, daß ich dich finden würde«, sagte Izzy, wandte sich zu seiner Frau um und erklärte: »Der Bursche hier kann Knochen fast so gut richten wie ich. So was kann man niemand beibringen. Dafür muß man ein Händchen haben.«

Später gingen sie durch rußige Nebelschwaden hindurch zu einer nach Knoblauch riechenden, rauchgeschwängerten Garküche im Keller eines Hauses in Soho, die bis spätnachts geöffnet war und wo die Truppe und andere zwielichtige Nachtvögel bewirtet wurden. Dralle Serviererinnen in fleckigen, tiefausgeschnittenen Blusen kämpften sich, volle Bierhumpen hochstemmend, durch das Gedränge und stießen vorwitzige Hände beiseite, wobei ihre Flüche in einer Kakophonie aus Jiddisch, Griechisch und Italienisch untergingen. In einer von einer Gaslampe erhellten Ecke feilschte ein alter Schmuckverkäufer, der sich ein Vergrößerungsglas in ein Auge geklemmt hatte, mit einem ernst dreinblickenden, schnauzbärtigen Sikh. An Izzys Tisch wurden Platten voll gehackter Leber und fetten Heringen aufgetragen, gefolgt von dampfenden Schüsseln mit gefüllten Kaldaunen, gekochtem Fleisch aus der Weiche, in Hühnerfett getränkter *kasche* und Kartoffelkräppel. Gegen den Lärm anbrüllend, gratulierte Ephraim Izzy zu der ausverkauften Egyptian Hall und erkundigte sich dann, weshalb am Mittwoch und Donnerstag der kommenden Woche keine Vorstellungen stattfinden sollten.

Pikiert erwiderte Izzy: »Ich finde, es wäre höchst unpassend, wenn wir am Jom Kippur einen Kriegstanz aufführen würden.«

»*Got sej dank*«, sagte Mrs. Garber.

Worüber Ephraim schließlich stolpern sollte, und nicht zum letztenmal, war eine gefährliche Mischung aus Eitelkeit, Begierde und Skrupellosigkeit. Nachts empfing er in seiner Dachkammer oft zwei ausgesprochen kesse irische Mädchen vom Land, die Sullivan-Schwestern. Die liebenswürdigen Mädchen, die in derselben Herberge wohnten wie er, streiften tags als Taschenspielerinnen und nachts als Prostituierte durch die Straßen der Stadt. Wenn Ephraim mal richtig über die Stränge schlagen wollte, spendierte er den beiden einen Abend im Eagle und lud sie großspurig in eine Loge ein. Nicht so sehr wegen der eher bescheidenen Summe, die dabei heraussprang, sondern vielmehr, weil er es als eine Art Sport betrachtete, zog Ephraim mit ihnen in manchen Nächten los und ging auf Bauernfang. Die beiden Schwestern postierten sich unter einer

Gaslampe, lachten sich einen betucht aussehenden Zecher an, vorzugsweise einen Provinzler, und bezirzten ihn so lange, bis er sie auf ein Gläschen in eine Kneipe einlud, in der Ephraim auf sie wartete. Im dichten Gedränge an der Theke streichelte Dotty den Mann, knabberte an seinen Ohrläppchen und sang leise:

»Hör mal du, was ist denn das,
frecher Johnny, geiler Johnny,
was du zwischen den Beinen hast,
frecher Johnny, geiler Johnny?
Was schwillt denn da so kräftig an,
frecher Johnny, geiler Johnny?«

Unterdessen zog Kate ihm den Geldbeutel aus der Tasche, und normalerweise war der Fall damit erledigt. Doch wenn das Opfer etwas merkte und Krach schlug, trat Ephraim als Dritter im Bunde auf den Plan. Empörung heuchelnd, kämpfte er sich mit den Ellbogen zu dem Bestohlenen durch, nahm ihn lautstark in Schutz und versicherte ihm, daß er alles gesehen habe. Sobald Kate ihm die Beute zugesteckt hatte, raste Ephraim davon und tat so, als würde er einen Schutzmann holen. In Wahrheit jedoch eilte er zurück zu seiner Unterkunft, entkorkte eine Flasche Rotwein, stellte sie auf den Nachttisch und wartete auf die Mädchen. Notfalls ließen sich die Mädchen in der Kneipe sogar durchsuchen, beteuerten ihre Unschuld und heulten, weil man sie in ihrer Ehre verletzt hatte – bis das Opfer hinaus in den Nebel floh.

Diese Art von Bauernfang wurde zu einer solchen Plage, daß Anfragen im Parlament eingereicht wurden. Aufgebrachte Bürger schrieben an die *Times* und empörten sich über die Unfähigkeit von Scotland Yard. Es kam, wie es kommen mußte: Eines Abends entpuppte sich das Opfer der Schwestern als Kriminalbeamter, der seinerseits mit einem Kollegen zusammenarbeitete. Dieser folgte Ephraim, als er die Kneipe verließ, und schnappte ihn, als er gerade seine Herberge betreten wollte. Normalerweise wäre Ephraim auch diesmal wieder mit einer Haftstrafe von sechs Monaten davongekommen, hätte der Kriminalbeamte nicht darauf bestanden, die Dachkammer zu inspizieren.

»Sie sehen das falsch, Sir«, sagte Ephraim, »ich wohne nicht hier bei dem Judenpack, und ich hatte keine Ahnung, daß mir diese Mädchen heimlich die Geldbörse von dem Gentleman in die Tasche gesteckt hatten.«

»Warum sind Sie dann hier stehengeblieben?«

»Sie werden jetzt bestimmt schlecht von mir denken, Sir, aber ich bin hergekommen, um auf diese durchtriebenen Luder in ihrem Zimmer zu warten. Mein Vater ist bei Trafalgar gefallen. Meine arme verwitwete Mutter ist ruiniert. Und ich selbst bin das Opfer meiner eigenen Begierde.«

Eine Durchsuchung von Ephraims Weste förderte jedoch eine der Visitenkarten zutage, die er dummerweise hatte drukken lassen und auf der genau diese Adresse stand. Daraufhin stieg der Kriminalbeamte mit Ephraim in dessen Dachkammer. Der Arbeitstisch war mit Bettelbriefen übersät, die darauf warteten, von den Kunden abgeholt zu werden. Im Wandschrank fand sich Einbrecherwerkzeug, das eigentlich gar nicht Ephraim gehörte, von ihm jedoch für einen Bekannten, einen auf Bewährung entlassenen Straftäter, verwahrt wurde. Ein Handbohrer mit austauschbarem Bohrkopf; ein Brecheisen; ein Satz Dietriche und eine Stahlfräse. Wie sich herausstellte, war die ganze Schublade mit gefälschten Amtssiegeln gefüllt. Ein anderes Schubfach quoll über vor seidenen Taschentüchern, die nicht Ephraim, sondern den Sullivan-Schwestern gehörten, aber das rettete ihn auch nicht mehr. Als sich der Kriminalbeamte Notizen machte, stürzte sich Ephraim auf ihn, schlug ihn nieder und rannte die Treppe hinunter, geradewegs in die Arme des anderen Kriminalbeamten, der soeben mit den Sullivan-Schwestern im Schlepptau die Herberge betreten hatte.

»Da ist er«, kreischte Dotty, »der Zuhälter, der uns zu diesem sündigen Leben gezwungen hat.«

»Er nimmt uns unser ganzes Geld ab«, zeterte Kate.

2 Der fette, wabbelige Mann von der Radarfrühwarnstation bot ihm zwanzig Dollar, doch Isaac wollte nicht. Statt dessen machte er weiter wie bisher. Für fünf Dollar traf er den Mann einmal in der Woche auf dem Klo des Sir Igloo Inn Cafés und rubbelte sein Ding so lange, bis es losspritzte. Diesmal gab ihm der Mann zusätzlich zwei handgedrehte Zigaretten. »Das ist ein ganz besonderer Tabak, Junge. Wenn du ihn magst und mehr davon willst, können wir vielleicht noch mal über die andere Sache reden.«

Isaac konnte seine Einkünfte nicht fürs Kino ausgeben, weil es kein Kino gab. In Tulugaqtitut gab es überhaupt nichts. Angeödet und wütend streunte Isaac durch die Siedlung und verfluchte sie. Wie immer blieb er kurz an der Stelle stehen, von der aus er in das Schlafzimmer von Krankenschwester Agnes McPhee sehen konnte. Sie zog nur selten die Vorhänge zu, und mehr als einmal hatte er Agnes dabei beobachtet, wie sie es mit einem von den Buschpiloten trieb und die nackten Beine zappelnd der Zimmerdecke entgegenstreckte. Doch heute zog sie sich nicht aus. Also schlenderte er zur Handelsniederlassung der Hudson Bay Company. Ian Campbell blickte sofort argwöhnisch auf und schob die Rechnungsbücher beiseite, um ihn im Auge zu behalten. »He, Isaac«, rief Campbell laut, damit die anderen Kunden aufmerksam wurden. »Hat sich dein Vater schon entschieden, was für ein Boot er haben will?«

Allen außer Nialie war klar, daß sein Vater ein Spinner war. »Das geht Sie überhaupt nichts an«, schnauzte Isaac.

»War ja nur 'ne Frage, Junge. Sieht nämlich nach Regen aus.«

Mit jedem Postflugzeug kamen für Henry große, elegante Päckchen von Schiffsreedern wie C. van Lent & Zonen Kaag, Abeking & Rasmussen, S. E. Ward & Co., Hitachi Zosen. Jedem Päckchen lagen Schreiben mit Lobeshymnen von zufriedenen Scheichs, internationalen Waffenhändlern und Hollywood-Moguln bei. Weiterhin enthielten sie Farbphotos, detaillierte Schiffsbaupläne und jedesmal einen persönlichen Brief vom Konstrukteur.

Keiner von ihnen hatte begriffen, worum es Henry ging. Er verlangte nichts Unmögliches. Er wollte kein Schiff, das aus dem Holz der Arche Noah gebaut war oder dreihundert Ellen lang, fünfzig Ellen breit und dreißig Ellen hoch war. Er interessierte sich nicht für Motoren vom Typ Twin MTU oder U25 HP Caterpillar D-353. Zwar war er nicht so töricht zu glauben, daß seine Nachkommen, sobald die Zeit reif wäre, eine Taube ausschicken würden – oder, was Ephraims Abkömmlingen angemessener wäre, einen Raben –, aber deshalb brauchte man nicht gleich einen Landeplatz für einen Hubschrauber vom Typ Bell Jet Ranger III. Aller Wahrscheinlichkeit nach würde es keinen Treibstoff geben, und sie würden auf den Wind in ihren Segeln angewiesen sein. Deshalb dachte Henry an ein dreimastiges Schiff nach dem Vorbild der Schoner aus der Zeit der Jahrhundertwende oder möglicherweise auch an einen Windjammer oder an einen dieser Rahsegler, wie sie einst in den Maritimes gebaut worden waren.

»Bitte hör auf damit«, bat Isaac.

»Warum, *jingelche*?«

»Hör auf damit.«

»Sag mir einen Grund.«

»Alle lachen schon über uns. Ist das nicht Grund genug?«

»Schämst du dich für mich?«

»Ja, aber nicht nur deswegen«, sagte Isaac und rannte davon.

Henry saß an dem mit Kostenvoranschlägen und Prospekten übersäten Rollpult mit den zwei Einschußlöchern, wandte sich trostsuchend seinem Pentateuch zu, schaukelte mit dem Oberkörper vor und zurück und las: »Und der Herr sprach: Ich will die Menschen, die ich geschaffen habe, vertilgen von der Erde, vom Menschen an bis hin zum Vieh und bis zum Gewürm und bis zu den Vögeln unter dem Himmel; denn es reut mich, daß ich sie gemacht habe.«

Natürlich konnte dies nie wieder geschehen. Gott hatte einen Bund geschlossen. Er hatte seinen Bogen in die Wolken gesetzt. Aber der Menschen Bosheit war groß auf Erden, und die Zustände, die heutzutage herrschten, waren so schlimm wie zu Noahs Zeiten. Gottes Strafe, davon war Henry überzeugt, wäre eine neue Eiszeit, gefolgt von Fluten, und deshalb wäre ein gut ausgerüstetes Schiff unentbehrlich, wollte man überleben. Einstweilen studierte Henry die warnenden Vorzeichen.

Ein Bericht der CIA sagte katastrophale klimatische Veränderungen voraus, die die Welt in einen Zustand wie vor mehreren Jahrhunderten zurückversetzen würden. In dem Bericht, der der *Washington Post* zugespielt worden war, war von Hungersnöten in naher Zukunft die Rede.

> Die Abkühlung der Erde wird zu immer verzweifelteren Versuchen seitens der mächtigen, jedoch hungerleidenden Nationen führen, sich mit allen Mitteln Getreide zu beschaffen. Massenhafte Migrationen werden an der Tagesordnung sein, politische und wirtschaftliche Instabilität zur Folge haben.

Henrys Aktenordner enthielt außerdem einen Artikel, den er erst kürzlich aus dem in Edmonton erscheinenden *Journal* ausgeschnitten hatte.

> Die These, daß sich unser Planet abkühlt, wurde am nachdrücklichsten von Reid Bryson, Professor für Meteorologie und Geographie an der Universität von Wisconsin, vertreten.
>
> Zwischen 1880 und 1940 sei die Temperatur auf der Erde im Durchschnitt um ein Grad Fahrenheit gestiegen. Seitdem sei sie um etwa ein halbes Grad gesunken.
>
> Bryson führt an, die Zeit von 1930 bis 1961 sei eine außergewöhnlich milde Klimaphase gewesen, die man fälschlicherweise für den Normalzustand gehalten habe. Aufgrund der sinkenden Temperaturen auf der Erde und historischer Daten sei er zu der Überzeugung gelangt, daß das Wetter in den kommenden Jahren unvorhersehbarer denn je sein werde – mit verheerenden Folgen.

Kaum waren seine Eltern zu Bett gegangen, zündete sich Isaac in seinem kleinen Zimmer die handgedrehte Zigarette an und legte eine Kassette ein.

Ein Sturm heulte über die Arktis. »Als wir Käpt'n Al Kohol

letzte Woche verließen«, begann der Erzähler, »hatte er sich in einem Fischernetz verfangen und war nur um Haaresbreite vom Tod entfernt. Zutiefst erschrocken, weil es dem goldhaarigen Fremden nach Jahrhunderten gelungen war, seinem Sarg aus Eis zu entkommen, waren die Männer aus dem Eskimodorf über ihn hergefallen, hatten ihn überwältigt und schickten sich nun an, dem hünenhaften Fremdling eine Harpune ins Herz zu stoßen.«

»Nein!« schrie Kirnik. »Wir bringen ihn auf einem Schlitten zu Dr. Fantom. Der Doktor kann ihm ein Mittel geben, damit er einschläft. Wenn er dann schläft, holen wir die Polizei.«

»Also packten die Männer aus Fish Fjord das mächtige Muskelpaket, dessen ungeheurer Körper noch immer in den Maschen des Netzes verstrickt war, auf einen Hundeschlitten«, fuhr der Erzähler fort. »Sie nahmen Kurs auf die finstere Behausung von Dr. Fantom, einem abtrünnigen Arzt, der die Welt der klassischen Medizin hatte fliehen müssen und seitdem seine zweifelhaften Fertigkeiten in einem Unterschlupf im hohen Norden praktizierte. Dr. Fantom beugte sich über den Riesen im Netz.«

»Ich bin Käpt'n Al Kohol von der Intergalactic 80 321. Sie haben kein Recht, mich so zu behandeln.«

Hämisch kichernd antwortete Dr. Fantom: »Immer mit der Ruhe. Entspannen Sie sich. Ich bin Frederick Fantom, Doktor der Medizin. Sie können mich Fred nennen. Ich werde Sie Al nennen. Ist das nicht lustig, meine Herren? Sehen Sie sich unseren neuen Freund an. Er heißt Al Kohol. Was für ein wahrhaft berauschendes Vergnügen, Ihre Bekanntschaft zu machen. Und jetzt geben Sie mir Ihren Arm, mein Freund. Es tut überhaupt nicht weh.«

»Kommen Sie mir mit der Nadel nicht zu nahe, Sie Quacksalber. Das ist medizinische Körperverletzung«, protestierte Käpt'n Al Kohol, schon ganz benommen.

»Kommen Sie, ich flöße Ihnen was zum Aufmuntern ein. Hochprozentigen Rum«, sagte der Arzt. »Seien Sie ein braver Patient, Al, und machen Sie schön den Mund auf.«

Geräusche wie bei einem Handgemenge. Gurgeln, Plätschern, glucksendes Schlucken.

»Schauen Sie«, rief Kirnik erschrocken. »Sehen Sie sich seine Augen an. Schauen Sie mal, wie sich sein Gesicht verändert.«

Käpt'n Al Kohol fing an zu brüllen. »Ich bringe euch um! Ich bringe euch alle um! A-a-rgh-h-h-h!«

Das Netz riß. Die Eskimos schrien und heulten vor Angst, als Käpt'n Al Kohol sich auf sie stürzte.

»Was ist denn das?« fragte der Erzähler. »Käpt'n Al Kohol, der Held der intergalaktischen Flotte, bekommt einen Tobsuchtsanfall, nur weil er ein Gläschen Rum getrunken hat?«

Da verkündete eine andere Stimme: »*Der Leidensweg von Käpt'n Al Kohol* ist ein Hörspiel von E. G. Perrault nach einer Comic-Serie, die Art Sorensen für die amtliche Antialkoholismus-Kampagne in den Nordwestterritorien geschrieben hat.«

Als die Kassette zu Ende war, griff Isaac unter seine Matratze und holte den Ordner mit Photographien von New York hervor, die er aus *Time, Newsweek* und *People* ausgeschnitten hatte. Photos von der Welt da draußen, wo das größte Ereignis nicht die Ankunft einer Otter aus Yellowknife war, die Sonne nicht für viele bitterkalte Monate hinter dem Horizont verschwand. Photos von Filmstars, Industriemagnaten und Mannequins. Er hatte an seinen Onkel Lionel geschrieben, ihn an seinen Besuch erinnert, ihn eingeladen, bald wiederzukommen und mit den Worten »Dein Bewunderer Isaac« unterschrieben. Als Antwort darauf hatte Lionel eine Modelleisenbahn geschickt, beiliegend eine von seiner Privatsekretärin unterzeichnete Karte.

Am nächsten Abend versetzte Isaac seinen Vater beim Abendessen in helle Freude, als er mit ihm zusammen hingebungsvoll das Tischgebet sprach und ihn fragte, ob sie ihr Talmudstudium wiederaufnehmen könnten. Sie hatten erst eine Woche hinter sich gebracht, da brach Isaac bei Tisch in Tränen aus.

»Was ist denn, *jingelche*?«

»Bitte schick mich nicht nach Yellowknife in die Schule. Ich möchte in Brooklyn auf die Jeschiwe vom Rebbe gehen.«

Henrys Augen strahlten, er tanzte mit seinem Sohn durchs Zimmer und sang: *»Schtejt ojf, schtejt ojf, la-awodas Habore.«* Stehet auf, stehet auf, zu tun das Werk des Schöpfers.

Nialie sah mit ausdruckslosem Gesicht zu. Sie hatte Angst um sie beide.

3 September 1916. Solomon, jetzt siebzehn Jahre alt, für sein Alter etwas klein geraten, jedoch drahtig und von der Präriesonne nußbraun gebrannt, hockte hinter dem Queen Victoria Hotel zusammen mit Bernard und Morrie auf dem Zaun des Korrals. Der pummelige Bernard, der das Haar in der Mitte gescheitelt und schon stolzer Besitzer eines dreiteiligen Anzugs aus grauer Serge, eines Homburgs und Gamaschen war, lutschte ein Karamelbonbon. Morrie, der wie gewöhnlich an einem dicken Stück Holz herumschnitzte, war unruhig, seit Solomon sich zu ihnen auf den Zaun gesetzt hatte, denn er kannte Solomons Drang, Bernard auf die Palme zu bringen, nur allzu gut. Nach Fliegen schlagend und in die Sonne blinzelnd, warteten die Gurskybrüder darauf, daß der Verkauf begann. Aaron hatte Hardy eine schnaubende Herde wilder, störrischer Mustangs abgekauft und wieder einmal zuviel bezahlt, und jetzt hoffte er, sie an die Farmer weiterzuverkaufen, von denen die meisten Schulden bei ihm im Geschäft hatten. Zu dieser Zeit waren die Gurskys schon in die Stadt umgezogen und wohnten über ihrem Laden:

A. Gursky & Söhne
Gemischtwarenhändler
Importeure von strapazierfähigen
und feinen Stoffen
Alleinvertrieb von
Dr. Colbys berühmten Abführ- und
Beruhigungspillen, unerreicht in der
Förderung eines regelmäßigen Stuhlgangs

Ein schmeichlerischer, schwitzender Aaron stand mit den Farmern am Korral, schäkerte mit ihnen und lachte allzu laut über ihre einfältigen Witze. Die Farmer gaben sich uninteressiert, die meisten von ihnen warteten auf den Sonnenuntergang, weil der zappelige Jude dann mit den Preisen runtergehen würde.

Kaum hatte Aaron ein Pferd an den Mann gebracht und einen kleinen Gewinn erzielt, lud er den Käufer in die Hotelbar ein, um den Handel feierlich mit einem Drink zu begießen. Der Farmer bestellte dann nicht etwa wie Aaron ein Bier, sondern spuckte auf den mit Sägemehl bedeckten Boden, winkte den Barkeeper heran, verlangte einen doppelten Schnaps und sagte: »Meine Jungs haben sich beide freiwillig gemeldet, aber ich nehme an, Ihre rühren sich hier nicht weg.«

Danach hastete Aaron atemlos hinaus zum Korral, zählte die glänzenden Hinterbacken der noch verbleibenden Pferde, überschlug im Kopf eventuelle Verluste, mischte sich unter die Farmer, beschenkte ihre Frauen und Töchter wahllos mit bunten Haarschleifen, und bei Sonnenuntergang, wenn ihn die Panik überkam, ging er drastisch mit den Preisen runter.

Solomon stieß Bernard mit dem Ellbogen an. »Du bist doch jetzt ein toller Geschäftsmann, du mit deinem Fernkurs. Was hältst du davon?«

»Was ich davon halte, ist meine Sache.«

»Warum können wir nicht wie die drei Musketiere sein?« fragte Morrie. »Die Gurskybrüder: einer für alle und alle für einen.«

»Tja«, meinte Solomon, »dann sage ich euch, was ich davon halte. Die Bar macht mehr Umsatz als Pa, egal, wie sehr er sich bei diesem Haufen von Farmern anbiedert. Pa sollte das Hotel übernehmen, den Leuten Drinks verkaufen und die Pferde jemand anders überlassen.«

Und dann sprang Solomon zu Morries Entsetzen vom Zaun in den Korral, mitten hinein in die Herde nervöser Wildpferde. Solomon, Ephraims Auserwählter.

Bernard nahm seinem Bruder die Geschichte über die Fahrt mit dem Großvater ans Eismeer nicht ganz ab, aber was immer da draußen wirklich passiert sein mochte – Solomon war zurückgekehrt, gesegnet mit einer Art Gnade und einer großen inneren Ruhe. Als Bernard nun zusah, wie gelassen Solomon mit den wilden Mustangs umging, mußte er sich eingestehen, daß er, wäre er selbst in den Korral gesprungen, wahrscheinlich gestrauchelt und in den Staub gestürzt wäre. Die Pferde hätten seine Angst gerochen, sich schnaubend aufgebäumt und nach ihm geschnappt, um einen ordentlichen Happen aus ihm herauszubeißen. Bernard wurde erstmals bewußt, daß er ein formloses Faß mit wässerigen Fischaugen war und daß er sich würde abstrampeln und durchbeißen, daß er andere würde betrügen müssen, um im Leben das zu erreichen, was er wollte, und das war eine Menge, während Solomon einfach nur dazusitzen und darauf zu warten bräuchte, daß die Welt zu ihm käme und ihm dienlich wäre. Er beobachtete, wie Solomon den Korral durchschritt, er beobachtete ihn und erstickte fast an Neid und Haß, und trotz allem sehnte er sich nach Solomons Anerkennung. Doch Solomon verdarb alles, denn er blieb stehen und rief ihm höhnisch zu: »Komm, mach mit, Bernie, dann gebe ich hinterher ein Bier aus.«

»Geh zum Teufel.«

»Ach, ihr beiden«, stöhnte Morrie. »He, du heulst ja.«

»Tu ich nicht. Jetzt geht er und *schtupt* Minnie Pryzack.«

Minnie, die sich schon vor Jahren im Queen Victoria Hotel bequem eingerichtet hatte, war erst siebzehn Jahre alt gewesen, als sie zum erstenmal in den Westen gefahren war und sich im Zug von Winnipeg zur Küste und zurück durch die Erste-Klasse-Abteile gearbeitet hatte.

»Erst *schtupt* er Minnie und dann steigt er in die Pokerpartie ein.«

»In der großen Herbstpartie lassen sie ihn bestimmt nicht mitspielen. Außerdem ist er pleite.«

»Ich hatte keine Angst davor, in den Korral zu springen, aber dann hättest du auch nachkommen müssen und hättest dich womöglich verletzt. Ist er wirklich blank?«

»Letzten Donnerstag haben sie ihn ausgenommen.«

Aaron, der nach Pferdemist roch und dessen Ohren und Nase mit Staub verklebt waren, lümmelte mit schmerzendem Rücken am Küchentisch, zählte zweimal sein Geld durch und errechnete, daß er einen Gewinn von fünfundfünfzig Dollar gemacht hatte, vorausgesetzt, zwei der Farmer bezahlten ihre Schulden.

Morrie bückte sich, um seinem Vater die Stiefel auszuziehen und brachte ihm ein Glas Zitronentee und eine Schale Backpflaumen.

»Pa«, sagte Bernard, »wenn du mich fragst, arbeitest du zu hart für das bißchen Geld.«

»Du bist ein guter Junge«, erwiderte Aaron. »Und Morrie auch.«

Damit er nicht in Versuchung kam, in der Hitze des Spiels alles auf eine Karte zu setzen, gab Solomon Minnie seinen Koffer, seine Zugfahrkarte und fünf Zehndollarnoten, mit denen er sich erst einmal über Wasser würde halten können, falls alles schieflief. Dann schlich er durch die Küche des Queen Victoria Hotel, stieg die Hintertreppe in den dritten Stock hinauf und klopfte dreimal lang, zweimal kurz und einmal lang an die Tür.

McGraw entriegelte die Tür. »Du kannst nicht mitspielen. Jedenfalls nicht heute abend.«

Solomon rührte sich nicht vom Fleck.

»Heute abend gelten andere Regeln, Junge, das weißt du doch.«

Fünf Männer hatten sich zur großen Herbstpartie versammelt, und der Einsatz war so hoch, daß sie sich nur einmal im Jahr ein so riskantes Spiel leisten konnten. Da waren McGraw, der Besitzer des Hotels und der Schmiede, die er erst kürzlich erworben hatte; George Kouri, der Libanese, dem der Billigladen gehörte und ein Geschäft, in dem Kutschen und Fuhrwerke verkauft wurden; Ingram, ein Regierungsbeamter, der Schaffelljacken tragenden Einwanderern aus Osteuropa Land an der Eisenbahnlinie zuteilte; Charley Lin, der ehemalige Besitzer der Wäscherei und Metzgerei, dem seit der großen Pokerpartie vom vergangenen Herbst jedoch nur noch ein paar verwanzte Herbergen gehörten; und Kozochar, der Barbier und Feuerwehrhauptmann. Auf einem Beistelltisch standen Platten mit kaltem Fleisch und Kartoffelsalat sowie Whisky- und Wodkaflaschen bereit. Im Nebenzimmer waren zwei Feldbetten aufgestellt worden, für den Fall, daß jemand ein Nickerchen machen wollte oder von unten eins der Mädchen raufkommen ließ, weil es ihm vielleicht Glück brachte.

Im vergangenen Jahr hatte die große Pokerpartie nach achtundvierzig Stunden ein bitteres Ende gefunden: eine von Lins Herbergen, die Schmiede, zwei Kuhweiden, sechs Färsen, drei polnische Huren und eine indianische sowie 4500 Dollar hatten den Besitzer gewechselt. Die Männer, die an dem großen Pokerspiel teilgenommen hatten, genossen den Status, den ihnen die gewaltigen Gewinne oder Verluste verliehen. Einmal war die Partie, die den Ehefrauen ein Dorn im Auge war, unterbrochen worden. Drei von ihnen waren auf dem Tisch herumgetrampelt. Seitdem fand sie jedes Jahr an einem anderen Ort statt. Im Keller von Kouris Billigladen. Im Hinterzimmer des Feuerwehrhauses. Und dieses Jahr in einer Dachkammer des Queen Victoria Hotel. Schon Wochen, bevor sich die Männer an den Spieltisch setzten, gab die Pokerpartie in der Stadt Anlaß zu allerlei Spekulationen, und Reverend Ezekiel Shipley verurteilte sie von der Kanzel herab und gab den Huren der Stadt die alleinige Schuld.

McGraw blieb eisern. »Es wäre nicht gut, dich da mit reinzuziehen«, sagte er zu Solomon.

McGraw war von Anfang an dagegen gewesen, Solomon zur wöchentlichen Pokerpartie zuzulassen, denn der Junge war nicht gerade ein gestandenes Mannsbild wie die anderen, sondern einfach nur ein aufgeblasener Grünschnabel. Außerdem mochte McGraw Aaron, der zwar vielleicht ein Trottel war, aber auf jeden Fall ein rechtschaffener, hart arbeitender Jude. Kouri hatte sich rausgehalten, aber Ingram war ebenfalls dagegen gewesen, und auch Kozochar wollte überhaupt nichts davon wissen. »Es wäre so, als würde man einem Baby den Schnuller wegnehmen.«

»Sein Geld ist genauso viel wert wie deins oder meins«, wandte der geldgierige Charley Lin ein.

Wenn die Männer Solomon schließlich doch in ihre Runde aufnahmen, dann nur, weil sie ihm eine Lektion erteilen wollten, denn sie hatten etwas gegen ihn, ohne genau zu wissen, warum. Und es steckte noch eine andere Überlegung dahinter: Sie wollten ihn mit ihrem Geld und ihrer Ausgebufftheit beeindrucken, diesen kleinen Scheißer.

Sein Großvater hatte eine Squaw geheiratet, sein Vater war ein Krämer, und trotz allem schlenderte der knapp siebzehnjährige Junge, dieser Rotzlöffel, dieser Judenbengel, durch die Straßen der Stadt, als wäre er ein Thronanwärter und zu Großem ausersehen, aber da er stets höflich und zuvorkommend war, fiel es ihnen schwer, etwas zu finden, was an ihm auszusetzen war. Brach an einem Unter-Null-Grad-Morgen um vier Uhr früh ein Feuer aus, war er sofort zur Stelle, um sich mit einem Wassereimer der Löschbrigade anzuschließen. War Miss Thomson unpäßlich und lag mit einem Frauenleiden danieder, übernahm er zum Entzücken der Kinder den Unterricht in der Dorfschule. Reverend Shipley, der Lasterhaftigkeit schon in einem einjährigen Säugling witterte und voraussagen konnte, ob ein Kind nur auf die Welt gekommen war, um dereinst herumzuhuren, hatte ausgerechnet Solomon auserwählt, um sich mit ihm in die Heilige Schrift zu vertiefen. Obendrein war er im Reservat beliebter als jeder andere, und es war durchaus möglich, daß er mit den Indianern zehn Tage lang Gott weiß wohin verschwand. Doch etwas an ihm ärgerte die Männer, und deshalb hätten sie ihm am liebsten die Nase in frische Hundescheiße gedrückt.

Im Gegensatz zum ehrgeizigen Bernard oder zu Morrie (einem wirklich netten, höflichen Jungen) ließ er sich nicht dazu herab, im Laden seines Vaters die Kundschaft zu bedienen. Aber weil er ab und zu dort auftauchte, strömten die jungen Mädchen in Scharen zu A. Gursky & Söhne und erröteten, wenn er sie grüßte, und wenn er gar eine zu einer Spazierfahrt in seinem Einspänner einlud, fiel sie vor Verzückung fast in Ohnmacht. Und erstaunlicherweise waren die anderen jungen Männer der Stadt nicht etwa eifersüchtig auf ihn, sondern buhlten geradezu um seine Gunst und wetteiferten darum, mit ihm auf die Jagd zu gehen oder ein Gläschen zu trinken.

Einmal kam Solomon gerade zufällig in seinem Einspänner vorbei, als McGraws Fuhrwerk im Schlamm feststeckte. Sofort sprang er herunter und bot seine Hilfe an. »Nein, nein«, protestierte McGraw, der, die Schulter ans Rad gedrückt, im Dreck kniete, »du machst dich nur schmutzig.« Verblüfft über sich selbst wurde McGraw blaß, denn so etwas hätte er zu niemandem sonst in der Stadt gesagt.

Solomon brachte zu seiner ersten Partie zweihundert Dollar mit, die er beim Billard gewonnen hatte, und im Handumdrehen war er sie los. Er zog jedoch kein Gesicht und beschwerte sich auch nicht. Statt dessen ulkte er: »Mein Eintrittsgeld.«

Als er das nächste Mal auftauchte, hieß man ihn willkommen. Die Männer kramten alte Jagdgeschichten und auffrisierte Anekdoten über frühere erotische Großtaten hervor, denn sie waren fest entschlossen, ihm zu beweisen, daß sie nicht etwa ein Haufen dickbäuchiger, angejahrter Provinzler, sondern in Wahrheit eine Bande wilder Draufgänger waren.

In seiner zweiten Partie schlug sich Solomon wacker, bis er dummerweise versuchte, Kouri zu bluffen, und dann nur drei Damen gegen ein Full House mit drei Achtern vorzeigen konnte. Er verlor noch ein drittes und ein viertes Mal, und trotzdem war er jetzt wieder da und verlangte, bei der Herbstpartie mitspielen zu dürfen. McGraw gefiel das ganz und gar nicht. Nähmen sie ihn aus, würden die Leute sagen, sie hätten davon profitiert, daß er noch ein Kind war, gewann er aber, wäre es noch peinlicher.

»Ich habe hier an diesem Tisch bestimmt fünfhundert Dollar gelassen«, sagte Solomon. »Mir steht ein Platz zu.«

»Ein Scheißdreck steht dir zu«, erwiderte Ingram.

»Heute abend spielen wir ohne Schuldscheine. Wenn du mitmachen willst, mußt du zweitausend Dollar bar auf den Tisch legen«, sagte McGraw, überzeugt, daß die Angelegenheit damit erledigt wäre.

Solomon blätterte das Geld direkt vor Lin wie einen Köder auf den Tisch.

»Was willst du trinken, mein Junge?« fragte Lin.

Bernard brachte seinem Vater ein Stück Honigkuchen. »Pa, ich habe eine Idee.«

Aaron, dem vor Müdigkeit ganz schummerig war und den es vor lauter Bremsenstichen überall juckte, hörte ihm nur mit halbem Ohr zu.

»Wir könnten für Freitag abends einen Fiedler engagieren. Die Brezeln stärker salzen. Ein Darts-Turnier organisieren. Ich weiß, wo wir Bierkrüge kriegen können, deren Boden zweieinhalb Zentimeter dicker ist als bei anderen. Morrie könnte die Kasse übernehmen.«

»Und woher sollen wir das Geld nehmen?«

»McGraw kauft sein Bier bei Faulkner's. Wenn wir zu Langham überwechseln und mit denen einen Vertrag schließen, geben sie uns bestimmt einen Kredit. Und die Bank auch.«

»Die Bank? Von wegen.«

»Wir sind nicht in Rußland, Pa.«

»Und auch nicht im Garten Eden.«

Das Geld in der Hand, schlurfte Aaron in eine Ecke der Küche, hob eine der Bodendielen hoch, holte die Geldkassette heraus, sperrte sie auf, stieß einen Schrei aus und taumelte rückwärts, als hätte ihn ein Schlag getroffen. Fanny, die am Herd gestanden hatte, war mit einem Satz bei ihm. »Aaron!«

Er starrte mit leerem Blick vor sich hin. Alles, was er herausbrachte, war ein Krächzen. »Es ist weg. Das Geld.«

»Ein Teil davon gehört mir«, schrie Bernard, schnappte sich die Geldkassette, drehte sie um und schüttelte sie.

Staatsbürgerschaftsnachweise, eine Heiratsurkunde und Geburtsurkunden fielen heraus, jedoch kein Bargeld und auch kein Besitztitel für den Gemischtwarenladen.

»Soll ich zur Polizei gehen?« fragte Aaron mit versagender Stimme.

»Nur, wenn du deinen Sohn ins Gefängnis bringen willst«, antwortete Bernard.

»Wieso bist du dir so sicher, daß er es war?« fragte Morrie.

»Dafür bringe ich ihn um«, sagte Bernard, und schon rannte er, gefolgt von Morrie, aus dem Haus. Im Queen Victoria Hotel baute er sich puterrot und prustend vor Boyd auf, dem Hotelangestellten mit dem Schweinchengesicht. »Wo findet dieses verdammte Pokerspiel statt?« fragte er.

Boyd verzog das Gesicht zu einem breiten, hämischen Grinsen und zeigte auf ein Schild hinter dem Empfang: FLUCHEN, SPUCKEN UND GLÜCKSSPIELE VERBOTEN.

»Hören Sie, Sie kleiner Scheißer, wenn Sie mir nicht sagen, wo ich Solomon finde, sehe ich in jedem Zimmer nach.«

»Nur zu, Kleiner, aber ich warne dich, in ein paar Zimmern sind große starke Kerle, und sie befinden sich in Gesellschaft.«

Den Tränen nahe, schaltete sich Morrie ein. »Bitte, Mr. Boyd, wir müssen Solomon finden.«

»Wenn ich ihn sehe, sage ich ihm, daß ihr nach ihm sucht.«

Die Gurskys blieben die ganze Nacht auf und warteten auf Solomons Heimkehr. Fanny stöhnte vor sich hin, und Aaron saß mit gefalteten Händen und starrem, nach innen gekehrtem Blick in einem Sessel. »Ich bin zu alt, um von vorne anzufangen«, sagte er zu niemand Bestimmtem.

Im Morgengrauen schlüpfte Bernard in das Zimmer, das er mit seinen beiden Brüdern teilte, und stellte fest, daß zwei von Solomons Schubladen leer waren und auch sein Koffer fehlte. Egal, ob er gewann oder verlor, er würde nicht nach Hause zurückkehren.

»Ich habe schon Leichen gesehen, die sahen besser aus als du jetzt.«

»Der Wind steht nicht günstig«, sagte Solomon im Nebenzimmer zu Minnie. »Wieviel hast du mitgebracht?«

»Deine fünfzig Dollar, die Zugfahrkarte, achthundert von mir selbst und meine Ringe.«

»Was ist, wenn ich das auch noch alles verliere?«

»Dann mußt du mich heiraten.«

»Minnie«, sagte er und untertrieb ihr zuliebe ein bißchen, »du bist doch bestimmt schon dreißig.«

»Entweder – oder.«

»Das ist Erpressung«, erwiderte er und schnappte sich das Geld.

»Das nenne ich einen Heiratsantrag.«

Es war Zeit, den Laden zu öffnen.

»Wir sollten ein paar Fuhrwerke mieten«, sagte Bernard, »und alles, was wir im Lager haben, an einen sicheren Ort bringen. Es kann nämlich sein, daß uns das Geschäft heute abend schon nicht mehr gehört.«

»Er ist minderjährig«, gab Morrie zu bedenken.

»Red keinen Quatsch! Wenn er den Laden auf einen anderen überschreibt und wir nicht für seine Spielschulden geradestehen, wird es hier bald brennen.«

Bernard glaubte, daß Solomon nicht abhauen würde, ohne sich von Lena Green Stockings zu verabschieden. Also stieg er in den Einspänner und fuhr hinaus ins Reservat. Kinder mit Krätze im Gesicht rangelten im Dreck miteinander. Eines war rachitisch. Vor dem Laden von George Two Axes lehnte ein Betrunkener an einem Baumstamm, und mickrige Hühner pickten in seinem Erbrochenem herum. Überall Fliegen. Krähen hockten flügelschlagend auf den Eingeweiden eines toten Hundes und flogen mit blutigen Fleischfetzen davon.

Bernard betrat die Baracke aus Teerpappe und stellte wütend fest, daß sie mit Waren vollgestopft war, die bestimmt im Gemischtwarenladen A. Gursky & Söhne geklaut worden waren. Tee. Zucker. Und hoch oben auf einem Regal ein offener Zehnpfundsack mit Mehl. Er fand Lena im Hinterhof, wo sie auf einem kaputten Korbstuhl saß und döste.

»Lena!«

Keine Antwort.

»Lena, Solomon ist so schnell abgereist, daß er nicht mal mehr Zeit hatte, mir seine neue Adresse zu geben.«

Als sie schließlich ihren Kopf hob, der so schrumpelig wie eine Walnuß war, sah er, daß sie keine Zähne mehr hatte.

»Ich muß sie unbedingt haben«, sagte Bernard, zog eine Flasche Rum aus der Jackentasche und schwenkte sie vor ihrer Nase.

Lena lächelte: »Der Junge mit den zwei Bauchnabeln«, sagte sie versonnen.

»Herrgott! Ein Hurensohn ist er! Verdammt! Jeder sieht so aus, wenn er vom Schwimmen kommt.«

Ihr Kopf sackte wieder nach vorn.

»Dein Schuppen ist vollgestopft mit geklauter Ware. Ich könnte dich verpfeifen, und dann würden sie dich einlochen.«

Lena schlug eine Fliege tot.

»Wo ist er hin?«

»Sich die Welt ansehen.«

Als Bernard zurück durch die Baracke ging, blieb er kurz stehen und hinterließ einen eindeutigen Beweis dafür, daß er dagewesen war. Dann suchte er Minnie auf, doch diesmal betrat er das Hotel durch die Bar, um Boyd nicht wieder über den Weg zu laufen. »Ich möchte, daß du Solomon etwas ausrichtest. Lena Green Stockings hat mir gesagt, wohin er sich absetzen will.«

»Woher kommt das Mehl auf deiner Jacke?«

»Mein Vater geht vielleicht nicht zur Polizei, aber ich werde es tun. Sag ihm das.«

Solomon kam am nächsten Morgen um drei Uhr früh nach Hause, ging geradewegs in die Küche zum Spülbecken, beugte sich vor und pumpte sich kaltes Wasser über den Kopf. Er drehte sich gerade rechtzeitig um, um zu sehen, wie Bernard sich auf ihn stürzen wollte, die Arme ausgestreckt und die Finger zum Kratzen gekrümmt. Solomon haute ihm eine runter, stieß ihn beiseite, ging zu seinem Vater und ließ die Besitzurkunde für den Gemischtwarenladen sowie ein mit einem Gummiband zusammengehaltenes Bündel Geldscheine in seinen Schoß fallen.

»Ein Teil von dem Geld, das du gestohlen hast, gehört mir«, sagte Bernard.

Solomon leerte seine Taschen, eine nach der anderen, und stapelte Banknoten auf den Küchentisch, mehr Geld, als die Gurskys je auf einem Haufen gesehen hatten.

»Donnerwetter«, sagte Bernard. »Wurde ja auch Zeit, daß du endlich mal Glück hast.«

Morrie kochte Kaffee, Bernard setzte sich, um das Geld zu zählen.

»Wir sind die neuen Besitzer des Queen Victoria Hotel, der Schmiede in der Prince Albert Street und einer Herberge in der Duke Street. Das Hotel ist mit einer Hypothek von achttausend Dollar belastet, die wir übernehmen müssen. Verkauf die Herberge. Sie ist sowieso die reinste Bruchbude. Die Schmiede ist für André Clear Sky.«

»Ich kann hier keine Besitzurkunde für das Hotel entdekken«, sagte Bernard.

Solomon griff in die Jackentasche und legte die Dokumente auf den Tisch.

»Du bist ein guter Junge«, sagte Aaron.

»Ein Scheißkerl ist er. Wenn ich nicht gewesen wäre, wäre er abgehauen.«

Solomon wartete, bis seine Mutter die Küche verlassen hatte. »Ich möchte, daß mich einer von euch rechtzeitig weckt, damit ich den Mittagszug erwische. Ich fahre nach Winnipeg und gehe zur Armee. Sagt bitte kein Wort davon zu Mutter. Ich werde es ihr selbst erzählen.«

Bernard stand ein wenig abseits und kochte vor Wut, während die anderen auf dem Bahnhof ein Mordsaufhebens um Solomon machten. Minnie und die anderen Flittchen, Lena, ein paar Farmerstöchter, die er nicht einmal mit Namen kannte, der betrunkene McGraw und die in Tränen aufgelöste Fanny Gursky. Danach aß Bernard mit seinem Vater zu Mittag. »Ich lasse das Hotel auf meinen Namen überschreiben, weil ich der Älteste bin.«

Mit Homburg, Dreiteiler und Gamaschen ging Bernard zum Notar. Hinterher sprach er mit Morrie. »Du kennst doch Boyd, den fetten Hotelangestellten?«

»Na klar.«

»Geh zu ihm und sag ihm, daß er gefeuert ist. Du übernimmst seinen Posten.«

Bernard ging zum Hotel und ordnete an, eine Schachtel Pralinen und ein Grammophon auf Zimmer zwölf bringen zu lassen, dann eilte er in die Bar und setzte sich zu Minnie an den Tisch.

»Ich kann mich nicht erinnern, daß ich dich aufgefordert habe, dich zu mir zu setzen«, sagte sie.

»Gewöhn dir lieber an, ein bißchen netter zu mir zu sein, wenn du hierbleiben willst. Ich bin jetzt hier der Boss.«

»Das Hotel gehört Solomon.«

»Mein kleiner Bruder hat es mir überlassen, damit ich mich darum kümmere. Geh jetzt sofort auf Zimmer zwölf und warte dort auf mich.«

Minnie wartete tatsächlich auf ihn, als Bernard das Zimmer betrat.

»Hier, bedien dich«, sagte er. »Das ist für dich. Eine größere Schachtel gab es nicht.«

»Danke.«

»Liest du die Bildergeschichten?«

»Ich schau mir die Bilder an«, sagte sie und wurde rot.

»Am besten finde ich Krazy Kat, aber Abie Kabibble mag ich auch. Wie schmecken die Pralinen?«

»Sehr gut.«

»Ich könnte heulen, weil sie mich bei der Armee nicht genommen haben. Plattfüße. Es macht mir nichts aus, wenn du das den anderen Mädchen erzählst, aber wenn du irgend etwas von dem ausplauderst, was hier passiert, verbiete ich dir, die Bar je wieder zu betreten. Und jetzt sag mir, was du lieber magst, Walzer oder Ragtime.«

»Ragtime.«

Schwitzend und mit zittrigen Händen schaffte Bernard es irgendwie, die Platte auf das Grammophon zu legen. *Alexander's Ragtime Band.*

»Tanzen wir vorher?«

»Nur du, und dabei ziehst du dich aus. Aber nicht Straps und Strümpfe. Und anschauen darfst du mich auch nicht, nicht mal rüberlinsen«, sagte er und griff nach einem Handtuch. Doch die Platte war zu Ende, bevor er sich befriedigt hatte.

»Was soll ich jetzt tun?« fragte sie.

Er legte noch eine Platte auf. *I Love My Wife, But, Oh, You Kid.*

»Jetzt kannst du dich wieder anziehen. Und vergiß die Pralinen nicht.«

»Möchtest *du* es nicht tun, Schätzchen?«

»Nenn mich nicht Schätzchen. Für dich bin ich Mr. Gursky.«

»Also gut, Mr. Gursky.«

»Ob ich was tun möchte?«

»Mich anziehen.«

»Scheiße, ich weiß, daß du nicht lesen kannst, aber du wirst dich in deinem Alter doch wohl alleine anziehen können.«

»Tut mir leid.«

»Na gut, warte mal. Wenn du willst, daß ich dir den Büstenhalter anziehe, sage ich nicht nein.«

»Oh, Mr. Gursky, von Pralinen kriege ich Pickel, aber ich liebe französisches Parfum, duftende Seifen und alles, was aus Seide ist.«

Kaum war sie gegangen, wusch sich Bernard mit Wasser und Seife die Hände und trocknete sich mit einem frischen Handtuch ab. Dann rollte er sich auf dem Bett zusammen. Ihm war ganz heiß vor Scham. Später hob er das andere Handtuch, das wie ein stummer Vorwurf dalag, mit zwei Fingern hoch und brachte es in Zimmer vierzehn, das, wie er wußte, leer war. Er beschloß, sich für seine Schwäche zu bestrafen. Die restliche Woche über aß er, wenn er sich wie üblich mit Morrie um vier Uhr in Susy's Lunch traf, seinen Blaubeerkuchen ohne Eiscreme.

4 Während Solomon jenseits des Atlantiks im Ersten Weltkrieg kämpfte, erwarb Bernard Hotels in Regina, Saskatoon, Portage la Prairie, Medicine Hat, Lethbridge und Winnipeg. Schlau, wie er war, verfolgte er den Ausbau von Eisenbahnstrecken und kaufte Hotels in der Nähe der Rangierbahnhöfe. In den Hotels bekamen die Eisenbahner früh um sechs, bevor sie zur Arbeit gingen, Bier und Frühstück, und wenn sie abends nach der Schicht zurückkehrten, wurde ihnen die Art von Zerstreuung geboten, wie sie bei Junggesellen gefragt war. Der rasante Aufstieg der Gurskys konnte an den steigenden Anzahlungen gemessen werden, die sie beim Kauf eines neuen Hotels in bar leisteten. Sie wurden von Morrie gewissenhaft verbucht und kletterten von 10000 über 35000 bis auf 150000 Dollar, die an einen gewissen Bruno Hauswasser für das New Berlin Hotel in Winnipeg gezahlt wurden. In jedem der einhundert Zimmer gab es Telephon, jede Etage war mit dem Fahrstuhl erreichbar, doch war das Hotel leider mit einem Restaurant geschlagen, das sich auf Wiener Schnitzel und Sauerbraten spezialisiert hatte, und mit einer Bar, die kaum mehr Umsatz machte, seit des Kaisers Truppen auf Belgien marschiert waren. Bernard setzte eine Anzeige in die *Tribune*, gab den neuen Namen des Hotels bekannt – The Victory – und verkündete, die neue kanadische Leitung spendiere als patriotische Geste Krankenschwestern pro Abend ein Freibier.

Die Familie verkaufte die Gemischtwarenhandlung und zog nach Winnipeg. Dann wurde im Jahr 1915 in Manitoba das Alkoholverbot eingeführt. Davon ausgenommen waren lediglich alkoholarmes Bier und »zu medizinischen, wissenschaftlichen, mechanischen, industriellen oder liturgischen Zwecken« bestimmter Alkohol. Doch zum Glück wies das Gesetz eine vorteilhafte Lücke auf. Da der Handel mit Spirituosen zwischen den einzelnen Provinzen nach wie vor erlaubt war, erwarb Bernard ein Versandhaus in einer Kleinstadt in Ontario und ernannte Morrie zum Vertreter für den Hustensaft Marke Rock-a-Bye, der aus gutem Grund ein Verkaufsschlager wurde.

Die empörten Verfechter der Prohibition verstärkten den Druck auf Ottawa. Ein presbyterianischer Geistlicher, soeben von einer Visite der kanadischen Truppen in England zurückgekehrt, verkündete, unschuldige junge Männer würden »in England vom Alkohol und der in London herrschenden sittlichen Verderbtheit zu einem ausschweifenden Leben verleitet«. Reverend Sidney Lambert witterte in der Heimat noch größere Lasterhaftigkeit. »Mir wäre es lieber, wenn Deutschland den Krieg gewinnt«, sagte er, »als daß diese schnell reichgewordenen Schnapsschieber an die Macht kommen und Kanadas Jugend ins Verderben schicken.«

1917 mußten die Gurskys nicht nur einen schweren Schlag, sondern gleich zwei verkraften. Ottawa führte die Einkommensteuer ein, ein Ärgernis, das Bernard zu ignorieren vorzog. Und an Weihnachten wurde per Regierungsdekret die Einfuhr von Spirituosen mit berauschender Wirkung und einem Alkoholgehalt von über 2,5 Prozent bis zum Ende des Kriegs verboten. Nur drei Monate später, im März 1918, unterband ein weiteres Dekret den Spirituosenhandel zwischen den Provinzen.

Morries Erinnerungen an die darauffolgenden Jahre waren sogar für einen Menschen seines Schlages ungewöhnlich verschwommen, hatten jedoch überraschenderweise eine poetische Note. »Ich will hier kein Klagelied anstimmen«, schrieb er, »doch kaum waren wir aus den Niederungen der Mühsal in den Garten des Überflusses aufgestiegen und genossen unsere ersten schmackhaften Bissen vom Filetstück des Lebens, fingen Solomon und Bernard an, sich erbittert zu bekriegen, und ich mußte mehr als einmal einschreiten. Auf diesem sauren Boden wurde der Same für meinen späteren Nervenzusammenbruch gesät.«

Solomon kehrte im Frühjahr 1918 heim. Er trug die Uniform eines Oberstleutnants der Air Force, zog das linke Bein nach und spazierte mit seinem ersten Malakkastock herum. Bernard setzte sich mit ihm zusammen und schilderte ihm lang und breit, was er in seiner Abwesenheit vollbracht hatte. Zum Familienvermögen, so erklärte er, gehörten nunmehr neun Hotels und zwei Versandhäuser, das eine in einer Kleinstadt in Ontario und das andere in Montreal. Er blickte auf, begierig auf das Lob, das er sich verdient zu haben glaubte, doch alles, was er erntete, war ein ungeduldiges Nicken. »Okay«, brüllte Bernard, »willst du, daß ich dir klipp und klar sage, was Sache ist? Obwohl ich seit Einführung der neuen Gesetze sechzehn Stunden am Tag gearbeitet habe, sind die Versandhäuser keinen trockenen Furz mehr wert. Und weißt du, wofür diese verdammten Hotels gerade gut genug sind? Für ein Feuer, damit wir Geld von den Versicherungen kassieren.«

Solomon ließ sich Kopien der Regierungsdekrete bringen, studierte sie abends im Bett und rief am nächsten Morgen Bernard und Morrie zu sich. »Wir steigen in den Großhandel mit Arzneimitteln ein«, sagte er.

Solomon zog seine Uniform an und lud den Geldeintreiber der liberalen Partei Manitobas zum Abendessen ins Victory Hotel ein.

»Wie ich Sie beneide«, sagte der Geldeintreiber. »Ich wollte unbedingt in meinem Regiment Dienst tun, aber der Premierminister meinte, ich könnte unserem Land in Ottawa besser dienen.«

Man besorgte ihm ein Mädchen, entrichtete einen beträchtlichen Obolus, und schon lag die erforderliche Lizenz auf dem Tisch. Die Gurskys kauften ein leerstehendes Lagerhaus, und die Royal Pure Drug Company of Canada wurde geboren. Bereits nach wenigen Wochen produzierte sie Ginger Spit, Dandy Bracer, Dr. Isaac Grant's Leber & Nieren-Kur, Rabens Hustensirup, Tip-Top Fixer und andere Elixiere. Das Gebräu wurde angerührt, indem man Zucker, Zuckersirup, Kautabaksud, blaues Vitriol und reinen Alkohol in Waschwannen schüttete und das Ganze über Nacht ziehen ließ. Nachdem man am nächsten Morgen mit einem Kescher die ersoffenen Ratten herausgefischt hatte, wurde die Lösung mit einem Paddel umgerührt, geseiht, in verschiedenen Farben gefärbt und in Flaschen abgefüllt.

Dann entdeckte Solomon eine weitere Lücke des Gesetzes. Ein Großhändler, der eine Lizenz für den Arzneimittelhandel besaß, konnte unbegrenzt echten Whisky aus Schottland einführen, unter der Bedingung, daß dieser nur für den Weiterverkauf ins Ausland importiert und in Zollspeichern eingelagert wurde. Wieder mußte sich für den Geldeintreiber ein Mädchen waschen und parfümieren, noch mehr Geld wurde in den Rachen der gierigen liberalen Parteimaschinerie geworfen, und schon kurz darauf kauften die Gurskys Lagerhäuser in Manitoba, Saskatchewan, Ontario und Quebec. Ganze Güterzüge voll schottischem Whisky rollten an.

Und dann hatte Solomon noch eine Idee. »Warum verkaufen wir eigentlich den in Flaschen abgefüllten Alkohol anderer Leute, wenn wir unseren eigenen brennen können?«

Morrie wurde losgeschickt, um Bottiche zum Anmischen und Maschinen zum Abfüllen zu kaufen, und Solomon setzte sich hin, entwarf die Etiketten und gab sie bei einem Drucker in Auftrag. Highland Cream, Crofter's Delight, Bonnie Brew, Pride of the Highlands, Balmoral Malt, Vat Inverness, Ivanhoe Special Brand. Mit einem Buch bewaffnet, das er in der Bibliothek gestohlen hatte, bestand Bernard darauf, daß er mit dem Verschneiden betraut wurde, das in Bottichen aus Rotholz mit einem Fassungsvermögen von tausend Gallonen vorzunehmen sei, und Solomon, den diese Vorstellung belustigte, willigte ein. Als die erste Ladung von 65prozentigem Äthylalkohol in ihrem Lagerhaus in Winnipeg eintraf, erlebten sie gleich eine große Überraschung. Wurde der hochprozentige Alkohol nämlich zur Herstellung von trinkbarem Alkohol verwendet, fiel eine Steuer von 2,4 Dollar pro Gallone an, wurde er jedoch zur Essigherstellung benützt, belief sich die Steuer auf bescheidene siebenundzwanzig Cents pro Gallone. Llyod Corbett, der dickleibige, leutselige Beamte vom Zollamt Winnipeg, erläuterte Bernard den Sachverhalt.

»Wieviel Uhr ist es, guter Freund?« fragte Bernard.

»Dreiundzwanzig Minuten nach elf.«

»Kommen Sie«, sagte Bernard, faßte ihn am Arm, führte ihn zum Fenster und zeigte auf den weiten, unendlich blauen Präriehimmel. »Ich will Ihnen mal was sagen. Ich bin ein verrückter Hund und wette mit Ihnen tausend Dollar, daß es vor zwölf Uhr mittag zu regnen anfängt.«

Llyod Corbett setzte sich wieder, rückte seine Genitalien zurecht und zündete sich eine Pfeife an. »Jesses, Bernie, ich bin noch verrückter als Sie. Ich erhöhe auf zweitausend und wette, daß bis ein Uhr nicht ein Tropfen fällt.«

Sie warteten ab. Bernard holte eine Flasche Scotch aus der Schreibtischschublade und goß Corbett einen kräftigen Schluck ein. Für sie war es nie zu früh für ein Gläschen.

»Ich geh nächsten Monat in Rente. Setz mich in Victoria zur Ruhe. Hab die Nase voll von diesen verdammten Wintern.«

Bernard horchte auf. »Übernimmt Frobisher dann Ihre Stelle?« fragte er.

»Nix da. Der geht nach Ottawa. Die haben schon 'nen Neuen hergeschickt. Ist noch 'n halbes Kind. Smith heißt er, Bertram Smith.«

»Na, dann geben Sie mir mal seine Adresse. Ich schicke ihm eine Kiste Johnnie Walker Red Label, sozusagen zur Begrüßung, weil er doch neu in der Stadt ist.«

»Das würde ich an Ihrer Stelle lieber nicht tun.«

»Was wollen Sie damit sagen?«

»Smith ist Abstinenzler.«

»Verheiratet?«

»Nein.«

»Ich wette, ich habe genau das richtige Mädchen für ihn.«

»Er geht regelmäßig in die Kirche, Bernie. Und er ist Truppenführer bei den Pfadfindern.«

Drei Wochen vergingen, bis Bert Smith sich zum erstenmal im Lagerhaus sehen ließ. Auf den ersten Blick hielt Bernard ihn für einen von diesen arbeitslosen Farmerssöhnen auf der Suche nach einem Job, denn er trat so leise auf und wirkte unsicher. Smith mit seinem spröden, braunen, in der Mitte gescheitelten Haar war ein knochiger Bursche und blaß wie ein gerupftes Huhn, er hatte graue Augen mit Pupillen wie Nagelköpfe, eine schmale Nase, die vor lauter Mitessern wie gepfeffert aussah, fast keine Lippen, nur eine dünne, verkniffene Linie und ein fliehendes Kinn. Sein zu großer Anzug war ordentlich gebügelt, und die schwarzen Lederschuhe glänzten. Als er sich vorstellte, begriff Bernard, warum er die Lippen so aufeinanderpreßte. Die dicht zusammenstehenden Zähne waren nicht etwa unregelmäßig, sondern ragten in alle Richtungen, und das geschwollene Zahnfleisch war rot und entzündet. Sein heißer Atem roch übel. »Ich bin der neue Zollbeamte«, sagte Smith.

»Sehr nett von Ihnen, daß Sie vorbeikommen, um hallo zu sagen. Was halten Sie davon, wenn wir auf einen Kaffee und eine Blaubeertorte ins Regent gehen?«

Sie nahmen in einer Nische Platz.

»Woher kommen Sie?«

»Aus Saskatoon.«

»Das ist meine Lieblingsstadt.«

»Ich bin gekommen, um Sie zu fragen, was mit den vier Waggons voll Whisky ist, die unter Zollverschluß auf einem Nebengleis stehen.«

»Gibt es jemand, den Sie als Helden verehren, Bert? Von Jesus mal abgesehen.«

»Jesus war kein Held, Mr. Gursky. Er ist unser Erlöser.«

»Natürlich ist er das, gottverdammt. Ich wollte nicht respektlos sein.«

»Wer Ihn nicht annimmt, wird nie ins Himmelreich kommen.«

Oder in den Manitoba Club, du kleine Ratte, dachte Mr. Bernard, doch er hielt den Mund. »Heikel, heikel«, sagte er, »aber so ist das Leben. Und der Tod auch, wenn ich Sie richtig verstanden habe.«

»Ja.«

»Mein Held ist Baden-Powell. Wissen Sie, die schönsten Jahre meines Lebens habe ich bei den Pfadfindern verbracht, und es tut mir in der Seele weh, daß die Gruppen hier bei uns kein richtiges Vereinsheim haben. Wir, die Gurskys, würden ihnen gern helfen, und wir würden uns geehrt fühlen, wenn Sie der Schatzmeister wären und sich um die Gelder kümmern würden, die wir zur Verfügung stellen.«

»Ich würde gern wissen, ob der Whisky unter Zollverschluß tatsächlich für die Wiederausfuhr bestimmt ist, und wenn ja, möchte ich die Unterlagen über den endgültigen Bestimmungsort sehen.«

»Papiere, Papiere. Wenn es um Papierkram geht, bin ich der letzte, der damit was am Hut haben will. Geben Sie mir ein paar Tage Zeit, dann besorge ich Ihnen die Dokumente.«

»Ich komme nächsten Mittwoch wieder«, sagte Smith und bezahlte beim Hinausgehen seinen Kaffee und seine Blaubeertorte.

Bernard witterte Scherereien und hatte ein ungutes Gefühl. Als er ins Büro zurückkehrte und die monatlichen Bankauszüge durchsah, schlug sein Unbehagen in brodelnde Wut um. Er raste zum Victory Hotel hinüber, riß Solomon vom Pokertisch weg und stellte ihn zur Rede. »Ich bin dir auf die Schliche gekommen«, brüllte er und wedelte mit stornierten Schecks vor seiner Nase herum, mit Schecks, die Solomon ausgestellt hatte. »Schau dir das an. Dreitausend Dollar an Billy Sunday. Dreitausendfünfhundert für die Anti Saloon League. Und hier ist noch einer. Zweitausendfünfhundert an Alphonso Alva Hopkins. Den Namen hast du erfunden. Gib's zu.«

»Ach was, Mr. Hopkins ist ein bekannter Schriftsteller und Verleger. 1915 hat er sich dafür stark gemacht, daß das chemische Element Germanium in Victorium oder Libertinium umbenannt wird, und jetzt zieht er noch grimmiger gegen den Abschaum des verdorbenen Europas vom Leder, gegen Leute wie uns, Bernie, die die christliche Jugend dieses einst so reinen Kontinents mit Alkohol zugrunde richten.«

»Wenn du mich fragst, war keiner von den Schecks für diese Leute bestimmt, wie du behauptest, sondern du wolltest damit deine Pokerschulden hier im Hotel bezahlen.«

»Ich muß jetzt die Partie weiterspielen.«

»Einen Scheiß mußt du. Sag mir, was du vorhast, verdammt noch mal.«

»Wir investieren in die Zukunft.«

Zwei Tage später ratifizierte Nebraska als sechsunddreißigster Staat den Achtzehnten Verfassungszusatz. Im Jahr darauf trat die Prohibition in Kraft.

»Bernard, du ehrgeiziger, geldgieriger Bastard«, sagte Solomon, »Bernard, du wirst reicher werden, als du dir in deinen kühnsten Träumen ausgemalt hast.«

In seiner Erregung vergaß Bernard, Solomon von Bert Smith zu erzählen und daß er in der nächsten Woche wiederkommen wollte.

5 Entgegen Bernards Versprechen wurden die erforderlichen Unterlagen für den unter Zollverschluß liegenden Whisky nicht vorgelegt, und so blieb Smith keine andere Wahl, als den Verstoß dem Zollamt in Regina zu melden. Sein Übereifer brachte ihm einen Tadel ein. Als Smith eines Abends auf einer Straße an der Grenze Patrouille fuhr, sah er zwei »Whisky Six«-Studebakers Richtung Süden rasen. Sie waren so schwer mit Schnaps beladen, daß sie tief auf der Straße lagen. Sofort schalteten die Schnapsschmuggler die an der Heckscheibe angebrachten Suchscheinwerfer ein, um ihren Verfolger zu blenden, doch Smith überholte sie und fing sie an der Grenze ab. Die Schnapsschmuggler entpuppten sich als drei angriffslustige, arbeitslose Bauarbeiter aus North Dakota. Beim Anblick des mickrigen Zollbeamten mit den schiefen Zähnen kicherten sie. »Jesses, Kleiner, wirst uns doch nicht abknallen, was?«

Für Smith stand fest, daß die drei Amerikaner am Vorabend illegal die Grenze nach Kanada überquert hatten und folglich so lange an der Weiterfahrt gehindert werden mußten, bis sie für ihre Wagenladungen den doppelten Zoll entrichtet hätten, rund 1850 Dollar, die ihnen in den Staaten zurückerstattet würden.

»He, warum bist du nicht ein guter Junge und bringst uns in die Stadt? Die Gurskys werden dir schon sagen, wo's langgeht.«

Bernard richtete es so ein, daß Smith sich mit ihm im Beisein von Solomon und Morrie im Büro des Lagerhauses traf. Tom Callaghan war auch mit von der Partie.

»Nett, daß Sie gekommen sind, Mr. Smith«, sagte Solomon. »Darf ich Ihnen einen Drink anbieten?«

»Er trinkt nicht.«

»Braver Junge«, sagte Morrie.

»*Puz*, meinst du wohl«, bemerkte Bernard. »So wie du.«

»Kann ich Ihnen sonst irgend etwas anbieten?«

»Nein.«

»Was ist mit Geld? Viel Geld?« säuselte Bernard, öffnete den Safe und stapelte bündelweise Banknoten auf den Schreibtisch. »Sie könnten sich Ihre Zähne richten lassen. Sich einen Anzug kaufen, der Ihnen paßt. Ein Auto, sogar ein Haus. Und was für Mädchen Sie haben könnten! Wow!«

»Wieviel Geld liegt da auf dem Tisch?« fragte Smith.

»Zehntausend Dollar«, antwortete Bernard, und sein Gesicht hellte sich auf.

Smith zückte einen Füllfederhalter und machte sich eine Notiz auf seinem Block.

»Aber wenn ich es noch mal durchzähle, könnten vielleicht sogar fünfzehntausend dabei rauskommen«, sagte Bernard.

»Ich werde dafür sorgen, daß Sie und Ihre Brüder hinter Gitter kommen.«

»Würde Ihnen das Spaß machen?« fragte Solomon.

»Sie und Leute von Ihrer Sorte müssen ein für allemal lernen, daß nicht alle Menschen käuflich sind.«

»Wissen Sie eigentlich, was Sie sich da einhandeln, Sie beschissener Pfadfinderführer?« brüllte Bernard los. »Sie Würstchen mit Ihren achtzehn Dollar die Woche? Sie wollen wohl Ärger, was? Den können Sie haben, eine Menge sogar.«

»Ich werde Ihre Drohungen wortwörtlich melden«, sagte Smith und kritzelte wieder etwas auf seinen Block.

»Habt ihr das gehört? Von wegen Drohungen. Ich scheiß auf Sie, Sie Zwerg. Kakerlaken wie Sie bedrohe ich nicht, die zertrete ich«, sagte Bernard und bohrte den Absatz in den Boden. »Genau so.«

»Mr. Callaghan, Sie sind Zeuge der versuchten Bestechung

und der gegen meine Person ausgesprochenen Drohungen. Ich erwarte von Ihnen, daß Sie dementsprechend vor Gericht aussagen.«

»*Ich* bin Tims Boss, nicht Sie, Sie Kacker. Jesses, warum haben Sie nie was für Ihre Zähne getan? Schaut ihn euch an, Jungs«, sagte Bernard und schüttelte sich vor Lachen. »Ich wette, er ist noch Jungfrau.«

»Sie widern mich an.«

Solomon sagte, er wolle mit Smith unter vier Augen sprechen. Murrend ging Bernard nach draußen, gefolgt von Morrie und Callaghan.

»Ich gehe auch raus«, sagte Smith, »es sei denn, Mr. Callaghan bleibt hier.«

»Brauchen Sie einen Zeugen?« fragte Solomon.

»Ja.«

Also blieb Callaghan da.

»Ich möchte Ihnen in Gegenwart von Mr. Callaghan versichern, daß Ihnen nichts passieren wird, selbst wenn Sie sich tatsächlich dazu entschließen, gegen uns auszusagen«, sagte Solomon.

»Ich habe keine Angst.«

»Ich bewundere Sie, ehrlich, aber Sie haben schlechte Karten. Ihre Vorgesetzten, die durch die Bank unterbezahlt sind, stellen sich bei weitem nicht so an wie Sie. Sie werden Ihren Eifer nicht etwa schätzen, sondern Ihnen im Gegenteil die Hölle heiß machen. Sagen Sie lieber nicht gegen uns aus, Smith.«

»Sie haben mich nicht nur bedroht, sondern wollten mich auch bestechen.«

»Stimmt, aber die Umstände zwingen mich, alles abzustreiten, und Callaghan wird mir zuliebe lügen.«

»Aber er muß einen Eid leisten.«

»Auf die Bibel?«

»Ja, Sir«, sagte Smith und ärgerte sich sofort über das »Sir«, doch etwas an Solomon hatte ihn zu dieser Anrede genötigt.

»Oh, Smith, Smith, wenn Sie nach Gerechtigkeit suchen, dann tun Sie es lieber nicht in dieser Welt. Warten Sie auf die nächste. Mein Gewissen macht mir auch ohne Sie genug zu schaffen. Nehmen Sie das Geld oder lassen Sie es liegen, wie Sie wollen, aber halten Sie nicht Ihren Kopf hin.«

Kaum war Smith gegangen, goß Solomon sich einen Scotch ein und reichte die Flasche an Callaghan weiter. »Wußten Sie, Tim, daß Johann Calvin in Paris dieselbe Schule besucht hat wie Rabelais? Das Collège de Montaigu.«

»Was ist, wenn ich keine Lust habe, auf die Bibel zu schwören und im Zeugenstand für Sie zu lügen?«

»Das würde die Sache erst richtig interessant machen.«

Bernard kam mit Morrie im Schlepptau wieder herein. »Das Süßholzgeraspel hat wohl nichts gebracht, was?«

»Er ist ein Mensch mit Prinzipien.«

»Dann setz doch jemand auf ihn an.«

»Ich habe ihm versprochen, daß ihm nichts passiert.«

»He, das war aber großzügig von dir. Ich hab's ihm nicht versprochen. Meyer würde uns helfen. Und Little Farfel ist uns noch einen Gefallen schuldig. Ruf ihn an. Oder besser Longy.«

»Vergiß es.«

»Gut, gut, wir wandern also ins Gefängnis und lernen, wie man Postsäcke näht oder Nummernschilder stanzt. Warum sollen immer nur die anderen ihren Spaß haben? *Los, sag was, Morrie*.«

»Was soll ich denn sagen?«

»Sag, daß du nicht ins Gefängnis willst.«

»Ich will nicht ins Gefängnis.«

»Wozu braucht man einen Papagei, wenn man so einen Bruder hat? Komm schon, Solomon, setz jemand auf ihn an.«

»Was halten Sie von Smith, Tim?«

Callaghan zuckte mit den Schultern. Er machte ein besorgtes Gesicht.

»Sehen die Heiligen heutzutage so aus? Schiefe Zähne. Furunkel im Nacken. Von Haß zerfressen.«

Morrie stellte sich neben Solomon. »Jetzt mal ganz ehrlich: Hältst du ihn für gefährlich?« fragte er.

»Ja.«

»Paß auf«, sagte Bernard, »jetzt rennt er gleich aufs Klo, weil er die Hosen voll hat.«

Morrie blieb wie erstarrt in der Mitte des Raums stehen.

»Was willst du tun? Dir in die Hose machen, nur weil ich ihm mal richtig Bescheid gesagt habe? Geh schon, in Gottes Namen.« Bernard wandte sich an Callaghan. »Ich möchte mit meinen Brüdern kurz allein reden, wenn Sie nichts dagegen haben.«

»In Ordnung«, sagte Callaghan und ging hinaus.

»Was ist, wenn Tim gegen uns aussagt, um seinen eigenen Hals zu retten?«

»Würdest du es an seiner Stelle nicht tun?«

»Rede mit Meyer. Setz jemand auf ihn an.«

Solomon goß sich noch einen Drink ein.

»Glaubst du, ich bringe das so einfach übers Herz?« fragte Bernard.

6 Zwischen den staubigen Stapeln voller Gursky-Denkwürdigkeiten, mit denen Moses' Blockhaus vollgestopft war, befand sich eine Ausgabe von *The Cunarder* vom Mai 1933. Er enthielt Reiseberichte mit Titeln wie »Havanna – Kubas fröhliche Kapitale« und »Winterfreuden in der Tschechoslowakei«. Auf einer Doppelseite waren »einige transatlantische Persönlichkeiten« abgebildet, die auf den Decks der *Berengaria, Aquitania, Caronia* und *Mauretania* posierten. Unter ihnen befand sich die Herzogin von Marlborough, eine geborene Miss Consuelo Vanderbilt; Madame Luisa Tetrazzini, ein Star der New Yorker Metropolitan Opera, und Mrs. George F. Gould (»*Filiae pulchrae, mater pulcherior* – dieser Spruch hätte auf Mrs. Gould gemünzt sein können«). Auf dem Photo neben dem von Mrs. Gould war Solomon Gursky zu sehen. »Nichts wird im Augenblick von der Öffentlichkeit mit größerem Interesse verfolgt als ein mögliches Ende der Prohibition in den Vereinigten Staaten. Auf obigem Photo sehen Sie einen berühmten kanadischen Schnapsfabrikanten, der maßgeblich daran beteiligt sein wird, wenn demnächst eine Alkoholschwemme über Amerika hereinbricht. Lächelnd lehnt er an den Decksaufbauten der *Aquitania*, wo er sich jüngst auf einer Überfahrt nach England photographieren ließ.«

Auf einer Karteikarte, die er mit einer Büroklammer in den *Cunarder* geheftet hatte, hatte Moses notiert, daß ein paar Monate zuvor – am 27. Februar 1933, um genau zu sein – das amerikanische Repräsentantenhaus und der Senat eine Resolution zwecks Aufhebung des Achtzehnten Verfassungszusatzes verabschiedet hatten. Die Resolution mußte von sechsunddreißig Staaten ratifiziert werden. Franklin Delano Roosevelt, bekanntlich ein Gegner der Prohibition, wurde am 4. März als zweiunddreißigster Präsident der Vereinigten Staaten vereidigt, und schon Anfang April war es gesetzlich wieder erlaubt, Bier mit 3,2 Prozent Alkoholgehalt zu verkaufen. H. L. Mencken kostete ein Glas des neuartigen Gebräus in der Bar des Rennert Hotels in Baltimore. »Gar nicht übel«, sagte er. »Gießen Sie mir noch eins ein.«

Solomon fuhr im Mai mit dem Schiff nach England, angeblich wollte er nach Edinburgh, wo er den großen Whiskyhersteller McCarthy Ltd. in Lochnagar, gleich oberhalb von Balmoral, als Partner für den amerikanischen Markt gewinnen sollte. Während der folgenden drei Monate gab Solomon kein Lebenszeichen von sich, außer gelegentlich eine Postkarte mit spöttischen Bemerkungen, Postkarten aus Berlin und München und London und Cambridge und schließlich aus Moskau. Der vor Wut schäumende Mr. Bernard legte unterdessen die Hände nicht in den Schoß. Er erwarb eine Brennerei in Ontario und eine zweite in Kentucky. Anfang Oktober kehrte Solomon nach Montreal zurück.

»Wie ist es in Schottland gelaufen?« fragte Mr. Bernard mit hervorquellenden Augen.

»Du weißt verdammt gut, daß ich nicht dort war. Meinetwegen kannst du selbst hinfahren, Bernie.«

»Dazu brauche ich nicht deine Erlaubnis. Klar fahre ich hin, darauf kannst du Gift nehmen.«

Mr. Bernard reiste im Oktober nach Schottland, mußte jedoch feststellen, daß die schottischen Whiskybarone ihn nicht als die geeignete Person betrachteten, um ihre Interessen in Amerika zu vertreten, noch dazu jetzt, da das Ende der Prohibition vor der Tür stand. Seine Ambitionen schienen sie vielmehr zu belustigen. Mr. Bernard war gerade wutschnaubend in London im Savoy abgestiegen, als Utah das Gesetz als sechsunddreißigster Staat widerrief und damit vollendete Tatsachen schuf. Es war der 20. November, und die *Evening News* brachte die Schlagzeile:

DIE PROHIBITION IST TOT
DIE MORMONEN HABEN IHR DEN GARAUS GEMACHT
HURRA
GOLDENE ZEITEN STEHEN BEVOR

Zu Mr. Bernards Verwunderung machte Solomon sich nicht über ihn lustig, als er mit leeren Händen heimkehrte. Solomon hatte einen Kurzwellenempfänger und ein Feldbett in sein Büro gestellt. Unappetitliche kleine Ausländer mit flackerndem Blick, die komische, europäisch geschnittene Anzüge trugen und ihre Zigarettenasche überall verstreuten, trafen sich dort mit ihm, und wenn sie wieder gingen, waren ihre Taschen prall mit Geld gefüllt.

»Was kaufen wir da gerade ein?« fragte Mr. Bernard.

»Itzige.«

»Mach dich nur lustig über mich!«

Solomon hatte damals bereits die erste von vielen lästigen Reisen nach Ottawa hinter sich, diesmal um Horace MacIntyre, den stellvertretenden Minister für Einwanderung, aufzusuchen. MacIntyre, Junggeselle und Kirchenältester, war im gesamten öffentlichen Dienst wegen seiner Rechtschaffenheit hoch angesehen. Wenn er vom Büro aus einen privaten Brief abschickte, warf er zwei Cents in die Portokasse.

MacIntyre hörte sich Solomons Plädoyer für die Flüchtlinge ungehalten an. »Lassen wir doch die Schönfärberei, Mr. Gursky. Wenn Sie Flüchtlinge sagen, meinen Sie Juden.«

»Man hat mir erzählt, daß Sie ein äußerst scharfsinniger und rechtschaffener Mensch sind.«

»Juden werden in zunehmendem Maß als ›unerwünschte Einwanderer‹ bezeichnet, und zwar nicht wegen ihrer Rasse, was ich für ein scheußliches Vorurteil halten würde, sondern weil sie Arbeit in der Landwirtschaft oder im Bergbau als unter ihrer Würde betrachten.«

»Mein Großvater hat in englischen Bergwerken gearbeitet, bevor er 1846 hierherkam, und mein Vater war Farmer in der Prärie.«

»Aber wenn ich recht sehe, haben Sie mittlerweile eine einträglichere Beschäftigung gefunden.«

Solomon lächelte gutgelaunt.

»Ihre Leute sind nun mal ein Volk von eingefleischten Städtern, und sie würden Arbeitsplätze für sich in Anspruch nehmen, die mit Einheimischen besetzt werden könnten oder mit Einwanderern aus dem Mutterland, und deshalb können wir die Schleusen ganz einfach nicht öffnen.«

»So, wie sich die Bevölkerung gegenwärtig zusammensetzt, machen die Juden lediglich eins Komma fünf Prozent aus«, sagte Solomon, und dann beschrieb er ein paar von den Dingen, die er in Deutschland erlebt hatte.

»Zufälligerweise bin ich ein Bewunderer der Schriften von Mr. Walter Lippmann«, sagte MacIntyre, »einem Ihrer Glaubensbrüder, wenngleich er davon nicht viel Aufhebens macht. Er ist der Ansicht, die Judenverfolgung diene einem guten Zweck, indem sie den Drang der Deutschen, andere Völker zu unterwerfen, befriedige. Er ist wirklich davon überzeugt, daß dies eine Art Blitzableiterfunktion hat und Europa vor Schlimmerem bewahrt. Natürlich ist das alles sehr unerfreulich, Mr. Gursky, aber es besteht kein Grund zur Panik.«

Im Sommer saß Mr. Bernard auf glühenden Kohlen. Es ging das Gerücht um, der Premierminister beabsichtige, die Gurskybrüder hinter Gitter zu bringen und den Schlüssel wegzuwerfen. Da den Gurskys ein Prozeß ins Haus stand, bei dem sie unter anderem des Alkoholschmuggels und der Hinterziehung von Zollgebühren angeklagt werden sollten, steckte Mr. Bernard Abend für Abend mit seinen Anwälten zusammen und ärgerte sich über Solomon, weil dieser während der Besprechungen schwieg und sich für ihr weiteres Schicksal nicht sonderlich zu interessieren schien. Jetzt war es Mr. Bernard, der einmal, manchmal zweimal in der Woche zwischen Montreal und Ottawa hin- und herpendelte, in seinem Aktenkoffer große Summen Bargeld mitschleppte und mit Gemälden von Jean-Jacques Martineau zurückkehrte, die er achtlos in einem

Wandschrank verstaute. Er war derart mit den Nerven herunter, daß ihm Morries Abwesenheit erst nach einem Monat auffiel.

Eines Morgens stürmte er in das Stammhaus der Firma in der Sherbrooke Street, stieß die Türen mit den Füßen auf, durchsuchte die Toiletten und fragte: »Wo ist mein Bruder?«

»Immer mit der Ruhe, Mr. Bernard«, sagte Tim Callaghan.

Irischer Trunkenbold. Christusanbeter. »Ach ja? Und warum?«

»Weil Sie sich ein Magengeschwür holen, wenn Sie so weitermachen.«

»Magengeschwür? Das kriege ich nicht selbst, sondern das verpasse ich anderen. Wo zur Hölle ist Morrie?«

Solomon wurde geholt.

»Hast du ihm wirklich einen Aschenbecher an den Kopf geworfen?« fragte Solomon.

»Wenn er nicht so ein Trottel wäre, hätte er sich geduckt.«

»Morrie hat die Nase voll von dir. Er hat es satt, daß ihm jeden Morgen das Frühstück wieder hochkommt. Er ist mit Ida und den Kindern aufs Land gezogen.«

Mr. Bernard knöpfte sich Morries Sekretärin vor. Eingeschüchtert zeichnete sie einen Plan, anhand dessen er Morries Haus in den Laurentischen Bergen finden konnte. Unter Druck gesetzt, erzählte sie ihm von Morries Werkstatt. Beschimpft und bespuckt, rückte sie damit heraus, daß er nun Möbel herstellte. Mr. Bernard feuerte sie. »Nehmen Sie Ihre Handtasche und Ihre Nagelfeile, das Geräusch macht mich sowieso verrückt, und nehmen Sie auch Ihr Billigparfum von Kresge's und Ihre Packung Monatsbinden und sehen Sie zu, daß Sie hier verschwinden, verdammt noch mal« Dann ließ er seine Limousine vorfahren und raste nach Ste.-Adèle.

Morrie war vorgewarnt. Er wartete im Wohnzimmer, sein Kopf lang auf Idas Schoß. Nach einer Weile stand er auf, stellte sich ans Fenster und ließ seine Fingerknöchel knacken. Schließlich bog die Limousine in die lange Auffahrt ein, und gleich darauf sprang Mr. Bernard heraus, ging jedoch nicht sofort zu dem großen, umgebauten, auf einem Hügel gelegenen Farmhaus mit Blick auf den See, sondern hielt geradewegs auf den

Gemüsegarten zu, wie Morrie verblüfft beobachtete. Mr. Bernard riß Tomatenpflanzen heraus, trampelte auf Salatbeeten herum, trat mit den Füßen nach Kohlköpfen, hüpfte auf Auberginen herum, bis sie aufplatzten, zerrte eine Mistgabel aus einem Düngerhaufen und säbelte damit Maisstauden nieder. Dann rannte er zur Eingangstür und hämmerte mit den Fäusten dagegen. »Schau dir meinen Anzug an! Und meine Schuhe! Überall Dreck von deiner Scheißfarm!«

Er schoß ins Eßzimmer, riß die leinene Decke vom Tisch, so daß eine Vase mit Rosen auf dem Dielenboden zerbrach, und wischte die zermatschten Auberginen von Händen und Schuhen.

»Sag ihm, daß du nicht zurückgehst«, zeterte Ida.

»Was war dein Vater? Ein kleiner Jude in einem Lebensmittelladen mit einer Waage, auf der das Pfund sechshundert Gramm wog. In einem Schuppen hat er gehaust, in dem es nicht mal ein Klo gab. Wenn man zum Kacken nach draußen auf den Abort gegangen ist, mußte man aufpassen, daß einem die Wespen nicht in die Eier stachen. Jetzt trägst du Diamanten und einen Nerz, und ich habe Kopf und Kragen riskiert, um das Geld ranzuschaffen. Geh sofort auf dein Zimmer. Ich muß mit meinem Bruder reden.«

Ida floh aus dem Zimmer, blieb jedoch auf dem oberen Treppenabsatz stehen und rief »Du Hitler!«, bevor sie die Schlafzimmertür hinter sich zuknallte und den Schlüssel umdrehte.

»Gott bewahre, aber wenn sie meine Frau wäre, würde ich ihr Manieren beibringen, das sage ich dir. Was hast du für diese Bruchbude gezahlt?«

Morrie sagte es ihm.

»Wie viele Morgen Land gehören dazu?«

»Dreißig.«

»Na großartig. Wenn ich aufs Land ziehen würde, hätte ich mindestens hundert Morgen und würde auf der Sonnenseite des Sees in einem größeren Haus wohnen, in dem die Bodendielen nicht knarren.« Er schüttelte sich vor Lachen. »Die haben dich bestimmt ganz schön über den Tisch gezogen, du *puz.*«

»Kann sein.«

Mr. Bernard trat ans Fenster. »Ist das da drüben –« er zeigte auf ein unverkennbar neues, mit Schindeln gedecktes Gebäude, »– ist das die Werkstatt, in der du deine Möbel machst?«

»Ja.«

»Ich habe gehört, du baust auf Bestellung Bücherregale und läßt die Dinger in einem Laden in Ste.-Adèle verkaufen.« Mr. Bernard hob ein zierliches Beistelltischchen hoch. »Hast du diesen klitzekleinen Scheißtisch gebaut?«

»Ja.«

»Wieviel verlangst du dafür.«

»Zehn Dollar.«

»Ich gebe dir sieben«, sagte Mr. Bernard und zählte die Geldscheine ab, »weil du ihn direkt an mich verkaufst ohne den gojischen Zwischenhändler in Ste.-Adèle.« Er stieß das Tischchen mit dem Fuß um und hüpfte darauf herum. »Du bist mein Bruder, du Schlappschwanz, und wenn die reichen Antisemiten in Ste.-Adèle deinen Scheißkram kaufen, dann nur, um sagen zu können: ›He, weißt du, wer diesen beschissenen, windschiefen, kleinen Tisch für zehn Dollar für mich gebaut hat? Mr. Bernards Bruder.‹ Das kannst du mir nicht antun. Ich will, daß du morgen früh um acht Uhr wieder im Büro sitzt, sonst nehme ich eine Axt und mache Kleinholz aus deiner Werkstatt.«

Morrie klaubte die Überreste von seinem Tischchen zusammen und legte sie neben den Kamin.

Außer Atem sank Mr. Bernard aufs Sofa. Er wischte sich das Gesicht mit einem Taschentuch ab. »Was gibt es zum Abendessen?« fragte er.

»Kalbskoteletts.«

»Und was dazu?«

»Bratkartoffeln.«

»Das habe ich erst gestern abend gegessen. Ob Ida mir nicht eine *kasche* machen kann?«

»Ich kann sie fragen.«

»Sag lieber, es ist für dich. He, erinnerst du dich noch an Mamas *kischkes*? Sie hat mir immer das größte Stück gegeben. Ich war eben ihr Liebling, was?«

»Ja.«

»Was gibt es als Vorspeise?«

»Es ist noch ein bißchen Borschtsch von gestern abend übrig.«

Mr. Bernard gähnte und räkelte sich. Er hob den Hintern an und furzte. »Heute abend kommt Eddie Cantor im Radio. Habt ihr ein Radio?«

»In den Bergen ist der Empfang nicht besonders gut.«

»Wir könnten eine Partie Gin-Rommée spielen. Ach, nein, vergiß es. Ich esse lieber zu Hause. Aber ein Eis am Stiel wäre jetzt genau das richtige. Du hast nicht zufällig eins in der Gefriertruhe?«

»Glaubst du etwa, ich wußte nicht, daß du kommst?«

Morrie holte zwei Eis, wickelte sie aus und zerknüllte das Papier.

»He, was tust du da?« fragte Mr. Bernard, schnappte sich die Einwickelpapiere und strich sie glatt. »Wenn du den Kupon auf der Rückseite ausfüllst, kannst du ein Fahrrad gewinnen. Um wieviel Uhr kann ich morgen früh im Büro mit dir rechnen?«

Wieder ließ Morrie seine Knöchel knacken.

»Morrie, sei doch mal vernünftig. Wie soll ich ohne dich mit Solomon zu Rande kommen? Ich brauche deine Stimme, um ihn klipp und klar auszupunkten.«

»Ich habe es satt, zwischen euch beiden eingequetscht zu sein wie in einen Schraubstock.«

»Gut so! Zeig's ihm!« kreischte eine Stimme oben auf dem Treppenabsatz.

Zornig schoß Mr. Bernard vom Sofa hoch, streckte die Arme aus und krümmte die Finger, als wollte er jemanden kratzen.

»Wenn ich dir jemals eine *kasche* mache, du *ojsworf*, dann würz ich sie mit Arsen«, schrie Ida, flitzte zurück in ihr Zimmer und schob die Frisierkommode vor die Tür.

»Du hast keine Ahnung, wie Solomon jetzt ist«, sagte Mr. Bernard und ließ sich wieder aufs Sofa sinken. »Unser verrückter Bruder. Wir waren besser dran, als er noch den Weibern nachrannte. Jetzt übernachtet er im Büro, und Callaghan bleibt manchmal bei ihm. Dann kippen sie sich jeder einen Liter Whisky hinter die Binde, und er klebt an seinem Kurzwellenradio und dreht die ganze Nacht an den Knöpfen rum. Er läßt keine einzige Rede von Hitler aus.«

»Ich gehe nicht zurück ins Büro.«

»Ich gebe dir bis Montag Zeit, mehr nicht.«

Als Mr. Bernard nach Hause kam, war es schon dunkel. Er versuchte erst gar nicht, Solomon zu Hause anzurufen. Es hatte keinen Sinn, er war nie da. Am nächsten Morgen erfuhr Mr. Bernard, daß Solomon schon wieder in Ottawa war und Staub aufwirbelte, und das zu einem Zeitpunkt, in dem die Gurskys alles andere brauchen konnten, als noch mehr Feinde in hohen Positionen.

Solomon sagte zu MacIntyre: »Ich habe zweitausend Morgen Ackerland in den Laurentischen Bergen gekauft und dazu –«

»Wo genau?« wollte MacIntyre wissen.

»Nicht weit von Ste.-Agathe. Warum fragen Sie?«

»Oh, bei Ste.-Agathe«, sagte MacIntyre erleichtert. »Seit Jahren verbringe ich meinen Sommer- und Winterurlaub im Chalet Antoine in Ste.-Adèle. Kennen Sie das?«

»Nein. Also, ich habe zweitausend Morgen gekauft und dazu eine große Rinderherde und Milchvieh, und ich habe eine Liste von Leuten, die mir versprochen haben, sich dort niederzulassen.«

»Mr. Gursky, glauben Sie allen Ernstes, ich würde zulassen, daß sich noch mehr Juden in der Provinz Quebec ansiedeln?«

»Warum nicht?«

MacIntyre ließ sich eine Akte bringen. »Sehen Sie sich das bitte an.« Es handelte sich um einen aus *Le Devoir* ausgeschnittenen Leitartikel. »... Ein jüdischer Ladenbesitzer am St. Lawrence Boulevard trägt nichts dazu bei, um unseren natürlichen Reichtum zu mehren.« Dann reichte er Solomon die Abschrift einer Petition, die Wilfred Lacroix, ein liberaler Parlamentarier, an das Parlament gerichtet hatte. Die Petition war von mehr als einhundertzwanzigtausend Mitgliedern der Société Saint Jean-Baptiste unterzeichnet worden. Sie sprachen sich gegen »die Einwanderung im allgemeinen und gegen die jüdische Einwanderung im besonderen« nach Quebec aus.

»Wenn es die Sache erleichtern würde, könnte ich Land in Ontario oder in den Maritimes kaufen.«

»Ich bin beeindruckt, wie großzügig Sie mit Ihrer Geldbörse umgehen, Mr. Gursky, doch es gibt da ein Problem. Menschen wie Sie bilden eine Rasse für sich und haben das – wie soll ich es ausdrücken? – höchst unerfreuliche Talent, ihre Geschäfte besser organisieren zu können als andere Leute. Die unermüdlichen Versuche, unser Land mit Verwandten, Freunden oder sogenannten Farmern zu überfluten, müssen ein Ende haben. Mir sind die Hände gebunden. Tut mir leid.«

Als Solomon am nächsten Morgen in das alte McTavish-Gebäude zurückkehrte, lag Mr. Bernard bereits auf der Lauer.

»Und? Hast du was erreicht?« fragte Solomon.

»Mit vernünftigen Argumenten kommt man bei Morrie nicht weiter.«

»Laß ihn, Bernie.«

»Jetzt hör mir mal zu, uns steht ein Gerichtsverfahren ins Haus. Dieser Bert Smith wird richtig auspacken. Wenn ich in den Zeugenstand trete, finden die Leute mit Vorurteilen bestimmt, daß ich ein Gesicht habe wie ein Gauner. Und wenn du in den Zeugenstand mußt, wirst du dich so verdammt arrogant aufführen, daß dich der Richter haßt. Morrie ist ein Engelchen. Alle lieben ihn. Aber wir müssen ihm einbleuen, was er sagen soll. Also reiß dich gefälligst zusammen und hol ihn zurück.«

»Ich habe nächste Woche am Mittwoch in Ste.-Adèle zu tun. Dann schaue ich bei Morrie vorbei, aber versprechen kann ich nichts.«

Solomon mußte geschäftlich ins Chalet Antoine, das eleganteste Etablissement von ganz Ste.-Adèle. Es lag auf der Kuppe eines dicht mit Fichten, Kiefern und Silberbirken bestandenen Hügels mit Blick über den Lac Renault, der in Reiseprospekten als zauberhaft bezeichnet wurde. Auf einem Schild am Tor stand geschrieben:

UNBEFUGTEN ZUTRITT VERBOTEN

Es war ein schöner Spätnachmittag im Sommer. Solomon begab sich geradewegs in die Bar, die geschmackvoll in Kiefer Natur eingerichtet war und eine niedrige Balkendecke hatte. Auf einem Gemälde war der Eishockeyspieler Howie Morenz dargestellt, wie er auf das gegnerische Tor zuschoß. Zudem hingen Photos von Red Grange, Walter Hagen und Bill Tilden an der Wand. Glastüren gingen hinaus auf eine mit Steinplatten ausgelegte und von Gladiolenbeeten gesäumte Terrasse mit Blick auf die Tennisplätze und den See. In der Bar befanden sich sechs Gäste. An einem Tisch saß ein untersetztes Pärchen mittleren Alters, das offenbar gerade vom Golfplatz gekommen war. Sie trug einen Schottenrock, er Knickerbocker. Ein Mann allein studierte den Börsenbericht im *Star.* An einem anderen Tisch saßen noch ein Mann und eine Frau. Er starrte ausdruckslos vor sich hin, sie war in den Roman *Antonio Adverso* vertieft. Und dann war da noch eine hübsche junge Dame, die allein an einem Tisch saß, an einem Glas Weißwein nippte und einen Brief auf einer Sorte Büttenpapier schrieb, die man im Ausland bestellen mußte. Ihr honigfarbenes Haar wurde von einer Spange aus Elfenbein gehalten. Sie hatte rotbemalte, volle und doch strenge Lippen und trug eine gestreifte Sommerbluse, einen marineblauen Faltenrock und Tennisschuhe. Zeitschriften lagen auf ihrem Tisch verstreut. *Vanity Fair, Vogue.* Als Solomon mit forschem Schritt eintrat, blickte sie auf – sie blinzelte ein bißchen, war offenbar kurzsichtig –, dann wandte sie sich wieder ihrem Brief zu. Mehr Beachtung schenkte sie dem Neuankömmling nicht.

Solomon setzte sich, faltete eine jiddische Zeitung auseinander und rief den Kellner zu sich. *»Du whisky, s'il vous plaît. Glenlivet.«*

Der Mann, der vor sich hin gestarrt hatte, beugte sich zu seiner Frau hinüber, um etwas zu ihr zu sagen. Sie ließ das Buch sinken, stellte ihre Handtasche auf den Schoß und hielt sie fest. Eine Ahnung von nahendem Unheil hing über dem Tisch der Golfspieler wie eine dunkle Wolke vor einem heftigen Regenguß. Die junge Dame, die allein saß, schrieb weiter an ihrem Brief.

Paul, der stämmige Ober mit dem borstigen Haar, holte seinen Chef und führte ihn zu Solomons Tisch. Monsieur Raymond Morin. Ein aufgeblasener Gockel mit einem Schnurrbart wie ein Fahrradlenker.

»Aha«, sagte Solomon, »*le patron.*« Und er wiederholte seine Bestellung.

»Ich muß Sie bitten zu gehen.«

»Ach, seien Sie nicht albern, Raymond«, rief die junge Dame, die allein saß, »servieren Sie ihm seinen Drink und lassen Sie es gut sein.«

»Es gibt andere Bars...«

»*Dépêche-toi, mon vieux*«, sagte Solomon.

Da ließ sich der Mann, der den Börsenbericht im *Star* studiert hatte, vernehmen: »Ich kann verstehen, daß Sie die Hausordnung dieses Hotels als Beleidigung empfinden, aber ich kann nicht begreifen, warum jemand unbedingt dort etwas trinken möchte, wo er nicht willkommen ist.«

»Ihr Argument ist nicht ganz von der Hand zu weisen«, gab Solomon zu.

»Paul, rufen Sie die Polizei.«

»Ist nicht nötig, Monsieur Morin. Sie ist schon unterwegs«, sagte Solomon und wiederholte abermals seine Bestellung.

»Es verstößt gegen die Regel unseres Hauses, Leute wie Sie zu bedienen.«

»Zeigen Sie es ihm, Ray«, sagte die Golfspielerin.

»Ich habe das Hotel gestern nachmittag gekauft.«

»Daß ich nicht lache!«

»Und was diese Herrschaften angeht«, sagte Solomon und zeigte auf den Golfspieler und seine Frau, »wünsche ich, daß sie noch vor dem Abendessen von hier verschwunden sind.«

»Frechheit!«

Die junge, allein sitzende Dame legte den Füller aus der Hand. »Oh, dann hat sich die Politik des Hauses ja gar nicht geändert, nur die Kategorie der unerwünschten Gäste.« Sie packte ihre Sachen zusammen und zog sich auf die Terrasse zurück.

Der Mann, der die Börsennachrichten gelesen hatte, grinste.

»Sind Sie Anwalt?« fragte Solomon.

»Ja, aber ich fürchte, ich habe mich bereits verpflichtet, der Gegenseite zu ihrem Recht zu verhelfen, Mr. Gursky.«

»Ich pfeife auf Gesetze.«

»Aber ohne sie kommen wir nicht aus. Übrigens gibt es da noch einen oder zwei ungeklärte Todesfälle.«

»Aber Bert Smith ist nicht dabei. War das nicht anständig von mir?«

»Eher dumm.«

»Dieses Land hat keine tiefverwurzelte Traditionen. Statt dessen gibt es Leute wie Smith. Er verkörpert das Wesen Kanadas.«

Zwei Beamte der örtlichen Polizei trafen ein: Coté und Pinard. »Was können wir für Sie tun, Mr. Gursky?«

»Ich bin hier der Chef«, protestierte Monsieur Morin.

»Machen Sie sich nicht lächerlich, Raymond«, sagte der Anwalt. »Wenn Mr. Gursky sagt, er habe diesen Zuschußbetrieb gekauft, dann gehe ich davon aus, daß es so ist. Man hat ihn allerdings übers Ohr gehauen.«

»Das Hotel ist ab Freitag nachmittag restlos ausgebucht, aber ich weiß Ihre Anteilnahme zu schätzen.«

»Stets zu Ihren Diensten. Übrigens, ich bin Stuart MacIntyre. Ich glaube, Sie sind mit meinem Bruder Horace bekannt.«

»Das bin ich in der Tat.«

»Er kommt am Freitag auch hierher.«

Solomon ging auf die Terrasse. Die junge Frau saß ganz hinten an einem Tisch. Die Sonne schien ihr aufs Haar und auf die nackten Arme. »Haben Sie das Hotel wirklich gekauft?« fragte sie.

»Ja. Darf ich mich setzen?«

»Sind Sie reich genug, um in den Laurentischen Bergen alle Hotels mit einem so strengen Reglement aufzukaufen?«

»Ich sollte mich Ihnen vielleicht vorstellen.«

»Ich weiß, wer Sie sind und was Sie sind, Mr. Gursky. Ich bin Diana Morgan. Starren Sie mich nicht so an. Sie haben richtig gesehen. Ein Auge ist blau, das andere braun. Wird man Sie ins Gefängnis stecken?«

»Das bezweifle ich.«

»Unterschätzen Sie Stu MacIntyre nicht.«

»Sie kennen ihn anscheinend.«

»Seine Frau ist eine Bailey. Sie ist meine Tante. Stu und mein Vater gehen oft zusammen auf Entenjagd.«

»Wie lange bleiben Sie hier?«

»Ich nehme hier nur Tennisunterricht. Wir haben ein Landhaus ganz in der Nähe.«

»Wollen Sie nicht mit mir zu Abend essen?«

Sie schüttelte den Kopf. »Ihr Bruder baut mir gerade einen Bücherschrank. Er ist so ein reizender Mensch.«

Solomon stand auf und sagte: »Ich entschuldige mich für das, was da drinnen passiert ist.«

»Sie hatten sich auf eine richtige Skandalszene gefreut, nicht wahr?«

»Ja«, gab er verblüfft zu.

»Sie haben sich getäuscht. Diese netten Langweiler da drin verabscheuen Szenen noch mehr als Juden.«

»Diese Leute interessieren mich einen feuchten Dreck.«

»Was interessiert Sie denn?«

»Ich suche nach dem Reich des Priesterkönigs Johannes«, sagte er und ging zurück ins Hotel.

Priesterkönig Johannes? Am liebsten hätte sie ihn zurückgerufen. Bleiben Sie, dachte sie, reden Sie noch ein bißchen mit mir, Mr. Solomon Gursky. Doch dieser verdammte Stu saß drinnen an der Bar. So wie die Dinge lagen, würde er ihrem Vater garantiert von dem Vorfall berichten. Ihr Pech. Wenn ich schnell nach Hause fahre, überlegte sie, habe ich noch Zeit, um vor dem Abendessen eine Runde zu schwimmen.

Solomon beobachtete vom Fenster aus, wie sie auf ihr Auto zuschritt, einem dunkelgrünen Biddle & Smart Sportcoupé. Er blieb am Fenster stehen, bis sie abgefahren war.

»Bei der konnten Sie wohl nicht landen, was, Gursky?«

Solomon drehte sich um und sah sich dem Golfspieler gegenüber, dessen Augen boshaft funkelten.

»Wagen Sie es nicht noch einmal, so mit mir zu sprechen«, sagte Solomon, machte einen Satz vorwärts, packte den Golfspieler an der Kehle und drückte ihn gegen die Wand. *Ein Jahrhundert, nachdem Maimonides seinen* Führer der Unschlüssigen *geschrieben hatte, lebten deine Vorfahren noch in ärmlichen Lehmhütten, stießen mit Bechern voll Blut von ihresgleichen auf ihre Gesundheit an und schliefen, in schmuddelige Decken gewickelt, auf dem nackten Fußboden.*

»Lassen Sie ihn los«, kreischte die Frau des Golfspielers.

*Spinoza hatte längst seine* Ethik *geschrieben, als die Kinder deiner Ahnen noch Amulette gegen den bösen Blick trugen und um ihr Vieh einen Ring aus Feuer legten, um es vor Schaden zu bewahren.*

»Bitte, Mr. Gursky. Er erstickt sonst.«

Solomon zog den Golfspieler mit einem Ruck zu sich heran und stieß ihn dann mit Wucht von sich, so daß sein Kopf gegen die Wand schlug. Wieder kreischte seine Frau. In diesem Moment kamen die beiden Polizisten herein und befreiten den Golfspieler aus Solomons Griff. »He, das reicht«, sagte Pinard. »Genug.«

7 Die plumpe, einfältige Ida, die viel zuviel Make-up aufgelegt hatte, empfing ihn an der Tür. Solomon war mit Geschenken beladen: eine Parfumflasche für sie, eine Modelleisenbahn mit allen Schikanen für die Kinder und für Morrie eine Kiste aus wohlriechendem Zedernholz mit allerlei Tischlerwerkzeugen, einen Satz aus England importierter Raspeln und Feilen und einen Schrupphobel aus Rotbuche.

»Er geht trotzdem nicht zurück ins Büro«, sagte Ida.

Solomon nahm Ida in den Arm, schaukelte mit ihr hin und her und küßte sie auf die fleischigen Wangen. »Mein Gott, Ida, du siehst zehn Jahre jünger aus. Wärst du nicht mit meinem Bruder verheiratet, würde ich dich jetzt quer durchs Zimmer jagen.«

»Wir können Morrie ja einen Vierteldollar geben und ihn ins Kino schicken.«

»Wie lange kannst du bleiben?« fragte Morrie.

»Höchstens ein paar Tage.«

»Wunderbar«, sagte Morrie verzagt.

Solomon berichtete ihnen das Neueste aus Montreal. Daß man nachts wegen der Hitze kaum schlafen könne. »Ihr seid hier draußen besser dran, ehrlich«, sagte er.

»Du hättest Clara und die Kinder mitbringen sollen«, sagte Ida listig.

Im Palace laufe *King Kong* mit Fay Wray, erzählte Solomon, und im Loews ein neuer Film mit Jean Harlow. Alle Welt singe den Schlager aus der neuesten Show von Irving Berlin und Moss Hart.

Solomon hatte die Schallplatte mitgebracht und legte sie auf.

Sie erzeugte eine Hitzewelle,
denn sie wackelte mit dem Po so schnelle,
in einer Art, einer so gewagten, daß die Kunden sagten:
»Schaut an, wie sie den Cancan kann.«

Ida spielte die Platte noch einmal und tanzte dazu einen Shimmy. »Will keiner von euch mit mir tanzen?« fragte sie.

»Nein«, sagte Morrie.

Beim Abendessen warnte Ida Solomon vor dem See und meinte, er solle lieber nicht einmal den kleinen Zeh hineintauchen. Als so gefährlich für die Gesundheit wie der North River in Prévost sei er zwar nicht eingestuft worden und hier in der Gegend sei es mit der Kinderlähmung bei weitem nicht so schlimm wie in Montreal, wo alle Tagesstätten für Kinder geschlossen seien, doch in Ste.-Agathe seien schon neun und in Ste.-Adèle sechs Poliofälle bekanntgeworden. »Putz dir die Zähne nicht mit Wasser aus dem Hahn. Ich bringe dir jeden Morgen einen Krug mit frisch abgekochtem Wasser auf dein Zimmer.«

»Das kann Solange machen.«

»He, du eifersüchtiger Gockel, er ist doch mein Schwager, oder?«

Solomon schenkte Ida Wein nach und bat dann darum, sich die Werkstatt ansehen zu dürfen. Morrie zögerte.

»Also, *ich* hab keine Angst im Dunkeln. Ich geh mit ihm rüber«, sagte Ida.

»Du bleibst hier.«

»Ihr mit eurer Geheimnistuerei«, rief Ida ihnen hinterher. »Wahrscheinlich erzählt ihr euch schmutzige Witze. Glaubt ihr etwa, ich würde nicht auch gern mal was zum Lachen haben?«

Die Werkstatt wurde mit einem holzbefeuerten Kessel beheizt. Die Hobelbank war nach klassischer europäischer Tradition aus verleimter und geölter Buche. An der Vorderseite befanden sich ein großer Schraubstock und Löcher für Zwingen, und über die gesamte Rückseite verlief eine Mulde für Werkzeug. Solomon schlenderte zum hinteren Teil des Raums und strich mit der Hand über die in Eisenregalen ordentlich übereinandergestapelten Bretter: Kiefer, Eiche, Zeder, graue Walnuß und Kirsche. Er bewunderte die vielen Werkzeuge, die entweder an Nagelbrettern hingen oder in Regalen lagen: Holzhämmer, Kehl-, Schrupp- und Stirnhobel, Flach- und Rundstemmeisen, Schruppbeitel, Bogen- und Stichsägen, Spannstifte und Keile und ein Satz Werkzeuge zum Gewindeschneiden.

»Ich weiß, daß ich vor Gericht aussagen muß«, sagte Morrie. »Keine Sorge, ich kriege das schon hin.«

»Hast du den selbst gemacht?«

Solomon setzte sich auf einen Küchenstuhl.

»Du hast genug gesehen. Gehen wir.«

»Und der Bücherschrank hier?« fragte Solomon und fuhr mit der Hand über die unebene Kante.

»Den hat ein Kunde in Auftrag gegeben. Eine Dame. Laß uns jetzt gehen.«

Solomon setzte sich an die Hobelbank und spielte mit dem Schraubstock. »Holt sie ihn hier ab, oder lieferst du ihn ihr?«

»Sie wollte ihn Freitag in einer Woche zusammen mit ihrem Verwalter abholen. Sie haben einen kleinen Lastwagen.«

»Lade sie zum Tee ein.«

»Ich wußte doch, daß da etwas im Busch ist. Hör zu, du Schürzenjäger, sie ist zufälligerweise die Enkelin von Sir Russell Morgan. Ich bitte dich, Solomon.« Er ließ die Knöchel knacken und seufzte. »Kaum bist du hier, kriege ich Herzjagen. Okay, okay, ich lade sie zum Tee ein, aber nur, wenn du mir versprichst, dich anständig zu benehmen.«

»Darf ich hier drin mal was basteln?«

»Du machst wohl Witze. Das muß man gelernt haben. Ein paar von meinen Werkzeugen sind sehr empfindlich.«

Ida rief vom Küchenfenster aus: »Habe ich etwa Mundgeruch, und sogar meine besten Freunde sagen mir nichts?«

»Ich werd auf deine Werkzeuge aufpassen.«

Früh am nächsten Morgen fuhr Morrie Barney und Charna zum Reitstall von Graf Gzybrzki, wo sie Unterricht nahmen. Parfümiert und gepudert stürzte Ida in Solomons Zimmer. »Egal, ob du angezogen bist oder nicht, ich bringe dir jetzt einen Krug Wasser«, rief sie und kicherte. »Aber keine Sperenzchen, ja?«

Das Bett war leer.

Später, als Morrie zurückkam, brütete Ida gerade über der dritten Tasse Kaffee und aß Toast mit Erdbeermarmelade.

»Ich dachte, Solomon wäre mit dir gefahren«, sagte Ida.

»Du wirst es nicht glauben, aber er ist in der Werkstatt und versucht, etwas zu tischlern. Egal, was dabei rauskommt, laß uns zu ihm sagen, daß es toll ist.«

»Ich bringe ihm das Mittagessen rüber.«

»Wir beide sollen uns nicht mal in der Nähe der Werkstatt sehen lassen, bis er fertig ist. Er hat mir die Schlüssel abgenommen. Er sagt, es soll eine Überraschung sein.«

»Oh, für mich?«

»Sei nicht albern.«

»Von wegen sei nicht albern. Wie er mich ansieht. Er zieht mich mit Blicken aus, das kannst du mir glauben.«

Solomon fing um halb sieben mit der Arbeit an und heizte zuerst einmal den Kessel an. Dann suchte er sich ein paar Tischlerwinkel und legte sich Holzhämmer und Stemmeisen und sonstiges Werkzeug bereit. Aus einem großen Kübel voll Beschlägen kramte er vier flache, aus Messing gegossene Schubladengriffe heraus. Genau, was er brauchte. Als er sich das Holz ansah, das in den Eisenregalen lagerte, fiel sein Blick zuerst auf das Ahornholz mit der Vogelaugenmaserung, doch dann entschied er sich für wilde Kirsche. Dieses Holz war zwar schwer zu bearbeiten, dafür aber solide. Es war in den äußeren Lagen hellbraun, im Kern jedoch bernsteinfarben und würde im Lauf der Jahre noch nachdunkeln. Es war so geschnitten, daß die Maserung auf ganzer Länge zu sehen war. Solomon wählte ein paar Bretter aus, roch daran, fuhr mit der Hand darüber und prüfte, ob sie sich womöglich verziehen oder gar Risse bekommen könnten. Es war mehr Holz da, als er für seine Zwecke benötigte. Das war gut so, denn er kalkulierte, daß er viel Verschnitt haben würde. Von den Schubladengriffen abgesehen, wollte er nichts Metallisches verwenden, also auch keine Nägel oder Schrauben. Alle Holzteile sollten durch Zapfen, Verzahnung, Nut und Feder miteinander verbunden werden. Er wollte ihr einen Tisch bauen. In einer Schublade würde sie ihr mit Jungmädchenphantasien vollgeschriebenes Tagebuch aufbewahren und in einer anderen den Schmuck, mit dem er sie überraschen würde. Bestimmt würde sie Duftsäckchen in jede Schublade legen. Oben auf der Platte ein silberner Kerzenständer, eine mit getrockneten Blütenblättern gefüllte Kristallschale, daneben Bürste, Kamm, Spiegel. An einem warmen Sommerabend würde sie bei offenem Fenster davor sitzen, vom See her würde eine milde Brise wehen, und sie würde ihr dikkes, honigfarbenes Haar bürsten und die Bürstenstriche zählen.

Solomon war fest entschlossen, den Tisch am Freitag mittag fertig zu haben, doch für den ersten Tag gab er sich damit zufrieden, das Holz zuzuschneiden und die Außenkanten mit einem Hobel zu glätten.

Er war ihrem Vater einmal begegnet. Er war ein großer Mann mit tonnenförmigem Brustkorb. »Ich bin Russell Morgan junior, Absolvent des King's College. Sehet mein Erbe, ihr Mächtigen, und verzaget.« Er war in der Empire League aktiv und Oberst beim 42. Hochländerregiment. Als Geschäftsmann ein Versager und zudem ein harter Trinker, wurde er als Seniorpartner bei Morgan, MacIntyre & Maclean von den jüngeren Partnern nur wegen seines angesehenen Namens und seiner nützlichen Beziehungen zu Regierungskreisen geduldet. Er war als Snob verschrien, doch gerechterweise muß gesagt werden, daß er auch etwas von einem Don Quichotte hatte. Zweimal hatte er bei den Parlamentswahlen in Montreal für die Tories kandidiert und zweimal, wie nicht anders zu erwarten, eine Niederlage erlitten. Einmal hatte ihm ein Zwischenrufer der Liberalen, der bei einer Wahlveranstaltung eingeschleust worden war, eine Frage auf französisch gestellt.

Russell Morgan junior hatte den Mann mit einer wegwerfenden Handbewegung abspeisen wollen, aber der hatte nicht lokkergelassen. »Wie ist es möglich«, hatte er gefragt, »daß Sie noch immer kein Französisch sprechen, obwohl Ihre Familie schon seit so vielen Jahren hier lebt?«

»Ich habe es nicht nötig, Französisch zu sprechen, werter Herr, genausowenig, wie ich es nötig hätte, Chinesisch zu verstehen, würde ich in Hongkong leben.«

Durch das Gerücht, der brillante Stuart MacIntyre würde die Staatsgewalt bei Gericht vertreten, in Angst und Schrecken versetzt, hatte Mr. Bernard die Dummheit begangen, sich persönlich an die Anwaltskanzlei zu wenden. Russell Morgan junior hatte eine derartige Dreistigkeit noch nie erlebt. Um seiner Torheit noch die Krone aufzusetzen, versuchte Mr. Bernard, ihn mit Geld zu ködern.

»Oh, ist das nicht köstlich, Jungs?«

Schließlich spielte Mr. Bernard den Trumpf aus, den er im Ärmel hatte. »Wissen Sie eigentlich, daß Ihr Großvater mit meinem mal ins Geschäft kommen wollte? Es ging um die New Camelot Mining & Smelting Company.«

»Miss Higgins bringt Sie zur Tür, Gursky, und zwar so sicher, wie Stu MacIntyre Sie und Ihre Brüder dahin bringen wird, wo Sie hingehören: hinter Gitter. Guten Tag.«

Es dämmerte schon, als Solomon in die Küche kam. Eine schmollende Ida erwartete ihn.

»Ida, du siehst bezaubernd aus.«

Sie hatte ihr schulterlanges, dauergewelltes Haar zu einem flachen Dutt eingerollt und trug ein schwarzes Spitzenkleid von Chanel, das an den Nähten aufzuplatzen drohte. »Ach was«, sagte sie und hielt den Atem an.

Barney und Charna hatten schon gegessen und waren bereits im Bett, als Ida bei Kerzenlicht das Abendessen servierte. Morrie strotzte vor guter Laune und sagte: »Vielleicht sollte ich ihn als Lehrling anstellen. Was meinst du, Ida?«

Solomon ging jeden Morgen um halb sieben aus dem Haus und kam erst nach Einbruch der Dunkelheit zurück. Er verbrachte jedoch nicht die ganze Zeit in der Werkstatt, sondern ging zwischendurch spazieren. Einmal sah er sie von weitem. Sie schnitt in ihrem Rosengarten mit sichtlichem Vergnügen ein paar Blumen ab. Sie trug einen breitrandigen Strohhut mit rosa Schleife: *Sie wird das Buch, das sie gerade liest, auf den Tisch legen. Es wird in einer Schutzhülle aus gepunztem Leder stecken und ein Lesezeichen aus roter Seide haben. Zum Beispiel* Gefühl und Verstand *oder* Biographie und kritische Nachrichten von englischen Dichtern *von Dr. Samuel Johnson. Er würde ihr abends etwas vorlesen. Er würde ihr von Ephraims Zeit in Vandiemensland und auf der* Erebus *erzählen und davon, wie ihr Großvater Ephraim in dem Hotel in Sherbrooke gefangengehalten hatte.*

»Sag mal«, fragte Ida, »kannst du in der Werkstatt vielleicht eine Putzfrau brauchen? Ich verlange fünfzig Cents die Stunde. Aber Fummeln ist verboten.«

»Es soll eine Überraschung werden«, sagte Morrie, »das habe ich dir doch gesagt. Wir dürfen nicht rein.«

»Oh, ich hoffe, du hast es nicht vergessen, Morrie«, sagte Solomon.

»Was soll er nicht vergessen haben?«

»Miss Diana Morgan kommt zum Tee«, erklärte Morrie und wandte den Blick ab.

»He, ich wohne auch hier. Warum habt ihr mir nichts gesagt?«

»Morrie hat es dir doch gerade gesagt.«

»Wenn du glaubst, du könntest sie bumsen, Mister, wirst du dein blaues Wunder erleben.«

»Ida!« rief Morrie.

»Von wegen Ida und psst, psst! Ich wette, nicht einmal eine Milchflasche wäre sicher, wenn sie mit Solomon allein in einem Zimmer ist. Arme Clara, kann ich da nur sagen.« Ida schob ihren Stuhl zurück und marschierte aus dem Eßzimmer, drehte sich an der Tür jedoch noch einmal um. »Sie wird nicht kommen, Solomon. In letzter Minute muß sie bestimmt ihr liebes Pferdchen schamponieren oder zum Beichten in die Kirche. ›Vergib mir, Vater, aber bei der Fahrt auf dem Heuwagen am letzten Samstag hat Harry McClure mich auf die Lippen geküßt und mir unter den Rock gefaßt.‹ – ›Erzählen Sie mir mehr, meine Tochter.‹«

»Sie ist nicht katholisch«, sagte Morrie.

»Und wenn schon. Ich auch nicht.«

»Wer ist dieser Harry McClure?« wollte Solomon wissen.

»Ach, einer von den vielen *jungen* Männern, die hinter ihr her sind. Und wo wir schon über *naches* reden: Sie ist die Enkelin von Sir Russell Morgan. Eigentlich sollte ich jetzt gleich anfangen, den Hofknicks zu üben, aber ich kenne diese Leute. Sie wird unser Haus nie betreten. Wenn mir ihr Vater auf der Straße begegnet, macht er ein Gesicht, als wäre er in Hundescheiße getreten.«

Der Tisch aus Wildkirsche war am Freitag mittag fertig. Solomon breitete eine Decke darüber, schloß die Werkstatt ab und ging ins Haus, um zu baden und sich umzuziehen. Pünktlich um halb fünf holperte ein Ford-Lieferwagen die lange, gewundene Auffahrt entlang. Emile Boisvert, der Verwalter der Morgans, war gekommen, um den Bücherschrank abzuholen. »Miss Morgan läßt sich entschuldigen«, richtete er aus. »Sie fühlt sich nicht wohl.«

Solomon ging schnurstracks in die Werkstatt, nahm eine Axt und holte aus. Im letzten Augenblick überlegte er es sich anders. Die Axt traf nicht den Tisch, sondern den Boden. Dann trug er das noch immer von der Decke verhüllte Möbel ins Haus hinüber.

»Die Überraschung!« rief Ida und hüpfte auf und ab.

Solomon teilte ihnen mit, er könne leider nicht zum Abendessen bleiben, weil er nach Montreal zurückmüsse. Dann zog er die Decke weg und enthüllte den Tisch.

»Na, wenn du kein Kunsttischler bist«, sagte Ida.

Morrie fuhr mit der Hand über die Platte des Tisches. Er bückte sich und strich über die Beine. Er öffnete und schloß eine Schublade.

»Sag doch was.« Ida stupste ihn an.

»Er ist schön.«

Am nächsten Morgen trottete Morrie in aller Frühe zur Werkstatt, setzte sich an seine Hobelbank aus verleimter und geölter Buche, stützte den Kopf auf die Hände und weinte. Er packte die Werkzeuge weg, deckte die Hobelbank und die mit einem Fußpedal betriebene Drehbank mit einem Laken zu, sperrte die Werkstatt von außen mit einem Vorhängeschloß ab und beschloß, sie nie wieder zu betreten.

Ida hatte ihr Marmeladenbrot mit ins Wohnzimmer genommen, damit sie den Tisch bewundern konnte, während sie vor sich hin mampfte.

»Wir gehen zurück nach Montreal«, sagte Morrie.

Ida wischte sich die klebrigen Finger an einer Serviette ab und legte die Schallplatte auf.

Sie erzeugte eine Hitzewelle,
denn sie wackelte mit dem Po so schnelle,
in einer Art, einer so gewagten, daß die Kunden sagten:
»Schaut an, wie sie den Cancan kann.«

Sie tanzte einen Shimmy. Er sah ihr zu.

8 Bis zu dem Tag im Frühjahr 1968, als Moses das Chalet Antoine an einem Nachmittag zum erstenmal betrat, hatte es bereits mehrmals den Besitzer gewechselt. In seiner jüngsten Reinkarnation war das Chalet ein Privatsanatorium, und alte Leute von siebzig aufwärts sonnten sich auf der mit Steinplatten ausgelegten Terrasse, auf der Solomon einst Diana vom Reich des Priesterkönigs Johannes erzählt hatte. Moses hielt sich nicht lange auf, sondern fuhr geradewegs zu dem Landhaus am See, das noch immer Mr. Morrie gehörte. Er hatte Glück, denn der frankokanadische Verwalter, ein leutseliger alter Mann, begleitete ihn freudig zu einem *crêpe aux pommes* und ein paar Bierchen ins Dorf und zeigte ihm anschließend den Besitz und das Haus.

»Die Familie wohnt nicht mehr hier«, erklärte er, »aber Mr. Morrie hat ein Auge auf alles. Manchmal kommt er monatelang nicht, und dann ist er wieder zweimal die Woche hier.«

Die Möbel waren mit Laken abgedeckt.

»Was macht er, wenn er hier ist?«

»Manchmal sitzt er stundenlang auf der Schaukel da draußen unter dem Ahornbaum und grübelt vor sich hin.«

Die Tischlerwerkstatt war verschlossen. »Haben Sie den Schlüssel?« fragte Moses.

»Tut mir leid, Mr. Berger, aber ich bin der einzige, der rein darf.«

»Das verstehe ich nicht.«

»Na ja, um die Maschinen zu schmieren, wissen Sie, und um das Holz einzuölen und zu polieren und nachzuschauen, ob sich womöglich unerwünschte Gäste eingeschlichen haben. Eichhörnchen oder Feldmäuse.«

»Benützt Mr. Morrie die Werkstatt noch ab und zu?«

»Komisch, daß Sie das fragen. Ich hab ihn mal dabei ertappt, als er durchs Fenster hineingestarrt hat, und ich könnte schwören, daß er geweint hat. ›He, warten Sie einen Moment, Mr. Morrie. Ich hol schnell den Schlüssel.‹ – ›Nein, nein‹, sagte er. ›Noch nicht. Ein andermal.‹«

Moses fuhr weiter zu Sir Russell Morgans Besitz, wie er von den Einheimischen noch immer voller Stolz genannt wurde. Die menschenscheue Diana hatte schließlich doch eingewilligt, ihn dort zu empfangen. Er folgte einer langen, gewundenen Auffahrt und fuhr langsam an einem kleinen Obstgarten mit Apfelbäumen vorbei, dann an einer Gruppe von Zuckerahornbäumen, an Stallungen, einer Scheune, einem Tennisplatz, einem riesigen Gewächshaus, einem Geräteschuppen, Himbeersträuchern, einem Spargelbeet und vielen anderen bestellten Beeten, die durch mit Steinplatten ausgelegte Pfade voneinander getrennt waren und auf denen man vermutlich schon Blumen und Gemüse ausgesät hatte. Gelbe Narzissen hier und dort, ja, eigentlich überall vor dem Hauptgebäude. Weißgestrichene Schindeln. Eine verglaste Veranda. Die Haustür aus massivem Eichenholz mit poliertem Messingklopfer. Ein Hausmädchen führte Moses in den Wintergarten, wo Diana McClure inmitten von Grünpflanzen in einem Korbstuhl mit ausladender Rückenlehne saß. Ein braunes Auge, ein blaues Auge.

»Es muß nicht unbedingt Tee sein, Mr. Berger. Ich biete Ihnen gerne etwas Anregenderes an.«

»Tee ist genau das richtige, danke.«

»Als Sie die Auffahrt hochfuhren, fiel mir auf, daß Ihre Vorderreifen beängstigend platt aussehen. Sie müssen auf dem Rückweg unbedingt bei Monsieur Laurins Garage haltmachen und den Luftdruck prüfen lassen. Wenn Sie den Hang hinunterfahren, die erste Straße links. Falls er nicht sonderlich hilfsbereit ist, sagen Sie ihm, daß ich Sie zu ihm geschickt habe.«

»Das werde ich tun«, sagte Moses und murmelte ein paar anerkennende Worte über ihren Garten.

»Er ist eine Art von Tyrannei, selbstauferlegt, aber trotzdem eine Tyrannei. Ich wage mich in dieser Jahreszeit nicht von hier fort, weil bald alles wie wild blühen und gedeihen wird.«

»Auch die schwarze Blattlaus.«

»Gärtnern Sie etwa auch?«

»Ich habe gerade erst damit angefangen und bin noch nicht besonders gut.«

»Dann lassen Sie sich von mir einen Rat geben: Lesen Sie nicht zu viele Bücher. Das entmutigt und verwirrt Sie nur. Besorgen Sie sich lieber Vita Sackville-Wests *Aus meinem Garten, Einfälle und Ratschläge* und hören Sie auf sie.«

»Das werde ich tun. Danke.«

»Möchten Sie sich den Titel nicht lieber aufschreiben?«

»Doch«, sagte er und kramte nach seinem Füller. »Es ist sehr nett von Ihnen, daß ich Sie hier so einfach überfallen darf, Mrs. McClure.«

»Nicht der Rede wert. Ich bezweifle allerdings, daß ich Ihnen weiterhelfen kann. Darf ich Ihnen eine sehr direkte Frage stellen?«

»Selbstverständlich.«

»In Ihrem Brief steht, daß Sie an einer Biographie von Solomon Gursky arbeiten. Ich bewundere Ihren Fleiß, Mr. Berger, aber wer interessiert sich nach all den Jahren noch für ihn?«

»Ich.«

»Der einzige triftige Grund, so ein Unterfangen auf sich zu nehmen. Sagen Sie mir, warum.«

»Oh, das ist eine lange und verworrene Geschichte.«

»Ich habe es nicht eilig. Und Sie?«

Moses fühlte sich beklommen. Er begriff, daß sie ihn auf die

Waage ihrer Intuition gelegt hatte, deren Gewichte er nicht kannte, und so ertappte er sich plötzlich dabei, daß er wie ein dummer Schuljunge drauflos plapperte. Er erzählte ihr von L. B., von Lionels Geburtstagsparty, von Ephraim Gursky, von seiner Beziehung zu Lucy, von Henry in der Arktis. Unversehens hielt er inne. Er wunderte sich über sich selbst.

»Unterstützt die Familie Sie?«

»Nein.«

»Solomon und Bernard konnten sich nicht ausstehen.«

»Warum sagen Sie das?«

»Ach, kommen Sie, Mr. Berger. Sie müssen sich schon etwas geschickter anstellen«, sagte sie und lachte kokett.

Er wurde rot.

»Es mag anmaßend klingen, aber ich glaube, *The Quest for Corvo* von A. J. A. Symons könnte Ihnen hervorragend als Vorbild dienen. Ich fand das Buch fabelhaft.«

»Aha.«

»Haben Sie schon einen Verleger?«

»Äh ... nein, ich meine, das wäre noch verfrüht.«

»Ich finde, McClelland & Stewart sind von der ganzen Gilde hier die aufgeschlossensten, wenn ihre Werbung auch oft etwas vulgär ist. Trotzdem wären sie wahrscheinlich eher an einer Biographie des armen Mr. Bernard interessiert.«

»Warum ›armer‹ Mr. Bernard?« fragte Moses und erstarrte.

»Wahrscheinlich glauben Sie jetzt, ich sei ihm gegenüber voreingenommen, weil er Jude ist«, sagte sie lächelnd.

»Nein«, log Moses.

»Finden Sie es nicht auch schrecklich anstrengend?«

»Wie bitte?«

»Ich würde es als schrecklich anstrengend empfinden.«

»Ich verstehe nicht recht, was.«

»Jude zu sein. Das hat bestimmt Vorteile, aber es hat Solomons Reaktionen in jeder Hinsicht geprägt. Wie Sie lief er ständig kampfbereit herum. Ich bin keine Antisemitin, Mr. Berger, und ich hielt auch den Schnapsschmuggel keineswegs für ein großes Übel. Ganz im Gegenteil. Mr. Bernard hat das schrecklich raffiniert eingefädelt, und das war so ziemlich das einzige, was an ihm interessant war. Ich sage der ›arme‹ Mr. Bernard, weil alles, was er unserem jämmerlichen Establishment abtrotzen wollte, ein Sitz im Senat war. Ein mehr als bescheidener Wunsch. Ich hätte ihm mit dem größten Vergnügen zwei gegönnt.«

»Wir sprachen gerade über Solomon.«

»Über ihn und mich?« fragte sie.

»Ja.«

»Sie wissen doch längst, daß wir eine Affäre hatten«, sagte sie zu seiner Verblüffung.

»Stimmt, aber ich wollte nicht in Ihrem Privatleben herumschnüffeln«, stammelte er.

»Natürlich wollen Sie das, junger Mann. Weshalb sind Sie sonst hier?«

»Verzeihung. Sie haben absolut recht.«

»Wir leben nicht gerade in einem Zeitalter der Diskretion, Mr. Berger. Ich habe gesehen, wie der Präsident der Vereinigten Staaten im Fernsehen sein Hemd hochgezogen und die Hose heruntergelassen hat, um uns seine Narben am Unterleib zu zeigen. Personen des öffentlichen Lebens, ob sie nun Trunkenbolde oder Schürzenjäger oder sogar Betrüger sind, fühlen sich aufgerufen, reißerische, vor Selbstmitleid triefende Bestseller zu schreiben und sich um des schnöden Mammons willen vor die Brust zu schlagen. Worauf ich hinausmöchte«, sagte sie, und ihre Stimme wurde sanfter, »ist folgendes: So gern ich Ihnen auch weiterhelfen würde, ich kann Ihnen leider nichts erzählen, was Mr. McClure oder meinen Sohn verletzen könnte.«

»Ich will nicht unhöflich sein, aber warum waren Sie dann bereit, mich zu empfangen?«

»Eine gute Frage. Eine durchaus berechtigte Frage. Lassen Sie mich überlegen. Wahrscheinlich, weil ich eine alte Dame bin, die sich langweilt, und weil letztlich meine Neugier gesiegt hat. Aber halt, da ist noch etwas. Ich lese Ihre gelegentlichen Buchbesprechungen im *Spectator* oder *Encounter* und bin recht beeindruckt von Ihrer Intelligenz. Ich schloß daraus, daß Sie ein hochsensibler junger Mann sein müssen, und ich habe mich nicht getäuscht.«

Moses strahlte und fragte sich, ob es zu aufdringlich wäre,

wenn er an dieser Stelle einfließen ließe, daß er Rhodes-Stipendiat gewesen war. Er verkniff es sich.

»Geben Sie mir Bedenkzeit, Mr. Berger. Ich muß mir alles gründlich überlegen.«

Bevor er ging, bat sie den Gärtner, ihm einen Bund frisch gestochenen Spargel zu bringen. »Gießen Sie das Wasser nicht weg, in dem Sie ihn kochen – höchstens zwölf Minuten, und die Spitzen müssen aus dem Wasser herausschauen, aber das wissen Sie sicher selbst –, denn das gibt eine nahrhafte Brühe. Und bitte vergessen Sie nicht, Ihren Reifendruck prüfen zu lassen, sonst mache ich mir Sorgen um Sie.«

Auf der Rückfahrt nach Montreal durchströmte Moses ein ungewohntes, wohliges Gefühl.

> Ja, ich bin müde, ich bin verzagt,
> Gesundheit und Reichtum sind mir versagt,
> ja, so verstreicht das Leben,
> aber Jenny hat mir einen Kuß gegeben.

Na ja, so ganz stimmt das zwar nicht, aber Diana McClure, geborene Morgan, hat mich einen intelligenten, sensiblen jungen Mann genannt. Nicht übel, sagte er sich.

## 9

Moses fuhr nicht direkt zu seinem Blockhaus in den Townships, sondern nach Montreal hinein. Er schaute bei Callaghan vorbei. Unweigerlich kamen sie auf Solomon zu sprechen.

»Solomons Scherze gingen immer auf Kosten von jemand anders«, sagte Callaghan, »aber es war ihm egal, was er damit anrichtete. Nehmen wir zum Beispiel seine Schnapsidee, das Chalet Antoine in Ste.-Adèle zu kaufen. Statt sich vor Freude zu überschlagen, war die Belegschaft von Fancy Finery eher eingeschüchtert, als sie aus den gemieteten Bussen ausstieg und sah, in was für einer Art von Hotel sie untergebracht wurde: Tennisplätze, Bowling auf dem Rasen, Krocket, Kanus, und auf den Tischen stand nicht etwa Selterswasser, sondern ein hochnäsiger Kellner hielt den Leuten eine Wein- und Speisekarte vor die Nase, mit der sie nichts anfangen konnten. *Pâté de foie gras. Ris de veau. Tournedos.* Ein paar unternehmungslustige Männer zwängten sich in einen Lieferwagen, fuhren nach Prévost und kamen mit einem Sack voll koscherer Hähnchen und Putenbrust, Riesentöpfen voll saurer Gurken, stapelweise Roggenbrot und so weiter zurück, und ihre Frauen übernahmen in der Küche das Kommando. Aber dann tauchten ein paar üble Typen in Booten auf und beglotzten die dicken Frauen, die sich in Büstenhaltern und Schlüpfern sonnten, und die Männer, die in Unterwäsche Binokel spielten. Also mußten sich die Nutznießer von Solomons Großzügigkeit die meiste Zeit im Hotel herumdrücken, und sie sehnten sich nach nichts so sehr wie nach dem Zigaretten- und Spirituosenkiosk an der Straßenecke und der vertrauten kleinen Veranda vor ihrem Haus … Im Kühlschrank sind ein paar Eier, falls du Hunger hast, Moses. Mrs. Hawkins markiert die hartgekochten immer mit einem X.«

Moses stöhnte.

»Okay, wenn du mich das nächste Mal mit einem Überraschungsbesuch beglückst, sehe ich zu, daß die Speisekammer ordentlich gefüllt ist. Gib mir die Flasche.«

»Hier hast du sie.«

»Müßte ich Bilanz ziehen, würde ich sagen, daß nicht das Gerichtsverfahren, sondern Ste.-Adèle die Wende gebracht hat. Nach Ste.-Adèle hat sich zwischen den Gurskybrüdern alles geändert. Es ist nur eine Vermutung von mir, aber ich glaube, erst da wurde Bernard bewußt, daß er seinen Bruder würde austricksen müssen, wenn er selbst überleben wollte. Was den armen Morrie angeht, wäre es barmherziger gewesen, ihn zu kastrieren, als ihn vor seiner Frau mit diesem perfekt gezimmerten Tisch aus Kirschholz zu demütigen. Aber Solomon, der unersättliche Solomon, hat schließlich seine wohlverdiente Strafe erhalten. ›Ich weiß, wer Sie sind und was Sie sind, Mr. Gursky.‹«

»Ich war heute nachmittag bei ihr in Ste.-Adèle.«

»Bei Diana McClure?«

»Du sagst es.«

»Und was hast du herausgefunden?«

»Daß ich mich verliebt habe.«

»Im Ernst?«

»Es war unglaublich. Sie fragte mich aus, nicht ich sie. Sie war schrecklich höflich, aber sie hat mir nichts erzählt. Aus Rücksicht auf ihren Sohn und ihren Mann.«

»Ihr Sohn ist ein Taugenichts, und Harry McClure ist ein Rüpel. Er ist Stammgast bei diesen grauenhaften Dinners im Beaver Club. Dort haben alle einen Backen- und Spitzbart und tragen Frack und Zylinder. Entschuldige«, sagte Callaghan und stand auf, »aber meine Blase ist auch nicht mehr, was sie mal war.«

Als Callaghan zurückkam, setzte er sich wieder auf seinen Stuhl, griff nach der Flasche und sagte: »Ich würde es so ausdrücken: Kanada ist eigentlich kein richtiges Land, sondern eher ein Sammelbecken, gefüllt mit den verbitterten Nachkommen geschlagener Völker, mit Frankokanadiern, die sich vor Selbstmitleid verzehren, mit Nachfahren von Schotten, die vor dem Herzog von Cumberland, mit Iren, die vor dem Hunger, und mit Juden, die vor den Schwarzhundertschaften geflohen sind. Dann sind da noch die Bauern aus der Ukraine, aus Polen, Italien und Griechenland. Sie eignen sich gut, um Weizen anzubauen, Erz zu schürfen, den Hammer zu schwingen und Restaurants zu führen, sollten aber trotzdem lieber bleiben, wo sie herkommen. Die meisten von uns drängeln sich an der Grenze zu den USA. Sie sind wie Kinder, die ein Schaufenster voll Süßigkeiten begaffen, und sie haben Angst vor der Wildnis auf ihrer eigenen Seite und vor den Amerikanern auf der anderen. Und jetzt setzen wir, denen es gutgeht, wirklich alles daran, um neue Immigranten abzuwimmeln, nur weil sie uns an unsere eigene schäbige Herkunft erinnern, ans Schtetl, an den Tuchhändlerladen in Inverness oder das Torfmoor. Worüber habe ich eigentlich gerade gesprochen?«

»Über Solomon.«

»Ach ja, Solomon. Es gibt etwas, wovon sich nicht einmal ein genial begabter Mensch befreien kann, und das sind seine Wurzeln. Er stammte aus einem anderen Stall als sie. Gut, ihr Großvater war ein Betrüger, aber er wurde für seine Verdienste geadelt. Wie Sir Hugh Allan. Wäre Diana den Jesuiten oder den Rabbis in die Hände geraten, wäre sie besser dran gewesen. Die hätten ihr einen Sinn für die Mysterien des Lebens mit auf den Weg gegeben, etwas mit Substanz. Aber sie ging bei Miss Edgar und Miss Cramp in die Schule, und alles, was sie dort lernte, war, immer schön die Beine übereinanderzuschlagen, im Theater nicht laut zu lachen und in der Öffentlichkeit nicht zu essen. Ihr wurde eingebleut, daß der Name einer Dame nur dreimal in der Zeitung zu stehen hat: bei ihrer Geburt, ihrer Hochzeit und ihrem Tod. Und hopplahopp kommt dieser berüchtigte, großspurige Jude daher, den sie nicht etwa abblitzen läßt, sondern der sie fasziniert und ihr gleichzeitig angst macht. Bei der Gerichtsverhandlung ließ sie sich nicht blicken, und das hat er ihr nie verziehen. Aber sie ist nur eins von den Wracks, die Solomon auf seinem Lebensweg zurückgelassen hat. Der Teufel soll ihn holen.«

»Ich dachte, er war dein Freund.«

»Du verstehst nichts, aber auch gar nichts. Ich preise mich glücklich, daß ich einen so fabelhaften Menschen wie ihn gekannt habe. Ich habe ihn geliebt.«

Moses kochte für sie beide den frisch gestochenen Spargel, wobei er die Spitzen mit Aluminiumfolie umwickelte, damit sie nicht ins Wasser hingen. Er fragte Callaghan, ob er ihm ein leeres Einweckglas borgen könne.

»Wozu?«

»Das Kochwasser gibt eine nahrhafte Brühe.«

## 10

Diana McClures zweiter Brief, der ihm nach ihrem Tod ausgehändigt wurde, begann mit den Worten:

> Nachdem ich mich beim letztenmal so verplaudert habe und Ihnen beim Abschied ein wenig larmoyant vorgekommen sein mag, greife ich nun zur Feder, um Ihnen zu schreiben.

Verzeihen Sie mir.

Es hat keinen Jungen gegeben, der mit seiner Angelrute unterwegs zum Bach war und den Blick abwendete, als er meinen kahlen Eierkopf sah, aber ich hielt es für eine verzeihliche Laune, die der Geschichte einen netten literarischen Anstrich verlieh. Betrachten Sie es einmal von dieser Seite. Während eine alte Dame in ihrem Rollstuhl sitzt, dem nachtrauert, was sie alles verpaßt hat, und auf den Tod wartet, kommt Huckleberry Finn mit seiner Angelrute vorbei. Das Leben geht weiter. Genau besehen ist dieses Bild eher rührselig als originell, in jedem Fall aber eine Lüge.

Sie fragten mich nach meiner ersten Begegnung mit Solomon im Chalet Antoine, als ich jung und töricht, aber recht hübsch war und er vor Übermut, Verlangen und vor allem Wut geradezu überbordete.

Damals war ich fest davon überzeugt, daß ich die Bar verließ und auf die Terrasse hinausging, weil ich wußte, daß Solomons Eindringen zu einer heftigen Szene führen würde, die ich mir lieber ersparen wollte. Noch eine Schwindelei. Ich flirtete mit ihm, gab ihm ein Signal. Ich wollte, daß er zu mir auf die Terrasse kam. Aber zuerst wollte ich, daß er mir mit diesen glühenden Blicken folgte, daß er sah, wie ich hinausspazierte, auf meinen Beinen, die mich bis dahin noch nicht im Stich gelassen hatten, was ich damals für eine Selbstverständlichkeit hielt. Schau, Solomon Gursky. Schau her. Diana Morgan ist anders als die anderen. Nicht nur faszinierend anzusehen, mit einem braunen und einem blauen Auge, sondern obendrein ziemlich intelligent. An solche Dinge erinnert man sich im Alter. Das ist der Fluch eines guten Gedächtnisses. Ich hatte zwei Zeitschriften dabei, *Vogue* und *Vanity Fair.* Ich versteckte sie, damit er mich nicht für oberflächlich hielt, und wünschte mir, ich hätte statt dessen meinen *Ulysses* mitgebracht, denn das hätte ihn beeindruckt. Warum ich, als er sich auf der Terrasse zu mir setzte, seine Einladung zum Abendessen ausschlug? Ich hatte Angst davor, was die anderen dazu sagen würden, vor allem Stu MacIntyre. Vor allem aber machte mir der Aufruhr angst, den Solomon in mir ausgelöst hatte.

Kaum war ich zurück in unserem Landhaus, sah ich in der *Encyclopaedia Britannica* unter dem Stichwort »Priesterkönig Johannes« nach. Dann schwamm ich eine Runde in dem See, der mir zum Verhängnis werden sollte.

Von einem Ladenbesitzer im Dorf erfuhr ich, daß Solomon nicht etwa aus Ste.-Adèle abgereist war, sondern bei seinem Bruder wohnte. Als ich von Morrie zum Tee eingeladen wurde, begriff ich sofort. Ich fing an, die Stunden zu zählen, überlegte, was ich anziehen sollte, malte mir unsere Unterhaltung aus und dachte mir geschliffene Sätze aus, mit denen ich Eindruck schinden wollte. Beim Abendessen hatte ich einen fürchterlichen Streit mit meinem Vater und Stu MacIntyre. Mein Vater, das sollte ich vielleicht dazusagen, hatte aus verständlichen Gründen miserable Laune. An dem Tag, bevor ich die Einladung zum Tee erhielt, hatte er nach Montreal fahren müssen, weil man in seiner Abwesenheit in unser Haus eingebrochen war. Er konnte nicht ahnen, daß die Polizei alle gestohlenen Gegenstände innerhalb einer Woche wiederfinden würde, alle, bis auf ein Porträt von mir, was ich persönlich für keinen großen Verlust hielt.

Laut Stu MacIntyre war Solomon nicht nur ein berüchtigter Schnapsschmuggler, sondern ein Mörder, den er hinter Gittern sehen wollte. Mein Vater erinnerte mich daran, daß sein eigener Vater, Sir Russell Morgan, von Solomons Großvater Ephraim betrogen worden war. »Der Jude verkaufte ihm Grundstücke in den Townships, auf denen sich angeblich Goldadern befanden, und machte sich dann aus dem Staub.«

Am Ende bekam ich Fieber. Ich konnte den Kopf nicht mehr heben und schon gar nicht zum Tee gehen. Emile Boisvert, unser Verwalter, richtete Solomon aus, daß es mir nicht gutging, aber Solomon glaubte es nicht. Er war zutiefst gekränkt und hätte fast den Tisch aus Kirschholz zerschlagen, den er für mich gebaut hatte. Ich nehme an, er ist inzwischen unversehrt bei Ihnen angekommen, und Sie reiben ihn, wie erbeten, mit Bienenwachs ein.

Während der ersten Tage der Gerichtsverhandlung klärte sich das anfängliche Mißverständnis. Solomon blickte sich jeden Morgen im Gerichtssaal um, enttäuscht, daß ich anscheinend nicht neugierig genug war, um der Verhandlung beizuwohnen. Dann sprach er mit Stu MacIntyre, und der erzählte ihm, daß ich an Kinderlähmung erkrankt und seitdem behindert war. Solomon schickte einen Wagen zu mir nach Hause, und wir trafen uns im Windsor Hotel in einer Suite, die er auf einen falschen Namen gemietet hatte. Am nächsten Abend trafen wir uns wieder, und in der darauffolgenden Nacht liebten wir uns zum erstenmal. Solomon war überrascht, als er die unmißverständlichen Flecken auf dem Bettlaken sah. Ich hatte nicht nur zwei verschiedenfarbige Augen, sondern ich war auch noch Jungfrau gewesen. Dies bewirkte, daß er mir gegenüber daraufhin ein gewisses Maß an Zärtlichkeit an den Tag legte, doch ich hatte das Gefühl, daß er sich dazu zwang. Zum erstenmal erlebte ich ihn auch von seiner vulgären Seite und stellte an ihm die Neigung fest, ein bißchen zu dick aufzutragen.

Unsere heimlichen, champagnerseligen Rendezvous in der mit roten Rosen geschmückten Suite waren mit Schwierigkeiten verbunden. Solomon war in der Stadt sehr bekannt, um es gelinde auszudrücken, und ich fiel durch mein Gebrechen auf. Mein Vater und seine Freunde waren Stammgäste in der Hotelbar, ebenso Harry McClure, mit dem ich mehr oder weniger verlobt war. Ich konnte nie über Nacht bleiben, was Solomon in Wut versetzte, und dies wiederum führte schließlich dazu, daß ich ihm Vorhaltungen machte. »Und wieso geht es bei dir so einfach?« fragte ich ihn. »Obwohl du verheiratet bist und zwei Kinder hast?«

»Sie bedeuten mir nichts«, antwortete er.

Ich warf ihm vor, gefühllos zu sein.

»Vielleicht hast du recht, aber so ist es nun mal.«

Er winkte ab, als ich mich besorgt erkundigte, wie das Gerichtsverfahren laufe.

»Ehrlich gesagt, finden in Moskau gerade viel wichtigere Prozesse statt«, sagte er und lachte.

Aber dann ging er in der Suite auf und ab und fluchte auf die Leute, die ihn vor Gericht gebracht hatten. »Ihr habt gut reden. Ihr. Mein Großvater ist mit Franklin losgesegelt und zu Fuß durch die Arktis zurückmarschiert, und als ich noch ein kleiner Junge war, habe ich mich einmal allein vom Eismeer bis nach Hause durchgeschlagen. Wie könnt ihr es wagen, euch zu Richtern aufzuwerfen, MacIntyre und R. B. Bennett? Ihr verdammten Idioten. Nur Smith ist kein Heuchler.«

Es war alles andere als erfreulich mitzuerleben, wie er über seinen Bruder Bernard herzog. Er verabscheute ihn, doch als ich es einmal wagte, eine abfällige Bemerkung über ihn zu machen, fiel Solomon über mich her.

»Vor dreihundert Jahren oder vor hundert oder auch nur fünfzig hätten meinem listigen Bruder seine Pilgerreisen in England oder in Frankreich des Ancien régime einen Adelstitel eingebracht und keinen Strafprozeß. Ihr habt gut reden. Ihr. Wenn man nur tief genug in der Vergangenheit einer adligen Familie herumstochert, findet man unter den Vorfahren immer einen Bernard, den Begründer der Sippe mit Dreck am Stecken, den Mörder, und er war bestimmt nicht besser, sondern eher noch schlimmer als mein Bruder. Übrigens, Bernard ist gut dran. Er ist töricht genug zu glauben, daß alles, was ihm wichtig ist, wirklich wichtig ist.«

Wir waren also eine Zeitlang zusammen, wir verbrachten jämmerlich wenige Abende miteinander, aber er war die einzig wahre Liebe meines Lebens, und ich bin, nun, da ich dies schreibe, eine dreiundsiebzig Jahre alte Frau. Ein trauriges Eingeständnis vielleicht, doch ich könnte von vielen anderen berichten, denen nicht soviel vergönnt war.

Ja, warum bin ich nicht mit ihm durchgebrannt, als er mich darum bat, ja, als er mich geradezu anflehte? Warum bin ich nicht mit ihm einem neuen, gefährlichen Leben entgegengeflogen? Diese Frage habe ich mir seit damals immer und immer wieder gestellt.

»Ich hole dich morgen früh um sechs Uhr ab. Wir nehmen nichts mit. Wir reisen, wie wir sind.«

Ja, ja, sagte ich zu ihm, aber um fünf Uhr früh rief ich in seiner Suite an und eröffnete ihm: »Verzeih mir, aber ich kann nicht.«

»Das dachte ich mir«, antwortete er, legte auf, fällte sein Urteil über mich und flog in den Tod.

In gewisser Weise war es auch mein Tod, selbst wenn ich noch ein paar Monate zu leben habe.

Alles, was mir von ihm blieb, war der Tisch aus Kirschholz und die Photos, die ich am nächsten Tag aus der Zeitung ausschnitt und die ich mir heute noch fast täglich ansehe. Solomon in Fliegeruniform vor seiner Sopwith Camel auf einem Flugplatz »irgendwo in Frankreich«. Solomon mit »Legs« Diamond in dem Club mit dem absurden Namen Hotsy-Totsy.

Ich glaube, was bei mir den Ausschlag gegeben hat, nicht mit ihm davonzufliegen, war unsere letzte gemeinsame Nacht im Windsor Hotel. In jener Nacht fühlte ich seinen Blick auf meinem verkrüppelten Bein, als ich ins Badezimmer schlurfte, seinen stechenden, kritischen Blick, und mich überlief ein Schauer wie nie zuvor und nie wieder danach. Auf einmal begriff ich, daß er etwas Finsteres hatte, etwas, was typisch für alle Gurskys war. Ich begriff, daß ihn mein Gebrechen früher oder später abstoßen und seine leidenschaftliche Liebe zu mir in Mitleid verwandeln würde. Es wäre nicht möglich gewesen, mit ihm zusammen mit Anstand alt zu werden, weil er ein Mann war, der sich nach Abwechslung und immer neuen Frauengeschichten sehnte und stets im Auge des Wirbelsturms leben mußte. Mir brach das Herz, aber in gewisser Weise war ich genauso berechnend wie Solomon und kannte mein Wesen genausogut wie er. Anders ausgedrückt: Mir war klar, daß ich die unvermeidlichen Treuebrüche eines Harry McClure würde tolerieren können, daß Solomon Gursky mich jedoch zerstören könnte.

Mein entstelltes Bein hinderte mich also daran – oder umgekehrt, es bewahrte mich davor –, auf der Suche nach dem Reich des Priesterkönigs Johannes einem neuen, gefährlichen Leben entgegenzufliegen. Ich konnte nicht, wie er gewollt hatte, ohne Gepäck fliegen.

Überlegen Sie mal, Moses:

Glauben Sie, Paris hätte Helena entführt, wenn sie gehinkt hätte? Und angenommen, er wäre so blind gewesen und hätte es trotzdem getan, hätte Menelaos dann nicht vor Freude die Hände über dem Kopf zusammengeschlagen und Troja unversehrt gelassen? Denken Sie nur an Kalypso: Wenn sie an einem Gebrechen wie meinem gelitten hätte, hätte Odysseus sich nicht lange aufgehalten, sondern wäre gleich wieder in See gestochen. Und überlegen Sie erst, was zwei Familien erspart geblieben wäre, wenn Romeo gesehen hätte, wie Julia auf ihren Balkon hinausschlurft und ihre Prothese klick, klick, klick macht.

Krüppel taugen nicht für romantische Liebesgeschichten.

Als Ausnahme von der Regel springt einem nur Lord Byron mit seinem Klumpfuß ins Auge. Einen Mann macht ein solches Gebrechen interessant, es wirkt eher anziehend als entstellend. Frauen aber müssen es sich gefallen lassen, nach strengeren Maßstäben beurteilt zu werden.

Natürlich bin ich nach heutigem Sprachgebrauch kein Krüppel, sondern eine Behinderte und käme als Teilnehmerin für eine Rollstuhlolympiade in Frage, wäre ich jünger. Im Jargon unserer Zeit würde Solomon, der Mann, der sein Judentum so herausfordernd zur Schau stellte wie keiner sonst, den ich kannte, als Angehöriger einer »nicht wahrnehmbaren Minderheit« bezeichnet. Solomon und nicht wahrnehmbar. Stellen Sie sich das vor!

Realistisch (und wohl auch feige), wie ich bin, entschied ich mich für meine Bibliothek, meine Musik, meinen Garten, Harry McClure und die Kinder, die wir zusammen haben würden. Mit Solomon wäre ich der Sonne entgegengeflogen, aber wahrscheinlich wäre ich schon vor langem zu einem Häufchen Asche verglüht.

Harry hält sich eine Geliebte in einer Wohnung in der

Drummond Street, und er ist so phantasielos, dies für sündig, statt vielmehr für banal zu halten. Nach wie vor ist er jedoch ein rührender Ehemann und wird mich zweifellos vermissen, wenn ich nicht mehr bin. Harry hat geschäftlich immer Pech gehabt und sich mehr als einmal hilfesuchend an mich gewandt, was wahrscheinlich auch sein Püppchen in der Drummond Street erklärt. Einmal hat er den Großteil unserer gemeinsamen Ersparnisse riskiert, als er das Geld zu einem ungünstigen Zeitpunkt in ein Bauprojekt in der Vorstadt investierte. Wir wären unter Garantie ruiniert gewesen, wäre es ihm nicht gelungen, das Grundstück den Vertretern eines britischen Investors namens Sir Hyman Kaplansky anzudrehen, der sich auf dem hiesigen Immobilienmarkt glücklicherweise nicht auskannte. Vor kurzem stand Harrys Beteiligung an der von seinem Vater gegründeten Brokerfirma auf dem Spiel, und das war demütigend für ihn. Ein glücklicher Zufall wollte es, daß eine Schweizer Investment-Gesellschaft (über deren Besitzverhältnisse natürlich nichts bekannt ist) ausgerechnet Harry auserkoren hat, ihre Millionen hier zu investieren. Ich weiß nur, daß er Aktien lediglich auf Anweisung aus Zürich kaufen darf, und diese Leute haben einen so scharfen Geschäftssinn, daß auch er sich schon den Ruf eines gerissenen Kaufmanns erworben hat. Ich hoffe inständig, daß es kein Mafia-Geld ist.

Genug.

Dieser Brief wird Ihnen von meinen Testamentsvollstreckern, also nach meinem Tod, ausgehändigt werden. Ich frage mich, ob Solomon vielleicht sagen würde, ich hätte mir den Krebs eingehandelt, als ich damals nein sagte. Aber warum hat er mich nicht einfach geholt? Warum hat er sich nicht durchgesetzt?

Mir scheint, als würden wir in unserem Leben zahllose Jahre vergeuden und nur einige wenige glanzvolle Momente erleben. Ich habe meine verpaßt. Ich hätte ja sagen sollen. Natürlich hätte ich ja sagen sollen.

Mit den allerherzlichsten Grüßen
Diana

PS: Eins der besten, kürzlich erschienenen Bücher über Gärtnerei ist *Der wohltemperierte Garten* von Christopher Lloyd. Ich würde Ihnen mein Exemplar schicken, aber ich habe Notizen an den Rand gekritzelt.

# SECHS

1 Neunzehnhundertdreiundsiebzig. Nach seiner überstürzten Reise nach Washington und seinem enttäuschenden Abstecher in den hohen Norden kehrte Moses erschöpft in sein Blockhaus im Wald zurück. Er traf Strawberry in einem beklagenswerten Zustand an. Strawberry hatte zehn Tage lang die katholische Kirche in Mansonville gestrichen und noch immer kein Geld gesehen. Nicht nur sein Lohn stand noch aus, sondern er hatte aus eigener Tasche das Geld für die Farbe und fünfzig Dollar für die Miete der Spritzpistole ausgelegt. Der neue Pfarrer, ein bläßlicher junger Mann, hatte ihm beteuert: »Das Geld ist Ihnen sicher. Es liegt im Tresor.«

»Dann holen wir es eben raus.«

»Es gibt da ein Problem. Die Putzfrau hat den Zettel mit der Zahlenkombination weggeworfen.«

»Weiß niemand die Zahlenkombination auswendig?«

»Nein, niemand außer Pfarrer Laplante, mein Vorgänger.«

Pfarrer Laplante saß in Cowansville hinter Gittern.

»Keine Sorge, Straw. Ich habe an die Leute geschrieben, die den Tresor im Jahr 1922 hier aufgestellt haben. In der Zwischenzeit ist Ihr Geld in Sicherheit.«

Legion Hall platzte ins Caboose hinein, baute sich vor der Bar auf und bestellte bei Gord eine Flasche Whisky.

»Gibst du einen aus?« fragte Straw.

Legion Hall drehte sich nicht einmal um, sondern hob nur eine seiner fetten, schlaffen Arschbacken vom Barhocker und furzte. »Ich hab gute Nachrichten für dich, Straw. Ich hab gerade eine Ladung Kies vor der Kirche in Mansonville abgeladen. Pfarrer Maurice ist total aus dem Häuschen. Die Firma, die den Tresor aufgestellt hat, ist 1957 pleite gegangen.«

Moses, der noch immer über seinen enttäuschenden Abstecher in den hohen Norden nachgrübelte, hörte nicht mehr zu. Er war ganz und gar in eine Seite von *Time* vertieft, die er aufs Geratewohl aufgeschlagen hatte.

### Alaskas schnellster Gletscher

Ein Wall aus Eis blockiert einen Fjord und bedroht die Dörfer der Umgebung

Der erste Mensch, dem auffiel, daß etwas nicht stimmte, war der Führer Mike Branham, ein kräftiger Bursche von 1,80 Meter, der jedes Frühjahr ein Wasserflugzeug voll Bärenjägern zu einer kleinen Bucht im Russel Fjord im Südwesten Alaskas fliegt. Dieses Jahr stellte er fest, daß sich etwas geändert hatte: Der Hubbard-Gletscher wanderte – mit der für einen Gletscher höchst untypischen Geschwindigkeit von 12 Metern pro Tag. »Er schiebt sich so schnell vorwärts wie noch nie«, sagte Branham. Das war im April. Innerhalb weniger Wochen hatte die Gletscherspitze den Fjord an seiner Öffnung blockiert, die 32 Meilen lange Meerenge in einen See mit rasch ansteigendem Wasserspiegel verwandelt und Tümmler, Seehunde sowie die Salzwasserfische und Krabben, von denen letztere sich ernähren, darin eingesperrt.

Es bestehe die Gefahr, erklärte Larry Mayo, Gletscherforscher und Mitglied der Geographischen Gesellschaft der Vereinigten Staaten, daß der See, der gegenwärtig um 0,3 Meter am Tag ansteige, bald an seinem südlichen Ende überlaufe und sich in den Situk River ergieße, ein Laichgewässer für Lachse und ökonomische Lebensader von Yakutat. »Kann sein, daß der Hubbard-Gletscher in 500 bis 1000 Jahren die Yakutat-Bucht ausfüllt, wie er es schon um 1130 getan hat«, meint Mayo.

»Du fährst mich besser nach Hause, Straw«, sagte Moses und stand wankend auf.

Zu Hause ging Moses sofort ins Bett, rollte sich zusammen

und schlief fast achtzehn Stunden. Am nächsten Tag wachte er kurz vor Mittag auf und beruhigte seinen Magen mit einem Bier, das er mit zwei Fingerbreit Macallan aufbesserte. Er duschte, rasierte sich naß, schnitt sich dabei nur zweimal, mahlte Kaffeebohnen, trank sechs Tassen schwarzen Kaffee, und das heftige Zittern, das ihn in Schüben überkam, verebbte nach und nach. Er taute zwei Hefebrötchen auf, schob sie in den Ofen und machte sich zum erstenmal seit drei Tagen etwas zu essen: eine riesige Portion Rührei mit Räucherlachs und Bratkartoffeln mit Zwiebeln. Danach kochte er noch mal Kaffee und setzte sich an den Schreibtisch. Es wäre ein guter Start, sagte er sich, wenn ich zuerst mal den Staub von dem Stapel Ausgaben des *Prospector* blasen und sie chronologisch ordnen würde. *The Prospector* (ein Wochenblatt zum Preis von zehn Cents) war die erste Zeitung in Yellowknife. In der Nummer vom 18. Februar 1939 las Moses, daß *Mountain Music* mit Bob Burns und Martha Raye im Pioneer Theatre lief. Und die Töchter der Mitternachtssonne hatten vor, im Squeeze Inn einen Tanz aufzuführen.

Moses fand den Artikel, den er suchte, in der Ausgabe vom 22. Februar 1938. Eine Schlagzeile über die ganze Breite der Zeitung verkündete:

RAVEN CONSOLIDATED GIESST DEN ERSTEN BARREN

> In einem feierlichen Akt wurde der erste Goldbarren im Werk Raven Consolidated auf den Goldfeldern von Yellowknife gegossen. Der Barren wog 70 Pfund, und sein Wert betrug etwa 39000 Dollar.
>
> Mehrere Führungskräfte des Unternehmens sowie zahlreiche Gäste von außerhalb nahmen am Dienstag abend an einem Bankett teil, um das Ereignis feierlich zu begehen. Der prominenteste Gast war der Hauptaktionär von Raven Consolidated, der britische Bankier Hyman Kaplansky...

In Cyrus Eatons Biographie tauchte kein alter, auf einen Malakkastock gestützter Kauz auf, und es gab auch keinen Hinweis auf ihn in den Unterlagen, die Moses über Armand Hammer gesammelt hatte, einen anderen Wirtschaftsmagnaten, der seine erste Million während der Prohibition gemacht hatte, indem er mit Hustensaft hausieren ging.

Bruchstücke, verheißungsvolle Indizien, Tonbänder, Tagebücher, Gerichtsprotokolle – und doch fehlten vom Gursky-Puzzle noch so viele Teile. Man nehme beispielsweise nur den Fall Aaron Gursky. Moses war unzählige Male in den Westen des Landes gefahren, um Personen älteren Jahrgangs aufzusuchen, die sich vielleicht an den 1931 verstorbenen Aaron erinnerten.

So ein netter Jude.

Ein prima Kerl.

Ein fleißiger Mensch.

So wie Moses die Sache sah, war Aaron nicht mehr als ein Bindeglied zwischen den Gurskys der Generation Ephraims und Bernard, Solomon und Morrie gewesen, eine unscheinbare Gestalt, die zuerst unter den Hänseleien des Vaters und später unter den Zankereien zwischen den Söhnen gelitten hatte.

Dann war da noch das Problem mit Ephraim. Vom Newgate-Jahrbuch einmal abgesehen, konnte Moses wenig verläßliche Hinweise auf seinen Aufenthalt in London oder seine verhängnisvolle Seereise mit Franklin finden.

Ephraim hatte sich um das Jahr 1830 in London bestimmt nicht wohl gefühlt. Henry Mayhew schrieb über die Stadt in jener Zeit: »Ikey Solomons, der jüdische Hehler, kauft billig ein und verkauft teuer weiter.« Er unterteilte die Armen Londons in zwei Kategorien: die irischen Straßenhändler, ein zahlenstarkes, eigentümliches Völkchen mit »niedriger Stirn und breiten, wülstigen Lippen, die niedrigste Klasse der Händler, verdammt zu den einfachsten Geschäften«, und natürlich die Juden. Mayhew bedauerte, daß die Juden als »Geizhälse, Wucherer, Erpresser, Verschacherer von Diebesgut, Betrüger und Bordellbesitzer« verschrien waren, aber er räumte ein, daß einige dieser Anschuldigungen nicht von ungefähr kamen. Glücksspiel sei der Juden größtes Laster, merkte er an, so wie Geldgier ihr Hauptmerkmal darstelle. Doch die Juden, so schrieb er weiter, seien auch bekannt für ihren Gemeinsinn, denn sie unterstützten großzügig jüdische Wohlfahrtseinrichtungen, damit kein Jude je im Armenhaus der Pfarrgemeinde sterben mußte. »Dies ist bemerkenswert«, schloß er, »angesichts ihrer unleugbaren Gier nach Geld.«

Als Moses noch mit Lucy zusammenlebte, war er einmal mit ihr zur Westminster-Abtei gefahren, um ihr das Denkmal des ebenso leichtsinnigen wie unerschrockenen Franklin zu zeigen, dessen Grabinschrift Lord Alfred Tennyson, ein Neffe des Forschers, verfaßt hatte.

Nein, nicht hier, im weißen Norden sind deine Knochen
und deine heldische Seemannsseele!
Du machst eine glücklichere Reise nun,
keinem irdischen Pol entgegen.

Ein Nachmittag in Sir Hyman Kaplanskys Bibliothek hatte Moses genügt, um herauszufinden, daß gewisse Luxusartikel an Bord der *Erebus* und der *Terror* nicht unbekannt gewesen waren. Beide Schiffe der Franklin-Expedition waren mit einer Drehorgel ausgestattet, auf der fünfzig Melodien, darunter zehn Psalmen und Hymnen, gespielt werden konnten. Es gab Lehrmittel zur Unterrichtung der lese- und schreibunkundigen Seeleute und Schreibtische aus Mahagoni für die Offiziere. Die *Erebus* hatte eine Bibliothek mit siebzehnhundert Bänden vorzuweisen, die *Terror* eine mit zwölfhundert, darunter gebundene Ausgaben des *Punch*.

Für die Reise durch die Nordwestpassage packten die Offiziere elegante Garderobe ein, wie sie für einen Ball angemessen gewesen wäre, aber im Gegensatz zu den Eskimos besaßen sie keine Tierfelle, die in mehreren Schichten übereinander getragen werden konnten und eine so gute Durchlüftung gewährleisteten, daß der Schweiß auf den Rücken der Männer nicht gefror. Als sie bei Disko Bay an der Westküste Grönlands vor Anker gingen, dachten sie nicht daran, sich mehrere Gespanne Schlittenhunde zuzulegen. Sie nahmen auch keinen Dolmetscher oder Jäger an Bord, obwohl von der Mannschaft niemand wußte, wie man einen Seehund oder ein Karibu erlegt. Später, in äußerster Not, blieb Franklins Männern dann nicht anderes übrig, als das Fleisch der Kameraden zu kochen. Und allem Anschein nach überlebte Ephraim als einziger das Martyrium im hohen Norden.

Über Moses' Bett hing eine gerahmte Anzeige, die am 4. April 1850 in Toronto im *Globe* erschienen war.

SIR JOHN FRANKLINS EXPEDITION

Die Admiralität hat den
kanadischen Behörden Abschriften
folgender Anzeige zugestellt:

20000 Pfund
Belohnung
gelobt die Regierung Ihrer Majestät
ungeachtet des Herkunftslandes
derjenigen Person oder denjenigen Personen,
die der Mannschaft
der Forschungsschiffe
unter dem Kommando von
SIR JOHN FRANKLIN
tatkräftigen Beistand gewähren.

ERSTENS: 20000 Pfund
derjenigen Person oder denjenigen Personen,
die der Admiralität den Nachweis erbringen,
daß sie die Mannschaften der Schiffe Ihrer Majestät
*Erebus* und *Terror*
entdeckt oder gerettet haben;

oder

ZWEITENS: 10000 Pfund
derjenigen Person oder denjenigen Personen,
die der Admiralität Hinweise liefern können,
welche zur Bergung einer der beiden oder
beider Mannschaften führen;

oder

DRITTENS: 10000 Pfund
derjenigen Person oder denjenigen Personen,
die der Admiralität den Nachweis erbringen,
daß es ihnen durch eigenes Bemühen
als ersten gelungen ist, das Schicksal
der Mannschaften in Erfahrung zu bringen.

W. A. B. Hamilton,
Die Admiralität, 7. März 1850 Sekretär der Admiralität

Warum, fragte sich Moses, hatte Ephraim nicht seine Geschichte erzählt und die Belohnung von zehntausend Pfund beansprucht? Diese Frage stellte ihn vor ein Rätsel. Warum hatte Ephraim McNair Nachrichten über die *Erebus* und die *Terror* vorenthalten und behauptet, von einem amerikanischen Walfänger getürmt zu sein?

Da war noch ein Problem:

Weder Ephraim Gursky noch Izzy Garber standen in den Mannschaftsverzeichnissen der *Erebus* und der *Terror* (die im Staatsarchiv, Abteilung Admiralität, einzusehen waren). Aber die beiden waren dabeigewesen, das wußte Moses, o ja, Ephraim Gursky war dabeigewesen, und Izzy Garber auch.

2 Nach der Verhaftung wegen des mißglückten Bauernfangs mit den Sullivan-Schwestern landete Ephraim in Newgate, und in diesem finsteren, stinkenden Loch lernte er den Mann kennen – wie er, einen Raben auf der Schulter, Solomon rund siebzig Jahre später erzählte, als sie sich am Ufer des Großen Sklavensees unter dem wandernden Bogen der Morgenröte am Feuer wärmten –, ohne den es ihn und jetzt auch Solomon nie an diesen Ort verschlagen hätte. Der verschrumpelte, jedoch noch immer muntere Ephraim erzählte: »Er war ein alter Bootsmann von den Orkney-Inseln mit einem blin-

den, milchigen Auge und einem filzigen grauen Bart, und er fesselte mich wie kein anderer mit seinen Geschichten über seine Reise mit John Franklin, der damals noch Leutnant war, zu den Ufern des Eismeers.«

Alles hatte ziemlich harmlos begonnen, sagte Ephraim, nämlich als er über den Gefängniswärter fluchte, der ihnen wieder einmal verdorbene Würstchen vorgesetzt hatte.

Das brachte Leben in etwas, was auf den ersten Blick wie ein Sack voll Knochen ausgesehen hatte, den man kurz zuvor in die Gemeinschaftszelle des Schwerverbrechertraktes geworfen hatte. Dieses Etwas fing an zu spucken, rappelte sich auf und nahm allmählich die Gestalt eines großgewachsenen, ausgemergelten Mannes mit kalkweißen Lippen, verfilztem Haar und zotteligem Bart an. »Junger Mann«, sagte der Bootsmann, »du stehst jemandem gegenüber, der einmal dankbar war für das faulige, zerbröselte Knochenmark und Geweih von einem Hirsch, über den sich in der Tundra schon die weißen Wölfe und die schwarzen Raben hergemacht hatten.«

»Erzähl dem Jungen, was dich hierherverschlagen hat, Enoch. Das muß für dich ein Sprung ins kalte Wasser sein.«

»Meine Tochter, diese Jesabel, hat falsches Zeugnis über mich abgelegt.«

»Ich dachte, du hättest im Tweed River ohne Erlaubnis gefischt«, rief eine Stimme.

»Ohne Erlaubnis gefischt, ja«, schaltete sich wiederum jemand anderes ein, »aber nicht im Tweed –«

»– sondern in der Möse von der Frau seines Schwiegersohns.«

Der Bootsmann ignorierte ihr schlüpfriges Gelächter und schob sich eine Wurst in den zahnlosen Mund. »Wißt ihr, wenn wir keine *tripe de roche* finden konnten, kochten wir Lederstücke von unseren Stiefeln und priesen den Allmächtigen dafür. Es war so bitter kalt, daß der Rum, als wir noch welchen hatten, im Faß gefror. Ach, und die ganze Zeit mußten wir ein Auge auf die kanadischen Trapper haben, dieses diebische Pack, und auf den irokesischen Heiden, diesen verschlagenen Michel Teroahauté. Aber am schlimmsten war, daß wir nicht wußten, ob der arme Mr. Back, den nach dieser indianischen

Hure gelüstete, unterwegs umgekommen war oder mit neuen Vorräten zu uns zurückkehren würde.«

Der Bootsmann packte Ephraim am Ellbogen, drehte sein Gesicht ein wenig zur Seite, damit er ihn mit seinem gesunden, ungetrübten Auge besser mustern konnte, und schilderte ihm dann, wie weiße Wölfe einen Hirsch reißen. »Diese wilden Raubtiere«, sagte er, »rotten sich dort, wo das Wild weidet, zu großen Rudeln zusammen. Sie pirschen sich leise an, und erst, wenn sie den Tieren den Fluchtweg über die Ebene abgeschnitten haben, rasen sie mit Geheul auf sie zu, so daß das Wild in Panik gerät und in die einzig mögliche Richtung davonrennt – auf den Abgrund zu. Die Herde stürzt in vollem Galopp in die Tiefe. Die Wölfe klettern mit triefenden Lefzen nach unten, um sich über die ineinander verknäuelten Kadaver herzumachen.«

Dem Bootsmann fielen die Augen zu, und gleich darauf war er mit offenem Mund eingeschlafen. Ephraim rüttelte ihn wach. »Erzähl mir mehr«, bat er.

»Hast du Tabak?«

»Nein.«

»Gin?«

»Nein.«

»Dann fahr zur Hölle.«

Als Ephraim ihn am nächsten Morgen mit Fragen bedrängte, glotzte ihn der Bootsmann nur übellaunig an. Er war mit den Läusen in seinem Bart beschäftigt und schnippte sie in die Flamme einer Kerze.

Wenn Ephraim sich im Hof des Männertrakts die Beine vertrat, gab er sich nicht mit seinen Zellengenossen ab, sondern schlenderte hin und her und betrachtete eingehend die ihn umgebenden Mauern aus rohem Granit. Beim Anblick der Eisendornen unterhalb der Mauerkrone in rund fünfzehn Metern Höhe seufzte er. Zwischen Eisendornen und Mauer konnte er sich nie durchzwängen, dachte er, und selbst wenn er es schaffte, hatten die gemeinen Hunde weiter oben noch ein Hindernis angebracht: eine Reihe von scharfen, nach innen gerichteten Dornen auf der glitschigen Mauerkrone. Hoffnungslos.

Am Nachmittag desselben Tages begab sich der besorgte Izzy Garber eilig nach Newgate und verabredete sich mit zwei Gefängniswärtern im George. Der Kaplan von Newgate, Reverend Brownlow Ford, war bereits da. Er fläzte zusammen mit dem Henker Thomas Cheshire, auch Old Cheese genannt, betrunken auf dem Sofa. Als Old Cheese Izzy wiedererkannte, hob er das Glas, warf ihm einen gehässigen Blick zu und sagte:

»Ob wir uns mit Schlinge, Galgen oder in St. Sepulchre wiedersehen
Bis dahin möge es dir gut ergehen.«

Izzy beachtete ihn nicht, er tischte den Gefängniswärtern zotige Geschichten auf und stopfte ihre Taschen mit Guineen voll. Als Gegenleistung warfen sie Ephraim an jenem Abend einen Strohsack in die Zelle, und er stellte fest, daß er in der Schenke des Gefängnisses Kredit hatte. Unverzüglich lockerte er dem alten Bootsmann mit Gin und Pfeifentabak die Zunge.

Mit heiserer Stimme beklagte der Bootsmann von den Orkney-Inseln die verderbliche Sucht der Cree-Indianer nach Feuerwasser und daß sie sich durch ihren unstillbaren Durst auf das schädliche Getränk ruiniert hätten, und nun seien sie dazu verdammt, ihr Dasein ohne den tröstlichen Beistand zu fristen, den die christliche Religion jederzeit für jedermann bereithalte. Es sei ein fauler, launischer, träger Menschenschlag, meinte er, und die Männer hätten nichts anderes im Sinn, als die Frau ihres Nachbarn zu verführen.

Der Bootsmann, der immer wieder Anfälle von Schüttelfrost bekam und offenbar Fieber hatte, nickte von Zeit zu Zeit ein, schrak jedoch immer wieder jäh in die Höhe, um mehr Gin zu verlangen und mit seiner Erzählung fortzufahren, als hätte er sie nie unterbrochen. »Ich habe Rentiere gesehen, so viele, daß man sie nicht mehr zählen konnte, und die Herde erstreckte sich bis zum Horizont. Ich habe gelernt, ihr Fleisch roh zu essen.« Hauptnahrungsmittel an Bord sei, wie er berichtete, Pemmikan gewesen, gedörrtes, mit heißem Fett übergossenes und geklopftes Bisonfleisch. Aber es habe auch Zeiten gegeben, räumte der Bootsmann ein, in denen es Fisch und Geflügel in Hülle und Fülle gegeben habe. Flußlachse, Hechte und die seltenen, schönen Goldaugen, die man im Frühjahr bei Cumberland House mit dem Netz fangen konnte. Auch Schneehühner habe es gegeben, kanadische Waldhühner, Stockenten und wilde Schwäne.

Ephraim, der so etwas noch nie gehört hatte, lechzte nach mehr Einzelheiten, doch er wagte nicht, den stockenden Redefluß des Bootsmanns zu unterbrechen.

Der Bootsmann hatte für Wilde zwar nichts übrig, aber andererseits taten sie ihm leid, und seine grenzenlose Verachtung galt den kanadischen Trappern, diesem lärmenden Pack, faule und mäklerische Kerle, die sich nichts dabei dachten, die Winter in den Pelzkontoren mit zwölfjährigen Indianermädchen zu verbringen, die sie nicht selten für eine Saison gegen Geld an einen ihrer rauhbeinigen Kumpane abtraten. »Wenn die Kälte nachläßt, was du in deiner Ahnungslosigkeit wahrscheinlich für eine Gnade hältst, und wenn die Sonne Tag und Nacht auf das Ödland brennt, dann wimmelt es überall von Moskitos. Sie fliegen dir in die Ohren und in den Mund. Es ist eine Höllenqual, und das einzige Mittel dagegen ist ein Feuer, das man mit Wasser erstickt, um das Zelt mit beißendem Qualm zu füllen. Das ist zweifellos das Land, das Gott Kain gegeben hat.«

»Warum hast du dich überhaupt auf eine so beschwerliche Reise eingelassen?«

»Das konnte ich doch nicht ahnen.«

»Stimmt.«

»Außerdem hatte ich es nicht anders verdient. Von all den Männern, die sich am 14. Juli 1819 in Mr. Geddes' Haus versammelt hatten, gehörte ausgerechnet ich zu den vier Freiwilligen, die sich bereit erklärten, sich der Expedition anzuschließen. Mich lockten die Aussicht auf Abenteuer, die jährliche Heuer von vierzig Pfund und die kostenlose Heimfahrt zu den Orkney-Inseln. Außerdem beeindruckte mich Mr. Franklins christliche Einstellung. Er hatte eine in das Kauderwelsch der Eskimos übersetzte, von der Mährischen Brüdergemeine in London gedruckte Ausgabe des Johannesevangeliums dabei. Und er nahm Geschenke mit, um die Wilden, denen wir vielleicht begegnen würden, versöhnlich zu stimmen. Ferngläser, Glasperlen, Teekessel und so weiter.«

In der zum Ersticken heißen Zelle, in der es von Läusen, Kakerlaken und Kanalratten wimmelte, in der es nach Exkrementen und Urin stank und die vom stoßweisen Husten der bereits vom Typhus befallenen Männer erbebte, träumte Ephraim von einem kühlen weißen Land, wo die Sommersonne nie unterging und die Rentierherden sich bis zum Horizont erstreckten. Mit einem Ruck fuhr er aus dem Schlaf hoch, als einer der Zellengenossen auf den Bootsmann zukroch, um ihn zu erschrecken, indem er so tat, als wäre er der Büttel, der ihm mitteilte, daß er am nächsten Tag hingerichtet würde. Ephraim stürzte sich auf ihn und packte seine Hand. Der Mann schrie laut auf, doch Ephraim drückte noch fester zu, offenbar entschlossen, dem Mann den Arm auszukugeln. »Sag mir, wie dein Kumpel da drüben in der Ecke heißt.«

»Larkin.«

»Hör gut zu, er war zusammen mit mir im Steel und kann dir erzählen, was für einer ich bin.«

Nachdem Ephraim ein weiteres Mal mutlos am frühen Morgen aus dem Gefängnishof zurückgekehrt war, weckte er den alten Bootsmann, bot ihm Gin an und stopfte ihm die Pfeife.

»Beim nächstenmal will ich die Würstchen von dem Sodomiten haben«, sagte der alte Mann.

»In Ordnung. Und jetzt erzähl mir mehr.«

»Ich würde auch zu einem Strohsack nicht nein sagen.«

»Nimm meinen.«

Der alte Mann hustete Schleim aus seinen schwachen Lungen und erzählte, daß sie die ersten Eisberge rund neunzig Meilen vor der Küste Labradors erspäht hatten. Tags darauf hätten sie das zuckende Leuchten des Nordlichts erblickt. »Alles verlief reibungslos, bis wir York Factory verließen und mit einem kleinen Boot Kurs aufs Landesinnere nahmen. Unter Segel kamen wir auf dem verdammten Steel River nicht weit, und zum Rudern war die Strömung zu stark. Also blieb uns nichts anderes übrig, als zu treideln.«

»Das verstehe ich nicht.«

»Da kannst du von Glück reden. Ich meine damit, daß wir

das Boot an einem Tau ziehen mußten, an das wir uns wie Akkervieh anschirrten. Das ist auch unter normalen Umständen kein Kinderspiel, aber in diesem Fall hätten sogar Bergziegen Probleme gehabt, weil die Ufer so steil waren und der weiche Boden so glitschig. Na ja, wir konnten froh sein, daß wir immerhin zwei Meilen in der Stunde schafften. Ist es dir bestimmt, des Seilers Braut zu werden?«

»Ich bin noch zu jung. Und dann?«

»Und dann war das Wasser im Hill River so flach, daß wir reinspringen mußten, obwohl es eiskalt war. Das mußten wir ein paarmal am Tag machen und das Boot auf den Schultern tragen. Dann erreichten wir die Quellzuflüsse, und den ganzen Tag über ging es rein ins Boot, raus aus dem Boot. Wir haben in nassen Kleidern in eisiger Kälte geschuftet. Ich nehme an, du bist ein Itzig?«

»Ja.«

Der alte Mann lachte glucksend. »Deshalb also der Gin, der Tabak, die Steaks und die Nierenpastete. Die Gefängniswärter schwänzeln nur so um dich rum. Ich hab's mir gleich gedacht!«

»Ach ja?«

Der Bootsmann hielt den Becher hoch und verlangte mehr Gin.

»Du hast genug gehabt.«

»Ich will mehr, Junge.«

»Dann mußt du mir noch mehr erzählen.«

Die Erinnerung an den langen Treck vom Landesinneren zurück an die Küste versetzte den Bootsmann noch immer in Angst und Schrecken. Sie hatten furchtbaren Hunger und schlimme Kälte erdulden müssen, kanadische Trapper hatten ihnen den Proviant gestohlen, und Michel Teroahauté hatte sie aufs schändlichste verraten. »Wir aßen das Fell und die Knochen von Wild, und Stürme wüteten tagaus, tagein. Mr. Franklin mußte es tun, verstehst du das denn nicht?«

»Was?«

»Sie trennen, Hood und Back. Er mußte Back auf den langen Treck schicken.«

»Warum?«

»Wie kannst du nur so eine blöde Frage stellen?«

»Ich war nicht dabei.«

»Hood hatte schon eine Eingeborene mit Kind in Fort Enterprise sitzen, und jetzt war er auch noch hinter diesem kleinen Flittchen vom Stamm der Copper-Indianer her. Lena Green Stockings hieß sie und war höchstens fünfzehn Jahre alt. Aber Back, ein noch üblerer Hurenbock, war auch in sie vernarrt. Das schamlose Balg badete in den kalten Flüssen und zeigte den Offizieren am Ufer dabei ihre Möse. Kein Wunder, daß sie heiß auf sie waren. Sie trieb es abwechselnd mit beiden. Sie nahmen sie von hinten, wie eine läufige Hündin.«

»Woher weißt du das?«

»Also, wenn ich nicht gewesen wäre, hätten sich die beiden Fähnriche duelliert. Ich sprach mich mit Dr. Richardson ab, nahm die Munition aus ihren Pistolen, und Mr. Franklin schickte Back über den Winter weg.«

»Du hast das Mädchen bespitzelt.«

»Habe ich nicht. Einmal bin ich direkt über sie gestolpert, als sie gerade im Gestrüpp Unzucht miteinander trieben. War das ein widerlicher Anblick. Vielleicht nicht für dich oder Leute von deinem Schlag. Ihr habt Christus ja verleugnet, aber du mußt wissen, daß meine christliche Erziehung mir Halt gegeben hat, egal, wie weit ich von der Zivilisation entfernt war.«

»Aber als du dann zurückkamst, war es wohl vorbei mit dem Halt.«

»Ich bin hier, weil meine Tochter falsches Zeugnis über mich abgelegt hat. Das Gericht wird früh genug dahinterkommen. Jetzt muß ich ein bißchen schlafen.«

Als Ephraim am nächsten Morgen durch den Gefängnishof des Männertraktes schlenderte, verfluchte er die mit Dornen bewehrte Mauer. Wieder lungerte er eine Weile unter der Wasserzisterne herum, die in einer Ecke des Hofes oben an der Mauer dicht unterhalb der Eisendornen hervorragte. Und wieder fiel ihm auf, daß die Gefängniswärter kaum jemals einen Blick darauf warfen. Zurück in der Zelle, brachte er den alten Bootsmann mit Gin und Tabak in Stimmung und bat ihn, mit seiner Erzählung fortzufahren.

»Wo war ich stehengeblieben?«

»Mr. Back war losgeschickt worden, um Proviant zu besorgen, und du und die anderen mußten aus lauter Not Felle essen.«

»Stimmt, weil uns der gemeine Akaitcho und seine Heidenbande sitzengelassen hatten. Zu dieser Zeit sah der arme Mr. Hood schon fast nichts mehr. Er hatte auch Schwindelanfälle und andere Beschwerden, die auf sein Lotterleben zurückzuführen waren, und wir mußten häufig haltmachen. Habe ich dir schon erzählt, daß wir Belanger und Ignace Perrault, die nicht mehr weitergehen konnten, in einem Zelt mit einem Gewehr und achtundvierzig Schuß Munition zurücklassen mußten?«

»Nein, hast du nicht.«

»Ja, so war das. Eines Morgens behauptete Michel Teroahauté, er habe einen Hirsch gesehen, der ganz nah an seinem Schlafplatz vorbeigelaufen sei, und er sei losgezogen, um ihn zu jagen, habe ihn jedoch nicht gefunden. Statt dessen habe er einen Wolf entdeckt, der von einem Hirsch aufgespießt worden sei. Er brachte Fleischstücke von dem Tier mit zurück ins Lager. Erst als wir sie gegessen hatten, begriffen wir, daß das Fleisch von Belanger oder Perrault stammen mußte. Der Wilde hatte sie erschlagen, ihre Leichen steif werden lassen und sich dann mit der Axt über sie hergemacht.«

Der dahinsiechende Bootsmann steigerte sich dermaßen in seine Erregung hinein und der Rest seiner Erzählung fiel so verworren aus, daß Ephraim nicht mehr folgen konnte, aber er hörte immerhin heraus, daß der Sturm in den darauffolgenden Tagen noch unbarmherziger tobte. Als Teroahauté einmal mit Mr. Hood allein in einem Zelt war, tötete er ihn mit einem Gewehrschuß. Mr. Hood, dieser Lüstling, starb neben der Feuerstelle. Bickersteths Volksbibel lag neben seiner Leiche, als wäre sie ihm im Augenblick des Todes aus der Hand gefallen. In heller Rage überschüttete Teroahauté den Rest der Mannschaft mit Spott und Hohn. Entsetzt darüber, daß Teroahauté nun zwei Pistolen und einen Indianerspeer besaß, schoß Dr. Richardson ihm bei der erstbesten Gelegenheit mit der Pistole in den Kopf.

Plötzlich klammerte sich der Bootsmann an Ephraim, sein gesundes Auge trat aus der Höhle, und ein rasselndes Geräusch entwich seiner Kehle. Dann kippte er nach hinten und starb, ohne seine Geschichte zu beenden. Als Ephraim ihn durchsuchte, stieß er auf eine schmuddelige, zerfledderte Zeichnung von einem schönen nackten Indianermädchen, von dem er Jahre später erfahren sollte, daß es Lena Green Stokkings war, Kesharrahs Tochter, die begehrte Beute, um derentwillen Hood und Back zu so erbitterten Feinden geworden waren.

Ebenfalls Jahre später – Ephraim kannte sich nun selbst im Ödland aus – fand er heraus, daß es der gemeine Akaitcho und seine Indianerbande gewesen waren, die den Trupp vor dem Hungertod gerettet hatten, indem sie den Männern getrocknetes Fleisch, Fett und ein paar Zungen schenkten.

Beim Abschied von den Überlebenden der Franklin-Expedition sagte Akaitcho, dem man die als Belohnung versprochenen Waren vorenthalten hatte: »Mit der Welt steht es schlecht. Alle sind arm, ihr seid arm, die Händler sind anscheinend arm, und ich und meine Leute sind auch arm, und da die Ware nicht angekommen ist, können wir sie nicht haben. Ich bereue nicht, daß wir euch mit Proviant versorgt haben, weil ein Copper-Indianer nicht zulassen darf, daß weiße Männer auf seinem Land Hunger leiden. Er muß ihnen zu Hilfe kommen. Ich vertraue aber auf euer Wort, daß wir im nächsten Herbst das bekommen, was uns zusteht. Dies ist das erste Mal, daß die Weißen bei den Copper-Indianern in der Schuld stehen.«

Wenige Stunden, nachdem der Bootsmann von den Orkney-Inseln gestorben war, wurde seine Leiche auf einen Karren geworfen und ins St.-Bartholomew-Krankenhaus gebracht, wo man sie heimlich sezierte.

Am nächsten Morgen stellte Ephraim im Gefängnishof fest, daß die Wand neben der Wasserzisterne wiederum nicht bewacht wurde. Er preßte den Rücken so fest gegen das rauhe Mauerwerk, daß es weh tat, und stemmte sich die Wand hoch, wie er es einst von einem anderen Jungen, dem Gehilfen eines Kaminfegers, gelernt hatte. Er hielt sich am Rand der Zisterne fest und schwang sich hinauf. Obwohl sein Rücken übel zerschunden war, packte er die rostige, mit Dornen bestückte Stange und kletterte an ihr entlang, bis er die Press-Yard-Gebäude erreichte. Dort wagte er den Sprung aus drei Metern Höhe auf das tiefer liegende Dach und verstauchte sich dabei den Knöchel, schaffte es aber dennoch, sich humpelnd von Newgate und den angrenzenden Gebäuden zu entfernen. Auf dem abschüssigen Dach eines Hauses in einer Nebenstraße angekommen, ging er kurz hinter einem Schornstein in Deckung und rieb sich das pochende Fußgelenk. Dann ließ er sich an einer Regenrinne auf die Straße hinuntergleiten und machte sich unverzüglich auf den Weg zu Izzy Garbers Herberge in der Wentworth Street, wo er mit einer Heilsalbe für seinen aufgeschürften Rücken, einem wärmenden Feuer, Fleischpastete, Wein und zotigen Geschichten rechnen konnte.

## 3

Erweitertes
Newgate-Jahrbuch
Wissenswerte Lebensbeschreibungen
notorischer Übeltäter
verurteilt wegen Verletzung
englischen Rechts
im siebzehnten Jahrhundert und in der Folge
bis zum heutigen Tage.
In chronologischer Reihenfolge.

Als da sind:

Verräter
Mörder
Brandstifter
Entführer
Meuterer
Piraten
Falschmünzer

Straßenräuber
Wegelagerer
Einbrecher
Aufwiegler
Erpresser
Falschspieler
Fälscher

Taschendiebe
Betrügerische
Bankrotteure
Beutelschneider
Hochstapler
und Diebe jeglicher
Art

MIT

entsprechenden Anmerkungen zu Verbrechen und Strafmaß, wahrheitsgetreuen Anekdoten, moralischen Erwägungen und Kommentaren zu außergewöhnlichen Fällen, Erläuterungen des Strafrechts, der Plädoyers und Geständnisse und LETZTEN WORTEN VON TODESKANDIDATEN

EPHRAIM GURSKY

*Mehrmals verurteilt – Haftstrafen in Coldbath Fields und Newgate – am 19. Oktober 1835 nach Vandiemensland deportiert*

Wohl noch nie hat ein Mensch mit seinen naturgegebenen Begabungen ein solches Schindluder getrieben wie der berühmt-berüchtigte Jude Ephraim Gursky, dessen tollkühne Flucht aus Newgate in *The Weekly Dispatch* und *The People's Journal* für Schlagzeilen sorgte. Es fällt uns schwer zu glauben, daß sich in der betrüblich langen Liste von Verbrechern ein junger Mann findet, der des Lateins, des Russischen, Hebräischen und Jiddischen (der Mundart seines Volkes) mächtig und dennoch zu einem so verderbten Menschen verkommen ist, zu einem Fälscher amtlicher Dokumente und Schreiben, einem Entführer, Kuppler und Taschendieb, der sich als feiner Herr ausgibt.

Ephraim Gursky kam in Liverpool zur Welt. Nach eigenem Bekunden war sein Vater, Gideon Gursky, ein Jude russischer Abstammung. Er war in Moskau ein bekannter Opernsänger gewesen, bis er sich auf eine Affäre mit Baroneß K. einließ, einer Favoritin des Zaren. Es kam zu einem Skandal, und die Liebenden mußten fliehen, um ihr Leben zu retten. Ephraim behauptete, Frucht dieser unseligen Verbindung zu sein. Nachdem seine Mutter im Kindbett gestorben war, wurde er von der zweiten Frau seines Vaters, die mit Mädchennamen Katansky hieß, im jüdischen Glauben erzogen. In Liverpool verdiente sich Gideon Gursky seinen Lebensunterhalt als Kantor in einer Synagoge. Wenngleich nicht wohlhabend, schickte er den kleinen Ephraim zur Schule. Ephraim zeigte wenig Interesse, machte kaum Fortschritte und stellte schon bald seinen Wagemut und seine Durchtriebenheit unter Beweis. Wenn es darum ging, irgendeine Teufelei auszuhecken, war er mit Sicherheit der Anführer und derjenige, der die Sache nach Kräften vorantrieb. Der Züchtigungen leid, die er von der Hand seiner grausamen Stiefmutter erhielt – sie warf ihm unablässig seine uneheliche Herkunft und sein christliches Blut vor –, lief Ephraim im Alter von zwölf Jahren von zu Hause fort. Er arbeitete in den Kohleminen von Durham und besserte seinen Lohn auf, indem er in einem nahe gelegenen Dorf Zeitungen austrug. Dort fiel er einem wohlmeinenden Schulmeister auf, Mr. William Nicholson, der ihn unter seine Fittiche nahm und in Latein und Schönschrift unterrichtete. Ephraim entgalt ihm diese Gutmütigkeit, indem er sich mit seinen silbernen Kerzenständern auf und davon machte, weshalb die inzwischen verstorbene Mrs. Nicholson auf der örtlichen Polizeiwache Anzeige erstattete.

Kurz nach seiner Ankunft in London wurde der junge Gursky gefaßt, als er versuchte, die gestohlenen Kerzenständer zu verkaufen, und zu sechs Monaten Schwerarbeit in Coldbath Fields verurteilt. Nach seiner Freilassung ließ sich der junge Gursky in einer Herberge in Whitechapel, im schäbigsten Milieu der Großstadt, nieder und betätigte sich als Fälscher amtlicher Dokumente und Schreiben. Er war nun in seinem achtzehnten Lebensjahr, und wenngleich nicht sonderlich gut aussehend und eher klein von Wuchs, wurde er zum Liebling junger Damen mit liederlichem Charakter und ausschweifendem Lebenswandel. Er brachte zwei bislang achtbare Schwestern, die in derselben Herberge wohnten und als Näherinnen arbeiteten, auf die schiefe Bahn. Sie hießen Dorothy und Catherine Sullivan, waren erst kurz zuvor aus der Grafschaft Kilkenny zugezogen, und als ein Schutzmann zu ihnen geschickt wurde, um Erkundigungen über sie einzuziehen, wurde ihnen allseits löbliches Betragen bescheinigt. Vom jungen Gursky angestiftet, gingen die Schwestern auf Bauernfang, doch für sie selbst fiel bei ihrem verbrecherischen Tun nicht viel ab, denn sie mußten die Beute regelmäßig ihrem Lehrmeister aushändigen. Als alle drei verhaftet wurden, verurteilte man die Sullivan-Schwestern zu drei Jahren Schwerarbeit in Newgate, doch Gursky, der mit einem noch strengeren Urteil rechnen mußte, bewerkstelligte seine gewagte Flucht.

Da man nach ihm fahndete, legte er sich den Namen Green zu, und bald begann er eine Laufbahn als Gentleman-Taschendieb, der das Gebaren und wichtige Gehabe eines Mannes von Welt an den Tag legte. Bei dieser Betätigung ging ihm eine Zeitlang eine gewisse Miss Thelma Coyne zur Hand, die es als schwindlerische Kurtisane zu nicht minderer Berühmtheit gebracht hatte. Diese verwegene Person mußte sich insgesamt dreimal vor dem obersten Strafgericht Old Bailey verantworten. Zweimal wurde sie freigesprochen, beim drittenmal für schuldig befunden und zu zwei Jahren Gefängnis in Newgate verurteilt. Kurz vor Ablauf ihrer Haftstrafe erkrankte sie an Fleckfieber und starb vierzehn Tage nach ihrer Entlassung. Sie tat also ihren letzten Atemzug in vollendetem Einklang mit dem Grundtenor ihres verruchten Lebens.

Zuvor hatten der Taschendieb, der Held unserer Geschichte, und seine getreue Komplizin in Ausübung ihres üblen Tuns die berühmtesten Seebäder aufgesucht, allen voran Brighton, und sich als Bruder und Schwester ausgegeben. Da Gursky als Herr von Stand und Vermögen galt, verkehrte er mit Persönlichkeiten höchsten Ranges. Er griff dem Herzog von L. und Sir S. in die Taschen und erbeutete beträchtliche Summen; und jedesmal kam er unentdeckt davon. Auch stahl er Lady L. ein Kollier, doch waren die näheren Umstände und der Ort des Geschehens für sie so kompromittierend, daß sie es vorzog, von einer Anzeige abzusehen.

Die Justiz erklärte ihn für vogelfrei, die Gesetzeshüter setzten alles daran, ihn zu fassen, und doch entging Gursky seiner Festnahme, indem er in diversen Verkleidungen und unter falschen Namen durch die südlichen Grafschaften des Königreiches reiste. In größeren Städten trat er als Quacksalber, Wanderprediger und dergleichen auf. Nach seiner Rückkehr nach London bewies er als Taschendieb noch größere Unverfrorenheit. Am Geburtstag der Königin schlich er sich als Geistlicher bei Hofe ein und griff nicht nur in mehrere Taschen, sondern brachte es sogar fertig, während er mit Viscountess W. im Park spazierte, sie um ihre Diamantbrosche zu erleichtern und den Tatort unbehelligt zu verlassen.

Er wurde schließlich in der St.-Sepulchres-Kirche gefaßt, während Dr. Le Mesurier in seiner Fürbitte um Weideland für alte Kutschgäule bat, weil sie andernfalls als Schlachtvieh nach Frankreich verkauft würden. Der Schutzmann Herbert Smith beobachtete, wie Gursky die Hand in Mrs. Davenports Tasche schob, folgte ihm, als er die Kirche verließ, und nahm ihn am Ende der Cock Lane bei Snowhill fest.

Nachdem Smith den Gefangenen auf die Wache von St. Sepulchre gebracht und eine goldene Repetieruhr sowie mehrere andere Gegenstände in seinem Besitz gefunden hatte, kehrte er zur Kirche zurück und sprach mit Mrs. Davenport, die der Gefangene zu bestehlen versucht hatte. Barsch beschied sie ihm, daß sie nichts vermisse, doch damit gab sich Mr. Davenport nicht zufrieden. Er ging mit Smith zurück zur Wache und verlangte entrüstet, den Häftling genauer zu durchsuchen, woraufhin Mrs. Davenport unerklärlicherweise einen Schwächeanfall erlitt und hinausgeführt werden mußte. Gursky wurde aufgefordert, den Hut abzunehmen, und als er vorsichtig mit dem linken Arm den Hut vom Kopf hob, fielen eine Uhr, eine mit Perlen besetzte Brosche und ein scharlachrotes Strumpfband zu Boden. Beim Anblick des letztgenannten Gegenstandes mußte Mr. Davenport gewaltsam daran gehindert werden, mit seinem Spazierstock auf den Häftling einzuschlagen.

Gursky wurde vor Gericht gestellt, und der Prozeß lockte erstaunlicherweise zahlreiche Damen aus mondänen und halbmondänen Kreisen an, Damen, wie man sie gewöhnlich auf dem Rotten Row im Hyde Park antraf. Noch erstaunlicher allerdings war das Erscheinen von Mr. William Nicholson, der gekommen war, um zu Ephraims Verteidigung auszusagen. Der bereits erwähnte wohlmeinende Lehrer war mittlerweile Witwer. Seine Frau hatte sich einen Monat nach der Geburt ihres einzigen Kindes in einem Anfall geistiger Umnachtung erhängt. Das Kind wurde mit Hilfe eines Neffen großgezogen, eines jungen Mannes von sehr gefälligem Äußeren, der Mr. Nicholson in den Gerichtssaal begleitete. Der Angeklagte so Mr. Nicholson, habe die Kerzenständer nicht etwa entwendet, sondern seine Frau und er hätten sie ihm bei seiner Abreise nach London zum Abschied geschenkt. Mrs. Nicholsons Anzeige wegen Diebstahls sei das erste Anzeichen der sich anbahnenden Geisteskrankheit gewesen, die zu einem so tragischen Ende geführt habe. Hätte man Ephraim Gursky, seinen vielversprechenden Schüler, nicht fälschlicherweise angeklagt und den Fehler begangen, ihn in so zartem Alter in Coldbath Fields ins Gefängnis zu stecken, meinte Mr. Nicholson, dann hätte sein Leben möglicherweise einen löblicheren Verlauf genommen.

Daraufhin wandte sich der Angeklagte mit beachtlicher Lebhaftigkeit ans Gericht, gab eine Kostprobe seiner Redegewandtheit zum besten, ließ sich lang und breit über das aus, was er als die Macht des Vorurteils bezeichnete, und deutete an, daß er schon von Kindesbeinen an wegen des Glaubens seines Vaters immer wieder Opfer von Verleumdungen geworden sei.

»Meine Herren, im Laufe meines Lebens habe ich große Not erlebt, ich habe die Wechselfälle des Schicksals erfahren, und in der Rückschau bin ich davon überzeugt, daß Freude aus nichts anderem als aus einem tugendhaften Leben erwachsen kann, daß sie in der Glückseligkeit eines ruhigen Gewissens und eines wohlwollenden Herzens zu suchen ist.

Meine Herren Geschworenen, sollte ich freigesprochen werden, werde ich mich sofort nach Prince Rupert's Land zurückziehen, um den Wilden den Glauben meiner Mutter zu predigen, denn sie sind eine Schande für das weite, öde Land und dazu verdammt, ihr Dasein ohne den tröstlichen Beistand zu fristen, den die christliche Religion jederzeit für jedermann bereithält. Sollte mein Leben verschont werden, werde ich in jenes ferne Land ziehen, in dem keiner meinen Namen noch meine Mißgeschicke kennt, wo ehrbares Verhalten mich vor dem Vorwurf der Schuld bewahren wird und wo nicht Vorurteile ein falsches Bild von mir heraufbeschwören. Ich versichere Ihnen, meine Herren Geschworenen, ich spüre die freudige Hoffnung in mir, sogar in diesem furchtbaren Augenblick, daß mein restliches Leben in einer Weise verlaufen wird, die mich zum Gegenstand allgemeiner Wertschätzung und Anerkennung machen wird, so wie ich jetzt der unselige Gegenstand von Tadel und Verdächtigungen bin.«

Das Schöffengericht sprach Ephraim Gursky schuldig.

Am Donnerstag, dem 10. Oktober 1835, kam Ephraim Gursky hinter Gitter.

*Der Protokollführer:* Ephraim Gursky, laut dem vom Gericht gegen Sie erlassenen Urteil werden Sie für den Zeitraum von sieben Jahren in ein Land jenseits der Meere deportiert, an einen Ort, der von Seiner Majestät nach Beratung mit dem Geheimen Kronrat nach festzulegen und bekanntzugeben ist.

4 Ephraim zeigte Lady Jane die Briefe, in denen Isaac Grants Fähigkeiten und seine Frömmigkeit als Christ gelobt wurden. »Der Arzt, von dem ich spreche, ist obendrein ein angesehener Naturforscher«, sagte er und legte noch einen weiteren Brief vor, der von Charles Robert Darwin unterzeichnet war. »Mr. Grant ist seit langem ein Bewunderer von Sir John und würde jede Mühsal auf sich nehmen, um sich mit ihm auf diese kühne Seefahrt begeben zu können. Auch ich, der ich auf immer in Ihrer Schuld stehe, höchstverehrte Lady Jane, würde es als meine Pflicht betrachten, Sir John zu dienen und dafür zu sorgen, daß es ihm an nichts fehlt.«

Entzückt, Ephraim wieder auf freiem Fuß zu sehen, war Lady Jane bereit, sich für ihn einzusetzen, doch wies sie ihn darauf hin, daß er leider zu spät gekommen sei. »Es sei denn, Sie reisten unverzüglich nach Stromness«, sagte sie, von der Vorstellung ganz angetan.

»Genau das habe ich vor. Und ich warte gern noch einen Augenblick«, sagte er, »falls Sie sich die Mühe machen wollen, ein Schreiben an Sir John aufzusetzen.«

Mit dem Brief in der Hand eilte Ephraim zurück nach Whitechapel, wo sich der verzweifelte Izzy versteckt hielt. »Wir fahren zu den Orkney-Inseln«, sagte Ephraim.

»Ich traue mich nicht von hier weg. Sie suchen überall nach uns.«

»Sie überwachen die Häfen, weil sie glauben, daß wir uns nach Irland oder aufs Festland absetzen wollen.«

»Selbst wenn wir sicher in Stromness ankommen – wie sollen wir es dann schaffen, in die Schiffsmannschaft aufgenommen zu werden?«

Ephraim öffnete unterdessen Lady Janes Brief über Wasserdampf. Den Farbton der Tinte zu treffen, wäre ein leichtes, wie er auf den ersten Blick feststellte. In seiner Jackentasche befand sich die Schreibfeder, die Lady Jane benützt hatte. Über eine Stunde lang übte er ihre krakelige Schrift, bevor er es wagte, das Postskriptum anzufügen, in dem er Sir John beschwor, Ephraim, das Findelkind aus Vandiemensland, und Mr. Isaac Grant, diesen bewundernswerten und gottesfürchtigen Mann, in seine Schiffsmannschaft aufzunehmen.

Ein Klopfen an der Tür ließ Izzy auffahren.

»Keine Sorge«, sagte Ephraim. »Das sind bestimmt die Sullivan-Schwestern. Dorothy und Kate kommen nämlich mit.«

In Stromness angelangt, war es nicht weiter schwer, das schummrige Wirtshaus am Dock zu finden, in dem sich die Mannschaften der Schiffe versammelten. Viele der Männer hatten Angst, ihr Zuhause nie wiederzusehen. Ephraim schob die Sullivan-Schwestern wie einen Köder vor, zeigte sich spendabel und freundete sich dadurch mit den Seeleuten an. Mit sicherem Instinkt nahm er sich diejenigen unter ihnen vor, die ihm am aufgeregtesten erschienen, und tischte ihnen Geschichten von der Reise auf, die sein Vater angeblich im Jahr 1819 zusammen mit Franklin über Land zu den Ufern des Eismeeres gemacht hatte. »Im dritten Jahr, das sie in der Tundra verbrachten«, erzählte er, »blieb ihnen einmal nichts anderes übrig, als das faulige, zerbröselte Knochenmark von einem Hirsch zu essen, über den vorher wilde weiße Wölfe und schwarze Raben hergefallen waren. Denkt euch, mein Vater war einer der wenigen, die das Glück hatten, mit dem Leben davonzukommen, aber meine arme Mutter erkannte ihn bei seiner Rückkehr kaum wieder. Er hatte seine Zähne durch Skorbut verloren, und all seine Zehen waren amputiert. Viel hatte sie danach nicht mehr von ihm, und wahrscheinlich ist sie deshalb mit Mr. Feeney durchgebrannt.«

In der Nacht, bevor sie in See stachen, sperrte Kapitän Crozier von der *Terror* seiner Besatzung klugerweise den Landgang, weil er befürchtete, daß einige der Männer abspringen könnten. Kapitän Fitzjames von der *Erebus* hingegen gewährte seinen Leuten die übliche Freiheit. Alle meldeten sich zur vereinbarten Stunde zurück, doch dann machte der lüsterne Hilfsarzt ein Beiboot flott und fand einen Vollmatrosen, der sich glücklich schätzte, weil Kate ausgerechnet ihn auserkoren hatte, und der ihn an Land ruderte. Dort trafen sich die beiden mit den Sullivan-Schwestern. Das Stelldichein war in aller Eile arrangiert worden, während Ephraim gerade woanders beschäftigt war.

Amtlichen Dokumenten zufolge ruderten die Ausreißer um drei Uhr morgens zur *Erebus* zurück. Der wachhabende Dritte Offizier erkannte sie nicht, weil es eine finstere Nacht war und Mond und Sterne von Wolken verhangen waren. Außerdem hatte er selbst tief ins Glas geschaut. Der Vollmatrose, der einen seidenen Zylinder trug, sagte etwas in einer befremdlichen, kehligen Mundart zum Hilfsarzt, und gleich darauf hievten die beiden säckeweise eigenen Proviant an Bord. Das verstieß zwar gegen die Vorschriften, doch waren sie so umsichtig gewesen, dem Dritten Offizier eine Flasche Rum mitzubringen.

Franklin hatte kein Glück. Ohne es zu ahnen, segelte er in die Arktis zu einer Zeit, die sich als eine der unerbittlichsten Kälteperioden des Jahrtausends erweisen sollte. An Bord befanden sich rund achttausend Fleischkonserven, die ihm ein gewisser Stephen Goldner, der billigste aller Händler, geliefert hatte und die gemäß einem neuartigen Verfahren, »Goldners Patent« genannt, abgefüllt worden waren. Das Fleisch war verdorben. Die Konservendosen, die ein aufmerksamer Anthropologe mehr als 125 Jahre später auf Beechey Island entdeckte, waren ausgebeult, ein Zeichen für Fäulnis, und die Deckel waren nicht ordentlich zugelötet. Dies bestätigte ihn in seiner Theorie, daß sich die Mitglieder der Expedition eine Bleivergiftung zugezogen hatten, die zu Schwächeerscheinungen, Appetitlosigkeit und Verfolgungswahn führen kann. Ephraim und Izzy hingegen, die über private Vorräte an koscheren Nahrungsmitteln verfügten, hatte es nicht so schlimm erwischt wie den Rest der Mannschaft. Sicher, der Großteil ihres Proviants ging während des ersten Jahres zur Neige, doch die Heringe, ein Leckerbissen, den Izzy ihnen nur am Sabbat gönnte, reichte ihnen bis weit ins zweite Jahr hinein. Und selbst dann gelang es Izzy, der immer eine Überraschung auf Lager und sich mittlerweile mit dem Koch angefreundet hatte, den Verzehr von vergiftetem Fleisch durch Köstlichkeiten, die er klugerweise zurückbehalten hatte, auf ein Mindestmaß zu begrenzen. So kam es, daß sie sich am Freitag abend manchmal mit in Hühnerfett gebratener *kasche* vollstopften und am darauffolgenden mit auf ähnliche Weise zubereitetem Reis.

Bei dem Versuch, Ephraims endlose Winter in der Arktis zu rekonstruieren, in denen die Sonne für vier Monate hinter dem Horizont verschwand, mußte sich Moses auf Mutmaßungen und Berichte von Forschern aus dem neunzehnten Jahrhundert verlassen. Und dann waren da noch die Fragmente aus Solomons Tagebüchern, die Geschichten, die Ephraim seinem Enkel am Ufer eines Gletschersees erzählt hatte, während sich der alte Mann und der Junge unter dem wandernden Bogen der Morgenröte an einem Lagerfeuer wärmten.

Die Schiffsreise durch die arktische Inselwelt dauerte acht Wochen. Aufgrund der bedrückenden Aussicht auf einen weiteren Winter türmte ein Teil der Männer, während die anderen an Bord der Schiffe blieben, die einen sicheren Hafen ansteuerten, wo das Packeis sie für die nächsten zehn Monate gefangenhielt. Die Männer hackten die Eisdecke auf, um an Frischwasser zu gelangen, schichteten um den Schiffsrumpf herum zur Isolierung einen Schneewall auf und errichteten auf Deck Zelte aus Segeltuch. Um die Mannschaft bei Laune zu halten, organisierten die Offiziere zur Zerstreuung Wettrennen auf dem Eis, Kricketturniere, Unterrichtsstunden und Theateraufführungen, wobei während der zu Weihnachten dargebotenen Pantomime auf der Bühne eine Temperatur von minus dreißig Grad herrschte. »Das ist überhaupt nicht komisch«, beschwerte sich der vorwitzige Leutnant Norton, »wenn man Unterröcke anhat.« Die Kammerstewards sowie die fescheren unter den Matrosen fanden schnell heraus, daß sie für die Gefälligkeiten, die sie lüsternen Offizieren erwiesen, exorbitante Preise verlangen konnten.

Solomon schrieb in seinem Tagebuch, Ephraim habe Unterrichtsstunden in Astronomie genommen und gelernt, sich an den Sternen zu orientieren, und er habe sich keinen einzigen der von Mr. Stanley, dem Schiffsarzt der *Erebus*, gehaltenen Vorträge entgehen lassen.

»Die medizinische Wissenschaft hat in England heutzutage einen Grad der Perfektion erlangt«, sagt Mr. Stanley, »daß wir die kümmerlichen Anfänge, aus denen heraus sich unser Wissen entwickelt hat, fast vergessen haben. Dennoch ist es interessant, von unserem Gipfel der Weisheit herab zu beobachten, wie anderswo noch tiefstes Dunkel herrscht, wie die primitiven Eskimos sich noch immer mit einer Art Medizinmann zufriedengeben, der vorgibt, Wunder bewirken zu können, und dazu auf hanebüchene Methoden zurückgreift. Diese Schamanen behaupten, sie könnten sich selbst nach Belieben verkleinern oder vergrößern, in ein Tier verwandeln, in ein Stück Holz oder einen Stein eindringen, auf dem Wasser wandeln oder durch die Lüfte fliegen. Voraussetzung dafür ist jedoch, daß ihnen niemand dabei zusieht.«

Die Offiziere lachten beifällig.

»Leider ist dies ein ernstes Thema«, fuhr Mr. Stanley fort. »Nehmen wir folgendes Beispiel: Die Schamanen haben nicht die geringste Ahnung, was ein Delirium ist. Fängt ein Kranker zu delirieren an, wie es bei starkem Fieber oft der Fall ist, halten sie ihn für verrückt und glauben, er sei von einem unbezähmbaren kannibalischen Drang besessen.«

Franklin, dem der Tod prophezeit worden war, wurde am 11. Juni 1847 bestattet, gehüllt in die britische Fahne, die Lady Jane für ihn bestickt hatte. Als endlich der lang herbeigesehnte Sommer anbrach, war die Sonne nicht stark genug, um die Schiffe aus den Eisschollen herauszuschmelzen.

Die Männer, deren Zähne im Blut ihrer wunden Münder schwammen, wurden auf noch knappere Rationen gesetzt, wie Ephraim Solomon erzählte. Solomon schrieb in sein Tagebuch, Skorbut habe im Winter 1848 zwanzig von ihnen dahingerafft.

Und dann wurde die *Erebus* zur Vorhölle zwischen Erde und Unterwelt. Die Männer kratzten sich wegen eines Brockens verdorbenen Fleisches gegenseitig die Augen aus und begingen um einer Ration Tee oder Tabak willen die abscheulichsten Taten. Die Offiziere weinten, während sie Abschiedsbriefe verfaßten. Der Kapitän saß stundenlang in der Back an der Orgel, spielte ein Kirchenlied nach dem anderen und betete um Sonne und um Erlösung aus dem Packeis. Philip Norton, der den Verstand verloren hatte und fieberte, hatte sich eine Perücke aufgesetzt, Wangen und Lippen rot geschminkt und spazierte unter Deck in einem Ballkleid herum. Er ließ sich von den anderen bewundern, blieb stehen, um Izzy Garber in die Backe zu kneifen oder Ephraim den Hintern zu tätscheln, überlegte laut, wessen Fleisch gekocht wohl zarter schmecken würde, und warnte sie alle, daß es soweit noch kommen würde. Eines Morgens zog er Ephraim hinter sich her in seine winzige Kabine, legte sich trotz der Kälte nackt bis auf einen schwarzen Straps und Strümpfe in seine Koje, sang leise vor sich hin und kämmte sich mit einer Zahnbürste das Schamhaar. »Es ist höchste Zeit, mein Lieber, daß du verrätst, wo ihr, du und Grant, euren Proviantvorrat versteckt habt.«

Einige der Mannschaftsmitglieder litten an Verfolgungswahn und hatten Angst, geschlachtet zu werden, und deshalb hatten sie immer eine Waffe dabei. Wer seine Zähne schon vor langem ausgespuckt hatte, zu schwach war, um sich vom Fleck zu rühren, und an Hautgeschwüren und Husten mit Schleim- und Blutauswurf litt, lag in Lachen eigenen Durchfalls in seiner Hängematte. Die Männer, die sich noch einigermaßen auf den Beinen halten konnten, deren Zahnfleisch jedoch schon aschgrau war und die den Geschmack des Todes im Mund hatten, spalteten sich in gegnerische Lager und verdächtigten sich gegenseitig, sich von versteckten Lebensmitteln zu ernähren. Sie schlichen bewaffnet umher und führten überfallartige Razzien durch. Die Offiziere wurden in aller Öffentlichkeit verhöhnt. In höchster Sorge trafen sich Crozier und Fitzjames in der Offiziersmesse der *Erebus*, während zwei Matrosen der Königlich-Britischen Marine vor der Tür Wache hielten.

Moses Berger, dessen mit unzähligen Anmerkungen versehenes Material über Franklin bei weitem nicht vollständig war, stellte fest, daß über hundert Jahre später Wissenschaftler noch immer rätselten, warum die Teilnehmer der Expedition, nachdem sie beschlossen hatten, die Schiffe zu verlassen, krank und schlecht ausgerüstet über den Back's Fish River ausgerechnet zu dem fast achthundert Meilen entfernten Fort Reliance aufgebrochen waren. »Nur ein schwerwiegender Grund oder zwingende Umstände konnten sie dazu gebracht haben, eine derart überstürzte und gewagte Entscheidung zu treffen«, schrieb der Verwalter der Hudson Bay Company, William Gibson, Mitglied der Königlich-Geographischen Gesellschaft, im *Beaver* vom Juni 1937.

Der schwerwiegende Grund war Ephraim zufolge Croziers Überzeugung, daß eine Meuterei bevorstand.

Die Wissenschaftler staunten noch mehr über das verblüffende Sortiment von Gegenständen, die im von Hobson in der Nähe von Victory Point gefundenen Rettungsboot verstreut lagen: seidene Taschentücher, parfümierte Seifen, Schwämme, Pantoffeln, Zahnbürsten und Kämme, also nahezu alles, was der geisteskranke »Dolly« Norton und dessen Entourage an Toilettenartikeln verwendet hatten. Was die Wissenschaftler sich ebenfalls nicht erklären konnten, war, warum das Rettungsboot mit dem Bug in Richtung der verlassenen Schiffe zeigte.

Ephraim erzählte Solomon: »Crozier und Fitzjames waren mit den Männern aufgebrochen, die sie für loyal oder zumindest geistig gesund hielten. Sie überredeten Norton und seinen Trupp, sich vom Rest der Mannschaft zu trennen, indem sie sie mit Tee- und Schokoladenreserven köderten und ihnen erlaubten, mich und Izzy als Gefangene mitzunehmen, sozusagen für den Kochtopf. Aber so wie Gott Isaak im letzten Moment vor dem Messer rettete, indem er Abraham einen Widder zur Opferung schickte, so wurde unser Leben verschont, weil sie auf dem Eis einen Eisbären schossen. Norton und seine Rotte verschlangen die Leber auf der Stelle roh und ließen uns nicht ein Stückchen übrig, und das hatte Folgen.«

Hypervitaminose, eine krankhafte Reaktion auf eine Überdosis Vitamin A, deren Intensität durch Mangel an Vitamin C und E verstärkt wird, zieht man sich durch den Verzehr der Leber eines Eisbären oder einer Robbe zu. Die Krankheit ist so selten, daß sie nicht einmal in *Blacks Medizinischem Wörterbuch* aufgeführt ist. Moses notierte sich die Symptome auf einer Karteikarte:

Kopfschmerzen, Erbrechen und Durchfall: Beschwerden, die sehr rasch einsetzen. Nach einer Woche Schuppen und Schälen der Haut, Haarausfall, Aufplatzen der Haut um Mund, Nase und Augen. Es folgen Reizbarkeit, Appetitlosigkeit, Schläfrigkeit, Schwindelgefühle, Benommenheit, Gelenk- und Gliederschmerzen, Gewichtsverlust und innere Blutungen infolge des Anschwellens von Leber und Milz, heftige Dysenterie. In schweren Fällen Krämpfe, Delirium und eventuell Tod durch Gehirnblutungen.

Ephraim erzählte Solomon: »Die Eskimos, die vier Tage mit uns verbracht hatten, waren fortgegangen, und wir kampierten immer noch ungefähr siebzig Meilen von den Schiffen entfernt, weil wir nicht mehr weiterkonnten. Die Männer kotzten und schissen sich selbst voll und schoben die Schuld auf den Seehund, den sie mit den Eskimos geteilt hatten. Izzy hatte Fieber, und Norton, der auch in dem von einem schwachen Feuer erwärmten Zelt sein Ballkleid trug, schwor mir, daß er mich zu seinem Lustknaben machen würde. Als ich ihn beschimpfte, befahl er seinen Gefolgsleuten, mich auf die Knie zu drücken und mir die Arme auf den Rücken zu drehen. Er stürzte sich auf mich, hob den Rock hoch und ließ sein seidenes Höschen runter, und da sah er plötzlich, wie Fetzen von seiner Haut und Haarbüschel in den Schnee fielen. Seine Geschlechtsteile waren rot und wund. In heller Panik schob er die Strümpfe nach unten und fing an zu schluchzen, als sich auch an den Beinen die Haut in Streifen schälte. Die anderen Männer ließen von mir ab, um sich ebenfalls zu untersuchen. Und da erhob sich ein großes Jammern im Zelt. Izzy und mir drohten sie mit dem Tod, weil wir verschont geblieben waren. Unter größter Mühe gelang es den streitsüchtigen, immer schwächer werdenden Männern, das Rettungsboot auf dem Schlitten umzudrehen. Sie wollten zum Schiff zurück und so lange dort bleiben, bis es ihnen besserging, und Izzy und ich sollten geschlachtet und gefressen werden. Inzwischen waren sie jedoch von der Ruhr so geschwächt, daß es für mich ein leichtes war, Norton von hinten anzuspringen, ihn umzustoßen und ihm die Kehle durchzuschneiden. Izzy und ich trennten uns von den anderen und zogen in die Richtung, in der die jagenden Eskimos verschwunden waren, wobei wir unsere Siebensachen auf einem notdürftig gezimmerten Schlitten hinter uns herzogen.«

In Solomons Tagebuch folgte eine Lücke, und als er Ephraims Erzählung wieder aufgriff, beschrieb er einen Wettstreit zwischen seinem Großvater und einem Schamanen im Lager der Jäger. Die Jäger waren Netsiliks. Einer von ihnen namens Kukiaut hatte zwei Jahre lang auf einem amerikanischen Walfänger gearbeitet und konnte Ephraim als Dolmetscher dienen und ihn Inuktituk lehren.

Bei dem Wettstreit ging es um ein krankes Kind, um das in einem Iglu Frauen aufgeregt herumtanzten und mit weinerlicher Stimme immer wieder »Hii-a, hii-a, hii-a« sangen.

Der Kleine war durch einen Spalt im Eis ins bitterkalte Wasser gefallen, seine Backen waren heiß und rot, und er delirierte. Ephraim war der Meinung, daß er an nichts Schlimmerem als einer schwarzen Grippe litt, und so erbot er sich, ihn mit Medikamenten aus Izzys Seekoffer zu behandeln. Inaksak jedoch, der listige alte Schamane, schimpfte ihn einen Eindringling, einen blutrünstigen Fremdling, der Sturm und Tod über ihr Lager bringen würde. Der alte Mann verhöhnte Ephraim, tänzelte um ihn herum, fauchte und stellte die Amulette zur Schau, die an seinem Gürtel hingen: Seehund- und Bärenzähne, ein in Speckstein geschnitzter Kopf einer Seeschwalbe, ein Walroßpenis. Das Kind, behauptete er, sei von einem bösen Geist besessen, doch der mächtige Inaksak würde ihn mit Hilfe des Geistes Kaormik aus dem Körper des Knaben verjagen und ihn heilen.

»*Gotenju*«, sagte Izzy, »gibt es sogar hier *dibbukim*?«

Inaksak ging in die Hocke, hüllte sich in eine Karibuhaut und versetzte sich in Trance. Dann bewegte er sich auf den Jungen zu, rollte mit den Augen, grunzte und zückte sein Schneemesser.

Izzy, der in ihm einen ebenbürtigen Spezialisten erkannte, stieß Ephraim an. »Vorsicht, altes Haus. Der ist verdammt gut, sag ich dir.«

Inaksak sog am Bauch des fiebrigen Jungen und fuhr zurück, als ihn der böse Geist traf. Er stolperte durch den Iglu und kämpfte mit dem Geist, wobei er um sich schlug und mit dem Schneemesser herumfuchtelte. Blut tropfte aus seinem Mund und rann über sein Kinn. Schließlich spuckte er Ephraim einen Stein vor die Füße, erklärte das Kind für befreit und fiel in Ohnmacht. Innerhalb weniger Stunden jedoch ging es dem Jungen noch schlechter, und deshalb behauptete Inaksak voller List, er sei von mehr *tupiliqs* besessen, als er besiegen könne, und die bösen Geister seien mit den *kublanas* gekommen. Er befahl den Jägern, ein kleines Iglu zu bauen und den Knaben und die Eindringlinge dem Kältetod anheimzugeben, damit die Plage nicht auf die anderen im Lager übergriffe.

Kaum war das Urteil gesprochen, mußte der vor Wut tobende Izzy mit Gewalt davon abgehalten werden, über den Schamanen herzufallen. Inständig bat er Ephraim: »Erklär diesen Einfaltspinseln, daß der alte Knacker Blut gespuckt hat, weil er sein Zahnfleisch mit dem Stein aufgerieben hat.«

Statt dessen verkündete Ephraim jedoch, er und Izzy wollten den Knaben mit Freuden in das Iglu begleiten, unter der Bedingung, daß man ihnen eine Steinlampe und Öl und Verpflegung für eine Woche mitgab. In dieser Zeit wollte Ephraim den Jungen heilen und beweisen, daß er ein größerer Zauberer war als Inaksak.

Ephraim erzählte Solomon: »Ich hatte Pech. An dem Tag, als ich den Jungen zurückbrachte – er war noch ein bißchen wacklig auf den Beinen, aber auf dem Wege der Besserung –, setzte ein heftiger Schneesturm ein. Inaksak, der ausgebuffte alte Mistkerl, hüpfte auf und ab und behauptete, ich sei ein schlechter Zauberer. Ich hätte Narssuk verärgert, den Gott des Windes, des Regens und des Schnees.«

Narssuks Vater, ein riesiges doppelzahniges Ungeheuer, war im Kampf von einem anderen Ungeheuer erschlagen worden. Auch seine Mutter war getötet worden. Schon als Kind war Narssuk so groß, daß vier Frauen auf seinem Prügel sitzen konnten. Er flog durch die Lüfte und wurde zu einem bösen Geist. Er haßte die Menschheit, und nur die Riemen, mit denen seine Karibuhäute verschnürt waren, hielten ihn von Übeltaten ab. Wenn jedoch Frauen ihren Monatsfluß verschwiegen oder andere Tabus gebrochen wurden, lockerten sich Narssuks Riemen, er konnte sich frei bewegen und quälte die Menschen mit Schneestürmen.

»Die *kublanas* sind schuld, daß ich jetzt durch die Lüfte fliegen muß, um Narssuk zu bekämpfen und seine Riemen festzuziehen«, sagte Inaksak. »Sonst gibt es für die Jagd kein gutes Wetter, und wir werden alle verhungern.«

Doch kaum hatten sich die Jäger mit Weib und Kind im Freien versammelt, stellte sich heraus, daß Inaksaks Flug durch die Lüfte nicht mehr notwendig war. Der Sturm hatte so plötzlich nachgelassen, wie er losgebrochen war. Da bemerkte Ephraim, daß der Mond hinter dem Horizont hervorlugte. In der Hoffnung, daß seine Berechnungen entgegen aller Wahrscheinlichkeit stimmten, sagte er: »Ich bin mächtiger als dieser närrische Greis und sogar als Narssuk, und um es euch zu beweisen, werde ich demnächst die Arme heben und den Mond, der mein Diener ist, zwischen euch und die Sonne schieben, so daß in der Zeit des Lichts tiefste Finsternis einkehrt. Solltet ihr mir dann einen Wunsch ausschlagen, und sei es nur der geringste, werde ich mich in einen Raben verwandeln und euch einem nach dem anderen die Augen aushacken.«

Nachdem Kakiaut ihnen dies übersetzt hatte, setzten sich die Eskimos, zutiefst belustigt, einen solchen Aufschneider in ihrer Mitte zu haben, in den Schnee und warteten ab.

Ephraim verschwand in seinem Iglu, und als er wieder auftauchte, trug er seinen seidenen Zylinder und seinen Tallit. Er sang:

»Wer kennt eins? Ich kenne eins, einzig ist unser
Gott im Himmel und auf Erden.
Wer kennt zwei? Ich kenne zwei, zwei die Bundestafeln,
eins ist unser Gott im Himmel und auf Erden.«

Er wälzte sich im Schnee, täuschte Krämpfe vor, und Schaum quoll zwischen seinen Lippen hervor. Dann stand er auf und streckte dem höher steigenden Mond die Arme entgegen. Die Sonnenfinsternis begann. Die Eskimos schrien vor Überraschung laut auf, fielen auf die Knie und flehten Ephraim an, sich nicht in einen Raben zu verwandeln und ihnen nicht die Augen auszuhacken.

Und Ephraim sprach zu ihnen:

»Ich bin Ephraim, euer Herr und Gott. Ihr sollt keine anderen Götter haben neben mir. Ihr sollt euch nicht vor Narssuk verneigen, dessen Prügel ich habe verschrumpeln lassen, und auch nicht vor anderen Göttern, ihr ahnungslosen kleinen Scheißer. Denn der Herr euer Gott ist ein eifersüchtiger Gott und er bestraft für die Niedertracht der Väter die Kinder derer, die mich hassen, bis ins dritte und vierte Glied.«

Ephraim ermahnte die Eskimos, nicht zu stehlen und zu töten, es sei denn, er befehle es ihnen, und er wies sie an, seinen Namen nicht unnütz im Mund zu führen. »Sechs Tage sollt ihr jagen und mich und Izzy mit Fleisch versorgen, und am Abend des sechsten Tages sollt ihr eure Frauen waschen und sie als Gabe zu mir führen –«

Izzy stampfte mit dem Fuß auf. »– und zu meinem Priester. Und am siebten Tag, der mein Sabbat ist, sollt ihr ruhen.«

Während der folgenden Tage lagen die Frauen mit ihm unter Karibuhäuten auf der Plattform aus Schnee vor den Augen der versammelten Männer, und Ephraim erzählte ihnen: »Am Anfang schuf ich Himmel und Erde.«

Ephraim entzückte sie mit Geschichten über die Sintflut, Josefs bunten Rock und die zehn Plagen, wobei letztere die Lieblingsgeschichte der Jäger war.

Ephraim schiente und richtete gebrochene Knochen, kümmerte sich um die Kranken; wenn ein Mädchen geboren wurde, verhinderte er, daß sie es erwürgten und aufaßen, und wenn ein Knabe geboren wurde, zeigte er ihnen, wie man ihn beschnitt.

Ephraim versprach ihnen, daß ihre Nachkommenschaft so zahlreich wie die Sterne am Himmel sein werde. Er sagte zu ihnen, daß er sie eines Tages würde verlassen müssen, doch sofern sie sich weiterhin anständig benahmen, werde er ihnen dereinst einen Messias schicken. Der Messias, ein Nachkomme Ephraims, werde ihnen ihre Ahnen zurückgeben und ihnen so viele Seehunde und Karibus schenken, daß niemand je wieder würde Hunger leiden müssen.

Ephraim führte bei seiner Gefolgschaft auch eine Art Jom Kippur ein und sagte, dies sei der heiligste aller heiligen Tage und von dem Augenblick an, da die Sonne untergehe, bis zum Sonnenuntergang des nächsten Tages dürfe keines seiner Schäflein, das dreizehn Jahre oder älter sei, Geschlechtsverkehr haben oder Nahrung zu sich nehmen, sondern müsse statt dessen zu ihm beten und ihn um Vergebung der Sünden bitten. Dieses Gebot verfügte er in einem Moment törichter Unüberlegtheit, denn er übersah die Tatsache, daß seine Glaubenslehre für alle Eventualitäten taugte, nur nicht für die Gegebenheiten der Arktis.

Als in späteren Jahren einige von Ephraims Anhängern im Oktober auf der Robbenjagd zu weit in den Norden wanderten, stellten sie bald fest, daß sie übel in der Klemme saßen. Nach Sonnenuntergang mußten sie keusch bleiben und fasten, bis die Sonne mehrere Monate später wieder aufging und wiederum mehrere Monate lang nicht mehr hinter dem Horizont verschwand. Die Folge war, daß manche gegen Ephraims Gebot verstießen und sündigten, die Männer sich aus dem Lager fortschlichen, um etwas zu essen zu besorgen, und die Frauen bei den Unreinen Befriedigung suchten. Doch die meisten blieben standhaft und fromm und verhungerten, sofern nicht Henry, der gute Hirte, sie fand und in den Süden brachte, der Sonne und der Erlösung entgegen.

5 »Sie haben mich falsch verstanden, Bert. Niemand verlangt von Ihnen, daß Sie ausziehen, aber hier wohnt jetzt ein Fachmann, der alle Reparaturen erledigen kann, und Sie können nicht mal die laufende Miete bezahlen. Also ist es nur gerecht, wenn Sie nach hinten in das kleine Zimmer umzie-

hen.« Mrs. Jenkins, die auf dem Fußabtreter stand, verlagerte das Körpergewicht von einem Bein auf das andere und spitzte die Ohren, als dabei eine Bodendiele quietschte. »Die Diele ist lose«, sagte sie.

»Ich kümmere mich darum«, antwortete Smith.

»Ich habe da ein Pärchen, das das Zimmer ab Montag nehmen und mir vierzig Dollar pro Woche im voraus zahlen würde.«

Smith, der sein Allerheiligstes in Gefahr sah, verließ wütend das Haus, eilte die Straße entlang und kam dabei an mehreren Nachbarn vorbei, von denen ihn nicht einer mit einem Wink oder auch nur einem Lächeln grüßte. Raffgierige, dreiste Ausländer. Undankbares Pack. Wenn eine ihrer Frauen denselben Bus bestieg wie er, bot er ihr augenblicklich seinen Sitzplatz an, und wenn sie auch nur eine ungebildete Putzfrau war, die ihre Herrschaft beklaute. Ja, und einmal hatte er Mrs. Donanto sogar die Einkaufspäckchen von der U-Bahn nach Hause getragen. Sollte er jedoch einmal auf dem Eis ausrutschen und sich den Knöchel brechen, würden sich seine Nachbarn höchstwahrscheinlich ins Fäustchen lachen. Bestimmt würden sie ihn in der Pisse vom Hund der Reginellis liegenlassen, der sein Geschäft überall verrichtete.

Smith ging auf die Bank, hob seine wöchentlichen zweihundert Dollar ab und spendierte sich bei Miss Westmount einen Kaffee und einen Blaubeermuffin. Er hatte auch seinen Stolz. Er würde nicht die Erniedrigung auf sich nehmen, in dieses Zwei-mal-vier-Quadratmeter-Zimmer zu ziehen, mit einem Fenster, so schmal wie ein Schlitz, von dem aus man auf die Gasse hinter dem Haus sah, wo sich die Ratten den Abfall schmecken ließen. Statt dessen schaute er bei Mrs. Watkins vorbei und erkundigte sich nach einem freien Zimmer. Danach gönnte er sich ein ausgiebiges Mittagessen im Ogilvy's und ging anschließend nach Hause, um ein Nickerchen zu machen.

»Wir wollen wohl ausziehen, was, alter Knabe?«

Smith fuhr zusammen, und es kam ihm so vor, als würde das Zimmer schwanken.

»Nur zu. Wissen Sie, warum Mrs. Watkins ein Zimmer frei hat? Weil ihr ein alter Knacker im Bett verreckt ist. Wahrscheinlich erfroren. Oder wußten Sie etwa nicht, daß sie ihren Thermostat auf fünfzehn Grad stellt?«

»Ich bin an Ihrem Hinterzimmer nicht interessiert.«

»Raten Sie mal, warum Mrs. Watkins eine Minute, nachdem Sie ihre verwanzte Bude verlassen haben, bei mir angerufen hat? Weil sie die Nase voll hat von alten Stänkerern, die schon mit einem Fuß im Grab stehen, und weil sie wissen wollte, ob Sie ins Bett pinkeln.«

»Sind Sie endlich fertig, Mrs. Jenkins?«

»*Mrs. Jenkins* bin ich jetzt also für Sie? Ha! Ich habe letzte Woche eine leere Schachtel von Laura Secord in Ihrem Papierkorb gefunden und eine Warmhaltetüte vom Shangri-la und drei Einwickelpapiere von Lowneys Nußschokolade. Wo haben Sie die Knete her, Bert?«

»Das geht Sie nichts an.«

»Und ob es mich was angeht, wenn Sie ein Ladendieb sind oder vielleicht sogar in der Alexis-Nihon-Passage Rauschgift an Schulkinder verkaufen und wenn plötzlich die Bullen vor meiner Tür stehen und mich ausfragen.«

Smith verließ sein Zimmer erst wieder am nächsten Tag um die Mittagszeit. Nachdem er sich ein paar Wohnungen angesehen hatte, entschied er sich für eine Bleibe in Notre Dame de Grâce in einem riesigen alten Haus, das in Einzimmerappartements unterteilt worden war, jedes mit eigenem Bad und einer Kochnische mit Zwei-Platten-Elektroherd. Obwohl Smith sich wie ein Verschwender vorkam, kaufte er sich einen kleinen Kühlschrank, einen Farbfernseher und eine Heizdecke. Erschöpft fuhr er mit dem Taxi nach Hause, rutschte an der Straßenecke aus und mußte dann zu seiner Verzweiflung auch noch feststellen, daß sein Schlüssel nicht mehr in das Schloß seiner Zimmertür paßte. Und es sollte noch schlimmer kommen. Sein immer verbissenerer Kampf mit dem offensichtlich neuen Türschloß weckte jemanden im Zimmer. Eine weinerliche Frauenstimme fragte: »Bist du's, Herb?«

Bevor Smith, dem der Kopf schwirrte, antworten konnte, war Mrs. Jenkins zur Stelle.

»Wir haben Ihre Sachen fein säuberlich ins Hinterzimmer

geräumt. Auch Ihre Geldkassette, die garantiert voll Marihuana und unanständigen Postkarten ist.«

»Ich muß in mein Zimmer.«

»Aber es ist doch alles hier drin«, sagte sie und schob ihn ins Hinterzimmer.

»Bitte«, beharrte Smith, »ich muß in mein Zimmer.«

»Das hier ist jetzt Ihr neues kuscheliges Kämmerchen. Außerdem liegt Mrs. Boyd mit Grippe im Bett. Das arme Ding.«

Smith schloß die Tür und kroch ins Bett. Bibbernd lag er unter der Decke, obwohl der Heizkörper zischte, und ihm wurde klar, daß er nicht wie geplant am nächsten Tag würde ausziehen können. Er würde warten müssen, bis Mrs. Boyd wieder gesund war und sie mit ihrem Mann zum Einkaufen ging, dann könnte er bei ihr einbrechen und sein Geld holen. Bis dahin war es in Sicherheit. Sie würden nie auf die Idee kommen, unter der Bodendiele nachzusehen. *Aber sie quietschte*. O Gott!

Früh am nächsten Morgen öffnete Smith seine Tür einen Spaltbreit. Schon bald wurde er mit einem flüchtigen Blick auf Betty Boyd belohnt, ein zerbrechliches Wesen in einem verschossenen Nachthemd. Die Hand vor dem Mund, rannte sie zur Toilette. Morgendliche Übelkeit, dachte Smith.

Betty war höchstens siebzehn. Herb, gut zehn Jahre älter als sie, war ein großgewachsener Mann, dessen Hockey-Sweatshirt mit der Aufschrift

MONCTON WILDCATS
Eßt McNabs tiefgefrorene Erbsen

seinen Bierbauch nicht mehr ganz verdeckte. Herb arbeitete in Pascals Haushaltswarenladen. Er kam jeden Tag gleich nach Feierabend nach Hause und brachte eine Pizza oder ein paar belegte Baguettes, einen Sechserpack O'Keefe's und einen Viertelliter Milch mit. Von ihren fluchtartigen Besuchen auf der Toilette abgesehen, gammelte Betty den ganzen Tag im Bett herum und hörte laut Radio. Eine Woche, nachdem die Boyds in Smiths ehemaligem Zimmer eingezogen waren, richtete Smith es so ein, daß er Herb in der Diele abfing. »Sie sollten mit ihr abends mal ausgehen«, sagte er zu ihm, »damit sie rote Backen kriegt.«

»Sie mag es nicht, daß Sie hinter der Tür stehen und spannen, wenn sie aufs Klo muß.«

Zwei Tage später beobachtete Smith, wie sie abends das Zimmer verließen. Er wartete, bis er hörte, wie die Haustür geöffnet und wieder geschlossen wurde, dann holte er Hammer und Schraubenzieher. Mr. Calder aus Nummer 5 war nicht zu Hause. Miss Bancroft und Murph Heeney waren auch nicht da. Mrs. Jenkins saß im Wohnzimmer vor dem Fernseher, aber was war, wenn sie hörte, wie er die Tür aufbrach? Oder wenn die Boyds nur zum Laden an der Ecke gegangen und in fünf Minuten zurück wären? Smith beschloß, einen Abend abzuwarten, an dem er sicher sein konnte, daß sie ins Kino gegangen waren. Heute wollte er nur darauf achten, wie lange sie fort waren, aber als er um zwei Uhr morgens einschlief, waren die beiden noch immer nicht zurück.

Um sieben Uhr früh öffnete Mrs. Jenkins mit dem Hauptschlüssel die Tür zu dem Zimmer und stellte fest, daß die Boyds ihre Sachen dagelassen hatten.

Gramgebeugt stellte sich Smith neben sie.

»Fassen Sie nichts an«, sagte sie. »Wegen den Fingerabdrükken. Vielleicht sind sie einem Verbrechen zum Opfer gefallen.«

Doch Smith wußte, ohne sich umzusehen, daß die Boyds die quietschende Bodendiele angehoben hatten und wahrscheinlich, um 2358 Dollar reicher, nach Toronto unterwegs waren.

Noch immer um sein Geld trauernd, ließ Smith seine Habseligkeiten abholen, während Mrs. Jenkins im Friseursalon Lady Godiva saß. Er legte eine kurze Mitteilung an sie sowie die Miete für zwei Wochen auf den Tisch, hinterließ jedoch keine Nachsendeadresse. Als er ging, wünschte er ihr von ganzem Herzen, daß sie auf dem Eis ausrutschte, sich den Knöchel brach und sich niemand um sie kümmerte, wenn sie aus dem Krankenhaus kam.

Den wäre ich los, dachte Mrs. Jenkins, während sie den Zettel zusammenknüllte. Dann verließ sie das Haus gleich wieder, machte an der Alexis-Nihon-Passage kurz halt, um einen Bananensplit zu essen, und sah sich im Kino *Der Schakal* an. Zwei eklatante Unstimmigkeiten machten ihr den Film kaputt: Der Mörder konnte auf der Fahrt von Italien nach Frankreich seinen Sportwagen nicht so ohne weiteres spritzen lassen. Eine andere Szene begann mit der Sonne im Zenit, und als sie endete, stand die Sonne so tief wie ungefähr um drei Uhr, obwohl die Szene nur eine Minute gedauert hatte, wenn überhaupt. Filmemacher hielten die Zuschauer wohl alle für Idioten.

Smith, der sich in seiner neuen kleinen Wohnung eingerichtet, Farbfernseher sowie Kühlschrank angeschlossen und das in Gloriana aufgenommene Photo von seinen Eltern auf den Kaminsims gestellt hatte, bereitete sich ein Frühstück. Er war froh, daß er nicht ständig auf die Scherzfrage antworten mußte, wie viele Neufundländer man braucht, um eine Glühbirne einzuschrauben, oder wie man auf einer polnischen Hochzeit die Braut vom Bräutigam unterscheidet. Es war eine wahre Freude, daß ihm seine eigene *Gazette* vor die Tür gelegt wurde und nicht eine zerknitterte Zeitung, deren Seiten mit Marmelade verklebt waren. Es gab noch andere Vorzüge. Er mußte nicht jedesmal das Blut von seiner Butter wischen, weil sie tropfende Lammkoteletts in das Fach über seinem geschoben hatte, statt sie in das für Fleisch vorgesehene Schubfach zu legen. Und er mußte die Klobrille nicht erst mit Papier abdekken, bevor er sich draufsetzte. Er beschloß, sein Telephon am nächsten Tag abzumelden. Er wollte nicht, daß Mrs. Jenkins zum Schnüffeln kam, nur weil er im Telephonbuch stand. Sollte sie sich doch den Kopf zerbrechen, was aus ihrem besten Freund in diesem Jammertal geworden war.

Von der Titelseite der *Gazette* strahlte ihm Lionel Gursky entgegen. Seine kürzlich ins Leben gerufene Gursky-Stiftung (wieder so eine Masche, um Steuern zu hinterziehen, dachte Smith) schrieb einhundert Universitätsstipendien für bedürftige Studenten in ganz Kanada aus – zum ewigen Angedenken an Mr. Bernard. »Mein Vater«, sagte Lionel, »liebte Kanada und alle Menschen in diesem Land.«

Sagte das Callgirl zum Richter, dachte Smith, und ein stechender Schmerz schoß ihm den Arm hinauf.

# *SIEBEN*

1 Wie zu erwarten, schlossen sich Gitel Kugelmass' Tochter und deren Mann, der Zahnarzt war, dem allgemeinen Exodus englischsprachiger Bewohner Montreals an und fuhren auf der 401 nach Süden in Richtung Toronto. Die Nathansons nahmen Gitel nicht mit. Statt dessen brachten sie sie im Appartementhotel Mount Sinai in Côte St. Luc unter, das älteren jüdischen Menschen alles, wirklich alles bot: einen Speisesaal mit koscherer Kost, eine *schul*, Kunsthandwerkskurse, einen Gymnastikraum, in dem eine nette junge Frau mit ihnen Aerobics machte, ein Geschäft mit allem, was man so braucht, Bewachung rund um die Uhr, ein separates Lesezimmer, Binokel-Partien, ein Bestattungsinstitut und Tanz am Samstagabend. Die Rojte Gitel, die immer mit einem großen Schlapphut und einem wallenden schwarzen Cape auftrat, war den Frauen, die das Glück hatten, auf dieser Welt noch einen Ehemann zu besitzen, ein Dorn im Auge. Eine Kokette war sie, eine Bedrohung auf dem Tanzparkett. Außerdem hatte sich herumgesprochen, daß sie Männer, die noch nicht an Inkontinenz litten oder auf Krücken angewiesen waren, in ihr Appartement einlud und ihnen Pfirsichbrandy kredenzte. Gerüchten zufolge empfing diese *cholera* die Männer in einem schwarzen, mit Spitzen besetzten Negligé und legte dann eine Schallplatte von Mick Jagger auf, und zwar die, auf der dieser *schejgez* heulte: »I can't get no satisfaction.«

Gitels sonstige Besucher waren forsche Bestattungsunternehmer, die ihr Photos von romantischen Friedhöfen und Preislisten für Särge vorlegten und ihr zuredeten, sie solle ihrer Familie am Ende doch nicht zur Last fallen. Oder Rebbes mit hängenden Schultern, die muffige Kaftans trugen und ihr versprachen, für bescheidene fünfundzwanzig Dollar jedes Jahr an ihrem Todestag eine Kerze zu ihrem Gedenken anzuzünden. Moses fuhr einmal in der Woche in die Stadt, um Gitel zum Mittagessen auszuführen. Was als fröhliche Unternehmung begann, bei der sie beide auf jiddisch drauflos plauderten, wurde mit der Zeit zu einer traurigen Pflichtübung. Seit ihrem zweiten kleinen Schlaganfall hatte die Rojte Gitel, die einst die Arbeiter gegen Fancy Finery geführt hatte, einen kleinen Hau. Zum erstenmal bemerkte Moses, daß sie etwas verwirrt war, als sie eines frühen Morgens darauf bestand, daß er sofort in die Stadt kam. »Ich rufe von einem Münztelephon an«, sagte sie. »Mein eigener Apparat ist nicht mehr sicher.«

Nachdem sie mit ihm in Chez La Mère Michel an einem Tisch Platz genommen hatte, zeigte sie ihm einen Brief. Er war von ihrer Tochter aus Toronto. Sie lud Gitel zu den Hohen Festtagen ein und hatte Photos von den Enkeln Cynthia und Hilary beigefügt.

»Nun, das ist doch alles sehr nett«, meinte Moses.

»Merkst du denn nicht, daß in diesem Brief Pearls Handschrift nahezu perfekt nachgeahmt ist?«

»Willst du damit sagen, sie hat ihn nicht selbst geschrieben?«

»Pearl würde eher sterben, als mich zu Rosch Haschana zu sich nach Hause einzuladen. Hinter diesem Brief steckt entweder die CIA oder der KGB.«

»Gitel, ich bitte dich. Das glaubst du doch nicht im Ernst.«

»Ich glaube es nicht, ich weiß es.«

»Und woher?«

»Von der CIA könnte er sein, weil sie wissen, daß ich zur selben Zeit wie die Rosenbergs Parteimitglied war, und vom KGB, weil sie wissen, daß ich aus der Partei ausgetreten bin.«

Moses bestellte noch einen Sotch. Einen doppelten.

»Ist dir jemand gefolgt, als du zu mir gefahren bist?« fragte sie.

»Ich habe Vorsichtsmaßnahmen ergriffen.«

»In meiner Wohnung sind Wanzen.«

An anderen Tagen jedoch war Gitel beim Mittagessen so hinreißend wie eh und je. »Moishe«, sagte sie einmal, »ich wünsche mir nur noch eins: Ich möchte lange genug leben, um dabeizusein, wenn deine Biographie von Solomon Gursky veröffentlicht wird.«

Einmal weckte sie ihn mit einem Telephonanruf um zwei Uhr nachts. »Ich habe sie gefunden.«

»Was?«

»Die Wanze.«

Moses kam sich einerseits albern vor, fühlte sich andererseits jedoch für ihr Wohlergehen verantwortlich, und so fuhr er gleich nach dem Frühstück nach Montreal. Gitel war in ihrer Wohnung die ganze Zeit ungeduldig auf und ab gegangen. Sie schlug den Teppich im Wohnzimmer zurück. Mitten im Raum ragte eine dubiose Kupferkappe aus dem Boden. Gitel reichte ihm einen Schraubenzieher, und Moses ging in die Knie, um das Ding abzuschrauben. Zum Glück befanden sich die Farbers, die in dem Appartement unter Gitel wohnten, gerade in der Küche, als ihr Kronleuchter im Wohnzimmer auf den Boden krachte. Es kostete einige Mühe, ihnen den Vorfall zu erklären.

Nachdem Moses an diesem Nachmittag die Autobahn an der Ausfahrt 106 verlassen hatte, schaute er auf einen Drink ins Caboose. Gord Crawleys zweite Frau, verwitwete Hawkins, war wieder einmal betrunken. Als sich Gord mit einem Tablett voll Bier an ihr vorbeizwängte, rief sie mit dröhnender Stimme: »In meiner ersten Ehe hatte ich kaum Zeit, mir die Strümpfe auszuziehen, und jetzt könnte ich dabei locker ein Paar strikken.«

Moses zog sich in sein Blockhaus zurück. Er hielt sich an keinen Zeitplan mehr. Bisweilen arbeitete er rund um die Uhr oder sogar länger, ließ sich dann betrunken ins Bett fallen und schlief zwölf Stunden. Jetzt überkam ihn Übellaunigkeit und Ungeduld, deshalb zündete er sich eine Montecristo an, goß sich einen Macallan ein und setzte sich an den Schreibtisch. Als er seine Unterlagen durchsah und sortierte, stieß er auf eine Karteikarte mit einem beiläufigen Kommentar zu Mr. Bernard, den er in einer Biographie des schottischen Whiskybarons Sir Desmond McEwen entdeckt hatte. »Bernard Gursky wirkte auf mich, wie man sich eine Person seiner Herkunft und seines Werdegangs vorstellt: intelligent, doch ohne jeglichen Charme, soviel ich feststellen konnte, eher das Gegenteil.« Die verloren geglaubte Karteikarte hatte als Lesezeichen in Trebitsch Lincolns unflätigem Buch *Enthüllungen eines internationalen Spions* herhalten müssen, das Moses in der unsinnigen Hoffnung gelesen hatte, daß der berühmt-berüchtigte Schwindler Ignacz Trebitsch alias Chao Kung Solomon in China über den Weg gelaufen war, aber allem Anschein nach waren sich die beiden nie begegnet. Zu schade.

Moses stand auf, streckte sich und rieb sich die Augen. Dann schlug er Solomons Tagebuch an der Stelle auf, die sich mit dem Gerichtsverfahren, Bert Smith, der Erschießung von McGraw und mit Charley Wah Lin befaßte.

Der fette Charley.

Charley Wah Lin, dem ehemals Wangs Wäscherei und zwei verwanzte Herbergen gehört hatten und den die große Pokerpartie im Herbst 1916 fast Kopf und Kragen gekostet hatte, empfing Moses höchstpersönlich an einem Winterabend des Jahres 1972 im House of Lin. Das Restaurant in der Hazelton Lane grenzte auf einer Seite an Mr. Giorgios Ausstellungsraum und auf der anderen an Mortons Herrenboutique. Ein langer, sich schlängelnder, Feuer und Rauch speiender Drachen aus Pappmaché hing an der mit Seide bespannten Decke, daneben baumelten Lampen mit Gehängen aus purpurfarbenen, tropfenförmigen Steinchen und pinkfarbene, in Bambus gefaßte Laternen.

Das House of Lin war das Stammlokal von Torontos Filmwelt. Zierliche, wohlriechende chinesische Mädchen in mit Brokat verzierten, bis zu den Oberschenkeln geschlitzten Seidengewändern geleiteten kleine, pummelige Produzenten und ihre gertenschlanken jungen Begleiterinnen zu der Chinesischen-Mauer-Bar, wo sie in der Mitte des Raums um eine Rikscha herumstanden und an Kir oder Champagner nippten, während sie die Speisekarte studierten. Danach wurden die Produzenten und jungen Frauen entsprechend ihrem Rang zu Tisch geführt. Auf jedem Tisch stand ein riesiger, mit parfümiertem Wasser gefüllter Cognacschwenker, in dem Rosenblätter schwammen.

Die Speisekarte des House of Lin, dem Anschein nach streng chinesisch, war raffiniert auf den Gaumen der Kundschaft abgestimmt. Die Wantansuppe, zum Beispiel, erinnerte an

Mamas Hühnersuppe mit *loksch*. Die gedämpften Bällchen waren kaum von Kräppeln zu unterscheiden, nur waren sie mit Schweinefleisch gefüllt. Das geschnetzelte Rindfleisch »General Kang« auf gedämpften Kohlblättern hätte als Füllung von *chaleschke* durchgehen können.

Lin, der nach Moses' Schätzung etwa neunzig sein mußte, war dick, hatte helle Augen und roch nach Eau de Cologne. »Natürlich steckte Solomon dahinter, nur hat er nicht selbst auf McGraw geschossen. Dafür war er zu ... äh ... wie soll ich sagen –?«

»Heikel?«

»Ja, genau. Er hat die Killer aus Detroit kommen lassen.«

»Manche Leute behaupten, daß die Killer eigentlich Solomon umlegen wollten. Schließlich sollte doch er zum Bahnhof gehen, oder nicht?«

»Ja, aber dann hat er McGraw hingeschickt.«

»McGraw war sein Freund.«

»Stimmt, bis McGraw herausfand, daß ihn am Pokertisch ein Grünschnabel betrogen hatte, der das Geld für den Einsatz vorher seiner Familie gestohlen hatte.«

»Wer hat Ihnen das erzählt?«

Lin lächelte sein irritierendes Weisheit-des-Ostens-Lächeln.

»Mr. Bernard?«

»Mr. Bernard ist ein großartiger Mensch. Er ist der König der Juden. Ohne ihn stünde die Familie heute mit nichts da.«

»Aha. Harvey Schwartz ißt hier, nicht wahr?«

»Ja, wenn er mit seiner bezaubernden Frau in der Stadt ist. Ich freue mich, dies sagen zu dürfen. Mr. Bernard kommt allerdings nie, obwohl ich ihm meine Gastfreundschaft mehr als einmal angeboten habe.«

»Trotzdem ist er hier finanziell eingestiegen«, sagte Moses aufs Geratewohl.

»Das House of Lin gehört mir ganz allein.«

»Wie hat Solomon gemogelt?«

»Ich werde Ihnen etwas zeigen«, sagte Lin und teilte Karten von einem Packen aus, den er bereitgelegt hatte. »Kozochar hatte gepaßt und Ingram und Kouri auch. Ich ging mit, obwohl ich nur zwei Neuner hatte. Mir blieb einfach nichts anderes übrig. McGraw legte zwei Damen und ein As auf den Tisch, und er hatte die ganze Zeit gesetzt, als hätte er ein Trio, und glauben Sie mir, McGraw war kein Bluffer. Solomon hatte nur Siebener und eine Zehn auf der Hand. Er hielt nicht nur mit McGraw mit, sondern trieb den Einsatz noch in die Höhe, indem er einen Tausender nach dem anderen in den Pot legte. Dann teilte Ingram McGraw noch ein As aus, und damit stand praktisch fest, daß er sein Full House unter Dach und Fach hatte. Solomon zog eine Niete. McGraw legte die Besitzurkunde für das Hotel in den Pot, Solomon setzte den Gursky-Laden, die Schmiede und eine Herberge ein, die ich vorher an ihn verloren hatte. Als sie ihr Blatt zeigten, hatte McGraw nur zwei Asse und zwei Damen, weiter nichts, aber Solomon, dieser kleine Hurensohn, hatte drei Siebener in der Hand.«

»So was kommt vor.«

»Wenn Sie von Anfang an nur zwei Siebener haben, setzen Sie dann gegen zwei oder möglicherweise drei Damen? Nein, Sir. Nur, wenn Sie wissen, daß McGraw als fünfte Karte nur eine lausige Acht hat und sonst nichts.«

»Und wie zum Teufel hätte Solomon das wissen sollen?«

»Ich werde Ihnen noch etwas zeigen«, sagte Lin und gab einem Kellner einen Wink, woraufhin ihm dieser prompt auf einem Lacktablett noch zwei Packen Karten brachte. Lin legte sie vor Moses auf den Tisch. »Sagen Sie mir, bei welchem der beiden Packen man mit Wasserdampf zuerst die Banderole vom Zellophan abgelöst und danach wieder draufgeklebt hat.«

»Aber Sie haben doch gar nicht mit Solomons Karten gespielt.«

»Nein, mit Ingrams.«

»Na also.«

»Und wo hat Ingram sie gekauft, Mr. Berger?«

»Bei A. Gursky & Söhne, Gemischtwarenhändler.«

»Sie sind gar nicht so dumm, wie ich dachte.«

»Das alles beweist noch überhaupt nichts, und schon gar nicht, daß Solomon McGraw hat umlegen lassen.«

»Dann erklären Sie mir, warum Solomon die Kaution verfallen ließ und mit der Gypsy Moth in den Tod flog.«

»Weil er wußte, daß man Ihnen Geld gegeben hatte, damit Sie auf dem Zeugenstand lügen, und außerdem hatte er andere Pläne.«

»Aber keine langfristigen, dessen bin ich mir sicher.«

*»Tiu na xinq.«*

2 Laut Definition des Wahlgesetzes vom 20. Juli 1885 umfaßte der Begriff »Person« jedes männliche Wesen, sogar Indianer, schloß jedoch sämtliche Angehörige der chinesischen Rasse aus, somit auch Charleys Vater Wang Lin, der zu Andrew Onderdonks Schäflein gehörte. Über zehntausend Mann stark waren sie, die Kulis, die man aus der Provinz Kwangtung geholt hatte, damit sie für die Canadian Pacific Railroad eine Schneise durch die Rocky Mountains schlugen. Sie hingen in schwankenden Körben an Steilhängen, steckten Dynamitstäbe in Gesteinsspalten und sprengten siebenundzwanzig Tunnelabschnitte durch den Fraser Canyon. Als sie nach getaner Arbeit nicht mehr gebraucht wurden, ließen sich die meisten von ihnen in einer Siedlung nieder, die im April 1886 unter dem Namen Vancouver amtlich eingetragen wurde. Im selben Monat streikten weiße Arbeiter, die im Sägewerk von Hastings angestellt waren, für höhere Löhne. Der Chef des Sägewerks heuerte daraufhin mehr Chinesen an, die bereit waren, für 1,25 Dollar zehn Stunden am Tag zu schuften. Darüber geriet ein stadtbekannter Trunkenbold, ein gewisser Locksley Lucas, in Wut. Eines Nachts trommelte er vor dem Sunnyside Hotel eine Rotte von Männern zusammen, und sie marschierten zu den Zelten von Chinatown, entschlossen, den Chinesen die Köpfe einzuschlagen. Sie banden ein paar Chinesen an den Zöpfen aneinander, stießen sie von einer Steilküste ins Meer und riefen ihnen nach, sie sollten doch ins Reich der Mitte zurückschwimmen.

Wang Lin, einer der Überlebenden, floh zuerst ins Landesinnere von Britisch-Kolumbien, dann über die Shining Mountains weiter nach Westen und ließ sich schließlich in einer kleinen Stadt nieder, in der man die preisgünstigste Ware bei A. Gursky & Söhne, Gemischtwarenhändler, erstehen konnte.

Wangs Sohn Charley brachte es zu Wohlstand. Doch dann, in der großen Pokerpartie vom Herbst 1916, wurden Charley, Kozochar, Ingram, Kouri und auch McGraw von Solomon gedemütigt, der als der neue Besitzer des Queen Victoria Hotel vom Tisch aufstand.

Bevor Solomon in den Krieg zog, setzte er McGraw als Barkeeper ein, und manch einer rechnete ihm das hoch an. Für McGraw erwies es sich jedoch als fatal. Er griff nämlich zur Flasche und fing an, Trübsal zu blasen. Wenn er sich mit Kouri, Kozochar und Lin im Billigladen traf, beklagte er sich bitterlich über Bernard, der jede Nacht bei der Überprüfung der Kasse ein Riesentheater mache. Außerdem ärgerte sich McGraw darüber, daß dieser aufgeblasene kleine Scheißer Solomons Gewinne in eine Handvoll Hotels mit Bordellbetrieb und ein paar Versandhäuser investierte, um Alkohol von einer Provinz in die andere zu verschieben. McGraw räumte am warmen Ofen im Kreis seiner Kumpel ein, daß er so etwas nie tun könnte, weil ihm dazu der Schneid fehle. Mag sein, aber Bernard hätte es ohne das Queen Victoria Hotel im Rücken auch nicht geschafft, hielt Lin dagegen. »Was ist, wenn Solomon euch nicht in einem fairen Spiel besiegt, sondern euch betrogen hat?« fragte Lin.

Eines Tages kehrte Solomon mit dem Schiff nach Hause zurück, und ohne sich mit Bernard abzusprechen, ernannte er McGraw zum Manager des Duke of York Hotel in North Portal, Saskatchewan. Das Hotel lag nur ein paar Schritte von der Grenze entfernt und gleich gegenüber dem Bahnhof der Soo Line, die North Portal mit Chicago verband.

Bernard war außer sich vor Wut, als er erfuhr, daß Solomon McGraw zwanzig Prozent der Hoteleinnahmen versprochen hatte. »In Zukunft«, sagte er zu Solomon, »werden solche Entscheidungen von mir, dir und Morrie gemeinsam getroffen.«

Keine Antwort.

»Ich habe vor, Miss Libby Mintzberg aus Winnipeg um ihre Hand zu bitten.«

Solomon pfiff.

»Ihr Vater ist Vorsteher der Gallizianer-Synagoge. Er ist ein *schojmer-schabbes*.«

»Wenn das so ist, müssen wir ihn mit Levine bekannt machen.«

Der aus Toledo stammende Sammy Levine alias »Der Rote« war ein strenggläubiger orthodoxer Jude. Er trug stets eine Jarmulke und brachte am Sabbat niemanden um.

»Miss Mintzberg und ich wollen eine Familie gründen, und dann werde ich mehr Geld brauchen als du oder Morrie.«

»Verpiß dich, Bernie.«

In den Jahren der Prohibition hielt sich Solomon die meiste Zeit nicht in Saskatchewan auf. Er besuchte Tim Callaghan, der mit Harry Low, Cecil Smith und Vital Benoit auf der Windsor-Detroit-Route konkurrierte und im Streit mit der Little Jewish Navy und der Purple Gang lag, den Solomon nur beilegen konnte, indem er alle zu einer Zusammenkunft ins Abars Island View zitierte oder zum Abendessen ins Edgewater Thomas Inn einlud, das Bertha Thomas gehörte.

Bertha Thomas starb 1955, und ihr Gasthaus brannte 1970 nieder, doch als Moses endlich nach Windsor kam, gelang es ihm, Al Hickley aufzuspüren, der als Rausschmeißer bei ihr gearbeitet hatte. Al war jetzt in den Siebzigern und hatte milchigtrübe Augen, und seit er einen Schlaganfall gehabt hatte, sprach er mit schwerer Zunge. Er konnte nur noch, wie er es nannte, »Pferdepisse aus Ontario« trinken und hauste in einer heruntergekommenen Herberge in der Pitt Street. Al, der selbst Schnapsschmuggler gewesen war, nachdem er im Gasthaus aufgehört hatte, ging mit Moses in eine Bar an der Ecke zur Mercer Street, wo es noch nach dem Erbrochenem der vergangenen Nacht roch. »He, als ich noch in Brighton Beach auf dem Reaume-Dock gearbeitet hab, schmuggelten wir nicht nur Alkohol über den Fluß, sondern auch Schlitzaugen. Wir packten sie in große Säcke mit Gewichten dran, verstehen Sie, und wenn ein Patrouilleboot zu nah rankam, mußten wir sie eben zusammen mit dem Fusel über Bord werfen. Scheiße, Moses, wenn ich an den Fusel denke, der da unten auf dem Flußgrund liegt, bricht es mir das Herz.«

»Sind Sie Solomon Gursky damals begegnet?«

»Ich habe mal Jack Dempsey höchstpersönlich die Hand geschüttelt, und von Babe Ruth habe ich noch irgendwo ein Autogramm. Wenn die Yankees im Briggs gegen die Tigers spielten, gingen sie hinterher immer zu Bertha einen trinken. Ich hab mich ein paarmal mit Al Capone unterhalten. Einem netteren Kerl bin ich nie begegnet. Er verschob bis zu tausend Kisten am Tag.«

»Und Gursky?«

»Der mit 'nem Spazierstock rumlief und ständig Bücher las?«

»Genau der.«

»Ach so, Sie meinen Solly. Warum haben Sie es nicht gleich gesagt? Teufel noch mal, der war einer von Berthas Lieblingen. Wissen Sie, wir hatten uns in Edgewater was Kluges ausgedacht. Wenn der Aufpasser an der Tür meldete, daß die Bullen anrückten, legte Bertha mit Zehndollarnoten eine Spur von der Vorder- zur Hintertür, und diese Arschgesichter beugten sich tief runter und rafften, rafften, rafften. Wie Schweine am Trog sahen sie aus. War mal wieder eine Razzia fällig, glitten hinter der Bar die Regale mit dem Alkohol nach unten in einen Schacht, und Kellner und Musiker kippten wie die Irren die Gläser von den Gästen auf den dicken, dicken Teppich. Einmal hat der fette kleine Klavierspieler, der drogensüchtig war, damit hab ich nichts am Hut, also, einmal hat er nicht richtig gezielt, und die ganze Tanzfläche war voller Schnaps. Die Bullen wischten das Zeug mit einem Lappen auf und wollten Bertha anzeigen, aber Solly half der Guten aus der Patsche. ›Hör mal, Bertha‹, sagte er, ›ich könnte schwören, daß du gestern abend die Tanzfläche gebohnert hast. Ist in dem Zeug nicht Alkohol drin?‹ Der Richter, der selbst ein guter Kunde von ihr war, lachte die Bullen vor Gericht aus ... Ist Solly nicht bei einem Flugzeugunglück umgekommen?«

»Ja.«

»Und seine Brüder sind jetzt reich, reich, reich, was?«

»Allerdings.«

Entweder war Solomon in Chicago und beriet sich mit Al Capones Finanzberater Jacob »Schmierfinger« Guzik, oder er war unterwegs nach Kansas City, um mit Solly »Halsabschneider« Weissman Geschäfte zu machen. In Philadelphia deckte er den Bedarf von Boo-Boo Hoff und Nig Rosen, in Cleveland versorgte er Moe Dalitz. Danach traf er sich mit Bernard in Winnipeg oder North Portal oder im Plainsman Hotel in Bienfait. Sie stritten sich, Bernard spuckte Gift und Galle und fluchte, bis Solomon wieder abreiste. Solomon stieg für ein paar Wochen im Waldorf-Astoria in New York ab und feierte mit Dutch Schultz und Abbadabba Berman Partys im Embassy oder im Hotsy-Totsy-Club. Oder aber er fuhr nach Saratoga, um sich mit Arnold Rothstein beim Pferderennen zu treffen. Von dort aus bat er Bernard telegraphisch mal um fünfzig-, mal um hunderttausend Dollar, und Bernard bekam jedesmal einen Tobsuchtsanfall.

Im Sommer nach dem Skandal um die Chicago Black Sox tat sich Solomon mit Lee Dillage zusammen, einem Spirituosenhändler aus North Dakota, um ein drittklassiges Baseballteam zu sponsern. Zu der Mannschaft, die die Grenzstädte von Saskatchewan abklapperte, gehörten Swede Risburg und Happy Felsch, beides ehemalige Mitglieder der berühmt-berüchtigten Black Sox. Die Spiele waren eine willkommene Zerstreuung für die Einheimischen, aber auch für die Schnapsschmuggler, die größtenteils aus North Dakota stammten und in trostlosen Kaffs wie Oxbox und Estevan bis Einbruch der Dunkelheit die Zeit totschlagen mußten, um dann an den Schnapstankstellen der Gurskys ihre von jedem überflüssigen Ballast befreiten Studebakers und Hudson Super-Sixes vollzuladen. Während sie ohne Licht auf die Grenze zufuhren, machten ihnen die Schlaglöcher zu schaffen, die die Bauerntölpel aus der Gegend in heiklen Kurven ausgehoben hatten, in der Hoffnung, daß eine Kiste Bonnie Brew oder Vat Inverness vom Wagen fiel.

Bernard war ständig frustriert und kochte vor Wut, weil er überzeugt war, daß sein Werben um Libby Mintzberg nichts fruchten würde. Libbys Vater, Heinrich Benjamin Mintzberg, B.A., Vorsteher der Talmud-Tora von Winnipeg, Vorsteher der Gallizianer-Synagoge und Schatzmeister der Mount Sinai Beneficial Loan Society, bat Bernard in sein Arbeitszimmer.

Eine schlechtgelaunte Mrs. Mintzberg servierte Tee mit Biskuits und setzte sich zu ihnen.

»Als Sie um die Hand meiner geliebten Tochter anhielten«, setzte Mr. Mintzberg an, »was für meine Gattin und mich eine Angelegenheit von gewisser Tragweite ist –«

»Wenn es in der guten Gesellschaft von ganz Winnipeg eine bessere Partie gibt, sagen Sie es mir bitte«, fiel ihm Mrs. Mintzberg ins Wort.

»– nun, da war ich, ein Akademiker, betrübt darüber, daß der potentielle zukünftige Schwiegersohn der Mintzbergs nicht einmal die High-School absolviert hat.«

»Wo doch unser Goldstück die Nase ständig in Bücher steckt«, warf Mrs. Mintzberg ein.

»Aber dann beteuerten Sie mir, daß Sie der Besitzer der Royal Pure Drug Company seien, und das ist beachtlich, wenn man bedenkt, daß Ihr Vater aus dem Schtetl stammte –«

»Und Sie selbst keine höhere Schulbildung haben.«

»– aber jetzt höre ich, daß in Wirklichkeit Solomon der Boss ist.«

*Puz. Mamser. Jekke.*

»Obwohl Sie der Älteste sind«, sagte Mrs. Mintzberg.

*Jachne. Cholera.* »Also, da haben Sie sich verhört. Ich bin in Wirklichkeit der Boss, aber wir hatten schon immer eine Partnerschaft, die auch meinen Bruder Morrie einschließt.«

»Demnach werden also die materiellen Früchte Ihrer diversen Unternehmungen in drei gleiche Teile geteilt?«

»So ungefähr.«

»Korrigieren Sie mich bitte, wenn ich etwas Falsches sage. Ich bin in kaufmännischen Dingen nicht sehr versiert, aber ich dachte immer, der Boss sei derjenige, der mehr als fünfzig Prozent der Aktien besitzt, vorausgesetzt, die Gesellschaft ist ordnungsgemäß eingetragen.«

»Und so wird es auch sein, Sir, sobald wir einen Gesellschaftsvertrag abgeschlossen haben.«

»Und wann dürfen wir mit diesem segensreichen Tag rechnen?«

»Sobald Solomon aus Detroit zurück ist, wo ich ihn hingeschickt habe, damit er ein paar Engpässe im Vertrieb behebt.«

»Dann schlage ich vor, daß wir unsere Unterhaltung vertagen, bis Sie diese Angelegenheit mit Ihren Brüdern geklärt haben. Libby darf sich unterdessen mit Ihnen treffen.«

»Aber höchstens einmal pro Woche«, schaltete sich Mrs. Mintzberg ein.

»Und sie wird auch mit anderen Verehrern aus guter Familie ausgehen.«

»Scheiße, jetzt hören Sie mir mal zu. Ich verdiene in einer Woche mehr als dieser beschissene Saltzman in einem ganzen Jahr. Entschuldigen Sie. Tut mir leid.«

»Die Zahnarztpraxis Dr. Saltzmans wird sich zweifellos vergrößern.«

»Nehmen Sie es nicht persönlich, aber er ist auf der Tanzfläche nicht kleiner als Libby«, sagte Mrs. Mintzberg.

»Das bin ich auch nicht, wenn sie nicht diese verdammt hohen Absätze trägt.«

»Wissen Sie, Bernard, ich denke langfristig. Ich denke an die Enkel der Mintzbergs.«

»Gott segne sie«, sagte Mrs. Mintzberg.

»Bei einer Partnerschaft zu gleichen Teilen zwischen drei Brüdern, die auch nur Menschen sind und irgendwann sterben, streitet sich die Nachkommenschaft mit ziemlicher Sicherheit um das Erbe, es sei denn, die Erbansprüche sind so eindeutig festgelegt wie bei den Windsors.«

Mit Morrie hatte Bernard keine Probleme.

»Bernie, wenn du meinst, daß mir nur zwanzig Prozent zustehen, dann ist für mich alles paletti, ganz ehrlich.«

»Ich hab dich lieb, Morrie, und ich werde mich immer um dich und deine Familie kümmern.«

Nachdem Solomon aus Detroit zurückgekehrt war, ließ Bernard ein paar Tage verstreichen, bevor er ihn in seiner Suite im Victory Hotel aufsuchte. Es war Mittag, doch Solomon, dieser Faulpelz, lag noch im Bett und las Zeitung. »Marcel Proust ist gestern gestorben. Er war erst einundfünfzig. Was sagst du dazu?«

Leere Champagnerflaschen dümpelten kopfüber in einem silbernen Kübel, und aus dem Badezimmer war ein Plätschern zu hören und eine Mädchenstimme, die *April Showers* sang.

»Ich muß mit dir reden.«

»Nein, mußt du nicht. Mach die Tür hinter dir zu und laß Rührei für zwei Personen und noch eine Flasche Pol Roger raufschicken.«

»Leg die Zeitung weg und hör mir zur Abwechslung mal zu. Ich bezahle schließlich deine Spielschulden.«

»Glaubst du, es war richtig, daß Boston einen Spieler wie Muddy Ruel einfach so verkauft hat?«

»Du vertraust mir, ich vertraue dir, und alle vertrauen Morrie, aber angenommen, einer von uns wird von einem Auto überfahren – Gott bewahre –, dann weiß keiner, wie es weitergeht, weil wir keinen gültigen Gesellschaftervertrag haben.«

»Und deshalb hast du gleich einen in der Aktentasche mitgebracht, was?« sagte Solomon und streckte die Hand aus.

Während Solomon die Dokumente überflog, rieb Bernard ihm wieder einmal unter die Nase, wie er aus einem Hotel neun gemacht hatte, indem er achtzehn Stunden am Tag arbeitete, während Solomon sich in seiner Offiziersuniform in Europa herumtrieb und den Frauen nachstieg. Außerdem, betonte Bernard, sei schließlich er der älteste Sohn und habe deshalb gewisse traditionelle Rechte, die auf biblische Zeiten zurückgingen.

»So, so, einundfünfzig Prozent für dich, dreißig für mich und neunzehn für Morrie«, sagte Solomon.

»Ich könnte Morrie dazu bringen, daß er sich mit fünfzehn abfindet, und ich würde mich mit fünfzig Komma fünf zufriedengeben. Dann würdest du auf vierunddreißigeinhalb Punkte klettern.«

Solomon brach in Gelächter aus.

»Du Hurenbock! Du Spieler! Was ist, wenn mir Libby deinetwegen durch die Lappen geht?«

»Dann hättest du erst recht Grund, mir dankbar zu sein.«

»Ich hasse dich«, brüllte Bernard, hob einen Aschenbecher hoch, warf ihn nach Solomon und stieß mit dem Fuß die Tür zum Badezimmer auf. »Häng ihm die Syphilis an. Er hat sie sich verdient.« Da erkannte er das Mädchen, das starr vor

Schreck in der Wanne saß. Er faßte sich an die Stirn, rief verdattert: »O Gott« und verließ fluchtartig die Suite.

Clara Teitelbaum schnappte sich den Bademantel, der an einem Haken an der Tür hing, kam aus dem Badezimmer geschossen und jammerte: »Mein Vater wirft mich raus. Er setzt mich auf die Straße, und ich kann es ihm nicht mal übelnehmen. Ich schäme mich so, daß ich am liebsten sterben würde.«

»Kopf hoch«, sagte Solomon, der in Gedanken woanders war.

»Ich bin ein anständiges Mädchen. Ich habe mich von anderen Jungs noch nicht mal küssen lassen, aber du, du bist das reinste Tier. Vor dir wäre nicht mal eine Nonne sicher.«

»Ich verspreche dir, daß Bernie niemandem auch nur ein Wort sagen wird.«

»Hast du mir nicht versprochen, daß du dich diesmal beherrschst, wenn ich mitkomme? Glaubst du etwa, ich wüßte nicht, was die Leute über dich reden?«

Solomon wartete, bis ihre Tränen versiegt waren. »Du bist nicht nur bezaubernd, Clara, sondern auch noch helle. Sag mir, warum ich zu meinem Bruder immer so gemein bin?«

»Er wird mich bei Libby verpetzen, und die hängt sich ans Telephon und erzählt es Faigy Rubin und meinem Vater. O mein Gott, da kann ich gleich Barmädchen werden, zu mehr bin ich jetzt nicht mehr zu gebrauchen«, sagte sie, preßte ihren Kopf in die Kissen und wurde wieder von Schluchzern geschüttelt.

»Clara, bitte, du gehst mir langsam auf die Nerven.«

»Wenn ich wenigstens sagen könnte: ›Pa, ich weiß, ich hätte ihn nicht an mich ranlassen dürfen, aber wir sind immerhin verlobt.‹«

»Wenn du dich nicht beeilst, Clara, kommst du zu spät zur Eislaufstunde. Ich hole dich um acht Uhr ab, und wir sehen uns im Regal-Kino *Dream Street* an.«

»Den habe ich schon gesehen«, sagte sie und schniefte.

»Dann eben den neuen Film mit Douglas Fairbanks.«

»Lieber um halb acht. Aber ich treffe dich dort. Ich sage einfach, ich gehe mit einer Freundin ins Kino. Wer weiß, womöglich erwartet mich mein Vater mit der Reitpeitsche. Ich wünschte, ich wäre dir nie begegnet. Das kannst du mir glauben.«

Um vier Uhr nachmittags wurde Solomon von einem leisen Kratzen an der Tür geweckt. »Komm rein, Morrie, die Tür ist offen.«

Morrie trat ein, gefolgt von einem Kellner, der einen mit Hefebrötchen, geräuchertem Lachs, Sahnekäse und einer Kanne Kaffee beladenen Servierwagen vor sich her schob.

»Morrie, würdest du mir einen Gefallen tun?«

»Schieß los.«

»Würdest du Clara Teitelbaum, dieses hübsche, aber unglaublich beschränkte Mädchen heiraten?«

»He, was redest du da? Clara ist 'ne harte Nuß und ganz schön hochnäsig. Hast du mal gesehen, wie sie in ihrem kurzen Röckchen Achter auf der Eisbahn dreht?«

»Leider ja.«

»Ihr Vater lehnt die ganze Zeit an der Bande und paßt auf, daß niemand sie anquatscht.«

»Wie wäre es, wenn ich für dich was mit Clara für heute abend arrangiere?«

»Ich freue mich, daß wenigstens du gute Laune hast.«

»Ach ja? Warum?«

»Bernie ist über beide Ohren in Libby verliebt, aber die Mintzbergs machen ihm das Leben schwer.«

»Wenn du auch nur mit einem Wort diesen lächerlichen Vertrag erwähnst, den er entworfen hat, werfe ich dich raus.«

»Immer mit der Ruhe. Schau mich nicht so an. Was ist, wenn er den Mintzbergs diese Verträge vorlegen muß, um Libby zu kriegen? Er hat dir doch einen Zusatzvertrag gegeben, in dem der erste Vertrag annulliert wird. Er soll gleich nach der Hochzeit zerrissen werden.«

»Wie könnte ich es wagen, die entzückende Tochter so verdienstvoller deutscher Juden hinters Licht zu führen.«

Morrie trollte sich, kehrte zurück ins Büro des Lagerhauses und berichtete Bernard, daß Solomon nicht mitspielte.

»Ich hätte mir eigentlich denken können, daß ich dich nicht mit einer so wichtigen Aufgabe betrauen soll, du kleiner *puz*«, sagte Bernard und boxte ihn in den Magen. Dann griff er nach seinem Homburg und seinem Biberfellmantel und stürmte aus dem Büro.

Den Kopf gesenkt, weil es stark windete, marschierte Bernard die Portage Street hinunter und fluchte jedesmal, wenn er jemanden anrempelte. Wieder sah er vor seinem geistigen Auge, wie Solomon, Ephraims Auserwählter, vom Zaun in den Korral sprang, mitten hinein zwischen die nervösen Wildpferde. »Komm, mach mit, Bernie, dann gebe ich hinterher ein Bier aus.« Als Bernard, dem die Tränen auf den Wangen gefroren, um eine Ecke bog, fiel ihm Lena Green Stockings ein. »Das ist doch der Junge mit den zwei Bauchnabeln.« Minnie Pryzack, die beobachtete, wie er den Arm nach dem Handtuch ausstreckte, lächelte ihm zu, ihm, dem pummeligen kleinen Kerl mit den wässerigen Fischaugen, der kratzen und beißen mußte, um vom Leben das zu bekommen, was er wollte. Aber ich würde nie jemanden betrügen, sagte er sich, wie Solomon es garantiert bei dieser Pokerpartie getan hat. Trotzdem sieht mich McGraw an, als wäre ich ein Haufen Hundescheiße, und Solomon frißt er aus der Hand.

Bernard setzte sich im Gold Nugget in eine Ecke und bestellte Kaffee und Blaubeertorte mit einer doppelten Portion Vanilleeis.

Ein Anruf von Lansky. Er will Mr. Gursky sprechen.

»Am Apparat«, antwortete Bernard.

»Ich wollte Solomon sprechen.«

»Nun, wenn ich mich nicht irre, heiße ich auch Mr. Gursky. Damit das klar ist.«

»Sagen Sie Solomon, daß ich angerufen habe.«

Klick.

Kaum jemand in der Stadt hatte es bisher geschafft, mit der unnahbaren Clara Teitelbaum auch nur ein Rendezvous zu vereinbaren, aber Solomon bumste sie im Hotel, daß ihr Hören und Sehen verging. O ja, allerdings. Und er würde eher beim Pferdetoto gewinnen, als daß er Libby einen kleinen Gutenachtkuß abluchste.

»Wir alle müssen lernen, unsere Triebe zu zügeln«, sagte sie.

»Alle anscheinend nicht. Ich könnte dir was über deine Freundin Clara Teitelbaum erzählen, daß sich dir die Haare sträuben.«

»Und was?«

»Sie treibt es mit jemand.«

»Schäm dich. Wie kannst du dir nur so etwas ausdenken? Sie darf abends nicht mal ohne Anstandsdame ausgehen.«

»Und was ist mit der Zeit vor dem Abendessen, wenn alle glauben, sie geht einkaufen?«

»Du bist verrückt.«

»Ja, nach dir.«

»Dann trödel nicht länger herum, sondern besorg dir von meinem Vater die Einwilligung zu unserer Heirat.«

»Es gibt da ein paar Probleme.«

»Hör mal, Bernie, ich würde dich auch heiraten, wenn du keinen einzigen Cent hättest, aber ich kann nichts gegen den Willen meines Vaters tun. Also unternimm bitte endlich was, und du wirst sehen, wie willig ich auf deine Zärtlichkeiten eingehen werde«, sagte sie und schlug ihm die Haustür vor der Nase zu.

Gott verdammt. Er arbeitete achtzehn Stunden am Tag, und Morrie war ihm eher ein Klotz am Bein als eine Hilfe. Er führte die Bücher. Er kümmerte sich um die Überweisungen auf Bankkonten in New York und Detroit und Chicago, weil alle Angst wegen der vielen Überfälle hatten, Bargeld mit sich herumzutragen. Er kontrollierte die Destillen und hatte ein Auge auf die Kassen in den Hotels, weil Geschäftsführer geborene Langfinger waren. Er mußte die Fahrer aus Minnesota bei Laune halten, weil sie den ganzen Tag lang nichts anderes zu tun hatten, als auf die Nacht zu warten, und deswegen plötzlich angefangen hatten, in Kleinstädten Banken auszurauben, und jetzt machten die Provinzler den Spirituosenhandel im allgemeinen und die Gurskys im besonderen dafür verantwortlich, daß sich solche zwielichtigen Gestalten in ihren Städten herumtrieben. Und was tut Solomon in der Zwischenzeit? fragte sich Bernard. Wenn er nicht gerade Clara *schtupt* (wenn ihr Vater das rauskriegt, bringt er ihn garantiert um) oder eine Pokerpartie organisiert, ist er in New York im Texas Guinan, oder aber dieser feine Pinkel stopft sich im Jockey Club mit Arnold Rothstein mit *kischkes* voll und telegraphiert mir, ich soll ihm mal eben hunderttausend hierhin und fünfzigtausend dorthin schicken, damit er seine Spielschulden bezahlen kann. Er ist eine Gefahr. Eine *make*. Wenn ich das zulasse, macht er alles kaputt, wofür ich so hart gearbeitet habe, und für meine Frau und die Kinder, die wir haben werden, bleibt nichts übrig.

Am nächsten Dienstag klingelte Bernard, der einen Homburg, einen Anzug aus grauer Serge, Gamaschen und neue Schuhe mit Blockabsätzen trug, wie verabredet abends bei Libby, um sie ins Regal auszuführen, wo *Der Vagabund* lief. Mr. Mintzberg öffnete mit grimmiger Miene. »Bedaure, aber Miss Mintzberg kann heute abend nicht mit Ihnen ausgehen.«

»Fühlt sie sich nicht wohl?«

»Gott bewahre«, sagte Mrs. Mintzberg.

»Wo liegt dann das Problem?«

»Schämen Sie sich«, sagte Mrs. Mintzberg.

Da tauchte Libby hinter ihren Eltern im Hausflur auf. Sie sah aus wie ein Gespenst, ihre Augen waren gerötet, und sie umklammerte ein feuchtes Taschentuch. »Es geht das Gerücht um, daß dein Bruder Clara Teitelbaum entehrt hat. Ich glaube kein Wort davon.«

»Ich bin nicht wie er, Mr. Mintzberg.«

»Ich habe meinen Eltern gesagt, daß du dich immer wie ein Gentleman verhältst«, beteuerte Libby.

»Sie brauchen nur ein Wort zu sagen, Mr. Mintzberg, dann heirate ich Libby vom Fleck weg.«

»Nicht unter den gegenwärtigen Umständen«, sagte Mr. Mintzberg und schlug die Haustür zu. Libby rief unter Tränen: »Tu etwas, Liebster.«

»Ich habe da so eine Ahnung, daß du nichts dagegen hättest, für eine Weile aus der Stadt zu verschwinden«, sagte Bernard ein paar Tage später zu Solomon.

»Ich weiß dein Verständnis zu schätzen.«

»Morgen nacht kommen am Bahnhof in North Portal drei Waggons voll Whisky an. Kannst du dich darum kümmern?«

»Selbstverständlich.«

»Laß dir von den Jungs aus Nebraska keine Schecks andrehen. Nimm nur Bares. Diese Gauner verwenden Blankoschecks, die sie hier in irgendwelchen Banken gestohlen haben. Kann ich mich auf dich verlassen?«

»Du gehst mir langsam auf die Nerven.«

»Du mußt um Punkt Mitternacht am Bahnhof sein, weil die Lastwagen um diese Zeit ankommen. Und verpulver die Einnahmen nicht beim Kartenspielen, wenn ich bitten darf.«

Als Solomon am nächsten Nachmittag in North Portal eintraf, begab er sich geradewegs ins Hotel und traf sich mit McGraw und den Schnapsschmugglern auf einen Drink. Später gingen ein paar von ihnen, darunter auch Solomon und McGraw, in die Imperial Pool Hall und spielten um tausend Dollar pro Partie. Solomon, der um Viertel vor zwölf mit zwölftausend Dollar führte, hatte das Gefühl, daß es nicht klug wäre, das Queue nun aus der Hand zu legen und zum Bahnhof zu gehen, und deshalb schickte er McGraw an seiner Stelle.

Solomon hatte gerade eine rosa Kugel mit einem spitzwinkligen Stoß in ein Loch an der Seite des Tisches befördert, als das Spiel von zwei Schüssen aus der Richtung des Bahnhofs unterbrochen wurde. Alle stürzten auf die dunkle Straße hinaus. Sie erreichten den Bahnhof gerade noch rechtzeitig, um zu sehen, wie eine Gestalt mit einem Revolver in der Hand über den Bahnsteig rannte, in einen Hudson Super-Six sprang und in der dunklen Nacht verschwand. Solomon beugte sich über McGraw, der tot auf dem Bahnsteig lag. Er war von einem Fenster aus erschossen worden: eine Kugel in den Kopf, eine durch die Brust. Während die anderen die Leiche umringten, schlich Solomon sich davon und zog sich in seine Hotelsuite zurück. Erst um drei Uhr morgens, nachdem er vergeblich eine halbe Flasche Cognac geleert hatte, rief er Bernard an. »McGraw ist für mich um Mitternacht zum Bahnhof, und irgend jemand hat auf ihn geschossen.«

»O nein. Wie geht es ihm?«

»Als ich ihn zuletzt gesehen habe, ging's ihm überhaupt nicht mehr. Er war nämlich tot.«

»Hat man die Mörder geschnappt?«

»Nein.«

Bernard fluchte.

»Ich wollte dir nur sagen, daß mir nichts passiert ist, damit du dir keine Sorgen machst.«

»Gott sei Dank.«

»Noch etwas, wo wir schon dabei sind«, sagte Solomon. Er durfte nicht vergessen, die Messerklinge mit Honig zu bestreichen. »Mintzberg hat übrigens bei Duncan, Shire & Hamilton die falschen Aktien gekauft, und noch dazu auf Kredit. Wenn man sich überlegt, daß er mit dem Gehalt eines Schulvorstehers auskommen muß, würde ich sagen, daß er sich stark übernommen hat.«

»Möge Gott dafür sorgen, daß er alles verliert, der verfluchte *jekke*, alles bis aufs letzte Hemd.«

»Wahrscheinlich wäre er dankbar für ein Darlehen von einem verständnisvollen Schwiegersohn.«

Aus Angst, er könnte wider Willen einnicken, schob Solomon den Schreibtisch vor seine Zimmertür, stellte die Cognacflasche auf den Nachttisch, legte den Revolver daneben und auch die goldene Taschenuhr mit der Inschrift:

*Von W. N. für E. G. – de bono et malo*

Willy McGraws Mörder wurde nie gefaßt, aber für die RCMP lag das Motiv auf der Hand. Man hatte McGraw seinen Diamantring abgenommen und außerdem, wie Solomon vermutete, rund neuntausend Dollar in bar. In der folgenden Woche kursierten in allen Spelunken bis Kansas City jede Menge hanebüchene Geschichten über den Mord. McGraw, so lautete eine Theorie, sei von Banditen umgebracht worden, und zwar aus Rache, weil er zwei von ihnen bei der Polizei verpfiffen habe. Andere wiederum vermuteten, McGraw sei versehentlich erschossen worden und eigentlich hätte Solomon das Opfer sein sollen, weil er in Detroit die Frau eines Politikers verführt habe. Um diese Version zu unterstützen, boten sich Zeugen an, die beschworen, das Fluchtauto habe ein Nummernschild aus Michigan gehabt. Wiederum andere munkelten, Solomon höchstpersönlich habe McGraws Erschießung angeordnet, weil McGraw wußte, daß er, Solomon, wegen einer gewissen Sache, die schon viele Jahre zurücklag, Dreck am

Stecken hatte. Diese Mutmaßung wurde von der unbestreitbaren Tatsache untermauert, daß es in der Tat Solomon gewesen war, der McGraw zum Bahnhof geschickt hatte. Manche behaupteten allerdings auch, der Mörder sei in Wirklichkeit hinter Solomon hergewesen, und der Vater eines Mädchens aus Winnipeg, dessen Ruf Solomon ruiniert hatte, habe ihn auf Solomon angesetzt.

Wie dem auch sei, Solomon ließ sich monatelang nicht blikken, und als er endlich wieder auftauchte, dann nur, um zur allgemeinen Verblüffung ein Mädchen aus Winnipeg zu heiraten. Sie war damals schon im sechsten Monat schwanger und lebte in völliger Abgeschiedenheit im Victory Hotel, nachdem ihre Eltern sie verstoßen hatten. Es hieß, Solomon habe sie nur geheiratet, damit das Kind vor dem Gesetz einen Vater hatte. Eine unnötige Geste, wie sich herausstellen sollte, denn das Baby, ein Mädchen, kam tot zur Welt. Libby Gursky bezeichnete dies als Glück im Unglück, denn andernfalls hätte das arme Kind ein von Schande überschattetes Dasein fristen müssen.

3 Moses Berger hielt sich nie in einer fremden Stadt auf, ohne in Antiquariaten herumzustöbern, und er gab sich nicht etwa damit zufrieden, die Regale zu inspizieren, sondern kramte auch im Keller in Schachteln voller nicht sortierter Bücher herum. Einer seiner liebsten Funde war eine Lebensbeschreibung von R.B. Bennett, einem in New Brunswick auf dem Land geborenen Rechtsanwalt, unter dessen Führung die Tories 1930 in Ottawa die Regierung übernahmen und einen Schlußstrich unter die neunjährige Amtszeit von Mackenzie Kings zogen. Die von Andrew D. MacLean, dem Sekretär des Premierministers, verfaßte Biographie begann mit den Worten:

Der höchst ehrenwerte Richard Bedford Bennett, Staatsrat, Dr. jur., Doktor des Kanonischen Rechts, Mitglied des Rats des Königreichs, Mitglied des Parlaments, Premierminister Kanadas und einer der führenden Staatsmänner in dem von mehr als vierhundert Millionen Menschen bewohnten Britischen Empire, beginnt seinen Tag um halb acht, gönnt sich ein reichliches Frühstück und ist jeden Morgen kurz vor neun im Büro.

Im Alter von vierundsechzig Jahren arbeitet er vierzehn Stunden am Tag und kennt keinen Müßiggang. Seine Bewunderer bangen um seine Gesundheit, seine politischen Gegner verbreiten genüßlich Gerüchte über einen bevorstehenden Zusammenbruch, doch er macht auf seine ruhige Art weiter, wie es schon seit zwanzig Jahren seine Gewohnheit ist. Gelegentlich klagt er über das strapaziöse Dasein einer Person des öffentlichen Lebens, und tatsächlich arbeitet er für drei, ohne daß ihm äußerliche Anzeichen der Mühsal anzusehen wären, die diesem Mann von großem Geist und tadelloser äußerer Erscheinung abverlangt wird.

Als »Dickie« Bennett noch in einer Kleinstadt des Westens um Klienten kämpfte – damals war der Westen wirklich noch wild, und die Klienten waren meistens in der Kneipe zu finden –, trank er selbst keinen Tropfen und rauchte nicht. Dennoch war die Zahl seiner Freunde Legion, und ich könnte mir vorstellen, daß die meisten von ihnen dem Genuß von harten Getränken und Nikotin nicht abgeneigt waren.

R. B. Bennett, Sproß einer Familie von United Empire Loyalists, Methodist und Millionär, Junggeselle und ehemaliger Lehrer an einer Sonntagsschule, hatte gelobt, die Schnapsschmuggler, die von den Liberalen so lange protegiert worden waren, vor Gericht zu bringen, doch dies sollte ihm erst 1934 gelingen. Zu jener Zeit hatten sich die Gurskys, Direktoren der florierenden Firma James McTavish & Söhne, in Montreal mit allem Komfort niedergelassen. Mr. Bernards Prachtvilla stand auf dem höchstgelegenen Hanggrundstück, so daß er auf Solomons und Morries Häuser hinabblicken konnte. Eines Morgens, als er sich gerade mit Libby, die im dritten Monat schwanger war, zum Frühstück an den Tisch gesetzt hatte, teilte ihm das Hausmädchen mit, zwei Männer stünden vor der Tür und wünschten ihn zu sehen. »Sie sind von der Polizei, Sir, und wollen Sie sofort sprechen.«

Die Beamten wiesen Haftbefehle gegen Bernard, Solomon und Morrie vor. Die Brüder wurden aufs Präsidium der Royal Canadian Mounted Police gebracht, wo man ihnen Fingerabdrücke abnahm und sie photographierte. Anschließend führte man sie dem Obersten Gerichtshof in Montreal vor und setzte sie gegen eine Kaution von 150000 Dollar pro Kopf wieder auf freien Fuß. Die Gursky-Boys, wie die Zeitungen sie nannten, wurden der Hinterziehung von sieben Millionen Dollar an Zollgebühren und weiteren fünfzehn Millionen Dollar an Verbrauchssteuern beschuldigt. Mr. Bernard legte man außerdem versuchte Bestechung des Zollbeamten Bert Smith zur Last.

Es war der Mord an Willy McGraw, der schließlich den Flächenbrand ausgelöst hatte. Sogar Politiker im fernen Ottawa rochen den Rauch und wußten, daß sich die Gurskybrüder nun endlich die Finger verbrannt hatten und die erniedrigende Festnahme über sich ergehen lassen mußten. Nach der Serie von Banküberfällen, die amerikanische Schnapsschmuggler aus reiner Langeweile begangen hatten, versetzte nun der Mord an McGraw die gesetzestreuen Bürger dreier Prärie-Provinzen vollends in Empörung, und besonders lautstark protestierten Mitglieder der Royal Orange Lodge. Premierminister Mackenzie King vernahm den Aufschrei seiner Landeskinder im Westen, befragte seine Kristallkugel und die Pendel seiner Wanduhr, verbot in Saskatchewan per Dekret den Export von Spirituosen und gab den Gurskys einen Monat Zeit, um ihre Aktivitäten in dieser Gegend einzustellen. King kam jedoch zu spät und konnte die Liberalen in der Provinz nicht mehr vor einer Wahlniederlage bewahren. Ein Kandidat der Tories erklärte bei einer Wahlkampfveranstaltung: »Die Liberalen steckten mit den Schnapsschmugglern von Anfang an unter einer Decke. Nehmen wir zum Beispiel Bernard Gursky, den vielfachen Millionär. Er wird beschuldigt, Inspektor Smith ein Bestechungsgeld in Höhe von fünfzehntausend Dollar angeboten zu haben. Was glauben Sie wohl, haben er und seine Brüder dann erst über all die Jahre in die Kasse der liberalen Partei fließen lassen, um sich von gerichtlicher Verfolgung freizukaufen?« Als nächster trat Cedric Brown, Bischof von Saskatchewan und ehemaliger Kaplan der furchtlosen Siedler von Gloriana, ans Rednerpult. »Von den sechsundvierzig Firmen in Saskatchewan, die Spirituosen exportieren«, verkündete der Bischof, »werden sechzehn von Personen jüdischen Glaubens geführt. Da die Juden nur ein halbes Prozent der Bevölkerung ausmachen, gleichzeitig jedoch sechzehn von insgesamt sechsundvierzig Exportfirmen unter Kontrolle haben, ist es höchste Zeit, ihnen eins deutlich vor Augen zu führen: Sie wurden in diesem Land aufgenommen und genießen dieselben Rechte wie andere Weiße, deshalb dürfen sie das Land nicht besudeln, indem sie sich schändlichen Unternehmungen widmen.« Dann zitierte er aus einer im Hafen von Liverpool gehaltenen Predigt des legendären Reverend Horn, der eine Schar gottesfürchtiger Briten nach Gloriana geführt hatte. »Uns erwartet das Land, in dem Milch und Honig fließen«, hatte der Reverend gesagt. »Und nicht etwa die Fleischtöpfe von Sodom und Gomorrha«, fügte der Bischof hinzu.

Aus der bischöflichen Abkanzelung der jüdischen Schnapsschmuggler wurde im Nu eine Hetzkampagne, bei der der Verband der Getreidebauern, die Royal Orange Lodge, die Frauenliga der christlichen Temperanzler, der Ku-Klux-Klan und die Tories mitmachten. Letztere rissen bei den Wahlen in der Provinz die Macht an sich und gelobten, die Gurskybrüder vor Gericht zu bringen.

Ebendies hatte zuvor schon Bert Smith probiert, der behauptete, Mr. Bernard hätte ihn daraufhin zu bestechen versucht. Diese Beschuldigung wies Mr. Bernard vor dem Königlichen Untersuchungsausschuß für das Zoll- und Steuerwesen weit von sich, doch der Ausschuß befand, hier handele es sich um einen Prima-Facie-Fall und es liege genügend Beweismaterial vor, um ein gerichtliches Vorgehen gegen Bernard Gursky zu rechtfertigen. Unglücklicherweise war der Ausschuß so mit

Arbeit überlastet, daß er es versäumte, einen Termin für den Prozeß anzusetzen.

Der Königliche Ausschuß trat freilich erst mehrere Jahre nach dem angeblichen Bestechungsversuch zusammen, aber knapp eine Woche, nachdem Smith sich mit den Gurskys in deren Lagerhaus getroffen hatte, wurde er zu seinem Erstaunen von seinen Vorgesetzten getadelt und nach Winnipeg versetzt. Er war kaum einen Monat in Winnipeg, da kam er den Gurskys erneut in die Quere, als er nämlich auf einer Nebenstraße den Wagen eines Schnapsschmugglers beschlagnahmte, wobei der Fahrer sich in die Büsche schlug. Als Mr. Bernard davon hörte – er nahm den Anruf in Morries Büro entgegen –, packte er das Telephon und schleuderte es durchs Fenster. »Dieser Goj ist wie ein Splitter unter dem Fingernagel.«

»Ach was, das ist nur ein Grünschnabel, der seinen Job ernst nimmt. Ein einziger Wagen. Da kann er sich was drauf einbilden. Wenn du so ein Theater veranstaltest, machen die Zeitungen noch mehr Wind.«

»Und wenn ich kein Theater veranstalte, spricht sich rum, daß so ein verdammter kleiner Pfadfinder Bernard Gursky Ärger machen kann und ungeschoren davonkommt.«

Mr. Bernard fuhr also nach Ottawa, um sich mit dem dicklichen, rosawangigen Jules Omer Bouchard, dem Leiter der Zollfahndungsbehörde, zu treffen. Obgleich Bouchard nur viertausend Dollar im Jahr verdiente, konnte er sich in Hull eine Villa am Flußufer leisten, um die sich eine Nichte kümmerte; ein Ferienhaus in Florida und ein an einem Fluß gelegenes Landhaus auf der Gaspé-Halbinsel, um das sich eine andere Nichte kümmerte. Am Bootssteg lag ein Kabinenkreuzer vertäut. Bouchard sollte seine Tage als Gefängnisbibliothekar beschließen, nachdem seine Widersacher von den Tories ihn aus dem Amt verjagt und ihn einen »korrupten Beamten« genannt hatten, »der sich im Wohlstand suhlt wie ein Nilpferd im Schlamm«. Eigentlich war Bouchard ein durchaus liebenswerter Zeitgenosse und zudem vorausschauend. Kaum hatte er nämlich erkannt, daß die Prohibition, diese perverse Idee der Presbyterianer, nicht durchsetzbar war, sah er keinen Grund mehr, warum er sie nicht ausnutzen sollte. Er war alles andere als ein geldgieriger Mensch, doch er lebte gern gut und überhäufte sowohl seine Nichten als auch mittellose Maler und Schriftsteller, an deren Werken er Gefallen fand, mit teuren Geschenken.

Als kundiger Kunstsammler tat sich Bouchard schon früh als Förderer Jean-Jacques Martineaus hervor, des wohl begabtesten Malers, den das frankophone Kanada je hervorgebracht hat. Bedauerlicherweise wurde Martineau als Maler erst viele Jahre nach seinem Freitod entdeckt, den der hochverschuldete Künstler 1948 in Granby wählte. Dieses Ereignis regte 1970 einen Vordenker des Parti Québecois zu der tiefschürfenden Abhandlung »Qui a tué Martineau?« an. Darin erhob er den Vorwurf, der Maler sei von der angelsächsischen Gleichgültigkeit in den Tod getrieben worden, und dieses Los erwarte alle Künstler Quebecs, die die weißen Neger Nordamerikas seien, und zwar so lange, bis man ihnen endlich die Freiheit gewähre, in ihrer eigenen Sprache zu malen.

Bouchard zahlte Martineau vierhundert Dollar im Monat und fuhr nie zu dessen Blockhaus an der Baie de Chaleur hinunter, ohne ihm eine Kiste Beaujolais und ein Stück Wildbret oder frisch gefangenen Lachs sowie ein paar seiner Nichten mitzubringen. Als Gegenleistung durfte er sich fünf Gemälde im Jahr aussuchen, von denen jeweils eins hinter seinem Schreibtisch hing.

»He«, rief Mr. Bernard, nachdem er Bouchard von seinen Scherereien mit Smith berichtet hatte. »Was haben Sie da für ein tolles Bild hängen?« Kabeljaufischer, die in dichter Nebelsuppe ihren Fang einbringen. Was für ein Leben, dachte er. »Wissen Sie was? Ich würde für so ein Bild glatt zehntausend Dollar zahlen.«

»Sie machen wohl Witze.«

»Dann eben fünfzehntausend. In bar«, erwiderte Mr. Bernard brummig. Er ärgerte sich, denn er hatte auf den Schachteln von Puzzles schon bessere Bilder gesehen, und die hätten ihn höchstens fünfundzwanzig Cents gekostet.

Eine Woche später gab die Zollbehörde das Schmugglerauto, das Smith in Winnipeg beschlagnahmt hatte, frei, und Smith erhielt einen Tadel, weil er beobachtet worden war, wie er den Wagen für persönliche Zwecke benützt hatte, ein Schandfleck auf der Ehre der Zollbehörde. Kochend vor Wut, schickte Smith ein Protestschreiben nach Ottawa und beteuerte, er habe das Auto lediglich zur Werkstatt gefahren und die Gurskys hätten schon einmal versucht, ihn zu bestechen. Außerdem sei in seine Wohnung eingebrochen und Unterlagen seien gestohlen worden. Es werde alles nur Erdenkliche getan, schrieb er, um seine Ermittlungen gegen den Gursky-Clan zu behindern.

Ohne eine Antwort auf seinen Brief abzuwarten, veranstaltete der aufgebrachte Smith eines Abends auf eigene Faust eine Razzia im Lagerhaus der United Empire Wholesalers in Winnipeg, einer Firma, die den Gurskys gehörte. Er erschien just in dem Moment, als Mr. Morrie, auf einem Hocker sitzend, ein Faß Alkohol durch einen Laib Roggenbrot seihte.

»Was tun Sie da?« fragte Smith und ging von hinten auf ihn zu.

»Das muß sein. Das Zeug enthält Rostpartikel – o mein Gott, Sie sind's.«

Smith entdeckte an Ort und Stelle Gerätschaften und Utensilien zum unerlaubten Verschneiden alkoholischer Getränke sowie eine Pappschachtel voll gefälschter amerikanischer Steuermarken und eine Teekiste mit nachgemachten Etiketten berühmter amerikanischer Whiskymarken. Er packte das Beweismaterial in eine Schachtel, verschloß sie mit einem amtlichen Siegel und fuhr damit zur Expreßgutannahme der Canadian Pacific Railroad, um das Paket nach Ottawa aufzugeben.

»Was ist da drin?« fragte der Beamte.

»Genügend Beweismaterial, um die Gurskys dahin zu bringen, wo sie hingehören – hinter Gitter.«

»Dann werd ich besser ein Auge drauf haben und das Paket mit dem allerersten Zug rausschicken.«

Bedauerlicherweise fehlte die Hälfte des Beweismaterials, als das Paket in Ottawa eintraf. Bouchard telegraphierte Smith, er solle nichts weiter unternehmen, sondern sofort bei ihm in Ottawa vorstellig werden. Als Smith sich im Vorzimmer von Bouchards Büro meldete, bat man ihn jedoch zu warten. Mr. Bernard befinde sich beim Leiter der Zollfahndungsbehörde.

»Heiliger Bimbam«, rief Mr. Bernard und schoß von seinem Stuhl hoch, um das Bild genauer zu betrachten. »Sie haben ja schon wieder einen Martineau. Wo zum Teufel haben Sie den her? Meine Frau ist ganz verrückt nach seinen Bildern.«

»Oh, von diesem könnte ich mich nie trennen«, sagte Bouchard. »Es ist eins meiner Lieblingsbilder. Ein Meisterwerk.«

Zuckersieder feiern im Wald ein Fest. Dicke Frauen schleppen Kübel, Männer kochen Ahornsirup, Kinder kühlen die Masse in einer Schneewächte und essen davon, ein alter Kauz spielt auf der Fidel, alle frieren sich bestimmt den Arsch ab, aber trotzdem geht es hoch her. Ein toller Haufen.

»Ich biete Ihnen fünfzehntausend Dollar«, sagte Mr. Bernard und ließ seinen Aktenkoffer aufschnappen.

»Sie machen wohl Witze. Das hier ist viel größer als das erste, das Sie mir abgeschwatzt haben.«

*Verdammter Gauner von einem Franzmann.* »Wieviel größer ist es denn, mein Guter?«

»Doppelt so groß.«

»Ich würde sagen, anderthalbmal so groß. Kommen Sie, schlagen Sie ein, Jules.«

Mr. Bernard und Bouchard aßen in einem Restaurant in Hull zu Mittag, und danach wankte Bouchard schlafrig zurück ins Büro. Er sehnte sich nach seinem Sofa, doch er fand sich wohl oder übel damit ab, daß er zuerst Smith abfertigen mußte. »Ihr Eindringen in die Firma United Empire Wholesalers stellt zwar keinen Hausfriedensbruch dar«, sagte er zu Smith, »aber es zeugt von mangelnder Urteilsfähigkeit, und das wiederum wirft ein schlechtes Licht auf unsere Behörde. Deshalb muß ich Ihnen mitteilen, daß Sie vorübergehend von allen weiteren Tätigkeiten für das Steueramt entbunden sind. Bis wir andere Verfügungen treffen, werden Sie für das Zollamt in Winnipeg arbeiten, und Sie sind nicht befugt, außer Haus irgendwelche Nachforschungen anzustellen, es sei denn, ich ordne sie an.«

Zurück in Winnipeg, setzte Smith einen langen Brief an den Justizminister auf, in dem er anfragte, warum noch kein Prozeßtermin anberaumt worden sei, obwohl der Königliche Untersuchungsausschuß befunden habe, es läge ein Prima-Facie-

Fall gegen Bernard Gursky vor, der versucht habe, ihn zu bestechen. Der Minister schrieb zurück, bedauerlicherweise seien viele der Zeugen der Anklage erkrankt und die Angelegenheit sei ohnehin ein Fall für den Generalstaatsanwalt von Saskatchewan. Also schrieb Smith dem Generalstaatsanwalt, und dieser antwortete ihm, er sei in aller Bescheidenheit der Meinung, daß die Angelegenheit in den Kompetenzbereich des Bundesgerichtshofs falle. Smith schrieb auch an den Finanzminister. Er schrieb an den Premierminister. Ein paar Wochen später erhielt er ein Schreiben, in dem ihm mitgeteilt wurde, daß er aus dem Dienst des Zoll- und Steueramtes entlassen sei. Ein Scheck über drei Monatsgehälter lag bei.

Smith mietete sich ein Zimmer, zog um, stellte das Photo seiner Eltern, die vor ihrer Lehmhütte in Gloriana standen, auf den Nachttisch, legte die Bibel daneben und fing an, mit zwei Fingern auf seine gebrauchte Underwood-Schreibmaschine einzuhämmern. Er schrieb Briefe an Minister in Ottawa, in denen er ihnen Beweismaterial für Gesetzesübertretungen der Gurskys anbot und die Integrität Jules Omer Bouchards in Frage stellte. Er habe Beweise, behauptete er, daß die Gurskys eine Farm in den Östlichen Townships von Quebec, dicht an der Landesgrenze, erworben hätten, und dort sei ein gewisser Albert Crawley bei einer Schießerei verwundet worden. Smith erging sich in Spekulationen über die Aktivitäten der Gurskys auf dem Detroit River und wies darauf hin, daß sie eine Schifffahrtsgesellschaft in Neufundland besäßen, mit nicht weniger als dreißig gecharterten Schonern, die regelmäßig St. Pierre et Miquelon anliefen.

Smiths Briefe blieben unbeantwortet. Dann, als er die Hoffnung aufgegeben hatte, daß jemals Gerechtigkeit geübt würde, gelang R. B. Bennett der Sprung ins höchste Staatsamt. Er mußte sich schon bald mit dem Problem herumschlagen, daß überall Baracken aus Blech und Teerpappe aus dem Boden schossen, und mit Farmern, die ihre Ford-Modell Ts wegen der hohen Benzinpreise von Pferden ziehen ließen und »Bennett Buggy« nannten. Als Tausende von Arbeitslosen auf Ottawa marschierten, reifte in Bennett die Überzeugung, daß das Land auf eine Revolution zusteuerte. Da er dem Volk kein Brot geben konnte, bot er ihm Spiele. Die Gurskys wurden in Montreal verhaftet und der Hinterziehung von Zollgebühren und Warensteuern angeklagt. Die Zeitungen brachten groß aufgemachte Photos ihrer Villen in Montreal. Reporter schürten von neuem das Interesse am ungeklärten Mordfall Willy McGraw.

Die Regierung bot als Vertretung der Anklage ein einschüchterndes Geschwader von Juristen auf und ernannte Stuart MacIntyre von Morgan, MacIntyre & Maclean zum Kapitän. Bert Smith begab sich sofort, nachdem sein Zug aus dem Westen am Windsor-Bahnhof eingetroffen war, in MacIntyres Kanzlei. MacIntyre fragte ihn aus und setzte sich anschließend mit seinen Kollegen zusammen. Seine Enttäuschung war nicht zu übersehen. »Bedauerlicherweise ist der Bursche nicht gerade gesegnet, was seine äußere Erscheinung angeht«, sagte er. »Er ist ein absolut unscheinbarer Mensch, dem buchstäblich Schaum vor den Mund tritt, wenn der Name Bernard Gursky fällt. Außerdem hat er es darauf abgesehen, Bouchard das Handwerk zu legen, einem angesehenen Mitglied des Club St. Denis und der Société Saint Jean-Baptiste. Es wäre riskant, ihn in den Zeugenstand zu rufen.«

Auch die Gurskys warteten mit einem Stab erstklassiger Anwälte auf, darunter schlauerweise ein frankokanadischer Jurist namens Bernard Langlois und Arthur Benchley, der in Westmount über beste Beziehungen verfügte. Ihr taktisches Vorgehen wurde von Moti Singerman orchestriert, der nie einen Zeugen persönlich befragte.

Der Prozeß, bei dem Richter Gaston Leclerc, der frühere Geldeintreiber der liberalen Partei Quebecs, den Vorsitz führte, nahm für die Gurskys einen vielversprechenden Anfang. MacIntyre, der den Prozeß im Namen der Krone eröffnete, beschuldigte sie, sich verschworen zu haben, um die Gesetze einer befreundeten Nation zu verletzen, indem sie Spirituosen über die längste nicht bewachte Grenze der Welt geschmuggelt hätten. Langlois konterte, die Justiz der Provinz Quebec diskreditiere sich selbst, falls sie die Gesetze der Vereinigten Staaten anwende. »Wenn die Staatsanwaltschaft die Gurskybrüder des Schmuggels beschuldigen will, soll sie Beweismaterial vorlegen.«

Um stichhaltige Beweise zu erbringen, war die Staatsanwaltschaft jedoch dringend auf Bankunterlagen angewiesen, die belegten, daß Millionen von Dollar der Ajax Shipping Company, der den Gurskys gehörenden Firma in Neufundland, zum Gibraltar-Trust, einer Familienstiftung der Gurskys, geflossen waren. Die überraschende Haussuchung der RCMP in der Hauptniederlassung von McTavish erfolgte jedoch zu spät. Die Rechnungsbücher waren tags zuvor einem Brand zum Opfer gefallen.

Die Dinge wandten sich zum Schlechten, als Solomon in den Zeugenstand trat. Mit Fragen nach seinen Aktivitäten als mutmaßlicher Schnapsschmuggler konfrontiert, wollte er von MacIntyre wissen: »Wenn Sie während der Prohibition in Ihrem Landhaus am Meer Gäste zum Abendessen einluden, servierten Sie ihnen dann Karottensaft oder Cocktails?«

»Was geht Sie das an, wenn ich fragen darf?«

»Ich möchte nur wissen, was ich verpaßt habe, falls ich überhaupt etwas verpaßt habe.«

Ob Solomon jemals Al Capone begegnet sei? Ja. Und Longy Zwillman? Ja. Moe Dalitz? Ja, dem auch. »Aber«, sagte Solomon, »ich habe auch Joan Miró und George Bernard Shaw kennengelernt, obwohl ich weder Maler noch Schriftsteller bin. Ich habe mich in Ottawa mehr als einmal mit Ihrem Bruder unterhalten, und trotzdem bin ich nicht bigott.«

Richter Leclerc verwarnte Solomon, nicht zum erstenmal. Während MacIntyre, scheinbar zerstreut, ein paar Papiere durchsah, fragte er: »Sagt Ihnen der Name Willy McGraw etwas?«

Bevor Arthur Benchley Einspruch erheben konnte, weil die Frage nichts zur Sache tat, antwortete Solomon: »Er war mein Freund.«

An jenem Abend gab Mr. Bernard seinem Chauffeur frei, setzte sich selbst ans Steuer seines Cadillac und fuhr völlig außer sich hinaus nach Ste.-Adèle. Richter Leclerc erwartete ihn. Er hatte sich nur widerwillig bereit erklärt, ihn auf Pickwick Corner, seinem Landsitz, zu empfangen. Der Garten war von einem Landschaftsarchitekten gestaltet, und das Interieur zeugte von Leclercs etwas verquerer Vorstellung vom Herrenhaus eines Landjunkers in den Cotswolds. Zugegeben, der Rosengarten hatte sich trotz der schützenden Mauern als Fehlentscheidung entpuppt, und der Rhododendron war frostanfällig, aber immerhin gab es einen Brunnen. Jedes Frühjahr erblühte ein Meer goldener Narzissen. Die kunstvoll zurechtgestutzten Eiben, die den Krocketrasen säumten, zeugten, laut einem Besucher, eindeutig von der Hand eines meisterhaften Choreographen.

Mr. Bernard traf sich mit Richter Leclerc im Wohnzimmer. Fuchsjagd-Szenen zierten die Wand über dem Kamin, eine Sammlung von hinten beleuchteter Zinnteller und -krüge schmückte eine andere Wand. Die beiden Männer nahmen in Ledersesseln Platz, und Richter Leclerc stopfte seine Pfeife mit einer duftenden Tabakmischung, die er bei Fribourg & Treyer am Haymarket in London gekauft hatte. Die Bruyèrepfeife hatte er bei Inderwick's erstanden. »Bernard«, sagte Richter Leclerc, strich über seinen kurzgeschorenen Schnurrbart und zupfte an seinem Halstuch, »irgend etwas müssen wir denen in den Rachen werfen.«

»Wie ist es möglich, daß Jules Omer Bouchard, der vielleicht gerade mal fünftausend Dollar im Jahr verdient, ein großes Haus in Hull, eins in Florida und ein Landgut auf der Gaspé-Halbinsel hat und aus allen Ecken und Ritzen achtzehnjährige Nichten auftauchen? Wie schafft er das, wenn er keine Schmiergelder kassiert?«

»Der arme Jules wird sowieso als Sündenbock herhalten müssen, aber das wird nicht reichen.«

Mr. Bernard ließ seinen Aktenkoffer aufschnappen.

»Und das wird auch nicht reichen.«

»Hören Sie, Sie kleiner Scheißer, wenn ich ins Gefängnis wandere, dann auch Sie.«

»Himmel! Sie wollen mir drohen?«

»Allerdings.«

»Stu MacIntyre geht aufs Ganze. Wenn er den Prozeß gewinnt, kann er sich aussuchen, ob er demnächst Justizminister werden oder lieber einen Sitz im Obersten Gerichtshof haben will.«

»Was hat er nur gegen mich?«

»Gegen Sie nichts, aber gegen Solomon. Solomon hat nämlich versucht, in dem Hotel, das er hier gekauft hat, mit Diana Morgan anzubändeln. Seitdem steigt er ihr nach, und seine Absichten sind zweifellos unzüchtiger Natur.«

»Davon weiß ich zwar nichts, aber er hat sowieso nichts als Sex im Kopf. Ich werde ihm sagen, er soll damit aufhören. Darauf können Sie sich verlassen.«

»Die junge Dame ist aus bestem Hause. Sie ist eine Enkelin von Sir Russell Morgan und eine Nichte von Stu MacIntyre. Ich hoffe, daß ich MacIntyre als Vorsitzender des Jagdclubs von Ste.-Adèle ablösen werde. Ich wäre der erste Frankokanadier, dem diese Ehre zuteil wird. Stellen Sie sich das mal vor.« Richter Leclerc holte eine Karaffe mit Portwein und zwei große Ballongläser. »Hat Solomon MacGraw erschießen lassen?«

»O nein. Das kann ich ihm nicht antun.«

»Das dachte ich mir schon.«

»Er ist mein Bruder.«

»Irgend etwas müssen wir ihnen aber in den Rachen werfen.«

»Callaghan?«

»Das reicht nicht.«

»Er ist mein eigenes Fleisch und Blut.«

»Ich habe vollstes Verständnis.«

»Was ist mit mir? Was könnte ich schlimmstenfalls kriegen?«

»Eine happige Geldstrafe.«

»Die kann ich verkraften.«

»Und schätzungsweise zehn Jahre Gefängnis.«

Am nächsten Morgen wurde Bert Smith in den Zeugenstand gerufen, und damit erfüllte sich für ihn ein Traum, der ihn seit Jahren am Leben erhalten hatte, wenn er nachts zähneknirschend im Bett lag, vor Wut tobte oder zwischen schweißdurchnäßten, zerwühlten Bettlaken aufwachte. In Gedanken hatte er seinen Auftritt vor Gericht durchgespielt und die Gurskys zur Strecke gebracht, so wie David Goliath niedergestreckt hatte, jedoch nicht mit fünf glatten Steinen, sondern mit der Wahrheit. Daraufhin würde der Gouverneur zu seinen Gunsten intervenieren, ihn wieder in den Zolldienst aufnehmen und ihn zum neuen Leiter der Zollfahndung ernennen, so daß er in Bouchards Sessel säße. Als er nun, benommen und mit trockener Kehle, vortrat, um den Eid zu leisten, quälte ihn das Quietschen seiner neuen Schuhe, die er eigens für diesen Anlaß gekauft hatte. Der Hemdkragen würgte ihn, aber er traute sich nicht, die Krawatte zu lockern. Obwohl er schon zweimal die Toilette aufgesucht hatte, war seine Blase zum Platzen voll. In seinem Magen rumorte es, und er hatte Angst, er müßte sich an Ort und Stelle übergeben. Verzweifelt versuchte er, sich MacIntyres detaillierte Anweisungen ins Gedächtnis zu rufen, doch alles, woran er sich erinnerte, war ihr gemeinsames Mittagessen im Delmo's, wo Smith schreckliche Angst gehabt hatte, einen Schnitzer zu begehen, und es vorzog abzuwarten, bis der vornehme Rechtsanwalt bestellt hatte, um dem Kellner dann zuzuflüstern: »Für mich dasselbe. Danke, Sir.« Dennoch hatte er sich blamiert, denn er hatte zu spät bemerkt, daß er die Butter mit dem Fischmesser auf sein Brot strich. Er wurde freilich nur noch verlegener, als MacIntyre großzügigerweise dasselbe tat.

Fest entschlossen, MacIntyre, diesen feinen Herrn, zufriedenzustellen, beantwortete Smith auch die einfachsten Fragen ausführlich, wobei er instinktiv die Hand vor den Mund mit den schiefen Zähnen führte. Als er aufgefordert wurde, etwas deutlicher zu sprechen, ließ er die Hand abrupt sinken, wurde rot und geriet ins Stammeln. Er war klatschnaß vor Schweiß und schwankte. All die Sätze, die er wieder und wieder einstudiert hatte, waren wie weggeblasen. Er hörte sich selbst sprechen, und auch seine Lippen bewegten sich, aber er hatte keine Ahnung, was er sagte. Er spuckte Gift und Galle und faselte zusammenhangloses Zeug. Gleichzeitig wurde ihm quälend bewußt, daß MacIntyre langsam die Geduld verlor und die Affen auf der Pressebank grinsten. Trotzdem schaffte er es irgendwie herauszuposaunen, der Angeklagte habe ihm in Gegenwart seines Bruders und Tim Callaghans ein Bestechungsgeld in Höhe von fünfzehntausend Dollar angeboten, damit er, Smith, drei amerikanische Schnapsschmuggler ungeschoren davonkommen lasse. Dann, als er sich endlich warm geredet hatte, mußte er feststellen, daß MacIntyre offensichtlich verärgert war, denn der Anwalt winkte ab. »Vielen Dank, Mr. Smith.«

»Aber –«

»Keine weiteren Fragen.«

Später erklärte MacIntyre, der sich im Konferenzraum vor den Nachwuchsanwälten seiner Kanzlei wie ein Pontifex gebärdete: »Ich weiß, ich hätte nicht zulassen dürfen, daß dieser Giftzwerg als Zeuge aussagt. Kaum hatte er den Eid abgelegt, hatte ich eine böse Vorahnung. Wie Sie sehen, meine jungen Kollegen, hat er uns nicht weitergebracht. Jeder im Gerichtssaal ist schon mal von so einem pedantischen kleinen Scheißkerl behelligt worden und mußte sein Gepäck von ihm durchsuchen lassen.«

Nachdem MacIntryre ihn verhört hatte, wurde sich Smith plötzlich einer anderen Gestalt bewußt: es war der dickliche Langlois, der im Gerichtssaal Gekicher auslöste, als er aussagte, Smith sei Führer bei den Pfadfindern und außerdem trinke und rauche er nicht. Und wahrscheinlich, mutmaßte Langlois, habe er auch keinerlei Sinn für Humor, sonst hätte er nämlich begriffen, daß Mr. Bernard, dieser berüchtigte Spaßvogel, ihn nur auf den Arm genommen habe.

»Ich habe ihm kein Bestechungsgeld angeboten«, sagte Mr. Bernard aus. »Smith kam in unser Büro im Lagerhaus, als wir gerade zufällig den Inhalt unseres Safes überprüften. Unsere Monatseinnahmen lagen auf dem Tisch, rund fünfzehntausend Dollar. Ich zwinkerte meinen Brüdern zu, gab Callaghan einen Knuff und fragte Smith im Scherz: ›He, Junge, wie wär's mit ein bißchen Geld? Sie könnten sich Ihre Zähne richten lassen, ein Paar Schuhe kaufen, die nicht quietschen …‹«

Die Journalisten lachten.

»›… und Ihre Pfadfindertruppe zu einem Eis einladen. Vielleicht auch endlich mal ein Mädchen ausführen. Wow!‹«

Morrie sagte: »Mir tut Mr. Smith einfach leid. Er ist so ein netter, höflicher Mensch, aber das Ganze war ein Mißverständnis.«

Callaghan schwor, daß man Smith in seinem Beisein kein Bestechungsgeld angeboten habe.

Und dann trat Solomon in den Zeugenstand. Er sah, wie

Smith mit leerem Blick unruhig auf seinem Stuhl hin und her rutschte und sich die Hand vor den Mund hielt.

»Trifft es zu«, fragte MacIntyre, »daß Sie mit Smith unter vier Augen sprechen wollten?«

»Ja, aber er wollte einen Zeugen dabeihaben.«

MacIntyre gluckste belustigt.

»Deswegen blieb Callaghan da«, sagte Solomon.

»Und er war auch dabei, als Sie Mr. Smith davor warnten, gegen Sie auszusagen?«

»Ich habe ihn nicht gewarnt. Ich habe ihm geraten, nicht auszusagen.«

»Und Sie haben ihm auch geraten, das Geld zu nehmen, das noch immer auf dem Tisch lag?«

»Es zu nehmen oder liegenzulassen, wie er wollte.«

»Und dann«, sagte MacIntyre und lächelte dem Zeugen über den Rand seiner Lesebrille hinweg zu, »haben Sie wahrscheinlich zu ihm gesagt: ›Das alles will ich dir geben, so du niederfällst und mich anbetest.‹«

Richter Leclerc blickte verwundert auf. Bevor Langlois sich einschalten konnte, fuhr MacIntyre fort: »Falls Sie das Zitat kennen...«

»Ist es aus dem Neuen Testament?«

»Ja.«

»Ich weiß nicht, wie Sie das sehen, Mr. MacIntyre, aber ich habe Fortsetzungsromane immer als Enttäuschung empfunden. Vor allem bei Matthäus geht es mir so.«

»Wie können Sie so etwas sagen? Für wen halten Sie sich eigentlich?«

»Ich bin, der ich bin – falls Sie *dieses* Zitat kennen.«

Rasch vertagte Richter Leclerc die Verhandlung und verkündete, daß das Gericht am nächsten Vormittag zur üblichen Zeit erneut zusammentreten würde.

An jenem Abend fuhr Mr. Bernard wiederum zutiefst beunruhigt nach Ste.-Adèle, wo ihn der Richter schon erwartete.

»Schuldig oder nicht«, sagte Mr. Bernard, »ich bringe es einfach nicht fertig, meinen Bruder ans Messer zu liefern. Lieber schlucke ich die bittere Pille wie ein Mann.«

»Um so schlimmer für Sie.«

»Wenn MacIntyre wirklich die Wahrheit herausfinden will, sollte er mit diesem Mann hier Kontakt aufnehmen«, sagte Mr. Bernard und schob Leclerc einen Zettel hin. »Er wird morgen nachmittag im Windsor Hotel eintreffen.«

Als Stu MacIntyre Solomon ein paar Tage später erneut vernahm, stellte er ihm scheinbar ziellos Fragen. Immer wieder sprangen die Verteidiger auf, um Einspruch zu erheben, weil die Fragen nichts zur Sache taten, doch Richter Leclerc gab ihnen nicht statt, sondern legte ungewöhnlich viel Geduld und Nachsicht an den Tag.

»Dem Vernehmen nach sind Sie eine Spielernatur«, sagte MacIntyre.

»Ja.«

»Pferderennen?«

»Ja.«

»Billard?«

»Gelegentlich.«

»Haben Sie zum Beispiel auch in der Nacht gespielt, als Sie Willy McGraw zum Bahnhof schickten, wo er von unbekannten Tätern erschossen wurde?«

Wütend fuhr Arthur Benchley von seinem Platz hoch und protestierte. Richter Leclerc gab seinem Einspruch statt und verwarnte MacIntyre. MacIntyre entschuldigte sich, erhielt jedoch Erlaubnis fortzufahren.

»Poker?«

»Ja.«

»Rein interessehalber: um hohe Einsätze?«

»Ich habe das Gefühl, daß wir hier demnächst einen Überraschungszeugen erleben werden.«

»Sie haben meine Frage nicht beantwortet, Mr. Gursky.«

»Sie wollen mich aufs Glatteis locken, Sir, aber ich muß Ihnen nicht folgen, nur um dann mit einem Lügner konfrontiert zu werden.«

Nachdem der Richter Solomon eine Verwarnung erteilt hatte, stellte MacIntyre ihm dieselbe Frage noch einmal.

»Ja, um hohe Einsätze.«

»Haben Sie nicht sogar den Gemischtwarenladen Ihres Vaters und eine beträchtliche Summe Bargeld aufs Spiel gesetzt?«

»Sie vergessen die Schmiede und Charley Lins Herberge.«

»Richtig, und die haben Sie zuerst gegen das Queen Victoria Hotel und später gegen den gesamten Besitz des verstorbenen Willy McGraw gesetzt?«

»Ja.«

»Und Sie haben gewonnen?«

»Glücklicherweise.«

»Meine eigenen Erfahrungen mit Kartenspielen beschränken sich auf eine gelegentliche Partie Bridge. Also korrigieren Sie mich bitte, wenn ich etwas Falsches sage, Mr. Gursky. Ich nehme an, in Partien, in denen es um so hohe Einsätze geht, müssen die Spieler unbedingt darauf vertrauen können, daß jeder für seine Schulden einsteht und sich strikt an die Regeln hält.«

»Was Ihnen an Scharfsinn fehlt, Sir, machen Sie durch Hellsichtigkeit wett.«

»Würden Sie bitte –«

»– Ihre Frage beantworten?«

»Genau.«

»Sie haben recht.«

»Gehe ich auch recht in der Annahme, daß ein Spieler, den man des Betrugs verdachtigt, am Spieltisch nicht länger willkommen ist?«

»Wenn Sie Lust auf ein Spielchen haben, Sir, kann ich das gern arrangieren. Draußen würden Sie es nicht wagen, wie hier im Gerichtssaal mit gezinkten Karten zu spielen, davon bin ich überzeugt.«

»Bitte antworten Sie nur auf die Fragen, die Ihnen gestellt werden, Mr. Gursky.«

»Ja, einen unehrlichen Spieler würde man rasch entlarven und ihm am Spieltisch zur *persona non grata* erklären, um es gelinde auszudrücken.«

»Wenn also jemand Ihren zweifellos beneidenswert guten Ruf als ehrenhafter Spieler in Frage stellen würde, wäre dies gravierend?«

»Ja, sehr.«

»Das ist im Moment alles, Mr. Gursky. Ich danke Ihnen für Ihre Geduld und selbstverständlich auch für Ihre stets höflichen Antworten.« Doch als Solomon aufstehen wollte, bedeutete ihm MacIntyre mit einem Wink, sich wieder zu setzen. »Entschuldigen Sie, nur noch eine Frage. Kommen wir noch einmal auf das Spiel zurück, in dem Sie das Glück hatten, das Queen Victoria Hotel zu gewinnen.«

»Von dem *verstorbenen* Willy McGraw?«

»Ja, von dem verstorbenen Mr. McGraw. Können Sie mir sagen, ob Sie in diesem Spiel mit neuen Karten gespielt haben?«

»Ja.«

»Und wo waren die Karten gekauft worden?«

»In der Gemischtwarenhandlung A. Gursky & Söhne.«

Charley Lin wurde erst am späten Nachmittag in den Zeugenstand gerufen. Er wandte den Blick ab, als er an Solomon vorbeiwatschelte. Solomon lächelte ihn an und flüsterte ihm etwas zu, woraufhin Charley zusammenfuhr, sich an den Richter wandte und zu ihm sagte, er habe eine lange Reise hinter sich und fühle sich nicht wohl.

In Anbetracht der späten Stunde vertagte Richter Leclerc die Verhandlung und forderte Mr. Lin auf, am nächsten Morgen um zehn Uhr in den Zeugenstand zu treten.

Tags darauf erschien Solomon jedoch nicht zur festgelegten Stunde vor Gericht, und zu Hause war er auch nicht anzutreffen. Er hatte sich am Vorabend mit Bernard getroffen, und laut Clara Gursky hatten die beiden Brüder sich fürchterlich gestritten. Solomon habe um sechs Uhr morgens das Haus verlassen, um einen Spaziergang zu machen, und sei seither nicht mehr gesehen worden.

»Hat er einen Koffer mitgenommen, Mrs. Gursky?«

»Nein.«

Erst am Spätnachmittag stellte die RCMP fest, daß Solomon mit einem Taxi zum Flugplatz Cartierville gefahren und mit seiner Gypsy Moth, auf deren Rumpf ein Rabe gemalt war, auf und davon geflogen war.

Wohin?

Nach Norden. Mehr habe Mr. Gursky nicht gesagt.

Und wohin im Norden, um Himmels willen?

Weg weg, habe er gesagt.

Er hatte in Labrador aufgetankt, wie man später herausfand, und war trotz der schlechten Wetterbedingungen, und obwohl ein *whiteout* vorausgesagt war, weitergeflogen.

Am nächsten Tag brachten die Zeitungen auf der Titelseite Photos von Willy McGraw, wie er tot auf dem Bahnsteig in einer Blutlache lag. Des weiteren waren Interviews mit Charley Lin abgedruckt und Photos von Solomon, der mit Legs Diamond im Hotsy-Totsy-Club saß, an einer Ecke der Third Avenue mit Izzy und Moe, den legendären Fahndungsbeamten während der Prohibition, die Köpfe zusammensteckte und schließlich Solomon, wie er in seiner Fliegeruniform auf einem Flugplatz »irgendwo in Frankreich« vor seiner Sopwith Camel stand.

Die Journalisten spekulierten, McGraw sei dahintergekommen, daß Solomon mit gezinkten Karten gespielt habe, die im Gemischtwarenladen seines Vaters gekauft worden waren. Aus Angst, bloßgestellt zu werden, oder möglicherweise auch als Reaktion auf einen Erpressungsversuch habe Solomon McGraw zum Manager des Duke of York Hotels in North Portal ernannt und ihn dann umbringen lassen, nachdem er sich selbst ein bombensicheres Alibi zurechtgelegt habe.

Suchflugzeuge der Royal Canadian Air Force machten Jagd auf Solomons Gypsy Moth, die nach dem Auftanken in Labrador von der Bildfläche verschwunden schien. Der Mechaniker, der das Flugzeug aufgetankt hatte, wurde scharf ins Verhör genommen.

»Hat er Ihnen nicht gesagt, wohin er wollte?«

»Nach Norden.«

»Das wissen wir, verdammt, aber wohin?«

»Weit weg, hat er gesagt.«

Ein Buschpilot, den die RCMP befragte, meinte, an dem Tag, an dem Solomon abgeflogen sei, habe der Flugverkehr stillgelegen, denn genausogut hätte man durch eine Flasche voll Milch fliegen können. Bei einem *whiteout*, erklärte er, sei kein Horizont mehr zu sehen, und selbst der erfahrenste Pilot würde sich, wenn er sich überhaupt darauf einlasse, um die eigene Achse drehen und überschlagen, das Gefühl für oben und unten verlieren und mit ziemlicher Sicherheit in Rückenlage auf die Erde knallen. Und das, mutmaßte er, sei bestimmt mit Gursky irgendwo in der Tundra passiert, wo nur ein Eskimo eine Überlebenschance habe.

Als Mr. Bernard drei Tage nach Solomons Verschwinden mit schlurfenden Schritten den Gerichtssaal betrat, entschuldigte er sich bei Richter Leclerc, weil er unrasiert war, ein Jackett mit zerschlissenem Kragen und Slipper trug. Das geschehe nicht, wie er ihm versicherte, aus Respektlosigkeit gegenüber dem Gericht, sondern aus Ehrfurcht vor der Tradition seines Volkes, denn er betrauere den Tod eines nahen Verwandten, nämlich seines geliebten Bruders, ganz gleich, welche Sünden dieser auf sich geladen habe.

Fünf Tage später – die Gypsy Moth galt noch immer als vermißt – verkündete Richter Leclerc den gespannten Zuhörern im Gerichtssaal das Urteil:

»Die Staatsanwaltschaft macht geltend, daß die Angeklagten zum Zweck des Schmuggels Stützpunkte in Neufundland und St. Pierre et Miquelon unterhielten und daß die Verkäufe, die sie tätigten, den Beweis für die Verübung einer Straftat darstellen. Die Angeklagten handelten jedoch durchaus im Rahmen der Legalität. Es stand ihnen frei, derartige Stützpunkte an den genannten Orten zu unterhalten, und es ist kein Geheimnis, daß damals viele kanadische Destillerien soviel wie möglich von ihren Erzeugnissen außerhalb Kanadas abzusetzen suchten. Dies war, und das muß ich unterstreichen, durchaus rechtens. Die Verkäufer hatten weder die Pflicht, den Zielort der von ihnen verkauften Ware zu überprüfen, noch oblag es ihnen, bei den Käufern nachzufragen, was sie mit der Ware zu tun gedachten.« Der Richter schloß: »Es gibt also keinerlei Beweise, daß die Angeklagten sich einer Straftat schuldig gemacht haben. Ich bin der Ansicht, daß, *prima facie*, keine Beweise für die ihnen zur Last gelegte Straftat vorhanden sind, und deshalb werden die Angeklagten hiermit freigesprochen.« Sollte Solomon Gursky jedoch lebend gefunden werden, fügte er hinzu, würde er sich anderer Anschuldigungen vor Gericht zu verantworten haben.

Am nächsten Vormittag beschlagnahmte ein Inspektor der RCMP Richter Leclercs Bankunterlagen und durchsuchte ohne Vorwarnung sein Tresorfach. Es fand sich jedoch kein belastendes Material. Wie auch immer, im darauffolgenden Jahr trat Richter Leclerc in den Ruhestand, flog kurz nach Zürich und anschließend weiter zu den Hügeln von Cotswolds und erwarb dort einen Besitz mit einem von Mauern eingefaßten Rosengarten, einem Meer von Rhododendron, einem Labyrinth sowie Apfel- und Birnbäumen.

Das gespannt erwartete Urteil im Verfahren gegen die Gurskys wurde nicht einmal auf der Titelseite der Zeitungen abgedruckt, denn am selben Tag fand man in der Tundra, über ein Gebiet von drei Meilen Durchmesser verstreut, die verkohlten Teile der in tausend Stücke explodierten Gypsy Moth. Viele der Wrackteile wurden von nomadisierenden Eskimos geborgen, die allesamt Parkas aus Seehundfell mit Fransen an den Zipfeln trugen, wobei jede Franse wiederum aus zwölf seidenen Strängen bestand. Einer der Eskimos hatte einen Aktenkoffer gefunden, in den die Initialen SG geprägt waren. Der Koffer enthielt Solomons Paß und knapp 200 000 amerikanische Dollar in Banknoten. Solomons Leiche wurde nie gefunden. Man vermutete, daß sie bei der Explosion der Gypsy Moth zerfetzt worden war und die weißen Wölfe der Tundra die Stücke gefressen hatten.

Am nächsten Morgen zitierte Bernard Morrie zu sich nach Hause. »Bevor Solomon abgehauen ist«, sagte er, »hat er netterweise den neuen Gesellschaftervertrag unterschrieben.«

Fünfundfünfzig Prozent von McTavish für Bernard, dreißig Prozent für Solomon und seine Nachkommen und fünfzehn Prozent für Morrie.

»Ich dachte, ich kriege neunzehn Prozent.«

»Ich habe wie ein Löwe für dich gekämpft, aber er wollte nicht nachgeben.«

Mr. Morrie unterschrieb den Vertrag.

»Jetzt sind nur noch wir beide übrig«, sagte Bernard.

»Ja.«

»Du mußt dir um mich keine Sorgen machen. Ich habe beschlossen, mich regelmäßig ärztlich untersuchen zu lassen.«

»Soll ich das auch tun? Was meinst du?«

»Ach was, das wäre rausgeschmissenes Geld. Du siehst blendend aus.«

4 Becky Schwartz' Name war mittlerweile zu einem festen Bestandteil in E.J. Gordons Kolumne »Nachrichten aus der Gesellschaft« in der *Gazette* geworden und hatte sogar kürzlich in der Klatschspalte gestanden, als ausführlich über eine Jubiläumsfeier im Beaver Club berichtet wurde. Wie die anderen geladenen Emporkömmlinge hatte sich Harvey zu diesem Anlaß, einem der glanzvollsten Abende im Kalender der High-Society von Montreal, einen Biberhut aufgesetzt und trug einen Frack und hatte sich einen Spitzbart stehenlassen.

»Junge, du siehst vielleicht wie ein Schmock aus!« hatte Becky gesagt, bevor sie das Haus verließen.

»Dann gehe ich eben nicht hin.«

»Und ob wir hingehen. Aber stopf dir Papier oder irgendwas anderes in den Hut. Es sieht so aus, als hättest du keine Stirn.«

Der Beaver Club war im Jahr 1959 gegründet worden, mit dem Ziel, die legendären Abendessen wiederaufleben zu lassen, die Montreals Pelzhändler zwei Jahrhunderte zuvor abgehalten hatten. »Die Gäste wurden von Caughnawaga-Indianern in Gewändern aus Rehleder begrüßt«, schrieb E.J. Gordon. »Die Männer trugen gefiederten Haarschmuck und standen neben ihren Tipis in einem Camp, das in der Eingangshalle des Queen Elizabeth Hotel aufgebaut war.« Vor einem der Zelte saß mit gekreuzten Beinen ein attraktives Mädchen und schlug die Trommel. Sie war eine Ururenkelin von Ephraim Gursky und Lena Green Stockings und sollte die Gäste etwas später mit ihrer eigenen Version von *Hawa Nagila* bezaubern.

Am nächsten Morgen las Becky in ihrem Himmelbett E.J. Gordons Klatschkolumne. Sie war auf Satinkissen gebettet und knabberte an einem Kleiekeks. Sie hatte schlechte Laune. Es gab Probleme mit den Kindern. Bernard kokste und machte Gott weiß was alles und vernachlässigte sein Studium in Harvard. Libby, die in Bennington lebte, wollte erst wieder nach Hause kommen, nachdem ihr Vater alle Aktien von Firmen abgestoßen hatte, die Beteiligungen in Südafrika hatten. Dazu kam, daß Becky, ungeachtet ihrer überreichlichen Spenden für das Kunstmuseum und das Symphonieorchester, es noch immer nicht geschafft hatten, in die Gästeliste für die wichtigsten Abendgesellschaften aufgenommen zu werden. Sie bestand darauf, daß Harvey sie zum Abendessen ins Ritz ausführte.

»Die Moffats schauen zu unserem Tisch herüber. Bestell Kaviar.«

»Ich mag keinen Kaviar.«

»Und komm bloß nicht auf die Idee, ihn mit gehackten Zwiebeln zu vermischen.« Dann teilte sie ihm ihren jüngsten Entschluß mit. »Wir richten unser Haus neu ein, veranstalten einen Maskenball und laden *tout* Montreal ein.«

Becky wollte das Beste, was man für Geld kaufen konnte, also den heißbegehrten Innenarchitekten Giorgio Embroli (Toronto, Mailand). Giorgio, ein Meister geradliniger Wohnkultur, nahm Aufträge jedoch nicht ohne weiteres an. Zuerst einmal mußte er das psychische Umfeld der fraglichen Räumlichkeiten eruieren und den Fluß kinetischer Energie zwischen ihm und seinen Kunden prüfen. Harvey flog ihn in einem Challenger Jet der Gurskys ein. Becky und er hießen ihn in ihrem Haus mit einer Flasche Pouilly-Fumé willkommen, die von einem erst kürzlich von McTavish erworbenen Weingut im Napa Valley stammte. Giorgio hob sein Glas, hielt es ins Licht, nahm ein Schlückchen, benetzte damit den Gaumen und zog eine Grimasse. »Bedauerlicherweise gelingt es den meisten kalifornischen Weinen nicht, den Geschmacksnerven einen Schock zu versetzen«, sagte er. »Sie überraschen einen nie. Sie erzählen einem zwar, wie sie hergestellt wurden, aber nicht, wie sie entstanden sind.« Dann betupfte er seine rubinroten Lippen mit einem Taschentuch und sagte: »Sagen Sie mir bitte, wo ich mir den Mund ausspülen kann.«

Harvey zuckte nicht einmal mit der Wimper, als er Giorgios Honorarforderungen erfuhr. Er stand einfach nur da, als der Innenarchitekt aus dem Haus segelte, an der Eingangstür kurz stehenblieb und Becky zum Kuß seine bleiche, duftende Wange hinhielt. Kaum war er jedoch gegangen, warf Harvey das Baccarat-Weinglas, das Giorgio mit den Lippen berührt hatte, und das Pratesi-Handtuch, das er auf der Toilette in der Eingangshalle benützt hatte, in den Mülleimer. »Ich weiß, angeblich kann man es sich nur durch die Vermischung von Körperflüssigkeiten holen«, sagte er, »aber solange man nichts Genaues weiß, sollten wir lieber kein Risiko eingehen.«

Giorgios Lebensgefährte Dov HaGibor war ein talentierter Maler aus Ramat Aviv. Er hatte als abstrakter Impressionist angefangen, fest entschlossen, ein Werk zu schaffen, in dem einerseits Urformen aufeinanderprallten und das andererseits die Unendlichkeit in ihre Schranken verwies und den Farben eine linguistische Funktion zuordnete. Vor kurzem jedoch hatte HaGibor seine Bewunderer verwirrt, als er sich nämlich zum Hochspannungsrealismus bekannte und seine Bilder vielmehr einen fragmentarischen denn einen einheitlichen Raum interpretierten. Auf seine Sujets stieß er auf Reisen beim Stöbern in Trödelläden, wobei ihm nie bewußt war, wonach er eigentlich suchte, doch er spürte sofort, wenn er das Richtige gefunden hatte. Ein altes Photo, das er bei einem Flohmarkt der Heilsarmee in Montreal erstanden hatte, war, wie Walter Osgood, der Kurator der Gursky-Stiftung es in seinem Essay in *Canadian Art* ausdrückte, die *causa causans* des berühmten viereinhalb mal zwei Meter großen Gemäldes, das später unübersehbar im neugestalteten Wohnzimmer der Familie Schwartz hängen sollte und dessen Wert in die Höhe schnellte, kaum daß HaGibor an Aids gestorben war.

Auf der Rückseite des Photos, das HaGibor als Vorlage verwendet und nach Vollendung seines Werkes verbrannt hatte, hatten kaum lesbar die Worte gestanden: »Gloriana, 10. Oktober 1903«. Also betitelte HaGibor das Bild, das als sein Meisterwerk gelten sollte, *Gloriana*. Der Titel gab Rätsel auf, war Anlaß für allerlei Kontroversen. Manche Kritiker argumentierten, das Bild bezeuge eindeutig die satirische Absicht des Künstlers, andere jedoch beharrten nicht weniger vehement auf der Ansicht, HaGibor habe dieses Werk als Anklage gegen die *condition humaine* begriffen, wie die hebräischen Worte belegten, die zum rechten Bildrand zu fliegen schienen. Übersetzt besagten diese Worte: »Meine Tage sind flinker als ein Weberschiffchen und gehen ohne Hoffnung dahin.«

Wie dem auch sei, auf dem unbestreitbar packenden Gemälde war ein befremdliches Paar dargestellt: ein verdrießlicher Mann und sein betrübt dreinblickendes Eheweib vor einer Lehmhütte. Die sie umgebende Landschaft war so trostlos wie öde. Mochte sich das auf dem Photo abgelichtete Paar während der zweiunddreißig Jahre seiner Ehe kaum je nackt gesehen haben, so bot es sich der Welt auf dem Gemälde unbekleidet dar. Die Brüste der Frau waren verschrumpelt, ihre Scham kahl; der Mann hatte eine Hühnerbrust, und sein Penis sah aus wie ein vertrockneter Wurm.

Harvey war wild entschlossen, das Gemälde in den Müll zu werfen, sobald diese exaltierte italienische Schwuchtel endlich das Haus verlassen hätte, doch er ließ sich umstimmen, als Walter Osgood kam, um *Gloriana* in Augenschein zu nehmen und sichtlich erpicht auf das Gemälde war. Wenig später wurde *Gloriana* für die Titelseite von *Canadian Art* photographiert. Ältliche Damen der feinen Westmount-Gesellschaft, die Becky auf dem alljährlichen Museumsball eben noch geschnitten hatten, gierten nunmehr nach einer Einladung, um einen Blick auf HaGibors letztes künstlerisches Manifest werfen zu können. Der Kurator der National Gallery in Ottawa bat um Erlaubnis, das Gemälde ausstellen zu dürfen, und versicherte Becky, daß darunter ein Schild mit den Worten »Aus der Privatsammlung von Mr. und Mrs. Harvey Schwartz« angebracht würde. Händler machten unaufgefordert Angebote, die Harveys ursprüngliche Investition um ein Vierfaches überboten, aber er war nicht bereit zu verkaufen. Statt dessen verfünffachte er die Versicherungssumme für *Gloriana*. Ein riskanter Schritt, den Harvey Schwartz da unternahm, denn würde das Bild gestohlen, würden Antisemiten das Gerücht verbreiten, er habe den Diebstahl selbst inszeniert, um die Versicherungssumme zu kassieren, und er wäre der Sündenbock. Garantiert.

# ACHT

1 »Laut den Haidas von den bedauerlicherweise Queen Charlotte Islands genannten Inseln, die eigentlich Haida Gwai, also ›Inseln des Volkes‹ heißen«, sagte Sir Hyman einmal zu Moses, »laut den Haidas gab es, bevor es überhaupt etwas gab, bevor die große Flut die Erde bedeckte und wieder zurückwich, bevor die Tiere auf die Erde kamen und Bäume das Land bedeckten und Vögel zwischen den Bäumen flogen, nun, vor alledem gab es den Raben, denn den Raben hatte es schon immer gegeben und wird es für alle Zeiten geben. Doch er war unzufrieden, weil es damals auf der Erde noch dunkel war. Schwarz wie Tinte. Der Grund dafür war ein alter Mann, der in einem Haus am Fluß lebte. Der alte Mann besaß eine Schachtel, die eine Schachtel enthielt, die ihrerseits eine unendliche Auswahl von Schachteln enthielt, von denen jede in eine nur wenig größere Schachtel gezwängt war, bis hin zu einer Schachtel, die so klein war, daß in ihr für nichts anderes Platz war als für das gesamte Weltenlicht. Begreiflicherweise war der Rabe verärgert. Wegen der Finsternis auf der Erde stieß er ständig irgendwo an. Er tat sich schwer bei der Suche nach Nahrung und anderen fleischlichen Wonnen und auch in seinem ständigen und unstillbaren Drang, sich überall einzumischen und allerlei Dinge auszuhecken. Und so beschloß er, wie nicht anders zu erwarten, dem alten Mann das Weltenlicht zu stehlen.«

Moses und Sir Hyman schlenderten auf dem Weg zu Prunier's durch den Regent's Park.

»Ich glaube, ich hebe mir den Rest der Geschichte lieber fürs Mittagessen auf, junger Freund. Schade, daß Lucy uns nicht Gesellschaft leisten kann.«

»Sie hat einen Termin zum Vorsprechen.«

»Am Ende wird sie doch Produzentin werden müssen, damit sie ihr Erbe und ihren Geschäftssinn für etwas Nützliches einsetzen kann. Aber erzählen Sie ihr bloß nicht, daß ich das gesagt habe.«

Seit Moses Sir Hyman in Blackwells Buchladen begegnet war, hatte er dem alten Geisterbeschwörer während seiner turbulenten Affäre mit Lucy und auch danach oft zugehört, wenn er sich über die verschiedensten Dinge, jedoch vor allem über Politik äußerte. Wohlgemerkt, sie sahen sich zum erstenmal häufiger in einem besonders hektischen Jahr. Dieses Jahr 1956 markierte eine Zeitenwende. Auf dem XX. Parteitag der Kommunistischen Partei der Sowjetunion rechnete Nikita Chruschtschow mit Stalin ab und deutete an, Stalin sei für die Ermordung Kirows verantwortlich gewesen und habe sie als Vorwand für seine Schauprozesse benutzt, die zur Hinrichtung zweier weiterer Rivalen, Sinowjews und Kamenews, geführt hätten. Kurz nachdem Chruschtschow ausgepackt hatte, schnappte sich Nasser den Suezkanal. Im Herbst desselben Jahres rollten russische Panzer nach Budapest. In geheimem Einverständnis mit den Israelis griffen Briten und Franzosen Suez an.

Moses und Sir Hyman unterhielten sich ausgiebig über diese Ereignisse, während sie durch den Regent's Park spazierten oder spätabends in Sir Hymans Bibliothek noch ein Glas tranken, wobei der alte Mann immer mit dem Malakkastock zwischen den Knien dasaß, das Kinn auf den Knauf gestützt. Moses hatte bald seinen festen Platz bei den Abendgesellschaften in der Cumberland Terrace, bei denen Sir Hyman am Kopfende des mit einem irischen Leinentuch bedeckten Tisches saß und Wirtschaftsmagnaten, Ministern und Schauspielerinnen Vorträge hielt. Moses geriet in seinen Bann. Er war von ihm fasziniert, ja schon bald kam es ihm so vor, als wäre er von ihm besessen. Zu seiner Bestürzung stellte er fest, daß er einige von Sir Hymans Sprachgepflogenheiten übernommen hatte. Zum Beispiel redete er, der in der Jeanne Mance Street geboren und aufgewachsen war, andere Männer doch tatsächlich mit »junger Freund« an. Als noch unheimlicher empfand er, daß er einmal, an der Theke des Bale of Hay lehnend, eine geistreiche Bemerkung von Sir Hyman als seine eigene ausgab. Ein andermal ertappte er sich dabei, wie er in der New Oxford Street durch einen Laden für Spazierstöcke schlenderte und mehrere Stöcke daraufhin prüfte, wie sie ihm standen. Rasch verließ er das Geschäft. Die nächste Einladung zum Abendessen lehnte er ab und die übernächste auch. Doch schon bald fühlte er sich wieder zu Sir Hyman hingezogen wie die Motte zum Licht.

Als Moses und Sir Hyman eines Abends in der Bibliothek saßen, tranken und über Chruschtschows Rede diskutierten, fing Moses an, auf den Hitler-Stalin-Pakt aus dem Jahr 1939 zu schimpfen. Er mußte daran denken, wie damals, als sie alle um den Tisch mit der gehäkelten Decke herumsaßen, das Gefühl, verraten worden zu sein, in der Luft gehangen hatte. Sir Hyman ereiferte sich und ließ sich lang und breit über die geschichtlichen Hintergründe dieses teuflischen Bündnisses aus. Wären die Deutschen nicht gewesen, sagte er, hätte es womöglich überhaupt nie eine bolschewistische Revolution gegeben. Die Deutschen seien es gewesen, die Lenin in einem versiegelten Eisenbahnwaggon über Finnland nach Rußland befördert hatten, in der Hoffnung, daß er dort die Macht ergriff und dafür sorgte, daß Rußland aus dem Krieg ausschied. Dann, 1922 – die kommunistische Revolution war über die Grenzen Rußlands nicht hinausgelangt –, schloß die Sowjetunion mit Deutschland den Vertrag von Rapallo und durchbrach damit endgültig ihre Isolation. »Dieser Vertrag«, sagte Sir Hyman, »hatte weitreichende Folgen.«

Der Vertrag ermöglichte es den Deutschen, die Bestimmungen des Versailler Vertrages hinsichtlich der Entmilitarisierung ihres Landes zu umgehen. Sie schickten Luftwaffen- und Panzeroffiziere zur Ausbildung nach Rußland. Als Gegenleistung bauten die Deutschen Flugplätze für die Bolschewiken und unterrichteten sie in der Kriegskunst. »Rückblickend kann man sagen«, meinte Sir Hyman, »daß die Wehrmacht, die Rußland später fast unterworfen hätte, dort von 1922 bis 1933 ausgebildet wurde und zugleich die Armee unterrichtete, von der sie schließlich besiegt wurde.«

Bei jeder Zusammenkunft erkundigte sich Sir Hyman, ob Moses bei seiner Studie über den Beveridge-Plan Fortschritte machte. Irgendwann gab Moses zu, daß er die Arbeit vorläufig beiseite gelegt hatte. Statt dessen habe er vor, etwas über Lucys Vater, Solomon Gursky, zu schreiben.

»Aha.«

Er habe ihm unbeabsichtigt zu einer großen Entdeckung verholfen, äußerte Moses Sir Hyman gegenüber. Bei der Katalogisierung von Sir Hymans Büchern über die Arktis sei ihm ein aufschlußreicher Hinweis auf Solomons Großvater Ephraim Gursky in die Hände gefallen, und seither vermute er, daß Ephraim ein Überlebender der Franklin-Expedition sein könnte.

»Aber es gab keine Überlebenden«, wandte Sir Hyman ein.

»Ja, so sieht es aus«, pflichtete ihm Moses bei und fügte hinzu, daß er bald nach Kanada zurückkehren wolle, um seine Nachforschungen voranzutreiben.

»Und unterstützt die Gursky-Sippe etwa so ein mißliebiges Projekt?«

Moses lachte.

»Wie wollen Sie es dann anstellen?«

»Ich werde wohl Unterricht geben müssen.«

»Ich lasse Ihnen monatlich einen festen Betrag zukommen, junger Freund.«

»Das kann ich nicht annehmen«, protestierte Moses sofort.

»Warum nicht?«

»Ich weiß nicht.«

»Zimperlichkeit steht Ihnen nicht, Moses. Und Langweiler sind Sie auch keiner. Ja oder nein? Ich habe keine Lust, Ihnen erst den Arm zu verdrehen, bis Sie sich dazu herablassen, ein Stipendium von einem unverschämt reichen alten Mann anzunehmen.«

»Lassen Sie mich darüber nachdenken.«

Einen Monat, nachdem Moses nach Montreal zurückgekehrt war, um an der McGill University für einen Freund einzuspringen, der sich für ein Jahr hatte beurlauben lassen, schrieb er Sir Hyman und dankte ihm für seine Großzügigkeit, lehnte das ihm angebotene Stipendium jedoch ab. Im Grunde hätte er das Geld gern angenommen, aber er vermutete, daß dieses Angebot eine Art Prüfung darstellte. Hätte er ja gesagt, wäre er in Sir Hymans Achtung gesunken, und dabei wollte er nichts anderes, als daß der alte Mann ihn wie einen eigenen Sohn liebte. Daß der alte Mann ihn wie einen eigenen Sohn annahm.

Mehrere bange Monate lang blieb Moses' Brief unbeantwortet, und er war davon überzeugt, daß er wieder einmal einen Schnitzer gemacht und Sir Hyman gekränkt hatte, wobei seine wahre Absicht, wie er sich selbst eingestand, doch darin bestanden hatte, sich bei ihm einzuschmeicheln. Dann ließ Sir Hyman endlich von sich hören. Ein Brief aus Budapest. Ob Moses nicht im Sommer nach London kommen wolle, um ihm bei einigen nicht näher beschriebenen Arbeiten zur Hand zu gehen, während Lady Olivia mit ein paar alten Freunden von einer griechischen Insel zur nächsten kreuzte? Moses packte die Gelegenheit beim Schopf.

»Wie kommen Sie mit Ihrer Arbeit voran?« fragte Sir Hyman.

»Schleppend.«

»Ich hatte gehofft, Sie würden mir ein paar Seiten zum Lesen mitbringen.«

Moses wurde in der Cumberland Terrace in einem Gästezimmer einquartiert. Seine erste Aufgabe bestand darin, noch einen Katalog anzulegen, diesmal für Sir Hymans Sammlung von Judaika. Er mußte nach Dublin und Inverness reisen, um sich in Antiquariaten bestimmte Bücher über die Arktis anzusehen und sie gegebenenfalls zu erwerben, wobei der Preis keine Rolle spielte. Er flog nach Rom und Athen, um Päckchen abzuliefern, die nicht dem Postweg anvertraut werden konnten. An den Wochenenden leistete er Sir Hyman meist Gesellschaft auf dessen Besitz an der Küste von Sussex, ging mit ihm vor dem Frühstück schwimmen und wurde von ihm ermuntert, sich nach Lust und Laune in dem weitläufigen Haus und auf dem Grundstück umzusehen.

Im folgenden Sommer kam Moses nicht nach England, sondern flog in die Nordwestterritorien, angeblich um Henry und Nialie zu besuchen, doch in Wirklichkeit wollte er Eskimos mit Namen wie Gorski, Girskee oder Gur-ski ausfindig machen. Dennoch blieb er mit Sir Hyman in Verbindung. Moses' Briefe, an denen er ewig herumfeilte, bis er sie abzuschicken wagte, wobei er jedesmal befürchtete, sie könnten zu vertraulich oder aber nicht unterhaltsam genug sein, wurden gelegentlich mit einer Postkarte aus Havanna oder Amman oder Saigon beantwortet. Im Sommer 1959 flog Moses wieder nach England. In Heathrow erwartete ihn ein Bentley mit Chauffeur, der ihn unverzüglich nach Sussex brachte. Sir Hyman begrüßte ihn mit Champagner. »Ich kann Ihnen gar nicht sagen«, verkündete er, »wie sehr ich mich darauf freue, die Seiten zu lesen, die Sie mir mitgebracht haben.«

»Noch ist es nicht soweit.«

»Aber Sie machen doch Fortschritte?«

Moses teilte ihm mit, daß er Abschriften der Gerichtsprotokolle aufgetrieben habe. Er sei zweimal im Westen Kanadas gewesen und habe nochmals mit Mr. Morrie gesprochen. »Lucy meint, ihr Vater habe Tagebuch geführt.«

»Und das Tagebuch wäre Ihnen eine große Hilfe, nicht wahr?«

»Wenn es noch existiert und ich es in die Finger bekommen könnte – ja, dann wäre es eine Riesenhilfe.«

»Nun, wenn Sie mir wirklich nicht einmal ein paar Seiten mitgebracht haben, so haben Sie hoffentlich daran gedacht, Ihr Dinnerjacket einzupacken.«

Sir Hyman und Lady Olivia erwarteten an jenem Abend rund sechzig Gäste, von denen einige mit dem Wagen, andere mit einem gemieteten Bus kommen würden. Die Party wurde zu Ehren eines zu Besuch weilenden amerikanischen Senators veranstaltet. Mit einem einzigen Wink hatte Sir Hyman zu diesem Anlaß wie üblich schillernde Persönlichkeiten um sich geschart. Eine lebhafte, aber unter Umständen explosive Mischung aus Politikern, Leuten der Film- und Theaterwelt, Männern, »die in London etwas darstellten«, Kunsthändlern, Journalisten und allen Amerikanern von Format, die zufällig in London waren. Zu letzteren zählte, zu Moses' großer Freude, Sam Burns, der unterwegs nach Moskau war, um für seinen Sender über den Besuch von Vizepräsident Nixon zu berichten.

Moses nahm Sam beim Arm und führte ihn erst durch den Garten, anschließend einen gewundenen Gang entlang bis in den riesigen Weinkeller. Er forderte Sam auf, sich an den Tisch zu setzen, holte zwei Gläser und köpfte eine Flasche Jahrgangschampagner.

»Um Himmels willen«, sagte Sam. »Darfst du das?«

»Hymie hat nichts dagegen.«

»Du nennst ihn Hymie?«

»Klar.«

Sam schlenderte an einem der Weinregale entlang und überflog die Etiketten. »Nirgends eine Flasche Kik Cola. Da habe ich ja Glück gehabt.«

»Erinnerst du dich an Gurd's Ginger Ale?«

»Orange Crush?«

»May Wests?«

»Cherry Blossoms?«

»Wer war der beste Mittelfeldspieler?«

»Der verdammte Elmer Lach.«

»Und der beste Verteidiger?«

»Buddy O'Connor.«

»Wie kommt es, daß Jagdflugzeugpiloten im Dunkeln sehen können?«

»Weil sie brav ihre Karotten essen. Aber jetzt erzähl mir, woher dein Wohltäter, falls er das überhaupt ist, seine Millionen hat.«

»Das hier ist noch gar nichts«, sagte Moses. »Komm, ich zeige dir ein paar von den Bildern, die hier unten einfach so rumstehen.«

Moses führte ihn in einen anderen Raum, drückte unter dem Thermostat an der Wand auf eine Reihe von Knöpfen, und ein langes Regal glitt aus der Wand heraus. Darauf standen ein Francis Bacon, ein Graham Sutherland, ein Sidney Nolan.

»Er denkt bestimmt, wir schnüffeln hier unten rum. Gehen wir lieber, Moses.«

An der Wand lehnte ein mit einem Tuch abgedecktes Gemälde.

»Laß uns einen Blick darauf werfen«, sagte Moses.

»Ich glaube, das sollten wir lieber nicht tun.«

»Wahrscheinlich ist es der neue Bonnard, den er gerade gekauft hat.«

Moses hob das Tuch hoch und legte ein Gemälde frei, das auf den ersten Blick wie ein durch und durch konventionelles Porträt aussah. Eine hübsche junge Dame aus der Bourgeoisie saß auf einem Korbsessel mit weit ausladender Rückenlehne. Sie trug einen breitrandigen Strohhut mit rosa Schleife, ein aus vielen Stoffschichten bestehendes Chiffonkleid, ebenfalls mit rosa Schleife, und hielt einen Strauß Bartnelken in Händen. Doch da war etwas Sonderbares an dem Porträt. Die Augen der jungen Dame hatten nicht dieselbe Farbe. Eins war braun, das andere blau.

»O mein Gott«, rief Moses. »Jesus!«

»Was ist denn los?«

»Gehen wir.«

»Ich hab noch nicht ausgetrunken.«

»*Gehen wir*, habe ich gesagt.«

Sir Hyman plauderte mit einem Grüppchen im Salon.

»Ich muß Sie sprechen«, sagte Moses.

»Jetzt?« fragte Sir Hyman und zog die Augenbrauen hoch.

»Ja, sofort.«

»Oh. Nun ja, gewiß. In der Bibliothek.«

Moses mußte fünf zum Verzweifeln lange Minuten warten, bis Sir Hyman endlich kam.

»Wie kommt es, Sir Hyman Kaplansky, wie kommt es, Sir Hyman«, schrie Moses, »daß da unten im Kellergeschoß ein Porträt von Diana McClure, geborene Morgan, steht?«

»Oh.«

»›Haben Sie mir ein paar Seiten mitgebracht, *junger Freund*? Ich kann Ihnen gar nicht sagen, wie sehr ich mich darauf freue –‹«

»Ich hatte die Hoffnung schon fast aufgegeben. Ich hatte gedacht, Sie würden nie dahinterkommen«, sagte Sir Hyman und nahm ihm mit diesen Worten den Wind aus den Segeln.

»Weiß es Lucy?«

»Nein, und Henry auch nicht. Und Sie werden Ihnen kein Wort sagen, jetzt nicht und nie. Geben Sie mir darauf Ihr Wort.«

»Junger Freund.«

»*Jingelche.*«

»Mistkerl.«

Zwei Pärchen kamen, Champagnergläser in der Hand,

in die Bibliothek geschlendert. »Oje, stören wir, lieber Hymie?«

»Durchaus nicht. Ich habe mich mit Moses gerade über meine jüngste Erwerbung unterhalten«, antwortete er und zeigte auf das Bild über dem Kamin. Ein Rabe hockte auf einer großen, halboffenen Muschel, aus der menschliche Wesen ins Freie drängten.

»Das ist der Rabe, der dem alten Mann das Weltenlicht gestohlen und es über den Himmel gestreut hat. Nachdem die große Flut zurückgewichen war, flog der Rabe zu einem Strand, um sich an den Köstlichkeiten gütlich zu tun, die das Wasser zurückgelassen hatte. Doch dieses eine Mal war er nicht hungrig.« Sir Hyman blickte Moses, dem verstörten Moses, in die Augen und fuhr fort: »Aber seine anderen Gelüste – Wollust, Neugier und der unstillbare Drang, sich überall einzumischen, Dinge auszuhecken und die Welt und ihre Geschöpfe an der Nase herumzuführen – blieben unbefriedigt. Die Flügel hinter dem Rücken verschränkt, spazierte der Rabe den Strand entlang und hielt seine scharfen Augen und auch die Ohren offen, stets gefaßt auf einen ungewöhnlichen Anblick oder ein ebensolches Geräusch. Plötzlich schwang er sich in die Lüfte, und sein klagender Ruf stieg in den leeren Himmel. Zu seiner Freude vernahm er eine Antwort, ein leises Quietschen. Als er den Strand absuchte, fiel ihm etwas ins Auge: eine riesige Muschel. Er landete und stellte fest, daß sie voll kleiner Geschöpfe war, die sich aus Angst vor seinem bedrohlichen Schatten zusammenkauerten. Der Rabe näherte seinen großen Kopf der Muschel, und mit seiner wendigen Gaunerzunge, die ihn während seiner unruhigen und Unruhe stiftenden Existenz schon in so manches Mißgeschick hinein- und auch wieder herausmanövriert hatte, umgarnte er die kleinen Geschöpfe und redete ihnen zu, sie möchten doch herauskommen und mit ihm spielen.«

Sir Hyman verstummte, weil der Kellner kam, um Champagner nachzuschenken.

»Wie Sie sehr wohl wissen, Moses, spricht der Rabe mit zwei Stimmen, von denen die eine schroff und abweisend klingt, die andere verführerisch, und mit dieser sprach er nun. Deshalb dauerte es nicht lange, bis die kleinen furchtsamen Muschelbewohner einer nach dem anderen herauskletterten. Sie waren sonderbar anzusehen. Sie hatten wie der Rabe zwei Beine, aber kein glänzendes Gefieder oder kräftige Schnäbel oder starke Schwingen. Sie waren die ersten menschlichen Wesen.«

Abermals verstummte Sir Hyman, um an seinem Glas zu nippen, und die beiden Pärchen, sichtlich gelangweilt, nützten die Unterbrechung, um sich aus der Bibliothek zu verdrücken.

»Ich habe so viele Fragen«, sagte Moses.

»Und ich habe das Haus voller Gäste. Wir reden am Mittwoch weiter.«

»Warum nicht morgen?«

»Weil Sie morgen mittag nach Paris fliegen, um ein Päckchen abzugeben. Für Sie ist für drei Nächte ein Zimmer im Crillon gebucht. Ein gewisser Monsieur Provost wird sich am Montag, spätestens Dienstag mit Ihnen zum Frühstück treffen, und Sie werden ihm das Päckchen mit meinen besten Empfehlungen übergeben.«

Provost ließ sich am Montag morgen nicht blicken. Am Dienstag setzte sich Moses morgens an den Frühstückstisch, schlug die *Times* auf und las, daß Sir Hyman Kaplansky, der angesehene Finanzier, allem Anschein nach bei einem Sturm im Meer ertrunken war. Sir Hyman war nach alter Gewohnheit früh am Montag morgen trotz Sturmwarnung aus dem Haus gegangen, um vor dem Frühstück zu schwimmen, und war nicht zurückgekehrt. Sein Bademantel, die Pantoffeln und das Buch, das er gerade las, wurden später herrenlos am Strand gefunden. Lady Olivia teilte den Journalisten mit, Sir Hyman, der ein schwaches Herz gehabt habe, sei abgeraten worden, ohne Begleitung oder bei rauher See schwimmen zu gehen, doch er sei ein eigensinniger Mensch gewesen. Ein Verbrechen wurde nicht vermutet. Die Fischkutter in der näheren Umgebung waren alarmiert worden, und Rettungsboote suchten die offene See ab.

Die Mühe können sie sich sparen, dachte Moses, zugleich belustigt und verbittert. Da steckte wohl wieder einmal der Rabe mit seinem unstillbaren Drang dahinter, die Welt und ihre Geschöpfe an der Nase herumzuführen. *Einmal in der Luft*, sagte er sich, *und jetzt im Wasser.*

Provost erschien auch am zweiten Tag nicht. Frustriert zog sich Moses auf sein Zimmer zurück, zündete sich eine Zigarre an und betrachtete lange das Päckchen auf seinem Bett, bevor er es aufriß.

Es enthielt drei in Saffianleder gebundene Bände von Solomon Gurskys Tagebüchern und einen an Moses Berger adressierten Brief. In dem Brief wurde ihm mitgeteilt, daß ihm jährlich ein Betrag von dreißigtausend Dollar zustehe, den ihm der Corvus Investment Trust aus Zürich in vierteljährlichen Raten zahlen werde.

Moses legte sich aufs Bett, nahm wahllos einen Band der Tagebücher zur Hand und schlug ihn aufs Geratewohl auf.

»Fort McEwen, Alberta, 1908. An einem Spätnachmittag im Winter wartete mein Großvater Ephraim mit seinem Schlitten draußen vor der Schule auf mich. Er stank nach Rum. Eine Wange war aufgeschürft, die Unterlippe geschwollen...«

2 Ein vom Fußboden bis zur Decke reichendes Regal im Wohnzimmer von Moses' Blockhaus im Wald war vollgestopft mit Büchern und Ausschnitten aus Zeitungen und Zeitschriften, die einen Bezug aufwiesen zum Leben des unergründlichen, unverschämt reichen Sir Hyman Kaplansky, wie er sich damals nannte.

Im dritten Band der gefeierten Tagebücher eines britischen Parlamentsmitglieds, dessen Zugehörigkeit zum Bloomsbury-Kreis einem unanfechtbaren Gütesiegel gleichkam, fanden sich mehrere Einträge über Sir Hyman Kaplansky.

17. Mai 1944

> Mittagessen im Travellers mit Gladwyn und Chips. Hyman Kaplansky, der trotz seines kultivierten, dandyhaften Auftretens nicht den kleinen jüdischen Emporkömmling aus dem Ghetto zu übertünchen vermag, gesellte sich zu uns. Er gab zu, daß er Angst vor der V1 habe. Ich empfahl ihm, er solle vielmehr seiner Lieben auf dem Schlacht-

feld gedenken, die in weitaus größerer Gefahr schwebten als er.

Hyman: »Das würde mir nicht im geringsten helfen, junger Freund. Ich habe nämlich keine Lieben auf dem Schlachtfeld. Sie sind alle hier auf Brandwache, beim Memmen-Bataillon. Wußten Sie das nicht?«

Ein früherer Eintrag trug das Datum 12. September 1941.

Mit Ivor im Savoy zu Abend gegessen. Als Hyman Kaplansky kurz an unserem Tisch stehenblieb, sagte ich zu ihm, wie betrübt ich wegen der gepeinigten Juden in Polen sei und daß wir uns, nachdem Eden im Parlament sein Memorandum verlesen habe, alle erhoben hätten, um ihrer zu gedenken.

»Wenn meine unglücklichen Glaubensbrüder dies wüßten«, antwortete er, »wären sie Ihnen sicher zutiefst verbunden. Ist der Parlamentspräsident auch aufgestanden?«

»Ja.«

»Wie ergreifend.«

Der jüdische Hang zum Zynismus ist wirklich unerträglich. Ich verabscheue zwar Antisemiten, aber Juden mag ich trotzdem nicht.

8. Juni 1950

Mittagessen im Reform Club. Der gräßliche Sir Hyman war mit Guy und Tom Driberg da. Driberg ließ sich lang und breit über seine liebsten »Spelunken« in Soho aus.

»Ich verstehe nicht«, sagte er, »warum es ein paar Barbaren im Rathaus für nötig gehalten haben, so viele von diesen Lokalen zu schließen. Vermutlich kommen darin ihre Vorurteile gegenüber Homosexuellen zum Ausdruck. Dabei haben die Homos, wenn sie auf Kneipentour gehen, noch nie einen Hetero daran gehindert, ein Gläschen zu kippen. Außerdem war es für Homos, von denen sich nicht alle für härtere Sportarten eignen, eine gesunde körperliche Ertüchtigung, diese Spelunken abzuklappern und von der Gasse gleich neben dem Astoria zu dem Treff in der von Hunden verpinkelten Straße gegenüber dem Garrick Club und von dort weiter in das Lokal nahe dem Ivy und dann in das in der Wardour Street zu ziehen.«

7. Juni 1951

Abendessen im Savoy. Sir Hyman Kaplansky sitzt an einem Tisch in der Nähe und unterhält ein paar von den üblichen Kumpanen: Zuckerman, Bernal und Haldane. Alle Welt redet über die Burgess-Maclean-Affäre. Sir Hyman sagt: »Ich weiß, daß Guy ein Feigling und obendrein Bolschewik ist, und ich wundere mich nicht, daß er sich aus dem Staub gemacht hat.«

Der nächste Eintrag über Sir Hyman berichtete lang und breit über dessen berüchtigte Abendgesellschaft in der Wohnung in der Cumberland Terrace. Anlaß war das Passahfest, zu dem Sir Hyman zu Lady Olivias großem Entsetzen ausgerechnet das Tagebuch führende Parlamentsmitglied sowie andere notorische Antisemiten geladen hatte, darunter ein paar übriggebliebene Mitglieder des Cliveden-Zirkels, ein unverhohlener Bewunderer von Sir Oswald Mosley, ein berühmter Romancier, eine gefeierte Schauspielerin, ein Impresario aus dem West End, ein polnischer Graf und ein polteriger Minister, der ein erbitterter Gegner der Ansiedlung weiterer Juden im krisengebeutelten Palästina war. Warum waren sie gekommen?

Der Romancier, nicht unbedingt der talentierteste seiner Zeit, schrieb in seinem Tagebuch:

21. März 1953

Unserer Reise nach Menton steht nichts mehr im Wege. Ich bin sicher, daß die Villa nach meinen Vorstellungen eingerichtet worden ist, taugliches Personal zur Verfügung steht und keine Amerikaner anwesend sein werden. Wir fahren in einem schmutzigen Eisenbahnwaggon bis Dover und gehen dort an Bord. Die üblichen angetrunkenen Geschäftsleute und diesmal auch eine Anzahl von Juden, vermutlich Steuerflüchtlinge. Bei ihrem Anblick erinnert sich Sybil, daß wir am Abend nach unserer Rückkehr bei Sir Hyman Kaplansky zum Abendessen erwartet werden. Das Essen und der Wein werden sicher vom Besten sein. Gewiß gibt es bei solchen Leuten keinerlei Probleme mit Lebensmittelkarten.

Die Schauspielerin, die ebenfalls Tagebuch führte, hielt für ihre zahlreichen Bewunderer detailliert fest, was sie an dem Tag getragen hatte, als die Bombe auf Hiroshima fiel (ein von Norman Hartnell eigens für sie kreiertes Kleid). Ein paar Seiten weiter erwähnte sie zum erstenmal, daß ihr Kind im Charing Cross Hospital im Sterben lag, ausgerechnet an dem Abend, als sie nicht umhinkam, sich den Gepflogenheiten der Theaterwelt zu fügen und bei der Premiere von *Päonien für Penelope* auf der Bühne zu stehen. Das Musical lief den hochnäsigen Kritikern zum Trotz drei Jahre lang im Haymarket Theatre. In einem Eintrag, den sie drei Tage vor Sir Hymans Abendgesellschaft gemacht hatte, schilderte sie ein Mittagessen im Ivy mit dem Impresario aus dem West End, einem notorischen Schlemmer.

12. April 1953

Zeichen der Zeit. An einem der Tische ein lärmiges Gelage neureicher Proleten. GI-Bräute, Cockneys. Ich könnte es mir kaum noch leisten, hier zu essen – wäre Hugh nicht so spendabel. Hugh macht sich Gedanken über das Abendessen bei Sir Hyman.

»Ob ich mir eins von diesen albernen schwarzen Käppchen aufsetzen muß, wie sie die Männer in Whitechapel tragen?«

»Freuen Sie sich lieber auf den Kaviar. Er bezieht ihn über die Botschaft. Und vergessen Sie nicht die unzähligen Flaschen Dom P. Ich habe gehört, es soll ein ganzes Lamm aufgetischt werden.«

»Koscher, nehme ich an.«

Hugh meinte, er bedauere es zutiefst, daß er Kitty und nicht meiner Wenigkeit die Hauptrolle in der *Tanzenden Herzogin* gegeben hat. Unfug. Schwamm drüber, sagte ich zu ihm. Auf Kitty lasse ich nichts kommen. Sie gibt sich solche Mühe.

Auch andere Tagebücher, Memoiren, Briefsammlungen und Biographien aus jener Zeit enthielten detaillierte Schilderungen von jenem verheerenden Abend. Natürlich gab es Widersprüchlichkeiten, und jeder Verfasser beanspruchte die geistvollsten Bonmots des Abends für sich. Auch herrschte keine Einhelligkeit, was Lady Olivia anbetraf, die einer anglikanischen Familie entstammte und als Anglikanerin aufgezogen worden war. Einige behaupteten, sie habe dieses Ärgernis auf hinterhältige Weise mit inszeniert, andere wiederum waren überzeugt, daß sie das eigentliche Opfer war. Alle waren sich jedoch einig, daß der polnische Graf ihr Liebhaber war, aber die Geister schieden sich wieder bei der Frage, ob Sir Hyman diese Verbindung tolerierte, nicht von ihr wußte oder – möglicherweise – den Skandal inszenierte, um sich an den beiden zu rächen. Wie dem auch sei, was den tatsächlichen Verlauf des Abends anging, gab es keine Diskrepanzen, lediglich in der Beurteilung der Geschehnisse.

Sir Hyman und Lady Olivia inbegriffen, saß man zu dreizehnt am Eßtisch und plauderte und scherzte unbeschwert. Die Gemüter verfinsterten sich erst, als Sir Hyman – aus Taktlosigkeit oder Tücke, das war Auslegungssache – darauf hinwies, daß beim berühmtesten aller Passahfeste genau dieselbe Zahl von Personen versammelt gewesen sei.

In sämtlichen Tagebüchern und Memoiren wurde die Art, wie der Tisch gedeckt war, erwähnt und entweder als opulent oder typisch für levantinische Prunksucht beschrieben. Die Weinkelche und Karaffen waren aus spätgeorgianischem, in Waterford-Blau getöntem Flintglas. Die französischen Kandelaber aus dem siebzehnten Jahrhundert hatten klassische Kerzenhalter und waren verziert mit sich überlappenden Schuppen und filigranem Blattwerk. Das schwere, verschnörkelte Tafelsilber stammte aus derselben Epoche. Andere Gegenstände waren jüdischen Ursprungs. Zum Beispiel gab es da einen silbernen Passah-Gewürzbehälter aus dem deutschen Barock mit geprägten Verzierungen in Form von Früchten und Blättern. Das Seder-Tablett, also die Platte, auf der die anstößigen Matzen serviert werden sollten, war aus Zinn. Es war im achtzehnten Jahrhundert in Holland hergestellt worden, ungewöhnlich groß und wies eingravierte Passagen der Haggada auf, wobei bildhafte Darstellungen und kalligraphische Schriftzeichen kunstvoll in Einklang gebracht waren.

Sir Hyman begrüßte seine Gäste überschwenglich und hielt eine kleine Tischrede, die manch einer später kriecherisch nannte, andere jedoch, nach der schockierenden Wende, die der Abend nehmen sollte, als verdammt unverschämt bezeichneten. Er begann, indem er zum Ausdruck brachte, wie dankbar er sei, daß alle seiner Einladung gefolgt seien, denn er wisse, welche Vorurteile sie gegen gewisse Leute seines Schlages hegten. Er könne ihnen dies nicht einmal übelnehmen. Manche Juden, insbesondere diejenigen, die aus Osteuropa den Sprung hierher gemacht hätten, seien unerträgliche Ellenbogenmenschen und steuerten in der Tat einen harten Kurs, und zur Untermauerung seiner Worte zitierte er ein paar Zeilen von T.S. Eliot:

> »Und in seinem Haus hockt auf dem Fenstersims der Jude,
> in die Welt gesetzt in einem finsteren Loch Antwerpens,
> von Blasen bedeckt in Brüssel, gehäutet und bepflastert in London...«

Solche Menschen, sagte Sir Hyman, seien für ihn und andere Herren judaischer Herkunft ein noch größeres Ärgernis als für jeden rechtschaffenen Christen. Etwas unbekümmerter fuhr Sir Hyman fort, er hoffe, seine Gäste würden die zum Passahfest üblichen Rituale als willkommenen kleinen Nervenkitzel betrachten. Jeder von ihnen werde an seinem Platz ein Büchlein vorfinden. Es heiße Haggada, und sie sollten es sich als eine Art Libretto vorstellen. *Hagged* bedeute soviel wie »erzählen«. Die Juden sollten nämlich von ihrem Auszug aus Ägypten künden, denn es sei nicht das letzte Mal gewesen, daß sie mitten in der Nacht das Weite hätten suchen müssen. An der Haggada werde, ähnlich wie an den Librettos von Musicals in Boston oder Manchester, die nicht gut ankämen, unablässig herumgedoktert, damit sie auf dem neuesten Stand bleibe und auch über die jüngste Heimsuchung der Juden berichte. Er habe zum Beispiel eine Haggada gesehen, die eine Kinderzeichnung vom letzten in Theresienstadt abgehaltenen Seder enthalten habe. Die Zeichnung sei zwar bedauerlicherweise ohne künstlerischen Wert gewesen, jedoch könne man durchaus sagen, daß sie etwas Ergreifendes und einen gewissen Charme besaß. In einer anderen, die er gesehen habe, sei ausführlich beschrieben worden, wie die gramgebeugten Juden im Warschauer Ghetto am Vorabend des Passahfestes von den Nazis mit wahllosem Artilleriebeschuß belegt worden waren. Ein Mann, der dieses Blutbad überlebt hatte, nur um später in einem Konzentrationslager umzukommen, hatte geschrieben: »Uns steht ein Passahfest voll Hunger und Armut bevor, und wir haben nicht einmal das ›Brot der Trübsal‹. Wir haben weder Matzen zu essen, noch Wein zu trinken. Zum Beten haben wir keine Synagogen oder Toraschulen. Ihre Türen sind verschlossen, und Finsternis herrscht in den Häusern der Kinder Israels.« Aber, beeilte sich Sir Hyman zu betonen, wir haben uns hier nicht zusammengefunden, um zu trauern, sondern um fröhlich zu sein. Er strahlte Lady Olivia an, woraufhin diese mit einem Glöckchen bimmelte. Unverzüglich füllten Diener die Champagnergläser nach.

»Seder« bedeute wortwörtlich »Programm«, was sich auf die vorgeschriebene Zeremonie der Passahrituale beziehe, erklärte Sir Hyman, offensichtlich gleichgültig gegen die wachsende Unruhe seiner ihm ausgelieferten Zuhörer. Er hob die Zinnplatte mit den Matzen hoch und verkündete zuerst auf hebräisch, dann auf englisch: »Sieh da das Brot der Trübsal, das unsere Väter in Ägypten gegessen haben. Jeder, der hungrig ist, komme und esse.«

»Hört, hört!«

»Na endlich!«

Es war inzwischen neun Uhr abends, und obwohl Sir Hymans Gäste bereits um sechs Uhr eingetroffen waren, hatte man ihnen – zu ihrem Verdruß – keine Horsd'œuvres serviert. Nicht einmal ein paar Erdnüsse oder Selleriestangen oder verschrumpelte Oliven. Die Mägen knurrten. Der Hunger war groß. Sir Hyman, der die Ungeduld seiner Gäste spürte, beschleunigte seine Lesung aus der Haggada, unerläßliches Vorspiel des Festmahls, und übersprang eine Seite nach der anderen. Dennoch entgingen ihm nicht das Stühlerücken, die zappelige, an Feindseligkeit grenzende Nervosität, die hochgezogenen Augenbrauen und finsteren Blicke. Es half auch nichts, daß jedesmal, wenn die Küchentür aufschwang, verlockende Düfte ins Eßzimmer strömten: dampfende Hühnerbrühe, brutzelnder Lammbraten. Endlich, um zehn Uhr, nickte Sir Hyman der immer besorgter dreinblickenden Lady Olivia zu, woraufhin sie wieder mit ihrem Glöckchen bimmelte.

Ahhh!

Alles atmete erleichtert auf, als ein riesiger, wabbeliger Berg schimmernden Beluga-Kaviars auf den Tisch gestellt wurde. Als nächstes trug man eine gewaltige Platte mit appetitlichem, feucht glänzendem Räucherlachs auf. Dem Lachs folgte ein Tablett, schwer beladen mit gebackenem, in goldgelbes Gelee gebettetem Karpfen. Schon wollten sich alle auf die Speisen stürzen, da hob Sir Hyman mit belustigtem Lächeln gebieterisch die Hand. »Warten Sie bitte. Zions Protokoll schreibt noch ein weiteres Ritual vor, das es einzuhalten gilt. Bevor wir uns an den anderen Dingen gütlich tun, müssen wir das Brot der Trübsal, die Matze, essen.«

»Dann nichts wie los.«

»Um Gottes willen, Hymie, ich bin so hungrig, daß ich ein ganzes Pferd verschlingen könnte.«

»Hört, hört!«

Auf ein Nicken von Sir Hyman hin nahm ein Diener die Zinnplatte für die Matzen, türmte das Brot der Trübsal darauf und stellte die Platte, mit einem Tuch aus magentafarbenem Samt abgedeckt, wieder auf den Tisch.

»Was wir hier vor uns sehen«, sagte Sir Hyman, »sind nicht die geschmacklosen, in großen Mengen vorgefertigten Matzen, wie Sie sie auf der Tafel von Kaufleuten in Swiss Cottage oder Golders Green vorfinden würden, denn solche Leute haben nichts anderes im Kopf als ihren Profit. Dies sind die wahren Matzen, nach bewährter und altehrwürdiger Tradition hergestellt. Sie heißen *mazzot schemura*, ›behütete Matzen‹. Sie werden hinter verschlossenen Türen unter strengsten Sicherheitsvorkehrungen und nach einem Rezept gebacken, das zum erstenmal in Babylon niedergeschrieben wurde. Von dort gelangte es im Jahre 1142 der christlichen Zeitrechnung nach Lyon und von da wiederum nach York. Diese Matzen hat ein ehrwürdiger polnischer Rebbe, den ich in Whitechapel kenne, eigens für mich gebacken.«

»Na los, Hymie!«

»Fangen wir endlich an.«

»Ich sterbe vor Hunger!«

Sir Hyman zog mit einem Ruck das magentafarbene Tuch weg und legte einen Haufen höchst unappetitlich aussehender Kuchen frei. Sie wirkten grob und wie mit Rostflecken gesprenkelt, waren ungleich gebacken und mit großen braunen Blasen überzogen.

»Nehmen Sie bitte jeder einen«, sagte Sir Hyman, »aber Vorsicht, sie sind heiß.«

Als alle eine Matze in der Hand hielten, erhob sich Sir Hyman und sprach einen feierlichen Segen. »Gelobt sei Gott, der aus der Erde Brot hervorbringt. Gelobt sei Gott, der uns durch seine Gebote geheiligt und uns befohlen hat, Matzen zu essen.« Dann gab er seinen Gästen mit einem Wink zu verstehen, daß sie endlich loslegen durften.

Der Impresario aus dem West End, der den Kaviar nicht aus den Augen ließ, nahm mit rumorendem Magen als erster einen Bissen. Ganz schön mehlig und weich, dachte er. Plötzlich spürte er, wie eine Blase gleich einer Pustel aufplatzte und etwas Warmes an seinem Kinn herunterlief. Er wollte es gerade mit der Serviette abwischen, als die Schauspielerin, die ihm gegenübersaß, einen Blick auf ihn warf und einen entsetzten Schrei ausstieß: »Oh, mein armer Hugh«, rief sie. »Schauen Sie bloß, wie Sie aussehen, Hugh!«

Doch es reichte ihm schon, als er sie ansah. Ihr bebender elfenbeinfarbener Busen war mit einer dicken, roten Flüssigkeit bespritzt.

»O Gott!« jammerte jemand und ließ seine tropfenden *mazzo schemura* fallen.

Die pingelige Cynthia Cavendish hielt sich die hohle Hand vor den Mund. Sie konnte das warme, klebrige rote Zeug gar nicht schnell genug ausspucken. Als sie sah, wie es zwischen ihren Fingern hindurchsickerte, sank sie ohnmächtig auf den Teppich.

Horace McEwen, der der zu Boden gleitenden Cynthia geschickt auswich, starrte mit bebenden Lippen seine verschmierte rostrote Serviette an und steckte zwei Finger in den Mund, um nach losen Zähnen zu tasten.

»Das ist Blut. Wußten Sie das nicht?«

»Sie gemeiner Kerl!«

»Wir sind alle mit rituellem Blut befleckt.«

Der höchst ehrenwerte Richard Cholmondeley stieß seinen Stuhl zurück, und in der Überzeugung, daß er sterben müsse, spuckte er Galle und etwas, was er für sein eigenes Blut hielt. »Sagen Sie Constance«, sagte er flehentlich, ohne sich an jemand Bestimmtes zu wenden, »daß die Photos in der linken unteren Schublade meines Schreibtischs nicht mir gehören. Noddy hat sie mir nach seiner Rückkehr aus Marrakesch zum Aufbewahren gegeben.«

Die rundliche Frau des Ministers kotzte ihm sein bei der Firma Brothers geschneidertes Dinnerjacket voll. Er stieß sie so heftig von sich, daß sie zurücktaumelte. »Sehen Sie nur, was Sie angerichtet haben«, rief er. »Sehen Sie nur.«

Der betrunkene Romancier glitt zu Boden. Dummerweise klammerte er sich dabei an die alte Spitzentischdecke aus irischem Leinen und riß deshalb ein paar unbezahlbare Weinkelche sowie die Platte voll Räucherlachs mit. Geistesgegenwärtig, wie er war, griff der Impresario rasch nach dem anderen Ende der Tischdecke und konnte gerade noch die wegrutschende Kaviarschale aufhalten. Zwischen Wut und Hunger hin und her gerissen, schnappte er sich einen Suppenlöffel und langte beim Kaviar einmal, zweimal, dreimal kräftig zu, bevor er Mantel und Hut verlangte. Der polnische Graf sprang mit aschfahlem Gesicht auf und forderte Sir Hyman zum Duell.

Zu seiner Verblüffung antwortete ihm Sir Hyman leise in fließendem Polnisch: »Ihr Vater war ein Schwindler, und Ihre Mutter war eine Hure, und Sie, junger Freund, sind ein Zuhälter. Nennen Sie mir Ort und Zeit.«

Lady Olivia saß einfach nur da, hatte das Gesicht in den

Händen vergraben und schaukelte vor und zurück, während ihre Gäste schimpfend und fluchend auseinanderliefen.

»Sie werden mir diese Schmach teuer bezahlen, Hymie.«

»Das hat ein Nachspiel!«

»Sagt's nicht an zu Gath«, sagte Sir Hyman, »verkündet's nicht auf den Gassen zu Askalon, daß sich nicht freuen die Töchter der Philister…«

Die Gäste, die als letzte das Haus verließen, behaupteten später, sie hätten gehört, wie Lady Olivia verzweifelt fragte: »Wie konntest du mich so demütigen, Hymie?«

Darauf antwortete er dem Vernehmen nach: »Du wirst dich mit diesem schmierigen kleinen Polacken nicht mehr treffen. Und jetzt laß uns den Lammbraten essen, bevor er zu sehr durch ist.«

»Ich verabscheue dich«, kreischte Lady Olivia, stampfte mit dem Fuß auf und floh in ihr Schlafzimmer.

Über den weiteren Verlauf jenes berüchtigten Abends gab es nur einen einzigen Bericht, dessen Glaubwürdigkeit jedoch zweifelhaft war. Er erschien in *Ein Blick durchs Schlüsselloch: Ein Butler erinnert sich*. Eine gekürzte Version wurde später in *News of the World* abgedruckt, in mehrere Folgen unterteilt. Der vollständige Text war nur bei Olympia Press in Paris zu beziehen. In einem brisanten Kapitel über seine Anstellung bei Sir Hyman schrieb Albert Hotchkins seine Erinnerungen an das Passahfest nieder:

> Nachdem die Hautevolee schneller geflohen war als ein Italiener von der Kriegsfront und sich die in Tränen aufgelöste Lady Olivia in ihr Schlafzimmer zurückgezogen hatte, setzte sich der alte Hahnrei, vergnügt wie ein Jude beim Ausverkauf nach einem Ladenbrand, allein an den Tisch und bekam einen heftigen Lachanfall. Dann rief er das Personal, darunter auch meine Wenigkeit, aus der Küche zu sich und bestand darauf, daß wir ihm beim Festschmaus Gesellschaft leisteten. Wir waren schneller zur Stelle als der sprichwörtliche Fuchs im Hühnerstall. Kaviar, Räucherlachs, Lammbraten. Ich wußte schon immer,

daß Sir Hyman einen guten Tropfen nicht verschmähte, aber diesmal erlebte ich ihn zum erstenmal so blau wie einen Karpfen. Er zog eine tolle Ein-Mann-Show ab. Er unterhielt uns, indem er jeden einzelnen seiner Gäste nachahmte, und es war wirklich zum Totlachen. Er spielte auch Churchill für uns und Gilbert Harding und Lady Docker. Dann setzte er sich ans Klavier und sang uns einen Music-Hall-Song aus der guten alten Zeit vor. (Verzeih mir, Königin Victoria, ich weiß, du findest das überhaupt nicht komisch!!!)

> Ich wünsch mir einen jungen Mann,
> der mich in seine Arme schließt,
> der mich herzen und liebkosen kann,
> daß meine Musch mir fast zerfließt.
> Ach, ich werd so weich wie Wachs,
> wenn ein Kerl mir's gut besorgt.
> Ach, ich werd so weich wie Wachs,
> so weich wie Wachs!

Danach sang er uns ein paar Passah-Liedchen auf hebräisch oder jiddisch oder in irgendeinem Kauderwelsch vor – was es war weiß ich nicht – und noch etwas auf chinesisch. Chinesisch? Ja. An jenem Abend löste uns Sir Hyman nämlich ein Rätsel auf, das unergründlicher gewesen war als das Arschloch eines Negers. Er war nicht, wie der Klatschkolumnist des *Telegraph* vermutet hatte, ungarischer Abstammung. Er wurde in Petrograd, wie es damals noch hieß, geboren, wuchs jedoch in Schanghai auf, wohin sein Vater geflohen war, nachdem sich die Revolution wie ein Lauffeuer durch Mütterchen Rußland verbreitet hatte.

Es war eine denkwürdige Nacht! Irgendwann rollten wir den Teppich zusammen und tanzten, wie man so sagt, bis in die Puppen, als gäbe es kein Morgen. Ich hätte auf einen ganzen Stapel von Bibeln schwören können, daß die schlaue alte Tunte in jener Nacht ihr Ding in Mary reingesteckt hat. Sie war das durchtriebenste Hausmädchen, das die Grafschaft Clare je hervorgebracht hat, und ständig so wild aufs Bumsen wie ein Chinese auf Chop Suey. (Siehe Kapitel Sieben: »Lang kräftig zu, Fanny Hill!!«) Jedenfalls war von den beiden ein paar Stunden lang nicht die Spur zu sehen, und als sie sich wieder zu uns gesellten, war er so mucksmäuschenstill wie ein Einbrecher und sie schaute so unschuldig drein wie eine Katze, die gerade einen Kanarienvogel geschluckt hatte, wahrscheinlich war es aber eher seine Rute!

Es wurde allgemein vermutet, daß Sir Hyman homosexuell war, doch eine der gefeiertsten Schönheiten der Epoche, Lady Margaret Thomas, war nicht dieser Ansicht. Ihr Biograph gab folgenden Eintrag aus ihrem Tagebuch in vollem Umfang wieder:

8. April 1947

Abendessen bei den Kerr-Greenwoods in Lowndes Square. Alle geben sich äußerst *simpático*, als ich ihnen erzählte, als was für ein unangenehmer Zeitgenosse sich Jawaharlal entpuppt hat und daß der arme Harold gerade eine teuflisch schwere Zeit durchmacht, weil er versucht, Dickie dabei zu helfen, Ordnung zu schaffen, und daß er frühestens in vierzehn Tagen aus Indien zurückkommt. Hymie Kaplansky, der mit von der Partie und auch ohne Begleitung da ist, strotzt vor *jeux d'esprit*, ist sehr komisch und entzückt uns mit Erzählungen über seine Kindheit in Südafrika. Er wurde dort nach ihren erbärmlichen Vorstellungen von Eton erzogen. Erst nachdem die Knaben schon mehrere Wochen lang in der Schule waren, erteilte der Direktor den Lehrern die Erlaubnis, sie über Sexualität aufzuklären. Man warnte sie davor, daß Masturbation den Körper kaputtmachen und den Sünder ins Irrenhaus treiben würde. Dennoch, habe der Direktor gesagt, hätten die aufmerksamsten unter den Jungen bestimmt den kleinen Zipfel mit der zarten kleinen Kappe an der Spitze bemerkt, der zwischen ihren Beinen baumele. Er sei sehr flexibel. In der Badewanne, zum Beispiel, neige er dazu, zu schrumpfen und sich zusammenzuziehen, doch je nach Veranlagung eines jeden Knaben könne er sich als Reaktion auf gewisse Stimulierungen erhärten und verlängern, was sich durchaus als lästig erweisen könne.

Nachdem sein Vater bei der Belagerung von Mafeking umgekommen war, stand die Familie mittellos da. Hymie mußte die Schule verlassen, und seine Mutter sah sich genötigt, Untermieter aufzunehmen, bis Hymie dafür sorgte, daß die Familie wieder zu Wohlstand gelangte – und zu was für einem! Wir fielen alle ein, als Hymie sich ans Klavier setzte und *Wir marschieren auf Pretoria* spielte und sang. Danach erbot sich Hymie, mich nach Hause zu begleiten, wobei er betonte, ich könne mich in seiner Gegenwart völlig sicher fühlen und er sei es dem lieben Harold schuldig, auf mich aufzupassen.

Ich lud ihn auf einen Nachttrunk ein. Wir klatschten schamlos über die Delaney-Affäre, und er erging sich in allerlei Mutmaßungen über Lady --- und Lord ---, doch ich versicherte ihm, das sei Unfug. Dann erzählte er mir in allen Einzelheiten von einem fürchterlichen Abend mit der verruchten Herzogin von ---, die sich in jener Nacht auf der Geburtstagsparty von --- schrecklich danebenbenommen habe. Das wiederum brachte das Gespräch auf den widerlichen --- und ---. Wir hatten gerade die zweite Flasche Champagner entkorkt, als Hymie doch tatsächlich in Tränen ausbrach und mir gestand, wie elend er sich wegen seiner geheimen Veranlagung fühle. Wieder beschwor er Erinnerungen an seine Schulzeit herauf, und es setzte ihm ganz besonders zu, als er sich entsann, wie der Vorsteher der Schule ihm den Hintern »gestriemt« hatte. Der Vorsteher war später wegen Päderastie, und weil er mit einem Dienstmädchen einen Bastard in die Welt gesetzt hatte, entlassen worden. »Er war ein Lustmolch«, sagte Hymie.

Beim Hinternstriemen, erklärte er, mußten sich zwei Knaben Gesäß an Gesäß stellen, und dann schlug der Vorsteher mit dem Rohrstock dazwischen.

Hymie sagte, er sehne sich danach, eine so bezaubernde und bemerkenswert intelligente Frau wie mich zu lieben, doch unglücklicherweise bekäme er bei einer Person des anderen Geschlechts keine Erektion. Hormonspritzen, die er in einer Züricher Klinik erhalten habe, hätten nichts geholfen, und auch sein Analytiker in Hampstead nicht. Der arme, liebe Junge. Ich hatte immer gefunden, daß er für einen Schwulen sehr forsch auftrat, doch nun schien er wirklich untröstlich. Ich konnte nichts anderes tun, als ihn in den Arm zu nehmen, denn ich wollte ihn trösten. Doch schon bald waren wir das, was man *deshabillé* nennt, und seine anfangs ungeschickten Küsse und Liebkosungen nahmen eine gewisse plumpe Dringlichkeit an. Leider war er mit diesem Terrain nicht so vertraut, und so sah ich mich genötigt, ihn zu führen und anzuleiten. Und dann – heureka! – waren wir zu seiner Verblüffung unversehens mit dem unleugbaren körperlichen Beweis seiner Leidenschaftlichkeit konfrontiert.

»Was sollen wir damit bloß tun?« fragte Hymie.

Wer A sagt, muß auch B sagen.

»Du kannst Wunder bewirken«, sagte Hymie später, von tiefer Dankbarkeit erfüllt. »Meine Erlöserin.«

Aber am nächsten Morgen gestand er mir, daß ihn Zweifel plagten. »Was ist«, fragte er, »wenn es nur dieses eine Mal geklappt hat?«

Diesen Spuk vertrieben wir öfter als einmal in höchst befriedigender Weise, doch dann bereitete uns die Rückkehr des lieben Harold aus Indien Ungelegenheiten. Glücklicherweise stellte sich heraus, daß Hymie eine entzückende kleine Wohnung, ein wahres Kleinod, in Shepherd's Market besaß. Nur zu Geschäftszwecken, meinte er.

Eines Nachmittags entdeckte ich dort eine alte, mit Perlen verzierte Goldbrosche. Sie starrte mich von einem Glasregal im Badezimmer an. Ich kannte sie gut. Ich hatte Peter begleitet, als er sie bei Asprey's für Di kaufte.

»Hymie, mein Schatz, ich dachte, du und dein Volk, ihr habt nur einen Erlöser.«

»Wie meinst du das?«

Ich hielt ihm die Brosche hin.

»Oh, die«, sagte er. »Gott sei Dank, daß du sie gefunden

hast. Di war schon ganz verzweifelt. Sie muß sie hier vergessen haben, als sie gestern mit Peter zum Tee bei mir war.«

»Peter ist zufällig gerade in Cowes.«

Sir Hyman wurde außerdem in den frivolen Tagebüchern von Dorothy Ogilvie-Hunt erwähnt, die in dem berühmten Prozeß gegen den »Mann mit dem schwarzen Schurz« als Beweismaterial vorgelegt wurden. Allem Anschein nach empfing die liebreizende, jedoch liederliche Dorothy nicht nur viele Liebhaber, sondern stufte deren Leistungen auch noch von delta-minus bis hin zu alpha-plus ein, wobei letztere Auszeichnung kaum jemandem zuteil wurde. Ziemlich ausführlich berichtete sie, wie es zu ihrem ersten Stelldichein mit Sir Hyman kam.

2. März 1944

Einen trostlosen Tag im Staatsarchiv von Wormwood Scrubs vergeudet. Unsere Tätigkeit hier ist angeblich schrecklich geheim, aber beim Hinausgehen sagte der Busfahrer der Linie Nr. 72 klar und deutlich: »Hier umsteigen zum MI5.«

Danach Drinks im Gargoyle mit Brian Howard und Goronwy. Guy, der wie immer nach Knoblauch roch, war auch da, ebenso Davenport, McLaren-Ross und dieser junge walisische Dichter, der wieder schmarotzte und sich zu den Drinks einladen ließ. Alle waren sternhagelvoll. Ein paar von uns zogen weiter ins Mandrake, und dann setzte ich mich ab und hetzte nach Hause, um mich umzuziehen, denn ich war zum Abendessen bei den Fitzhenrys eingeladen. Ich war auf einen schrecklich langweiligen Abend gefaßt. Wie bei Topsys Neigungen nicht anders zu erwarten, waren zwei seiner Jünger da und zudem eine Dame aus dem »Nähzirkel« der Königin. Der Abend wurde von Hymie Kaplansky gerettet, ausgerechnet von ihm. Die Anekdoten über seine Jugendjahre in Australien waren einfach köstlich. Sein Großvater war offenbar einer der ersten Siedler gewesen. Hymies Vater starb in Gallipoli und ließ die Familie ohne einen Penny zurück. Hymies

Mutter, früher einmal Primaballerina im Bolschoi-Ballett, mußte als Näherin arbeiten, bis ihr findiger Sohn nach Bombay ging und es dort zu Reichtum brachte. Wir fielen alle ein, als Hymie sich ans Klavier setzte und *Waltzing Matilda* und andere Lieder aus dem australischen Busch spielte und sang. Einige waren ganz schön gepfeffert. Als die Gesellschaft schließlich um zwei Uhr auseinanderging und es für mich schon zu spät war, um noch aufs Land zurückzufahren, beschloß ich, mich im Ritz einzumieten, doch galant, wie er war, bot mir Hymie an, statt dessen von seiner Wohnung in Shepherd's Market Gebrauch zu machen. »Sie können sich in meiner Gegenwart absolut sicher fühlen, meine Liebe.«

Mr. Justice Horner erklärte die folgenden vier Seiten als Beweismaterial für unstatthaft, gab jedoch bekannt, daß sie mit der Auszeichnung ALPHA-PLUS und vier Ausrufezeichen endeten.

In zahlreichen, während des Krieges geschriebenen Tagebüchern und Journalen, die dreißig Jahre später veröffentlicht wurden, wimmelte es von Hinweisen auf Sir Hyman, und ein ganz besonders bemerkenswerter Eintrag fand sich in den Tagebüchern des Duc de Baugé. Der Herzog, der ein Schloß im Departement Maine-et-Loire besaß, war Stammgast bei Hymies berühmten Abendgesellschaften in dessen eigenem Schloß außerhalb von Angers am Ufer der Maine gewesen. Hymies von Weingütern und einem Park umgebenes Schloß war im Jahre 1502 von einer Familie, die viele hohe Militärs gestellt hatte, erbaut worden. Während der Revolution schwer beschädigt und danach über ein Jahrhundert dem langsamen Verfall überlassen, war es von Hymie in den dreißiger Jahren liebevoll restauriert worden. Während der Besatzung hatte es SS-Obergruppenführer Klaus Gehrbrandt, der etwas von einem Lebemann hatte, als Amtssitz gedient.

27. Juni 1945

Der charmante Sir Hyman, den wir seit der Besatzung nicht mehr gesehen hatten, ist wieder einmal bei uns. Nicole ist hocherfreut über seinen Besuch. Und ich auch. Die Schäden an seinem Schloß, meinte er, seien nicht weiter der Rede wert, doch seien ein paar Wertgegenstände gestohlen worden. Ein kostbarer Wandteppich fehle, desgleichen das Porträt von Françoise d'Aubigné, die unter dem Namen Madame de Maintenon die Mätresse Ludwigs XIV. gewesen war. Sir Hyman erzählte uns, Henry, sein Kellermeister, habe ihm versichert, daß es ihm gelungen sei, die besten Flaschen im Keller vor Gehrbrandts Zugriff zu retten, obwohl dieser nicht eben wenige Abendgesellschaften gegeben habe.

»Da wir gerade dabei sind«, sagte Sir Hyman zu Henri, »wer kam eigentlich alles zu den Abendgesellschaften des Obergruppenführers?«

»Oh, dieselben Leute, die gewöhnlich bei Ihnen zum Essen waren, Sir Hyman.«

Nicole brach in Tränen aus. »Uns blieb nichts anderes übrig, als seine Einladungen anzunehmen. Es war schrecklich. Sein Vater war ein Schweinemetzger. Er hatte keine Manieren. Er wußte nicht einmal, daß Pouilly-Fumé kein Dessertwein ist.«

Taktvoll wie immer, nahm Sir Hyman ihre Hand und küßte sie. »Natürlich, meine Liebe, ich hatte keine Ahnung, was Sie hier alles durchgemacht haben.«

Als Moses das Material verglich, stieß er auf eine interessante Lücke. Sir Hyman oder Hymie, wie er gemeinhin genannt wurde, verschwand offenbar im Juni 1944 von der Bildfläche und wurde erst im August selbigen Jahres wieder erwähnt, und dann auch nur beiläufig. Sein Name tauchte in den Tagebüchern eines Parlamentariers aus den Reihen der Labour-Partei auf, einem bekannten Verfasser von Streitschriften für die Fabian Society, der als stellvertretender Minister in der Koalitionsregierung fungiert hatte, 1948 jedoch in Ungnade fiel und genötigt war, von diesem Amt zurückzutreten. Allem Anschein nach hatte er in einem Heim für auf Abwege geratene junge Damen, das der ganze Stolz seines Wahlbezirks war, ein bißchen zu eifrig für Zucht und Ordnung gesorgt. Es handelte sich um die sogenannten »Prügel-Soireen«, die *News of the World* damals so aufbauschte. Zudem veröffentlichte das Blatt ein Photo, auf dem der Parlamentarier nur mit einer Turnhose bekleidet zu sehen war.

21. Aug. 1944

Abendessen im Lyon's Corner House mit einer Repräsentantin des Vereins gegen Vivisektion, die sich Sorgen wegen des Schadens macht, der dem Leben im Meer durch den wahllosen Einsatz von Minen bei der U-Boot-Jagd zugefügt wird. Ich kann ihre Argumente verstehen, muß sie jedoch daran erinnern, daß unschuldige Tiere oftmals die allerersten Kriegsopfer sind. SS-Todesschwadronen haben sämtliche Tiere im Berliner Zoo umgebracht. Hirnlose, kaugummikauende amerikanische Piloten haben bekanntlich ihre Bomben über grasenden Viehherden abgeworfen, statt sich dem Flakfeuer über Köln und Düsseldorf auszusetzen.

Während ich zum Parlament zurückschlenderte, mußte ich in Whitehall plötzlich einen Schritt zulegen, um nicht Hyman Kaplansky in die Arme zu laufen, der unverschämt braun und wohlgenährt aussah. Ich habe gehört, daß er soeben von einem Urlaub auf den Bermudas zurückgekehrt ist. Eigentlich wundere ich mich, daß dieser Kerl nicht früher aus London geflohen ist, nämlich als die deutschen Luftangriffe am schlimmsten waren.

Als Moses die *Berliner Tagebücher* von Baron Theodor von Lippe las, stieß er zu seiner Verblüffung zufällig auf folgenden Eintrag:

18. Mai 1944

Berlin wird systematisch zerstört und mit einem Bombenteppich überzogen oder, wie die Alliierten es nennen, flächendeckend bebombt. Die Menschen sind dazu übergegangen, mit Kreide Botschaften auf die geschwärzten Mauern der eingestürzten Häuser zu schreiben: »Liebster Herr Kunstler, lebst du noch? Ich suche dich überall,

Clara.« »Mein Engelein, wo bleibst du? Ich bin in großer Sorge. Dein Helmut.« Vom Hotel Eden steht nur noch die äußere Mauer.

Gestern abend gab Graf Erich von Oberg trotz der Bombenangriffe in seinem Weinkeller ein kleines Abendessen für Elena Hube, Felicitas Jenisch, Baron Claus von Helgow, Prinz Hermann von Klodt und Gräfin Katia Ingelheim. Der Gänsebraten war exzellent. Wir redeten über nichts anderes als die Luftangriffe.

Der Schweizer Finanzier Dr. Otto Rabe, dieser kleine Kobold, war auch da. Sein heiteres Lächeln wirkte befremdlich. Er sagte, die Szene erinnere ihn an eine Zusammenkunft verfolgter Christen in den Katakomben von Rom.

Ich fand diesen Ausspruch, zumal bei einem Juden, grotesk, doch Adam von Trott meinte, wir könnten Dr. Rabe vertrauen und ihn durchaus in unsere Pläne einweihen.

Dies veranlaßte Moses, Verlagskataloge zu durchforsten, deutsche ebenso wie englische, aber er fand lediglich einen weiteren Hinweis auf Dr. Otto Rabe. Er entdeckte ihn in der Weiner-Bibliothek in den unveröffentlichten Tagebüchern einer schwedischen Prinzessin, die die Kriegsjahre in Berlin verbracht hatte und mit einem Hohenzollern verheiratet war.

17. Juli 1944

Gestern bei Gabrielle zu Mittag gegessen. Als Vorspeise Krabbencocktail und mit Kaviar gefüllte *vol-au-vents*. Von Gabrielles jüdischer Mutter hat man seit ihrer letzten Verhaftung nichts mehr gehört – nie wieder. Man kann nichts machen, und es tut mir schrecklich leid. Vermutlich ist sie in das Theresienstädter Ghetto in die Tschechoslowakei gebracht worden.

Heute hat Otto von Bismarck in Potsdam eine Wildschweinhatz veranstaltet. Nur ein Eber wurde geschossen. Überraschenderweise war der erfolgreiche Schütze ein kleiner Schweizer Bankier namens Dr. Otto Rabe. Er habe in der Pampa, südlich des Amazonas, schießen gelernt, sagte er, denn er sei dort von einem Rancher großgezogen worden, nachdem sein Vater bei einem Duell ums Leben gekommen war. Er setzte sich ans Klavier und spielte uns eine Reihe südamerikanischer Gaucholieder vor, doch Otto von Bismarck fand keinen Gefallen daran. Im Gegenteil, er war äußerst gereizt, denn Churchills jüngste Rede, in der dieser erneut die »bedingungslose Kapitulation« gefordert hatte, hatte ihn aus der Fassung gebracht.

»Das ist Wahnsinn«, sagte Bismarck.

Dr. Rabe versicherte ihm, diese Rede hätte auf öffentliche Wirkung abgezielt, *pour encourager les Russes*, und falls gewisse Entwicklungen einträten, denen man voller Ungeduld entgegensehe...

Später hörte ich, wie sie sich in der Bibliothek über Stauffenberg stritten.

»... ist der falsche Mann«, sagte Dr. Rabe. »Ihm fehlen an der linken Hand zwei Finger, und das kann sich als fatales Handikap erweisen.«

»Wir haben uns auf den 20. Juli in Rastenburg geeinigt, und diesmal wird uns kein Fehler unterlaufen.«

Als Hyman Kaplanskys Name sechs Monate später, zu Neujahr, auf der Königlichen Liste derjenigen erschien, die mit einem Titel geehrt werden sollten, war kaum jemand überrascht. Er war nicht der erste und nicht der letzte, der mit einem Titel dafür belohnt wurde, daß er kräftig in die Kasse der konservativen Partei eingezahlt hatte.

3 An einem Samstag vormittag im Jahr 1974 versammelte sich eine Schar von Getreuen in Henrys Haus, um die Bar-Mizwe des Ururenkels von Tulugaq feierlich zu begehen. Nialie, die gelernt hatte, mit einheimischen Produkten nach Rezepten aus ihrem Jenny-Grossinger-Kochbuch zu kochen, tischte in Robbentran eingeweichte, gehackte Hühnerleber auf. Die meisten *knisches* waren zwar mit zerstampften Kartof-

feln gefüllt, aber einige enthielten auch kleingehacktes Karibufleisch. In Ermangelung von Süßigkeiten stand für die Kinder eine Platte mit saftigen Robbenaugen bereit. Unter Isaacs Geschenken befand sich ein Buch von seinem Vater, eine vom Rebbe, der in der Eastern Parkway Nr. 700 das Sagen hatte, angelegte Sammlung von Predigten, die Licht in ewige Mysterien brachten und den Schlüssel zu den Heiligen Schriften lieferten.

»Wir können die Ankunft des Moschiach beschleunigen, indem wir unsere *simche* verstärken und frohlocken. Zwischen der *simche* und dem Moschiach gibt es offenbar einen Zusammenhang, oder warum sonst enthalten beide Wörter die hebräischen Buchstaben Schin, Mem und Ches? Desgleichen gibt es eine innere Beziehung zwischen Moses und Moschiach, wie der Vers ›Es wird das Zepter von Juda nicht entwendet werden, noch der Stab des Herrschers von seinen Füßen, bis daß Schilo komme...‹ bezeugt, denn hierin ist eindeutig eine Anspielung auf den Messias verborgen, da die Wörter *javo* Schilo und Moschiach denselben Zahlenwert aufweisen. Dies gilt auch für die Wörter Schilo und Moses, ein trefflicher Beweis dafür, daß die Ankunft des Messias mit Moses in Zusammenhang steht. Des weiteren stimmt *javo* im Zahlenwert mit *echad* überein, was eins bedeutet. Daraus können wir ableiten, daß der Messias = Moses + Eins ist.«

Einen Monat später flog Henry freudig erregt mit Isaac nach New York, um ihn in der Jeschiwe anzumelden. Vater und Sohn begaben sich geradewegs nach Crown Heights. Sie kehrten bei Marmelstein's in der Kingston Avenue ein, um einen koscheren Beefburger zu essen, und machten anschließend einen Spaziergang.

»Die Leute glotzen uns an«, sagte Isaac.

»Das bildest du dir nur ein.«

Sie blieben stehen, um einen Blick in das Schaufenster von Suri's zu werfen, in dem wallende Perücken für die Frauen der Strenggläubigen lagen, die sich die Köpfe kahlgeschoren hatten, um sich für alle anderen Männer außer ihren eigenen unattraktiv zu machen. Isaac sah, daß sich im Schaufenster Männer spiegelten, die auf der anderen Straßenseite standen, mit dem Finger auf ihn zeigten und miteinander tuschelten.

Glattes schwarzes Haar. Braune Haut. »Die halten mich hier bestimmt für eine Mißgeburt oder so«, sagte Isaac.

»*Narischkajt*. Wir sind hier unter guten Menschen«, antwortete Henry, nahm seine Hand und führte ihn zum Ziwos-Haschem-Laden.

Überall grellbunte Konterfeis des Rebbe in Plastikrahmen, die so gepreßt und gemasert waren, daß sie wie Kiefernholz aussahen, ähnlich jenen Heiligenbildern, die in europäischen Provinzstädten an Kiosken vor Kathedralen feilgeboten werden. Das Götzenbildnis des Rebbe war auch als Postkarte und in einem Format erhältlich, das in das Sichtfensterchen von Brieftaschen hineinpaßte, oder aber auf Einkaufstaschen aus Segeltuch aufgeprägt. Isaac hörte, wie ein bärtiger Mann sagte: »Schau nicht hin, aber das ist der reiche Meschuggene aus dem Norden.«

»Was kann ich dir kaufen?« fragte Henry.

»Nichts«, erwiderte Isaac und warf über die Schulter einen Blick auf ein paar pickelige Jungen in seinem Alter. »Gehen wir.«

Henry brachte Isaac zur Jeschiwe, damit er an einer von einem Jünger des Rebbe gehaltenen Unterrichtsstunde teilnahm. Über einen Text gebeugt, schaukelte der junge Mann mit dem Oberkörper vor und zurück.

»Wir blicken in den Spiegel, und was sehen wir?« fragte er die um den langen Tisch versammelten Männer. »Unser Selbst, natürlich. Du siehst dich selbst, ich sehe mich selbst, und so weiter und so fort. Haben wir ein reines Gesicht, sehen wir im Spiegel ebenfalls ein reines Gesicht. Haben wir ein schmutziges Gesicht, hält es uns der Spiegel entgegen. Wenn wir also in einem anderen Menschen etwas Böses sehen, wissen wir, daß wir dieses Böse auch in uns selbst haben. Wenn wir im Spiegel nach oben blicken, sehen wir das Gesicht, und wenn wir nach unten blicken, was sehen wir dann? Die Füße. Du siehst deine Füße, ich sehe meine Füße, und so weiter und so fort. Der Rebbe hat uns gelehrt, daß man an Simchat Tora nicht mit dem Kopf tanzt, sondern mit den Füßen. Daraus hat unser geliebter Lehrer abgeleitet, daß die geistigen Fähigkeiten eines Menschen an diesem Festtag nicht von Belang sind, und dies gilt weltweit für alle Juden. Wenn ihr in den Spiegel blickt, solltet ihr außerdem erkennen, daß das Höhere im Niederen enthalten ist und das Niedere im Höheren. Doch die Umkehrung trifft ebenso zu. Die chassidische Lehre besagt, daß sich das Niedere im Höheren offenbart und das Höhere im Niederen.«

Isaac gähnte. Er brannte darauf, den Broadway zu sehen. Das Felt Forum. Ein Hockeyspiel im Madison Square Garden. Die Büroräume, in denen *Screw* publiziert wurde. Das MacTavish-Gebäude in der Fifth Avenue.

»Besuchen wir Onkel Lionel?«

»Ich glaube nicht.«

Statt dessen schleppte ihn Henry, der Wetterkarten mit sich herumtrug, zur Columbia University. Während sein Vater mit einem Klimatologen konferierte, saß Isaac auf einer Bank im Vorzimmer. Gelangweilt blätterte er in der Mischne Tora, die ihm Henry im Merkas Setam gekauft hatte. Der messianische König, las er darin, werde ein Nachfahre aus dem Hause Davids sein. »Wer nicht an Ihn glaubt oder Seine Ankunft nicht erwartet, leugnet nicht nur die Weissagungen der anderen Propheten, sondern auch die der Tora und die Moses', unseres Lehrers. In der Tora steht geschrieben, daß...«

Endlich trat Henry aus dem Büro des Wetterforschers. Er wirkte geknickt. »Sag mir, *jingelche*, hältst du deinen Vater für einen Spinner?«

Sie machten noch einmal halt, diesmal in der 47. Straße West, wo Henry mit jemandem wegen eines Paars Diamantohrringe, einem Geschenk für Nialie, verabredet war.

»Wie lange brauchst du?« fragte Isaac.

»Ungefähr eine halbe Stunde.«

»Ich warte draußen.«

Überall wimmelte es von bärtigen Männern mit auf und ab hüpfenden schwarzen Hüten. Sie eilten an Isaac vorbei mit Aktenkoffern, die an ihre Handgelenke gekettet waren. Irgendwo heulte eine Sirene. Der Verkehr staute sich. Isaac ließ sich treiben und gelangte zu einer Traube von Menschen, die an der Ecke zur Eighth Avenue im Halbkreis herumstanden. Nachdem er sich bis vorn durchgekämpft hatte, erblickte er einen schwarzen Jungen, der radschlug, während zwei seiner Kumpane auf dem Kopf tanzten. Dann wurde er von einem Mädchen in einer durchsichtigen Bluse und einem silbernen Minirock angesprochen. Ihr Haar war orange und purpurrot gefärbt. Verstört machte Isaac kehrt.

Als er die Sixth Avenue überquerte, erkannte er in der Ferne Henry, der mit großen Schritten und hüpfenden Schläfenlokken auf und ab ging und sich suchend umblickte. Einer Eingebung folgend, verdrückte sich Isaac in einem Hauseingang. Schau ihn dir an, dachte er. Mit seinen Millionen könnten wir hier in einem Penthouse wohnen. Er bräuchte keine schmutzigen Photos von einem dürren, nackten Mädchen in der untersten Schreibtischschublade aufzuheben, sondern könnte sich was Richtiges gönnen. Aber nein, er mußte unbedingt in Tulugaqtitut wohnen. *Shit. Fuck.*

Henry, der immer aufgeregter wurde, hielt Passanten an, beschrieb ihnen offenbar Isaac und fragte sie, ob sie ihn gesehen hätten. Fünf Minuten vergingen, bis Isaac Mitleid mit ihm bekam und aus seinem Versteck hervortrat. Kaum sah Henry, wie er die Straße entlangschlenderte, raste er auf ihn zu und schloß ihn in die Arme. »Haschem sei Dank, daß dir nichts passiert ist«, rief er, doch Isaac, der sich genierte, entzog sich ihm.

Zwei Tage später kehrte Henry, schwer mit Büchern beladen, nach Tulugaqtitut zurück. Isaac sah ihn erst wieder, als er ein paar Wochen vor dem Passahfest nach Hause flog. Wenig später brachen sie beide zu der Reise auf, die Henry nur hundert Meilen vor Tuktuyaktuk das Leben kosten sollte.

4 Das erste, was Isaac sah, als er zum Passahfest nach Hause kam, war das neue dreimastige Schiff, das im Eis der Bucht gefangen lag. Verdammt, genau das hatte ihm noch gefehlt. Als ob die Bande im Sir Igloo Inn Café nicht schon genug Stoff hätte, um ihn aufzuziehen. Das Schiff, das in Holland gebaut worden war, hatte doppelte Beplankung, Bug und Heck waren mit Stahlplatten verstärkt. Es befand sich Proviant an Bord, säckeweise Getreide, Reis und getrocknetes Gemüse, und der

riesige Kühlraum war mit Ware vom koscheren Fleischmarkt in Notre Dame de Grace vollgestopft. Die Arche von Henry dem Verrückten wurde das Schiff genannt.

»Kaum bist du zu Hause«, sagte Nialie, »hast du schon schlechte Laune.«

»Laß mich in Ruhe.«

Nialie sollte schon bald noch mehr Grund zur Besorgnis haben. In der Nacht, bevor Henry zu seiner Reise aufbrach, pochte ein großer, unheilvoller schwarzer Rabe an ihr Schlafzimmerfenster und riß Nialie aus dem Schlaf. Sie klammerte sich an Henry und flehte ihn an, nicht zu fahren, aber er ließ es sich nicht ausreden. Mit der Reise folgte er einer Tradition. Jedes Frühjahr, zwei Wochen vor dem Passahfest, brachen er und Pootoogook zu einem Jagdlager von Getreuen auf, in rund 250 Meilen Entfernung östlich am Ufer des Eismeeres. Die Getreuen verließen sich darauf, daß Henry ihnen Kisten voll Brot der Trübsal und Wein brachte, weil sie dies für die Feiertage brauchten. Außerdem, betonte Henry, bereite ihm diese Passahreise eine besondere Freude. Pootoogook, dem seine Arthritis zu schaffen machte, würde diesmal nicht mit von der Partie sein. Statt dessen wollte Henry Pootoogooks fünfzehnjährigen Enkel Johnny und zum erstenmal Isaac mitnehmen, wobei er fest davon ausging, daß sein Sohn die Tradition in späteren Jahren fortführen würde.

Freudig erregt, riß Henry Isaac in aller Frühe aus dem Bett. »Wach auf, wach auf, zu tun das Werk des Schöpfers!«

Isaac zuliebe nahmen sie dieses Jahr nicht die Hunde mit. Zur Abwechslung würden die mit Proviant und Ausrüstung beladenen Schlitten von drei roten Schneemobilen gezogen. Ein Schlitten beförderte genügend Benzin für Hin- und Rückreise.

Bei guten Wetterbedingungen brauchte Henry gewöhnlich fünf Tage für die Hinfahrt, dann hielt er sich einen Tag im Lager auf und benötigte wiederum fünf Tage für die Rückfahrt. So schaffte er es, ein paar Tage vor dem ersten Seder wieder zu Hause zu sein, und ihm blieb genug Zeit, um sein Fertighaus nach Spuren von *chomez* zu durchsuchen und die *mizwe* der *zedaka* einzuhalten und Geld unter die Armen zu verteilen. Als

Nialie dieses Jahr jedoch mit ansah, wie Henry sich zusammen mit Johnny und Isaac auf den Weg machte, bezweifelte sie, daß sie ihren Mann auf dieser Welt je wiedersehen würde. Deshalb war sie nicht sonderlich überrascht, als Henry nicht rechtzeitig zum ersten Seder zurück war, und sie tat, was er von ihr erwartet hätte. Sie ging durch das ganze Haus, verhängte sämtliche Spiegel mit Handtüchern, setzte sich auf einen niedrigen Stuhl, stützte den Kopf auf die Hände, schaukelte mit dem Oberkörper vor und zurück und brach in Wehklagen aus.

Henrys Rückkehr war schon fünf Tage überfällig, als Moses, der seine Post im Caboose abholte, in der *Gazette* las:

GURSKY-ERBEN
IN DER ARKTIS
VERMISST

In dem Artikel stand, daß Henry, ein chassidischer Jude und exzentrischer Sohn von Solomon Gursky, seit Jahren in der Arktis lebte und eine Eingeborene geheiratet hatte. Es war auch ein Photo von dem dreimastigen, im Eis festgefrorenen Schiff abgebildet. Der Preis dieses Schiffes, das die Einheimischen die »Arche von Henry dem Verrückten« nannten, schrieb der Journalist, habe sich auf drei Millionen Dollar belaufen.

Moses warf ein paar Sachen in einen Koffer, fuhr zum Dorval Airport auf der anderen Seite von Montreal und nahm den erstbesten Flug nach Edmonton. Er mußte dort drei Stunden warten und wurde schier verrückt, bis er endlich einen Anschlußflug nach Yellowknife bekam, wo er unverzüglich das Hauptquartier des Such- und Rettungsdienstes der kanadischen Streitkräfte aufsuchte und seine Dienste als Späher anbot. Der Leiter des Suchtrupps setzte seinen Namen auf die Liste und teilte ihm mit, daß bereits zwei Langstreckentransporter des Typs Hercules drei Tage lang mit einer Meile Abstand in einer Höhe von 1000 Fuß über dem am ehesten in Frage kommenden Gebiet kreuz und quer geflogen seien. Das »am ehesten in Frage kommende Gebiet« war auf 350 Meilen Länge und 250 Meilen Breite veranschlagt worden. Für den Fall, daß die Vermißten gesichtet würden, standen Fallschirmspringer und ein Langstreckenhubschrauber des Typs Labrador bereit, der jederzeit starten konnte. Eine gute Nachricht war, daß Henry mit seinem Konvoi auf jeden Fall den Zielort erreicht, sich einen Tag im Lager aufgehalten und dann mit genügend Proviant und Benzin auf die Rückreise gemacht hatte. Eine Suche zu Lande war ebenfalls im Gange. Eskimos waren auf der Route ausgeschwärmt, die Henry für den Heimweg aller Wahrscheinlichkeit nach eingeschlagen hatte.

Am nächsten Morgen verhinderte ein *whiteout* den Start der Suchflugzeuge, und Moses verbrachte den größten Teil des Tages zusammen mit Sean Riley im Trapline.

»Er hätte die Hunde mitnehmen sollen«, sagte Riley, »und nicht diese verdammten Schneemobile. Schneemobile kann man nicht essen.«

»Wie stehen ihre Chancen, Sean?«

»Sie fahren quer durch ein verdammt unwirtliches Land, aber solange Henry okay ist, sind die anderen auch okay. Wenn nicht, dann nicht. Henry kennt die Gegend, aber Isaac taugt nichts, und Johnny ist drogensüchtig. Falls Henry was passiert ist, sind die Jungs womöglich in die falsche Richtung weitergefahren, vorausgesetzt, die Schneemobile sind nicht kaputt.«

»Alle drei auf einmal?«

»Ziemlich unwahrscheinlich, aber irgend etwas ist passiert. Vielleicht hat sich einer von ihnen überschlagen oder ist einen Steilhang runtergefallen oder in eine Eisspalte gestürzt oder weiß der Teufel was. Kann sein, daß sie ein Lager aufgeschlagen haben und auf Rettung warten.«

»Haben sie keine Leuchtraketen mitgenommen?«

»Aufs Geratewohl würde ich sagen, sie haben den Schlitten mit den Leuchtraketen verloren, und jetzt können wir nur noch hoffen, daß es nicht gleichzeitig der mit dem Proviant und dem Benzin war. Weißt du, Moses, die können es da draußen locker zehn Tage, vielleicht sogar zwei Wochen aushalten, bevor wir uns wirklich Sorgen machen müssen.«

Zwei weitere Tage vergingen, erst dann konnten die Suchflugzeuge wieder starten, und diesmal flogen sie in einem Abstand von nur einer halben Meile und in lediglich fünfhundert Fuß Höhe. Wie die anderen Freiwilligen hielt Moses es nicht länger als zehn Minuten am Stück als Späher aus. Er war am Heck der Hercules in der offenen Ladeluke angeschnallt, machte Eintragungen ins Bordbuch und starrte mit zusammengekniffenen Augen auf Eis und Schnee hinunter, die bei einer Temperatur um vierzig Grad minus unter ihm vorbeiglitten.

Sie flogen Tag für Tag hinaus, sofern das Wetter es zuließ. Dann, am dreiundzwanzigsten Tag, wurde das Lager gesichtet. Eine einsame Gestalt kroch aus einem Zelt und winkte wie verrückt. Die Hercules flog einen Bogen und warf ein Überlebenspaket ab. Der Hubschrauber mit den Fallschirmspringern an Bord stieg auf. Mit der Nachrichtensperre nahm man es am Flugplatz von Yellowknife zwar ernst, aber Sean Riley brachte es dennoch fertig, mit dem Hubschrauberpiloten kurz nach der Landung ein paar Worte zu wechseln. Dann rannte er hinüber zum Trapline, um sich mit Moses zu treffen. »Henry ist tot. Er hat sich das Genick gebrochen. Johnny ist verhungert. Isaac haben sie geborgen und gleich ins Krankenhaus gebracht. Die Polizei bewacht sein Zimmer.«

»Warum?«

»Sie haben den Schlitten mit dem Proviant verloren. Isaac konnte nur überleben, weil er sich Fleischstücke aus Henrys Oberschenkel rausgeschnitten hat«, sagte Riley und bestellte zwei doppelte Scotch.

»Und was ist mit Johnny?«

»Der hat sich geweigert, sich an Tulugaqs Urenkel gütlich zu tun, aber was wußte der schon? Der kleine Scheißer war ein Wilder. Wird dir übel?«

»Nein.«

»Hör mal, Moses. Henry war bereits tot. Du hättest wahrscheinlich dasselbe getan. Ich bestimmt.«

Moses bestellte noch eine Runde.

»Isaac schwört, daß er sich erst am zehnten Tag über seinen Vater hergemacht hat«, sagte Riley, »aber die Leute aus dem Hubschrauber haben der Polizei erzählt, sie hätten kleine, mit Fleischstücken gefüllte Tüten gefunden, die an seinem Zelt hingen. Wenn Isaac wirklich zehn Tage gewartet hätte, wie er behauptet, wäre Henrys Leiche härter als ein gefrorener

Baumstamm gewesen. Dann hätte er höchstens ein paar harte Brocken rausschlagen können, aber kein *bœuf bourgignon*. Und noch etwas. Seltsam, falls es stimmt.«

»Laß hören.«

»Isaac behauptet, daß er eines Morgens von Raben angegriffen worden ist. Entweder war er im Fieberwahn, oder er hat geträumt.«

In der Stadt kursierten Gerüchte über Kannibalismus. Vom Namen Gursky angelockt, kamen Journalisten aus Toronto, London und New York angeflogen. Sie versammelten sich im Trapline und verfaßten einen Vers auf das Ereignis:

> Nicht alles ist nur Wonne
> unter der Mitternachtssonne,
> doch nun hören wir voll Grausen,
> daß ein Jude nachts da draußen,
> derweil er nicht verhungern mochte,
> aus seinem Vater sich ein Süppchen kochte.

Moses beschloß, nicht bis zum

ABSCHLUSS DER ERMITTLUNGEN
DES UNTERSUCHUNGSRICHTERS
IM TODESFALL
VON HENRY GURSKY und
JOHNNY POOTOOGOOK

zu bleiben.

Aber er blieb bis zu dem Morgen in Yellowknife, an dem Issac, von Anwälten flankiert, aus dem Krankenhaus entlassen wurde. »Mein Mandant«, sagte einer von ihnen, »steht noch immer unter einem schweren Schock. Er hat seinen Vater verloren. Einstweilen hat er der Presse nichts mitzuteilen.«

5 In Anbetracht der Natur von Isaacs Sünde kam es zu ausführlichen Debatten, bevor die Jeschiwe einwilligte, ihn wieder aufzunehmen, allerdings nur unter Vorbehalt.

»Wie konntest du so etwas nur tun?« fragte ihn der Rebbe.

Ein zweiter Rebbe sagte: »Den anderen, das mag ja noch angehen, aber deinen leiblichen Vater, *alaw haschalom*?«

»Der andere war *trejfe*«, erwiderte Isaac und blitzte sie wütend an.

Er war nach den Ermittlungen des Untersuchungsrichters von jeder Schuld freigesprochen worden und anschließend widerwillig nach Hause gekommen, um zusammen mit seiner Mutter Asseret Jemej Teschuwa zu verbringen, die Zehn Tage der Buße zwischen Rosch Haschana und Jom Kippur. Während dieser Zeit mied er möglichst das Sir Igloo Inn Café und die Handelsniederlassung der Hudson Bay Company, wo man ihn gnadenlos aufzog.

»Bist wohl heimgekommen, um deine Mutter zum Abendessen zu braten, was?«

Keine Antwort.

»Krankenschwester Agnes läßt sich gern von Männern vernaschen. Versuch's doch mal mit ihr.«

Am Freitag abend stand er mit trotziger Gebärde in der Tür seines Elternhauses und wartete darauf, daß die Getreuen, die in einer Ecke der Siedlung kampierten, auftauchten, ihre mit Häuten bespannten Trommeln schlugen und ihre traditionellen Gaben zur Schau stellten, doch niemand kam.

»Jeder von ihnen hätte genau dasselbe getan wie ich«, schrie er Nialie an, rannte in sein Zimmer, knallte die Tür zu und warf sich schluchzend aufs Bett, auf dessen Kopfende die Buchstaben des hebräischen Alphabets gemalt waren. Ein todbringendes Gimel entwich dem Schnabel eines Raben. Nialie brachte ihm einen Teller Suppe. »Und wenn mir noch einer erzählt, was für ein Heiliger mein Vater war«, heulte Isaac, »dann schlage ich ihn zusammen. Pa hatte auch eine ganz andere Seite, aber das weiß nur ich.«

»Was weißt du?«

Er hatte zuviel Mitleid mit seiner Mutter, um es ihr zu sagen. »Ach, nichts.«

Irgendwann fand der Vorsteher der Jeschiwe bei ihm Marihuana und kam hinter die Sache mit dem Hausmädchen aus Puerto Rico.

»Es steht geschrieben«, verteidigte sich Isaac und zitierte Melachim, »daß ein König sich bis zu achtzehn Frauen und Kebsweiber nehmen darf, und ich stamme vom Hause David ab.«

Als Nialie herausfand, daß Isaac von der Jeschiwe geflogen war, gab sie ihm kein Geld mehr. Tobend vor Wut, tauchte Isaac im McTavish-Gebäude in der Fifth Avenue auf.

»Ich möchte Lionel Gursky sprechen.«

»Haben Sie einen Termin?« fragte die Empfangsdame.

»Ich bin sein Cousin.«

Ein stämmiger Halbwüchsiger in schwarzer Lederjacke, Röhrenjeans und Cowboystiefeln. Glattes schwarzes Haar, dunkle, glühende Schlitzaugen, braune Haut. »So, so«, sagte sie belustigt.

Als der Mann vom Wachdienst näher trat, knallte Isaac seinen Paß auf den Empfangstisch. Der Beamte schnaubte zwar ungläubig durch die Nase, rief jedoch in Lionels Büro an. Nach einer kleinen Pause sagte er: »Fahr mit dem Aufzug in den zweiundfünfzigsten Stock. Mr. Lionels Sekretärin holt dich oben ab, Kleiner.«

Isaac ging dicht hinter der jungen Dame her, die ihn in Lionels Büro führte, den Blick auf ihre Beine geheftet.

»Mr. Lionel muß zu einer Vorstandssitzung. Er ist schon spät dran und kann dir höchstens zehn Minuten widmen.«

Sie drückte auf einen Knopf. Es summte, und gleich darauf stand Isaac im Vorzimmer von Lionels Büro, das von einem Fernsehmonitor und einem bewaffneten Wachmann kontrolliert wurde. Hinter dem Mann hing über einer Ming-Vase mit Gladiolen ein Porträt von Mr. Bernard.

Gleich darauf glitten noch ein paar Türen auf, dem Anschein nach aus massiver Eiche, in Wirklichkeit jedoch mit Stahlplatten verstärkt. Lionels in einer Ecke des Gebäudes gelegenes Büro war das größte, das Isaac jemals gesehen hatte. Der Schreibtisch eine Antiquität. Sofas aus Leder. Dazu passende, aus Elefantenbeinen gefertigte Papierkörbe. Dicker cremefarbener Teppichboden. Seidene Wandbespannung. Eine gerahmte Titelseite von *Forbes*, auf der Lionel abgebildet war. Ein Gemälde, das Kabeljaufischer auf der Gaspé-Halbinsel darstellte. Photos von Lionel, wie er Präsident Nixon die Hand schüttelte, Golda einen Kuß auf die Backe drückte, Frank Sinatra umarmte, mit Elizabeth Taylor tanzte, Jack Nicklaus eine Trophäe überreichte.

»Dein Vater war ein Heiliger, ein Vorbild für uns arme Sünder«, sagte Lionel. »Ich möchte dir, wenn auch verspätet, mein Beileid ausdrücken.«

Mit unergründlichem Lächeln erklärte Isaac, er sei wegen einer religiösen Meinungsverschiedenheit von der Jeschiwe abgegangen, und nun wolle er sich in einer ganz normalen Schule einschreiben und mit seiner Ausbildung in New York fortfahren, doch da gebe es ein paar Probleme. Mit einundzwanzig würde er Millionen sowie ein nettes Paket McTavish-Aktien erben, aber bis dahin hätte seine Mutter alles unter Kontrolle. Sie sei entschlossen, ihn in die Arktis zurückzuholen.

Lionels Sekretärin kam herein.

»Danke, Miss Mosley. Ich nehme den Anruf in der Bibliothek entgegen. Sie bleiben bitte hier und leisten meinem Cousin Gesellschaft.«

Isaac schlenderte im Büro umher. Er setzte sich hinter Lionels Schreibtisch auf dessen Sessel und wirbelte im Kreis herum.

»Ich glaube, das solltest du lieber nicht tun.«

»Ich muß pinkeln«, sagte er und sprang auf.

»Die Herrentoilette ist hinten im Flur«, teilte ihm Miss Mosley mit und zupfte ihren Rock zurecht. »Erst rechts und dann gleich wieder links. Der Wachmann gibt dir den Schlüssel.«

»Gibt es hier im Büro etwa kein Klo?«

»Das ist nur für Mr. Lionel.«

»Ich verspreche, daß ich die Brille hochklappe.«

Auf den ersten Blick bot der Medizinschrank nichts Interessantes, doch dann entdeckte Isaac auf dem Glasregal ein Schälchen mit Manschettenknöpfen: Perlen, Jade und Gold. Er steckte sich ein Paar in die Tasche und nahm außerdem das Pillenfläschchen an sich, von dem er sich am meisten versprach.

Lionels Sekretärin war verschwunden. Der Wachmann aus dem Vorzimmer hatte ihren Platz eingenommen.

»He, Mann, wo ist mein Babysitter?«

»Du setzt dich jetzt schön brav hin und wartest auf Mr. Lionel.«

Aber Lionel kam nicht zurück. Statt dessen schickte er einen kleinen, untersetzten Mann mit rosa Gesicht und einem Kopf voll krausem rotblondem Haar. »Dein Vater war ein wunderbarer Mensch«, sagte Harvey. »Ich sage das aus tiefstem Herzen. Mr. Lionel hat Verständnis für deine Lage und bewundert deine Zielstrebigkeit. Er hat mir aufgetragen, dir ein Taschengeld von wöchentlich zweihundert Dollar zukommen zu lassen. Wir werden es auf dein Konto überweisen, sobald du mir nähere Einzelheiten erzählt hast. Später wirst du ein paar Papiere unterschreiben müssen.«

»Wann soll ich kommen, um sie zu holen?«

»Wir schicken sie dir zu. Hier hast du erst einmal ein Kuvert mit tausend Dollar in bar.«

»Scheiße, wo ist mein Cousin?« fragte Isaac und schnappte sich den Umschlag.

»Mr. Lionel läßt dir ausrichten, daß du ihn bald wieder besuchen sollst.«

Isaac mietete sich ein Einzimmerappartement in der 46. Straße West an der Ecke zur Tenth Avenue und stockte sein mageres Taschengeld auf, indem er Gelegenheitsjobs annahm, für die er keine Arbeitserlaubnis brauchte. Er deckte im Joe Allen's die Tische, spülte im Roy Rogers auf dem Broadway Geschirr, verteilte auf den Straßen Kärtchen mit der Aufschrift: TELEPHONSEX – WÄHLEN SIE 976.

Ein paar Monate später – er war jetzt fünfzehn Jahre alt – lag er unrasiert und schweißüberströmt in seinem Zimmer auf dem Futon und starrte an die Decke. Die Sommerhitze war in dem Einzimmerappartement sicher unerträglich. Er griff nach seinen getigerten Jockey-Shorts, die auf dem Boden lagen, und wischte sich damit den Schweiß von Nacken und Gesicht. Dann drehte er sich einen Joint, tastete blindlings nach einer Kassette und schob sie in seinen Sony-Recorder. Kaum hörte er den Sturm über das öde Land fegen, mußte er kichern. In der Ferne war das Geheul eines Wolfs zu hören, dann elektronische Musik und Geräusche von kämpfenden Menschen. Schließlich blendete sich der Erzähler ein:

»Die Rabenmenschen, Kreaturen in Menschengestalt aus der uralten Geisterwelt, greifen die guten Menschen von Fish Fjord an. An den Fingern haben sie Krallen wie eine Eule, ihre Nasen sind wie der Schnabel eines Habichts geformt, ihre langen, flügelförmigen Arme gefiedert. Viele Dorfbewohner laufen aus Angst davon, andere kämpfen gegen diese furchterregenden Monster. In vorderster Linie stellt sich Käpt'n Al Kohol mit heldenhaftem Mut den erbarmungslosen Plünderern entgegen und kämpft wie zehn Männer im gleißenden Bannkreis des Todes...«

Die Wände von Isaacs Appartement waren mit Postern und Aufklebern gepflastert: David Bowie, Iggy Pop, Mick Jagger. Zwischen Black Sabbath und Deep Purple eingequetscht, prangte in grellen Farben ein Konterfei des Rebbe, der in der Eastern Parkway Nr. 770 das Sagen hatte. Eine nackte Marilyn Monroe, die sich auf einem weißen Vorleger räkelte, lächelte dem Rebbe von der gegenüberliegenden Wand zu. An dem Poster klebte das Abzeichen, das Isaac früher an der Brusttasche seiner Jacke gehangen hatte, als Beweis, daß er Fußsoldat in HASCHEMS ARMEE war. Auf einem Autoaufkleber an einer anderen Wand stand zu lesen: WIR WOLLEN MOSCHIACH JETZT.

Was für Zeiten, dachte Isaac und inhalierte tief. Die Zeit in der Jeschiwe: Im Winter war es beim Aufwachen noch dunkel, und dann mußte er das *Mode Ani* sprechen, das Dankgebet zum Tagesbeginn:

> *Mode ani lefanecha, Melech chai wekajam,*
> Ich danke Dir, oh ew'ger König,
> *Schehechasarta bi nischmati bechemla.*
> Der Du gnädig meine Seele in mir geheilt hast.

Scheiß auf die Jeschiwe. Und scheiß auf die Gurskys. Eine schöne Familie! Lionel, dieser Dreckskerl, hatte ihn nie wieder sehen wollen. Kein Wunder, schließlich waren sie ja nur Cousins. Und Lucy, seine Tante, *seine einzige Tante*, hatte ihn noch schäbiger behandelt. Nicht von Anfang an. O nein! Anfangs hatte sie ihn schnuckelig und zum Abknutschen süß gefunden. Er hatte Lucy zum erstenmal in ihrem Appartement im Dakota Building besucht, als er noch auf die Jeschiwe ging. Eine mit einer Schleife geschmückte Schachtel koscherer Pralinen von Mogen Dovid Glatt unter dem Arm, klingelte er an ihrer Tür, ohne zu ahnen, daß er mitten in eine Cocktailparty hineinplatzte. Ein kleiner Filipino in weißem Jackett öffnete, und gleich darauf erschien eine heftig atmende Dame in einem zeltartigen Kaftan in der Eingangshalle, um ihn zu begrüßen. Sie war immens dick, aufgedunsen, stark geschminkt. Ihre glitzernden schwarzen Augen waren mit etwas Silbrigem konturiert, und ihr Doppelkinn bebte. Lucy schnappte sich Isaac, als er zurückweichen wollte, und hielt ihn auf Armeslänge von sich. Ihre Armbänder aus gehämmertem Gold klimperten. Isaac trug damals noch Schläfenlocken, einen spärlichen Schnurrbart, die Andeutung eines Backenbartes, eine lange schwarze Jacke und dicke weiße Wollsocken. »Oh, das ist zuviel für meine armen Nerven«, rief sie so laut, daß alle aufmerksam wurden. »Schaut her, das ist mein Neffe. Ist er nicht super?«

Sie nahm Isaac an der Hand und stellte ihn einem Gast nach dem anderen vor, wobei sie immer wieder in singendem Tonfall rief: »Das ist der Sohn von meinem Bruder, unserem Frühwarnsystem.« Damit erntete sie Gekicher. Sie erklärte, ihr Bruder, dieser Heilige, lebe in der Arktis, sei mit einer Eskimofrau verheiratet und warte auf das Ende der Welt. »Da oben wird er es bestimmt als erster mitkriegen, meint ihr nicht?«

Nach einer Weile überließ Lucy Isaac einem Grüppchen, zu dem ein paar Agenten, ein Bühnenbildner und der Star eines Publikumserfolgs am Broadway zählten. Isaac hatte den Schauspieler in der Johnny-Carson-Show gesehen. Fest entschlossen, einen guten Eindruck zu machen, fragte er ihn: »Sagen Sie, empfinden Sie es nicht als Qual, Abend für Abend dieselben Sprüche zu klopfen?«

Der Schauspieler verdrehte die Augen und drückte Isaac sein leeres Glas in die Hand. »Da hast du die Antwort«, sagte er.

Beim Zurückweichen stieß Isaac mit einem hübschen Mädchen zusammen, das einen Minirock und ein T-Shirt mit der Aufschrift LOOKING FOR MR. GOODBAR trug. Ihre Brustwarzen zeichneten sich unter dem Stoff ab. »Tschuldigung«, sagte er.

»He, du siehst echt niedlich aus mit den Klamotten. Kommst du gerade von den Außenaufnahmen?«

»Wie?« fragte er und geriet langsam ins Schwitzen.

»Hattest du keine Zeit mehr, dich für die Party umzuziehen?«

»Wieso? Ich laufe immer so rum.«

»Ach, hör auf«, sagte sie. »Rein zufällig weiß ich, daß Mazursky heute im Village gedreht hat.«

Er besuchte Lucy vor Henrys Tod noch einmal, und zwar in einem Gebäude am Broadway. Ein junger Mann, ihr persönlicher Assistent, geleitete ihn in ihr Büro. Den Kaftan bis zu den Wabbelknien hochgezogen, die fetten Beine auf ein Fußkissen gestützt, brüllte Lucy ins Telephon: »Sag dieser untalentierten Schlampe, daß die Zeit, als sie noch die Unschuld vom Lande spielen konnte, längst vorbei ist, und daß sie in spätestens einem Jahr, wenn ihre Titten bis zu den Fußknöcheln runterbaumeln, für jeden Krümel dankbar sein wird, aber für Lucy Gursky wird sie nie wieder arbeiten.« Sie legte auf und schob eine große Platte mit Schokotörtchen über den Schreibtisch zu Isaac. »Oh, Scheiße. Die sind nicht koscher.«

Obwohl sie keinen einzigen seiner Anrufe erwidert hatte, freute sie sich anscheinend so über seinen Besuch, daß sie den reservierten Tisch fürs Mittagessen im Russian Tea Room abbestellte und ihren Chauffeur anwies, sie beide zu einer koscheren Imbißstube in der 47. Straße West zu fahren. Nachdem sie zum zweitenmal einen Berg *latkes* bestellt hatte – »Eigentlich darf ich das nicht, aber heute ist doch ein besonderer Anlaß, oder nicht?« –, unterhielt sie ihn mit Geschichten über Henry. »Weißt du, dein Vater hat ganz schlimm gestottert, bis er sich mit eurem Volk da oben eingelassen hat. So dumm kann der Rebbe also gar nicht sein.«

Isaac packte die Gelegenheit beim Schopf. Die Worte sprudelten so schnell aus ihm heraus, daß Lucy ihm nur mit Mühe folgen konnte. Er erzählte ihr, er habe die Idee zu einem Film.

Es gehe um den Messias. Nachdem er Jahrhunderte in der Arktis im Eis eingeschlossen gewesen sei, breche er ins Freie, und es sei seine Berufung, die toten Juden zum Leben zu erwecken und nach Eretz Israel zu führen. Aber der Messias habe eine Schwäche. Wenn er nichtkoscheres Essen zu sich nehme, verliere er seine magischen Kräfte und fange an, zu toben wie ein Berserker.

»Eine tolle Story«, sagte Lucy, und als sie sich ausmalte, was für ein Gejohle es geben würde, wenn sie sie auf ihrer nächsten Party erzählte, fügte sie hinzu: »Du mußt mir unbedingt einen Entwurf schicken.«

Als er sich das nächstemal bei ihr meldete – er war inzwischen von der Jeschiwe geflogen –, kreischte sie ihn durchs Telephon an: »Ich wundere mich, daß du überhaupt die Stirn hast, mich anzurufen, du widerlicher kleiner Kannibale«, und hängte ein.

Knapp einen Monat später gab Lucy ihrem Chauffeur abends frei, weil sie angeblich zu Hause bleiben wollte, doch dann fuhr sie mit einem Taxi zu Sammy's Roumanian Paradise, einem Restaurant, das sie manchmal abends aufsuchte, wenn sie sich einsam fühlte und so deprimiert war, daß es für sie nur noch eins gab: sich über Platten voll nicht bebrüteten Hühnereiern, *kischke* und Lendensteak herzumachen. Auf der Heimfahrt fiel sie in unruhigen Schlaf. Als sie der Taxifahrer vor dem Dakota Building vom Rücksitz hochhievte, sah sie Isaac aus dem Dunkel auftauchen. »Hau ab«, sagte sie.

Verschwunden waren die Schläfenlocken und der schwarze Hut. Er trug ein schmuddeliges T-Shirt, an den Knien aufgerissene Jeans und knöchelhohe Turnschuhe.

»Du kannst nicht mit raufkommen. Verpiß dich, du Tier.«

»Ich habe seit achtundvierzig Stunden nichts mehr gegessen.«

Sie geriet ins Wanken.

»Du bist doch meine Tante«, sagte er und fing an zu schniefen.

Ihr Atem ging in kurzen Stößen, Schweiß tropfte ihr von Stirn und Oberlippe. Seufzend sagte sie: »Gut, aber nur für fünf Minuten.«

Kaum waren sie jedoch in ihrer Wohnung, verschwand sie im Schlafzimmer und kam erst wieder heraus, nachdem sie sich einen frischen Kaftan angezogen hatte. Sie ließ sich sofort aufs Sofa sinken und legte die geschwollenen Beine auf ein Fußkissen.

»Bist du bereit, dir meine Version der Geschichte anzuhören?« fragte Isaac.

»Nein, bin ich nicht. Du findest meine Handtasche auf dem Frisiertisch im Schlafzimmer«, sagte sie, denn sie hatte keine Lust, noch einmal aufzustehen. »Diesmal gebe ich dir was. Aber Vorsicht, ich weiß genau, wieviel Geld drin ist.«

Das war ein Fehler von ihr. Er blieb ein bißchen zu lange weg. Also stemmte sie sich hoch und folgte ihm ins Schlafzimmer.

Isaac starrte ein großes Photo an der Wand an, das eine schlanke Frau in einem verführerischen schwarzen Cocktailkleid zeigte. Er konnte nicht ahnen, daß sie sich den Büstenhalter mit Papiertaschentüchern ausgestopft hatte.

»Wer ist das?« fragte er grinsend, denn er hatte sie längst erkannt, obwohl sie auf diesem Bild nicht nackt war, und wollte es sich nur bestätigen lassen.

»Das«, sagte sie und machte einen Knicks, »ist ein Photo von deiner Tante Lucy in der Blüte ihrer Jugend. Ein ziemlich frecher Kerl hat es 1972 in London aufgenommen, wenn mich mein Gedächtnis nicht im Stich läßt. Oder hast du etwa geglaubt, ich wäre schon als Nilpferd auf die Welt gekommen?«

»Nein.«

Sie fischte hundertsiebzig Dollar aus ihrer Handtasche und gab sie ihm. »Da, und laß dich hier nie wieder blicken.«

»Abgemacht.«

Er war so reich und doch pleite. Verstoßen von seiner eigenen Familie. Es war zum Verrücktwerden. Isaac hätte heulen können, er hätte am liebsten alles kurz und klein geschlagen. Das Leben war so ungerecht.

In seinem Appartement stank es. Er machte das Fenster auf, aber es regte sich kein Lüftchen. Nicht einmal die Kakerlaken rührten sich. Trostsuchend schob er die nächste Käpt'n-Al-Kohol-Kassette in seinen Sony-Recorder.

»Die habgierigen Rabenmenschen hatten ihn zwar niedergerungen, doch Käpt'n Al Kohol war den schrecklichen Klauen des Todes noch einmal knapp entronnen, nur um erneut vom grausamen Eis eingeschlossen zu werden.

Toologaq, der boshafte Anführer der Rabenmenschen, lachte teuflisch. ›Wappne dich, du Weltraumspion. Diese Elektroschocks werden dir gleich zeigen, was Watt sind.‹«

Scheiße, Scheiße, Scheiße! Isaac gab dem Sony-Recorder einen Tritt. Er war erst fünfzehn und würde noch sechs Jahre warten müssen, bis das Geld und die Aktien endlich ihm gehörten. Er griff nach einer Sprühdose und verpaßte dem Rebbe einen bunten Spritzer auf die Nase. Mit wackeligen Beinen drehte er sich um und zielte auf Marilyn Monroes Möse.

Da klingelte es an der Tür. Es waren drei Fremde: ein kleiner alter Mann, ein größerer mittleren Alters und eine mit Schmuck behängte, stark parfümierte Wasserstoffblondine. »Ich bin dein Cousin Barney«, sagte der Mann mittleren Alters. »Der hier ist dein Großonkel Morrie, und hier haben wir –« er grapschte der Blondine an den Hintern, um sie vorwärtszuschieben – »die zweite Siegerin bei der letzten Wahl zur Miss Sittsamkeit. Anschauen darfst du sie, aber anfassen ist verboten.«

Mr. Morrie seufzte und verzog das Gesicht. »Wer hätte gedacht, daß ein Enkel von Solomon so hausen muß.«

»Als erstes«, sagte Barney, »kaufen wir dir ein paar anständige Klamotten.«

»Ich wette, eine Motorradjacke wäre eher nach seinem Gusto.« Darlene kräuselte die Nase. »Und mir auch, Süßer. Wrumm, wrumm!«

»Hast du schon mal im Twenty-one gegessen?« fragte Barney.

*Ihre Fingernägel sahen aus wie die Krallen einer Eule*, erinnerte sich Isaac, während er Darlenes Fingernägel anstarrte. »Was wollt ihr von mir?« fragte er und wich zurück.

Barney nahm ihm die Sprühdose aus der Hand. Er zielte auf den Aufkleber an der Wand, auf dem WIR WOLLEN MOSCHIACH JETZT stand, strich die Worte durch und sprühte auf eine freie Stelle:

Mr. Morrie hielt sich noch eine Woche in New York auf und weigerte sich hartnäckig abzureisen, bevor er Isaac in einer anständigen Wohnung untergebracht und ihm ein Taschengeld ausgesetzt hatte, das dem Enkel seines Bruders Solomon angemessen war. Sie aßen jeden Tag zusammen zu Mittag. »Weißt du«, sagte Isaac, »du bist der erste Verwandte, der sich für mich interessiert.«

»Und das nach allem, was du durchgemacht hast. Was ist mit deiner Tante Lucy?«

»Komm mir bloß nicht mit diesem sexbesessenen Elefanten.«

»Lucy sexbesessen? Du machst wohl Witze?«

Da zeigte Isaac ihm den Stapel Photos.

Morries Augen wurden feucht. »Wer hätte gedacht, daß das arme Mädchen einmal so unglücklich war«, sagte er und steckte die Photos in seine Aktentasche. »Und jetzt sag mir, Isaac, was willst du mit deinem Leben anfangen?«

»Ich will Filme machen.«

»Weißt du was? Warum nicht, sag ich, aber erst muß alles geregelt sein.«

6 Im Sommer desselben Jahres, also 1976, rumpelten Sam und Molly Birenbaum eines Abends mit einem Toyota Land Cruiser durch die Ausläufer des Aberdare-Gebirges. Ihr Führer, ein ehemaliger Großwildjäger, verfolgte eine Hyäne mit stark abfallendem Rücken und schlaff herabhängenden Schultern. Bald sichteten sie eine ganze Meute. Ihr Pelz glänzte fettig, die Bäuche waren aufgebläht, und sie heulten und kläfften, während sie über ein totes Nilpferd herfielen, das in einem ausgetrockneten Flußbett auf der Seite lag. Da die Haut des Flußpferdes zum Durchbeißen zu dick war, fraßen sich die Hyänen durch den weicheren Anus in das Tier hinein, tauchten immer wieder mit bluttriefenden Brocken rosigen

Fleisches oder Eingeweiden im Maul auf und verjagten die herumlungernden Schakale.

»Ich habe genug gesehen, mehr vertrage ich nicht«, sagte Sam. »Ich bin nach der Lehre von Raschi erzogen worden und nicht nach der von Denys Finch Hatton. Laß uns zu unserem Zelt zurückfahren, *zazkele*.«

Molly freute sich, daß er so guter Stimmung war. Noch vor drei Monaten hatte er in Washington käsig ausgesehen und war zunehmend griesgrämig geworden. Bestimmt war er es leid gewesen, immer wieder zum Flugplatz zu rasen und Hunderte von Meilen weit zu fliegen, nur um mit einer mickrigen, dreißig Sekunden langen Verlautbarung eines Politikers oder einem Filmclip zurückzukehren, der eine Katastrophe bagatellisierte. »Den Werbeplakaten an der Stadtautobahn nach zu urteilen«, sagte er eines Nachts zu ihr, »leiden alle Leute, die unsere Nachrichtensendung ansehen, unter klappernden Gebissen, Schlaflosigkeit, Sodbrennen und Blähungen. Außerdem können sie, um es mal beim Namen zu nennen, nicht regelmäßig scheißen.«

An seinem Geburtstag lud ihn Molly abends zum Essen ins La Maison Blanche ein und sagte zu ihm: »Jetzt reicht's.« Dann wechselte sie ins Jiddische über, weil sie wußte, daß sie ihm damit eine Freude machte. Sie erinnerte ihn an die Freitagabende bei L. B., als die Männer um den Tisch mit der gehäkelten Decke gesessen und Geschichten zum besten gegeben hatten, als er und Moses in der Küche vor Ehrfurcht erschauert waren, wenn Shloime Bishinsky ihnen Fünfcentmünzen aus dem Haar kämmte. Sie erzählte ihm, als sie ihn geheiratet habe, ihn, den kleinen Nachwuchsreporter von der *Gazette*, der sich einen Schnauzbart wachsen ließ, damit er älter aussah, hätte sie sich nie erträumt, daß er ihr und ihren Kindern eines Tages so einen Lebensstil würde bieten können. Doch jetzt seien ihre Söhne erwachsen, und Sam habe mehr als genug Geld in den Sparstrumpf gesteckt. Es sei also an der Zeit, die Versetzung in den Ruhestand zu beantragen. Er könne ja auch ein Jahr freinehmen, oder sogar zwei, so genau zähle niemand mit, und dann entscheiden, ob er unterrichten oder schreiben oder zum PBS oder zum National Public Radio gehen wolle, die ihm beide ein Angebot gemacht hatten.

»Okay, aber was soll ich ein Jahr lang oder sogar zwei tun?«

»Wir gehen auf Reisen«, antwortete sie und überreichte ihm sein Geburtstagsgeschenk: eine Safari für zwei Personen in Kenia.

Die ersten paar Tage verlief alles bestens. Dann, am Vormittag, nachdem sie die Hyänen und das tote Flußpferd gesehen hatten, hielten sie zum Mittagessen beim Aberdare Country Club, und Sam erfuhr die neuesten Nachrichten.

Der Air-France-Flug Nr. 139 vom Sonntag, dem 27. Juni, ab Tel Aviv über Athen nach Paris war von Mitgliedern der Palästinensischen Befreiungsorganisation entführt worden. Der Airbus hatte in Libyen aufgetankt und stand nun auf dem Flugplatz von Entebbe in Uganda. Seine Exzellenz Al-Hadschi Feldmarschall Dr. Idi Amin Dada, Träger des britischen Victoriakreuzes, ausgezeichnet mit dem *Distinguished Service Order* und dem *Military Cross*, von Gott dem Allmächtigen zum Erlöser seines Volkes berufen, verkündete, er wolle zwischen Terroristen und Israelis vermitteln.

»Und sie schicken Sanders los, dieses ahnungslose Bürschchen, damit er darüber berichtet.«

»Es ist nicht mehr dein Job, Sam.«

Am nächsten Morgen fuhren sie ins heiße, schwüle Rift Valley hinein, und die dungfarbenen Hügel zu beiden Seiten wichen hoch emporragenden, dunkelroten Felswänden. Sie setzten mit einem Motorboot über den krokodilverseuchten Lake Baringo zu Jonathan Leakey's Island Camp über. Das Lager mit Blick auf den See war in eine Felswand hineingehauen und lag in Kakteen, Wüstenrosen und Akazien eingebettet. In der Bar steuerte Sam geradewegs auf das Radio zu.

Mittwoch, 30. Juni. Die Luftpiraten verlangten die Freilassung von dreiundfünfzig verurteilten Terroristen, von denen fünf in Kenia, acht in Europa und die restlichen vierzig in Israel inhaftiert waren. Sie drohten, die Geiseln zu töten und den Airbus in die Luft zu sprengen, falls sie von den Israelis bis Donnerstag zwei Uhr nachmittags keine Antwort erhielten. Einem Bericht aus Paris zufolge waren siebenundvierzig der zweihundertfünfzig Geiseln sowie zwölf Mitglieder der Besatzung befreit und zum Charles-de-Gaulle-Flugplatz geflogen worden. Es hieß, die Juden seien von den anderen Geiseln, die sich im alten Terminal von Entebbe unter Bewachung befänden, getrennt worden, und diese Maßnahme hätten zwei junge Deutsche angeordnet, die offenbar die Drahtzieher der Operation seien. In einem weiteren Bericht hieß es, Chaim Herzog, der israelische UNO-Botschafter, habe Generalsekretär Kurt Waldheim dringend um Hilfe ersucht.

Sam bat, das Telephon im Büro benützen zu dürfen. Nach schier endloser Warterei kam er schließlich zu seinem Sender in New York durch. Kurz darauf stolperte er mit aschfahlem Gesicht aus dem Büro und suchte nach Molly. Er fand sie am Pool. »Kornfeld, dieser Kokskopf, hat mich auf die Warteleitung gelegt, und da habe ich eingehängt.«

Tags darauf fuhren sie weiter zum Lake Begoria. Zu Mollys Kummer heuchelte Sam lediglich Interesse für die Antilopen-, Gazellen- und Zebraherden, an denen sie vorbeikamen. Dann hatten sie zu Sams Freude einen viertägigen Aufenthalt in Nairobi, bevor es zum Massai-Mara-Wildschutzgebiet weiterging. Kaum waren sie im Norfolk Hotel angekommen, kaufte Sam jede nur erhältliche Zeitung und schlenderte hinaus auf die Terrasse, um mit Molly einen Drink zu nehmen. Es überraschte ihn keineswegs, daß es auf der am frühen Nachmittag gewöhnlich nur spärlich belebten Terrasse nun von Israelis nur so wimmelte. Eine plötzliche Invasion von »Touristen«. Militärs, männliche wie weibliche, in Zivil. Sie unterhielten sich im Flüsterton, standen gelegentlich von ihren Tischen auf, um ein paar Worte mit einem alten Mann zu wechseln, der allein an einem Tisch saß, vor sich eine Flasche Loch Edmond's Mist. Er war klein und drahtig, die Hände lagen verschränkt auf dem Knauf eines Malakkastocks, das Kinn ruhte auf den Händen.

»Glotz ihn nicht so an«, sagte Molly.

Sam eilte an die Rezeption, beschrieb den alten Mann und erfuhr, daß er Cuervo hieß. »Mr. Cuervo«, erklärte der Mann am Empfang, »handelt mit Antiquitäten der Kikiyu und Massai. Ihm gehört die Galerie ›The Africana‹ am Rodeo Drive in Los Angeles.«

Sam kehrte zurück an ihren Tisch und forderte Molly auf, ihr Glas auszutrinken.

»Aber wir haben uns doch eben erst hingesetzt.«

Sie nahmen ein Taxi zum Embakasi-Flughafen, wo Sam eine Boeing 707 der El Al erblickte. Sie werde aufgetankt, teilte man ihm mit, bevor sie planmäßig nach Johannisburg weiterfliege. Ganz hinten am Ende der Rollbahn standen noch zwei weitere Flugzeuge, allerdings ohne Aufschrift, eins davon ebenfalls eine Boeing 707, das andere eine Hercules. Beide wurden von israelischen Touristen bewacht.

Statt direkt zum Norfolk Hotel zurückzufahren, legten Sam und Molly noch einen Stopp in der Thorn Tree Bar des New Stanley Hotels ein. Und da war er wieder, der alte Mann, und an Tischen links und rechts von ihm saßen Israelis, ausgerüstet mit Kamerataschen, die mit Sicherheit Waffen enthielten. Mr. Cuervo plauderte gerade mit zwei Männern, bei denen es sich, wie Sam später erfuhr, um Lionel Bryn Davies, Polizeichef von Nairobi, und Bruce Mackenzie, ehemaliger Landwirtschaftsminister und derzeitiger Sonderberater von Jomo Kenyatta, handelte. Nachdem die beiden Männer gegangen waren, forderte Mr. Cuervo Sam und Molly mit einem Wink auf, sich zu ihm zu setzen.

»Ich glaube, wir sind uns schon einmal begegnet«, sagte Sam.

»O nein, ich hatte noch nicht das Vergnügen. Aber ich kenne Sie natürlich aus dem Fernsehen. Was führt Sie nach Nairobi?«

»Wir machen eine Safari.«

»Aha.«

»Und Sie?«

»Ich möchte Sie und Mrs. Burns morgen abend zum Essen in Alan Bobbés Bistro einladen, und dann werde ich versuchen, wenigstens ein paar Ihrer Fragen zu beantworten. Sagen wir um sieben Uhr zum Aperitif?«

»Sind Sie sicher, daß wir uns nicht schon einmal begegnet sind?«

»Ich fürchte, ja.«

In jener Nacht, am Samstag, dem 3. Juli, landeten nach der

Geiselbefreiung in Entebbe, die neunzig Minuten gedauert hatte, zwei Boeings 707 der El Al, von denen eine zum Notlazarett umfunktioniert worden war, auf dem Embakasi-Flugplatz. Am frühen Sonntag morgen flogen vier Flugzeuge des Typs Thunderbird Hercules ein. Bereitstehende Ambulanzen brachten zehn schwerverletzte israelische Soldaten sofort ins Kenyatta State Hospital. Dann tankten die Flugzeuge auf und flogen davon.

Sam las darüber beim Frühstück in der *Sunday Nation*, die Vorabinformationen über die Erstürmung der gekidnappten Maschine erhalten haben mußte. Der restliche Tag zog sich dahin. Sam war gereizt und in sich gekehrt, aber schließlich war es Zeit für das Abendessen mit Mr. Cuervo in Alan Bobbés Bistro. Der Oberkellner, der sie schon erwartete, griff nach der Flasche Dom Pérignon, die auf dem Tisch in einem Eiskübel stand.

»Bitte öffnen Sie sie noch nicht«, sagte Molly. »Wir warten lieber auf Mr. Cuervo.«

»Es tut mir leid, aber Mr. Cuervo mußte überraschend aus Nairobi abreisen. Er läßt sich entschuldigen und besteht darauf, daß Sie heute abend seine Gäste sind.«

Wieder in Washington, schrieb Sam für *The New Republic* einen Artikel über Mr. Cuervo und stellte, eine reine Formsache, ein paar Nachforschungen an. Wie er vermutet hatte, gab es auf dem Rodeo Drive keine Galerie mit Namen »The Africana«, noch stand ein Mr. Cuervo im Telephonbuch.

7 Neunzehnhundertdreiundachtzig. Herbst – die Zeit der dummen Rebhühner, die an herumliegenden, vergorenen Holzäpfeln picken, bis sie einen Schwips haben. Das Laub mußte zusammengerecht werden. Draußen wehte ein schneidender Wind. Die Luft roch nach Schnee, aber Moses hatte die Fliegengitter noch nicht abgenommen und auch die Doppelfenster noch nicht angebracht. Das Holz für den Winter, das Legion Hall an der Auffahrt abgeladen hatte, mußte gestapelt

werden. Moses mied diese Arbeiten und sah sich in seiner Blockhütte um, obwohl er fast am Staub erstickte und überall umgestürzte Kartons herumlagen. Ein Meer der Unordnung. Und das alles nur, weil er fest entschlossen war, seine verschwundene Silver Doctor wiederzufinden. Als hinge sein Leben von ihr ab. Erschöpft schenkte er sich einen Drink ein. Da klingelte das Telephon.

»Hallo, ich bin's.«

Die aufgetakelte, überdrehte, geschiedene Frau, die er am Dienstag in Montreal aufgegabelt hatte.

»Ich komme mit dem Vier-Uhr-Bus nach Magog. Soll ich irgend etwas mitbringen?«

Himmel, hatte er sie womöglich übers Wochenende eingeladen? »Äh ... nein.«

»Du klingst nicht gerade erfreut.«

»Ach was, ich freue mich riesig. Ich hole dich an der Bushaltestelle ab.«

Kaum hatte sie aufgelegt, rief Moses bei Grumpy's an und ließ sich den Barkeeper geben. »Hier ist Moses Berger. Wie hieß die Dame, die ich am Dienstag bei Ihnen kennengelernt habe?«

»Hieß sie nicht Mary?«

»Ja, genau. Danke.«

Er sammelte die leeren Flaschen ein und räumte das schmutzige Geschirr weg. Er leerte die Aschenbecher. Dann machte er sich daran, die Papiere wieder in die Kartons zu stopfen. *Trottel. Saufbold. Warum hast du nicht gesagt, daß du mit Fieber im Bett liegst?*

Eine Zeitlang hatte Moses es genossen, übers Wochenende eine Frau bei sich im Blockhaus zu haben, aber jetzt war er zweiundfünfzig, wurde laut Strawberry von Tag zu Tag verschrobener, hatte sich daran gewöhnt, aufzustehen und zu essen, wann immer es ihm paßte, und empfand derartige Besuche deshalb als unerträglich und aufdringlich. Kathleen O'Brien, die er verehrte, hatte da ein paar Jahre lang eine Ausnahme gebildet, doch irgendwann hatte er angefangen, auch ihren Besuchen mit Grauen entgegenzusehen. Sie endeten nämlich jedesmal unweigerlich damit, daß sie beide betrunken und stumpfsinnig vor sich hin faselten; Kathleen, in Tränen aufgelöst und vor Selbstmitleid zerfließend, redete wirres Zeug und beklagte das Schicksal von Les Misérables, wie sie sich ausdrückte. Damit meinte sie den erlesenen Club der Gursky-Opfer. Sie sei ein Opfer von Mr. B., und Moses sei von Solomon zugrunde gerichtet worden.

Jedesmal, wenn sie bei ihm war, legte sie immer dieselbe Platte auf. Mr. Bernard, der in seinem bleibeschlagenen Sarg vermoderte, würde eines Tages zurückkehren und sie alle heimsuchen. »Jede Familie hat ihr Kreuz zu tragen. Alle haben eine Leiche im Keller. So ist das Leben...«

Der Rebbe, der an Mr. Bernards Grab gesprochen hatte, hatte gesagt: »Hier liegt ein Mensch, der reicher war, als wir es uns in unseren kühnsten Träumen vorstellen können. Er flog in seinem eigenen Jet herum. Er segelte auf seiner eigenen Jacht. Er war im Buckingham Palace und im Weißen Haus zu Gast. Mrs. Roosevelt und Ben Gurion kamen beide zu ihm nach Hause, um Libbys gekochtes Rindfleisch und *kasche* zu essen. Die Premierminister unseres großen Landes suchten regelmäßig seinen Rat. Ja, es stimmt, Mr. Bernard – er möge in Frieden ruhen – hat eins der größten Familienvermögen Nordamerikas begründet. Doch worum bat dieser vorbildliche Mensch, diese Legende zu Lebzeiten, auf dem Sterbebett? Ich werde es euch sagen, denn es ist eine wunderbare Lektion für uns alle, die wir hier versammelt sind. Mr. Bernard bat um das einzige, was seine Millionen nicht kaufen konnte. Um Gottes Gnade. Das war sein letzter Wunsch. Er flehte um Gottes Gnade...«

Mr. Morrie, der dabeigewesen war, erzählte Moses jedoch, was sich am Sterbebett seines Bruder tatsächlich ereignet hatte.

Während er dahinschied, riß Mr. Bernard seine Augen, die sich bereits mit einem Film überzogen, noch einmal auf und sah, wie Libby seine knochige, wachsfarbene Hand ergriff und sie sich an die gepuderte Wange hielt. Sie sang:

»Bei mir bist du schejn,
Please let me explain,
Bei mir bist du schejn
Means that you're grand.
I could sing Bernie, Bernie,
Even say wunderbar…«

Mr. Bernard versuchte, sie zu kratzen, er wollte Blut sehen, aber er hatte nicht mehr genug Kraft. »Nein, nein«, war alles, was er noch hervorbrachte.

»Bernie, Bernie«, schluchzte sie, »glaubst du an Gott?«

»Wie kannst du in so einem Moment so einen Quatsch daherreden?«

»Das ist kein Quatsch, mein Zuckerschätzchen.«

»Kein Quatsch, sagst du? Verstehst du nicht? Verstehst du denn gar nichts? Wenn es Gott wirklich gibt, habe ich verschissen.«

Und dann, sagte Mr. Morrie, sei er gestorben.

Kathleens oftmals unangekündigten Besuche wurden schließlich zu einer Qual. Die einst so pingelige und hochnäsige Miss O., eine Dame von Format, quoll aus ihrem Subaru mit der verbeulten Motorhaube. Sie war kurzatmig, war unsicher auf den Beinen, trug einen alten, mit Flecken besudelten Pullover und einen Rock mit kaputtem Reißverschluß, schleppte Tüten voll klirrender Flaschen ins Haus, redete bis zum Morgengrauen und tischte ihm ein aufs andere Mal die ewig gleichen Geschichten auf.

Als Moses sie eines Nachts betrachtete, während sie schnarchend und mit offenem Mund auf dem Sofa lag, mußte er daran denken, wie sie ihn bei Anita Gurskys erster Hochzeit aus dem Ritz geführt hatte, damit er sich nicht das von L. B. zu Ehren von Braut und Bräutigam verfaßte Gedicht anhören mußte. Jetzt beugte er sich zu ihr hinab, wischte ihr Kinn ab, küßte sie auf beide Wangen, deckte sie zu und flüsterte: »Ich liebe dich«, in der Annahme, daß sie ihn nicht hörte. Aber Kathleen bewegte sich. »Ich dich auch«, sagte sie. »Aber was soll bloß aus uns werden?«

Das fehlende Kuvert brachte ihr Blut noch immer in Wallung. »Er hat mich nicht belogen. Nicht mich. Diese kleine Ratte hat es genommen, oder aber Libby hat es.«

Gitel Kugelmass, die noch immer im Mount-Sinai-Altersheim vor sich hin lebte, besuchte ihn nie in seinem Blockhaus, aber sie rief häufig an. Erst kürzlich hatte sie ihm eröffnet, Dr. Putterman sei ganz bestimmt ein V-Mann der Polizei.

»Gitel«, sagte Moses, »ich möchte, daß du mit mir zu einem Arzt fährst, den ich kenne.«

»Wahrscheinlich zu diesem Dr. Ewen Cameron im Allen-Memorial-Krankenhaus. Es ist doch erwiesen, daß die CIA Leute wie ihn bezahlt hat, damit sie mit ahnungslosen alten Menschen Experimente mit Drogen machen, die die Willenskraft schwächen.«

Dummerweise konnte er das nicht bestreiten.

»Dann kannst du mich genausogut in die nächste Maschine nach Moskau setzen und mich zu den anderen Dissidenten in die Klapsmühle schicken.«

Als er Gitel das letztemal zum Mittagessen ausgeführt hatte, hatte sie zum ihm gesagt: »Erinnerst du dich an den Brief, den L. B. mir und Kronitz nach Ste.-Agathe geschickt und in dem er uns angefleht hat, wir sollten doch an die Kinder denken? Dabei hatte mein Errol Flynn des Nordens längst sein Schachbrett eingepackt. Nun, dieser Brief wird in dem Buch von dem jungen Professor abgedruckt werden. Du weißt, wen ich meine. Den, der immer im Fernsehen quasselt, gegen Atomwaffen ist und Indianerschmuck trägt.«

»Zeigler?«

»Ja, genau der. Ist das nicht eine Ironie des Schicksals, Moishe? Da hungert L. B. sein Leben lang nach Ruhm, und dann erlebt er nicht mehr, wie seine Biographie veröffentlicht wird.«

Drei Briefe von Professor Herman Zeigler lagen unbeantwortet in Moses' Blockhaus. Der letzte, ein wahres Juwel, enthielt drei Anlagen:

1. Einen Stadtplan, auf dem die genaue Route von L. B.s nachmittäglichen Spaziergängen eingezeichnet war: von dem Haus mit Garten und Ziersträuchern an der von Bäumen gesäumten Straße im Outremont-Viertel hinunter zur Park

Avenue, vorbei an Curlys Zeitungsstand, dem Regent-Kino, Moes Friseurladen, der YMHA und Fletcher's Field, dann die Abkürzung nach links durch die Pine Avenue zu Horn's Cafeteria. Er bat Moses, Fehler zu korrigieren oder Abweichungen von der Route einzutragen.

2. Ein Photo des »Barden«, einer Skulptur von L. B.s wuchtigem Kopf, angefertigt von Marion Peterson, C. M., O. C., und nun auf einem Piedestal im Foyer der Bibliothèque Juive von Montreal zu sehen.

3. Sorgfältig zusammengestellte Computerausdrucke, auf denen tabellarisch die Häufigkeit von untergeordneten Nebensätzen, Hilfszeitverben, Appositionen und so weiter in den Gedichten von W. B. Yeats, T. S. Eliot, Robert Frost, W. H. Auden, Robert Lowell und L. B. Berger aufgeführt war.

Zu seiner Zufriedenheit stellte Moses fest, daß L. B. beim Gebrauch von Personalpronomen an der Spitze lag.

Im Brief selbst bat Zeigler Moses um ein Gespräch. Es ging um eine Abhandlung, die er für eine Konferenz in Banff über das Versager-Syndrom unter den Nachkommen großer kanadischer Künstler vorbereitete. »Ihre Mitwirkung an diesem Projekt«, schrieb er, »wäre von maßgeblicher Bedeutung.«

Moses hatte Beatrice seit Jahren nicht gesehen, doch er verfolgte weiterhin aus der Ferne ihren Aufstieg. Er war ein unersättlicher Fan von ihr. Von dem biologisch abbaubaren Tom Clarkson hatte sie sich mittlerweile scheiden lassen und eine hübsche Abfindung eingestrichen. Berichten zufolge wollte sie demnächst den Mann heiraten, der die besten Aussichten hatte, der nächste kanadische Hochkommissar in Großbritannien zu werden. Von da wäre es eigentlich nur noch ein kleiner Sprung, ein Hüpfer, ein Hopser zur nächsten Ehe und zu einem Adelskrönchen. Unterdessen würde die Göre, die in der Altstadt einst als ein Rabenkind bekannt gewesen war, auf Gartenpartys im Buckingham Palace die Fühler ausstrecken. Moses, der sich für sie freute, malte sich aus, wie Beatrice Mrs. Thatcher erklärte, wie man ein Karibu tranchiert und anrichtet, und Prinz Charles daran erinnerte, daß sie sich schon einmal begegnet waren, und zwar in der Elchshalle im legendären Yellowknife.

Lucy schickte ihm Zeitungsausschnitte und Zeitschriftenartikel über sich selbst, für den Fall, daß er sie übersehen hatte. Unter einem Photo aus *People*, auf dem sie Andy Warhol umarmte, stand: »Schau, was aus der kleinen Lucy geworden ist!!« Die Kritiken ihrer Broadway- und Off-Broadway-Produktionen waren meist voll des Lobes. Die Zeitschrift *New York* porträtierte sie als Frau, die zotige Reden führte und sich bissig über Schauspielerinnen äußerte, die für sie gearbeitet hatten, gleichzeitig jedoch als Perfektionistin, die keine Kosten scheute, wenn sie eine Produktion auf die Beine stellte.

Lucy hatte zum letztenmal vor langer Zeit angerufen, ein paar Jahre nach Henrys Tod.

»Gestern abend hat mich der Kannibale besucht.«

»Wer?«

»Henrys Sohn Isaac.«

»Und wie ist er?«

»Ich krieg eine Gänsehaut, wenn ich ihn nur sehe. *So* ist er.«

»Ja, das kann ich mir vorstellen.«

»Du klingst betrunken.«

»Da staunst du, was?«

»Komm runter nach New York. Ich zahl dir die Reise. Du brauchst nicht bei mir zu wohnen, wenn du nicht willst. Ich bring dich im Carlyle unter.«

»Hör mal, ich weiß noch, daß du Henry einmal nahegelegt hast, mich dafür zu bezahlen, daß ich ihm Gesellschaft leiste.«

»Wir könnten längst verheiratet sein und erwachsene Kinder haben.«

»Das wäre unverantwortlich gewesen. Ich bin ein unverbesserlicher Säufer, und du bist selbst noch nicht erwachsen.«

»Ich wiege zweihundertsechzig Pfund. Ich kann mich nicht bremsen. Ich bin ein Monster. Eines Tages werde ich platzen wie eine Wurst in der Pfanne«, kreischte sie und hängte ein.

Gitel, Beatrice, Lucy. Alle anderen Frauen, die Moses in sein Blockhaus locken konnte, verschafften ihm höchstens fünf Minuten Erleichterung, für die er jedesmal mit stundenlangem Ärger bezahlen mußte. Da war eine schon etwas angejahrte Dame gewesen, die Zigarrenqualm nicht vertragen konnte, eine andere war übers Wochenende bei ihm geblieben und hatte ein Taschenbuch von Sidney Sheldon in seinem Bett gelesen. Nasse Handtücher auf dem Fußboden im Badezimmer. Mit Haaren verstopfte Abflüsse. In die falschen Hüllen gesteckte Schallplatten. Frauen, die schon zum Frühstück drauflos plapperten. Und jetzt kam »Hieß sie nicht Mary?«, wie der Barkeeper aus Grumpy's sich so trefflich ausgedrückt hatte, übers Wochenende. Glücklicherweise bestand Mary darauf, sofort abzureisen, nachdem er ihr am Samstag morgen eine Standpauke gehalten hatte.

»Mir ist es scheißegal, was du von mir hältst«, sagte sie. »Ich habe nicht herumgeschnüffelt. Deine beschissenen Papiere interessieren mich nicht die Bohne. Ich war nur so blöd zu glauben, du würdest dich darüber freuen, wenn in diesem Schweinestall mal jemand Ordnung macht.«

Moses fuhr sie zur Bushaltestelle nach Magog.

»Ich bezahle die Fahrkarte selbst, falls du nichts dagegen hast. Und das hier ist für dich. Ich habe mich gestern abend draufgesetzt. Tu mir den Gefallen und schieb sie dir in den Arsch.«

Es war seine Silver Doctor.

8 Auf dem Heimweg schaute Moses im Caboose vorbei.

»Stell dir vor, was passiert ist«, sagte Strawberry. »Vormittags halb elf. Ich rede von gestern. Die Bank hat seit einer guten halben Stunde auf, aber Bunk hat seinen Scheck von der Sozialfürsorge noch nicht eingelöst, um anschließend wie jeden Monat auf Sauftour zu gehen.«

Bunk und seine Frau hausten seit einiger Zeit in einer Baracke irgendwo in den Hügeln über dem Lake Nick.

»Heißer Stoff macht sich also Sorgen, lädt eine Kiste mit vierundzwanzig Flaschen in seinen Jeep und fährt rauf, um nachzusehen, was los ist.«

Schon beim Betreten der Baracke roch Heißer Stoff, daß etwas nicht stimmte. Er schoß an Bunk vorbei, der, den Kopf hinter einer Batterie leerer Bierflaschen Marke Labatt's 50 auf die

Arme gebettet, am Küchentisch vor sich hin döste. Heißer Stoff folgte dem Geruch bis ins Schlafzimmer, stürzte gleich darauf wieder heraus und rüttelte Bunk wach. »He«, sagte er, »deine Frau liegt da drüben tot rum.«

»Ach so, das war's also«, sagte Bunk erleichtert. »Und ich dachte schon, sie wäre sauer auf mich. Sie ist seit gestern so schrecklich ruhig.«

Die Bar war gestopft voll, die meisten Stammgäste feierten das Eintreffen der Schecks von der Sozialfürsorge, aber Legion Hall und Sneaker waren nirgends zu sehen. »Die verstekken sich irgendwo in den Hügeln«, meinte Strawberry.

Knapp eine Woche zuvor hatten Legion Hall und Sneaker an der Fernstraße 243 einen Verkaufsstand aufgebaut und Einliterdosen übereinandergestapelt, die angeblich mit Ahornsirup gefüllt waren. Auf einem an die Bude genagelten Schild stand zu lesen:

Helft den anglokanadischen Farmern
Sie sind vom aussterben bedroht

Sie brachten zweihundert Dosen an den Mann und türmten, bevor auch nur einer ihrer Kunden gemerkt hatte, daß die Dosen in Wirklichkeit mit einem Gemisch aus altem Motoröl und Wasser gefüllt waren, und jetzt fahndete die Polizei nach ihnen.

Moses saß einfach nur da und starrte seine Lachsfliege an, die er auf den Tisch gelegt hatte. Seine Silver Doctor. Nach all den Jahren, die er am Fluß verbracht hatte, dämmerte ihm endlich, daß er nicht der Angler, sondern der Lachs war. Ein spöttischer, schadenfroher Solomon warf die Fliegen im hohen Bogen aus und brachte ihn dazu, daß er, Moses, herumschnellte, sich reckte und nach Solomons Willen auf dem Schwanz tanzte. Frisch und frei wie ein junger Lachs war Moses gewesen, als er den Köder zum erstenmal geschluckt hatte, doch jetzt war er nur noch ein schwarzer Lachs, gefangen im Eis eines dunklen Flusses ohne Zugang zum offenen Meer.

Moses steckte die Fliege ein und fuhr zurück zu seiner Blockhütte. Einmal in der Luft und einmal im Wasser, und jetzt vermutete Moses, während er, ein Glas mit einem Schluck Macallan in der Hand, auf und ab ging, offenbar wirklich tot. Lebte Solomon noch, wäre er jetzt vierundachtzig Jahre alt. Das war nicht unmöglich. Doch seit er in Nairobi zum letztenmal aufgetaucht war, hatte Moses nur noch einmal von ihm gehört. Er hatte 1978 ein Telegramm aus Hanoi erhalten, als Antwort auf eine von ihm verfaßte, im *Encounter* veröffentlichte Denkschrift über die Gruppe von Männern, die sich früher um den Tisch mit der gehäkelten Decke versammelt hatte.

> SIEH ES DOCH EINMAL SO: DER ENTWURF WAR GROSS, ABER DER MENSCH IST NUN MAL BÖSE. ES KANN NICHT GUTGEHEN. DIE WELT ENTRICHTET NOCH IMMER EINEN STRAFZOLL FÜR UNSERE JÜDISCHEN TRÄUMER.

Moses vermutete, daß Solomon nicht an Altersschwäche gestorben, sondern im Gulag oder in einem Fußballstadion in Südamerika umgekommen war. Wo auch immer, die Raben hätten sich auf jeden Fall gesammelt.

Tot, Moses. Ausgelöscht. Du wußtest das schon 1980, weil es das erste Jahr war, in dem nicht ein Meer roter Rosen Diana McClures Grab an ihrem Todestag bedeckte. Der schwarze Lachs muß sich jetzt also hinsetzen, sich auf alles einen Reim machen und Solomons Lebensgeschichte oder zumindest das, was er darüber weiß, niederschreiben. Oder aber er wagt es, ins offene Meer hinauszuschwimmen, heraus aus dem Mausoleum der Gurskys, um nie zurückzukehren.

Probleme, nichts als Probleme.

»Hallo, Beatrice. Rat mal, wer hier ist. Richtig, dein Lieblingsclown Moses Berger. Wenn du diesen Einfaltspinsel abservierst, schwöre ich dir, für alle Zeiten mit dem Trinken aufzuhören und mit dir nach London zu gehen.«

Moses warf einen raschen Blick auf das Porträt, das L. B. darstellte, über die Mysterien des Kosmos nachsinnend und dessen Gewicht ertragend. Abrupt wandte er sich ab, weil ihm Tränen in die Augen schossen. Er genehmigte sich noch einen Drink. Plötzlich verspürte er das starke Bedürfnis, sich abzulenken, und schaltete den Fernseher an. Um diese Zeit moderierte Sam Burns bei PBS. Moses erwartete sorgenvolle Worte über Lech Walesa und Entsetzen über das Blutbad an den Palästinensern in Sabra und Shatila. Statt dessen kam ein Interview mit Verteidigungsminister Arik Sharon höchstpersönlich, diesem selbstzufriedenen Halunken. Ungehalten schaltete Moses den Fernseher wieder aus.

Zum Glück war Henry gestorben, bevor die Angriffe auf die Flüchtlingslager stattfanden, vor denen die regierende Partei des Landes, das allen anderen Nationen eigentlich ein Vorbild sein sollte, die Augen verschloß. Auch war er nicht alt genug geworden, um das Ende der Welt mitzuerleben und zu erfahren, daß wir Menschen, sollte Gott wirklich vorhaben, uns für unsere Vergehen zu strafen, eher braten und Opfer des Treibhauseffekts als erfrieren würden. Moses nahm sich wieder einmal vor, Nialie im Frühling zu besuchen, vielleicht zum Passahfest, und rechtfertigte sich vor sich selbst, weil er sich nicht bei Isaac meldete, der für ihn ein Greuel war.

Er zündete eine Montecristo an, öffnete eine neue Flasche Macallan, schob Solomons Tagebücher mit einer heftigen Bewegung beiseite und nahm seinen jüngst angelegten Aktenordner mit Zeitungsausschnitten über die Gurskys zur Hand. Die Familienfehde um die Kontrolle über Mr. Bernards nicht eben kleines Stück vom großen Kuchen wurde immer hitziger und verbitterter. In der *New York Times*, im *Wall Street Journal* und in anderen Zeitungen wandten sich beide Lager mit ganzseitigen Annoncen, in denen sie sich gegenseitig überboten, an Kleinaktionäre.

Ausgebuffte Investmentexperten hatten schon seit langem prophezeit, daß McTavish, an der Börse unter Wert notiert, von phantasielosen Managern geführt und infolge einer bisweilen unüberlegten Diversifizierung verwundbar, längst fällig war für eine Übernahme durch den Feind, wodurch den Gurskys die Kontrolle entrissen würde. Was sie jedoch nicht vorausgesehen hatten, war, daß sich die Familie selbst um die Beute balgen würde. Das Gerangel wurde publik, als Isaac Gursky volljährig wurde und ihm die Aktien zufielen, die ihm sein Vater hinterlassen hatte und die bisher treuhänderisch verwaltet worden waren. Zwar besaß dieses Aktienpaket als solches kein beunruhigend großes Gewicht, und Isaac wurde in dem sich anbahnenden Kampf nur als Statist betrachtet, doch machte er von sich reden, als man dahinterkam, daß er ein Schützling des scheuen, unscheinbaren Mannes war, dem die Presse den Spitznamen »Der Gursky-Hamster« verpaßt hatte. Es handelte sich um den staunenswerten Mr. Morrie, der über die Jahre klammheimlich McTavish-Aktien erworben und im fernen Japan gehortet hatte.

Mr. Morrie, der sich in einer Suite im Sherry-Netherlands eingemietet hatte, avancierte rasch zum gehätschelten Liebling der Presse. Schließlich war er der einzige Überlebende der Brüder, die das Familienimperium gegründet hatten. Einem aufmerksamen Reporter von *Money* fielen Mr. Morries feuchte Augen und zitternde Hände auf, als dieser, den er den »Gursky-Kobold« nannte, eine Verlautbarung verlas:

»Es schmerzt mich, im Alter mit ansehen zu müssen, wie Kinder und Enkelkinder bis aufs Messer um ein Unternehmen kämpfen, das mein genialer Bruder mit ein bißchen Hilfe von mir und dem zu jung verstorbenen Solomon aufgebaut hat. Es ist mehr als genug Geld für alle Beteiligten vorhanden. Nichts würde mir eine großere Freude machen, als wenn sich alle mit mir zusammensetzen würden, um diese peinliche Familienfehde in privatem Rahmen beizulegen, denn schließlich sind wir eine Familie. Alles, was ich verlange, sind Sitze im Vorstand für meinen Sohn Barney und meinen Neffen Isaac. Lionel – Gott segne ihn – kann gerne bei McTavish bleiben, allerdings nicht unbedingt als Generaldirektor. Ich hoffe inständig, er sieht irgendwann ein, daß Blut dicker ist als Wasser.«

Lionel wollte davon nichts wissen. Er lag gut im Rennen, und zwar nicht nur, weil er der amtierende Generaldirektor war, sondern auch, weil er das Aktienpaket seines verstorbenen Vaters besaß und außerdem sein Bruder Nathan, seine Schwester Anita und, wie er behauptete, seine Cousine Lucy, die Broadway-Produzentin, auf seiner Seite waren. Lucy, die sich in ihrem Appartement im Dakota Building verbarrikadiert hatte, weigerte sich, mit Journalisten zu sprechen. Laut informierten Kreisen verabscheute sie jedoch ihren Cousin Isaac derart, daß sie bereit war, über alte Familienzwistigkeiten hinwegzusehen und ihren Anteil mit Lionels zusammenzulegen. Ihre Aktien, so munkelte man, könnten das berühmte Zünglein an der Waage sein.

Dann kam ein unvorhergesehener Faktor ins Spiel: der obskure, in Zürich ansässige Corvus Trust. Der Sprecher der Gesellschaft, die 4,2 Prozent der McTavish-Aktien hielt, erregte schon allein dadurch Argwohn, daß er erklärte, sie seien »wohlgesinnte Käufer, die möglicherweise eine Übernahme durch Dritte verhindern konnten, auf jeden Fall jedoch keine feindselig gesinnten Aufkäufer«.

Moses, der das Gerangel von seiner Blockhütte aus verfolgte, las von einem Aufgebot sagenhaft teurer Anwälte, die die Gerichte mit Klagen und Gegenklagen eindeckten; von Banken und Maklerfirmen, für die viel auf dem Spiel stand, ganz gleich, welche Partei gewann, und von auf eigene Faust operierenden Unternehmensplünderern und risikofreudigen Spekulanten, die den Kampf mit wachen Augen beobachteten, bereit, jederzeit loszuschlagen.

Die Journalisten weideten sich an dieser zweifellos saftigsten Familienfehde seit Jahren, bei der es um Milliardenbeträge ging.

Isaac quatschte alle und jeden mit seinen Filmplänen voll, Barney tauchte in sämtlichen Talk-Shows auf und faselte über seine Zukunftspläne für McTavish, zu denen ebenso das Angebot gehörte, ein Baseballteam der Oberliga zu sponsern wie das Projekt, Eisberge von der Arktis in den Mittleren Osten zu schleppen.

Ein Reporter der New Yorker *Post* erhielt einen Tip und machte die mittlerweile bestürzend drall und matronenhaft gewordene Darlene ausfindig, die behauptete, früher einmal Barneys Geliebte gewesen zu sein. Dabei kamen pikante Photos und ein großangelegtes Interview im *Penthouse* heraus. Darlene trug zu dem Anlaß ihren Ankh-Ring. »Er ist aus Ägypten«, erklärte sie, »und symbolisiert das Leben. Die meisten Wiccans tragen ihn mit der Spitze nach außen, um negative Kräfte abzuwehren, aber ich habe ein starkes psychisches Schutzschild. Ich trage ihn mit der Spitze nach innen.« Sie behauptete, sie sei schon in Camelot eine Hexe gewesen. »Sie wissen schon, zur Zeit von König Artus. Ich erlebe alle sieben Generationen eine Wiedergeburt. Ich bin zu gleichen Teilen Jüdin, Mohawk und Adventistin vom Siebenten Tag. Habe ich Ihnen eigentlich schon erzählt, daß ich ganz früher mal eine gute jüdische Mutter gewesen bin und die Kreuzigung miterlebt habe? Das war sehr, sehr ergreifend.«

Der Journalist wandte ein, Barney habe abgestritten, daß sie jemals ein Liebespaar gewesen seien.

»Haha«, sagte sie und ließ das Medaillon aufschnappen, das um ihren Hals baumelte, »und wie kommt es dann, daß ich das hier habe?«

Angeblich eine Locke aus Barneys Schamhaar.

»Er war sehr romantisch in jenen längst verflossenen Tagen, und eines Nachts tauschten wir im Ramada Inn als Zeichen unserer unendlichen Liebe Locken von unserem Schamhaar aus, ha, ha, ha. Wenn Sie daran zweifeln, dann lassen Sie diese Haare doch wissenschaftlich untersuchen.«

Auf der Titelseite von *New York* war Isaac abgebildet, der in der rot, gelb, blauen Uniform von Käpt'n Al Kohol und einer mit einer Büroklammer an seinem Haar befestigten Jarmulke über dem McTavish-Gebäude durch die Lüfte flog.

Wie nicht anders zu erwarten, mischte auch der *National Enquirer* kräftig mit, was dem Blatt eine Verleumdungsklage in Höhe von zweihundert Millionen Dollar einbrachte. Das Photo auf der Titelseite des *Enquirer*, auf dem zu sehen war, wie Isaac auf dem Flugplatz von Yellowknife aus dem Rettungshubschrauber kletterte, trug die Überschrift:

DER KANNIBALE, DER SO GERNE KRONPRINZ WÄRE

Andere, seriösere Publikationen hatten offenbar beschlossen, die Familienfehde der Gurskys zu ignorieren. Empört stellte Lionel fest, daß *Art & Antiques* eine Photoreportage über seine Sammlung früher nordamerikanischer Banknoten bis auf weiteres verschoben hatte. Seine Frau legte sich schmollend ins Bett, als *Town & Country* den Beitrag »Die schillernden Gurskys« aus dem Programm nahm, zu dem ein doppelseitiges

Avedon-Photo von Cheryl in ihrem Musikzimmer gehörte. »Kleidung: Arnold Scaasi, gekauft bei Saks, Fifth Avenue, und bei Sara Fredericks, Palm Beach. Strümpfe: Geoffrey Beene. Schuhe: Stuart Weitzman. Make-up: Antonio Da Costa Rocha, New York. Schmuck: Asprey, London.«

Eine kränkliche Libby zitierte Lionel zum Stammsitz der Familie nach Westmount.

»Dein Vater hat einmal zu mir gesagt, an Solomons letztem Abend in Montreal, kurz bevor er mit der Gypsy Moth losgeflogen ist, hätte Solomon ihn gewarnt und zu ihm gesagt, wenn jemand versucht, Henry oder Lucy mit irgendwelchen Tricks ihre Aktien abzujagen, dann würde er, wenn nötig, aus dem Grab aufstehen und mein Bernie wäre erledigt. Ein toter Mann.«

»Daddy ist an Krebs gestorben, das weißt du doch«, sagte Lionel und tat damit die lachhaften Ängste seiner Mutter ab.

»Ja, ich erinnere mich, als wäre es gestern gewesen. Trotzdem würde ich zu gerne wissen, wer den toten Raben auf sein Grab gelegt hat.«

Wieder in New York, rief Lionel Harvey Schwartz zu sich.

»Ich habe da eine Story, die ich gern in den Klatschkolumnen sehen würde, aber es macht sich nicht gut, wenn sie von mir kommt. Ich weiß aus verläßlicher Quelle, daß Isaac unter Wahnvorstellungen leidet und glaubt, daß er der Messias ist. ›Moses plus Eins‹ oder irgend so ein Quatsch. Kann sein, daß der kleine Scheißkerl einen Schlag weg hat. Auf jeden Fall hat er gestern abend beim Essen im Odeon ein paar Leuten dieses wirre Zeug aufgetischt. Ich möchte allen Kleinaktionären, die sich gerade überlegen, welche Instruktionen sie ihren Bevollmächtigten für die Hauptversammlung geben sollen, einen Schreck einjagen. Ich will die Story morgen in der Klatschspalte von Liz Smith lesen. Kapiert?«

»Lionel, es fällt mir schwer, Ihnen das zu sagen, aber ich finde, es schickt sich nicht, daß ich mich noch länger in Ihre Familienstreitigkeiten einmische.«

»Wieviel hat dir Morrie für dein lumpiges Aktienbündel geboten, du kleine Ratte?«

»Mr. Morrie ist ein großartiger Mensch. Ich sage das nicht

etwa, weil er seit meiner Jugend so gut zu mir war, sondern es kommt aus tiefstem Herzen. Trotzdem werde ich mich in dieser Angelegenheit auch nicht auf seine Seite schlagen.«

Dann kamen die Dinge ins Rollen.

Ein Sprecher des Corvus Trust erklärte, sie hätten beschlossen, mit ihrem Aktienpaket für ein neues Management von McTavish zu votieren, und der künftige Generaldirektor, möglicherweise ein Außenseiter, solle von einer Troika, die aus Vertretern dreier Gursky-Generationen gebildet werden sollte – Morrie, Barney und Isaac –, gewählt werden.

Daraufhin fuhr Morrie zum Dakota Building, um sich mit Lucy zu besprechen, die sich, den meisten Beobachtern zufolge, diesem Machtwechsel beharrlich widersetzte. Am selben Nachmittag gab Lucys Broadway-Büro eine erstaunliche Verlautbarung heraus: Barney und Isaac würden in den Vorstand ihrer Firma eintreten. Künftig würden die LG Productions, die schon bald eine Tochterfirma von McTavish Industries werden sollten, sowohl Film- als auch Bühnenproduktionen realisieren. Lucy hütete angeblich das Bett und sah sich außerstande, irgendwelche Fragen persönlich zu beantworten.

Mr. Bernards Porträt wurde aus dem Vorzimmer seines Büros im McTavish-Gebäude in der Fifth Avenue entfernt und durch eine Zeichnung von Ephraim Gursky ersetzt, diesem Muskelprotz, der so aussah, als würde er gleich aus dem Rahmen herausspringen und jedermann zu Boden kämpfen. Mit herausfordernder Miene stand er neben einem Loch im Eis, die Füße fest auf das Packeis gestemmt, auf dem Kopf eine Fellmütze und den Körper eingehüllt in mehrere Lagen Robbenfelle, die weniger dazu zu dienen schienen, die Kälte fernzuhalten, als vielmehr dazu, seine animalische Körperwärme einzuschließen, weil sonst ringsherum das Eis geschmolzen wäre. In der Faust hielt er eine aus Karibuhorn gefertigte Harpune. Zu seinen Füßen lag eine Robbe, im Hintergrund erhoben sich die drei Masten der dem Untergang geweihten *Eerebus* und gezackte Eisberge, und der schwarze Himmel der Arktis war erhellt von Paraselenae, den optischen Lichttäuschungen im Norden.

Von seinem Besitz in Ste.-Adèle aus verkündete Mr. Morrie

mit für ihn untypischer heiterer Gelassenheit, er sei in den Ruhestand getreten. »Barney und Isaac können im Büro keine alten Knacker gebrauchen, aber wenn sie mal einen schlechten Rat benötigen, wissen sie, wo sie mich finden können, diese beiden außergewöhnlichen jungen Männer.«

Mr. Morrie bat die Reporter, einen Augenblick zu warten, schlüpfte ins Haus, öffnete seinen Wandsafe und entnahm ihm einen Schlüsselbund, der auf einem großen, braunen, an Miss O. – persönlich und vertraulich – adressierten Kuvert lag. Dann bat er die Reporter, ihm in seine Tischlerwerkstatt zu folgen.

»Meine Damen und Herren, dies ist mein neues Büro. Falls jemand von Ihnen einen hübschen Tisch oder ein Bücherregal braucht – ich nehme ab sofort Bestellungen an. Unverbindliche Kostenvoranschläge auf Anfrage.«

Herbst – die Zeit der dummen Rebhühner, die an herumliegenden, vergorenen Holzäpfeln picken, bis sie einen Schwips haben. Moses brauchte frische Luft. Er warf die leere Macallan-Flasche in den Papierkorb und ging nach draußen. Während er das Laub zusammenrechte, fragte er sich, was Solomon wohl von alledem gehalten hätte.

Eins der Tagebücher, das Solomon Moses vor Jahren hatte zukommen lassen, enthielt eine irritierende Notiz, wie sie für Solomon typisch war: »Ich habe dir einmal gesagt, daß du nichts weiter als ein Hirngespinst meiner Phantasie bist. Wenn du also weiterlebst, so muß ich dies auch.«

Aber er ist tot, sagte sich Moses, und in diesem Augenblick erfüllte ein Dröhnen den Himmel über ihm. Moses duckte sich unwillkürlich, als ein Flugzeug so niedrig über seinen Kopf hinwegflog, daß es fast die Baumwipfel abgesäbelt hätte. Schwankend richtete er sich auf, doch er konnte das Flugzeug nirgends entdecken. Dann kam es wieder. Eine schwarze Gypsy Moth, die mit den Tragflächen wackelte. Noch ein weiteres Mal flog sie über das Blockhaus hinweg, und wieder wackelte sie mit den Tragflächen. Dann sah Moses, wie sie an Höhe gewann. Er wußte, wohin sie flog.

Nach Norden.

Wohin?

Weit weg.

Während er beobachtete, wie die Gypsy Moth immer höher stieg, glaubte er zu erkennen, daß sie sich in einen großen, unheilvollen schwarzen Vogel verwandelte, einer von denen, wie man sie über dem Memphremagog-See seit der Rekordkälte im Jahr 1851 nicht mehr gesehen hatte. Ein Rabe mit flatternden Flügeln. Ein Rabe mit dem unstillbaren Drang, sich überall einzumischen, allerlei Dinge auszuhecken und die Welt und ihre Geschöpfe an der Nase herumzuführen. Er sah zu, wie der Vogel sich höher und höher schwang, bis er sich in der Sonne verlor.

# *NACHBEMERKUNG DES AUTORS*

Ein Fernsehjournalist, der die Veröffentlichung eines anderen Romans von mir verfolgt hatte, fragte mich vor Jahren: »Beruht dieses Buch auf einer Tatsache, oder ist die Geschichte einfach so in Ihrem Kopf entstanden?«

Die Gurskys sind in meinem Kopf entstanden, aber ich habe in *Solomon Gursky war hier* nicht alles erfunden. Ich beschäftigte mich ausgiebig mit Franklin, M'Clure, Back, Richardson und den anderen, die an der verhängnisvollen Expedition auf der Suche nach der Nordwestpassage teilgenommen hatten, und machte mir meinen eigenen Reim auf die Ereignisse. *Der eisige Schlaf. Das Schicksal der Franklin-Expedition* von Owen Beattie und John Geiger gehört meines Erachtens zu den originellsten Studien aus jüngster Zeit zu diesem Thema. In bezug auf die Haida-Mythen bin ich *The Raven Steals the Light* von Bill Reid und Robert Bringhurst verpflichtet. Unverzichtbar war für mich *The Victorian Underworld* von Kellow Chesney bei meinem Versuch, das London des 19. Jahrhunderts nachzubilden. Was die Geschichte des Westens angeht, so habe ich mich stark an James H. Grays Bücher *Red Lights on the Prairie* und *Booze* und an *More Tales of the Townships* von Bernard Epp angelehnt. Dankbar bin ich Christopher Dafoe, Herausgeber des *Beaver*, dafür, daß er für mich sein Archiv durchging.

Ich sollte auch erwähnen, daß Käpt'n Al Kohol keine Erfindung von mir ist. Die Idee zu dieser Figur hatte Art Sorensen, das Hörspiel, aus dem ich zitiere, wurde geschrieben von E. G. Perrault und gesendet vom NWT Alcohol Education Program.

Schließlich möchte ich mich bei meiner Frau für ihre Hilfe bedanken. Florence mußte viele Versionen dieses Romans über sich ergehen lassen. Ohne ihre Ermutigung, ganz abgesehen von wichtigen Anregungen, hätte ich *Solomon Gursky war hier* schon längst aufgegeben.

Mordecai Richler

Mordecai Richler

*Sohn eines kleineren Helden*

Roman

Aus dem Englischen von
Paul Baudisch
Band 11785

›Sohn eines kleineren Helden‹ ist die Geschichte Noah Adlers aus Montreal. Der Konflikt Noahs ist der Zwiespalt des assimilierten jungen Juden von heute, der sich seines Judentum zwar bewußt ist, sich aber befreien möchte aus der bedrükkenden Atmosphäre eines Ghettos, das nicht mehr zwangsweise auferlegt ist, sondern sich durch die Mauern jüdischer Tradition und Strenggläubigkeit aus freien Stücken von der Umwelt abschließt. Noah, der sich vor allem als Kanadier versteht, bricht aus, kehrt aber zurück, als er erfährt, daß sein Vater unter mysteriösen Umständen bei einem Brand ums Leben gekommen ist. Todesmutig hatte er, der sonst nicht gerade ein Ausbund an Charakterstärke war, sich in die Flammen gestürzt, um eine Schatulle zu bergen. Großvater Melech, der orthodoxe Patriarch der Familie Adler, umgibt den Tod seines Sohnes mit einer frommen Legende. Noah, der die Wahrheit kennt, fügt sich – der Ehre seines Vaters, eines eben doch nur kleineren Helden, zuliebe – noch einmal dem strengen Kodex. Aber dann ist er endgültig reif für die Freiheit und sucht sein Glück in Europa.

Fischer Taschenbuch Verlag

fi 1069 / 4

# Joseph Heller

*Gut wie Gold*
Roman. Band 12574

Joseph Hellers Welt ist New York, seine Lebensbahn verläuft von Brooklyn nach Manhattan und kennzeichnet jenen charakteristischen Aufstieg, den wir von Woody Allens Stadtneurotikern kennen. Aus dieser geliebt-gehaßten Stadt, diesem Babylon, in dem man nicht mehr und ohne das man schon gar nicht leben kann, versucht sich der Titelheld Dr. Gold nach Washington zu verdrücken - in den politischen Erfolg.

*Was geschah mit Slocum?*
Roman. Band 12573

»In Deutschland hat Slocum einen armen Verwandten namens Anselm Kristlein. Genau wie dereinst Martin Walser führt Heller uns eine Folge von erbarmungslosen Zimmerschlachten vor; dort wie hier ist der Held ein Experte des Familienkrachs und ein Artist der Bürointrige... Slocum gehört zur historischen Vorhut der Middle Class, einer entscheidenden gesellschaftlichen Formation... Wenn man einmal damit angefangen hat, ist es schwer, ihn wegzulegen.«

*Hans Magnus Enzensberger in DER SPIEGEL*

*Catch 22*
Roman. Band 12572

Krieg. Mittendrin Captain Yossarián, der neben dem großen - dem Weltkrieg - seinen kleinen Privatkrieg zu führen hat. Alles scheint sich gegen ihn verschworen zu haben: Drüben die feindliche Kriegsmaschinerie - hüben schikanierende Vorgesetzte und sinnloses Reglement. Aber Yossarián gedenkt zu überleben. Dem unsinnigen Wirrwarr des Krieges setzt er seine eigenen Tollheiten entgegen, mit List sich die allgegenwärtigen Greuel vom Leibe zu halten.

Fischer Taschenbuch Verlag

fi 524 / 4

# Joseph Heller
## *Catch 22*

Roman

Deutsch von Irene und Günther Danehl

Band 12572

*Catch 22*, also *Falle 22* oder *Trick 22* – das ist die ebenso irrsinnige wie ausweglose Dienstanweisung für das amerikanische Bombengeschwader, der zufolge Bomberpilot Yossarian – stellvertretend für viele seiner Kameraden und stellvertretend auch für den Autor Joseph Heller, der selbst in den letzten Kriegsjahren auf Korsika als Bomberpilot stationiert war – nur dann von weiteren Einsätzen verschont bleibt, wenn er als verrückt anerkannt wird. Verrückt aber kann niemand sein, der sich weigern will, immer weitere großenteils sinnlose Einsätze zu fliegen. Also muß Yossarian ebenso wie seine Kameraden weiterfliegen, obwohl er sich die größte Mühe gibt, als verrückt zu erscheinen. Durch scheinbar absurdes Verhalten der militärischen Maschinerie ihre eigene Absurdität zu demonstrieren – das versucht Captain Yossarian auf seine Art ebenso wie sein literarischer Kollege, der brave Soldat Schwejk. Aber die Kriegsmaschinerie, gespeist aus persönlichem Ehrgeiz, Dummheit, Brutalität und Duckmäuserei, erkennt ihren eigenen Irrsinn nicht in dem Spiegel, den Yossarian – im Grunde der einzig Normale unter lauter Verrückten – vorhält.

Fischer Taschenbuch Verlag

fi 1255 / 3

# Mark Helprin

*Das Licht im Norden*
und andere Erzählungen
Aus dem Amerikanischen von Hans Hermann
Band 9579

Mit scharfem, oft unvermitteltem Schnitt löst jede der Geschichten ein Stück aus der Parabel einer Lebensbahn und bringt es zu strenger leuchtender Klarheit. Der Funke der Imagination und der Raum der ästhetischen Spannung entsteht durch die Berührung magisch schöner (Stadt-) Landschaften. Unbewußt, oder einer sich während der Erzählung entfaltenden Logik folgend, streben Helprins Figuren jenem plötzlichen, klarsichtigen Moment entgegen, in dem das Leben sich zusammenfaßt, sich steigert, in dem es die »Eintracht von Frieden und Ekstase« erreicht.

*Eine Taube aus dem Osten*
und andere Erzählungen
Aus dem Amerikanischen von Hans Hermann
Band 9580

Der Band enthält 20 Erzählungen verschiedenster Art, von der Kurzgeschichte und der Landschaftsimpression bis hin zu umfangreichen, abenteuerlich aufwendigen Erzählungen von fast orientalischer Phantastik. Bei Mark Helprin geht es um den Kampf gegen den Teufel, der jedem im Nacken sitzt, um Wälder, Berge, Himmel, Freiheit, um Brüche in Charakteren, abgeknickte Lebensläufe, um den Tod des einzig geliebten Menschen, um die Entschlossenheit, das eigene Leben wie die Liebe gegen jede Dreinrede zu verteidigen.

Fischer Taschenbuch Verlag

fi 1700 / 4

Mark Helprin

*Der Findling*

Roman

Aus dem Amerikanischen von Hans Hermann

Band 11994

»Einem unbekümmerten, ausschweifenden, überbordenden und unendlich erfindungsreichen Schelmenroman« nannte die Schriftstellerkollegin Joyce Carol Oates Helprins ersten großen Roman, der vom Leben und den Abenteuern des Findlings Marshall Pearl erzählt. Geboren 1947 auf einem illegalen Einwandererschiff vor der Küste Palästinas, adoptiert von einem amerikanischen Ehepaar, erzogen und ausgebildet sowohl in der Natur New Jerseys als auch an der Harvard University, ist Marshall ein Draufgänger und ein Träumer, ein Kämpfer und ein Narr. Er spürt den Adlern in ihren Horsten auf Felsklippen nach, sitzt schon als kleiner Junge fest im Sattel, läßt sich auf Eisschollen den Fluß hinuntertreiben, robbt durch Sümpfe, bereitet als geschickter und wagemutiger Tramp den Sicherheitsbeamten der Eisenbahn schlaflose Nächte und verliebt sich unsterblich in Lydia, die schönste Pfadfinderin der Vereinigten Staaten... Je älter Marshall wird, um so drängender wird sein Verlangen, die Geschichte seiner Herkunft zu erfahren und sich seiner eigenen Vergangenheit zu stellen. Auf abenteuerlichen Wegen und Umwegen kommt er schließlich nach Palästina, wo er Hinweise auf seinen Vater zu finden hofft. Zum Wehrdienst eingezogen, gerät er in den Jom-Kippur-Krieg und wird in einem Panzergefecht schwer verwundet. Als er nach Wochen der Bewußtlosigkeit in einem Militärlazarett von Haifa eine Krankenschwester mit dem Ruf verblüfft: »Bei Gott, ich bin noch nicht am Ende«, ahnt er nicht, wie dicht er am Ziel ist.

Fischer Taschenbuch Verlag

fi 1037 / 4

# Kanada erzählt

17 Erzählungen

Ausgewählt und mit einer Nachbemerkung
von Stefana Sabin
Band 10930

Kanada ist immer das eine und das andere: Amerika und Europa, Natur und Großstadt, Protestantismus und Katholizismus, England und Frankreich – um nur die größten Gegensätze zu nennen, zwischen denen die kanadische Literatur einen Weg sucht. Die Erzählungen, die hier versammelt sind, gehören den verschiedensten Traditionen an, doch kehren die Hauptthemen, die großartige Wildheit der Natur und die ethnische Vielfalt städtischen Lebens, immer wieder. Mehrere Generationen kanadischer Schriftsteller – französischsprachige und englischsprachige – kommen zu Wort, so daß dieser Band zugleich die literarische Entwicklung Kanadas im 20. Jahrhundert widerspiegelt.

Aus dem Inhalt:
*David Arnason, Margaret Atwood, Elizabeth Bishop, Morley Callaghan, Robertson Davies, Mavis Gallant, Anne Hébert, Roger Lemelin, Norman Levine, Malcolm Lowry, Judy McCrosky, Alice Munro, Michael Ondaatje, Mordecai Richler, Sinclair Ross, Gabrielle Roy und Yves Thériault.*

Fischer Taschenbuch Verlag

fi 1420 / 2

# Margaret Atwood

*Katzenauge*
Roman. 492 Seiten. Geb. S. Fischer und
Band 11175

*Die Räuberbraut*
Roman. 592 Seiten. Geb. S. Fischer

*Tips für die Wildnis*
Short Stories. 272 Seiten. Geb. S. Fischer und
Band 11971

*Die Giftmischer*
Horror-Trips und Happy-Ends
Band 11824

*Lady Orakel*
Roman. Band 5463

*Der lange Traum*
Roman. Band 10291

*Der Report der Magd*
Roman. Band 5987

*Unter Glas*
Erzählungen. Band 5986

*Die eßbare Frau*
Roman. Band 5984

*Die Unmöglichkeit der Nähe*
Roman. Band 10292

*Verletzungen*
Roman. Band 10293

*Wahre Geschichten*
Gedichte. Band 5983

Fischer Taschenbuch Verlag

fi 602 / 15

HANSER

*I*n einem kleinen nordschwedischen Dorf werden am selben Tag zwei Jungen geboren. Die beiden werden Spielkameraden und Freunde. Was allen auffällt, aber lange als Laune der Natur angesehen wird: sie sind der Mutter des jeweils anderen wie aus dem Gesicht

## *Von den Grenzen und Grenzerfahrungen des Erinnerns*

geschnitten. Eine Untersuchung ergibt: Die beiden sind bei der Geburt vertauscht worden. Enquists Buch erzählt vom Versuch eines der beiden Jungen, seine Geschichte über der er irregeworden ist, wieder zusammenzufügen.

»Ein Leseabenteuer – Enquist entwirft Szenen und hält Sequenzen durch, die in der gegenwärtigen Literatur ohne Beispiel sind.«
DIE ZEIT

Aus dem Schwedischen von Wolfgang Butt.
240 Seiten. Gebunden

Foto: Ulla Montan